成长不再烦恼

CHENGZHANG BUZAI FANNAO

·第二辑·

智慧轩文化◇编

天津出版传媒集团

天津人民美术出版社

图书在版编目（ＣＩＰ）数据

成长不再烦恼. 第二辑：全10册 / 智慧轩文化编
. -- 天津：天津人民美术出版社, 2018.8
ISBN 978-7-5305-8886-4

Ⅰ.①成… Ⅱ.①智… Ⅲ.①儿童故事—作品集—世
界 Ⅳ.①I18

中国版本图书馆CIP数据核字(2018)第170243号

成长不再烦恼　第二辑

出　版　人：李毅峰

责任编辑：刘　岳　王　艳

技术编辑：李志峰

出版发行：天津人民美术出版社

社　　　址：天津市和平区马场道150号

邮　　　编：300050

电　　　话：(022)58352900

网　　　址：http://www.tjrm.cn

经　　　销：全国新华书店

印　　　刷：湖北卓冠印务有限公司

开　　　本：880mm×1230mm　　1/32

版　　　次：2018年8月第1版

印　　　次：2018年8月第1次印刷

印　　　张：40

印　　　数：1－10000

定　　　价：158.00元

目录

> 只有刚强的人，才有神圣的意志；凡是战斗的人，才能取得胜利。
>
> ——歌德

自强不息的韩愈

韩愈出生于官宦世家，然而其生活和仕途的道路却相当坎坷。他是在逆境中求学、成才、立业的。

他3岁时，父亲便去世了，随后母亲也离开人世。从此他便由长兄韩会和长嫂郑氏抚养，随韩会职务的变动而时常奔波各地。然而祸不单行，韩愈11岁时，长兄韩会贬任韶州刺史，不久之后，便客死异乡。郑氏毅然带着众家小，护送韩会灵柩回河南老家。时逢地方政局混乱，无法安居，迫不得已，郑氏又带他们到了宣州，仅靠韩会生前置下的一些田产的微薄收入度日。

嫂子的贤良，是韩愈不幸中的大幸。他随嫂子定居宣州之后，勤奋苦读，从不懈怠，然而跟随而来的是科举的失意和仕途的坎坷。19岁那年，这位满腹经纶的才子，满怀信心，进京参加科举考试，但他怎知单凭学识而没有高官名流的举荐是难以考中的。事实上也正是这样。接连三次,他都名落孙山。他在苦闷彷徨中打发了 6 年的时光。后来偶得梁肃的赏识和举荐,第四次才中了进士。按唐朝的制度,礼部考中之后,还得通过吏部的考试才能做官,韩愈又是三年连遭失败。

　　此时韩愈经济困窘,已经无法在京城待下去了,只能怀着沉痛的心情离京返乡。然而在一次又一次的打击面前,韩愈并没有怨天尤人、自暴自弃,而是自强不息,依然执着地读书,终于成为一代文学宗师。

金玉良言

　　自立自强是走向成功的关键,无论遭受多少磨难,我们都应该学会自立自强。

成长哲理

　　我们在现实生活中要像韩愈一样,无论遇到什么困难,都应该永不放弃,自立自强。相信自己,我们总会成功的。

　　韩愈并没有怨天尤人、自暴自弃，而是自强不息，依然执着地读书，终于成为一代文学宗师。

路要靠自己去走，才能越走越宽。

——居里夫人

丑小鸭创造的美丽世界

相信有不少人读过《皇帝的新装》《卖火柴的小女孩》《丑小鸭》等引人入胜的童话故事。创作出这些不朽作品的作家便是丹麦的著名童话大师安徒生。

你们知道吗？他是在极度困窘的环境之中，以坚强的意志自学成才的。由于贫穷，安徒生被富人们称为"下流人"的儿子。他10岁的时候，流浪到丹麦首都哥本哈根。依靠一个好心人介绍，到一所唱歌学校学习。在唱歌学校里，安徒生有机会接触到了书籍，他像久旱的禾苗遇到了甘霖一样，拼命地汲取知识。

有一次，安徒生到朋友惠特家里，看到惠特有整架的书籍，他又惊奇又兴奋，就像发现了宝藏一样。他向朋友借了还，还了又借，贪婪地阅读着、咀嚼着，从而学习和丰富了知识，敲开了理想的心扉，点燃了创作的激情，于是他想用笔来抒发自己心中的激情。接着，他便开始写诗、写戏剧。可是他的作品同他自己一样，被人讥笑为"没有教养的人写的作品"，根本得不到发表和上演的机会。

　　安徒生并没有放弃心中的理想，而是以坚强的意志，不懈地努力，在一所旧房子的破顶楼上，夜以继日地写作，终于创作出了一篇篇经久不衰的伟大作品，成为享誉世界的大作家。

金玉良言

　　行走在成功的路上，也许会被别人嘲笑，而我们只能用自己坚强的意志去战胜它。自立自强是助我们成功的必需品质。

成长哲理

　　在成长过程中，我们总会遇到许多问题，而自立自强是我们解决问题的唯一办法。

我宁愿靠自己的力量，打开我的前途，而不愿求有力者的垂青。

——雨果

母鹿与小鹿

把一只长颈鹿带到世上是一个艰难的过程。长颈鹿胎儿从母亲的子宫里掉出来，落到大约 3 米下的地面上，通常后背着地。几秒钟内，它翻过身，把四肢蜷在身体下。依靠这个姿势，它第一次得以审视这个世界，并甩掉眼睛和耳朵里最后残存的一点羊水。然后，长颈鹿母亲便用粗暴的方式把它的孩子带到现实生活中。

加里·里士满在他的著作《动物园观察》中描绘了一只新生的长颈鹿如何学习它的第一课。

长颈鹿母亲低下头，看清小长颈鹿的位置，将自己确定在小长颈鹿的正上方。它等待了大约一分钟，然后做出最不合常理的事——抬起长长的腿，踢向它的孩子，让它翻了一个跟斗后，四肢摊开。

如果小长颈鹿不能站起身，这个粗暴的动作就被长颈鹿妈妈不断地重复。小长颈鹿为了站起来，拼命努力。因为疲倦时，小长颈鹿有时会停止努力。母亲看到了，就会再次踢向它，迫使它继续努力。最后，小长颈鹿终于第一次用它颤抖的双腿站起身来。

这时，长颈鹿母亲做出更不合乎常理的举动。它再次把小长颈鹿踢倒。为什么？它想让小长颈鹿记住自己是怎么站起来的。在荒野中，小长颈鹿必须能够以最快的速度站起来，以免使自己脱离鹿群，在鹿群里它才是安全的。狮子、土狼等野兽都喜欢猎食小长颈鹿，如果长颈鹿母亲不教会它的孩子尽快站起来，与大部队保持一致，那么小长颈鹿就会成为这些野兽的猎物。

金玉良言

生活中，有些父母可能会对自己孩子很严格，孩子可能会因此不喜欢自己的父母，甚至会和自己父母疏远，但是，你们要知道父母这样做只是为了你们以后会更好，你们应该透过表象看到那深深的爱。小孩子应该学会自立，这样以后才能在社会上立足，我们应该感谢爸爸妈妈。

成长哲理

　　我们应该体会父母的难处，理解他们的关爱。我们也应该从现在开始学会自立，不让父母操心。只有这样我们以后才能更好地立足于社会。

人，谁都想依赖强者，但真正可以依靠的唯有自己。

——德田虎雄

教孩子学会"挣扎"

一个访美回国的人介绍，他在美国见到美国人教婴幼儿学游泳的情景：

一对夫妇抱着仅两三个月的婴儿，婴儿赤身裸体地被直接扔进水里。看那婴儿从水底挣扎着将头露出水面的过程，真是惊心动魄啊。奇怪的是，婴儿没有呛水，几次反复训练之后，他从水里浮出水面所用的时间越来越短，本事好像越来越大。这时在游泳池三米深水区的那一端跳水、嬉戏的两个五六岁的孩子，正是这个婴儿的哥哥，据说他们也是这样学会游泳的。

国外大多数人认为，社会就是大海，人生就是在大海中游泳，从小让孩子学会在水中挣扎，锻炼自立、拼搏的精神，对他们的一生都是有好处的。美国家长很少把孩子供到大学毕业，一般在读完义务教育之后，上大学都是要孩子半工半读的，不管父母多么有钱。学校也给这些学生大开方便之门，老师白天讲课，晚上再给白天打工的同学重讲。孩子也很少对父母有依赖思想，他们的独立意识，可能就像学会游泳一样，是从小就被培养出来的。

金玉良言

美国人多数都很自立，父母在孩子很小的时候就与他们平等相处，他们 18 岁以后就必须自己赚钱独立生活，父母不会再负担他们的生活开支。也正是这样的生活使他们以后处理很多事情更加轻松。我们应该向美国人学习自立。

成长哲理

挣扎，听起来是个很累的词，但是就是这个词让我们成长。人生中，我们只有不断地通过挣扎自立，才能收获更多。

一个人的价值，决定于他自己。

——高尔基

虎父有犬子

三国时的刘备，可以算是一代英豪，一生东征西讨，纵横驰骋，从贩鞋织席为生到成为蜀汉帝王。可是他的儿子刘禅，却是一个昏庸荒淫的无能之辈。连诸葛亮这样大智大勇的人都扶不起他，俗称"扶不起的阿斗"，世人曾有此长叹："虎父何以有此犬子。"

三国时的另一奇才周瑜是东吴的名将，足智多谋，在赤壁之战中曾用火攻大败曹军，名扬天下。他的儿子周胤（yìn），无功受封，自恃其父有功，荒淫跋扈，奸人妻女，后被流放到了庐陵郡。

唐太宗李世民，雄才大略，是中国帝王中的佼佼者。可是他的十四个儿子，无一成器，三个被杀，三个早亡，一个幽禁，两个遭流放，另外两个平庸无能。

北宋名相寇准，他的子孙只依靠祖上的功德，不能自立，不过30年，家道衰落，沦为庶民。

金玉良言

不求自立自强，一味想依靠祖上的荫庇，是绝不会有什么作为的。

成长哲理

我们在成长过程中，大多数时候依靠的是自己，没有谁可以帮助我们成长，哪怕是父母也不可以。我们最后变成什么样都只是靠自己。如果我们想变得更好，必须学会自立。

刘备和周瑜可以说都是三国时期的一代英豪，他们的儿子却是昏庸无能之辈。

> 只有自己才是自己的主宰。
>
> ——维尼

认识自己

以《庄子说》《老子说》系列闻名的漫画家蔡志忠连初中都没念完，是什么使他能有勇气踏入我们这个文凭至上的社会？他说："做人最重要的就是要了解自己。有人适合做总统，有人适合扫地。如果适合扫地的人以做总统为人生目标，那只会一生痛苦不堪，受尽挫折。"而他，不偏不倚，就是适合做一个漫画家。他从小就爱画画，5岁就开始画，不停地画，终于画出了自己的一片天空。

蔡志忠的说法也让人想到巴西的世界球王贝利，他曾经说："我天生就是个踢球的，就像贝多芬是天生的音乐家。"

能够真切地认识自己，是件多么幸运的事啊！但别以为只有那些天才才知道自己的能力，我们周围有许许多多平凡的人们，他们做自己喜欢的事，活得自在，活得快乐，这也是一种成功。

要自立首先要认识自己。认识自己就是知道自己喜欢什么，然后做自己喜欢的事。自立就是朝着这个方向前进。

自立先自知。我们只有了解自己，才可以更好地走自己的人生道路。了解需要一个过程，而我们也会喜欢那个过程和那个懵懂的自己。

人多不足以依赖，要生存只有靠自己。

——拿破仑

阳光总在风雨后

范君同学是一位与病魔顽强抗争的人。大一下半学期，她被检查出患有癌症。相伴而来的是胃痛、呕吐、乏力等病痛。这一切打乱了她的大学生活。

范君这一病，使得原本就不富裕的家庭经济负担越来越重。为此，班主任老师为她申请了助学金。为了进一步帮助她，班主任曾提议为她发起一次捐款活动，却被范君的父母婉言谢绝了。范君及其家人都不想亏欠他人，更不想被视为弱者。

按照范君的情况，她完全可以申请休学，但她却没有这样做，而是选择了边治疗边学习。在医院自学的日子里，她总是趁打吊针的时候睡觉，而当别人睡午觉时她就看书。有时她还会在病房熄灯后搬把椅子到护士办公室外看书。

刚进大学时的范君也和别的同学一样，对前途有着各种美好的憧憬和规划，但是病魔打乱了她的生活。然而范君并没有自暴自弃，而是及时调整了人生方向，为自己定下了新的奋斗目标：成为一名光荣的中国共产党党员、拿一次奖学金、拿一张英语证书、拿一张计算机证书、学一门实用技术。目前，范君的这些目标已基本实现，并且，经过3年的治疗，病情已经基本稳定了。虽然医生说5年内不复发才算治愈，但从医学角度看，这已经是个奇迹了。空闲的时候，范君会散散步、打打太极拳。适量的锻炼不仅可以防止肌肉萎缩，更能帮她领悟一些人生的哲理。

在她眼中，癌症不再是可怕的敌人，而是一块磨刀石，既伤害了她，又让她变得更自立自强。

金玉良言

每个人人生中都会遇到大问题，我们只有相信自己，不自暴自弃，自立自强，才能走出阴霾（mái）。

成长哲理

生活需要正能量，无论遇到再大的困难，我们首先必须战胜自己的恐惧，通过自立自强，才可以实现成功。

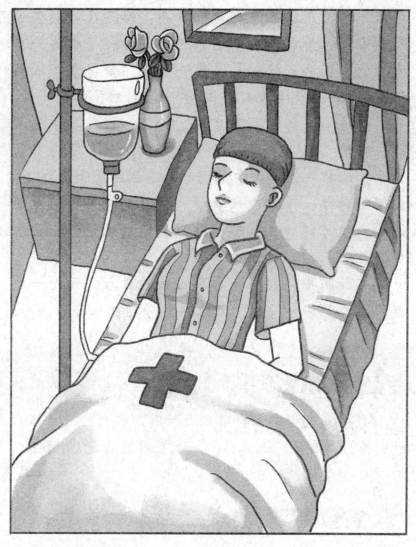

　　癌症不再是可怕的敌人，而是一块磨刀石，既伤害了她，又让她变得更自立自强。

> 要知道，能在困境中保持自强是多么令人崇敬啊！
>
> ——朗费罗

你自己最伟大

一只小老鼠从一间房子里爬出来，看到高悬在空中、放射着万丈光芒的太阳，它禁不住说："太阳公公，你真是太伟大了！"

太阳说："待会儿乌云姐姐出来，你就看不见我了。"

一会儿，乌云出来了，遮住了太阳。

小老鼠又对乌云说："乌云姐姐，你真是太伟大了，连太阳公公都被你遮住了。"

乌云谦虚地说："风姑娘一来，你就明白谁最伟大了。"

一阵狂风吹过，云消雾散，一片晴空。

小老鼠情不自禁道："风姑娘，你是世界上最伟大的！"

风姑娘有些悲伤地说："你看前面那堵墙，我都吹不动呀！"

小老鼠爬到墙边，十分景仰地说："墙大哥，你真是世界上最伟大的了。"

墙皱皱眉，十分悲伤地说："你自己才是最伟大的。你看，我马上就要倒了，就是因为你的兄弟在我下面钻了好多的洞啊！"

果真，墙摇摇欲坠，墙角处跑出了一只只的小老鼠。

金玉良言

很多时候，我们回过头会发现很多奇妙的事情，比如，当我们走完一段长长的旅程，我们会特别感慨，我们会感谢自己的坚持；比如，做完一件自己一开始觉得不会完成的事，我们会特别欣慰。我们会觉得自己很伟大，我们走得越远越会觉得自己最棒，所以，你必须自力更生。你必须自己走完那条路。你必须知道并且相信自己是最棒的。

成长哲理

我们一出生就是独立的一个人，这也注定了我们必须自立，必须一个人完成这条漫长的路。而当我们在途中顽强地前行，我们就会越来越坚信自己会成功。

世界是归强有力者管辖的，应当做强有力者，应当超于一切之上。

——莫泊桑

小蜗牛的故事

小蜗牛问妈妈："为什么我们从生下来，就要背负这个又硬又重的壳呢？"

妈妈："因为我们的身体没有骨骼的支撑，只能爬，又爬不快，所以需要这个壳的保护！"

小蜗牛："毛虫姐姐没有骨头，也爬不快，为什么它却不用背这个又硬又重的壳呢？"

妈妈："因为毛虫姐姐能变成蝴蝶，天空会保护她啊。"

小蜗牛："可是蚯蚓弟弟也没有骨头，他爬不快，也不会变成蝴蝶，他为什么也不用背这个又硬又重的壳呢？"

妈妈："因为蚯蚓弟弟能钻到土里，大地会保护他啊。"

小蜗牛哭了起来："我们好可怜，天空不保护，大地也不保护。"

蜗牛妈妈安慰他："所以我们有壳啊！ 我们不靠天，也不靠地，我们靠自己。"

金玉良言

有时候事情就是如此，当它把通往希望和成功的其中一条道路关闭时，它会同时打开其他一条或者好几条通往希望和成功的道路。千万别灰心，总会有办法的。

成长哲理

当上帝为你关上一扇门时，它一定会为你打开一扇窗。人生很多时候都是公平的，我们不应该把自己的目光投向别人，应该看向自己。我们也应该靠自己，只有靠自己才永远不会倒。

蜗牛妈妈安慰他:"所以我们有壳啊! 我们不靠天,也不靠地,我们靠自己。"

本来无望的事，大胆尝试，往往能成功。

——莎士比亚

用双手感受"光明"

"虽然眼睛看不见，但我心中充满了光明。通过自己的双手，我与社会永远保持密切的联系。只要始终充满对生活的激情，精神上就会感受到真正的光明。"作为一名盲人，杨新平对光明有着独特的理解。

小时候的杨新平对绿色军营有着美好的向往。1982年，他终于圆了自己的绿色军营梦。不幸的是，他的眼睛在一次训练中受伤，并最终失明，被定为一等伤残军人。军队生活虽然短暂，却让他磨炼了坚强的性格，激发了他对生活的满腔热情，让他立志成为自己命运的主人。

杨新平一直在想，虽然每个人的生活道路不同，但人人都有机会在人生舞台上展示自己，实现价值。虽然失去了双眼，但还有双手可以创造生活。

他经过一番思考，学起了按摩技术。

由于肯吃苦，爱钻研，他的按摩技术日益精通，受到当地居民及病人的好评。

事业的成功并没有让杨新平沾沾自喜，他不断向上"攀登"。近3年，他自费用于学习的费用总计达1.5万元左右。在青岛盲校进一步系统学习解剖、经络、推拿技术后，又到南京深造学习。如今他已获得"高级推拿师"证书，又在南京通过了医士考试，实现了从战士到医师的巨大跨越。"我到现在已帮助过50多位残疾人学习推拿技术，今后要不断提高水平，帮助更多的残疾人。"杨新平满怀豪情地说。

金玉良言

我们每个人的价值都是自己创造的，自己可以决定自己的人生。当我们遭受磨难，我们必须学会思考，不放弃。

成长哲理

很多时候，其实我们只需要静下心来。你要知道天无绝人之路，一定还有其他的路。你必须自立自强方能实现自己的价值。

充沛的精力加上顽强的决心，曾经创造出许多奇迹。

——狄更斯

自己先站起来

曾经听过这么一个宗教故事。

从前，有个患有麻风病的病人，病了近40年，一直躺在路旁，直到有人把他送到了拥有神奇力量的水池边。但是他又躺在那儿近40年，仍然没有往水池那儿迈进半步。

有一天，天神遇见了他，问道："你要不要被医治，解除病痛？"

那个麻风病人说："当然要！可是人心险恶，他们只顾自己，绝不会帮我。"

天神听后，再问他："你要不要被医治？"

"要，当然要啦！但是等我爬过去时，恐怕水都已经干涸（hé）了。"

天神听了麻风病人的话后，有点生气，再问他一次："你到底要不要被医治？"

他说："要！"

天神回答说："好，那你现在就站起来自己走到那水池边去，不要老是找一些不能完成的理由为自己辩解。"

听完天神的话，那个麻风病人深感羞愧，立即站起身来，向池水走去，用手捧着神水喝了几口。刹那间，他的患了近80年的麻风病竟然好了！

金玉良言

理想每个人都有，成功每个人都要。但如果今天你的理想尚未达到，成功遥不可及，你是否曾经问过自己：我为自己的理想付出了多少努力？我是不是经常找一大堆借口来为自己的失败狡辩？其实，我们不要为失败找借口，而应该为成功找方法。只要努力去寻找，幸运将永远伴随着你。

成长哲理

我们总是去找很多的借口只是为了不去开始，因为我们害怕未知。但是如果我们不去开始，我们永远不会成功。我们必须自己站起来，克服恐惧，自己就会变得强大起来。

　　麻风病人深感羞愧，立即站起身来，向池水走去，用手捧着神水喝了几口。刹那间，他的患了近80年的麻风病竟然好了！

苦和甜来自外界，坚强则来自内心，来自一个人的自我努力。

——爱因斯坦

简单的道理

从前，有两个饥饿的人得到了一位长者的恩赐：一根鱼竿和一篓鲜活硕大的鱼。其中，一个人要了一篓鱼，另一个人要了一根鱼竿，于是他们分道扬镳了。得到鱼的人在原地用干柴搭起篝火煮起了鱼，他狼吞虎咽，还没有品出鲜鱼的肉香，转瞬间，连鱼带汤就被他吃了个精光，不久，他便饿死在空空的鱼篓旁。另一个人则提着鱼竿继续忍饥挨饿，一步步艰难地向海边走去，可当他已经看到不远处那片蔚蓝色的海洋时，他浑身的最后一点力气也使完了，只能眼巴巴地带着无尽的遗憾撒手人寰（huán）。

又有两个饥饿的人，他们同样得到了长者恩赐的一根鱼竿和一篓鱼。只是他们并没有各奔东西，而是商定共同去寻找大海，他俩每次只煮一条鱼，经过艰苦的跋涉，来到了海边。从此，两人开始了捕鱼为生的日子。几年后，他们盖起了房子，有了各自的家庭、子女，有了自己建造的渔船，过上了幸福安康的生活。

金玉良言

自立是不依赖他人，但并不意味着拒绝相互的帮助。在必要的时候，彼此的帮助可以让双方都成为一个自力更生的人。一个简单的道理，却足以给人意味深长的生命启示。

成长哲理

在人生的道路上每个人都会遇到麻烦，自立能够增强我们的勇气，但不意味着拒绝帮助。

只有我自己才是我的生命和我的灵魂的唯一合法的主人。

——高尔基

观音菩萨和人的对话

某人在屋檐下避雨，看见观音正撑伞走过。这个人说："观音菩萨，普度一下众生吧，带我一段如何？"

观音说："我在雨里，你在檐下，而檐下无雨，你不需要我度。"

这人立刻跳出檐下，站在雨中："现在我也在雨中了，该度我了吧？"

观音说："你在雨中，我也在雨中，我不被淋，因为有伞；你被雨淋，因为无伞。所以不是我度自己，而是伞度我。你要想度，不必找我，请自找伞去！"说完便走了。

第二天，这个人遇到了难事，便去寺庙里求观音。走进庙里，他发现观音像前也有一个人在拜，那个人长得和观音一模一样，丝毫不差。

这个人问："你是观音吗？"

那个人答道："我正是观音。"

这个人又问："那你为何还拜自己？"

观音笑道："我也遇到了难事，但我知道，求人不如求己。"

我们自己才是我们生命的主人，只有我们自己才可以拯救我们自己。

求人时，别人也有自己的难题，有时无法顾得上你。不要麻烦别人，你只能自己拯救自己。

观音笑道："我也遇到了难事，但我知道，求人不如求己。"

我的最高原则是：不论对任何困难，都决不屈服。

——居里夫人

伟大的人

爱迪生出身低微、生活贫困，他的学历是只上过3个月的小学。爱迪生虽未受过良好的学校教育，但凭借个人奋斗和非凡才智、自信、自强、自立获得巨大成功。他自学成才，以坚韧不拔的毅力、罕有的热情和精力从千万次的失败中站了起来，克服了数不清的困难，成为美国发明家、企业家。他发明了电影机、留声机，实验并改进了电灯（白炽灯）和电话。在他的一生中，平均每15天就有一项新发明，他因此而被誉为"发明大王"。

作家海伦·凯勒耳朵失聪了，不能说话，也看不见，但是她靠着顽强的精神坚持创作，还能自理家务。

金玉良言

人需要自立，不能凡事都依靠别人。我们只有自己自立，生活才可以更加美好。

成长哲理

自强自立是我们做任何事情的一个基本出发点，也是成功的必要条件之一。

古今中外，凡成就事业，对人类有所作为的人，无一不是脚踏实地、艰苦攀登的结果。

——钱三强

林肯的台阶

一个1周岁左右的小男孩，被年轻的妈妈牵着小手来到公园的广场前，前面有十几个阶梯的台阶需要攀爬。小男孩挣脱开妈妈的手，想要自己爬上去。他用胖胖的小手向上爬，他的妈妈也没有抱他上去的意思。当爬上两个台阶时，他就感到台阶很高，回头瞅一眼妈妈，妈妈没有伸手去扶他的意思，只是眼睛里充满了慈爱和鼓励。小男孩又抬头向上瞅了瞅，他放弃了让妈妈抱的想法，还是手脚并用小心地向上爬。他爬得很吃力，小屁股抬得老高，小脸蛋也累得通红，那身娃娃服也被弄得都是土，小手也脏乎乎的，但他最终爬上去了。年轻的妈妈这才上前拍拍儿子身上的土，在那通红的小脸蛋上亲了一口。

这个小男孩，就是后来成为美国第16届总统的林肯。林肯家境极为贫穷。他断断续续地接受正规教育的时间，加起来还不足一年，但林肯从小就养成了热爱知识、追求学问、善良正直和不畏艰难的好品质。他买不起纸和笔，就用木炭在木板上写字，用小木棍在地上练字。他抓紧一切时间看书学习，练习讲演。林肯失过业，做过工人，当过律师。他从 29 岁起，开始竞选议员和总统，前后尝试过 11 次，失败过 9 次。

在他 51 岁那年，他终于入主白宫，并取得了辉煌的业绩，被马克思称之为"全世界的一位英雄"。母亲南希在林肯 9 岁那年不幸病故，但毫无疑问，她用坚强而伟大的母爱抚养了林肯，使他勇敢而坚定地走向未来。

金玉良言

父母必须从小让孩子独立，这样让孩子从小养成自立的习惯，对于他今后的生活是非常有帮助的。

成长哲理

自立自强可以影响人的一生。我们必须学会自立自强，这样，面对困难时才不会倒下。

坚强而伟大的母爱抚养了林肯，使他勇敢而坚定地走向未来。

我们有必要恢复对我们的理想、命运和我们自身的信念。我们活在世上不只是为了享乐和自我满足。

——理查德·尼克松

张海迪的故事

众所周知的作家张海迪，5岁就患上了脊髓病，可怜的她从此胸部以下全部瘫痪。在如此巨大的打击下，她没有放弃、没有失望，而是勇敢地站了起来。

她用超人的毅力开始了她独立的人生。因为残疾使她无法像正常人一样上学，于是她便在家中自学了中学的全部课程。除此之外她还自学了大学英语、日语、德语和世界语，并攻读了大学和研究生的部分课程。

从那以后，张海迪走上了文学创作之路，先后翻译了《海边诊所》等数十万字的英文小说，编著了《生命的追问》等书籍。她的众多作品先后在多个国家出版。

金玉良言

自立自强是走出阴霾、创造成功和奇迹的必经之路。

成长哲理

我们必须战胜自己，而自立是我们的武器，也是和世界真正接近的光明大路。

人啊，还是靠自己的力量吧！

——贝多芬

大卫的故事

大卫·洛克菲勒是洛克菲勒家族的第三代，是兄弟中最小的一个，也是最出色能干的一个。

他的事业不在石油上，而在大名鼎鼎、位列世界十大银行第六位的曼哈顿银行上。他任该银行执行委员会主席兼总经理以后，使该银行从资金 20 亿美元上升到 34 亿美元。

1915 年，大卫出生于纽约市，当时家里虽已有亿万资产，可孩子们每周只能得到 3 角的零用钱，同时每人还必须准备一个小账本，按照父亲的要求将 3 角钱的使用去向登记在上面，经检查后，如果使用合理，还能得到奖励。孩子们得到的零用钱随着年龄的增长而增长：十一二岁时，每周能得到 1 美元，15 岁时，每周能得到 2 美元左右。因此大卫长大后离开家时，已拥有许多账本。

大卫的父亲为了教育孩子从小懂得金钱的价

值，故意让孩子们处于经济压力之下。零用钱很有限，如果想多用怎么办？方法只有一个，自己去挣。

大卫小的时候就知道从家庭杂物中挣钱：捉住阁楼上的老鼠，每只可挣5分钱，而劈木柴、拔杂草等杂活则按照时间来计算工钱。大卫有一招更绝，他设法取得了为全家擦皮鞋的特许权。然而，他必须在清晨6点以前起床，以便在全家人起床前完成工作。擦一双皮鞋5分钱，一双长筒靴1角钱。大卫在童年时代没有享受过任何超级富豪的生活，他穿着和雇工一样的普通衣服，生活既简单朴素又紧张快乐。

金玉良言

人只有自立才可以生活，学会自立才可以更加快乐，也会变得更加完整。

成长哲理

要想成功首先要自立，而自立恰恰是成功的基本条件。

　　大卫·洛克菲勒是洛克菲勒家族的第三代，是兄弟中最小的一个，也是最出色能干的一个。

我就是我自身的主宰。

——普劳图斯

舞蹈的灵魂

家住湖北宜昌的邰丽华，2 岁时因高烧注射链霉素而失去了听力，从此进入了一个无声的世界。她 15 岁时开始舞蹈训练，律动课上，老师踏响木地板的震动，启蒙了她对音乐与舞蹈的痴迷，而被她称作"看得到的音乐"的舞蹈，也从此成为她生命的亮色——她赖以表达内心世界的语言。

然而，就是这个普通的聋哑姑娘，此时稚嫩而又坚强的灵魂深处，正升腾出一种希望和憧憬。

24 小时中除了吃饭和睡觉，其他时间都是在练习舞蹈。开始的时候她只能原地转几个圈，半个月以后就转到二三百圈。她只用半个月的时间就让老师对她重新燃起了希望的火焰。

空荡荡的排练室、微微的喘息声、巨大的镜子里娇小玲珑的身影。或许她并没有想到这是老师对她的另一种考验，但不管怎样，一切困难在她眼里都是正常的，外面世界再大的惊涛骇浪在她心中都只是一汪静水，无法阻止她继续排练舞蹈。2003年3月在波兰，一支《雀之灵》俘获了全场观众的心，当他们知道邰丽华听不到自己的掌声时，流下了伤心的泪。

邰丽华先后出访过20多个国家，在国内外演出数百场，以其"孔雀般的美丽、高洁与轻灵"征服了不同肤色的观众。2005年，中央电视台春节联欢晚会上她领舞的群舞《千手观音》，让几亿中国人在热闹中沉思、感动。

金玉良言

正是因为那一份痴迷，所以邰丽华用自立自强成就了梦想，也感动了我们所有人。我们应该学习这位强者的美好品质，同时，这种自立自强的精神也应该被我们运用到生活中去。

成长哲理

我们人人都有着美好的灵魂，而自立自强是我们灵魂中最动人的地方。

眼前多少难甘事，自古男儿当自强。

——李咸用

十大感动中国人物——洪战辉

　　湖南怀化学院的大学生洪战辉在家庭屡遭变故的情况下，12年来克服种种困难，把一个和自己没有血缘关系的弃婴一手养大，靠做小生意和打零工赚来的钱供其读书。洪战辉的拳拳爱心给很多人带来深深的震撼，他的感人事迹在家乡和学校广为流传。

　　在洪战辉身上，人们看到了自强自立的坚韧品格。洪战辉的父亲是间歇性精神病人，不堪生活重负的母亲离家出走，面对年幼的弟弟和嗷嗷待哺的妹妹，这名年仅12岁的少年勇敢地挑起了家庭的重担。艰难困苦并没有压弯他稚嫩的脊梁，反而砥砺（dǐ lì）他乐观坚强地面对生活，不但自己考上了大学，还把"捡来"的妹妹养大，送进学校读书。尽管生活拮据，洪战辉却从来没有申请过特困补助，还多次婉拒好心人的捐款。在他看来，"一个人自立、自强才是最重要的"。洪战辉通过奋斗改变命运的精神，赢得人们的尊敬。

洪战辉的言行，体现了勇于担当的责任感。洪战辉说："做人应该有责任心，能担多大的责任，方能成就多大的事业。"为了照顾生病的父亲，他曾辍（chuò）学回家，带父亲看病，帮家里种地；为了让妹妹接受良好的教育，他把妹妹接到自己就读的学校，业余时间打工挣钱。对洪战辉而言，对自己负责就是不要丧失生活的勇气，对家庭负责就是要让家庭变得美好幸福。生活虽然很苦很难，但洪战辉在克服困难中不断成长：从妹妹取得的优秀成绩中，他感受到满足和充实；从持之以恒的坚持中，锻造出生活的勇气和信心。

洪战辉和妹妹之间不是亲兄妹胜似亲兄妹的亲情故事，感动着许多人。他怀着一颗朴实而善良的心，顽强地学习和生活，真诚地关爱、呵护家人，做出了我们很多人都不可能做到的事。洪战辉的真情故事告诉我们，只要我们以真诚的爱心去关心家人，以奉献的情怀去面对社会，就能够让我们的生活更加美好、更加和谐。

在老师和同学眼中，洪战辉既不悲观更不孤独，而是充满了活力和情趣。洪战辉以乐观向上的心态直面生活的艰辛，展现了积极进取的人生追求和高尚的思想品德。他自强自立、勇于担当的精神，弘扬了社会公德，倡导了文明新风，是我们学习的榜样。

金玉良言

　　生活中我们总会遇到一些自己生活得很不好，但还是很热心帮助别人的人，他们就是靠着自立自强迎来了生活的柳暗花明。

成长哲理

　　自立自强是撑起生活的支柱，我们只有自立自强才有能力帮助别人。

　　洪战辉和妹妹之间不是亲兄妹胜似亲兄妹的亲情故事，感动着许多人。

下手处是自强不息，成就处是至诚无息。

——金缨

疾病的另一面

有这样一位病恹恹（yān）的美国人。

3岁时，得了严重的猩红热，在医院一躺就是数月，依靠一剂强心针，勉强摆脱了死神的纠缠。18岁时，他又染上了一种怪病，住进波士顿的一家医院。在写给朋友的信中，身心俱疲的他流露出了绝望："也许，明天你就得参加我的葬礼了！"26岁时，他通过隐瞒病史参加了海军。在与日本人的一场海战中，他所在的军舰不幸被击沉。他靠身边的一块木板捡回了一条命，但却落下了更严重的后遗症。30岁时，他去英国出远差，突发虚脱昏倒在一家旅馆里。当时，英国最高明的医生断言他"最多只能活1年"。37岁时，他身上多种病症并发，长时间卧床不起。

可就是这样一位从小到大百病缠身、快要接近残废的人，却从平民百姓起步，从工人、军人、作家再到议员，一步一个脚印，在43岁那年，成为美国历史上最年轻的总统，他就是约翰逊·肯尼迪。很难想象，在公众场合精力充沛、风流倜傥的肯尼迪竟然是个药罐子。而事实的确如此，在他各个发病期的主治医生都见证了这一点，同时，他们也见证了肯尼迪各个发病时期孜孜不倦的勤奋：病床上，他的身边随时堆满了书籍和笔记本，35岁那年，他在病床上创作的描写二战期间的专著《勇敢者》，荣获了当年的普利策奖；即使当了总统之后，有时病得无法办公，他也会躺在疗养室的温水池里阅文件、下指示……因为疾病，无时无刻不让他感受到死亡的威胁，这种威胁又无时无刻不让他感觉到时光的宝贵。

因此，在有限的46年生命中，他废寝忘食、快马加鞭，成为美国历史上最有影响力的总统之一，被许多人誉为"与时间赛跑的人"，这不能不说是一个奇迹。按常理，身体是革命的本钱，疾病对一个人而言，就意味着事业的停滞，而肯尼迪的人生却向人们昭示了疾病的另一面。

金玉良言

　　我们有比肯尼迪更好的身体条件和更多的时间，我们所欠缺的，是与困难较量的斗志，以及把握光阴的自觉性。肯尼迪的奋斗经历，无疑可以成为我们的一面镜子。

成长哲理

　　时间永远是无情的，我们没有办法不遭受意外。我们必须学会珍惜，我们不能被困难打倒。我们要学会用自立自强战胜所有的一切，这样，人生才不会停下来。

恃人不如自恃也，人之为己者不如己之自为也。
　　　　　　　　　　　　　　——韩非子

自立自强感动校园

　　生活贫困，他既不抱怨命运不公，也不愿成为家庭和社会的负担，捡废品，当促销员，做家教，他勤劳地改变着自己的生活处境。

　　作为儿子，他秉承传统美德，恪守孝道，还在求学阶段，他就承担起了赡养、照顾父亲的责任；作为学子，他不仅勤学苦思，学业优秀，还腾出大量时间，甚至放弃许多挣钱的机会，用于参与学生工作和社会活动。名扬校园，在欠费后却婉拒老师资助，主动申请休学打工挣学费。休学在外，却精心撰写如何救助更多贫困生的建议。

　　2006年4月12日上午，阳光明媚。23岁的张九精走进了久违的学校图书馆，开始准备毕业论文。在4月12日之前，这位海南师范大学政法系经济学本科二班学生、这位"海南师范大学首届校园十大感动人物"、这位如曾经感动中国的洪战辉一样自强自立的贫困大学生是一家建材公司的临时雇佣人员，每天奔波于公司和建筑工地之间。

因为欠学校6000多元学费，张九精主动申请了休学。他的休学给同学们带来了心灵震撼，在他们看来，以孝心、爱心感动校园的张九精，完全有充足的理由申请缓缴学费。"欠费太多了，我不想给学校、给系里老师添麻烦。我自己有能力攒足了学费再复学。"张九精一脸自信地说。

我们每个人这一生都会遇到很多困难，会做出很多选择，选择也造就不同的人生。自立自强总是走出困难的最佳方式。

哪怕你正在经历非人般的生活，没什么，告诉自己，我必须自立自强，否则我看不到明天的太阳。

　　"欠费太多了，我不想给学校、给系里老师添麻烦。我自己有能力攒足了学费再复学。"张九精一脸自信地说。

有信心的人，可以化渺小为伟大，化平庸为神奇。

——萧伯纳

贝特格的故事

麦森陶瓷厂的技师是一位意大利人，他叫普塞。

有一天，厂方因为跟普塞技师意见不合而发生争执，普塞技师一怒之下带着自己的几个徒弟回到意大利。

麦森陶瓷厂因无人接替普塞的位置而被迫停产。麦森陶瓷厂的高层领导顿时乱成了一锅粥。就在这时，贝特格站出来向厂领导说："能不能让我试一试？"厂领导不停地摇头："就你，一个垃圾工也想干技师的活？"贝特格当即从家里拿来了自己烧制的一个花瓶，说："请您看看这个，它的质量跟咱们厂的产品相比哪个更好？"厂领导看后，一个个目瞪口呆，纷纷问贝特格："这个花瓶真的是你烧制的？"贝特格肯定地回答说："是的。"原来，这个在厂里毫不起眼地干了近10年的垃圾工，居然每天都在偷学普塞技师的手艺，连厂方正式派去跟普塞技师学艺的工作人员都没能学到的东西，却被贝特格全部学会了。

厂方问贝特格："你有什么需要，尽管提出来。"贝特格说："我现在的月工资是 20 欧元，能不能将我的月工资提高到 30 欧元？"贝特格害怕厂领导不答应赶紧解释说："我依然还做我的垃圾工，我只是兼职做技师而已，因为我的母亲患有严重的哮喘病，每月需要服用 10 欧元的药物，而我的工资只够全家人每月的生活费。"

原来，贝特格非常羡慕那些学徒工，他们每月可以拿 30 欧元，而自己则只能拿到 20 欧元。于是，为了向学徒工看齐，更为了母亲每月能够吃上药，他偷偷地学起了烧制陶器的手艺。厂领导回答说："只要你能够取代普塞，你不但可以不再干运垃圾的工作，而且从现在开始，你的月薪也跟普塞一样，每月薪金为 1 万欧元。"麦森陶瓷厂终于又开始运转了。贝特格，这位当初的垃圾工，做梦也没有想到自己拿这么高的工资。如今，麦森已成为德国陶器重镇，而贝特格的名气也远远地超过了意大利任何一位顶级技师。

金玉良言

机会总是为那些准备充足的人而留着的，不管你现在从事何种工作，只要你拥有渴望成功的梦想，梦想就有变成现实的那一天。

成长哲理

正是因为自立自强以及自信，还有平时一点一滴的积累，贝特格才能够实现梦想，抓住可以遇到的机遇。

生活就像海洋，只有意志坚强的人，才能到达彼岸。

——马克思

法拉第和电

1791 年，法拉第出生在伦敦市郊一个贫困铁匠的家里。他父亲收入菲薄，常生病，子女又多，所以法拉第小时候连饭都吃不饱，有时他一个星期只能吃到一个面包，当然更谈不上去上学了。

法拉第 12 岁的时候，就上街去卖报。一边卖报，一边从报上识字。到 13 岁的时候，法拉第进了一家印刷厂当图书装订学徒工，他一边装订书，一边学习。工余时间，他就翻阅装订的书籍。有时甚至在送货的路上，他也边走边看。经过几年的努力，法拉第终于摘掉了文盲的帽子。渐渐的，法拉第能够看懂的书越来越多。他开始阅读《大英百科全书》，并常常读到深夜。他特别喜欢电学和力学方面的书。法拉第没钱买书、买簿子，就利用印刷厂的废纸订成笔记本，摘录各种资料，有时还自己配上插图。

一个偶然的机会，英国皇家学会会员丹斯来到印刷厂校对他的著作，无意中发现法拉第的"手抄本"。当他知道这是一位装订学徒的笔记时，大吃一惊，于是丹斯把皇家学院的听讲券送给他。法拉第以极为兴奋的心情，来到皇家学院旁听。作报告的正是当时赫赫有名的英国著名化学家戴维。法拉第瞪大眼睛，非常用心地听戴维讲课。回家后，他把听讲笔记整理成册，作为自学用的《化学课本》。后来，法拉第把自己精心装订的《化学课本》寄给戴维教授，并附了一封信，表示："极愿逃出商界而进入科学界，因为据我的想象，科学能使人高尚而可亲。"收到信后，戴维深为感动。他非常欣赏法拉第的才干，决定把他招为助手。法拉第非常勤奋，很快掌握了实验技术，成为戴维的得力助手。半年以后，戴维要到欧洲大陆作一次科学研究旅行，访问欧洲各国的著名科学家，参观各国的化学实验室。戴维决定带法拉第出国。就这样，法拉第跟着戴维在欧洲旅行了一年半，会见了安培等著名科学家，长了不少见识，还学会了法语。回国以后，法拉第开始独立进行科学研究。不久，他发现了电磁感应现象。

1834年，他发现了电解定律，震动了科学界。这一定律，被命名为"法拉第电解定律"。法拉第依靠刻苦自学，从一个连小学都没念过的装订图书学徒工，跨入了世界一流科学家的行列。恩格斯曾称赞法拉第是"到现在为止最伟大的电学家"。1867年8月25日，法拉第坐在他的书房里看书时逝世，终年76岁。

由于他对电化学的巨大贡献，人们用他的姓——"法拉第"，作为电量的单位；用他的姓的缩写——"法拉"作为电容的单位。

金玉良言

人生是条长长的路，路上会有很多磨难，当然，我们在战胜这些后会收获很多，而自立自强就是这两者的独木桥。

成长哲理

不自立自强怎么抵达彼岸。自立自强就是当你独自面对这些困难时，用自己的双手双脚迈向未来。

恩格斯曾称赞法拉第是"到现在为止最伟大的电学家"。

我愿独立自主和照自己的意思过生活；凡是我自己需要的，我欣然接受，我不需要的，我就决不希求。

——车尔尼雪夫斯基

"领带大王"曾宪梓

　　他于 1934 年出生在广东梅县一个贫苦农民家庭，全家人的生活一直很艰苦，小的时候，冬天连鞋都穿不上。新中国成立后，他依靠助学金念完了中学和大学，1961 年毕业于中山大学生物系。1963 年，他经香港到泰国，侨居了 5 年。1968 年，他又从泰国回到香港。初回香港时，他两手空空，处境艰难。为了生活，他甚至为人照看过孩子。生活的艰难，使他萌发了创业的念头。利用晚上的时间他认真钻研香港的市场状况，发现尽管香港的服装业发达，香港人也很喜欢穿西服，却没有一家生产领带的工厂。于是，他拿出平时省吃俭用积攒的 6000 港元，又腾出自家租住的房子，办起了领带生产厂。

　　万事开头难。起初，他和妻子两人只是用手工缝制低档的领带。尽管夫妻两人起早贪黑，干得很辛苦，生意却非常不好。经过仔细考虑，他决定改做高级领带。他买来法国和瑞士的高档领带进行研究仿制，生产出了一批高级领带。为打开销路，他下了狠心，把第一批产品放在一家商店里免费发放给顾客。由于花色、款式美观，他拿出的这批产品深受欢迎。很快，他制作的领带便在香港小有名气了。及至 1970 年，他的领带已在香港十分走俏。也就在这年，他正式注册成立了"金利来（远东）有限公司"。第二年，他在九龙买了一块地皮，建起了一个初具规模的领带生产厂。

他是一个有远大志向的人，心中的目标是要创世界名牌。他多次到西欧领带厂参观，学习他们的制作工艺和经营方法，然后集众家之长，引进先进的生产设备和严格的管理、检验制度，从而使金利来领带逐渐占领了香港市场，成为男人们庄重、高雅、潇洒的象征。

1974 年，香港经济出现了大萧条，各种商品纷纷降价出售，而他却反其道而行之。他一方面不断改进金利来领带的质量，另一方面独树一帜地适当提高价格。结果，生意反而出人意料地好起来，当经济萧条过后，金利来更是身价倍增，在香港成了独占鳌头的名牌领带。不仅是领带，他还将他的发展计划拓展到更多的男士用品。他将香港人耳熟能详的广告词"金利来领带，男人的世界"做了看似简单、实则深具创意的改动，改为"金利来，男人的世界"，又从 T 恤衫开始，逐步推出了金利来牌的皮带、袜子、吊带、花边、腰封、领结、领带夹、袖口纽、匙扣等系列产品，使公司和金利来牌子都走向了多元化。

他就是"领带大王"曾宪梓。作为一名中国人，他有一颗可贵的中国心。在香港创业不久，就开始为家乡广东的教育事业及母校做出捐赠。至今为止，曾宪梓先后捐助的项目超过 800 项，涉及教育、科技、医疗、公共设施、社会公益等方面，捐款总额超过 6.3 亿港元。

谈到成功的时候，他一再提起小时候的一些经历：父亲去世后，所有的重担都压在母亲蓝优妹身上。为了能让孩子们活下去，她不得不去干男人们都不愿意干的累活儿，挑石灰、挑盐……即便这样，他们的生活依旧窘迫无比，常常吃了这顿愁下顿，没办法，母亲只好租了几亩薄田。那是一个冬日，母亲由于经常赤脚下田，双脚生了冻疮，并裂开一个个露出红肉的口子，再赤脚下田的时候，钻心地疼。如果用胶布贴在伤口上，下田时一沾水就会掉，而且她也舍不得花钱买胶布，但她想到第二天还得下田，如果不处理，裂口会越来越宽，于是就决定用铁针和棉线来缝合它。她将双脚泡进热水里，等裂口上的皮肤泡软之后，再咬着牙一针一针地将裂口缝起来，每缝一针，鲜血直流，小宪梓在一旁看得眼泪直流。母亲忍痛安慰儿子："傻孩子，不缝好怎么办呢，裂口会更大更痛的，没事的，忍一忍就过去了。"

这一幕永远铭刻在曾宪梓的心里，每当他在困难面前感到疲惫烦乱之时，他便会以此来鞭策自己：母亲连那样深痛的苦难都挺过去了，忍过去了，我还有什么困难不能过，什么艰苦不能忍呢！

金玉良言

每个人都会遭受困境，不同的是，有些人因此变得更加奋进，有些人却因此付出惨痛代价。

成长哲理

我们在生活中必须自立自强，坚忍不拔，顽强拼搏。这样，我们才可以生存下去，取得成功。

靠自己的力量能获得的东西，不要去乞求他人的恩赐。

——蒙台梭利

接受不幸

特纳的童年，充斥着各种悲惨的回忆。

他到 3 岁才学会说话。就在家人为这个孩子能说话而感到欣喜后不久，一场灾祸发生了。特纳在横穿马路时被车撞飞，妈妈眼睁睁看着他头部着地，结果他只是轻微脑震荡，缝了几针就没事了。可是，从此以后，各种疾病就接踵而至和他如影随形。麻疹、水痘、肺炎、湿疹、哮喘、皮疹、扁桃体肥大……一个病接着一个病，虽然不致命，但要一个孩子整天同病魔做斗争，惨痛是可想而知的。特纳至今还清楚地记得自己 10 岁那年面瘫的事。他本准备刷完牙去参加节日游行，可在刷牙的时候，他的半边脸突然提不起来了。他非常想去参加游行，但只能再一次被妈妈送往医院。在去医院的路上，他问妈妈："妈妈，真的有上帝吗？"妈妈说："当然有了。"他说："那上帝为什么对我这么残忍，让我总是和医生打交道。"妈妈抱着他的头，对他说："孩子，不是上帝残忍，他也许是在考验你，把你磨炼得无比强大。"

一个10岁的孩子因为疾病，过早地懂事了，也过早地学会了坚强。因为面瘫，他不得不接受脊椎穿刺手术，其实也就是抽骨髓。别说一个孩子，就是成人也难以忍受手术所带来的剧痛。医生把一根针扎进他的脊椎里。他疼得大喊大叫，但他却没有丝毫挣扎，没有对医生说："太疼了，我不做了。"做完脊椎穿刺，两周过后，面瘫的症状消失了。但是，不幸并没有放过这个坚强的孩子。面瘫消失后，本来说话就晚的他说话有些口齿不清。每次他张嘴说话，别人都弄不明白他想表达什么，甚至在家里，也只有和他朝夕相处的哥哥达柳斯能完全明白他想表达什么意思，连妈妈偶尔也需要达柳斯的"翻译"。直到上高中，特纳在众人面前发言，才变得没有障碍。

多病的童年留给他的是痛苦的记忆，还有一个弱不禁风的身体。这个体弱多病的孩子却喜欢打篮球。尽管在篮球场上经常被别人碰倒在地，常常伤痕累累，但特纳却对篮球永远充满激情。他觉得在篮球场上，自己能强壮起来。由于他的身体实在太弱，没有谁愿意带他打篮球，只有哥哥达柳斯愿意和他一起打篮球。贫困的家里没有篮球场，也没有篮球架。兄弟俩把一个装牛奶的板条箱固定在一根电线杆上，用铁丝捏成篮球圈。这就足够了，兄弟俩日复一日、年复一年在自家后面的小巷子里追逐着篮球，也追逐着梦想。他的身体越来越强壮，篮球技术也越来越高。高中时，他收到了俄亥俄州立大学提前录取的通知。而在2009年的大学联赛中，他有场均20.3分、9.2个篮板和5.9次助攻的火热表现。

谁能想到这个病魔缠身的孩子真的变成了一个强壮有力的巨人。2010年夏天，在众多年轻人参加的美国NBA选秀大会上，特纳以综合排名第三的成绩被费城76人队选中，签订了三年价值1200万美元的合同。这也是NBA规定的榜眼秀所能签订的最大合同。专家们对他的评价是：综合能力极强，融合了天赋、身材、爆发力、篮球智商、篮球大局意识的优秀球员。而此时的他身高1.97米，体重95公斤，臂展2.03米，原地摸高2.7米。在接受记者采访时，他说："别人的人生满是故事，而我的人生却满是事故。不过，我不埋怨。我和妈妈想的一样，那些疾病，只不过是命运的考验，只为把我磨炼得更强大。我反而要感谢它们。"

没有谁愿意遭受不幸，但它总是会发生。把它看作是命运的磨炼，与其害怕退缩，不如坦然接受。艰难困苦，是淬炼强者的最好熔炉，而奇迹也往往是在厄运中出现的。

当不幸意外发生的时候，我们不能阻止，只能接受。如果我们认命，那么失败就会伴随我们一生，只有依靠自己，勇于拼搏，不退缩，我们才可以拥有不一样的人生。

那些疾病，只不过是命运的考验，只为把我磨炼得更强大。我反而要感谢它们。

滴自己的汗，吃自己的饭。自己的事情自己干，靠人靠天靠祖上，不算是好汉。

——陶行知

陈州的飞翔

他出生在山东苍山的一个偏远山村。3岁，父亲染上赌瘾，输光了家里的一切。6岁，父母离异，把他丢给了年迈的爷爷。8岁，因为付不起学费，一年级只上了两个月，他开始跟着爷爷四处流浪要饭。13岁，因为一次意外事故，他从火车上摔下来，为了保住性命，被截去双腿。车祸后，他在床上躺了4个月。他说，他得像个人一样活着。于是，他偷偷离家出走，成了一个独自漂泊的无腿小乞丐。挨饿、受冻、被坏人欺负、被乞丐头头抓起来暴揍，他都挺了过来，他说："能活下来，真是一种幸福。"

18岁时，他突然明白，他要学点本事养活自己，不能当一辈子乞丐。于是，他艰难地学会了用双手走路，卖报纸、擦皮鞋、收破烂……他干了很多职业，却一定不再乞讨。他说："站起来不只是一种行走方式，而是一种人生态度。"

后来，他成为一名流浪歌手。不识字、不懂乐谱、不懂乐理，他就靠着死记硬背，成了一名出色的流浪歌手。如今，他已经走过了全国700多个城市。他说，这是世界上最幸福的职业，因为他可以游遍祖国的大好河山。

他喜欢登山，喜欢"山高人为峰"的感觉。从18岁开始，他登上了全国90多座高山，光泰山就爬了13次。2012年，他靠双手登上了海拔总和8498米的中国五岳，成为全球"双手登五岳"第一人。

2012年11月，他费尽千辛万苦，终于找到了当年从车轮下把他救起的民警，令人惊奇的是，他和他的救命恩人，竟然同一天生日。

他平时的生活是爬山、游泳、打球和滑雪，他几乎可以做到所有健全人能干的事儿。他说爱自己，爱生活，才会幸福。

2013年8月，他登上了《超级演说家》的舞台，他的演讲震撼了所有观众！林志颖、鲁豫、李咏和他拥抱，乐嘉更是激动得跪地和他拥抱。

观众评价说，他是最出色的演讲家。因为没有任何一个演讲家的豪迈之词，能比得上他的真实经历更打动人。他说，他只是用最真实的感情，讲述自己最真实的经历，希望自己的故事，能帮助更多的中国人找回遗失的梦想。

他叫陈州。他说："不要总在意自己的鞋子不够漂亮，世界上还有没有脚的人。"

世界上没有不可能，只怕有心人。

我们要学会珍惜，毕竟，相比很多人，我们已经很幸福。而自立自强是我们面对困难的唯一方法。

有志者事竟成，破釜沉舟，百二秦关终属楚；苦心人天不负，卧薪尝胆，三千越甲可吞吴。

——蒲松龄

不适合的鞋子

英国物理学家布拉格，小时候家里很穷，凭借着自己对梦想的不懈追求，通过顽强的努力，终于取得了很大的成就。而他曾经历的那段贫穷的岁月，成为日后激励他前进的动力。

他在学校读书时，因为家里经济条件太差，父母无法给他买好看的衣服和舒适的鞋子，他常常是衣衫褴褛（lán lǚ），拖着一双与他的脚很不相称的破旧皮鞋。但年幼的布拉格从不因为贫穷而感觉自己低人一等，他更没有埋怨过家里人不能给他提供优越的生活条件。那一双过大的皮鞋穿在他的脚上看起来十分可笑，但他却并不因此自卑。相反，他无比珍视这双鞋，因为它可以带给他无限的动力。

原来，这双鞋是他父亲寄给他的。家里穷，不能给他添置一双舒服、结实的鞋子，即便这一双旧皮鞋，还是父亲的。尽管父亲对此也充满愧疚之情，但他仍给儿子以殷切的希望、无与伦比的鼓励和强大的情感支持。父亲在给他的信中这样写道："……孩子呀，真抱歉，但愿再过一二年，我的那双皮鞋，你穿在脚上不再大……我抱着这样的希望。你一旦有了成就，我将引以为荣，因为我的儿子是穿着我的破皮鞋努力奋斗成功的。"这封寓意深刻、充满期望的信，一直像一股无形的力量，推动着布拉格在科学的崎岖山路上，踏着荆棘前进。

贫穷一直是很多人实现梦想的阻碍，有些人甚至连接受教育的机会都没有，而有些人可能从出生就注定了自己的命运。但这个现实我们不可能改变，我们只能接受，站起来，通过后天的努力改变人生。

我们生活在这个社会上，只能接受这个社会的规则，而自强不息是我们生存的关键。

　　你一旦有了成就，我将引以为荣，因为我的儿子是穿着我的破皮鞋努力奋斗成功的。

> 生活的情况越艰难，我越感到自己更坚强，甚而也更聪明。
>
> ——高尔基

战胜挫折

巴雷尼小时候因病成了残疾，母亲的心就像刀绞一样，但她还是强忍住自己的悲痛。她想，孩子现在最需要的是鼓励和帮助，而不是妈妈的眼泪。

母亲来到巴雷尼的病床前，拉着他的手说："孩子，妈妈相信你是个有志气的人，希望你能用自己的双腿，在人生的道路上勇敢地走下去！巴雷尼，你能够答应妈妈吗？"母亲的话，像铁锤一样撞击着巴雷尼的心扉，他"哇"的一声，扑到母亲怀里大哭起来。从那以后，妈妈只要一有空，就教巴雷尼练习走路，做体操，常常累得满头大汗。有一次妈妈得了重感冒，她想，做母亲的不仅要言传，还要身教。尽管发着高烧，她还是下床按计划帮助巴雷尼练习走路。黄豆般的汗水从妈妈脸上淌下来，她用干毛巾擦擦，咬紧牙，硬是帮巴雷尼完成了当天的锻炼计划。

体育锻炼弥补了由于残疾给巴雷尼带来的不便。母亲的榜样作用，更是深深教育了巴雷尼，他终于经受住了命运的残酷打击。他刻苦学习，学习成绩一直在班上名列前茅。最后，他以优异的成绩考进了维也纳大学医学院。大学毕业后，巴雷尼以全部精力，致力于耳科神经学的研究。最后，终于登上了诺贝尔生理学和医学奖的领奖台。

人生中我们总会遇到很多看起来不能战胜的困难，甚至有些是先天的，这是很不幸的。但是自暴自弃没有用，只能接受它，用你的坚强的意志去战胜它。

我们生命中总是有许许多多的挫折，而我们面对它们的态度很重要。如果自暴自弃，如果屈服，如果抱怨，我想你一定会失败，因此，除了坚强自立我们别无他法。

你必须在额上流汗，以获得你的面包。

——列夫·托尔斯泰

从卡车司机到《阿凡达》导演

从卡车司机到《阿凡达》导演，卡梅隆给我们带来的不仅仅是一部伟大的励志电影作品，更值得我们学习的是他那为了实现长达32年之久梦想的精神。其实，我们也可以创造出属于自己心中的那个"阿凡达"。

导演詹姆斯·卡梅隆 (James Cameron)，在创造了全球票房18亿美元的《泰坦尼克号》之后销声匿迹，10余年后，携《阿凡达》归来，成为电影市场的又一枚重磅炸弹。可是有多少人知道，卡梅隆的阿凡达之梦，开始于32年前……

1977年，22岁的卡车司机詹姆斯·卡梅隆和一个朋友去看《星球大战》——朋友沉醉于电影之中不能自拔，卡梅隆却在离开影院之后准备打拳击发泄一下。他大学辍学，整天在南加利福尼亚奥兰治县开车运送校餐。但在闲暇的时候，他绘制小模型，还写科幻小说——那些发生在遥远星系的故事。可现在，卡梅隆面临一个令人泄气的现实：他幻想的世界已经被卢卡斯(Lucas，《星球大战》导演)带进了人们的生活……

于是，他买了些廉价的摄影器材，试图还原卢卡斯的拍摄过程。他说服了一群当地牙医，投资2万美元，制作卡梅隆版的《星球大战》。他同一个朋友，写了一本名为《世代交替》的剧本，把钱都用在了一个12分钟的片断上——外星机器人和一个操纵大量骷髅(kū lóu)的女人之间的打斗场景(那些骷髅战士可是卡梅隆小心翼翼、亲手装配出的模型)。

他原计划利用这段剪辑赢得摄影棚，然后拍出整部影片。可是，在好莱坞兜售了好几个月，他却空手而归，不得已将叫板卢卡斯的野心暂时搁置。无奈之下，卡梅隆只好努力去做一些有价值的事：在B级片之王罗杰·科曼手下打工，受雇为电影《世纪争霸战》打造微缩太空飞船。他用自己的方式日渐上位，后来成为科曼旗下的虚拟视觉效果专家之一。1981年，他登上导演宝座，监制恐怖片——《食人鱼II：繁殖》。

一天夜里，开完《食人鱼》的编辑会后，卡梅隆发着高烧睡着了，他梦见自己看见一个机器人张牙舞爪地走向一个惊恐的女人，梦境定格于此。其后一年里，卡梅隆以这个梦中场景为基础，完成了一个剧本。一家小电影融资公司被彻底说服了，出资让其执导此片。1984年，这部影片上映，一举奠定了主演阿诺德·施瓦辛格的巨星地位，这就是《终结者》，也是卡梅隆成为顶级大导演的开始。

接下来的10年里，卡梅隆执导了一系列惊人之作，包括《异形》《深渊》《终结者2：末日审判》，以及《真实的谎言》。这些影片全球票房收入达11亿美元，为卡梅隆带来了足够影响力，使他重燃打造星际史诗的梦想。

1995年，他写了一部82页的剧本，这就是《阿凡达》。阿凡达具有人类意识，并且可以接受远程控制。卡梅隆认为《阿凡达》将是他再度问鼎之作。然而，阿凡达之梦被泰坦尼克撞沉，《泰坦尼克号》凭借全球票房收入18亿美元，成为全球票房收入最高的影片。正好这时，福克斯公司因为《泰坦尼克号》给他开了一张据说7500多万美元的支票。后来，卡梅隆一边玩一边努力为这部影片出力，他请有名的人为这部影片创造相关语言等。最后，作家和编辑团队汇编了一本350页的《潘多拉百科全书手册》，它记录和这个星球有关的所有科学和文化，完全体现了卡梅隆的虚拟世界。2009 年冬，《阿凡达》的粉丝可以在线阅读这本百科全书的部分章节。这次，卡梅隆更像是享受工作，至少他无须在编辑台上放剃须刀片以明志了。

从卡梅隆渴望拍摄一部与《星球大战》抗衡的外太空巨片起，32 年过去了，卡梅隆终于梦想成真。现在他迫不及待地想听听观众和评论家怎么说，这可能是他唯一所不能控制的。

金玉良言

梦想总是有着迷人的魅力，我们时常为了它不顾一切，疯狂到底。然而，一路上我们跌跌撞撞，我们会失败，我们被嘲笑，我们迷茫，但是，我们仍然自立自强，坚持到底。

成长哲理

我们出发，我们流汗，我们摔跤，我们告诉自己要坚强。我们坚持，最后，我们成功了。

　　卡梅隆给我们带来的不仅仅是一部伟大的励志电影作品，更值得我们学习的是他那为了实现长达 32 年之久梦想而不懈努力的精神。

我们不应该虚度一生，应该能够说："我已经做了我能做的事。"

——居里夫人

居里夫人的故事

居里夫人即玛丽·居里，是一位原籍为波兰的法国科学家。她与她的丈夫皮埃尔·居里都是放射性元素的早期研究者，他们发现了放射性元素钋和镭，并因此与法国物理学家亨利·贝克勒尔分享了1903年诺贝尔物理学奖。

他们夫妇的发现功勋盖世，然而他们却极端蔑视名利，最厌烦那些无聊的应酬。他们把自己的一切都献给了科学事业，而不谋取任何个人私利。在镭提炼成功以后，有人劝他们向政府申请专利权，垄断镭的制造以此发大财。居里夫人回答说："那是违背科学精神的，科学家的研究成果应该公开发表，别人要研制，不应受到任何限制。何况镭是对病人有好处的，我们不应当借此来谋利。"居里夫妇还把得到的诺贝尔奖奖金，大量地赠送别人。

1906 年，丈夫皮埃尔·居里遭遇车祸去世。这一沉重的打击并没有使她放弃执着的追求，她强忍悲痛加倍努力地去完成他们挚爱的科学事业。之后，居里夫人继续研究了镭在化学和医学上的应用，并且因分离出高纯度的金属镭而获得 1911 年诺贝尔化学奖，从而成为唯一一位在两个不同学科领域、两次获得诺贝尔奖的著名科学家。

居里夫人天下闻名，但她既不求名也不求利。她一生获得各种奖金 10 次，各种奖章 16 枚，各种名誉头衔 117 个，却全不在意。

有一天，她的一位朋友来她家做客，忽然看见她的小女儿正在玩英国皇家学会刚刚颁发给她的金质奖章，于是惊讶地说："居里夫人，能够获得一枚英国皇家学会的奖章，是极高的荣誉，你怎么能给孩子玩呢？"居里夫人笑了笑说："我是想让孩子从小就知道，荣誉就像玩具，只能玩玩而已，绝不能看得太重，否则就将一事无成。"

在第一次世界大战期间，为了救护伤员，居里夫人把 X 射线设备安装到汽车上，奔走于战场各处进行轮回医疗，挽救了大批受伤士兵的生命。在她刚开始从事放射性研究时，由于不了解射线对人体的破坏作用，没有采取必要的防护措施，后来又长期在条件恶劣的环境里工作，致使有害物质严重损害了她的身体，就是在她生命垂危的时刻，她也没有因为一生的磨难和不幸遭遇，有过丝毫抱怨和遗憾。1934年7月4日，居里夫人因白血病逝世。

金玉良言

我们应当去做一些事情，不能虚度年华，也就是说我们要自觉承担责任，对自己、对他人、对社会负责，为社会做出力所能及的事情。

成长哲理

居里夫人毫无疑问是伟大的科学家，但她一生追求的不是科学家的荣誉，而是承担责任，帮助他人。她的科学研究都是为了更好地帮助越来越多的人。我们应该向她学习，努力学好知识，承担起责任，帮助他人。

> 如果你足够坚强，你就是史无前例的。
>
> ——司科特·菲茨杰拉德

枪王、神兵——何祥美

何祥美 1999 年 12 月入伍时，只是一个初中文化水平的农村青年。当兵第 6 年，南京军区抽调了一批训练尖子组成狙击手集训班，何祥美幸运入选。从此，开始了他传奇的军旅生涯。在不到 5 年的时间里，何祥美已经让自己成为一名具备"三栖"作战能力的全能战士。

三栖尖兵的美誉是艰苦训练换来的。刚进入狙击班时，他就立志要成为狙击手中的王者，强迫自己去忍受炼狱一样的生活。训练中，何祥美总是第一个端枪，最后一个放枪。狙击手不仅要懂得如何射击，还要深入学习和掌握射击原理。凭着一股韧劲，他啃下《射击学》《终极狙击手》等专业书籍；常年阅读《轻兵器》《兵器知识》等杂志；整理笔记 3 万余字，绘制各种图表 60 多张，记录各种数据 850 组，打下了扎实的射击理论基础。

狙击手因射程远，对射击环境格外敏感，稍有变化便要调整瞄准点，俗称"修风"。这也是狙击手达到"人枪合一"境界的必经之路。为迈过这道坎，何祥美把毫无规律可循的数千个射击参数，牢牢"烙"在脑海里，在实践中用心体味揣摩。如今，射程随你定、目标可大小，何祥美抬头一瞟，几秒钟内便能判定风向、风速，目测距离和高低角，得出正确的修正值。其结果多次与测量仪比对，误差接近于零。

魔鬼般的训练，铸造出一个又一个神奇：何祥美精通狙击步枪、匕首枪、微型冲锋枪等8种射击，在200米距离指哪儿打哪儿，发发命中要害；速射，从拔枪、上膛到击发，仅需0.58秒……

过硬的本领使他被战友们封为"枪王"。关键时刻"枪王"显神威，每逢重大活动，部队都要抽调最厉害的狙击手参与安保。这种任务，每次都落不下何祥美。

2006年以来，何祥美先后参加20多次汇报演出，被上海合作组织峰会、APEC会议等指定为安保人员、1号狙击手。

2007年11月，他被授予全军爱军精武标兵。荣立三等功2次。当一名神枪手的目标实现后，何祥美又有了新的目标——成为"空中猎鹰"。他广泛涉猎和钻研相关知识，不分昼夜。4个月的训练时间，何祥美成功处置10多次险情。凭借过硬的素质和技术，何祥美试飞某飞行器成功并当上教员。喜欢挑战的何祥美又给自己找到了新目标——潜水。潜海是一项高难度、高风险课目，稍有不慎，水压便会对人产生致命伤害。考核时，何祥美第一个跳入冰冷的海水。他一米一米慢慢地下潜，每下潜2米都会进行一段时间抗压。等他上岸时才发现，只有他一个人完成了10米海底下潜的训练任务。

从农家子弟到具备特种爆破、深海潜水、伞机降等30多种作战本领的军事尖子，从普通一兵到全军爱军精武标兵。南京军区战士何祥美，用青春、热血和忠诚，把自己的军旅生涯谱写得既精彩又壮美。

金玉良言

人生是不可思议的，有些人用这一生活成别人眼中不可超越的经典，而每一个成功的背后是不可估量的汗水和泪水。

成长哲理

　　无论是阳光彩虹，还是狂风暴雨，都要把自己武装好。树立一个远大的理想，凭借顽强的意志和韧性去努力实现，因为谁也不知道接下来会发生什么。我们只有时时刻刻准备着，才能在面临困难时，从容应对，掌控自如，笑看人生！

　　何祥美用青春、热血和忠诚，把自己的军旅生涯谱写得既精彩又壮美。

老鹰的飞翔

在一个高山陡峭的悬崖边，有一棵高大的树，树上有一个鸟巢，鸟巢里住着一只老鹰和它的孩子小鹰。因为小鹰刚出生没多久，羽毛还没长好，没有办法飞。这只老鹰每天都要出去找食物，把食物带回来给小鹰吃，让小鹰吃了可以身体健康，渐渐地长大。

有一天，老鹰在喂小鹰吃东西时，突然就用它强而有力的爪子，把这只小鹰从鸟巢里抓了起来，然后就飞离了鸟巢。老鹰一直往高高的天空飞，小鹰虽然被老鹰的爪子抓着，但它觉得老鹰在飞翔的时候，那个姿势是世界上最美丽、最骄傲的。正当它心里这样想的时候，却没想到突然间老鹰把它的爪子放开了，这只小鹰开始不停地往下坠落！小鹰好紧张，它拼命地挥动它的翅膀，又不知道怎么样使翅膀正确挥动，它只能慌乱地挥舞着自己的翅膀，但却发现自己一直往下掉。它哀叫着，希望老鹰能赶快来救它。当它心里这样害怕的时候，在高空中的老鹰很快地就飞到它的下面，展开翅膀把它接住！小鹰趴坐在老鹰的背上，顿时觉得非常安全，不但安全，也好威风。于是，小鹰既安稳又高兴地坐在老鹰的身上，这只老鹰也一直往上飞，忽然之间，老鹰又一个转身，在老鹰背上的小鹰因为正陶醉于大自然的美景，没有想到老鹰又把它从背上甩出去！于是，它又慌慌张张地赶快挥动翅膀，可是不论它怎么挥动，就是没有办法像老鹰一样——越飞越高，在空中飞翔。它又紧张地赶快大声哀叫，于是老鹰很快地接住了它。

后来，老鹰背着小鹰飞回了鸟巢。老鹰站在鸟巢边对小鹰说："你不要害怕，在空中飞翔是鹰天生的本能！不但如此，在所有的飞鸟当中，我们鹰的飞翔是最美、最有力的！只是，你要学习怎样挥动你的翅膀，怎样去迎着风飞翔。"

金玉良言

　　全天下那么多父母，每位父母对待自己孩子的方式都不是一样的：可能你的父母对待你很严厉，也可能你的父母给你很多自由空间，但是有一点是相同的，那就是他们都希望你以后可以成才，可以过上你喜欢的生活。

成长哲理

　　孩子应该从小培养自立的习惯，这样，逐渐长大的他才可以有所作为。

我从来不把安逸和快乐看作是生活目的本身——这种伦理基础，我叫它猪栏的理想。

——爱因斯坦

勇于冒险

有一天，龙虾与寄居蟹在深海中相遇，寄居蟹看见龙虾正把自己的硬壳蜕掉，只露出娇嫩的身躯。寄居蟹非常紧张地说："龙虾，你怎可以把唯一保护自己身躯的硬壳也放弃呢？难道你不怕有大鱼一口把你吃掉吗？以你现在的情况来看，连急流也会把你冲到岩石去，到时你不死也会受伤。"

龙虾气定神闲地回答："谢谢你的关心，但是你不了解，我们龙虾每次成长，都必须先脱掉旧壳，才能生长出更坚固的外壳。现在面对的危险，只是为了将来发展得更好而做的准备。"

寄居蟹细心思量一下，自己整天只找可以避居的地方，而没有想过如何令自己成长得更强壮，整天只活在别人的庇护之下，难怪限制了自己的发展。

金玉良言

　　每个人都有一定的安全区，你想跨越自己目前的成就，请不要画地自限。勇于接受挑战充实自我，你一定会发展得比想象中更好。

成长哲理

　　有的人一生默默无闻，有的人一生轰轰烈烈，甚至千古流芳，为什么会这样？因为默默无闻的人只是满足于现状，而不去想怎么轰轰烈烈过一生，不要求自己去做，去行动，怎么能够成功呢？

　　龙虾每次成长，都必须先脱掉旧壳，才能生长出更坚固的外壳。现在面对的危险，只是为了将来发展得更好而做的准备。

任何事情要努力去做好，结果如何那是天意，不要一开始就没有信心而产生不努力，这就是自信。

——方海权

夏达的漫画

1981 年 4 月，她出生于湖南省怀化县，从上学那天起就对绘画产生了浓厚的兴趣。

上小学的时候，流行在墙上贴"宣言"——告诉他人自己将来要做什么。当时，许多喜欢画画的女生的理想都是成为漫画家，而她偏不，她希望自己只是做一个"偶尔画画"的女生。

高中时代，她像其他少女一样，爱做梦。她梦到自己走在一条四周漆黑的小路上，同伴有时能遇见，有时又分散。她在每个岔路和障碍前停留，然后努力前进……路越走越长，越来越明亮，最后，她终于惊讶地发现自己行走在一片美丽的草原上。她把一个个美丽的梦串联起来，用漫画表现出来。

2003 年，她大学还没毕业，就出版了漫画集《四月物语》。毕业后，她赴京从事专业的漫画工作。

6月的北京，溽热无比，她常常在令人窒息的地下室里一画就是10个小时。尽管她身材瘦弱，经常发烧，却不曾放下手中的笔。在每天都为柴米油盐烦恼时，她却为画中的一个个人物注入了积极、乐观的思想。在遭到外界对自己能力的否定时，她说："我不管你们怎样说，我会用行动对自己负责。"欣慰的是，她的漫画作品开始渐渐被漫画杂志编辑认可。

她的漫画，画风细腻，透着浓浓的古典风，同时不乏对情感、世界和自然的人文关怀，具有同期少女漫画家少有的大气与沉静，因此广受欢迎。尤其是她的长篇漫画《米特兰的晨星》出版后，更是聚集了大批"粉丝"。其后，她的漫画作品《雪落无声》被改编成真人网络短剧，她的人气与日俱增。

2009年2月，她的长篇漫画《子不语》得到日本集英社总编辑长茂木行雄和著名漫画编辑松井荣元的大力推荐，正式登陆日本，成为内地首部走红后打入日本顶级漫画杂志的原创漫画。

2011年，中国"漫画作家富人榜"重磅发布，她以100万元的版税收入，荣登漫画作家富豪榜第15位，引发广泛关注。

是的，她就是中国"80后"美女漫画家夏达。

朋友们不免惊讶：孩提时，梦想成为漫画家的玩伴早已默默无闻，却是梦想"偶尔画画"的她成了职业漫画家。许多人因此赞美她的执着，而她，只是笑笑，并不认同，因为她早已把漫画当成自己生活的一部分，就如同吃饭、睡觉一般。

她说："除了前进的勇气，我是一只什么都不需要的快乐的绵羊。"

金玉良言

我们小时候都有梦想，但是，随着时间的推移，又有多少人还坚持着原来的梦想。许多人向生活妥协了，我们变得胆小，坚持变得越来越困难。我们走了很多路，但回头时却常常泪流满面，所以，一定不要辜负自己，一定坚持梦想。

成长哲理

人生就是实现一个又一个梦想的过程，我们坚持初衷，不放弃，不被生活影响，用自立自强撑起我们的梦想。

自强像荣誉一样，是一个无滩的岛屿。

——拿破仑

不一样的记者

他出生在河南省鲁山县尧山镇一个偏僻的山村，父母的相继离世，让他过早地品尝到生活的艰辛。一座低矮的茅草屋，就是他的容身之所，每逢阴雨连绵，屋内四处漏雨。然而，年仅18岁的他，却做出了让村里人难以置信的决定——完成父亲未了的心愿，掀掉茅屋盖瓦房。这是发生在上世纪80年代农村的真实故事。

那年夏天，炼狱般的苦力拷打着他的身心，摔泥巴，做砖瓦坯，累得他几乎虚脱。随后，他用两个多月时间，上山砍柴凑足烧瓦的燃料，借用生产队的老窑烧制砖瓦。第二年春天，他又跑到很远的深山里，砍下200余根建房用的椽子，用孱弱的肩膀将它们扛回村庄。在乡亲们的帮助下，赶在寒潮来袭前盖起了三间新瓦房，他跪倒在父亲坟前，告诉他这个好消息。

因为家境贫寒，他勉强读完高中。学业中断后，想到未知的将来，他心中一片茫然。这时，邻居家的收录机里播放着路遥的长篇小说《人生》，高加林的故事点燃了他的文学梦。昏黄的桐油灯下，他静下心来，从书本里汲取力量。他纸笔不离身，有空就坐下来写，稿子一篇篇投出去，却都石沉大海。这时，对写作痴迷的他，遇到了一位文学老师，在他的辅导下，他终于凭借不懈的努力，稿件渐渐在报上发表。随着发稿量的不断增大，他在当地已小有名气。

在老师的推荐与引领下，他成为县广播局的临时工作人员。对于这份得之不易的工作，他拿出拼命三郎的劲头，不畏艰难风险，深入新闻现场。仅用了两年时间，他就因工作突出被破格录用为正式记者。随后的几年，他成为县广播局对外发稿最多的记者，并有几十篇新闻作品相继获奖。

作为一名行走在社会前沿的新闻工作者，他接触到形形色色生活在底层的人，面对那一双双充满渴求的目光，他仿佛看到当年的自己。因为梦过你的梦，因为痛过你的痛，他更能理解他们内心的无奈。想到自己一路走来，曾有多少双手拉着他、推着他，引领他走上逐梦之旅。他暗下决心，要用行动回馈（kuì）社会，尽量去帮助他人。

他用自己微薄的收入，资助了近 40 名学生，让那些贫寒的学子，延续着他们的求学梦。他用新闻扶贫的方式，改写了画眉谷一个村庄的命运。他跟许许多多志愿者一起，奔赴冰雪、地震的灾害现场……然而，许多人知道他的名字，却是因为他与贵州水窖的情缘。

2005 年春天，他被徐本禹义务支教的事迹感动，第一次登上贵州这片贫瘠的土地。正是这次高原的灵魂之旅，让他与贵州结下不解之缘。贵州严酷的生存条件，村民沿着崎岖山路背水的身影……无不敲击着他的心灵。他捐出自己多年积攒的稿费 2.4 万元，帮助村民建造了 30 座水窖，随后在他的影响和感召下，社会各界纷纷伸出仁爱之手，出资捐建了 167 座"河南水窖"。他的善举在当地引起广泛关注，更多的人积极参与这项公益活动，那时，由他发起援建的"河南水窖"已达 1080 座。

他的事迹传遍中原大地，受到网友的热情追捧，诗人杨志广为他写下这样的诗行：我不知道，从河南到贵州／你疲惫的双脚起落的数量／只知道，你鲜红的衣袂／明亮我的眼眸／明亮无数人的眼眸／一面旗帜，鲜艳夺目／让所有爱心的脚步／都不约而同地，与你相随……

　　说到这里，很多人都已知道他的大名，他就是获得"河南省十佳记者""河南省十大爱心人物"等荣誉的张朝岑。

　　有人说，他只是位"三无"记者，经济上并不宽裕，做这些事就是为了出名。面对类似的质疑与非议，他的心里也有过挣扎，更何况由于长年奔波，已过不惑之年的他，已是华发早生，身体每况愈下。然而，他还是听从内心的召唤，义无反顾地行走在慈善的道路上，用爱点亮自己温暖他人。

　　他用一句话诠释了自己的人生信念：既然上苍赋予我做人的属性，架构这一撇一捺的工程，就成了我每天必修的功课。经历了那么多艰难困苦，依然固守内心的纯真与良善，只为写好一个"人"字，让每个瞬间都焕发生命的光彩。正是在这种信念的支撑下，他完成了从"农村少年"到"精神侠客"的华丽转身。

金玉良言

　　信念是一种很伟大的东西，一路走来，它是我们的指明灯，照亮我们的人生道路。

成|长|哲|理

生活中，我们的内心里总有一些想要坚持的东西。在茫茫人海中，有一个孤独又倔强的身影在努力奋斗。

对青年人来说，旅行是教育的一部分；对老年人来说，旅行是阅历的一部分。

——培根

华罗庚的努力

华罗庚中学毕业后，因交不起学费被迫退学。回到家乡，他一面帮父亲干活儿，一面继续顽强地读书自学。

不久，他身染伤寒，病情垂危。他在床上躺了半年，痊愈后，左腿却留下了终身的残疾，走路要借助手杖。当时，他只有19岁，在那迷茫、困惑、近似绝望的日子里，他想起了双腿残废后著兵法的孙膑。"古人尚能身残志不残，我才只有19岁，更没理由自暴自弃，我要用健全的头脑，代替不健全的双腿！"青年华罗庚就是怀着这样的信念顽强地和命运抗争。白天，他拖着病腿，忍着关节剧烈的疼痛，挂着拐杖一颠一颠地干活儿，晚上，他在油灯下自学到深夜。

1930年，他的论文在《科学》杂志上发表了，这篇论文惊动了清华大学数学系主任熊庆来教授。随后，清华大学聘请华罗庚当助理员。在名家云集的清华园，华罗庚一边做着助理员的工作，一边在数学系旁听。除了数学，他还用四年时间自学了英文、德文、法文，发表了10篇论文。25岁时，他已是蜚声国际的青年学者了。

金玉良言

在遇到困难和挫折时，自尊的人，能够奋发向上，自强不息，征服挫折和失败，在挫折与失败中获得成功。而丧失自尊的人，遇到困难和挫折时，往往自暴自弃。自轻自贱的人在遇到困难和挫折时，首先想到的是自己能力不行，从而放弃了努力奋斗。所以没有自尊的人，是不可能在事业上取得成功的。

成长哲理

在成长路上，我们常常迷茫纠结到底应该放弃还是坚持，也常常因此花费大量时间，但是无论通过什么方式或者经历过什么，最后我们得出的结论都是坚持。

强烈的信仰会赢取坚强的人，然后又使他们更坚强。

——华特·贝基霆

海伦·凯勒

海伦的不幸

一个女婴诞生在美国亚拉巴州北部的一个叫塔斯堪比亚的城镇，她就是海伦·凯勒。她听力很好，口齿灵敏，父母还指望她当一名音乐家呢！然而在她1岁半的时候，一场重病夺去了她的听力、视力，接着她又丧失了语言表达能力，使她仿佛置身于黑牢里无法摆脱。在她5岁时，家里又添了一个妹妹——密尔特蕾特。海伦每次不能马上吃到饼干，把洋娃娃放进摇篮里时有一个软软的东西已经在里面了，每次想爬到妈妈的膝盖上时，那个软软的东西又出现在上面了。有一次，愤怒的她推翻了妹妹的摇篮，如果不是妈妈及时赶来，也许她就不会有妹妹了。但是对于这一切，看不到也听不到的小海伦却没有丝毫歉疚。她的脾气越来越暴躁，直到莎莉文老师的到来。

海伦的转变

由于海伦自幼失聪失明，家人不得不请一位老师来教育她。通过帕金斯学院的院长亚纳克乃斯先生的帮助，一位叫安妮·莎莉文的老师被派来辅导她。正是莎莉文改变了海伦的一生。经过长途火车旅行之后，安妮·莎莉文老师于 1887 年 3 月 3 日坐着马车平安到达了塔斯堪比亚。当莎莉文老师到达海伦家门口时，她看到的海伦像一只掉进水里的小猫：棕色的头发散乱着，上好的衣服弄得很脏。在海伦的记忆里，坐马车来的人，往往手提箱中都装有糖果和玩具等东西。于是，她把所有的东西都掏了出来，莎莉文大吃一惊，赶紧收回手提箱，可是海伦很生气地向她冲去，要不是海伦父亲的制止，两人就都滚在地上了。

之后的种种事情把海伦的桀骜不驯（jié ào bú xùn）的性格软化了。最后海伦屈服了，她学会了说话，并以优异的成绩毕业于美国拉德克利夫学院，成为一个学识渊博，掌握英、法、德、拉丁、希腊五种文字的著名作家和教育家。她走遍美国和世界各地，为盲人学校募集资金，把自己的一生献给了盲人福利和教育事业。她赢得了世界各国人民的赞扬，并得到许多国家政府的嘉奖。

金玉良言

困难根本不是什么，它就是为磨炼我们出现的，我们通过自己的努力，总会打败它。

成长哲理

人生中，我们要走很漫长的路。我们不知道这条路上有什么，也许，没走上几步就遇到非常大的障碍，我们想要走过去就必须踏过这个障碍。我们必须站起来，必须接受，这样，我们才可能看到前面美丽的风景。

志比精金，心如坚石。

——冯梦龙

没有手的画家

法国著名画家纪雷有一天参加一个宴会，宴会上有个身材矮小的人走到他面前，向他深深一鞠躬，请求他收为徒弟。纪雷朝那人看了一眼，发现他是个缺了两只手臂的残疾人，就婉转拒绝他，并说："我想你画画恐怕不太方便吧？"可是那个人并不在意，立刻说："不，我虽然没有手，但是还有两只脚。"说着，便请主人拿来纸和笔，坐在地上，就用脚趾夹着笔画了起来。他虽然是用脚画画，但是画得很好，足见是下过一番苦功的。在场的客人，包括纪雷在内，都被他的精神所感动。纪雷很高兴，马上便收他为徒弟。这个矮个子自从拜纪雷为师之后，更加用心学习，没几年的工夫便名扬天下。他就是有名的无臂画家杜兹纳。

金玉良言

没有手竟然能成为画家，这不是很不可思议吗？这个故事告诉我们，只要有排除万难的毅力和恒心，你就能创造奇迹，做到别人做不到的事情。只有努力、才会出现奇迹。

成长哲理

机遇从来不等人，所以你必须排除万难，让自己时刻准备好。

人生在勤，不索何获？

——张衡

郭沫若的七绝诗

郭沫若是我国卓越的无产阶级文化战士。1892年生于四川乐山"绥山毓秀，沫水钟灵"的古镇——沙湾。郭沫若4岁半便进"绥山馆"读书，在这里度过了八个春秋。郭沫若在私塾先生的训导下，读《唐诗三百首》《千家诗》等许多古书。因此，他不到7岁，就已能写出很不错的对联和诗词。

郭沫若在少年时代就十分同情家庭困难的同学。有一天，他遇到在乐山太平场读书的好友余童生，只见小余表情沮丧，仔细一问，才知他因交不起学费，被迫退学了。郭沫若心想：小余聪明好学，很有抱负，如今中途辍学，多可惜呀！于是，他温和地安慰小余说："别难过，我去找私塾先生求求情，让他免费收下你。"说罢，当场写了一副对联，送给了私塾先生。

谁知，私塾先生接过对联，只看了两眼，就无动于衷地扔到了一边。郭沫若急了，又研墨挥毫，作了一首七绝《怜余童生》："学海茫茫庭院森，无银不敢拜大成。吾望吾师施恩典，同病相怜应有人。"

私塾先生读了这首情深意切的七绝诗，深受感动，不久就免了余童生的学费，使他可以继续读书。

金玉良言

只有自立自强，你才可以让别人看得起你，你也才有能力帮助别人。

成长哲理

当你有了真才实学，你对事物就不会无可奈何，你就可以实现更多的愿望。

　　学海茫茫庭院森，无银不敢拜大成。吾望吾师施恩典，同病相怜应有人。

勿问成功的秘诀为何，且尽全力做你应该做的事吧。
——美华纳

海明威的小说

　　海明威每天早晨6点半，便聚精会神地站着写作，一直写到中午12点半，通常一次写作不超过6小时，偶尔延长2小时。他喜欢用铅笔写作，便于修改。有人说他写作时最多一天用了20支铅笔。他说没这么多，写得最顺手时一天就用了7支铅笔。海明威在埋头创作的同时，每年都要读点莎士比亚的剧作，以及其他著名作家的作品；此外还精心研究奥地利作曲家莫扎特、西班牙油画家戈雅、法国现代派画家谢赞勒的作品。

　　他说，他向画家学到的东西跟向文学家学到的东西一样多。他特别注意学习音乐作品基调的和谐与旋律的配合。难怪他的小说情景交融浓淡适宜，语言简洁清新、独具一格。

金玉良言

所有的付出都是有回报的，但是你必须非常努力。

成长哲理

不自立自强，怎么实现自己的价值，怎么让自己在喜欢的领域有一席之地。

　　海明威为了便于修改，喜欢用铅笔写作，有时一天竟用了7支铅笔。

> 涓滴之水终可磨损大石，不是由于它力量强大，而是由于昼夜不舍地滴坠。只有勤奋不懈地努力，才能够获得那些技巧。
>
> ——贝多芬

勤奋读书

董仲舒三年不窥园

董仲舒专心攻读，孜孜不倦。他的书房后虽然有一个花园，但他专心致志读书学习，三年时间没有进园观赏一次。董仲舒如此专心致志地钻研学问，最终成为西汉著名的思想家。

管宁割席分坐

汉时，管宁与华歆（xīn）二人为同窗好友。有一天，两人同席读书，有达官显贵乘车路过，管宁不受干扰，读书如故，而华歆却出门观看，羡慕不已。管宁见华歆与自己并非真正志同道合的朋友，便割席分坐。管宁后来终于事业有成！

李密牛角挂书

隋朝李密，少年时候被安排在隋炀帝的宫廷里当侍卫。他生性灵活，在值班的时候，左顾右盼，被隋炀帝发现了，认为这孩子不大寻常，就免了他的差使。李密并不懊丧，回家以后，发愤读书，决心做个有学问的人。有一回，李密骑了一头牛，出门看朋友。在路上，他把《汉书》挂在牛角上，抓紧时间读书。此事后被传为佳话。

金玉良言

荀子说："学不可以已。"学习可以让我们开阔视野，明事理。古人尚且如此，我们也不能落后。而学习也是我们自立自强的开始，我们学到多少知识，这直接关系到个人今后的发展。

成长哲理

勤奋读书，为我们的梦想加油。

立志不坚，终不济事。

——朱熹

陆羽弃佛从文

唐朝著名学者陆羽，从小就是个孤儿，被智积禅师抚养长大。

陆羽虽身在庙中，却不愿终日诵经念佛，而是喜欢吟读诗书。陆羽执意下山求学，遭到了禅师的反对。禅师为了给陆羽出难题，同时也是为了更好地教育他，便叫他学习冲茶。在钻研茶艺的过程中，陆羽碰到了一位好心的老婆婆，不仅学会了复杂的冲茶技巧，更学会了不少读书和做人的道理。

当陆羽最终将一杯热气腾腾的苦丁茶端到禅师面前时，禅师终于答应了他下山读书的要求。后来，陆羽撰写了广为流传的《茶经》，把祖国的茶艺文化发扬光大！

金玉良言

我们必须有志向，然后，通过努力实现它。

成长哲理

如果我们做任何事都不能够坚持到底，总是半途而废，那么我们是永远不会有任何收获的。

　　在钻研茶艺的过程中，陆羽碰到了一位好心的老婆婆，不仅学会了复杂的冲茶技巧，更学会了不少读书和做人的道理。

成长 不再烦恼

CHENGZHANG BUZAI FANNAO

·第二辑·

智慧轩文化◇编

天津出版传媒集团

天津人民美术出版社

目录

生活需要一颗感恩的心来创造，一颗感恩的心需要生活来滋养。

——王符

一颗小孩的心

有一个单身女子刚搬了家，她发现隔壁住了一户穷人家，一个寡妇与两个小孩子。有天晚上，那一带忽然停了电，那个女子只好自己点起了蜡烛。没一会儿，忽然听到有人敲门。

原来是隔壁邻居的小孩子，只见她紧张地问："阿姨，请问你家有蜡烛吗？"女子心想：他们家竟穷到连蜡烛都没有吗？千万别借他们，免得被他们依赖了！

于是，她对孩子吼了一声说："没有！"正当她准备关上门时，那个小孩展开关爱的笑容说："我就知道你家一定没有！"说完，竟从怀里拿出两根蜡烛，说："妈妈和我怕你一个人住又没有蜡烛，所以让我带两根来送给你。"

此刻女子深深地自责并且感动得热泪盈眶，将那小孩紧紧地拥在怀里。

金玉良言

感恩的心，是一颗智慧的心，无论我们是尊贵地生活还是卑微地存在，无论生活在何处，有着怎样曲折特别的生活经历，常怀一颗感恩的心，自可过滤掉许多的浮躁不安，消解内心的积怨与不满，收获健康的心态、完美的人格和进取的信念！

成长哲理

感恩是一件可以让我，让你，让他都会变得更加美好的事情和行为。感恩的中心便是知恩图报，学会感恩，是一种情怀，更是一种情操。我们要记住不管生活是否如意，都不要去抱怨生活里存在的不公平，要时常怀着一颗感恩的心。顺境时，感恩会教会我们成长，让我们更加幸福；逆境时，我们也要感谢生活带给我们的种种挫折，它可以让我们成为一个优秀的人。

女子深深地自责并且感动得热泪盈眶,将那小孩紧紧地拥在怀里。

蜜蜂从花中啜蜜，离开时嗡嗡地道谢。浮夸的蝴蝶却相信花是应该向他道谢的。

——泰戈尔

沙漠中的一对朋友

曾经有两个人在沙漠中行走，他们是很要好的朋友。在途中不知道什么原因，他们吵了一架，其中一个人打了另一个人一巴掌。那个人很伤心，于是他就在沙上写下"今天我朋友打了我一巴掌"。写完后，他们继续行走。他们来到一块沼泽地，那个人不小心踩到沼泽里，另一个人不惜一切，拼了命地去救他……最后那个人得救了，他很高兴，于是拿了一块石头，在上面写下"今天我朋友救了我一命"。朋友一头雾水，奇怪地问："为什么我打了你一巴掌，你把它写在沙中，而我救了你一命你却把它刻在石头上呢？"那个人笑了笑回答道："当别人对我有误会，或者有什么对我不好的事，就应该把它记在最容易遗忘、最容易消失的地方，由风负责把它抹掉；而当朋友有恩于我，或者对我很好，就应该把它记在最不容易消失的地方，尽管风吹雨打也磨灭不了。"

金玉良言

如果生活是一首充满诗情画意的诗，感恩之心则是诗中最朴实的语言；如果生活是一方天空，那么感恩之心则是黎明时天空中的朝霞；如果生活是一片汪洋大海，感恩之心则是海中最美的浪花。

成长哲理

对待朋友真诚大方，不能只记得朋友对你的不好，要用一颗平常心去看待一切事物，要学会知恩图报，这才会使你们的友谊地久天长。你对别人友善，别人就会对你友好。不要因为朋友一次对你不好让你记恨在心，你要用感恩的心去善待朋友。让我们携手来传播爱，让感恩永驻我心。

做人也要像蜡烛一样，在有限的一生中有一分热发一分光，给人以光明，给人以温暖。

——萧楚女

小女孩

一个天生失语的小女孩，从小和妈妈相依为命。她们家很贫穷，妈妈每天辛苦工作回来后给她带一块小小的年糕，是她最大的快乐。

有一天，下着很大的雨，已经过了晚饭时间了，妈妈却还没有回来。天，越来越黑，雨，越下越大，小女孩决定顺着妈妈每天回来的路自己去找她。当她看见妈妈的时候，发现妈妈手里紧攥着一块小小的年糕倒在路旁，已经永远地离开了她。

雨一直在下，小女孩也不知哭了多久。她知道妈妈再也不会醒来，现在就只剩下她自己了。妈妈的眼睛为什么不闭上呢？是因为不放心她吗？她突然明白了自己该怎样做。于是小女孩擦干眼泪，决定用自己的语言来告诉妈妈她一定会好好地活着，让妈妈放心地走……

小女孩就在雨中一遍一遍用手语演示着这首《感恩的心》，泪水和雨水混在一起，从她小小的且写满坚强的脸上滑过："感恩的心，感谢有你，伴我一生，让我有勇气做我自己……"她站在雨中不停地演示着，一直到妈妈的眼睛终于闭上……

当流着泪听完这个故事，又反反复复地听着这首歌的时候，我突然想到了天下有多少这样的父母，在默默地为儿女付出一切。而天下又有多少这样的儿女，能够感恩于亲人这样一颗爱心！作为一个人，生活给予我们的来自亲人的爱，我们是否都怀有一颗感恩的心来面对？

从我们来到这个世界上的那一刻起，我们便拥有了太多！父母给了我们生命和健康！兄弟姐妹给了我们欢乐和亲情！老师给了我们知识和关爱！朋友给了我们友谊和信任！

当我们感受一缕晨风，听见一声鸟鸣，触摸一滴露珠，那是来自大自然赋予我们的愉悦！当我们迎来新一轮朝阳，目送夕阳西下，那是时光丰富了我们的生命！甚至，当我们承受了一次风雨，走过了一段泥泞，那是生活给了我们战胜困难的勇气……

这一切，都需要我们用一颗感恩的心去微笑面对！学会了感恩，我们便拥有了快乐，拥有了幸福，也拥有了力量！我们才不会在生活中轻言放弃，而是勇往直前！

金玉良言

心怀感恩，阳光将洒遍心灵；心怀感恩，社会将和谐美好；心怀感恩，生命将灿烂辉煌。让我们都怀着一颗感恩的心，去回忆过去，去描绘现在，去收获未来！

成长哲理

我们要怀着感恩的心去感谢一切跟感恩有关的行为和精神。感谢亲情，父母暖暖的叮嘱和孜孜不倦的教诲，让我们懂得了"谁言寸草心"的这份情怀，这样的亲情，难道我们不应该心怀感恩去感谢他们吗？感谢友情，友情是一种人与人之间难得的一份情感，它存在于亲情跟爱情之间。俗话说"相遇难，相知更难"，朋友会在你开心得意的时候陪你开怀大笑，见证辉煌；在你伤心失落的时候，送来鼓励安慰，帮你重新振作。这样的友情，难道我们不应该心怀感恩去感谢他们吗？我们要心怀感恩，做一个懂得感恩的人。

　　学会了感恩，我们便拥有了快乐，拥有了幸福，也拥有了力量！我们才不会在生活中轻言放弃，而是勇往直前！

> 感谢命运，感谢人民，感谢思想，感谢一切我要感谢的人。
>
> ——鲁迅

故事两则

（一）

记得海伦·凯勒在她的自传中这样写道："我感谢大自然给予我温暖的阳光，我感谢父母给予我敏感的触觉，我感谢我的老师给予我美妙的知识……"这样一位重度残疾的少女，就是怀着感恩的心面对原本不公的天赋，她甚至感谢上天给予她的不幸，因为正是不幸使得她比常人更加坚强，更加不屈不挠。她克服了重重困难，奇迹般地成了一名伟大的文学家。

（二）

一个青年丢掉了工作，身在异乡的他四处寄求职信，但都石沉大海。一天，他收到了一封回信，回信人斥责他没有弄清楚该公司所经营的项目就胡乱投递求职信，并指出求职信中语句不通顺，借此把青年好好地嘲笑了一番。青年虽然有些沮丧，但他觉得这是别人给他回的第一封信，证实了他的存在，而且回信人在信中的确指出了他的不足。为此，他还是心怀感恩地回了一封信，里面对自己的冒失表示了歉意，并对对方的回复和指导表示了感谢。几个星期后，青年得到了一份合适的工作，录用他的正是当初回信拒绝他的公司。这是一个真实故事，正是他那颗感恩的心，打动了用人单位。

金玉良言

停止抱怨生活、工作或是身边的人吧，当你真正怀揣着感恩的心去生活，你会发现一切都是那么美好：感谢亲爱的父母给你做的早餐，感谢大自然给予的阳光和雨露，感谢老师教会了你知识，甚至感谢你的对手让你克服了又一个困难……

成长哲理

让我们谨记，不管遇到什么艰难险阻，都要时时刻刻保持一颗感恩的心。回顾历史，纵观现实，多少个鲜明的例子在我们眼前浮现：张骞出使西域，尽管在西域被抓成为人质过着阶下囚的生活，他仍旧抱着感恩的心去坚持着，最后还是回到了家乡，得到天下人的肯定；身残志坚的作家海伦·凯勒从来不去埋怨生活，因为上帝关上了她身体的一扇窗，但却给她打开了心灵的一扇门，一扇感恩的门。我们要记住在逆境中怀着感恩的心，明天就会更加美好。

孝子之至，莫大乎尊亲；尊亲之至，莫大乎以天下养。

——孟子

一朵玫瑰花

有位绅士在花店门口停了车，他打算向花店订一束花，请他们送去给远在故乡的母亲。

绅士正要走进店门时，发现有个小女孩坐在路上哭，绅士走到小女孩面前问她：

"孩子，为什么坐在这里哭？"

"我想买一朵玫瑰花送给妈妈，可是我的钱不够。"孩子说。绅士听了感到心疼。

"这样啊……"于是绅士牵着小女孩的手走进花店，先订了要送给母亲的花束，然后给小女孩买了一朵玫瑰花。走出花店时绅士向小女孩提议，要开车送她回家。

"真的要送我回家吗？"

"当然啊！"

"那你送我去妈妈那里好了。可是叔叔，我妈妈住的地方，离这里很远。"

"早知道就不送你了。"绅士开玩笑地说。

绅士照小女孩说的一直开了过去，没想到走出市区大马路之后，沿着蜿蜒山路前行，竟然来到了一片墓地。小女孩把花放在一座新坟旁边，她为了给一个月前刚过世的母亲献上一朵玫瑰花，走了一大段远路。绅士将小女孩送回家中，然后再度折返花店。他取消了要寄给母亲的花束，而改买了一大束鲜花，直奔离这里约有五小时车程的母亲家中，他要亲自将花献给妈妈。

金玉良言

发现美，不光需要一双敏锐的眼睛，更重要的是要有一颗充满爱的心。我想说，感谢爱你的人吧，正是他们的关心、鼓励和支持才让你感到了生活的温暖和充实；感谢讨厌甚至恨你的人吧，是他们让你的生活曲折多彩，让你面对挫折时变得更坚强。这种爱就是一种感恩，爱世间万物，感激世间万物，用一颗感恩的心去"打量"万物，那上面定有细微之处让你心怀感恩。

成长哲理

　　做人就要学会知恩图报。别人在我们困难无助的时候来帮助我们便是雪中送炭，我们秉承感恩的心真心诚意地去报答帮助我们的人。人的一生说长不长说短也不短，珍惜生命中的一滴水珠、一束小花，一辈子都心怀感恩。

珍惜生命中的一滴水珠、一束小花，一辈子都心怀感恩。

懂得生命真谛的人，可以使短促的生命延长。

——西塞罗

第一百位客人

中午高峰时间过去了，原本拥挤的小吃店，客人都已散去，老板正要喘口气翻阅报纸的时候，有人走了进来。那是一位老奶奶和一个小男孩。

"牛肉汤饭一碗要多少钱呢？"奶奶坐下来拿出钱袋数了数钱，叫了一碗汤饭，热气腾腾的汤饭。奶奶将碗推向孙子面前，小男孩吞了吞口水望着奶奶说："奶奶，您真的吃过午饭了吗？"

"当然了。"奶奶含着一块萝卜泡菜慢慢咀嚼。一晃眼工夫，小男孩就把一碗饭吃个精光。

老板看到这幅景象，走到两个人面前说："老太太，恭喜您，您今天运气真好，是我们的第一百位客人，所以免费。"

之后过了一个多月的某一天，小男孩蹲在小吃店对面像在数着什么东西，使得无意间望向窗外的老板吓了一大跳。

原来小男孩每看到一位客人走进店里，就把小石子放进他画的圈圈里，但是午餐时间都快过去了，小石子却连五十个都不到。

心急如焚的老板打电话给所有的老顾客："很忙吗？没什么事，我要你来吃碗汤饭，今天我请客。"像这样打电话给很多人之后，客人开始一个接一个到来。"八十一，八十二，八十三……"小男孩数得越来越快了。终于第九十九个小石子被放进圈圈里。

那一刻，小男孩匆忙拉着奶奶的手进了小吃店。

"奶奶，这一次换我请客了。"小男孩有些得意地说。真正成为第一百位客人的奶奶，让孙子招待了一碗热腾腾的牛肉汤饭。而小男孩就像之前奶奶一样，含了块萝卜泡菜在口中咀嚼着。

"也送一碗给那男孩吧。"老板娘不忍心地说。

"那小男孩现在正在学习不吃东西也会饱的道理哩！"老板回答。

吃得津津有味的奶奶问小孙子："要不要留一些给你？"

没想到小男孩却拍拍他的小肚子，对奶奶说："不用了，我很饱，奶奶您看……"

感恩有的时候不是为了感谢他人而去做的，而是为了帮助一些需要你伸出援助之手的人。感恩不需要言明你的善意，只需要你尽力去做就好。

成长哲理

生命来之不易，我们要好好珍惜。当然既然生命如此来之不易，我们就要学会去感恩生命。如何去感恩生命呢？那便要学着用感恩的心去看这个世界，用我们每个人的正能量去回馈这个世界。"滴水之恩，涌泉相报"，告诉我们的也是感恩。这些都是浅显的道理，没有人会不懂，但生活中的我们在理所当然地享受着这一切的同时，有些人却常常缺少了一颗感恩的心。所以我们在理所当然享受的同时不要迷失了感恩的本质。

为学莫重于尊师。

——谭嗣同

感恩老师

孔子带领他的学生们周游列国，在去陈国和蔡国的路上被困，一连好几天没吃上一顿饭。孔子实在受不住，只好大白天躺下睡大觉，想以此来忘却饥饿。孔子的大弟子颜回看到这个情景，心中十分忧伤，心想：老师上了年纪，怎能经得住这般折磨啊！再不想出办法，怕是要出危险了。颜回也没有什么好办法，只好去向人乞讨。真是天不绝人，居然碰上一个好心肠的老婆婆，给了他一些白米。颜回高高兴兴地把米拿回来，急忙把米倒在锅里，砍柴生火，不一会儿，饭就熟了。

孔子这时刚好醒来，突然闻到一股扑鼻的饭香，好生奇怪，便起来探看。刚一跨出房门，就看见颜回正从锅里抓了一把米饭往嘴里送。孔子又高兴又生气：高兴的是有饭吃了；生气的是颜回竟然如此无礼，老师尚且未吃，他却自己先吃了起来。过了一会儿，颜回恭恭敬敬地端来一大碗香喷喷、热腾腾的白米饭，送到孔子面前，说："今日幸好遇到好心人赠米，现在饭做好了，先请老师进食。"不料孔子一下子站起身来，说："刚才我在睡梦中见到去世的父亲，让我先用这碗白米饭祭奠他老人家。"颜回一把将那碗米饭夺了回去，连忙说："不行！不行！这米饭不干净，不能用它来祭奠！"孔子故作不解地问道："为何说它不干净呢？"颜回答道："刚才我煮饭时，不小心把一块炭灰掉到上面，我感到很为难，倒掉吧，太可惜了，但又不能把弄脏的饭给老师吃呀！后来，我把上面沾有炭灰的饭抓来吃了。这掉过炭灰的米饭怎能用来祭奠呢？"孔子听了颜回的话，才恍然大悟，消除了对颜回的误解，深感这个弟子是个贤德之人。

金玉良言

老师，既是我们知识的启蒙者，也是我们人生道路上的指明灯。他们如园丁一般辛勤地浇灌我们发芽生长，让我们日后成为国家的有用之才。

成长哲理

　　这个故事教会我们要怀揣着感恩的心真诚感谢我们的育人之师、授业之师、校园园丁——老师。春夏秋冬，寒来暑往，老师们一直默默地站在讲台上辛勤地在黑板上向我们传授着各种知识。老师的爱看不见、摸不着，像许多家长一样有"望子成龙，望女成凤"之心，但是这种爱却滋润到了我们的心里。当你们日后出人头地时，不要忘记老师们多年对你们的谆谆教导，不需要太多物质上的回报，只需要在老师们老去的时候多去看望他们，让他们知道多年来我们一直秉承着"感恩"二字。

人的一生，应当像这美丽的花，自己无所求，却给人间以美。

——杨沫

种花的邮差

有个小村庄里有位中年邮差，他从刚满二十岁起便开始每天往返五十公里的路程，日复一日将忧欢悲喜的故事，送到居民的家中。就这样二十年一晃而过，世事几经变迁，唯独从邮局到村庄的这条道路，从过去到现在，始终没有一枝半叶，触目所及，唯有飞扬的尘土。

"这样荒凉的路还要走多久呢？"

他一想到必须在这无花无树充满尘土的路上，踩着脚踏车度过他的人生时，心中总是有些遗憾。

有一天当他送完信，心事重重准备回去时，刚好经过了一家花店。"对了，就是这个！"他走进花店，买了一把野花的种子，并且从第二天开始，带着这些种子撒在往来的路上。就这样，经过一天，两天，一个月，两个月……他始终坚持撒播野花种子。

没多久，那条他已经来回走了二十年的荒凉道路，竟开起了许多红、黄色的小花。夏天开夏天的花，秋天开秋天的花，四季盛开，永不停歇。

种子和花香对村庄里的人来说，比邮差一辈子送达的任何一封邮件，更令他们开心。

每天，邮差在充满花瓣的道路上吹着口哨，踩着脚踏车，不再是孤独的邮差，也不再是愁苦的邮差了。

金玉良言

我们不仅要学会感恩，时时用一颗感恩的心来对待周围的一切，更要懂得珍惜，珍惜你拥有的一切，珍惜亲人，珍惜朋友，珍惜每一件值得珍惜的事，并且要用自己的努力付出去回报这些人和事。心怀感恩，生活会是一朵永不凋谢的花；懂得珍惜，幸福也就常常不期而至。因为感恩，人与人之间的距离越来越近；因为感恩，世界变成了爱的海洋；懂得珍惜，生活中的很多苦恼就会豁然开朗；懂得珍惜，生活就会减少很多缺憾，增添很多快乐。

成长哲理

在人生道路上我们要时刻牢记心怀感恩，做一个传播正能量，懂得感恩生活、热爱生活、尊重生活的人。当然还要懂得去珍惜，珍惜你拥有的一切，珍惜身边的人和事。懂得珍惜当下，你才会成为一个幸福的人。

　　每天，他在充满花瓣的道路上吹着口哨，踩着脚踏车，不再是孤独的邮差，也不再是愁苦的邮差了。

感恩即是灵魂上的健康。

——尼采

总统的感恩

一次，美国前总统罗斯福家被盗，丢了许多东西。一位朋友闻讯后，忙写信安慰他，劝他不必太在意。罗斯福给朋友写了一封回信："亲爱的朋友，谢谢你来信安慰我，我现在很平安。感谢上帝：因为第一，贼偷去的是我的东西，而没有伤害我的生命；第二，贼只偷去我部分东西，而不是全部；第三，最值得庆幸的是，做贼的是他，而不是我。"对任何一个人来说，失窃绝对是不幸的事，而罗斯福却找出了感恩的三条理由。这个故事，启发我们该如何感恩生活。

感恩，使我们在失败时看到差距，在不幸时看到危机，获得温暖，激发我们挑战困难的勇气。就像罗斯福那样，换一种角度去看待人生的失意与不幸，对生活时时怀着一份感恩的心情，则能使自己永远保持健康的心态、完美的人格和进取的信念。

金玉良言

在水中放进一块小小的明矾就能沉淀所有的渣滓；如果在我们的心中培植一种感恩的思想，则可以摒弃许多的浮躁与不安，消融许多的不满与不幸。

成长哲理

感恩不纯粹是心理安慰，也不是对现实的逃避，更不是自我陶醉的精神胜利法。感恩，是一种歌唱生活的方式，它来自对生活的爱与希望。

　　换一种角度去看待人生的失意与不幸，对生活时时怀着一份感恩的心情，则能使自己永远保持健康的心态、完美的人格和进取的信念。

常思奋不顾身，而殉国家之急。

——司马迁

芦苇花的约定

在我支教的学校附近，流淌着一条蜿蜒曲折的小河，河堤边长满了一簇簇芦苇。

芦苇生长在河岸或河水中浅的地方。它永远是远离百花，平淡安然，不卑不亢；它永远是默默无闻，与世无争，从容坦然。它不争芳妒妍，不畏风霜，构成深秋独特的风景。

每当芦苇花开放时，孩子们便三五成群地来到这里，一起划着小木船，穿梭在棉絮般的花丛间，看飘向云端的芦花。就在芦苇丛里，我与我的学生水生结下了今生永久的约定。

一天下午，孩子们像往常一样用渴望的眼神凝视着黑板。出人意料的是，坐在最后一排的水生竟旁若无人地趴在桌上睡觉，一气之下，我将他喊出了教室。刚说了几句，他竟然萎靡地倒在地上：双手抱着头，嘴里用力地喘着气，脸上露出一副痛苦不堪的表情。这让我惊呆了，不知如何才好。看着他那么痛苦，心里怎能不痛？我弯下腰将他扶起，搀扶着他进教室。他一步一摇地走到座位跟前，重重地坐在凳子上，两只手不停地颤抖，额头上豆大的汗珠一颗颗渗出来，流过脸庞，湿透了衣襟。一不留神，他又一头摔倒在地。

初登讲台的我还从没碰到过这种事情。为了查个"水落石出"，我在下课之余四处打听。听别人说，他的父亲去外地打工了，很少回来。他母亲患有先天性的某种疾病，可能是遗传的原因吧，这个孩子身上也带有一点点病症。一个本应该在阳光下苗壮成长的少年，却遭受如此痛苦折磨，仿佛一棵过早经历风雨的小树苗，让人揪心不已！

我默默地对自己说：作为教师，我要关爱这个孩子。

从那以后，每当放学时，我都会故意经过水生家门前那条羊肠小道。水生是一个不大爱说话的男孩，见我远远走来，他立刻停下手中的活儿，迅速跑进家里，紧紧关上大门。为了赢得水生的信任，我决定"三顾茅庐"。一连几天，水生总是躲着我。

我感到很无奈。

星期天我和同事到河边散步。我们沿着小河慢慢地走着。忽然一个熟悉的瘦小的身影映入眼帘。"那不是我们班的水生吗？"只见他提着一桶水，摇摇晃晃，走两步歇一下，水花溅得满地都是。我快步走到他跟前，看到那小手勒得通红，青筋暴出，我的鼻子酸酸的。"水生，我们一起来吧。"他抬头看看我，笑了。大手，小手，一起提着水快乐地朝他家走去。

日子一天天地过去，我每天都绕着走那条小路。辅导作业、提水、谈心成了日常习惯。渐渐地，他开始信任我了，并主动邀我乘船游玩。

一个风和日丽的周末，涉过清凉的河水，我们来到河中央的丛林，观赏这漫天飞舞的芦花。此情此景，水生显得兴奋异常。

他热情地向我介绍："以前，听我爷爷说，在他小的时候一不小心掉进了河水深处，险些丧了命，幸好一手拽住芦苇秆，才保住命。"孩子一边说着，一边比画着当年落水的情景。

日子过得真快。转眼一年过去了，这期间水生和我游遍了河堤两岸。每到一处，我会用相机为他拍照，然后洗出来送给他。在每一张相片的背面，我会写一些鼓励他的话。欣慰的是，水生也在放假期间，采来大把大把的芦花，为我编织了一双大小不一、略显粗糙的芦花鞋。

那纵横交错的经纬里，织进了他对老师多深沉的爱啊！"芦苇花芦苇花，是花不是花，好似一幅画，芦苇花芦苇花，如歌如诉，好似梦中的花，像泉一样喷，像雨一样洒，像云一样飘，像雾一样下。芦苇花开不是梦，正是梦中那束花。"

芦苇花啊芦苇花，你让一片片荒凉的河滩变成绿洲。每当你与河岸的相思树相聚时，你便化成一支支叶笛，让风儿吹奏出你心灵深处的歌。

金玉良言

感恩不只是一种对生命馈赠的欣喜，也不只是对这一馈赠所给予的言辞的回馈；感恩是用一颗纯洁的心，去接受那付出背后的艰辛、希望、关爱和温情。

成长哲理

这个故事里面写的一个留守儿童和老师间的真

实经历，告诉我们老师对学生的培育之恩，因为这些情感里充满了恩情，这些是充满感恩的日子。老师对他的无微不至的爱，让他深深地记在心里，爱里本来就是充满了恩情，而水生也没有辜负老师，是老师善良的力量影响了他，让他对生活充满了希望。

全世界的母亲是多么的相像！她们的心始终一样，每一个母亲都有一颗极为纯真的赤子之心。

——惠特曼

病魔与爱

有一个5岁便得了怪病的孩童，一只脚比另一只脚长得长，走路时脚跛得像只小鸭子，面对周围小朋友的嘲笑与众人异样的眼光，懵懂的孩子将乞求的信号发向了父母，父母忍着泪水骗他说："孩子，这不是病，只要经常走走，锻炼就会好的。"

孩子相信父母的话，一直走着。多年的辗转奔波，父母为他寻访名医，给他用尽奇药，可孩子的病却不见好转，而父母在伤心欲绝的情形下，依旧没有放弃为孩子治病的念头。孩子就这么在父母善意的谎言中，在父母慈爱的滋润下，在父母的祈求里慢慢地成长起来。后来，孩子懂事了，明白了事实的真相，可他一点儿伤心的理由都没找到，因为他知道父母多年来的泪水，已将他的伤口愈合；他明白父母多年来的无悔，早把他的痛楚麻木；他更理解父母多年来承受的压力远超过他的不幸。

他毫无失落之感、怨悔之意，因为父母的爱为他搭起了成长之桥，那桥是起于地而腾于空的桥，他比任何人都站得要高；那桥是凌驾于生命与前途边沿的桥，他心中的感恩足以消除一切的不如意。

躺在病床上的一个小女孩，面对病魔，面对死神，她有无尽的痛与苦，可她没有流过一滴眼泪。

父母闪过的一幕幕的瞬间，命运之神的不幸之箭被她那受伤但激动的心熔化，病魔折磨下的苦痛被驱赶到了宇宙的边缘。可没过多久，无情的死神又一次把她带向另一个世界。

一滴泪水在她最后一次心跳的时候，沿着留有余温的脸庞滑落而下。那滴泪，蕴藏着女孩的一个梦？

清晨的阳光，穿过窗户落在她的身上，她醒了，双手拭拭蒙眬的双眼，自己躺在那温馨的家中。眼前的父母红肿着双眼，不言而喻，是他们颤悸的心灵，感天动地的呼喊，将她从死神的掌中抢回。她心中充满了感恩。

金玉良言

我们可以看出来"感恩"两个字的含义有多重要，而一个有情有义的人是多么值得我们珍重。感恩的方式有很多，只要心怀一颗感恩的心来感恩这个世界，那么这个世界便是安好的。有时候不管你生了多大的疾病，也不要去害怕它，被它吓倒，你有你的父母及你身边许许多多爱你的人陪伴着你一起去打败病魔。让我们时时刻刻记得心怀感恩，做一个感恩懂爱的人。

成长哲理

心存一颗感恩的心，去看待我们正在经历的生命、身边的生命，悉心呵护，使其免遭创伤。感恩生命，为了报答生命的给予，我们实在不应该轻视和浪费每人仅有的一次生命历程，浪费青春，一生庸庸碌碌，而应该让生命达到新的高度，体现出生命的价值，让生命更有意义，显出生命本应拥有的精彩。

　　躺在病床上的一个小女孩，面对病魔，面对死神，她有无尽的痛与苦，可她没有流过一滴眼泪。

不管一个人取得多么值得骄傲的成绩，都应该饮水思源，应该记住是自己的老师为他的成长播下了最初的种子。

——居里夫人

滴水之恩，涌泉相报

一个生活贫困的男孩为了积攒学费，挨家挨户地推销商品。傍晚时，他感到疲惫万分，饥饿难挨，而他推销得却很不顺利，以至于他有些绝望。这时，他十分饿，他敲开一扇门，希望主人能给一点食物。

开门的是一位美丽的年轻女子，男孩在她面前，竟然忘了该说什么，只是结结巴巴地描述了自己的经历，问这位女子："阿姨，您能给我一点喝的吗？"这女子当即就给了他一大杯牛奶。男孩慢慢地喝完了牛奶，问道："我应该付多少钱？"她说："一分也不用。妈妈教导我们，施以爱心，不图回报。"男孩就说："那，就请接受我最忠诚的感谢吧！"便向那女子深深鞠了一躬，大踏步走了出去。一走出巷子，男孩觉得自己浑身都充满了力气，那男子汉的勇气像山洪一样爆发了出来。

其实，他原本是打算退学的。现在他改变了主意。

许多年后，男孩成了一位著名的外科大夫，他就是大名鼎鼎的霍华德·凯利。那位曾给他恩惠的女子，患了一种十分奇怪的病，当地的大夫都束手无策，便被转到了霍华德·凯利所在的医院。

他看到患者的名字时，立刻冲进了病房。

果然不出他所料，那位妇女正是多年前在他饥寒交迫时，热情地给过他一杯改变人生的牛奶的年轻女子，当年正是那杯热奶使他重拾信心，完成了学业。凭着霍华德·凯利那高明的医术，手术非常成功。可那位妇女却不敢看医疗支付单，她知道这些钱会花掉她的全部家产。当她终于鼓起勇气看时，一行小字引起了她的注意：医疗费＝一杯牛奶，霍华德·凯利。

金玉良言

感恩是一种美德。没有感恩的心，可能感觉不到自己的冰冷，但拥有感恩的心，一定能感受到这个世界的温暖。只要有感恩之意，一句"谢谢"也会因为彼此之间的真诚而变成滋润彼此心田的甘泉。

成长哲理

　　感恩已经真正成为一种文明，一种以正能量感谢他人帮助自己的方式。它让这个充满金钱和名利的社会有了人情味，不再让大家感觉如此冰冷了，我们有理由相信以后的社会一定会让我们感受温暖和幸福。

感恩是精神上的一种宝藏。

——洛克

师傅，我想坐您的车（上）

"师傅，我，我想坐您的车。"一个跛足女孩背着书包走了过来，看看左右着急地说。朱师傅说得交车了，他只是停下来歇一会儿。女孩低下头，过了几秒钟，她又恳切地说："谢谢您了，师傅。我只坐一站地，就一站地。"

那一声"谢谢"让朱师傅动了心。他看看女孩身上洗得发白的校服，一个旧得不能再旧的书包，忍不住叹了口气，说："上车吧。"

女孩高兴地上了车。走到转弯处，她突然嗫嚅着说："师傅，我只有三块钱。所以，半站地也可以。"朱师傅从后视镜里看到女孩通红的脸，没说话。这个城市的出租车，起步价可是五元啊。

开到最近的公交站台，朱师傅把车停了下来。女孩在关上车门时高兴地说："真是谢谢您了，师傅！"

朱师傅看着她一瘸一拐地往前走，突然有些心酸。

也就是从那个周末起，朱师傅每个周末都看到女孩等在学校门口。几辆出租车过去，女孩看都不看，只是踮着脚等。女孩在等自己？朱师傅猜测着，心里突然暖暖地。他把车开了过去，女孩远远地朝他招手。朱师傅诧异，他的红色桑塔纳与别人的并无不同，女孩怎么一眼就能认出来？

还是三块钱，还是一站地。朱师傅没有问她为什么专门等自己的车，也没有问为什么只坐一站地。女孩心里都有自己的小秘密，朱师傅很清楚这一点。

一次，两次，三次，渐渐地，朱师傅养成了习惯，周末交车前拉的最后一个人，一定是四十中的跛脚女孩。他竖起"暂停载客"的牌子，专心等在校门口。女孩不过十四五岁吧，见到他，像只小鹿般跳过来，大声地和同学道"再见"。不过五分钟的路，女孩下车，最后一句总是："谢谢您，师傅。"

似乎专为等这句话，周末无论跑出多远，朱师傅也要开车过来。有时候哪怕误了交车被罚钱，他也一定要拉女孩一程。

时间过得很快，这情形持续了一年，转眼到了第二年的夏天。看着女孩拎着沉重的书包上车，朱师傅突然感到失落。他知道，女孩要初中毕业了。她会去哪儿读高中？

"师傅，谢谢您了。这可能是我最后一次坐您的车，给您添麻烦了。我考上了辛集一中，可能半年才会回一次家。"女孩说。朱师傅从后视镜中看了一眼女孩，心里很不是滋味儿。女孩果然很优秀，辛集一中是省重点，考上了就等于是半只脚跨进了大学校门。

"那我就送你回家吧。"朱师傅说。

女孩摇摇头，说自己只有三块钱。

"这次不收钱。"朱师傅说着看看表，送女孩回家一定会错过交车时间，可罚点儿钱又有什么关系？他想多和女孩待一会儿，再多待一会儿。女孩说出了地址，很远，还有七站地。

半小时后，朱师傅停下了车。女孩拎着书包下来，朱师傅从车里捧出一只盒子，说："这是送你的礼物。"

女孩诧异，接过礼物，然后朝着朱师傅鞠了一躬，说："谢谢您，师傅。"看着女孩一瘸一拐地走进楼里，朱师傅长长叹了口气。女孩，从此就再也见不到了，他甚至不知道她的名字。

金玉良言

　　从一件社会上微不足道的小事可以看出人性最本质的东西，那就是感恩。一个出租车司机和一个中学小女孩，两人之前从来也没有见过面，彼此也没有过多的交往，甚至到最后连名字都不知道，只是单纯的一句"谢谢"触动了司机叔叔心里最柔软的地方——关爱。爱让我们在彼此困难的时候互相帮助，爱让我们的社会更加美好。

成长哲理

　　感恩，让我们以知足的心去体察和珍惜身边的人、事、物；感恩，让我们在渐渐平淡麻木了的日子里，发现生活本是如此丰厚而富有；感恩，让我们领悟和品味命运的馈赠与生命的激情。

> 有时候爱会自然而然地从信任、敬重和友谊中产生。我愿意从最后一个开始，到第一个终止。
>
> ——冈察洛夫

师傅，我想坐您的车（下）

一晃过了十年。

朱师傅还在开出租车。这天，活儿不多，他正擦着车，却听到交通音乐台播出一则"寻人启事"，寻找十年前胜利出租车公司车牌照为冀Azxxxx的司机。朱师傅一听，愣住了，有人在找他？十年前，他开的就是那辆车。

电话打到了电台，主持人惊喜地给了他一个电话号码。朱师傅疑惑了，会是谁呢？每天忙于生计，除了老伴他几乎都不认识别的人了。

拨通电话，朱师傅听到一个年轻女孩的声音。她惊喜地问："是您吗，师傅？"

朱师傅愣了一下，这声音，这语速，如此熟悉！他却一下子想不起是谁。"谢谢您了，师傅！"女孩又说。

　　朱师傅一拍脑门，终于记了起来，是他载过的那个跛脚女孩。是她！朱师傅的眼睛突然模糊了，十年了，那个女孩还记着他！

　　两人约在一家咖啡馆见面。再见到女孩时，朱师傅几乎认不出了，眼前亭亭玉立的这个女孩，是十年前那个只有三元钱坐车的女孩？女孩站起身，朝朱师傅深深鞠了一躬，说："我从心底感谢您，师傅。"

　　喝着咖啡，女孩讲起了往事。12年前，她父亲也是一名出租车司机。父亲很疼她，每逢周末，无论多忙他都会开车接她回家。春节到了，一家人回老家过年，为了多载些东西，父亲借了朋友的面包车。走到半路，天突然下起了大雪，不慎与一辆大货车相撞。面包车被撞得面目全非，父亲当场身亡。就是那次，女孩的脚受了重伤。

　　安葬了父亲，母亲为了赔朋友的车款，为了她的手术费，没日没夜地工作。而她，伤愈后则拼命读书，一心想快些长大。她很坚强，什么都能忍受，却唯独不能忍受别人的怜悯。

　　所以，她没告诉任何人路上发生的事故。放学回家，当同学们问起现在为什么坐公共汽车，她谎称父亲出远门了。谎言维持了半年多，直到有一天遇到朱师傅。她见那辆出租车停在路边，一动不动，就像父亲开车过来，等在学校门口。

她只有三块钱坐公共汽车，可她全拿出来坐出租车，只坐一站地，然后花一个半小时步行走回家去。虽然路很远，但她走得坦然，因为没有人再猜测她失去了父亲。

"您一定不知道，您的出租车就是我父亲生前开的那辆。车牌号一直印在我的脑海里。"

女孩说着，眼里淌出泪花，"所以，远远地，只一眼，我就能认出来。"朱师傅鼻子一酸，差点儿掉下泪来。

"这块奖牌，我一直带在身边。我不知道，如果没有它，我会不会走到今天。还有，您退还我的车费，我一直都存着。有了这些钱，我觉得自己什么困难都能克服。虽然失去了父亲，但我依旧有一份父爱。"说着，女孩从口袋里拿出一枚奖牌，挂到了身上。那是一块边缘已经发黑的金牌，奖牌的背面，有一行小字：预祝你的人生也像这块金牌。

这块金牌，就是十年前朱师傅送给女孩的礼物。

女孩挽着朱师傅的胳膊走出咖啡馆。看到女孩开车走远，朱师傅将车停在路边，让眼泪流了个够。那个跛脚女孩，那个现在他才知道叫林美霞的女孩，她和自己十年前因癌症去世的女儿，简直是一个模子印出来的！女儿生前每个周末，朱师傅都去四十中接她。女儿上车前那一句"谢谢爸爸"和下车时那一句"谢谢您，老爸"，让他感受过多少甜蜜和幸福！

那块奖牌，是女儿在奥林匹克数学竞赛中得到的金牌，曾是他的全部骄傲和希望。可女儿突然间就走了。再到周末，路过四十中，他总忍不住停下车，似乎女儿还能从校门口走出来，上车喊一声："谢谢爸爸。"

就在女孩坐他车的那段时间，他觉得女儿又回到了自己身边，他的日子还有希望，他又重新找回了幸福！只是，这情形持续的时间太短，太短……在回家的路上，朱师傅顺便买了份报纸。一展开报纸，朱师傅就看到了跛脚女孩的照片。

她对着朱师傅微笑，醒目的大标题是：林美霞——最年轻的跨国公司副总裁，S市的骄傲……朱师傅吃惊地张大嘴巴，一目十行地读下去。边读报纸，他边习惯地从口袋里掏烟。

突然，他的手触到了一个信封。拿出来看，里面装着厚厚一沓美元。朱师傅愣住了，他想不出，林美霞何时把钱放进了自己外套口袋？就在她挽起自己胳膊的瞬间？

美元中间，还夹着一张纸条：师傅，这是爱的利息，请您务必收下。本金无价，永远都会存在我心里。谢谢您，师傅！

生活需要感恩！生活是七色板，你应该感恩每一种颜色，更应该感恩周围甜蜜的微笑和温馨的话语。让感恩进入你的每一滴血液，渗入你的每一个细胞，相信你的生活将会拥有前所未有的精彩！

借用朗达在《魔力》这本书中的一句话："感恩是生活中最强大的魔法，利用它你将拥有一个精彩的人生！"这句话我们可以去想象，如果生活里没有了感恩，我们该怎么办？可想而知，生活将变得一团糟。

　　师傅，这是爱的利息，请您务必收下。本金无价，永远都会存在我心里。谢谢您，师傅！

没有对手就没有动力，我永远感谢对手。

——刘翔

美洲虎

在秘鲁的国家级森林公园，生活着一只美洲虎，是非常稀有的动物，秘鲁人专门为这只虎选择了一块近20平方公里的森林作为虎园。

来公园参观的人们都说这是老虎的乐园，但人们却从未见到老虎王者之气十足地纵横于雄山大川，只是整天无所事事，耷拉着脑袋，只知吃了睡，睡了吃。人们以为老虎太孤单了，又买了一只雌老虎，但还是无济于事。一天，动物行为学家来此地，告诉人们应该引进几只豹子。人们照做了。从此老虎一改旧貌，每天不是站在高高的山顶愤怒地咆哮，就是如飓风般冲下山冈，或者就是警觉地四处游荡。老虎那刚烈威猛、霸气十足的本性被重新唤醒，成了真正的森林之王。

其实，美洲虎就是我们，豹子就是我们的对手。是对手唤起了我们的斗志，是对手促使我们前进。

对手既是我们的竞争者，也是我们的挑战者，更是我们的同行者。他们或许是有形的，或许是无形的。总之，我可以肯定地说：对手是我们生活中必不可少的。

金玉良言

　　感谢你的敌人。感激伤害你的人，因为他磨炼了你的心智；感激欺骗你的人，因为他增进了你的智慧；感激中伤你的人，因为他砥砺了你的人格；感激鞭策你的人，因为他激发了你的斗志；感激斥责你的人，因为他提醒了你的缺点。感激所有使你坚强的人。

成长哲理

　　生活中我们会遇到形形色色的人，他们当中有些人会成为你的对手、敌人，我们要去感谢他们。因为他们的存在，赋予我们动力，让我们去体现更好的自己。所以我们感谢敌人，因为他们的存在，才彰显了真理的宝贵；我们要感谢对手，因为他们的存在，我们的生命之花才会绽放得更加灿烂。

　　对手既是我们的竞争者，也是我们的挑战者，对手是我们生活中必不可少的。

谁言寸草心，报得三春晖。

——孟郊

包公做官

包公少年时便以孝而闻名，性直敦厚。在宋仁宗天圣五年，即公元 1027 年中了进士，当时 28 岁。先任大理寺评事，后来出任建昌（今江西永修）知县，因为父母年老不愿随他到异乡去，包公便马上辞去了官职，回家照顾父母。他的孝心受到了官吏们的交口称颂。

几年后，父母相继辞世，包公这才重新踏入仕途。这也是在乡亲们的苦苦劝说下才去的。

在封建社会，如果父母只有一个儿子，那么这个儿子不能扔下父母不管，只顾自己去外地做官。一般情况下，父母为了儿子的前程，都会跟随他去的。父母不愿意随儿子去做官的地方养老，这在封建社会是很少见的，因为这意味着儿子要遵守封建礼教的约束——辞去官职照料自己。历史上并没有说明具体原因，可能是父母有病，无法承受路上的颠簸，包公这才辞去了官职。

不管情况如何，包公能主动地辞去官职，还是说明他并不是那种迷恋官场的人。对父母的孝敬也堪为当今社会孝顺长辈的表率。

金玉良言

报答父母，在父母的有生之年，特别是需要子女在身边的时候，我们一定要放下手头任何事来陪伴在父母左右，因为父母是我们一生最重要的至亲。报答父母、照顾父母就是感恩父母。

成长哲理

感恩父母是一种处世哲学，懂得感恩父母的人必定有大智慧。人生在世，不可能一帆风顺，当你没有鞋子时，父母会给你一双鞋子；当生活中有些事让你烦忧时，父母会在你人生道路上带你前行……学会感恩父母，感谢父母给你的赠予，让你成为一个更加优秀的人。

　　包公能主动地辞去官职，对父母的孝敬也堪为当今社会孝顺长辈的表率。

人类要在竞争中生存，便要奋斗。

——孙中山

沙丁鱼的故事

在日本北海道，出产一种沙丁鱼，味道鲜美无比，许多渔民都以捕捞沙丁鱼为生。可是沙丁鱼的生命却很脆弱，只要一离开深海区，用不了半天就会死亡。渔民们想尽各种办法处置捕捞到的沙丁鱼，结果上岸后的沙丁鱼依旧"死气沉沉"。

奇怪的是有一位老渔民天天捕捞沙丁鱼，返回岸边后，他的沙丁鱼总是活蹦乱跳的。由于鲜活的沙丁鱼价格要比死亡的沙丁鱼价格高出一倍以上，所以没几年的工夫，老渔民便成了远近闻名的富翁。而周围的渔民尽管操持着同样的营生，却只能勉强维持温饱。

老渔民在临终之时，把秘诀传给了儿子。原来，老渔民让沙丁鱼不死的秘诀，仅仅是在船舱的沙丁鱼中，放进几条叫鲇鱼的杂鱼。要知道，沙丁鱼与鲇鱼非但不是同类，还是出名的死对头。几条势单力薄的鲇鱼遇到很多对手，便惊慌地在沙丁鱼堆里四处逃窜，这样一来，反而把一船舱死气沉沉的沙丁鱼全给激活了。

老渔民简单的一招，并不在人们的习惯性思维之内，鲇鱼的存在意外地激活了沙丁鱼，其实自然界中存在的这种现象，在人与人之间何尝不是如此呢？

我们在工作中正是因为有了对手的存在，叫你不得不在压力中超越自己。在顺境中，拥有紧随其后的对手，你前行的路上怎敢驻足观望，为了不被对手追上，别无选择地只能一路前行。

金玉良言

在逆境中，在前方，拥有一个强劲的对手遥遥领先，更会让你有一种危机四伏的感觉，也许更能激发起你生命中潜在的精神和斗志，一如"逆水行舟，不进则退"。

我们要感谢对手，因为有了他们的存在，才使你的生活更有意义。

成长哲理

　　这个故事告诉我们，在我们漫长的人生道路上不仅会遇到困难，还会遇到选择，甚至是让你难以抉择的决定。人生路上，我们要感恩对手，因为我们知道，没有他们，自己进步不了这么快。假如我们在今后的学习中取得了一点儿成绩，那么请不要忘记和感谢那些和你竞争的人，因为对手就是你永不放弃的动力。

　　几条势单力薄的鲇鱼遇到很多对手，便惊慌地在沙丁鱼堆里四处逃窜，这样一来，反而把一船舱死气沉沉的沙丁鱼全给激活了。

家庭之所以重要，主要是因为它能使父母获得情感。

——罗素

请问，这里有上帝卖吗？

一个小男孩捏着一美元，沿街到每家商店询问："请问您这儿有上帝卖吗？"店主要么说没有，要么嫌他在捣乱，不由分说就把他赶出了店门。

天快黑时，第二十九家商店的店主热情地接待了这个男孩。

老板是个六十多岁的老头，满头银发，慈眉善目。他笑眯眯地问男孩："告诉我，孩子，你买上帝干什么？"

男孩流着泪告诉老头，他叫邦尼，父母很早就去世了，他是被叔叔帕特鲁普抚养大的。

叔叔是个建筑工人，前不久从脚手架上摔了下来，至今昏迷不醒。医生说，只有上帝才能救他。

邦尼想：上帝一定是种非常奇妙的东西，他把上帝买回来，让叔叔吃了，伤就会好。

老头眼圈湿润了，问："你有多少钱？"

"一美元。"

"孩子，上帝的价格正好是一美元！"老头从货架上拿了瓶"上帝之吻"牌饮料给邦尼，说："拿去吧，孩子！你叔叔喝了这瓶'上帝之吻'就没事了。"

邦尼喜出望外，将饮料抱在怀里，兴冲冲地回到了医院。一进病房，他就开心地叫嚷道："叔叔，我把上帝买回来了，你很快就会好起来！"

几天之后，一个由顶尖医学专家组成的医疗小组来到医院，对帕特鲁普进行会诊。

他们采用世界上最先进的医疗技术，终于治好了帕特鲁普的伤。帕特鲁普出院时，看到医疗费账单上那个天文数字，差点吓昏过去。

可院方告诉他，有个老头帮他把钱付清了。那老头是个亿万富翁，刚从一家跨国公司董事长的位子上退下来，隐居在本市，开了家杂货店打发时光。那个医疗小组就是老头花重金聘请来的。

帕特鲁普激动不已，他立即和邦尼去感谢老头。可是老头已经把杂货店卖掉，出国旅游去了。

后来，帕特鲁普接到一封信，是那老头写来的，信中说：

年轻人，您能有邦尼这个侄子，实在是太幸运了。为了救您，他拿一美元到处购买上帝……

感谢上帝，是他挽救了您的生命。

金玉良言

感恩于洒在我们身上的每一缕阳光，感恩于路人投来的每一个微笑或是一抹眼神，感谢这一切的存在让我们体验到了真实的美好。让我们以感恩的心态来面对生活中的一切幸福和苦难，享受生活吧！

成长哲理

这个故事让我们知道责任与感恩的关系：我们常说感恩，要感谢父母对我们的养育之恩，感谢老师对我们的辛勤教诲，感谢身边关心我们的所有人，但是我们要去拿什么感恩呢？最重要的是责任，是担在肩头沉甸甸的责任。因此，在感恩的同时要时刻牢记我们所承担的责任。我们对于身边的生命都应心存一颗感恩的心，正是因为周围的人让我们进步，让我们成长，还让我们感受到社会还需要不断发展，所以我们更应该努力让自己更强大，只有这样，才能建设未来的美好社会，回馈社会，承担起应有的责任。

生活需要一颗感恩的心来创造，一颗感恩的心需要生活来滋养。

——王符

玩具图书馆

"妈妈，长大以后我一定要努力地赚钱，买一栋房子，然后在里面放满玩具！"儿子一句话打动了蔡延治，让她深刻地体会到玩具对孩子的重要性，也体会到自己与孩子的幸福，感恩的她决定多做些不一样的事，所以她把"玩具图书馆"的概念由伦敦引进中国台湾，至今全台湾的玩具图书馆已经超过三十座，蔡延治不只完成了儿子的梦想，也完成了其他孩子的梦想！

蔡延治眼中的玩具都拥有某种魔法，可以消除父母与孩子之间的鸿沟，看到平常孩子们在一起玩玩具，闪闪发亮的眼神中，充满着无限的喜悦与成就感，这就是玩具带给大家的感受，也是支持蔡延治不断地往前走的动力。

为了让更多孩子拥有梦想的童年，她的"玩具图书馆"不断地壮大,从一开始有固定的摊点,到后来的行动玩具巡回巴士,载满玩具的小巴士,穿行于大街小巷,蔡延治就像是圣诞老公公,完成着孩子们的心愿。现在,她正在推行传爱背包,在背包里塞满玩具,让一袋又一袋的玩具背包带到深山村落,以服务更多弱势儿童。

人因梦想而伟大,打造出一座玩具王国,用玩具堆积出一张又一张灿烂的笑容,这就是蔡延治因为感恩社会而完成的伟大梦想。

金玉良言

我们参与一项公益活动虽然很辛苦,却带给我们一次次的成长,一次一次的感动。

成长哲理

伴着感恩成长的青春是无悔的青春,伴着责任成长的青春是踏实的青春。时常怀着一颗感恩的心,感恩陪伴自己成长的亲情,感恩陪伴自己成长的挫折。青春的芳龄已逝,但感恩赐予的力量却久久长存。

　　用玩具堆积出一张又一张灿烂的笑容，这就是蔡延治因为感恩社会而完成的伟大梦想。

> 为生活中的每一份拥有而感恩，能让我知足常乐。拥有感恩之心的人，即使仰望星空，也会有一种感动。
>
> ——斯蒂文森

咖啡人生

年过半百的罗茂盛，因工伤截肢后仍奋力一搏。为了养家，他打起精神到"社区大学"上了一年多的咖啡课，再加上自己看书和研究，诞生了"赏味咖啡"，还将电动代步车改装为流动咖啡小摊，他支撑起妻儿都是弱视的三口之家。一杯杯咖啡背后有着一个父亲的梦，一个不被困境击倒的坚毅身影。

刚开始一天最多只能卖二三十杯，后来暴增到上百杯，罗茂盛更是从早上忙到下午三点才得空喝口水。左腿套着假肢，伛偻着身躯专注将热水一遍遍注入滤杯，罗茂盛慢工出细活，泡好一杯咖啡得等好几分钟，远不及咖啡连锁店的效率，却有手工咖啡的香醇好味。

"人生就像咖啡的滋味一样有酸有苦，如果少了这些酸苦，味道就不够香……"罗茂盛这么说。

他的"赏味咖啡"传递了一个社会底层人物的奋斗精神。去排队买咖啡的人，都说想尽点力帮点忙，还有不喝咖啡的人，从老远的各地来到温州街口，买"赏味咖啡"送给附近朋友喝。而罗茂盛感恩一切的态度，才是真正感动所有人的地方。

金玉良言

感恩，是一种任何人都可以去做的事情，这件事情是不分你我、不分阶层，只怀一颗感恩心，便可以让整个世界都充满爱，一个心怀感恩、坚持生命感恩的人，会发自内心地报答社会与造福社会。

成长哲理

这个小故事告诉我们，一个人只要坚持着自己的理想，心中有梦，就不会被现实的残酷跟苦难所打败。故事中年过半百的罗茂盛都可以坚持自己的梦想，去感恩生命、造福社会，所以我们也要向罗茂盛学习。

感恩是精神上的一种宝藏。

——洛克

一饭千金

帮助汉高祖打天下的大将韩信，在未得志时，境况很艰难。那时候，他时常去乡下钓鱼，希望碰着好运气，可以得到温饱。但是，这究竟不是个可靠的办法，因此，时常要饿着肚子。

在他经常钓鱼的地方，有很多漂母（清洗棉絮或旧衣布的老婆婆）在河边做工，其中有一个漂母，很同情韩信的遭遇，便不断救济他，给他饭吃。韩信在穷困时，得到这位仅能以双手勉强糊口的漂母的恩惠，很是感激，便对她说，将来必定要重重地报答她。那漂母听了韩信的话，很不高兴，表示并不是希望韩信将来报答她才这样做的。

后来，韩信为汉王刘邦立下了汗马功劳，被封为楚王，他想起从前曾受过漂母的恩惠，便命手下的随从送酒菜给她吃，还送给她一千两黄金来答谢她。

金玉良言

受人的恩惠，切莫忘记，哪怕所受的恩惠很小，但在困难时，即使一点点帮助也是很可贵的。到我们有能力时，应该重重地报答。

成长哲理

真心诚意地乐于助人的人，是永远不会想人报答他的；有钱人对穷人的救济，那是一种捐助，即使穷人真有一天得志了去报答他，也不能称之为"一饭千金"；最难能可贵的是在自己也十分困难的情形下，出于友爱、同情去帮助别人，这样的帮助，在别人看来，的确是"一饭"值"千金"。

　　漂母在自己也十分困难的情形下，出于同情去帮助韩信，这样的帮助，在韩信看来，的确是"一饭"值"千金"。

人世间最美丽的情景是出现在当我们怀念到母亲的时候。

——莫泊桑

六点叫我

我上床的时候是晚上十一点，窗户外面下着小雪。我缩到被子里面，拿起闹钟，发现闹钟停了，我忘买电池了。天这么冷，我不愿意再起来，我就给妈妈打了个长途电话：

"妈，我闹钟没电池了，明天还要去公司开会，要赶早，你六点的时候给我打个电话叫我起床吧。"

妈妈在那头的声音有点哑，可能已经睡了，她说："好，乖。"

电话响的时候我在做一个美梦，外面的天黑黑的。妈妈在那边说："小橘，你快起床，今天要开会的。"我抬手看表，才五点四十。我不耐烦地叫起来："我不是叫你六点叫我吗？我还想多睡一会儿呢！"妈妈在那头突然不说话了，我挂了电话。

我起来梳洗好出门。天真冷啊，漫天的雪，天地间茫茫一片。公车站台上我不停地跺着脚。周围黑漆漆的，我旁边却站着两个白发苍苍的老人。我听着老先生对老太太说："你看你一晚都没有睡好，还有个把小时就开始催我了，现在等这么久。"

是啊，第一趟班车还要五分钟才来呢。终于，车来了，我上车。开车的是一位很年轻的小伙子，他等我上车之后就轰轰地把车开走了。我说："喂，司机，下面还有两位老人呢，天气这么冷，人家等了很久，你怎么不等他们上车就开车？"

那个小伙子很神气地说："没关系的，那是我爸爸妈妈！今天是我第一天开公交,他们来看我的！"

我突然就哭了——我看到爸爸发来的短消息："女儿，妈妈说，是她不好，她一直没有睡好，很早就醒了，担心你会迟到。"

金玉良言

父母是全世界对我们最无私的人，他们不会做对我们有任何伤害的事，相反他们会做一切对我们有益的事。我们要多体谅父母，不要去埋怨他们。

成长哲理

感恩是发自内心的。俗话说："滴水之恩，当涌泉相报。"更何况父母为你付出的不仅仅是一滴水，而是一片无边无际的汪洋大海。感恩需要你用心去体会、去报答。学会了感恩，我们便拥有了快乐，拥有了幸福，也拥有了力量！我们才不会在生活中轻言放弃，而是勇往直前！

> 我们活着不能与草木同腐，不能醉生梦死，枉度人生，要有所作为！
>
> ——方志敏

黄香扇枕温席

黄香，汉代江夏人，家中生活艰苦，从小对父母孝顺。

在他9岁时，母亲就去世了。黄香非常悲伤。他本来就非常孝敬父母，在母亲生病期间，小黄香一直不离左右，守护在妈妈的病床前，母亲去世后，他对父亲更加关心、照顾，尽量让父亲少操心。

冬夜里，天气特别寒冷。那时，农户家里又没有任何取暖的设备，确实很难入睡。一天，黄香晚上读书时，感到特别冷，捧着书卷的手一会儿就冰凉冰凉的了。他想：这么冷的天，爸爸一定很冷，他老人家白天干了一天的活儿，晚上还不能好好地睡觉。想到这里，小黄香心里很不安。为让父亲少挨冷受冻，他读完书便悄悄走进父亲的房里，给他铺好被，然后脱了衣服，钻进父亲的被窝里，用自己的体温，温暖了冰冷的被窝之后，才让父亲睡下。黄香用自己的孝敬之心，暖了父亲的心。黄香温席的故事，就这样传开了，街坊邻居人人夸奖黄香。

夏天到了，黄香家低矮的房子显得格外闷热，而且蚊蝇很多。到了晚上，大家都在院里乘凉，尽管每人都不停地摇着手中的扇子，可仍很热。天黑了，大家也都困了，准备睡觉去了，这时，大家才发现小黄香一直没有在这里。"香儿，香儿！"父亲忙提高嗓门喊他。"爸爸，我在这儿呢。"说着，黄香从父亲的房中走出来。满头的汗，手里还拿着一把大蒲扇。"你干什么呢，怪热的天气。"爸爸心疼地说。"屋里太热，蚊子又多，我用扇子使劲一扇，蚊虫就跑了，屋子也显得凉快些，您好睡觉。"黄香说。爸爸紧紧地搂住黄香："我的好孩子，可你自己却出了一身汗呀！"

从那以后，黄香为了让父亲休息好，晚饭后，总是拿着扇子把蚊蝇扇跑，还要扇凉父亲睡觉的床和枕头，使劳累了一天的父亲早些入睡。

金玉良言

"孝"是稍纵即逝的眷恋，"孝"是无法重现的幸福。"孝"是一失足成千古恨的往事，"孝"是生命与生命交接处的链条，一旦断裂，永无连接。

成长哲理

赶快为你的父母尽一份孝心，也许是一处豪宅，也许是一片砖瓦，也许是大洋彼岸的一只鸿雁，也许是近在咫尺的一个口信，也许是一顶纯黑的博士帽，也许是作业簿上的一个红五分，也许是一桌山珍海味，也许是一只野果、一朵小花，也许是花团锦簇的锦衣，也许是一双洁净的旧鞋，也许是数以万计的金钱，也许只是有着体温的一枚硬币……只是，天下的儿女们，一定要抓紧啊！趁你们的父母还健在。

趁我们的父母还健在，一定要抓紧时间尽孝。

世界上的一切光荣和骄傲，都来自母亲。

——高尔基

子路借米孝敬父母

子路，春秋末鲁国人。他在孔子的弟子中以正直著称，尤其以勇敢闻名。但子路小的时候家里很穷，长年靠吃粗粮野菜勉强度日。

有一次，年老的父母想吃米饭，可是家里一点米也没有，怎么办？子路想到，要是翻过几道山到亲戚家借点米，不就可以满足父母的这点要求了吗？

于是，小小的子路翻山越岭走了十几里路，从亲戚家借回了一小袋米，看到父母吃上了香喷喷的米饭，子路忘记了疲劳。邻居们都夸子路是一个勇敢孝顺的好孩子。

中国有句古语："百善孝为先。"孝敬父母是各种美德中占第一位的。我们不仅要孝敬自己的父母，还应该尊敬老人，爱护年幼的孩子，在全社会形成尊老爱幼的淳厚民风，这是我们新时代少年的责任。

金玉良言

　　孝道，是我们中华民族优良的传统美德，体现出了我们民族凡事都以孝为先的优良传统。在家孝敬父母，在外懂感恩，爱是我们中华儿女良好品德的具体体现。

成长哲理

　　我们从小就做一个孝敬父母的人，只有在家里孝敬父母了，我们长大才会热爱祖国和人民。古代有很多感天动地、孝敬父母的故事，所以我们也要向先人学习尽自己所能来照顾、孝敬父母，让他们开心幸福。

> 智慧之子使父亲快乐，愚昧之子使母亲蒙羞。
>
> ——所罗门

感恩父母心

两年前，我得了一场大病，父母背着我东奔西跑，到处求医，从他们焦急的神态中，从他们悉心的呵护中，我深深地体会到父母对我发自内心的爱。

一天，爸爸用自行车驮我去医院，我坐在车后发现爸爸骑得很慢。几个月了，爸爸是太累了，我的病让他身心疲惫。我无意中发现了爸爸头上的一丝白发。啊，爸爸变了，变老了。我在他身上看到了岁月的沧桑，看到了生活的艰辛，更看到了爸爸为我操劳的痕迹。啊，爸爸没变，大山般的父爱没变。我依然感受着他的温暖，他的爱。

那是我住院期间的一天傍晚，天很冷，外面的雪下得很大。爸爸下班后赶来给我送饭，可是我想吃饺子。他二话不说，放下带来的做好的饭菜，迎着凛冽的大风，冒着漫天飞舞的鹅毛大雪又出去为我买饺子。天黑了，风更猛了，雪更大了。这时，雪人似的爸爸回来了，进门就说："饿坏了吧！"看着爸爸慈祥的面容，摸着爸爸冻得通红的双手，我感动得流泪了。"爸爸，爸爸……"我在心里一遍遍地念叨，"你真是我的好爸爸！"

冬天是寒冷的，而爸爸所做的一切，却仿佛阳光，温暖我病痛的躯体；又似暖流，融进我愁苦的心坎里。爸爸的关爱，撑起了我战胜病魔的信念，经过一个多月的治疗，我康复出院。我永远不会忘记父母对我的爱，对我的呵护和关怀。我能为他们做些什么？我常常这样问自己。哪怕是为他们捶捶肩，洗洗碗，给他们唱段曲儿，陪他们逛逛街，散散步，我也会感到安慰。学会感恩，学会报答，我仿佛一下子长大了：我用心学习，不让他们为我操心；我抢着洗碗择菜，让他们能多休息一会儿；我经常哼哼小曲，让家庭充满欢声笑语……我尽所能给父母留下最难忘的美好时光，让他们开心，让他们骄傲。我爱我的父母，普天下的孩子们都爱自己的父母。让我们一起对父母说一声："我们爱您！"让我们一起行动，知恩图报，学会感恩。冬天就不再寒冷，黑夜就不再漫长，幸福快乐就时刻陪伴在你我身边。

刚刚过去的星期天是我 11 岁的生日，那天，我首先想到的就是要感恩父母，因为有了父母才有了我，才使我有机会在这五彩缤纷的世界里体味人生的冷暖，享受生活的快乐与幸福，是他们给了我生命，给了我无微不至的关怀。儿女有了快乐，最为之开心的是父母，儿女有了苦闷，最为之牵挂的也是父母。舐犊情深，父母之爱，深如大海。因此，不管父母的社会地位、知识水平以及其他素养如何，他们都是我们今生最大的恩人，是值得我们永远去爱的人。

金玉良言

你们是否扪心自问过：我对父母的挂念又有多少呢？是否还记得父母的生日？民间有谚语：儿生日，娘苦日。当你在为自己生日庆贺时，你是否想到过在死亡般的痛苦中让你降生的母亲呢？是否曾真诚地给孕育你生命的母亲一声祝福呢？或许一声祝福对自己算不了什么，但对父母来说，这声祝福却比什么都美好，都难忘，都足以使他们热泪盈眶！

成长哲理

　　一个懂得感恩父母的人，才能算是一个完整的人。让我们学会感恩父母吧！用一颗感恩的心去对待父母，用一颗真诚的心去与父母交流，不要再认为父母帮我们做任何事情都是理所当然的，他们把我们带到这美丽的世界，已经是足够的伟大，且将我们养育成人，不求回报，默默地为我们付出，我们就别再一味地索求他们。感恩吧，感谢父母们给予的一切。

　　知恩图报，学会感恩。冬天就不再寒冷，黑夜就不再漫长，幸福快乐就时刻陪伴在你我身边。

复活的蜥蜴

在敦煌莫高窟的沙漠中旅行时，女儿无意中发现了一条通体血红的蜥蜴。当时，这个身长不足10厘米、当地人称作四脚蛇的小生灵，正仰头张口趴伏在一丛荆科植物下，两只小眼炯炯地盯视着一块叶片上一颗欲滴未滴的露珠。

"好可怜啊！"女儿叹息一声，伸出长长的遮阳伞，就要去敲落那颗露珠。

"不可以！"导游是一位维吾尔族姑娘，她轻声制止了女儿，"你好心帮它，但却会害了它。"

"怎么会呢？"我们都迷惑不解。

"这颗露珠是夜间湿雾形成的。大家看，方圆几平方公里内仅有这一棵植物。这棵植物上也仅有这四五片叶片，而且仅有这片叶片上有这么一颗露珠。如果敲落它，就会打乱露珠滴落的方位，蜥蜴很难接在口中，这是其一。其二，蜥蜴一旦受到惊吓，就会仓皇逃命。这么大的沙漠，它又能在哪里找得到第二颗露珠呢？"

"那它就这么干等着？"女儿惊讶地问。

"是呀，就这么等着。"导游说，"等待着轻风吹落露珠。"

3个小时后，我们从沙漠中原路返回，我们看到了那个小生命依然纹丝不动地趴伏在那里，依然张口仰头盯着那片叶片。但叶片上的露珠哪里去了呢？

我们凑近一看，天啊！火辣辣的太阳早把露珠烤干了，即使是那片叶片，也萎缩、衰颓地失去了先前的生机！失望、伤心笼罩在了每个人的脸上。女儿掏出喝光了的矿泉水瓶。努力地向遮阳伞的伞尖上抖落了几滴水珠，然后轻轻地将伞伸向了蜥蜴。10厘米、3厘米、1厘米，可直到伞尖深入到了口中，蜥蜴兀自一动不动。"难道它死了？"导游说。

果真是死了。女儿轻轻地把它捏了起来，它依然仰头张口，依然举目向上。"我要把它留做标本。"女儿说着，含泪把它放进了矿泉水瓶中。

但是，半夜间一阵奇怪的声音把我惊醒了。循声望去，矿泉水瓶中的蜥蜴竟然活了！它四处爬动着，寻找着出来的路径。看来，是瓶中湿润的空气和残留的水珠让它起死回生了。我默默盯视着它，心中却激动、感叹不已，为它在人类眼中曾经的愚憨，为它面对渺茫的希望而曾经的执着，也为它不逃不避、勇敢面对的生存态度，更为它死而不竭、逢机再生的顽强生命力……而这些，不正是我们人类所缺乏的吗？

第二天一早，我们要乘车离去了。女儿轻轻地把瓶子放在地上，蜥蜴爬出瓶子。欢快地爬向了沙漠。爬行中，蜥蜴满身的血红渐渐褪去，很快与沙漠融成了一色。望着它愈来愈远、愈来愈小的身影，女儿轻声说："它的生命能长久吗？"

"能，一定能。"我说，"它是沙漠的孩子，妈妈既然赋予它生命，就一定赋予了它驾驭生命的能力！"

金玉良言

在成长的道路上，我们也许会遇到一些困难，也许会遇到一些不如意的事情，但只要我们坚持自己的梦想，有着永不服输的劲头，就能克服一道道难关，突破一个个障碍，顺利到达人生的最高点。

成长哲理

　　一望无际的沙漠，仅靠露珠的滋润，蜥蜴在这样的环境下依然艰难地生活，我们不禁为它的意志所感动。生活中，有多少人能在困难面前坚定自己的信念呢？有多少人能在黑暗的日子里固守那一缕未知的阳光呢？等待可能换不来奇迹的出现，但放弃就失去了生存的希望。一只小小的蜥蜴，为了生存，在烈日下足足等了几个小时。这是何等的坚强，这是何等的坚毅，它那坚忍的意志令我们为之震撼。柔弱的生命，因有了希望的期待而变得坚强无比；渺茫的希望，因执着的追求而变得不再遥远。坚强地活着，就是对大地母亲最好的感恩。

如果一个人身受大恩而后来又和恩人反目的话，他要顾全自己的体面，一定比不相干的陌路人更加恶毒，他要证实对方的罪过才能解释自己的无情无义。

——萨克雷

忘了他们的存在

慕名去峨眉山访猴，走完长得不可思议的山路，终于看到前面人头攒动。那便是猴子出没的地方了。我早买好了数包猴食，捏在手里，预备作为见面礼。看到一只肥硕得像熊的猴子，高傲地从我的一个同伴那里取走了食物，不由心中发急。于是学了当地人的口音，唤猴子来食。这招儿还真灵，一只又小又肥像皮球一样的猴子听见我呼唤，犹犹豫豫地朝这边走来。我连忙讨好地将手中的猴食捧了过去。猴子灵敏地将纸包取走，急不可待地撕开了看，像是要检验我所进贡食品的优劣——还好，它总算满意了，开始美美地享用。它离我那么近，吃相又有趣，我不由蹲下身子，想看得更仔细些。没想到，它居然腾地跳起来，威胁似的冲我挥了一下手臂，"嗖"

地逃掉了。我扫兴地站起身，心里埋怨这只猴子简
直莫名其妙！

导游在一边笑着问我："你是不是看它的眼
睛了？"

我说："它不让人看吗？"

导游说："它对人的眼神很敏感的，它看你可以，
但只要你和它对视，即使你是出于善意，也会惹得
它生疑——它以为你不会平白无故地看它，看它，
就是冒犯它的第一步。"

原来，峨眉山的猴子是看不得的。

突然想起母亲和野鸽子的事。那时，我家有一
个不小的院子，院子北头有一个水龙头，水龙头旁
边的低洼处总是积存着一些水。有两只脖颈生着绿
羽毛的野鸽子，习惯了在树上高歌之后来这里喝水。

那年暑假，我回家探望母亲。第一次看到两只
好看的野鸽子在那么近的地方从容地低头啄水、仰
脖咽水，感到特别惊喜，不由地想靠近它们一点儿，
再靠近它们一点儿。终于，它们觉察出了我的异样
的靠近，"噌"地飞走了。那之后的三四天，野鸽
子都没有出现。母亲说："看你把野鸽子给吓着了吧，
要不人家天天都来这里喝水的。"我听了，心中生出
些许歉疚。后来，又听到梢头有了"咕咕"的歌唱声。

母亲说："一会儿准来喝水！"果然，两只野鸽子唱累了，双双落在我家院子里，从容地喝水。我端着个簸箕，正要去倒垃圾，看到眼前的一幕，不敢动了。母亲笑着接过我手中的簸箕，说："你看着！"说完，端着簸箕径直走到院子里去了。她走过两只野鸽子身边的时候，它们好像没有察觉，继续低头啄水、仰脖咽水。等母亲倒完垃圾回到屋里，我迎上去，低声问她："你比我上次离它们近多了，它们怎么不害怕？"母亲笑笑说："你要假装没有看见它们，忘了它们的存在，这样，它们就不怕你了。"

我想：大概在猴子和野鸽子的眼里，我的眼神是不值得信赖的。虽说我掩去了目光中所有的锋芒，虽说我极力取悦那同时也在注视着我的眼睛，但是，那似乎能够洞穿一切的眼睛依然不容我与它们对视！

峨眉山猴子一身的赘肉，是对游客畸形的好奇心的无声挞（tà）伐。真的，大自然饿不死一只猴子，但争先恐后的投食却扭曲了一只只猴子的形象。

如果你真心爱它们，那就请你"忘了它们的存在"吧，因为它们最美好的祈愿，就是与你相忘。

金玉良言

许多动物，当我们与它们对视时，就以为人类会伤害它们，或者认为生命受到了威胁。爱惜动物，亲近动物，就要控制自己的眼神，不要让自己的好意白白地被误会，不要让自己不经意的动作影响它们的生活。有时候，忽略它们的存在，才会和睦相处。

成长哲理

如果把人类自己看作是造物主，以一种施舍的姿态来对待大自然、对待小动物，我们就会改变它们的生存状态，以致改变它们的习性。人为的因素越多，雕琢的痕迹越多，动物丧失的自身的价值就越明显。每个动物，都有自己的生活方式，喜欢不是无休止地给予，爱惜不是毫无顾忌地亲近，而是尊重它们。互不骚扰。即使有些动物在我们眼前出现，我们也要假装没有看见，使它们放下戒心，平静地享受自己的生活。其实，大自然怀抱中的动物们原本活得多么好，它实在不需要你或恶或善的注视。如果你爱它，就不要拘禁它、折磨它，也不要挖空心思地保护它、爱抚它，让它们顺其自然就好。

　　如果你真心爱它们，那就请你"忘了它们的存在"吧，因为它们最美好的祈愿，就是与你相忘。

再清香的花离不开泥土的哺育，最高傲的叶子忘不了树根的恩情。

——莫宗勇

向生命鞠躬

早就想带儿子爬一次山。这和锻炼身体无关，而是想让他尽早知道世界并不仅仅是由电视、高楼以及汽车这些人工的东西构成的。这一想法实现时已是儿子两岁半的初冬。

初冬的山上满目萧瑟。割剩的麦茬儿已经黄中带黑，本就稀稀拉拉的树木因枯叶的飘落更显孤单，黄土地少了绿色的润泽而了无生气。置身在这空旷寂寥的山上，更多感受到的是一种原始的静谧（mì）和苍凉。

因此，当儿子发现了一只蚂蚱并惊恐地指给我看时，我也感到十分惊讶。我想，这绝对是这山上唯一还倔强地活着的蚂蚱了。

我蹑手蹑脚地靠近去。它发现有人，蹦了一下，但显然已很衰老，才蹦出去不到一米。我张开双手，迅速扑过去将它罩住，然后将手指放开一条缝，捏着它的翅膀将它活捉了。这只周身呈土褐色的蚂蚱因惊惧和愤怒而拼命挣扎。两条后腿有力地蹬着。我觉得就这样交给儿子，必被它挣脱，于是拔了一根干草，将细而光的草秆从它的身体的末端捅入，再从它的嘴里抽出——小时候我们抓蚂蚱，为防止其逃跑，都是这样做的。有时一根草秆上要穿六七只蚂蚱。蚂蚱的嘴里滴出淡绿色的液体，它用前腿摸刮着，那是它的血。

我将蚂蚱交给儿子，告诉他："这叫蚂蚱，专吃庄稼的，是害虫。"

儿子似懂非懂地点头，握住草秆，将蚂蚱盯视了半天，然后又继续低头用树枝专心致志地刨土。儿子还没有益虫害虫的概念，在他眼里一切都是新鲜的，或许他在指望从土里刨出点儿什么东西来。

我坐在山上眺望远景。

"跑了！跑了！"儿子忽然急切地叫起来。我扭头看去，见儿子只握着一根光秃秃的草秆，上面的蚂蚱已不知去向。我连忙跟儿子四处寻找。其实蚂蚱并未跑出多远，它已受到重创，只是在地上艰难地爬，间或无力地跳一下。因此我未走出两步就轻易地发现了它，再一次将它生擒。我将蚂蚱重又穿回草秆，所不同的是，当儿子又开始兴致勃勃地刨土时，我并没有离开，而是蹲在儿子旁边注视着蚂蚱。我要看这五脏六腑都被穿透的小玩意儿究竟用何种方法逃跑！

儿子手里握着的草秆不经意间碰到了旁边的一丛枯草。蚂蚱迅速将一根草茎抱住。随着儿子手的抬高，那穿着蚂蚱的草秆渐成弓形，可是蚂蚱死死地抱住草茎不放。难以想象这如此孱（chán）弱和受过重创的蚂蚱竟还有这么大的力量！儿子的手稍一松懈，它就开始艰难地顺着草茎往上爬。它每爬行一毫米，都要停下来歇一歇，或许是缓解一下身体里的巨大疼痛。穿出它嘴的草秆在一点儿一点儿缩短，而已退出它身体的草秆已被它的血染得微绿。

我大张着嘴，看得出了神。我的心被这悲壮逃生的蚂蚱强烈震撼。它所忍受的疼痛我们人类不可能忍受。这壮举在人世间也不可能发生。我相信我正在目睹着一个奇迹，一个并非所有人都有幸目睹到的生命的奇迹。当蚂蚱终于将草秆从身体里完全退出后，反而腿一松，从所抱的草茎上滚落到地上。这一定是精疲力竭了。生命所赋予它的最后一点儿力量，就是让它挣脱束缚，获得自由，然后无疑地，它将慢慢死去。

儿子手里握着的草秆再没有动。我抬眼一看，原来他早已和我一样，呆呆地盯着蚂蚱的一举一动，并为之震撼。我慢慢地站起来，随即向前微微弯腰。

儿子以为我又要抓蚂蚱，连忙喊："别，别，别动它！它太厉害了！"我明白儿子的意思。他其实是在说："它太顽强了！"

儿子大概永远也不会明白弯腰的意思。我几乎是在下意识地鞠躬，向一个生命，一个顽强的生命鞠躬。

一只被草秆贯穿身体的蚂蚱。遭受到了无法想象的重创。但它绝不甘心怯懦地等死，而是选择了顽强地抗争。尽管绿色的血一直不停地从伤口里流出来，浸湿了草叶，浸湿了它的身体，尽管生的希望几乎已经完全破灭，而且越是挣扎疼痛就越会加剧，但它依旧用自己的方式不屈不挠地做着最后的尝试。第一次，它成功地逃脱了，但不幸又被重新抓了回来。于是，它又开始了第二轮坚韧不拔地努力。就这样，它坚强的毅力创造出了惊人的奇迹，在几乎不可能的情况下，它竟然又一次逃脱了草秆的束缚。或许因为耗尽了最后的一点能量，即使逃脱了，等待它的仍然是死亡，但它却在临死之前响亮地唱出了一支震撼人心的歌。是的，那正是生命的赞歌啊！抒发出生命的顽强、坚韧和执着，谱写着生命的力量、勇气和渴望。

面对这样一个看似弱小，但却在困境中迸发出巨大能量的生命，每个人都会不由自主地感受到一种强烈的震撼，并敬畏地弯下自己的腰，因为，这是对生命的致敬和礼赞。

有时候，人类觉得自己是世界的主宰，却不知，在我们周围那些人类世界之外的生物，有着比人类更高尚、更勇敢的道德与情操，还有它们那种对生命的孜孜追求、那顽强的生命力，真的值得我们去学习！值得我们去为之鞠躬！

　　蚂蚱在临死之前响亮地唱出了一支震撼人心的歌，那正是生命的赞歌。抒发出生命的顽强、坚韧和执着，谱写着生命的力量、勇气和渴望。

蜜蜂从花中啜蜜，离开时营营地道谢。浮夸的蝴蝶却相信花是应该向他道谢的。

——泰戈尔

永恒与瞬间的舞蹈

昙花入室，大概是下午6点左右。它就放在房间中央的茶几上，我每隔几分钟便回头望它一眼，每次看它，我都觉得那个花苞似乎正在一点点膨胀起来，原先绷紧的外层苞衣变得柔和而润泽，像一位初登舞台的少女，正在缓缓地抖开她的裙衫。昙花是真的要开了吗？也许那只是一种期待和错觉，但我又分明听见了从花苞深处传来的极轻微又极空灵的窸窣（xī sū）声，像一场盛会前柔曼的前奏曲，弥漫在黄昏的空气里……

天色一点点暗下来。那一支鹅黄色的花苞渐渐变得明亮，是那种晶莹而透明的白色。白色越来越厚，像一片雨后的浓云，在眼前伫立不去。晚上7点多钟的时候，它忽然战栗了一下，战栗得那么强烈，以至于整盆花树都震动起来。就在那个瞬间，闭合的花区无声地裂开了一个圆形的缺口，喷吐出一股浓郁的香气，四散溅溢。它的花蕊是金黄色的，沾满了细密的颗粒，每一粒花粉都在传递着温馨呢喃的低语。那橄榄形的花苞渐渐变得蓬松而圆融，原先紧紧裹挟着花瓣的丝丝淡黄色的针状须茎，如同刺猬的毛发一根根耸立起来，然后慢慢向后仰去。在昙花整个开启的过程中，它们就像一把白色小伞的一根根精巧刚劲的伞骨，用尽了千百个日夜积蓄的气力，牵引着，支撑着那把小伞渐渐地舒张开来……

现在，它终于完完全全地绽开了。像一朵硕大的舌状白菊，又像一朵冰清玉洁的雪莲，不，应该说它更像一位美妙绝伦的白衣少女，赤着脚从云中翩然而至。从音乐奏响的那一刻起，她便欣喜地抖开了素洁的衣裙，开始那一场舒缓而优雅的舞蹈。她知道这是自己一生中唯一的一次，也是最后一次公开演出，自然之神给予她的时间太少，她的公演必须在严格的时限中一次完成，她没有机会失误，更不允许失败。于是她虽初次登台，却是每一个动作都娴熟完美，昙花于千年岁月中修炼的道行，已给她注入了一个优秀舞者的遗传基因。然而由于生命之短促，她婀娜轻柔的舞姿带有一种动人心魄的凄美。花瓣背后那金色的须毛，像华丽的流苏一般，从她白色的裙边四周纷纷垂落下来……

那时是晚上9点多钟，这一场动人心弦的舞蹈，持续了将近两个小时。她一边舞着，一边将自己身体内多年存储的精华，慷慨地挥洒，耗散殆尽，就像是一位从容不迫地走向刑场的侠女。那是她一生中最辉煌的时刻，但辉煌仅有一瞬，死亡即将接踵而至。她的辉煌亦即死亡。她是在死亡的阴影下到达辉煌的。那是一种壮烈而凄婉之美，令观者触目惊心又怅然若失。"昙花一现"几乎改变了时间惯常的节律——等待开花的焦虑，使得时间在那一刻曾变得无限漫长；目睹生命凋败（diāo bài）的无奈，时间又忽而变得如此短暂。唯其因为昙花没果实，花落花谢，身后是无尽的寂寞与孤独，她的死亡便成为一种不可延续的生命，成为无从寄托，真正濒临绝望的死亡形式……

金玉良言

"昙花一现"，这句有着宿命意味的成语，没有成为令她伤心欲绝的魔咒，而是变成了激发出她全部潜能的口号。或许正是因为知道自己生命的短暂，她才会将自己的美展现得更加淋漓尽致。不错，她只有短暂的开放，旋即就很快地死去，但在生与死的交接处，她却完成了对生命最为精彩的诠释——生命的精彩与否和生命的长短无关。她进行了一次令人难忘的演出，她在死中获得了新生，那是真正的重生啊，再不会有长短的限制和约束。因为那已经是一种精神，让每一个目睹过她演出的人，都会无时无刻不想起她带来的美丽。她用自己的美丽来感谢短暂的生命。

成长哲理

　　只有短短的两个小时，一朵美丽的昙花，一个令人惊艳的舞者，完成了她在世间第一次也是最后一次的演出。为了这次登台，她积蓄了好久好久的力量，进行了数不清的演练和准备。她没有因为演出的短暂而黯然神伤、垂头丧气，更无暇顾及自己稍纵即逝的生命，她把全部的精力都注入了她的舞步。她舞动得无比投入，无比洒脱，在瞬息之间，她让自己的美变成了永恒。

　　生命的精彩与否和生命的长短无关。她进行了一次令人难忘的
演出，她在死中获得了新生，那是真正的重生啊！

没有不好的孩子，只有不幸的孩子，他们受到了不幸的教育；没有不好的父母，只有不幸的父母，他们继承了不好的传统。

——欧阳维建

感恩的回报

在一个闹饥荒的城市，一个家庭殷实而且心地善良的面包师把城里最穷的几十个孩子聚集到一块，然后拿出一个盛有面包的篮子，对他们说："这个篮子里的面包你们一人一个。在上帝带来好光景以前，你们每天都可以来拿一个面包。"

瞬间，这些饥饿的孩子一窝蜂拥了上来，他们围着篮子推来挤去大声叫嚷着，谁都想拿到最大的面包。当他们每人拿到了面包后，竟然没有向这位好心的面包师说声谢谢就走了。

但是有一个叫依娃的小女孩却例外，她既没有同大家一起吵闹，也没有与其他人争抢。她只是谦让地站在一步以外，等别的孩子都拿到以后，才把剩在篮子里最小的一个面包拿起来。她并没有急于离去，她向面包师表示了感谢，并亲吻了面包师的手之后才转身回家。

第二天，面包师又把盛面包的篮子放到了孩子们的面前，其他孩子依旧如昨日一样疯抢着，羞怯、可怜的依娃只得到一个比头一天还小一半的面包。当她回家以后，妈妈切开面包，许多崭新、发亮的银币掉了出来。

妈妈惊奇地叫道："立即把钱送回去，一定是揉面的时候不小心揉进去的。赶快去，依娃，赶快去！"当依娃把妈妈的话告诉面包师的时候，面包师面露慈爱地说："不，我的孩子，这没有错。是我把银币放进小面包里的，我要奖励你。愿你永远保持现在这样一颗安静、感恩的心。回家去吧，告诉你妈妈这些钱是你的了。"她激动地跑回了家，告诉了妈妈这个令人兴奋的消息，这是她的感恩之心得到的回报。

金玉良言

常怀一颗感恩之心，它会让我们拥有良好的行为习惯；常怀一份感恩之情，它会让我们在学习的道路上奋勇前进；常怀一种感恩之念，它会让我们的生活洒满温暖的阳光。

成长哲理

在沉思与静默中，我们读完了这篇《感恩的回报》，恍然发现，原来在那个并不著名、偏僻的小镇上有那么多的好人——懂得感恩的依娃，善良的母亲，还有懂得发现真善美的面包师。依娃在母亲的熏陶下变成了一个善良而懂得感恩的女孩，用简朴却真诚的行动去感染着每一个人；面包师在依娃的感染下，也用自己的行动来帮助了依娃一家，是一个会发现、会赞赏、很善良、很慈爱的面包师。我们也能用心，用真诚，去感谢每一个对我们好、关心我们、呵护我们的人。不仅是家人、亲人，还有朋友，甚至是帮助过我们的陌生人，我们都应该用真诚的心去说声"谢谢！"

我们应该学会感激，只有心存感激，心灵才不会孤单，世界才会变得色彩斑斓。

——培根

暖暖你的手

那年她二十几岁，在一家玉器超市做收银员。这家店的玉器都是仿真的，但由于玉器精美时尚，倒颇受欢迎。

那是一个春寒料峭的时节，店里走进一个小男孩。她纳闷：光顾店里的大多是年轻情侣，一个小孩来干什么呢？她开始留意他，见他东张西望，就走上前问："你要买玉器吗？"男孩点头。"你想做什么用？我可以给你推荐一款合适的。"男孩或许是被冻坏了，哆嗦着回答："我想送给妈妈，今天是她的生日。"她笑着挑出一款挂着红穗的心状玉片，男孩面露窘相，说："我再看看吧，"她回到柜台。不一会儿，小男孩从最后排的货柜旁走出，她一眼瞥见他紧握的小拳头下露出一缕红穗。突然，男孩迅速从看玉器的人群中挤出，她连忙喊："你还没交钱呢。"男孩嘟哝了一句"我什么都没买",拔腿就跑,被门口的保安撞个正着。

　　顾客们一下子围了过来。她端详着这个男孩,他惊恐无助的目光触痛了她内心最柔软的地方。保安嚷着要搜身。这时,她走上前,帮他整了整衣衫,说:"天这么冷还穿这么少,看你的手冻得通红,让阿姨来暖暖你的手。"说着就用自己温暖的双手包裹住男孩冰凉的小拳头。片刻,她又对保安说:"店里的货物我都很熟悉,让我去查查再说。"

　　来到货柜后排,她把一块系着红穗的玉器悄悄挂了上去,然后走出来说:"一样都不少,我们错怪这个小孩了。"人群散去,望着男孩单薄的背影,她摇头笑了笑。

　　10年后,她已成为另一家大型超市的会计。这一天,她突然收到一个包裹,扯开包装袋,精美的礼盒上赫然写着"生日快乐"。这天并非她的生日,她以为是谁的恶作剧,拆开一看,顿时心潮起伏。盒子里是一块晶莹剔透的心状玉片,底下躺着一张卡片,写着:"阿姨您好!呵呵,我就是当年的那个'小偷',好不容易才打听到您现在的地址。10年前,我的母亲因为厌恶父亲的嗜赌成性,狠心地丢下我们父子,跟别人出国去了。从此,我成了父亲的累赘,他粗暴的手掌铺满了我童年的记忆。我越发想念母亲，在她生日那天，一心想为她买块玉，因为她平常最喜欢戴玉。我没有钱，只能偷，下面的事情您应该记起来了。

"您的一句'暖暖你的手'不仅把我从犯罪的边缘拉回来，更温暖了我的心。此后，只要父亲打我，我都会跑到您的店门口，偷偷地张望您。您的一颦一笑，都像极了妈妈。正是因为您的存在，我才没有对生活绝望，而是发奋读书，最终考上了警校。今天，又到了我妈妈的生日，说实话，我早已忘了妈妈的样子，我对她的每一次想象，其实都是您的模样。所以，在我即将毕业，开始崭新生活的时候，请您一定要收下这个礼物，请允许我叫您一声妈妈。"

她含泪笑了。

金玉良言

在生活中，我们可能因为一件小事挽救一个人，改变一个人的命运。让我们有一颗乐于帮助别人的心，拥有博大的胸怀，去关心周围的所有人。

成长哲理

　　女主人公一瞬间的善举把一个正在罪恶边缘的孩子拉了回来,而且让一个"小偷"成为了一位人民警察,这个应该是属于母爱的伟大力量。每个人都有犯错的时候,但要给犯错的人机会去改正,而不能直接认定他们就是那种人,人有时候是有苦衷的,所以要善待你身边的每一个人,有时候因为你一次不经意的善举会改变一个人一生的命运。

　　要善待你身边的每一个人，有时候因为你一次不经意的善举会改变一个人一生的命运。

爱的利息

我问男孩需要多少钱，男孩说："125元。"我摇摇头，说他要的擦鞋箱太昂贵了。男孩说不贵，还说他已经去过批发市场4次，都看过了，要买专用箱子、凳子、清洁油、软毛刷和十几种鞋油，没有125元就达不到他的要求。男孩操着方言，说得有板有眼。

我问他现在手里有多少钱，男孩想都没想，说已经有35元，还少90元。我认真看着男孩，确定他不是个小骗子，便掏出钱夹，拿出90元，说："这90元钱给你，算是我的投资。有个条件，从你接过钱的这一刻起，我们就是合伙人了。我在这个城市待5天，5天内你不仅要把90元钱还给我，我还要1元钱的利息。如果你答应这条件，这90元现在就归你。"男孩兴奋地看着我，满口答应。

男孩还告诉我，他读六年级，每星期只去上3天课，另外几天要放牛、放羊和帮母亲种地，可他的成绩从没有滑下过前三名，所以，他是最棒的。我问他为什么要买擦鞋箱，他说："因为家里穷，我要趁着暑假出来挣钱，攒够学费。"我以一种欣赏的眼光看着男孩，然后陪他去批发市场选购了擦鞋箱和其他各种擦鞋用具。

男孩背着箱子，准备在商场门口摆下摊位。我摇摇头，说："我作为你的合伙人，为了尽快收回自己的成本，有义务提醒你选择合适的经营地点。"商场内部有免费擦鞋器，很多人都知道。男孩认真想了想，问："选在对面的酒店怎么样？"我想：这里是旅游城市，每天都有一车一车的人住进那家酒店，他们旅途劳顿，第二天出行时，肯定需要把鞋擦得干干净净。想到这些，我就答应了他。于是，男孩在酒店门口附近落脚了。他把擦鞋箱放到了离门口稍远的地方，看看左右无人，对我说："为什么不让我现在就付清1元钱利息？你也应该知道我的服务水平。"

我"扑哧"一声笑了，这小家伙真是鬼得很，他是要给我擦鞋，用擦鞋的收费抵那1元的利息。我欣赏他的精明，便坐到他的板凳上，说："你要是擦得不好，就证明你在说谎，而我投资给一个不诚实的人，就证明我的投资失败。"男孩的头晃得像拨浪鼓，说他是最棒的，他在家里练习擦皮鞋练了一个月。

要知道，农村并没有多少人有几双好皮鞋，他是一家一家地让他们把皮鞋拿出来，细心地擦净擦亮的。几分钟后，看着皮鞋光可鉴人，我满意地点头。我从口袋里拿出红笔，在他的左右脸颊上写下两个大字："最棒。"男孩乐了。正在这时，有一辆中巴车载着一车游客过来了，他连忙背着擦鞋箱跑过去，指着自己的脸对那些陆续下车的旅客说："这是顾客对我的奖赏，你想试试吗？我会把你的皮鞋变成镜子的。"

就这样，男孩忙碌起来了……第二天，我来到酒店，看到男孩早早来守摊了，他兴奋地告诉我，他昨天赚到了50块钱，除去给我18元，吃饭花3元，他净剩29元。我拍拍他的头，夸他干得不错。他说昨晚没睡地下通道，而是睡了大通铺，但没交5块钱的铺位钱。我疑惑了，怎么会不付床铺钱？这时，男孩得意地笑了："我帮老板和老板娘擦了十来双鞋子，今晚我还能不用掏钱住店。"5天过得很快，我要离开这个城市了，这5天里，男孩每天还18元，还够了 90 元。

男孩知道我在北京一家投资公司做经理，说是等他大学毕业，会去北京找我，说着他伸出小黑手，我也伸出了手，两只手紧紧握到一起……

弹指一挥间，竟是 15 年。我离开了当初的投资公司，自己开了一家贸易公司。这天，我正在办公室忙得焦头烂额，公司因为意外损失了一大批货物，周转资金面临困难，各方都在催债。刚放下电话，秘书进来了，说有个年轻人约我中午吃饭，我头也不抬地问是谁，秘书拿出一把钥匙链，放到我桌上，看着这钥匙链，我愣住了，那上面有一个玻璃小熊，小熊的脑门上刻着三个字："我最棒。"

我想起来了，这钥匙链，是 15 年前我和那个擦鞋少年临别握手时塞进他掌心的礼物。到了中午，我走进酒店，预订好的座位上站起一个西装革履、英气逼人的年轻人。他含蓄地微笑，朝我微微弯一下腰。从他脸上，我略微找到了当年擦鞋少年的影子。喝茶时，他拿出一张 500 万元的支票，说："我想投资到你们公司，5 年之内利润抵回。"500 万元，真是雪中送炭！

年轻人笑吟吟地说："15 年前，你教会了我以按揭的方式生存。从那个擦鞋箱起，我完成了一次又一次的积累。现在，我有了自己的公司，这500万元投进去，我有权利要求一笔额外利息。"我抬起头，问他要多少，他不动声色地回答："1元钱。"我靠到椅背上，脸上露出微笑。90元，回报500万元，这无疑是我投资生涯中最成功的案例。

金玉良言

成功不仅是你拥有多少，更重要的是你帮助他人多少！有多少人因你决定而感动，因您的善举而成长。

成长哲理

有时候你无意中的一个善举可以帮助一个人，可以改变一个人的一生，甚至改变你自己的命运，命运就是这样让人不可捉磨，说不定哪一天在你困难的时候，你帮助过的陌生人会出现在你的面前，努力地帮助你渡过难关。

　　命运就是这样让人不可捉磨，说不定哪一天在你困难的时候，你帮助过的陌生人会出现你的面前，努力地帮助你渡过难关。

谨慎比大胆要有力量得多。

——雨果

男孩与树

很久很久以前，有一棵又高又大的树。

一位小男孩，天天到树下来，他爬上去摘果子吃，在树荫下睡觉。他爱大树，大树也爱和他一起玩耍。后来，小男孩长大了，不再天天来玩耍。

一天他又来到树下，很伤心的样子。大树要和他一起玩，男孩说："不行，我不小了，不能再和你玩，我要玩具，可是没钱买。"

大树说："很遗憾，我也没钱，不过，把我所有的果子摘下来卖掉，你不就有钱了？"

男孩十分激动，他摘下所有的果子，高高兴兴地走了。然后，男孩好久都没有来。大树很伤心。

有一天，男孩终于来了，大树兴奋地邀他一起玩。男孩说："不行，我没有时间，我要替家里干活儿呢，我们需要一幢房子，你能帮忙吗？"

"我没有房子，"大树说，"不过你可以把我的树枝统统砍下来，拿去搭房子。"

于是男孩砍下所有的树枝，高高兴兴地运走去盖房子。看到男孩高兴，大树十分快乐。从此，男孩又不来了。大树再次陷入孤单和悲伤之中。

一年夏天，男孩回来了，大树太快乐了："来呀，孩子！来和我玩呀。"

男孩却说："我心情不好，一天天老了，我要扬帆出海，轻松一下，你能给我一艘船吗？"

大树说："把我的树干砍去，拿去做船吧！"于是男孩砍下树干，造了条船，然后驾船走了，很久都没有回来。

许多年过去，男孩终于回来，大树说："对不起，孩子，我已经没有东西可以给你了，我的果子没了。"

男孩说："我的牙都掉了，吃不了果子了。"

大树又说："我再没有树干，让你爬上来了。"

男孩说："我太老了，爬不动了。"

"我再也没有什么给得出手了……只剩下枯死的老根。"树流着泪说。

男孩说："这么多年过去了，现在我感到累了，什么也不想要，只要一个休息的地方。"

"好啊！老根是最适合坐下来休息的，来啊，坐下来和我一起休息吧！"男孩坐下来，大树高兴得流下了眼泪……

这就是我们每个人的故事。这棵树就是我们的父母。

父母是一辈子最爱我们的人，也是我们一辈子最亏欠的人。有空常陪陪父母，有能力多感激父母，有心多让他们幸福。

感谢爱你的人吧，正是他们的关心、鼓励和支持才让你感到了生活的温暖和充实。这种感谢就是一种感恩，感恩世间万物。

这棵树就是我们的父母，它用尽毕生的心血来呵护你。

成长不再烦恼

CHENGZHANG BUZAI FANNAO

智慧轩文化◇编

·第二辑·

天津出版传媒集团

天津人民美术出版社

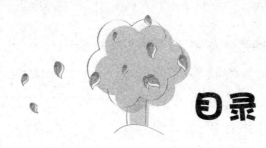

目录

人无远虑，必有近忧。

——孔子

唇亡齿寒

春秋时期，晋国的近邻有虢、虞两个小国。晋国想吞并这两个小国，计划先打虢国。但是晋军要开往虢国，必须先经过虞国。如果虞国出兵阻拦，甚至和虢国联合抗晋，晋国虽强，也将难以得逞。

晋国大夫荀息向晋献公建议："我们用屈地产的名马和垂棘出的美玉，作为礼物送给虞公，借道让我军通过，估计那个贪恋财宝的虞公会同意借道给我们。"晋献公说："这名马美玉是我们晋国的两样宝物，怎可随便送人？"荀息笑道："只要大事成功，宝物暂时送给虞公，还不等于放在自己家里一样嘛！"晋献公明白了荀息的计策，便派他带着名马和美玉去见虞公。

虞国大夫宫之奇知道了荀息的来意，便劝虞公千万不要答应晋军借道的要求，说道："虢虞两国，一表一里，辅车相依①，唇亡齿寒，如果虢国灭亡，我们虞国也要保不住了！"

可惜目光短浅、贪财无义的虞公，竟不听宫之奇的良言忠告，反而相信了晋国的阴谋欺骗，不但答应"借道"，还愿意出兵帮助晋军，一同去打虢国。宫之奇预料祖国将亡，无法挽救，只得带着家小，早早逃到曹国去了。

这样，晋献公在虞公的"慷慨帮助"下，轻而易举地把虢国灭了。晋军得胜回来，驻扎在虞国，说要整顿人马，暂住一个时期，虞公还是毫不戒备。不久，晋军发动突然袭击，一下子就把虞国也灭了，虞公被俘，屈地产的名马和垂棘出的美玉，仍然回到了晋献公的手里。

事物是彼此相依的，舍弃其一就会影响到另一半，因为它们是相互存亡的。弱小的势力相依为命，应该联合对抗外敌。只有相互帮助，才能生存更久。因此，不要像虞国的国君那样，只看到眼前的利益，

---

① "辅"是指面颊，"车"是指牙车骨。面颊和牙车骨，是一表一里，互相依存的，所以叫作"辅车相依"。

而看不到长远的危险，要把目光放远。

金玉良言

　　没有永远的敌人或朋友，永恒的只有利益。危难关头，应该齐心协力，而不是贪图小利，自毁长城。联合他人的力量是聪明的选择，得不到帮助的人生会寸步难行，但也要选对合作的人，才能成为赢家。在共同的敌人面前，要学会合作，要用长远的眼光看待问题，才能真正获得胜利。

成长哲理

　　面对诱惑的时候要有判断能力，不能毫无防备。要懂得唇亡齿寒的道理，要团结对自己有利的合作者，利用团结的力量对抗危险，不要高估自己的力量。要善于判断形势，明白共存的道理，不能随意舍弃自己的伙伴。要学会互帮互助。

　　事物是彼此相依的，舍弃其一就会影响到另一半，因为它们是相互存亡的。

明者远见于未萌，而智者避危于未形。

——司马相如

自保的谎言

卢梭小时候，家里很穷，为求生计，只好到一个伯爵家去当小佣人。伯爵家的一个侍女有条漂亮的小丝带，很讨人喜爱。一天，卢梭趁没人的时候，从侍女床头拿走小丝带，跑到院里玩赏起来。

正在这时候，有个仆人从他身后走过，发现了卢梭手中的小丝带，立刻报告了伯爵。伯爵大为恼火，就把卢梭叫到跟前，厉声追问起来。卢梭紧张极了，心想：如果承认丝带是自己拿的，那我一定会被辞退，以后再找工作，可就更难了。他结巴了好大一会儿，最后竟撒了个谎，说丝带是小厨娘玛丽永偷给他的。伯爵半信半疑，就让玛丽永过来对质。善良老实的玛丽永一听这事，顿时蒙了，一边流泪，一边说："不是我，绝不是我！"可卢梭死死咬住了玛丽永，并把事情的所谓"经过"编造得有鼻子有眼。

这下子，伯爵更恼火了，索性将卢梭和玛丽永同时辞退了。当两人离开伯爵家时，一位长者意味深长地说："你们之中必有一个是无辜的，说谎的人一定会受到良心的惩罚！"

果然，这件事给卢梭带来终生的痛苦。40年后，他在自传《忏悔录》中坦白说："这种沉重的负担一直压在我的良心上……促使我决心撰写这部忏悔录。""这种残酷的回忆，常常使我苦恼，在我苦恼得睡不着的时候，便看到这个可怜的姑娘前来谴责我的罪行……"

金玉良言

趋利避害，是人之常情，但是靠着损害别人来挽救自己，是非常不道德的行为。而来自良心的谴责，这种惩罚甚至重过任何一种处罚。因此，保护好自己不仅在于不受到伤害，还有不做亏心事的自我约束，"心安理得"才是最大的幸福。

成长哲理

　　损害他人，特别是信任自己的人，对他人来说无异于背叛，对自己在精神上也是一种折磨。因此，不要因一时的逃避，让自己后悔终生，谨记：行得正，坐得端，做一个堂堂正正的人。

生命如流水，只有在他的急流与奔向前去的时候，才美丽，才有意义。

——张闻天

不要给陌生人开门

当年，我还是一个二年级学生，因为父母忙着做生意，没有时间照顾我，通常只有我和奶奶两个人在家。

一天中午，下着倾盆大雨，我正在书房里做作业，奶奶在睡午觉。骤然间，我听见楼下有一阵摩托车的响声，不一会儿，我家的门铃就"叮咚叮咚"地响了起来。我以为是爸爸回来了，于是放下手中的笔，兴高采烈地跑去开门。正要开门，奶奶在她房间里喊："欣欣，是谁啊？你先看清楚了再开门。"我满不在乎地说："我都听我老爸的摩托车声好几年了，还会错呀？"

我冲到门口，一下子把大门打开了。一瞬间，我傻了眼，只见门口站的并不是我爸爸，而是一个我从来都没有见过的陌生人。只见他戴着一副墨镜，一只手提着一个鼓鼓的包，另一只手拿着一瓶不知名的饮料。

　　他一看见门打开了，先朝屋内环视了一下，然后小声地问我："小朋友，你一个人在家吗？"我顿时心里一动，提高了警惕，说："干什么？我家里人都在！"一听说我不是一个人在家，他的声音更小了，他弯下腰，将手中的饮料递到我的手中，轻声地说："小朋友，我是××公司的推销员，这是我们公司新开发的饮料，很多小朋友都喝，而且是免费的。"我一听这话，有点心动了，望着那诱人的饮料，我很想接过来，但是一想到妈妈曾告诉过我不能随便拿别人的东西，尤其是陌生人的，我就犹豫了。那个人似乎看出了我在想什么，他快速而熟练地把瓶盖打开，凑到我的鼻子跟前来回晃动。啊！好香的味道啊！我再也忍不住了，正想接过饮料的时候，奶奶从房间里走了出来，一脸惊讶地说："你是谁？来干吗？"陌生人一见到奶奶立即手忙脚乱地把饮料塞进包里，吞吞吐吐地说："对不起，我按错门铃了！"说完，转身就走了。我一看，喝不到饮料，心里一阵恼火，埋怨起奶奶来："人家的饮料都被你吓走了！"奶奶严肃地说："想吃别人的香肠，往往会失掉自己的火腿。我平时怎么教你的？贪图小便宜，往往会吃大亏的。万一那瓶饮料里面放了什么东西怎么办呢？"我一听，再回想刚才那人说话的神情，也觉得有些不对劲，刚刚的恼火一下子抛到九霄云外去了。

从此，我再不敢随便给人开门，也牢牢记住了奶奶的话，陌生人的东西再好，也不能接受。

金玉良言

希望每个人在生活中都提高警惕，不要随便给陌生人开门。很多人就是为了一点小便宜，从而让骗子得逞。要知道，天上不会掉下馅饼。不管什么时候，对于太容易得到的好处，都应该保留一份谨慎。

成长哲理

对这件事的反省，让我们体会到之前的安全防范意识还不够，所谓走的路越多，见识也就越广，见识越广，犯的错误也越少。

　　从此，我再不敢随便给人开门，也牢牢记住了奶奶的话，陌生人
的东西再好，也不能接受。

本来，生命只有一次，对于谁都是宝贵的。

——瞿秋白

科教片的作用

星期日，11岁的琪琪和同学10岁的阿明漫山遍野地寻找可爱的"阿花"。"阿花"是琪琪养了5年的小狗，前几天突然丢了。这天上午九时许，有人说昨天看见一只小狗向山上跑了。琪琪和阿明一口气跑到离家3公里外的大山里，还是不见阿花的踪影。突然间，阿明在一个下山的路口处发现了一个1.8米高的山洞口，阿明说："阿花能跑进去不？咱俩去看看。"俩人扒开洞口周围的野草钻了进去。刚进洞时洞内有亮光，看得清楚，洞里奇形怪状，纵横交错，很好玩，进洞时本来是较弯曲的通道，往里走越走越宽，当两个人越走越暗，甚至什么也看不见时已走出近百米。

当琪琪要求往回返时已找不到回去的路，他们觉得到处都是洞口不知走哪个了。洞内空气稀薄，他们略觉呼吸困难。这时阿明急得哭了起来。过了一会儿，琪琪拽住阿明说："阿明，按照洞里的环境来看小狗不会进这里来，我们得快出去，不然这里危险。"琪琪这么一说，阿明更害怕了，把琪琪抱得紧紧的。此时，从他们所处的位置向上望去，都有类似的光和通道。琪琪显得非常镇静，他问阿明："你兜里有什么东西？"阿明说："我带着一条绑狗用的绳子。"琪琪大叫一声："太好了。"

一根 8 米长的塑料绳，绑住两个人的腰，成为一体，琪琪告诉阿明："绝对不能往前走了，越走呼吸越困难。前方有 8 个亮点像洞口，咱俩一个一个摸着前进，如果不是，就把脚下的石头垒起一小堆做记号。"琪琪还告诉阿明："你头上和四边洞上的石块千万不要动。"就这样，琪琪带着阿明一个亮点，一个亮点地探，当他们探到第 7 个亮点时，觉得呼吸越来越顺畅。琪琪说："就是这条道，往亮处爬，肯定是洞口。"当他俩爬出洞口时已经成了"灰"人，四肢关节处全部破皮流血，此时已是下午 4 点 35 分。

近 8 个小时的抗争，他们赢得了生命。事后有记者问琪琪："你这么小的年纪是哪儿来的办法和信心的？"琪琪说："我和爸爸看过一个电视科教片，这些办法科教片里都有。"

金玉良言

一个电视科教片救了两个孩子的命，假如事前琪琪的爸爸没有带孩子看过科教片，那么后果将不得而知。不要等到孩子长大成人，再去责怪他们面对困难时缺乏自信心。殊不知，孩子独立处理事情的能力，完全取决于父母对他从小的培养。

成长哲理

家教在不言中，在不知不觉中，在沉默的行动中。这个例子给了大家很多有益的启示。

> 真理是不朽的，过失是致命的。
>
> ——爱迪夫人

巧用空城计

三国时期，蜀国丞相诸葛亮因错用马谡而失掉战略要地——街亭，魏将司马懿乘势率领十五万大军向诸葛亮所在的西城蜂拥而来。当时，诸葛亮身边没有大将，只有一班文官，所带领的五千军队，也有一半运粮草去了，只剩两千五百名士兵在城里。众人听到司马懿带兵前来的消息都大惊失色。诸葛亮登城楼观望后，对众人说："大家不要惊慌，我自有良策，可让司马懿退兵。"

于是，诸葛亮传令，把所有的旌旗都藏起来，士兵原地不动，如果有私自外出以及大声喧哗的，立即斩首。又叫士兵把四个城门打开，每个城门之前派二十名士兵扮成百姓模样，洒水扫街。诸葛亮自己披上鹤氅，戴上高高的纶巾，领着两个小书童，带上一张琴，到城头望敌楼前凭栏坐下，燃起香，然后慢慢弹起琴来。

　　司马懿的先头部队到达城下，见了这种气势，都不敢轻易入城，急忙返回报告司马懿。司马懿听后，笑着说："这怎么可能呢？"于是便令三军停下，自己飞马前去观看。离城不远，果然看见诸葛亮端坐在城楼上，笑容可掬，正在焚香弹琴。左面一个书童，手捧宝剑；右面也有一个书童，手里拿着拂尘。城门里外，二十多个百姓模样的人在低头清扫，旁若无人。

　　司马懿看后，疑惑不已，便来到中军，令后军充作前军，前军作后军撤退。他的二子司马昭说："莫非是诸葛亮家中无兵，所以故意弄出这个样子来？父亲您为什么要退兵呢？"司马懿说："诸葛亮一生谨慎，不曾冒险。现在城门大开，里面必有埋伏，我军如果进去，正好中了他们的计。还是快快撤退吧！"于是各路兵马都退了回去。

　　司马懿退兵后，诸葛亮的士兵问道："司马懿乃魏之名将，他带着十五万精兵到此，见了丞相，便速退去，何也？"诸葛亮说："兵法云，知己知彼，方可百战不殆。如果我们面对的是司马昭和曹操的话，我是绝对不敢施用此计的。"

金玉良言

知己知彼，方能百战不殆。在遇到危险的时候，首先要探明敌情，了解自身所处的环境和敌方的情况，然后才能"对症下药"，制定周密可靠的计划，才会一击得手，不仅能保护好自己，甚至能够做出反击，这才是最高明的生活智慧。

成长哲理

遇事冷静，认清敌我双方的优劣之处，保护自己，有时需要的是智慧而不仅仅是武力。勇于向困难挑战，即使身陷险境，也要保持沉着冷静，细心分析，从中找到对自己有利的条件，趁势出击，改变自己的处境。不要轻易放弃，就算是最后一刻，也要让自己占据有利因素，争取成功。

诸葛亮说："兵法云，知己知彼，方可百战不殆。"

有生命，那里便有希望。

——泰伦提乌斯

没有什么不可能

汤姆·邓普西生下来的时候只有半只左脚和一只畸形的右手，父母从未让他因为自己的残疾而感到不安。

后来他学踢橄榄球，他发现，自己能把球踢得比别的男孩子都远。他专门请人设计了一只鞋子，参加了踢球测验，并且得到了冲锋队的一份合约。

但是教练却委婉地告诉他，说他"不具备做职业橄榄球员的条件"，请他去试试其他的职业。最后他申请加入新奥尔良圣徒球队，并且请求教练给他一次机会。教练虽然心存疑虑，但是看到这个孩子这么自信，对他顿生好感，因此就接受了他。

他一生中最重要的一次比赛到来了。那天，球场上坐了六万多名球迷。球是在 28 码线上，比赛只剩下了几秒钟。这时球队把球推进到 45 码线上。"邓普西，进场踢球。"教练大声喊。

当邓普西进场时，他知道他的队距离得分线有 55 码远，那是由巴第摩尔雄马队毕特·瑞奇踢出来的。球传接得很好，邓普西抬起脚全力踢在球身上，球笔直地前进。但是踢得够远吗？几十万名球迷屏气观看，球在球门横杆之上几英寸的地方越过，接着终端得分线上的裁判举起双手，表示得了 3 分，邓普西的球队以 19 比 17 获胜。

球迷们疯狂了，他们被邓普西创造的奇迹震撼了，很多人泪如雨下。因为这个"极限球"是一个只有半只左脚和一只畸形右手的球员踢出来的。

金玉良言

保护自己不仅在于保护自己的安全，还要保护自己的精神，要像邓普西那样，即使身有残疾，也要自信而向上，要坚定自己的目标，勇于去追求，因为身怀坚定信念的人，在生活中根本就不会存在"不可能做到"的念头。那些在常人眼中可望而不可即的成就，实际上是坚定信念与毅力产生的结果。

成长哲理

　　保护自己，有时不只是保护自己的生命，我们要像雨水浇灌花朵一样，时时坚定自己的信念，失去了理想，人在精神上就已经死去了。

你笑什么？只要改个名字，故事说的正是你。
——贺拉斯

特洛伊木马

在古希腊神话传说中，有一场非常著名的战争——特洛伊之战。希腊和特洛伊双方因势均力敌，对峙了 10 年，最终特洛伊人因好大喜功、狭隘贪婪，成为失败者。

战争开始时，希腊人联合起来攻打特洛伊城，但特洛伊城是个十分坚固的城市，希腊人攻打了 9 年也没有打下来。第十年，希腊一位多谋善断的将领奥德修斯想出了一条妙计。

这一天的早晨非常奇怪。希腊联军的战舰突然扬帆离开了。平时喧闹的战场变得寂静无声。特洛伊人以为希腊人撤军回国了，他们跑到城外，却发现海滩上留下一只巨大的木马。

特洛伊人惊讶地围住木马，他们不知道这木马是干什么用的。有人要把它拉进城里，有人建议把它烧掉或推到海里。正在这时，有几个牧人捉住了一个希腊人，他被绑着去见特洛伊国王。这个希腊人告诉国王，这个木马是希腊人用来祭祀雅典娜女神的。希腊人估计特洛伊人会毁掉它，这样就会引起天神的愤怒。但如果特洛伊人把木马拉进城里，就会给特洛伊人带来神的赐福，所以希腊人把木马造得无比巨大，使特洛伊人无法拉进城去。特洛伊国王相信了这话，就让人把木马拉进城。

但木马实在太大了，它比城墙还高，特洛伊人只好把城墙拆掉了一段，这样才把特洛伊木马拉进城。

当天晚上，特洛伊人欢天喜地，庆祝胜利，他们跳着唱着，喝光了一桶又一桶的酒，直到深夜才回家休息，做着关于胜利的美梦。

深夜，一片寂静。劝说特洛伊人把木马拉进城的希腊人其实是个间谍。他走到木马边，轻轻地敲了三下，这是约好的暗号。

藏在木马中的士兵悄悄溜出来，打开城门，放进早已埋伏在城外的军队。结果是希腊人把特洛伊城掠夺一空，并将整座城烧成一片灰烬。十年的战争终于结束了。

金玉良言

"当心希腊人造的礼物"这一成语在世界上许多国家流传着，它提醒人们要提高警惕，防止被敌人的伪装欺骗，使敌人钻进自己的心脏。特洛伊城里的人被胜利的诱惑所迷，不仅听信谗言，还放松警惕，导致了自己的危机。要谨记保护自己，时刻小心，不要被阿谀奉承的小人之言所迷惑，也不要因表面的胜利而忘乎所以。

成长哲理

永远不要放松警惕，任何时候都要把保护自己当作至高无上的目的，这是生命世界里的原则。

特洛伊人惊讶地围住木马，他们不知道这木马是干什么用的。

光有智慧是不够的，还要善于运用它。

——西塞罗

王羲之装醉

东晋时期著名书法家王羲之，7岁就开始练字，尚未成年，已经落笔不俗，被人誉为"小神笔"。

当时，朝廷中有位名叫王敦的大将军，常常把王羲之带到军帐中为他写字，天色晚了，还让他在自己的床铺上睡觉。

有一次，王敦起床了，王羲之还没有醒。一会儿，王敦的心腹谋士钱凤进来了，两人悄悄地商量起事情，谈的是想造反的事，却忘记了王羲之还睡在帐中。王羲之醒来，听见了他们的谈话内容，非常吃惊，心想：如果他们想起了我睡在这里，一定会怀疑我泄露机密，说不定要杀人灭口呢！怎么办？恰好王羲之昨天喝了点酒，于是，他就假装酩酊大醉，把床上吐得到处都是，接着，又蒙头盖脸，发出轻轻的鼾声，好像睡熟了似的。

王敦和钱凤密谈了多时，忽然想起了王羲之，不由得心惊肉跳，脸色骤变。钱凤咬着牙根，恶狠狠地说："这小子，不能不除掉。不然，我们都要遭灭门之祸了。"

两人手握尖刀，掀开帐子，正要下手，忽听王羲之说起梦话来，再一看，崭新的被褥吐满了饭菜，散发出一股呛鼻的酒味。王敦和钱凤相视片刻，都以为王羲之酒后熟睡未醒，也就放过了他。

金玉良言

遇到危急事情时，一定要冷静，不要慌张，也许事情的转机就在这种平静的心态下产生。

成长哲理

随机应变的能力不是人人都有的，但却是人人所必需的。面对危险，缺少随机应变的头脑，就会像鱼肉一样，任人宰割。

真正高明的人，就是能够借助别人的智慧，来使自己不受蒙蔽的人。

——苏格拉底

别为坏人保守秘密

有一天，小松鼠皮皮出去玩，遇到一只大灰狼。

大灰狼一把抓住皮皮，恶狠狠地说："小家伙，我要吃了你！"

皮皮吓坏了，哭着说："你，你别吃我……妈妈，我要找妈妈……"

大灰狼眼珠子一转，嘿嘿笑着说："只要你肯听我的话，我就不吃你。"

皮皮连忙说："我听你的话，我听你的话，你别吃我……"

大灰狼放下皮皮，掏出个口袋说："好，你只要乖乖地每天给我摘一袋松子来，我就不吃你。"

皮皮看着大灰狼手里的口袋，为难地说："这，这么大啊，我……"

"怎么，你想被我吃掉吗？乖乖按照我说的去做，我就饶你一条小命，你也不能把遇到我和给我摘松子的事情告诉任何人，包括你爸爸妈妈在内，否则我就吃了你们全家！"大灰狼恶狠狠地说着，张开血盆大口冲皮皮喊道。

皮皮吓得打了个哆嗦，害怕地接过大灰狼的口袋，用力点了点头。

从那天开始，皮皮每天天刚亮就出门去摘松子，一直到晚上天黑了才回来。

皮皮妈妈见皮皮每天早出晚归，很累的样子，就问："皮皮，这几天你是怎么了？发生了什么事情，怎么回家都不见你说话？"

皮皮连忙摇头："没，没什么！我每天出去找小朋友玩，玩得好累好累，就不想说话。"

皮皮妈妈不相信皮皮说的话，第二天早上悄悄地跟着他出门了。

很快，妈妈就发现了皮皮的秘密，就对在树上摘松子的皮皮喊道："皮皮，你不是出来找小朋友玩吗？怎么摘起了松子？"

皮皮吓了一跳，没站稳从树上掉下来了，边哭边跟妈妈说："我，我这几天都在给大灰狼摘松子呢……他不让我告诉任何人，包括你和爸爸……现在怎么办？你知道我的秘密了，我们一家都会被大灰狼吃掉的，呜呜呜……"

　　妈妈替皮皮擦掉眼泪，认真地对他说："傻孩子，妈妈是你的好朋友啊，怎么不早告诉妈妈这些事？你要相信妈妈，所有事情妈妈都有办法解决，即使妈妈解决不了，妈妈也会想办法请别人解决！"皮皮点了点头，跟着妈妈回家了。

　　下午，皮皮妈妈和皮皮爸爸请来了一些好朋友，大家设下陷阱，等大灰狼来取松子时，将他逼进陷阱里，时间一长，被困在陷阱里的大灰狼就饿死了。

金玉良言

　　要相信家人，无论风雨多大，家总是安全的港湾。遇到困难要和家人商量，不论发生任何事情都要相信家人，有家人在身边，一切困难都会迎刃而解。

成长哲理

　　世界上最可怕的事就是相信坏人的话，隐瞒老师和父母，这样就会让自己陷入孤立无援的境地，坏人也因此更加肆无忌惮。所以，在遇到危险的时候，要先告诉老师或是家长，他们总会有解决的办法。

　　大灰狼放下皮皮，掏出个口袋说："好，你只要乖乖地每天给我摘一袋松子来，我就不吃你。"

不知其人，则不为其友。

——司马迁

孙膑装傻保全自身

庞涓和孙膑都是鬼谷子的徒弟，两人一起跟随鬼谷子学艺。庞涓其实功课很好，只是跟孙膑比起来，还是差了很多。庞涓因此很妒忌孙膑，怕以后孙膑会跟自己争夺功名。于是，表面上装作跟孙膑情同手足，而实际上在背地里算计孙膑。重情重义的孙膑丝毫没有察觉到庞涓的狡猾、阴险，还和庞涓约定好，"苟富贵，勿相忘"，承诺谁先得势，一定会力荐对方。

后来庞涓做了魏国的将军，凭借自己的才能，博得了魏惠王的赏识，被封为将军。后来又靠着几场战争，获取了魏惠王的好感，因此很快身居高位。庞涓虽然对自己的表现和地位很满意，但是他一想到孙膑，心里就不舒服。他知道孙膑是个人才，对自己是一个大威胁，一旦孙膑到了其他国家，自己的地位一定不保。为此，庞涓寝食不安，他下决心，一定要想办法把孙膑骗到魏国，再除掉他。

在山上苦读的孙膑，突然在某一天接到了庞涓的来信。信上庞涓邀请他去魏国任将军。孙膑看到庞涓所描述的生活和功绩，心里很是羡慕，也为此而感激庞涓的推荐，觉得自己有机会施展自己的才能了。

孙膑收拾行囊奔赴魏国。初到魏国，庞涓亲自接待了孙膑，大摆筵席盛情款待，并且将他好生安置。可是，孙膑在庞涓家里，等了很多天都不见魏惠王召见自己，孙膑见庞涓不提这件事，也没好意思问他。于是，孙膑在等待中度过了一天又一天。直到某一天，孙膑突然被门外急促的敲门声给惊醒了，他的噩梦也随之而来。

推门而入的士兵问也不问，就把孙膑绑起来，士兵们连拖带拽地把他拖出去了。在士兵的推搡下，孙膑不明就里，一边走一边吼道："你们凭什么抓我？我有什么过错？"士兵回答说他犯了私通齐国之罪，奉魏惠王之命对其施以膑足、黥脸之刑。孙膑听了，犹如晴天霹雳，幡然醒悟后高声辩解，但是为时已晚，士兵们拔刀剜去了孙膑的两个膝盖骨，之后将他丢在猪圈，任他自生自灭。多亏后来孙膑装疯卖傻，才得以逃脱。

后来，孙膑逃到了齐国。藏身齐国的那些年，他更加刻苦研究兵法，用减灶之计歼灭魏军，庞涓兵败自杀。孙膑还帮助齐国成为中原霸主。

金玉良言

不是所有的朋友都能给我们带来欢乐和陪伴，作为亲近的人，他们同时也是危险的人。孙膑的故事告诉我们：交友需谨慎。庞涓伪装了自己，孙膑却没有防备之心，因此孙膑才会受到伤害。

成长哲理

人虽然不应该想着伤害别人，但也要有防人之心，无论何时，首先要保护好自己不被别人伤害。

遇事无难易，而勇于敢为。

——欧阳修

孙坚智退海盗的故事

东汉末年，朝廷腐败，天下大乱。乱世中，江南出了一位名叫孙坚的英雄。

孙坚从小机智勇敢。17岁那年，他跟父亲乘坐一艘客船前往钱塘。不料，船到钱塘江口，忽然遇上了一伙海盗。他们气势汹汹地跳上客船，不由分说，就抢掠乘客的财物。洗劫一空后，又在岸边吵吵嚷嚷地分赃。

船上的乘客大都是商人，一个个吓得战战兢兢，躲在船舱里不敢露面。

这时，孙坚忍不住了，他满腔怒火地对父亲说："这伙海盗太可恶了。不过，他们没有什么了不起的，让我去收拾他们。"父亲一听，连连摇头："你一个小孩子，哪是他们的对手？"孙坚胸有成竹地回答："放心吧，我自有妙计。"说着，就提起一把锃亮的大刀上了岸。他站在一座高高的礁石上，扬起手臂，指东划西，做出一副指挥人马、部署兵力的样子。海盗们远远望见他神气活现的身影，以为是官兵大队人马来追捕了，慌忙丢下财物，四散逃命。孙坚乘机追赶，挥刀砍死一个海盗，带着人头回到船上。父亲看到儿子这样勇敢，又惊又喜。

从此，少年孙坚单枪匹马智斗海盗的事迹就传扬开了。

金玉良言

有勇还要有谋，才是最成功的将帅。孙坚智退海盗的故事，说明他并不是一个蛮干的人，而是一个善于观察，善于思考，善于谋划的人，因此在保护好自己的同时，还能惠及他人。

成长哲理

有勇气承担责任的人，这才是英雄好汉；相反，失去勇气的人，和死人没分别。勇于藐视困难，勇于面对自己，坦然面对天地，不惧、不恐、不惊，由大智中产生大勇，由理解中加强信心，是最坚毅的大勇与最坚强的信心。

　　东汉末年，朝廷腐败，天下大乱。乱世中，江南出了一位名叫孙坚的英雄。

勿以善小而不为，勿以恶小而为之。

——刘备

贪婪毁掉所有

很久以前，印度有个虔诚的教徒叫萨米提，隐居在恒河岸边的小村庄里。他的品德和廉洁都修炼到了尽善尽美的程度，成为信徒中的典范。人们都尊敬他。

不久，萨米提想验证自己能否经得住尘世的考验，就告别了亲戚和朋友，去印度最高首府白纳尔斯。在那儿，他同样受到人们的尊重，人们给他送来各种名贵的礼物，成堆的鲜果和美味可口的食物。萨米提起初都拒绝了，但后来他想亲口尝尝这些香喷喷的水果，就吃了一小口苹果，味道好极了。他尝到了美味的好处，随之，他的欲望加大了，想成为一个饭来张口、衣来伸手的王子。

善神没有答应他的要求，恶神说话了："我可以让你成为一位王子，但你得答应我一件事，把你的家畜作为牺牲献给我。"

萨米提犹豫了，但欲望战胜了理智，他答应了恶神的要求。

渐渐地，萨米提觉得当王子并不过瘾，就想成为皇帝，拥有强大的军队和全国的百姓。

"我可以满足你的要求，"恶神说，"但你要用牺牲百姓作为抵偿，我要在你的王国横行一世，让瘟疫征服你的人民！"

萨米提尽管开始时不愿意牺牲百姓，但欲望战胜了良知，他还是同意了。

突然有一天，成为皇帝的萨米提想到了自己的晚年，他很害怕，就想长生不老。于是，他大声呼唤恶神的名字，告诉他自己的愿望。

"我可以赐给你永恒的生命，但你要用你家庭几辈人的生命和所有亲戚的生命来换取。"

萨米提被吓住了，这次他一直犹豫着没有答应，亲人的生命让他终于对不断膨胀的欲望害怕了。

许多年过去了，萨米提一直在与欲望抗争。当他感到自己的身体越来越老化、衰败时，就抑制不住呼唤起恶神来。

恶神对他说："我要的只是永恒的幸福，你却一步步滑向罪恶的深渊。为达到自己的目的，你牺牲了无数人的生命。好吧，你将会永存，但你也将会成为教育后人的一面镜子。"

这时，善神发怒了，他让萨米提立即变成了一尊石像，据说至今还待在一座寺庙里。

金玉良言

保护自己的纯真和对事物的热切，最好的办法就是远离贪婪。贪婪不可取，不要因为一点点小便宜而吃大亏。萨米提之所以会因为欲望而一步步堕入罪恶的深渊，就是因为他不能理智地遏制自己的欲望，从而保护自己。记住，不要放纵自己的欲望。

成长哲理

在成长的路上或许会有诱惑，抵制不住你就会失去自我。保护自己，就要从克制贪婪开始。

危难是生命的试金石。

——希罗科夫

学会自救

18 岁的约翰·汤姆森是一位美国高中学生。他住在北达科他州的一个农场。1992 年 1 月 11 日，他独自在父亲的农场里干活儿。当他操作机器时，不慎在冰上滑倒了，他的衣袖卷进机器里，两只手臂都被机器切断。

汤姆森忍着剧痛跑了 400 米来到一座房子里。他用牙齿打开门闩，然后爬到电话机旁边，但是他无法拨电话号码。于是，他用嘴咬住一支铅笔，一下一下地拨动，终于打通了他表哥的电话，他表哥马上通知了附近有关部门。

明尼阿波利斯州的一所医院为汤姆森进行了断肢再植手术。他住了一个半月的医院，便回到北达科他州自己的家里。如今，他已能微微抬起手臂，并已经回到学校上课了。汤姆森的全家和朋友都为他感到自豪。

美国人为什么喜欢汤姆森呢？有人说，他聪明，用铅笔打电话，还会用嘴打开门；有人说，他喜欢干活儿，我们喜欢勤劳的人；还有人说，他身体真棒，一定曾努力锻炼身体，不然早就没命了。

一位学者概括了这些人的回答，人们除了佩服他的勇气和忍耐力外，还有一种独立精神。他一个人在农场操作机器，出了事又顽强自救，所以他是好样的。

独立、勇敢、坚毅、不懈地与自然界抗争，这大概是美国从殖民时代遗留下来的优秀传统。这一传统仍然活在美国人的精神里。

汤姆森的故事里还有这样一个细节，他把断臂放在浴盆里，为的是不让血白白流走。当救护人员赶到时，他被抬上担架。临行前，他冷静地告诉医生："不要忘了把我的手带上。"

金玉良言

当危险发生的时候，首先想到的应该是自救，应该认真思考解决的办法，面对危险时沉着冷静，像汤姆森一样不畏惧，要有勇气和忍耐力。在身处绝境时，选择自救才是最好的保护自己的方式。

成长哲理

独自一人的时候，来自外界的危险就多了很多，危险总是在不经意间发生在我们身边，聪明的你，应该要有所防范。我们在生活和学习中常会遇到各种不如意的事情。其实要保持自己在生活和学习上的不断成长和进步，则必须要有忍耐力与冷静，因为这个世界是个需要人不断做出选择的世界。

人们除了佩服他的勇气和忍耐力外，还有一种独立精神。

没有智慧的头脑，就像没有蜡烛的灯笼。

——托尔斯泰

以进为退

秦王向将军李信询问："我准备占领楚国，请估计一下要用多少兵力才够？"李信回答说："不超过二十万。"秦王同样拿这个问题问王翦，王翦说："非得六十万人不可。"秦王说："王将军老了，多么胆怯啊！"于是派遣李信、蒙恬率领二十万人进攻楚国。王翦就以有病为由辞官回到家乡频阳。

李信攻打平舆，蒙恬进攻寝城，大败楚军。李信又进攻鄢、郢，拿下了它们。于是带领军队向西推进，同蒙恬胜利会师。但楚军一直紧紧跟在秦军的后边，三天三夜不停留休息。李信的军队被拖得疲惫不堪，遭到惨败，军营被攻下，七名都尉被杀死，李信逃回秦国。

秦王听到这个消息，大怒，亲自到频阳向王翦道歉说："寡人不采用将军的计谋，使得李信玷辱了秦军的声威。将军即使有病，难道忍心丢下寡人不管吗？"王翦推托说："我有病，不能带兵。"秦王说："从前的事已经过去了，不要再说了！"王翦说："如果迫不得已，一定要用我，非得六十万大军不可！"秦王说："但凭将军安排罢了。"于是王翦率领六十万大军进攻楚国。

秦王送到霸上，王翦要求赏赐给他很多良田大宅。秦王说："将军出发吧，难道还忧虑贫穷吗？"王翦说："担任大王的将领，即使立了功，终究也是不会得到封侯之赏的，所以趁着大王信任我的时候，讨些田宅来作为留给子孙的产业。"秦王大笑。

王翦出发后，到了武关，先后派五批使者回去讨封良田。有人说："将军讨封赏也太过分了！"王翦说："这个看法不对。大王志在大业而又不信任人，现在倾尽国内兵力委托我独自指挥，我如果不多多地讨封良田大宅作为子孙的产业，来表示自己无别的打算，反而会使大王因此猜疑我了。"

金玉良言

王翦的聪明在于他大智若愚，他请求赏赐，让秦王以为他追求的就是钱财和田宅等俗物，从而不再猜疑他，因而保护了自己。

成长哲理

　　消除别人猜疑的最好手段，就是展现自己只会着眼于眼前利益，所求只是钱财等俗物的一面，这样处在高位的统治者才会不再猜疑你，转而信任你，这样你也就安全了。

唯坚韧者始能遂其志。

——富兰克林

学游泳只为划船更安全

一头短发，一脸稚气的笑容，年仅16岁的叶诗文和自己的名字一样文静。

叶诗文可谓一夜成名，不仅打破了世界纪录、获得奥运冠军，也成为自1978年以来最年轻的游泳世界冠军。

但很少有人知道，这位冉冉升起的泳坛巨星当初学游泳的目的居然是"划船的时候更安全"。

中国游泳队前总教练陈运鹏对叶诗文的评价是："她才是真正的几十年一遇的天才！我这么多年的游泳教学经历，从没有看到过水感这么好的运动员。"

当初，叶诗文的父母让她学游泳的目的很单纯，居然是为了在西湖划船时可以"更安全"。那时候，叶诗文刚满6岁，个头比同龄小朋友高出半个头，长着大手大脚的叶诗文就抱着这样的目的走进了杭州体校。

即使拥有极好的天赋，叶诗文也从未放松对自己的要求，启蒙教练魏巍曾透露："这个小姑娘从来不吵不闹，你给她多少任务，她都会完成。"教练交代游 10000 米，她只会游 12000 米，绝不会游 9900 米，丝毫不会偷懒。能有这样的自律能力，也就不难理解，为何她小小年纪便可登上世界体坛之巅。

让叶诗文被全国人民所认识，还是在 2010 年 10 月份在水立方进行的国际泳联短池游泳世界杯系列赛北京站的比赛上，她在所参加的女子 200 米混合泳、100 米自由泳、400 米个人混合泳三个项目中，不仅全部夺冠，而且还在 400 米混合泳比赛中，以 4 分 28 秒 67 的成绩打破了美国人斯密特保持的世界纪录，让人不得不惊叹这位 14 岁小将的神奇。

金玉良言

保护自己，为自己的安全提前考虑，做好充足的准备。叶诗文为自己划船安全考虑去学游泳，却开启了自己游泳的天赋。生活中经常会发生"无心插柳柳成荫"的情况，但坚持才是取得成功的法宝。

成长哲理

对小朋友来说，安全要放在第一位，如果像叶诗文，为了"划船不会有危险"而刻苦训练，过程中就会藏着惊喜。失败，怕什么，有信心撑腰，下次能够做得更好；失落，怕什么，有发奋相伴，阳光依旧灿烂；失意，怕什么，应对困难不怕，泰山也在脚下。在生活中，难免挫折连连，主要是保持良好的心态，有信心就是崭新的一天！

即使拥有极好的天赋，叶诗文也从未放松对自己的要求。

人生须自重。

——陆九渊

断 箭

春秋战国时期，一位父亲和他的儿子出征打仗。父亲已做了将军，儿子还只是马前卒。又一阵号角吹响，战鼓雷鸣，父亲庄严地拿出一个箭囊，里面插着一支箭。父亲郑重地对儿子说："这是家传宝箭，带在身边，力量无穷，但千万不可抽出来。"

那是一个极其精美的箭囊，厚牛皮打制，镶着幽幽泛光的铜边儿，再看露出的箭尾，一眼便能认定是用上等的孔雀羽毛制作。儿子喜上眉梢，贪婪地想象着箭杆、箭头的模样，仿佛听见了嗖嗖的箭声掠过，而敌方的主帅应声落马。

果然，带着宝箭的儿子英勇非凡，所向披靡。当鸣金收兵的号角吹响时，儿子再也禁不住得胜的豪气，完全背弃了父亲的叮嘱，强烈的欲望迫使他呼的一声就拔出宝箭，试图看个究竟。但当他拿出那支宝箭时，他骤然惊呆了。

一支断箭！箭囊里装着一支折断的箭。

"我一直带着支断箭打仗！"儿子吓出了一身冷汗，顷刻间仿佛失去支柱的房子轰然间坍塌了。结果不言自明，儿子惨死于乱军之中。

拂开蒙蒙的硝烟，父亲捡起那支断箭，沉重地叹一口气道："不相信自己的意志，永远也做不成将军。"

金玉良言

把胜败寄托在一支宝箭上，多么愚蠢，而当一个人把生命的核心交给别人时，是非常危险的！

成长哲理

自己才是一支箭，若要它坚韧，若要它锋利，若要它百步穿杨，百发百中，就要磨砺它，而拯救它的只能是自己。

没有智慧的蛮力是没有什么价值的。

——克雷洛夫

列宁脱险

1897 年，列宁被俄国沙皇当局逮捕并流放到西伯利亚。在流放地，列宁仍然从事革命活动，并同散落在各地的社会民主主义者保持着联系。沙皇当局始终没有放松对流放中的列宁进行监视，列宁则机智巧妙地与警察、宪兵们周旋，屡次摆脱险境，显示出极大的智慧和勇气。

1899 年 5 月 2 日晚，一队沙皇宪兵突然闯入列宁的住处。面对突如其来的搜查，列宁从容镇定地给宪兵递上椅子，请他们站上去，从柜子的顶层搜起。宪兵们爬上椅子开始搜查。一开始，他们查得非常仔细，但是，看着看着，就被一叠又一叠的统计资料汇编弄得昏头涨脑。不久，宪兵们的耐心用尽了，当搜到下面几格的材料时，只是匆匆地拉开扫了几眼就不再搜查了。最后，扔下满屋的纸张卡片，一无所获地离去。而列宁最重要的那些秘密文件和书信，却正是放在柜子下面的几个格子里。

金玉良言

很多人做事，开始时都很专注、仔细，到后来则逐渐失去耐心。列宁巧妙地利用了这一点，从而转移了宪兵们对关键问题的关注，躲过了一场危险的搜查。可见身处险境时，除了冷静镇定，还要有聪明才智。

成长哲理

遇到危险时，不要仅凭着热血和勇气就蛮干，首先要学会遇事冷静，然后运用自己的机智，想出缜密的办法，帮助自己战胜危险和困难，收获成功。

　　列宁则机智巧妙地与警察、宪兵们周旋，屡次摆脱险境，显示出极大的智慧和勇气。

笨蛋自以为聪明，聪明人才知道自己是笨蛋。

——莎士比亚

小英雄于连

500多年前的一天晚上，比利时首都布鲁塞尔的中心广场上闪烁着五光十色的灯火，全城的人都跑出来唱歌跳舞，欢庆自己打败了外国侵略者。钟声、礼炮声和人们的欢呼声交织成雄壮的乐曲，在首都的上空回荡。

就在人们欢庆胜利的时候，残留的敌人悄悄溜进了市政厅的地下室。地下室里放着许多火药，只要一颗火星溅到火药上，就会引起爆炸，城市将毁于一旦。敌人堆好炸药，用一条导火线接上，一直伸到外面的院子里，点上火后慌忙溜走了。着了火的导火线，"哧哧"地向地下室延烧进去，谁也没有发现这危险的火花。一场巨大的灾难即将降临！

正在危急关头，正巧有个叫于连的小男孩到小院里玩耍，他在墙角边发现了闪着火花的导火线，燃烧的导火线正在一寸寸变短。他知道地下室里有火药，并且在战争中懂得了导火线在火光中变短是怎么一回事。他想用水扑灭，可这里没有水，到远处去打水已经来不及了，就是跑出去喊大人来，恐怕也已救之不及。

在这危急时刻，小于连忽然想出了一个办法：他跑到墙角边，朝导火线上撒了一泡尿。这泡尿险险地把导火线浇灭了。一场灾难消失了，布鲁塞尔城在顷刻间化险为夷。

金玉良言

机智的于连在玩耍时看到危险的一幕，他不仅没有慌张无措，还沉稳镇定，用自己的聪明挽救了一座城和城里的人。要时刻留心安全，像于连一样，遇到危险，要想办法化险为夷，保护好自己，力所能及之下也勇敢地保护他人。

成长哲理

玩耍是孩子的天性，但安全也一定要注意，自己的安全和他人的安全同样重要。遇到危险不要慌乱，在无法求助的情况下，要尽力想办法化解，只有沉着冷静的人才能拯救自己。

你要做你们自己的主宰，切莫操心自己比邻居说的多或说的少。

——艾涅斯库

萧何自保

萧何是西汉初期的政治家。他帮助刘邦建立西汉后不久，黥布谋反，刘邦御驾亲征，在平叛的过程中派遣使者数次问候萧何，使者回报说："因为皇上在军中，相国正鼓励百姓拿出家财辅助军队征战。"

这时，有个门客对萧何说："您不久就会被灭族了。您居然一点儿危机感都没有吗？因为您现在身居高位，功劳第一，不可能再得到皇上的提拔。自您进入关中，一直得到百姓拥护，如今已有十多年了；皇上数次派人问及您的原因，是害怕您受到关中百姓的拥戴。现在您应该打消皇帝的猜忌和顾虑才能保护好自己。您最好是多买田地，少抚恤百姓，来自损名声。皇上必定会因此安心的。"萧何认为有理，便依计行事，抢夺百姓田地。后来，高祖得胜回朝途中，有很多百姓拦路控诉。高祖不但没有生气，反而高兴异常，也没对萧何进行任何处罚。

金玉良言

萧何功高盖主必然会受到刘邦的猜忌，幸好有门客的点醒才让他逃过一劫。人生的最大危机不在外部，而在自己。一旦做出一番事业，就难免要居功自傲，而这样做的下场往往比无所作为的人更惨。因此要居安思危，洞察人心，小心行事，才能让自己走得更远。

成长哲理

保护好自己，生活中处处是陷阱，一不小心走错就会万劫不复，谨慎才是最好的保护层。

您应该打消皇帝的猜忌和顾虑才能保护好自己。

能够使我漂浮于人生的泥沼中而不致陷污的，是我的信心。

——但丁

克林顿的三次放弃

1963 年，17 岁的少年比尔·克林顿在白宫玫瑰园里，见到了肯尼迪总统。握手的一瞬间，他冒出一个疯狂的念头：我也要做白宫的主人。

此后，克林顿却连续三次放弃去华盛顿。1973 年，他从耶鲁大学法学院毕业，华盛顿一些政治大佬看上了他为民主党总统候选人麦戈文助选的经历，邀请他去工作。克林顿考虑了十天，拒绝了，他厌倦了给别人拉票。碰巧，阿肯色大学法学院需要一名助理教授，他决定去做教书匠。

1974 年，他萌生了参选阿肯色州联邦众议员的想法。此时，一个名叫约翰·多尔的老朋友打来电话："我现在是联邦众议院首席顾问，负责调查尼克松总统是否应受弹劾一事，需要年轻律师，快来华盛顿吧。"这一次，克林顿只考虑了一天，就谢绝了。

约翰·多尔十分震惊："你犯了个愚蠢的错误。这是弹劾总统！多少人梦寐以求的历史性机遇，你居然放弃？"

"全美国有才华的年轻律师都愿不惜代价为您工作，而除我之外没有一个年轻人愿为阿肯色而战斗。"克林顿礼貌地挂断电话，投入联邦众议员竞选中。他每天工作 18 个小时，跑遍全州 21 个县。在每个偏远的小镇，他走进商店、咖啡馆、加油站甚至殡仪馆。"我喜欢一对一地'零售'政治。这些小店主和殡仪员，认识镇上全部的人，他们就是最重要的选票。"结果，首次参选的他得到 48% 的支持率，但老资历的共和党人还是赢了。

1975 年底，支持者们怂恿克林顿再次参加国会议员的竞选，去征服华盛顿政治圈。一个小时后，克林顿就说了"不"。"既然我想为阿肯色做事，不用做国会议员，做别的也行。"他决定竞选州检察长，这次他成功了。1978 年他又成为美国历史上最年轻的州长，并获得 5 次连任。

1992 年，从未在华盛顿政坛"混"过的克林顿，成为白宫主人。回首往事，他说："决定人生的并不是你选择了什么，而是你选择放弃什么。如果当初我去了华盛顿，我后来根本不可能当选总统。"

金|玉|良|言

　　如果克林顿当时接受了邀请，像他自己说的，白宫可能永远不会有他的位置。他的选择成就了他自己，使得他在之后的政途能有更多的选择。人需要经过许多选择才能成长。选择对了，那将成就了你，错了便毁掉你的一切。

成|长|哲|理

　　人生就是由许多的选择构成的，最好的人生设计，不在于做出什么有利的选择，而是在于放弃什么。选择最需要你的岗位，也许离你的目标会更近，更有利于你的成长，这对你来说才是最好的保护。

精明的人是精细考虑他自己利益的人；智慧的人是精细考虑他人利益的人。

——雪莱

拿破仑与皮毛商人

拿破仑入侵俄国期间，他的部队在一个无比荒凉的小镇当中作战，当时他意外地与他的军队脱离，却恰巧被一群俄国哥萨克人盯上，开始在弯曲的街道上追逐他。拿破仑拼命地逃，慌乱中潜入僻巷里的一家小皮毛商家。当拿破仑气喘吁吁地逃入店内时，他对皮毛商人可怜地大叫："救救我，救救我！我可以藏在哪里？"

皮毛商说："快点，藏在角落的那堆皮毛底下！"然后他用很多张皮毛盖住拿破仑。他刚盖好，俄国哥萨克人就已冲到门口，大喊："他在哪里？我们看见他跑进来了！"不顾皮毛商人的抗议，他们冲了进来，想找到拿破仑。他们将剑刺入皮毛内，但是没有发现他。不久，他们放弃了搜查离开了。

过了一会儿，正当拿破仑的贴身侍卫来到门口时，拿破仑毫发无伤地从皮毛下爬出来。拿破仑非常感激皮毛商人的救命之恩，想要报答他，但皮毛商人拒绝了，他说："当时的情况，就算我不救您，如果您在我的家里被抓走，哥萨克人也不会放过我；就算我逃过一劫，您的军队知道了这件事，也不会饶过我的。其实我这也是自救，保护我自己和我的家人。"

金玉良言

皮毛商人救了拿破仑，在某种程度上来说，也是救了自己。由此可见，许多事物之间都有着千丝万缕的联系，因此我们在考虑事情的时候，要全面，要细心。有些危险，以为与自己无关就不在意，但往往会因这样的小疏忽，给自己埋下祸患。

成长哲理

生活从来都是波澜起伏的，命运总是峰回路转。就算到了最后一刻，也要努力争取，转折也许就在下一个瞬间。我们不仅要学习拿破仑永不放弃的精神，也要学习皮毛商人思虑周全的智慧，这样才会活得更好。

其实我这也是自救，保护我自己和我的家人。

> 坚强的信心，能使平凡的人做出惊人的事业。
>
> ——弥顿

机智的侦察员

解放战争时期，有一个非常出色的侦察员，交到他手里的任务，不论多艰巨，他都能顺利地完成。

有一次，他接到的任务是把一封很重要的信交到解放区的总指挥手里。

从国统区到解放区，这一路上，不知遇到了多少风险，他都机智地躲过了。再过一座桥，就要到达解放区了，可是，敌人在这座小桥上，设了一个盘查非常严格的封锁关卡，不准任何人通过。每隔5分钟，敌人都会派一小队士兵出来巡查，看到有人过桥，就强令他们原路返回。而这座桥很长，要过这个桥，正常人怎么也要走10分钟。

怎么办呢？侦察员很焦急，信上记录着敌人围剿解放区的情报，如果不及时送到，一旦敌人的围剿计划顺利实施，后果将不堪设想啊！怎么办呢？突然，侦察员想到一个绝妙的主意。于是，等敌人这一拨巡视队刚过，他立刻向桥那边走去。侦察员刚刚到桥中央，而敌人下一拨巡逻队又到了，只见装扮成农夫的侦察员猛地一转身，回头朝国统区走去，巡逻队看见了，立刻对他说："这里不准通过，回去回去！"侦察员装作唯唯诺诺的样子，转头向解放区走去。

这样，我们聪明机智的侦察员顺利地把情报交到我军手中，成功地粉碎了敌人蓄谋已久的"围剿"！

金玉良言

侦查员逆向的思维使自己转危为安，并且顺利完成了任务，实在是令人惊叹，他的机智在这件事情当中发挥了极大的作用。

成长哲理

遇到困难，先别着急，不妨换个角度试试看，也许，会有意想不到的结果。

> 无论何时，只要可能，你都应该"模仿"你自己，成
> 为你自己。
>
> ——马克斯韦尔·莫尔兹

刘秀忍辱负重

刘秀不仅是我国历史上为数不多通过农民起义登上宝座的皇帝，也是一位中兴汉室，使汉室亡而复兴、断而再续的明君。

在王莽篡政的时期，天下大乱，风起云涌，而刘秀和他的大哥刘演领导的舂陵兵可谓是声名鹊起，为了整合力量，他们又和绿林军联盟，后来因为政权的争夺，刘玄成为了皇帝，建年号为更始，史称更始帝。更始帝和农民起义军领袖，对于刘演非常忌惮，因此找了个理由将他杀了。

刘秀得知大哥惨死，心中很是悲痛，他想立刻为大哥报仇，但因力量弱小，不但报不了仇，还会把自己的命搭上。为了报仇，也为了能好好活下去，他只能忍辱负重，不但向更始帝请罪，还表现得很是惶恐，完全没有悲伤的神情，只有恐惧和懦弱，

而且一副委曲求全的样子。后来更始帝放过了刘秀，还派他巡视河北，这可以说是龙入大海，从此，海阔凭鱼跃，天高任鸟飞，刘秀脱离了更始帝的控制，开始了他的帝王霸业，在千辛万险之下，再次建立起了大汉的不世基业。

金玉良言

留得青山在，不怕没柴烧，刘秀身负仇恨却没有意气用事，而是像勾践一般忍辱负重，直到自己成长到足够强大。所以，弯下腰有时也是保护自己的一种方法。

成长哲理

君子报仇十年不晚，当你与敌人力量悬殊时，所需要做的不是鸡蛋碰石头，而是等待时机，时机到来之前，只需要保护好自己就够了。

海阔凭鱼跃，天高任鸟飞。

生命不可能有两次，但是许多人连一次也不善于度过。

——吕凯特

学会自控

　　小明从 8 岁起就开始独立用电脑操作，现在 16 岁的他可谓计算机高手。现在网上的功夫很不错。他可以直接从网上读《泰晤士报》，还可以读美国政府从白宫发布的条文、法令，还有他们对中国任何事情的评价。最近他又在网络上担任了一个音乐沙龙的领导人。在课后，同学们可以从他那儿获得很多非报刊、非广播的信息。他每天可以从网上获得 3 万至 6 万字的信息，而且很快就能看完。小明网上的学问确实让好多同学羡慕不已。原来，小明的父亲也是个电脑迷，而小明本人又常常以"网虫"自居，父子俩挑灯夜战的事时有发生。母亲经常下通牒，可每次小明都拿出自己的成绩做挡箭牌。

　　在班里，小明的成绩真是数一数二，无可挑剔，加上父亲的怂恿，小明在网上消磨的时光愈来愈多。寒假过后，他的视力开始下降，重配了一副眼镜，镜片的厚度也增加了一圈儿，那双漂亮的眼睛已经是 600 度的近视。

妈妈不敢掉以轻心，找来各种杂志，告诉小明要控制上网时间，注意用眼卫生，其中有一段文字让小明心惊肉跳。文中报道了一个男孩独自一人在家，玩了 10 个小时的电脑，结果一夜暴盲。

从此，小明不再熟视无睹，开始控制上网时间。他的视力已经不再下降了，之后，小明就开始劝爸爸也控制上网时间，保护视力，保护自己的健康。

金玉良言

当你倾向于喜欢做一件事，并且能够坚持做这件事的时候，会感到内心愉悦，但是做任何事情都要有度，过度会适得其反。如何掌握这个度，需要的是我们对自我的控制。

成长哲理

做事有度，也是自我保护的一种方式。无论成功还是失败，都让我们明白，人生需要一个好的心态。人生的进退，生活的好坏，有时取决于我们的心态，努力是一种结局，放弃也是一种结局。

在平静的水里，上帝会保佑我；在惊涛骇浪里，我只能保护自己。

——乔·赫伯特

越人与狗

越国有一个人出外经商，在返家途中遇见一条狗。

这条狗跑到越人面前，摇首摆尾地对越人说着好话："我很擅长捕猎野物，只要你对我好，我愿意将猎获的东西与你平分。"越人见有这种找上门来的好事，不要白不要，于是，很高兴地把狗带回了家中。

狗在越人家中受到很好的待遇。每天，狗吃着用精米做的饭和肥肉做的菜，越人用款待客人的礼节款待这条狗，指望狗将来会好好回报自己。可是这条狗是个忘恩负义的家伙，它受到越人这般优待不但不存感激回报之意，反而日益傲慢骄横起来，每次捕猎到野兽，全由自己独吞，把越人忘在一边。

于是，有邻居讥笑越人说："你供给那狗好吃好喝，客气得不得了，可它眼里根本没有你，它猎获的野物，从没你的份儿，你还要这狗干吗？"越人一听，醒悟过来，也很生狗的气。于是等狗捕猎到野兽时，就跟狗平分兽肉，并且每次都给自己多留一些。狗已经被越人养得骄纵了，怎能忍受这种待遇，终于翻了脸，它拒绝越人分享它的猎物。

一天，越人又提出分兽肉的时候，狗突然扑到越人身上，咬住他的脑袋，撕断了他的脖子和双腿，然后便离开越人的家逃走了。

金玉良言

越人不能识破这条凶残贪婪的狗的真面目，最终害死了自己。越人招进强盗，自食恶果的教训是深刻的。保护好自己首要做到的就是远离不良之徒。

成长哲理

和危险在一块，你就不可能安全。保护自己，最重要的就是远离威胁，不要做一个愚善的东郭先生，不然最终会伤害到自己。

　　可是这条狗是个忘恩负义的家伙，它受到越人这般优待不但不存感激回报之意，反而日益傲慢骄横起来。

使一个人的有限的生命，更加有效，也即等于延长了
人的生命。

——鲁迅

学会自我保护

生存，看似两个普通的字眼，却蕴含了无数深刻的哲理：广阔的草原上，奔跑的绵羊摆脱着灰狼的追赶；辽阔的大海上，游动的小鱼摆脱着海鸥的侵袭；而在现实生活中，小小的我们也要学会自我保护。

一个阳光明媚的星期天，我和爸爸妈妈还有几家人一同来到鸿山采槐花。我们一行人嘻嘻哈哈地缓慢前进着，悠闲自在地采摘着路边槐树上结出的槐花。正当高兴时，一位叔叔不小心在采槐花时打翻了一个蜂窝，顿时，一群蜜蜂扑了过来，寻找着毁灭自己家园的仇人，准备实施报仇行动。这时不知谁高声大喊了一句："蹲下！快蹲下！"离蜂窝较近的我，急中生智，把系在腰间的外套解下，顶在头上，快速蹲下，一动不动地蹲在原地。我的心

怦怦地跳着，似乎比往常加快了好几倍。头顶上蜜蜂的"嗡嗡"声越来越清晰，过了一会儿，我清楚地知道，蜜蜂已经飞到我的头顶上方了，但我也深知就算再害怕，也不能仓皇而逃。如果那样做，蜜蜂就会紧追不舍，不仅我自己，连大家也会受到伤害。我的心已经提到嗓子眼儿了，几乎快要窒息了。内心的恐惧和理智使我进退两难。5秒钟，10秒钟，时间过得慢极了，好像是一队蜗牛在跑比赛，不知道什么时候才能结束这场噩梦。大约十几分钟过去了，怒气冲冲的蜂群似乎并没有发现"敌人"，它们悻悻地离去了……我也悄悄地绕到离蜂群较远的安全地带。家长们纷纷夸我聪明、冷静。

我们生活中会遇到种种意想不到的困难和危险，这时千万不要慌张，要冷静应对，沉着思考，积极动脑，用自己的智慧和知识找出解决困难或脱离危险的办法，保护自己和别人的安全。

金玉良言

生命是一颗种子，需要用知识和常识来浇灌，才能开花结果，保护我们脆弱的生命。在生活中，我们会遇到一些危险或者灾难，在危险和灾难来临时，我

们不能自乱阵脚，要镇定下来，勇敢自救，这样，才
会换来安全的希望。

成长哲理

　　任何生命都是把保护自己当作至高无上的目的，
这是生命世界里的原则。学会自我保护十分重要，它
不仅能在必要时给我们帮助，还能令我们减少许多不
必要的痛苦。

希望是苦难的唯一药方。

——莎士比亚

危险时刻

苏珊现年33岁，在一家驻欧洲的美国公司任审计员。星期五傍晚，她和她的男朋友罗伯特到达泽布吕赫港，乘上"自由企业先驱号"渡船准备到英国度假。

"自由企业先驱号"在离港后不久，就有海水开始涌进舱内，船在不停地颠簸，忽上忽下。苏珊和罗伯特面对面地坐着。

"发生什么事了？"罗伯特紧张地问。苏珊跳起来，勉强使自己在越来越倾斜的舱内倒退着朝上走。她想抓住什么东西，可是什么也抓不着。终于，她抓到了身后的门框，并跨了过去。现在，罗伯特在她的下面，只有几米远，但是，由于船颠簸和倾斜得太厉害，他没法通过。海水继续涌上来，浸到了她的头部，冰冷刺骨，苏珊感到一阵晕眩。这时，灯全灭了，周围一片漆黑。人们开始大声呼叫。

苏珊身上穿着两件羊毛衫，现在浸透了水，拉着她直往下沉。她挣扎着把它们脱了下来，又把脚上的靴子甩了。当苏珊的眼睛适应了周围的黑暗以后，发现在自己的头上有个天窗。实际上，这是渡船的右舷窗。有一根像是搁衣架似的东西，高高伸出水面，苏珊费力地爬过去，发现是根管子，便顺着管子往上爬。不一会儿，紧张和寒冷使她瑟瑟发抖。水很快就漫了上来，没到膝盖。不知从什么时候起海水停止了上涨。苏珊觉得自己听到了罗伯特的叫声。"罗伯特，你在哪儿？"苏珊拼命地叫喊，但没有回音。

苏珊回过头来，发现一个头上流着血的男子一只手紧紧抓着一把椅子，另一只手抱着一个9岁的女孩，他的下半身全浸泡在水里。苏珊伸出手来，好不容易把孩子拉了上来。

"谢谢。"孩子很有礼貌，但牙齿却在不住地打战。苏珊抱着她，希望能使她对生命充满信心。

时间似乎过去了很久，但是苏珊知道从船倾斜到现在不过30分钟。这时女孩的母亲抱着1岁的儿子找到了他们。苏珊尽力地帮助着这遇难的一家，将女孩安顿好后，又把男孩紧紧地抱在怀里，用自己的身体温暖着不住颤抖的孩子。苏珊做这一切的时候，自己还站在一尺深的水中，可她心里还是想着孩子。

　　他们的头顶上有个搁衣架，这是个好地方，宽宽的，又干燥，但是苏珊够不着。她只得对着黑暗的周围叫喊起来："有谁能帮助我们？别让孩子浸在水里！"黑暗中，有个男青年出现在他们的上面。"我来把孩子弄上去。"说着，他身体贴地，伸手下来。苏珊先把男孩递给他，接着是女孩。"请把我的孩子也递上去。"又一个声音在喊。很快，孩子们通过苏珊的手递给了男青年，又放到了搁衣架上。

　　突然苏珊发现头顶上有移动的亮光。"有人来救我们了。"一个念头在苏珊脑中闪过。"保护孩子！"苏珊叫道，"他们会打碎玻璃的。"果然，窗玻璃被打碎了，一阵玻璃片声之后，一个声音在钢质的船舱里回荡："抓住扔下来的绳子爬上来！"

　　但是，没有人还有力气能够沿抓着绳子爬上去。

　　"我们这儿有孩子！"苏珊朝上面大叫，"请你们想想办法吧！"什么东西放下来了——一个大柳条篮子。人们争着去抓它。苏珊一把抓住篮子，坚决地说："让孩子们先上！"

　　10分钟以后，孩子们都上去了。苏珊如释重负，一下子感到筋疲力尽。

船上的人终于得救了，尤其是孩子，没有因意外而死，都是苏珊的功劳。

金玉良言

在灾难来临的时候，不要慌乱，要镇定地寻找生路，在力所能及的情况下，要尽力去帮助别人，尤其是帮助孩子，因为他们是最弱势的群体，生命也最脆弱。

成长哲理

在灾难降临的时候所表现出来的镇定和勇敢，更令人敬佩，尤其是苏珊在危难之际，不仅保全了自己，还保全了孩子，这样的智慧和勇气，值得人们去学习。

苏珊抱着她，希望能使她对生命充满信心。

人多不足以依赖，要生存只有靠自己。

——拿破仑

李敬业火中逃生

李敬业是唐朝开国功臣李勣的孙子，曾与骆宾王等人发起过反对武则天临朝的"扬州兵变"，在历史上也算是个有名气的人物。

李敬业小时候就很机智勇敢。有一次，他骑马去深山打猎，行至密林深处，忽然遇到了山火。李敬业还没来得及调过马头，熊熊烈火、滚滚浓烟已经包围了他。眼看要性命不保，但李敬业没有惊慌失措。他先跳下马来，用佩刀砍去近身的小树和灌木，接着，猛地用刀划破马肚子。不一会儿，马就死去了。

李敬业强忍内心的悲痛，又用刀尖挑出马的内脏，最后，也顾不得血污的腥臭，一头钻进马肚子藏了起来。

这场大火直烧了三天才熄灭。李敬业的父母都以为儿子已在火中丧生，悲痛欲绝，含着眼泪吩咐家将们去林中寻找他的尸体。家将们找啊找啊，终于发现了李敬业的那匹死马。领头的家将连忙下令："小公子的尸体肯定就在附近，快去周围仔细寻找！"

"不用了，我在这里！"响亮的童声中，李敬业满身血污，从马肚子里爬了出来。家将们一见，惊喜交加，齐声赞叹他有勇有谋。

金玉良言

当你面对危险与困境时，要发挥自己的潜能，当机立断，取舍果决，改变自己的处境。不要轻言放弃，自信地面对困境、面对危险，那么成功将真正属于你。

成长哲理

有时候，我们陷入了困境，战胜不了困难，并不是我们的知识不够渊博，意志不够坚定，而是我们的眼光不够高，视野不够宽。只要你认真去想，一定能找到解决的办法。

道德当身，故不以物惑。

——管仲

大坝告急

倾盆大雨"哗哗哗"地下个不停，一直下了三天三夜。已是深夜，刘虎还打着手电筒，冒着狂风暴雨在防洪坝上巡逻。突然，刘虎发现防洪坝开始坍塌，他心急如焚，急忙敲响大铜锣向村民们告急。"当当当"的锣声划破漆黑的夜空，在村子上空回荡，村民们一个个从睡梦中惊醒过来。

一个村民听见锣声，知道防洪坝一定出了问题。他想，村上的村民很多，多去一个少去一个无所谓，再说自己近来有些感冒，他伸了一个懒腰心安理得地躺下了。

另一个村民听见锣声，向窗外一看，只见一片漆黑，风雨大作。他想，多去一个少去一个无所谓，再说自己又没有手电筒，他也心安理得地躺下了。

还有一个村民听见锣声，刚一开门，突然"轰隆"一声惊雷把他吓了回去。他想，多去一个少去一个无所谓，再说大家都知道我是怕打雷的，他也心安理得地躺下了。

全村的村民都听到了告急的锣声，每个人都认为反正别人会去的，少一个自己无关紧要，而自己也都有不去的"理由"——有的没有雨具，有的没有工具，有的昨天干活儿累了，有的晚上多喝了几杯……

刘虎敲破了锣也不见一个村民来抢险护坝，急忙丢下铜锣，独自搬石块扔到坍塌的地方护坝。但河水猛涨，坍塌越来越严重，刘虎虽然拼命运石，但势单力薄，难以护住堤坝。防洪坝终于决口，滔滔洪水像脱缰的野马飞快地向村子奔腾而去。

村子里的房子都被冲坏了，庄稼被淹了。那些刚才还舒舒服服躺在各自床上的村民们，这时候都被洪水冲到了一块儿。大家借着闪电的光亮向防洪坝望去，只见那儿只有刘虎孤孤单单的身影。村民你看看我，我看看你，既惭愧又后悔。

金玉良言

安全的环境是大家一起创造的，遇到危险时，不能先想着偷懒，将自己的责任弃之不顾，一味推卸，最终结果就是所有人都会处于危险的境地。把自己生命的希望寄托在别人的身上，是最不可取的想法，时时刻刻都要有危险的意识，才能活得安全。

成长哲理

大事难事看担当，顺境逆境看襟怀。对于应负的责任，迎着风险也要干好，不要因为自己的懈怠，把希望寄托到别人的身上，要知道，自己才是你最稳固的靠山。所以保护好自己，还要担负起自己的责任。如果人人都能像刘虎一样忠于职守，敢于争先，相信村子的结局肯定会是不一样的。

刘虎心急如焚，急忙敲响大锣向村民们告急。

治不忘乱，安不忘危。

——杨雄

居安思危

一只野狼卧在草上勤奋地磨牙。

狐狸看到了，就对它说："天气这么好，大家都在休息娱乐，你也加入我们的队伍吧！"

野狼没有说话，继续磨牙，把它的牙齿磨得又尖又利。

狐狸奇怪地问道："森林这么静，猎人和猎狗已经回家了，老虎也不在近处徘徊，又没有任何危险，你何必那么用劲磨牙呢？"

野狼停下来回答说："我磨牙是为了预防以后的危险。你想想，如果有一天我被猎人或老虎追逐，我想磨牙也来不及了。而平时我就把牙磨好，到那时就可以保护自己了。"

居安而思危，野狼的危机意识才是自我保护的最好方式。

金玉良言

处在和平年代，也不要因为安逸而放松对自己的锻炼，要努力学习知识，学好本领，要时刻保持警醒，居安能思危，才能走得更长远。

成长哲理

做事情应该学会未雨绸缪，居安思危，这样在危险突然降临时，才不至于手忙脚乱。"书到用时方恨少"，平常若不充实学问，临时抱佛脚是来不及的。有人曾抱怨没有机会，然而当机会来临时，才感叹自己平时没有积蓄足够的学识与能力，以致不能胜任，后悔莫及。

我只是个普通人，但是，我的确比普通人更加倍努力。
——罗斯福

守护自己的尊严

　　一位很早就死了父亲的男孩，与母亲过着清贫的日子。

　　有一年暑假，他与小镇上的一位同学相伴去同学的爷爷家玩。同学的爷爷是一位退伍军官，他住在一座独院的两层小洋楼内。小男孩被眼前的景象惊呆了，一直住在茅草土坯屋子里的他，哪里见过这样栽着花和树的院子及漂亮的房子啊！

　　当同学的爷爷和蔼地叫男孩脱鞋进屋时，他忸怩了半天，也不敢进去，因为那光滑的木质地板比他睡的床不知要好多少倍。最后，他在屋子里坐着，挪都不挪一步，生怕把地板踩坏似的。后来小男孩一个人回家了，他是哭着回去的。他不明白，怎么别人家脚踩的地方都远远胜过自己睡觉的地方。回家了，他向母亲哭诉着自己的感想。母亲听完孩子的哭诉后，为孩子擦干眼泪，平静地说："孩子，我们不必羡慕别人家漂亮的地板，再漂亮的地板也是被人踩的，只要我们好好地活着，不自卑地活着，有尊严地活着，任何漂亮的地板，我们都可以把它踩在脚下。"

男孩擦干眼泪，似懂非懂地点了点头。

后来，男孩读中学了，他随母亲一起从乡下搬进了小镇里。几年后，历经坎坷，他又随母亲来到上海。昔日的小男孩，已长成了小伙子，他踩过的地板越来越漂亮，但他时刻不忘母亲的话。虽然他依旧贫穷，虽然他见过许许多多漂亮的地板，但他从来没有自卑过，难受过。那些漂亮的地板上，只留下他昂首前行的脚印。而那些脚印，则可让后世敬仰，因为那孩子成了大翻译家——傅雷。

的确，生活中有许许多多"漂亮的地板"困扰着我们，我们也常会因为它们的得失而或喜或悲。但不管怎样，我们都不应忘记自己的尊严，因为尊严是一种极高的精神境界，它能给人以雄心和自信。

在生活中，哪怕一切都已失去，但只要有尊严，便会有希望；只要拥有尊严，再"漂亮的地板"，我们都可以昂着头把它踩在脚下。

失去生命是一件可怕的事，但是失去尊严比失去
生命更为可怕。尊严，是不屈的象征，尊严可以支撑
起生命的脊梁。没有尊严，人活着，与行尸走肉没什
么区别。因此，保护自己，不仅是保护有形的生命，
更要保护无形的精神，让自己顶天立地地活着。

一个人可以什么都没有，但他不能没有属于他自
己的尊严，要懂得尊严宝贵的道理，时刻像捍卫生命
一样捍卫自己的尊严。

在生活中，哪怕一切都已失去，但只要有尊严，便会有希望。

> 距离已经消失，要么创新，要么死亡。
>
> ——托马斯·彼得斯

司马光砸缸

北宋时，有一个很聪明的小孩，他就是司马光。这个小孩，生来聪慧，喜欢动脑筋，与同龄的孩子相比，显得与众不同。

有一天，司马光和小朋友在花园里玩，花园里有花有树还有假山，大家你追我赶，玩得很高兴。一个调皮的小男孩爬到了假山上去玩，突然，一不小心掉进了假山边上的大水缸中。水缸里装满了水，小男孩被吓到了，在水里挣扎着，大声喊："救命啊，救命啊，快救救我啊……"这时，小朋友们才发现有人掉缸里了。大家惊慌失措，一时都不知道该怎么办，胆小的孩子，都吓得哭了起来。

这时，司马光说："大家不要害怕，我们赶紧想办法，把他救上来。"大家面面相觑，甚是慌张。聪明的司马光努力思考着，"我们都比水缸矮，又不能把他捞上来，要是能把水缸里的水倒出来就好了，可是，我们怎么才能把水倒出来呢？"小司马光不慌不忙，苦苦思索着。当他看到假山边上一块块的石头时，突然灵光一闪。他高兴地想到，"我可以用石头把水缸砸破啊，"随即他又想到，"万一砸到小伙伴怎么办呢？"于是他跑过去捡了一块不大不小的石头，对大家喊道："大家不要着急，我有办法了。"他举起石头朝水缸砸去，水缸破了个窟窿，水哗哗地流了出来，小男孩终于被救出来了。大家高兴得手舞足蹈，直夸司马光聪明机智。

金玉良言

遇事不能慌张，要敢于突破常规，用创新思维来解决问题。

成长哲理

司马光年纪虽小，但是遇到紧急事情能够沉着应对、冷静思考。然而，在遇到突发事件时，能够做到临危不乱、沉着冷静，对于一个阅历尚浅、乳臭未干的孩子来说，着实让我们感到不可思议。

在人生的道路上，当你的希望一个个落空的时候，你也要坚定，要沉着。

——朗费罗

爱迪生智救火车

爱迪生是人类历史上第一个利用大量生产原则和电气工程研究的实验室来从事发明专利而对世界产生深远影响的人。他发明的留声机、电影摄影机、电灯对世界有极大影响。

爱迪生从小就喜欢发问，常常会问一些奇怪的问题，让人觉得很烦。8岁的时候，爱迪生去上小学了，可是他只上了3个月的课就退学了，因为老师认为他是一个"低能儿童"，于是妈妈就决定自己来教导爱迪生，并决心把爱迪生教成一位伟大的天才。12岁的一个早晨，爱迪生突然对妈妈说："妈妈，我想去卖报纸。"在得到了父母的同意后，他高兴地跑到铁路公司当了几个月的报童，后来还开了一家报纸店。1862年8月，爱迪生以大无畏的英雄气概救出了一个在火车轨道上即将遇难的男孩。孩子的父亲对此感恩戴德，但由于无钱可以酬报，愿意教他电报技术。爱迪生也就是在这个时候，接触到了摩斯密码。

后来，爱迪生用"电报术"竟然救了一列火车。那天，爱迪生的爸爸和妹妹丽莎到外地走亲戚，定于下午五点的火车回家。到下午两点，突然狂风呼啸，大雪纷飞。爱迪生对妈妈说："这样大的风雪，路桥会不会被破坏？我去看看。"他冒着特大的风雪，到郊外桥边，桥果然断了。这时，时间已过四点半，回车站报告已经来不及了。那时电话还没有发明，急得爱迪生在桥边团团转。他抬头看到离桥边不远有座小工厂，忽然心生一计，到工厂，对厂长讲明原因，向他借工厂的汽笛用一下。爱迪生拉响了汽笛，那清脆的长短音就像在发电报。如果懂得电报用语的人，就会听出这样的话："丽莎，丽莎，前面铁桥断了，前面铁桥断了，快请列车长停车，快请列车长停车。"那汽笛反复传播着这样的"电报"。

却说爱迪生的妹妹丽莎，平时经常和哥哥玩电报游戏，所以熟悉电报的收发。这时她坐在火车中，忽然听到汽笛中带有电报内容，就凝神地听起来。听完大吃一惊，忙把这"电报"翻译给爸爸听。

父女俩慌忙找到列车长。列车长竖起耳朵一听，虽然不懂电报用语，但事关整个列车人员的安危，马上下令急刹车。车子完全停下来时，距离断桥不到100米。

一场车祸避免了，爱迪生的名字从此就在美国家喻户晓了。

金玉良言

细节往往决定成败，爱迪生在风雪天决心到路桥查看之后又使用汽笛给妹妹传递信息，可以说是他的细心保护了一列火车及乘客的安全。

成长哲理

让自己的知识变得丰富起来，多接触自己不熟悉的领域和知识。一个人的能力可能有限，但是学习的劲头可以无限，不管你从事哪一种行业，多接触自己行业之外的知识和信息，总是有利无害的。

爱迪生从小就喜欢发问，常常会问一些奇怪的问题。

最好的满足就是给别人以满足。

——拉布台耶耳

相信别人就是帮助自己

从前有个人，在沙漠中迷失了方向，饥渴难忍，濒临死亡。可他仍然拖着沉重的脚步，一步一步地向前走，终于找到了一间废弃的小屋。这间屋子已久无人居住，风吹日晒，破旧不堪。

在屋前，他发现了一个吸水器，于是便用力抽水，可滴水全无。他气恼至极。忽然他又发现旁边有一个水壶，壶口被木塞塞住，壶下压着一张纸条，上面写着："你要先把这壶水灌到吸水器中，然后才能打上水来。但是，在你走之前一定要把水壶装满。"他小心翼翼地打开壶塞，里面果然有一壶水。

这个人面临着艰难的抉择。是不是该按纸条上所说的，把这壶水倒进吸水器里？如果倒进去之后吸水器不出水，岂不白白浪费了这救命之水？相反，要是把这壶水喝下去就能保住自己的生命，但是，后来的人呢？一种朴素的做人的道理给了他力量，他下决心照纸条上说的做。果然，吸水器中涌出了水！他急忙先把水壶装满水，塞上壶塞，然后痛痛快快地喝了个够！休息了一会儿，他在纸条上加了几句话："请相信，纸条上的话是真的。只要你照着做，就能喝到甘美的水。"

金玉良言

信任是这个世界上最重要的东西。

成长哲理

只要所有人之间都有信任，那么很多事情都会事半功倍，所以我们都要像文中的主人公一样，在别人帮助了自己之后，也要为后来人着想，不能一走了之。在面对困难的时候，保护好身边的人，也是保护自己。

请相信，纸条上的话是真的。只要你照着做，就能喝到甘美的水。

苟利国家生死以，岂因祸福避趋之。

——林则徐

林则徐虎门销烟

1839年6月3日，天刚蒙蒙亮，广州城就沸腾起来了。城门旁张贴着一张大布告，人们纷纷前来围观。有的人大声宣读着："钦差大臣林则徐，遵皇上御旨，于6月3日在虎门滩将收缴的洋人鸦片当众销毁，沿海居民和在广州的外国人，可前往观瞻……"老年人边听边点头，笑盈盈地捋着胡须。青年人兴奋地挥着拳头，赞不绝口。顽皮的孩子们在人群里钻来钻去，高兴地叫喊着："烧洋鬼子的大烟了，快到虎门滩去看呀！"

成群结队的百姓，穿着节日盛装，敲锣打鼓，起劲地舞着狮子和龙灯；孩子们用竹竿挑着一挂挂鞭炮，噼里啪啦，震耳欲聋。浩浩荡荡的人流，向虎门滩涌去。

前往虎门滩的群众，经过英国洋馆。那里，过去英国人趾高气扬，不可一世。可今天，洋馆却死一般寂静，几个在窗口向外探望的英国商人，见人海如潮，喊声震天，吓得赶忙把头缩了回去。

虎门离广州城约有100多里地，人们顶着6月的骄阳，经过长途跋涉，前来观看。虎门海滩人山人海，水泄不通。

虎门滩高处，挖了两个15丈见方的销烟池，池子前面有一个涵洞，直通大海，后面有一个水沟，往里灌水。池子周围搭了几个高台，林则徐、邓廷桢、关天培等文武官员，在高台上监督销烟。

销烟民夫先把池子灌上水，然后把一包包海盐倒入池内，再把烟土切成四块扔进水里。等烟土泡透后，再把一担担生石灰倒进池子里。不一会儿，池子像开了锅似的，黑色的鸦片在池子里翻来滚去，一团团白色烟雾从池子里往上蒸腾，弥漫了整个虎门滩。围观的群众欢呼跳跃。在雷鸣般的欢呼声中，通向大海的涵洞被打开了，销毁的鸦片被咆哮的海水卷走了。

许多外国商人看到这惊天动地的场面，都非常震惊，恭恭敬敬地走到林则徐的台前，摘下帽子，躬身弯腰，表示敬畏。林则徐浩然正气地对他们说："现在你们都看到了，天朝严令禁烟。希望你们回去以后，转告各国商人，从此要专做正当生意，千万不要违犯天朝禁令。走私鸦片，自投罗网。"商人们洗耳恭听，连声称是。

两万多箱鸦片，23天才全部销毁。这一壮举，大长了中国人民的志气，灭了外国侵略者的威风。

金玉良言

国家利益高于一切，只要对国家有利，即使牺牲自己的生命也在所不惜。没有国哪还有家，要坚决维护国家主权和民族的尊严，保护我们的国家强盛，人民才能强。要向林则徐学习，保护国家，保护民族，保护自己，远离鸦片，抵制鸦片，让国家更强大。

成长哲理

"苟利国家生死以，岂因祸福避趋之。"林则徐留下的慷慨悲歌，体现了中华民族的浩然正气，激励了无数仁人志士。

> 如果一个人有了责任心，那么他会努力把每一件事做得完美。
>
> ——周容延

救命的半瓶"圣水"

一次海难事件中，8名幸存者挤在一只救生艇上，在海上飘荡了8天，仅有的淡水是半瓶矿泉水。每个人都恶狠狠地盯着那小半瓶矿泉水，都想立刻把它喝下去。船长不得不拿一杆长枪看着这半瓶水。坐在船长对面的是一名50岁的秃顶男人，他死死地盯着那半瓶水，随时准备扑上去喝掉那仅剩的救命水。当船长打盹儿的一瞬间，秃顶男人猛然扑上去，拿起水就要喝。被惊醒的船长拿起长枪，用枪管抵着秃顶男人的脑门命令道："放下，否则我开枪了！"秃顶男人只好把水放下。船长把枪管搭在矿泉水的瓶盖上，盯着坐在对面的秃顶男人，而秃顶男人仍眼睛不离那瓶决定众人命运的半瓶水。双方就这样对峙着。后来船长实在顶不住了，昏了过去。可就在他昏过去的一瞬间，他把枪扔到了秃顶男人的手里，并且说了一句："你看着吧！"

原来一心想要自己喝掉那半瓶水的秃顶男人，枪一到他手里，他突然感到自己变得伟大了。接下来的4天，他尽心尽力地看着那剩下的半瓶水，每隔两个小时，往每个人嘴里滴两滴水。到第四天他们获救时，那瓶救命的水还剩下瓶底部分一点水。他们8人把这剩下的水起名为"圣水"。

当一个人被委以重任时，他的心灵就会发生奇妙的变化，就会有自我价值感，就会感到责任的重大，就会变得自律、主动和积极！

我们都生活在社会中，任何人脱离了社会都不可能生存和发展，更不可能成就任何事业。社会是一个整体，人们在社会生活中都扮演着不同的角色，承担着不同的责任。对他人负责也是对自己负责，保护他人也是保护自己。

感到责任的重要，就会变得自律、主动和积极！

> 我们为祖国服务，也不能都采用同一种方式，每个人应该按照资禀，各尽所能。
>
> —— 歌德

"小叛徒"

小虎子今年 7 岁，圆脸大耳，长得可机灵了，大家都夸他既聪明又懂事。村里的王伯伯是八路军，小虎子最喜欢他了，因为王伯伯常常对小虎子说儿童团的故事。每次听到儿童团员为前线送干粮，阻止敌人扫荡的事迹，小虎子都羡慕极了。他常央求王伯伯："王伯伯，你就让我加入儿童团吧！我一定能像海哥哥一样打日本鬼子。"可是王伯伯总说等小虎子长大了才行。小虎子苦恼极了，怎样才能向王伯伯证明自己不小了，也可以参加儿童团了呢？

一天晚上，王伯伯急匆匆来到小虎子家，二话不说就和虎子爸爸钻进了里屋，关紧大门。小虎子心想一定发生什么大事了。于是他悄悄地把耳朵贴在了门上，只听见王伯伯说："让战士去容易暴露，用儿童团最好，可是这里的儿童团员几乎都执行过任务，敌人恐怕能认出。"又听见爸爸说："摸不清敌人军火，就没把握打伏击战，到底让谁去打探消息呢？"

小虎子听到这儿再也忍不住了，一下冲进屋里大声说："我去！"爸爸一听马上板起脸呵斥："小虎子别胡闹，我和王伯伯在商量事情。"小虎子委屈极了，小声嘀咕道："我才没胡闹，我就是能行嘛。"王伯伯笑了，摸着小虎子的头说："小虎子，你有什么办法能摸清敌人的军火？"什么办法？小虎子歪着脑袋想了想，"有了！我要当叛徒！"小虎子说，然后凑到王伯伯耳朵边叽叽咕咕说了一阵，王伯伯听完哈哈大笑，拍着小虎子的小脑袋说："好办法！要是小虎子能完成任务，王伯伯就让你加入儿童团。"小虎子一听高兴得蹦了起来。

第二天，小虎子赶着一群羊靠近了敌人的据点。那里约有四五十个日军，每个人都坐在一个箱子上，手里都拿着枪。日军看见小虎子，端起枪就冲着小虎子喊："你的，小孩，干什么的。"小虎子装作害怕的样子说："我……我要报告。我看到八路军了。"日军一听到"八路军"这三个字，全都慌了神。一个个端起枪从箱子上蹦起来四处奔走张望，乱成一团。一个像是日军长官的鬼子走了过来："小孩，八路军的在哪里？"小虎子说："我刚才看到一个八路军为了过关卡，把枪埋在了那边的山坡上，我还知道他们的部队在哪里呢。"日本人眼珠骨碌一转，举起枪就顶住了小虎子吼道："你的，是不是儿童团，骗我对不对？"小虎子假装吓得哆嗦："不……不是。不信，我可以带你们去看看。"日本人想了想，于是就让小虎子带路，去了埋枪的小山坡。一挖，真的挖出了一把手枪来。日本人乐坏了，竖起大拇指夸小虎子："你的，大大的好孩子，快带我们去找八路军。"

小虎子一听急得直摇头："不行不行，八路军有好多枪，我带你们去，会被打死的。"日军听了冷笑着，对着一个小鬼子叽叽哇哇说了一阵。不一会儿，小虎子看见留守的小鬼子都扛着原来他们当凳子坐的箱子来了。日本人打开箱子，小虎子一看，原来每个箱子装的都是军火。小虎子悄悄数了数记在了心里。日本人说："我们的更多，小孩不怕，快带我们去。""好！"小虎子假装带路，领着日本人在崎岖的山路上左转右拐，他们扛着军火走得气喘吁吁，放松了对小虎子的看守。

小虎子看准时机，马上溜走，跑回了村子向王伯伯汇报。后来王伯伯根据小虎子的情报，及时调整了作战计划，一举消灭日军，缴获了所有军火，打了个大胜仗。

小虎子后来当然加入了儿童团，大家都亲切地叫他"机灵的'小叛徒'"。

金玉良言

为了国家和人民的利益不怕自己吃亏的人，才是高尚的、有道德的、脱离了低级趣味的人。

成长哲理

小虎子是一个非常可爱、聪明的孩子，他年龄小但志气大，身边所处的环境让他及早地接受了革命思想。热爱国家、保护国家是我们每一个公民应尽的责任和义务。

我们必须接受失望，因为它是有限的，但不可失去希望，因为它是无穷的。

——马丁·路德·金

你也在井里吗？

有一天，农夫的一头驴子不小心掉进一口枯井里，农夫绞尽脑汁想办法想救出驴子，但几个小时过去了，驴子还在井里痛苦地哀号着。

最后，这位农夫决定放弃，他想，这头驴子年纪大了，不值得大费周折地把它救出来，不过无论如何，这口井还是得填起来。于是农夫便请来左邻右舍帮忙，一起将井中的驴子埋了，以免除它的痛苦。

农夫的邻居们人手一把铁锹，开始将泥土铲进枯井中。当这头驴子了解到自己的处境时，刚开始哭得很凄惨，出人意料的是，一会儿这头驴子就安静下来了。农夫好奇地探头往井底一看，眼前的景象令他大吃一惊：当铲进井里的泥土落在驴子的背部时，驴子的反应令人称奇——它将泥土抖落在一旁，然后站到铲进的泥土堆上面！

　　就这样，驴子将大家倒在它身上的泥土全部抖落在井底，再站上去。很快，这头驴子便得意地上升到井口，然后在众人惊讶的表情中快步地跑开了！

金玉良言

　　祸兮福所倚，福兮祸所伏。

成长哲理

　　就如驴子的情况，在生命的旅程中，有时候我们难免会陷入枯井里，被各式各样的泥沙倾倒在身上，而想要从枯井中脱困的秘诀就是：将泥沙抖落，然后站到上面去！

它将泥土抖落在一旁，然后站到铲进的泥土堆上面！

豪华尽出成功后，逸乐安知与祸双。

——王安石

两桃杀三士

战国齐景公时，田开疆率师征服徐国，有拓疆开边强齐之功；古冶子有斩鼋救主之功；由田开疆推荐的公孙捷有打虎救主之功。三人结为兄弟，自号为"齐邦三杰"。齐景公为奖其功劳，嘉赐"五乘之宾"的荣誉。随着时间的推移，他们三人挟功恃勇，不仅简慢公卿，而且在景公面前也全无礼统，甚至内结党羽，逐渐成为国家安定的隐患。齐相晏婴深感忧虑，想除掉，又担心景公不允许，反结怨于三人。

一天，鲁齐结好，齐景公宴请鲁昭公。酒至半酣，晏子奏请开园取金桃为两国结盟祝贺。景公准奏后，晏子引园吏亲自监摘。摘得六个金桃，"其大如碗，其赤如炭，香气扑鼻"。依礼，齐鲁二国君各享一个，齐鲁二国相各享一个。盘中尚剩两个，晏子奏请赏给臣下功深劳重的人，以表彰其贤能。齐景公让诸臣自我荐功，由晏子评功赐桃。

公孙捷和古冶子因救主之功而自荐。二人一自荐功劳，晏子就肯定了二人的功劳，并即刻将两桃分别赐给了这两人。田开疆以开疆拓边有功而自荐。晏子评定田开疆功劳为最大，但桃已赐完，说只能等到来年桃熟，再行奖赏。齐景公说他自荐得迟，已没有桃子来表彰其大功。田开疆认为这是一种耻辱，功大反而不能得到桃子，于是挥剑自杀。古冶子和公孙捷相继因功小食桃而感到耻辱也自杀身亡。晏婴就用两个桃子除掉了三人，消除了齐国隐患。

金玉良言

以前的功臣在国家安定下来后反而成为国家的隐患。在这种情况下，晏子为了国家安危，只用了两个桃子便除去了国家隐患。保护国家，也保护了自己，而智慧便是保护自己最坚实的盾。

成长哲理

安危之时，只有真正的聪颖才能保护好自己。好好提升自己，在危险来临的时候才能保护好自己和身边人。

居安思危，思则有备，备则无患。

——《左传》

狐狸和猫

有一次，猫在森林里遇见了狐狸先生。这时猫心里想：这家伙精明能干，见多识广。于是便热情地招呼他道："您好，亲爱的狐狸先生。近来您身体好吗？这些日子您过得怎么样？"狐狸趾高气扬，把眼前这只猫从头到脚打量了一遍，好长时间不知该如何回答是好。最后，他终于回答说："哦，你这个可怜的长胡须，你这个花里胡哨的傻瓜，你这个穷光蛋，你这个捕鼠者，你在打什么鬼主意？你怎么胆敢问我的情况？你学会什么了？你有多少本领？"

"我只有一个本领。"猫谦虚地回答道。

"那么是什么本领呢？"狐狸问。

"如果狗追我的话，我会跳到树上，自我解救。"

"就这点本领吗？"狐狸说，"我会100种本领，而且还有满满一口袋的计谋。我觉得你挺可怜的。跟我来吧，我想教你该如何逃避狗的追逐。"

　　这时候，正好有一个猎人带着四条猎狗走来了。猫敏捷地跳到了一棵树上，在树梢上坐了下来；树枝和树叶把她遮得严严实实。"快打开您的计谋口袋，狐狸先生，快打开您的计谋口袋。"猫向狐狸喊叫着。可是，这时候猎狗已经扑过去把他逮住了，并死死地咬住他不放。

　　"唉，狐狸先生，"猫叫道，"您陷入 100 种本领不能自拔了。如果像我一样能爬树的话，也就不会把自己的性命给丢掉了。"

金玉良言

　　有备无患，狐狸如果提早学会爬树，也不至于死在狗的手上。有些时候真坏人并不可怕，可怕的是假好人。那些普普通通而毫无特色的罪行才真正令人迷惑，就像一个相貌平凡的人最难以让人辨认一样。

成长哲理

　　保护自己靠的不是嘴，嘴上再会说，但行动起来却缺乏能力和勇气也是不可取的。做事必须居安思危，这样在遇到危险情况才能保护自己。

　　狐狸趾高气扬，把眼前这只猫从头到脚打量了一遍，好长时间不知该如何回答是好。

成长 不再烦恼

CHENGZHANG BUZAI FANNAO

智慧轩文化◇编

·第二辑·

天津出版传媒集团

天津人民美术出版社

目录

知之者不如好之者，好之者不如乐之者。

——孔子

快乐即成功

20世纪初，一位少年梦想成为帕格尼尼那样的小提琴演奏家。他一有空闲就练琴，虽然他很刻苦努力，但进步却很不明显。所有的人都觉得这可怜的孩子拉得太差了，他完全没有音乐天赋，但又怕讲出真话会伤害少年的自尊心。

有一天，少年去请教一位琴师，琴师说："孩子，你先拉一支曲子给我听听。"少年拉了帕格尼尼的一首练习曲，破绽百出，令人不忍卒听。一曲终了，琴师问少年："你为什么特别喜欢拉小提琴？"少年说："我想成功，我想成为帕格尼尼那样伟大的小提琴演奏家。"琴师又问道："你快乐吗？"少年回答："我非常快乐。"琴师把少年带到自家的花园里，对他说："孩子，你非常快乐，这说明你已经成功了，又何必非要成为帕格尼尼那样伟大的小提琴演奏家不可？在我看来，快乐本身就是成功。"

少年听了琴师的话，深受触动，他终于明白过来，快乐是世间成本最低、风险也最低的成功，却能给人真实的触动。倘若舍此而别求，就很可能会陷入失望、怅惘和郁闷的沼泽。

少年心头的那团狂热之火从此冷静下来，他仍然常拉小提琴，但不再受困于帕格尼尼的梦想。这位少年是谁？他就是阿尔伯特·爱因斯坦，他一生都喜欢小提琴，虽然拉得十分蹩脚，却能自得其乐。

金玉良言

读书学习是一种阶梯，能让我们走得更高，走得更远；读书也是一种旅程，教会我们成长。

成长哲理

学习是一种快乐，并不是所有的学习都要有目的性，所以享受学习的过程，只要态度是积极向上、乐观开朗的，让生活中充满阳光，这就是成功。只有明白快乐本身就是成功的人，才会在成功的路上走得更远更久。所以快乐地学习是成功的捷径。

他终于明白过来，快乐是世间成本最低、风险也最低的成功。

读书给人以乐趣，给人以光彩，给人以才干。

——弗朗西斯·培根

不吃面包省钱买书

书店还没有开门，一个瘦小的孩子已经在书店门口等着了。他有一头浓密的头发，一双大眼睛，他穿着单薄的衣服，在寒风中瑟瑟发抖。书店门前有一大排台阶，为了增加点儿热量，他便一级又一级地从台阶上跳下去又跳上来，慢慢地，身上感到暖和一点儿了，才停下来。

这个小男孩名叫海因里希·伯尔，是小镇上一个木匠家的第八个小孩。他是这个书店的常客。他整天泡在书店里。书店里的店员都认识他了，知道他家里很穷，买不起书，也从不阻止他，让他尽情地在书的海洋中遨游。

伯尔的父亲专门给当地的教堂雕刻一些手工艺品。每天父亲给伯尔零钱，让他第二天上学时在路上买面包吃。伯尔十分爱惜他那少得可怜的钱。他每天买一个最小的面包吃，把省下来的钱很小心地放到一个铁罐里。伯尔决定存足够数量的钱以后，就去买一本他最喜爱的书。

然而，伯尔的这个计划不得不改变了。老师宣布为了让同学们开阔视野，多阅读一些课外书，他要在同学中开展一项活动，要求每个同学都拿出几本课外书来，大家交换阅读。

伯尔这下可急坏了，他连一本自己的课外书也没有。到时，同学们都有书交出去，唯独他没有，那多丢人啊。可他铁罐里存的那点钱还不够买一本书呢。怎么办呢？又不能向爸爸要钱。爸爸每天从早到晚地干活儿，挣来的钱只够一家 10 口人吃喝用，不可能再有多余的钱给他买书。他突然想到把买面包的钱省下来，就能买书了。

晚上，他躺在床上，便在心里默默计算着自己已经有了多少钱，还要多少钱才能买本书。慢慢地，他进入了梦乡。在梦里，他有了很多很多的新书……

上学的路上，他又经过那个面包坊。一阵奶油面包的香味直扑鼻孔，他使劲地咽着口水。伯尔好想吃一个香喷喷的面包，可是他喜爱的新书在向他招手呢。他想赶快离开这儿，逃离那阵阵香味带来的巨大诱惑。

就这样坚持了 3 天，他终于存够了买一本新书的钱。于是他买了最喜爱的《格林童话》。

买了新书，伯尔别提有多高兴了。晚上他把新书放在枕头底下，美美地睡着了。

长大以后，爱书的伯尔终于成了一个小说家，还获得了诺贝尔文学奖。

金玉良言

阅读习惯需要很漫长的一段时间和功夫才能养成，就如同每天对几个人微笑，就会发现生活是如此美好。静下心来读书学习，能增长见识，眼界大开；能丰富知识，启迪智慧；能拓宽思路，触发灵感；能提升自信，助力成长；能修身养性，妙趣无穷。

成长哲理

知识是沙漠中的绿洲，是勇士攀登高峰的旗帜。学习能让我们在茫然中找到力量和希望。有了希望做什么都会有信心，我们因此获得快乐。所以知识能带来希望和快乐。

学者如登山焉，动而益高，如寝寐焉，久而益足。

——徐干

越过门槛走向世界

由于母亲的期望，居伊·德很小的时候就拜在法国当时著名的大作家门下，学习写作。这位大师级的老师，对居伊·德的要求极为严格，甚至是苛刻。

随着写作训练逐渐深入，居伊·德的写作水平突飞猛进。这期间，居伊·德写了大量的作品，这些作品让同行看来已经高不可及，完全可以拿出来发表，其中很多作品还得到了老师的赞赏，可老师还是劝告他，先不要急着发表。

老师的话一时让居伊·德很是不解："为什么我的这些作品不能发表呢？"1875年，25岁的居伊·德背着老师，偷偷公开发表了自己的第一篇小说《人手模型》。这是一篇构思奇特的小说：杀人犯的手做成的模型复活了，而且又开始图谋不轨，最后"断手再植"后，才平静下来。作品发表后，令读者都赞叹不已，可居伊·德被老师狠狠地批评了一通。"你的那些学步之作，统统都是废纸，因此请不要发表。"居斯塔夫老师还郑重地对居伊·德说，"我是一道门槛，你只有从我这里跨过去，才可以走向外面。"

老师的话让居伊·德有些伤心，但他还是遵照师命，从此潜心练习，不再去想发表作品的事。而之前那些已经写好的作品，他统统束之高阁。

就这样又过了4年。1879年，居伊·德完成了一篇小说。他小心翼翼地拿给老师审阅，等待老师的批评与指点。数日后，居伊·德怀着忐忑不安的心情去见老师。老师看到他后，却一反常态，欣喜若狂地拉着他的手，激动地说："祝贺你，你的文章成熟了，可以面世了。"

居伊·德听后，激动得泪流满面。他一直期盼的一天，终于来到。这一年，居伊·德已近30岁。而之前他在写作上所做的努力，已达10多年了。

那个刻苦练习写作的青年居伊·德，就是后来法国著名大作家莫泊桑，他的恩师就是著名作家福楼拜，而被老师福楼拜首肯的那篇作品，就是莫泊桑的成名作《羊脂球》。

金玉良言

伟大的成绩和辛勤的劳动是成正比例的，有一分劳动就有一分收获，日积月累，从少到多，这样才会取得成功。

成长哲理

"聪明出于勤奋，天才在于积累。"这句话告诫我们，成功就是学习的积累。没有付出，哪能有收获？学习未必一定就能成功，但不学习，就一定不会成功。

我是一道门槛，你只有从我这里跨过去，才可以走向外面。

人不可有傲气，但不可无傲骨。

——徐悲鸿

大师的蛮睡

法国著名画家亨利·卢梭，小时候生活在法国西北部的拉瓦尔市，他的父亲是一名铁匠。父亲希望他将来能成为一个合格的接班人，便经常传授他一些打铁的知识。

卢梭进入学校读书以后，接触到了更多的知识，他发现自己真正喜欢的事情是作画，而不是打铁。

每每放学回家，他几乎满脑子都想着绘画，即便是在给父亲做帮手的时候，他想着的都是怎样把飞溅的火星画出来，或想着应该怎样把客户的笑容画出来……

为此，卢梭耽搁过许多父亲安排给他的工作。有一次，卢梭因为绘画忘了给火炉加煤，等父亲回来以后炉火已经灭了，父亲大发雷霆，不仅把卢梭揍了一顿，还把卢梭的画笔和画纸都扔进了门口的玉米地里！卢梭没有哭，没有喊，他只是在完成了父亲安排的任务之后，悄悄地跑到外面，弯腰捡起了画笔和画纸。

毕业后，为了糊口，卢梭成了一名乐团小提琴手。虽然他的小提琴拉得不错，但他更喜欢绘画，只要一有时间就会拿出画笔和画纸。时间一长，乐团老板终于发火了，把他的画作和画笔统统扔进了垃圾箱，还警告他如果再画画就解雇他。卢梭没有争辩，只是在老板离开之后，弯腰从垃圾箱里把画笔捡了起来。

几年后一个偶然的机会，卢梭进入了巴黎海关工作，还拥有了自己的办公室。卢梭简直如鱼得水，把办公室当成画室。最终，他的上司忍无可忍，把卢梭的画笔画纸全都扔进了垃圾箱，并解雇了他。卢梭似乎已经习惯这种遭遇了，他没有解释，没有央求，而是再一次弯腰从垃圾箱里捡起了自己的画笔，安静地离开了办公室……

卢梭失去了工作，却拥有了更加自由的创作空间。两年后，卢梭举办了平生的第一次画展，所有的参观者都被他的画作打动了，亨利·卢梭这个名字也一夜之间街知巷闻。

经过多年的努力，亨利·卢梭最终成了法国甚至是世界绘画史上一颗璀璨的明星！

"我有过三次弯腰的经历，都是为了捡起被人扔掉的画笔，但我的弯腰不是妥协，不是逆来顺受，而是一种与命运的抗争，一种对梦想的坚守！"1890年，亨利·卢梭在完成《我本人·肖像·风景》的时候，曾在日记本上写下这样的句子。

金玉良言

弯腰不是逆来顺受，不是委屈可怜，而是对梦想的坚守。坚持是每一个成功者不可缺少的。巴德斯曾经说过："告诉你我达到目标的奥秘吧，我唯一的力量就是我的坚持精神。"

成长哲理

梦想值得我们去付出，但是，我不希望在追求梦想的道路上遇到一点点的苦难就放弃，这样成不了大事。坚持就是胜利，无论我们将来做什么事情，学习也好，参加活动也好，都要不忘记初衷。

一个人尚若需要从思想中得到快乐，那么他的第一个欲望就是学习。

——王小波

用信念撑起的青春

在高会军的履历表学历栏中，有中专、自考本科、研究生、博士生，全日制本科教育一格中仍是空白，可他却是哈工大职称晋升名册上唯一由讲师晋升为教授的人，也是哈工大最年轻的博士生导师。由自考本科毕业到博士生导师，华丽转身的背后，支撑他的是超乎常人的付出和信念的坚守。

高会军没有念过高中。1991年，他15岁，选择去陕西第一工业学校读中专。"当时的目的很简单，就是毕业后马上可以工作，为贫困的家庭减轻经济负担。"高会军说。然而，在他的内心深处，似乎还有另外一个目标或者说是理想隐约在心底萌动。读中专二年级时，他开始准备专科自学考试，熬夜和早起成了家常便饭，拿着别人用过的旧资料埋头苦读，在别人眼中他似乎从来不知疲倦，终于，中专毕业时专科13门课程考试全部通过。

中专毕业后，高会军顺理成章地找到一份工作，虽然作息时间不规律，条件艰苦，但他仍没有放弃学习，没有忘掉自己的追求。为了自考本科，他利用一切可以利用的时间来学习，常常是在机床边一边工作一边学习，夜里看书经常不知不觉睡着了，但醒了之后又接着学。那些沾满了机床油渍的书本印证了那段刻苦的岁月。就这样，在两年的时间里，自学考试本科要求的15门课程他全部一次性通过，取得了本科毕业证书。

有人说，不满足是进步的车轮。高会军觉得自己还有能力再学得好一些，便走上了考研的道路。

研究生入学考试取得了350多分的好成绩，被沈阳工业大学录取。毕业时，同学都在各种高薪职位间选择，他却又一次做出惊人的选择——继续攻读博士学位。2001年，顺利进入哈尔滨工程大学航天学院攻读博士学位，在导师指导下开始搞科研，并摸索出一个新的研究方向。

高会军当时的信念就是力争把研究工作做到最好。哈尔滨工程大学优越的科研条件和研究氛围，更是提供了很大的施展空间。在读博期间，他在国内外权威期刊上发表了几十篇高水平学术论文，是哈尔滨工程大学控制学科历史上第一个获得全国优秀论文的人。

如今高会军指导的学生牟少帅获得耶鲁大学全额奖学金，是黑龙江省第一个走进耶鲁的学生。

金玉良言

信念的力量是伟大的，它支持着人们生活，催促着人们奋斗，推动着人们进步，正是它，创造了世界上一个又一个的奇迹。

成长哲理

人总是在漫漫的人生道路上苦苦地寻找着自己精神的乐园。每一次的新发现，都会带来无限的感激与惊喜。请趁着自己正青春年少，珍惜时间，努力学习，为你的人生添上一片光彩吧！

　　虽然作息时间不规律，条件艰苦，但他仍没有放弃学习，没有忘掉自己的追求。

韬略终须建新国，奋发还得读良书。

——郭沫若

为祖国的解放而学习

居里夫人本名玛丽·居里，她出生在波兰，并在那里长大。那时的波兰正处在俄罗斯的统治之下，玛丽从小就尝够了做亡国奴的滋味，她发誓要为了祖国的解放而学习。玛丽家里的生活非常艰苦，然而在学校里，她却是最优秀的学生，深受老师喜爱。

所有的艰苦条件，丝毫没有影响玛丽的学习。短短的两年，她连续获得物理学和数学两个硕士学位，于1893年以第一名的成绩从巴黎大学毕业了。玛丽没有因成绩优异而满足，她继续攻读，准备摘取人类历史上第一顶属于女性的博士桂冠。就在这时，玛丽遇见了法国优秀的物理学家皮埃尔·居里，由于共同的理想，两人走到了一起，成为人类科学史上的一段佳话。

他们从朋友那儿借来一间破旧的储藏室，居里夫人把它打扫了一番，又用平时积攒的钱购置了一些必需的仪器设备，两人开始了艰苦卓绝的研究。

居里夫妇把凡是能够找到的化学试剂、矿物一一进行了精心的检测，发现沥青铀矿具有明显的放射性，他们判定该矿中含有某种放射性新元素。居里夫人在简陋的条件下对几十千克的沥青铀矿进行了一系列的处理，终于找到了这种具有放射性的新元素，玛丽用她的祖国的名字命名了这种新元素，这就是"钋"。

"钋"找到了，居里夫妇却没止步，因为在提炼"钋"的过程中，他们发现分离出的钡化合物具有更为强烈的放射性，据分析这是又一种未知的放射性元素。他们把这种元素称为镭。居里夫妇向世界公开了这一发现，因为没有人亲眼看见过镭，许多人对这一发现持怀疑态度。为了证实镭的存在，居里夫妇投入到了更加艰苦的奋斗中，他们决心要提炼出镭来。

没有实验工厂，他们向朋友借了一间破木棚作为工厂；没有资金购买贵重的沥青铀矿，他们买来了廉价的废矿渣。居里夫人穿着一身油污的工作服，不停地出入院子和屋子之间，她时而在院子里加煤烧火、熔炼矿渣，时而在屋里结晶浓缩物，20多公斤重的容器居里夫人不断地搬进搬出。无论严寒还是酷暑，居里夫妇没日没夜地干着，达到几万次的提炼。经过整整4年的奋斗，1902年，他们梦寐以求的镭盐终于被分离出来了。

　　1903年，居里夫人获得了历史上第一个女博士学位。同年，居里夫妇又荣获诺贝尔奖。居里夫人成为人类历史上最伟大的一个女性，她的故事激励着一代又一代青年成长，她的名字被亿万人传诵着。

　　书本是人生最大的财富。读书是一本人生最难得的存折，一点一滴地积累，你会发现自己是世界上最富有的人。书，拉近了与伟大的人之间的距离，人生从此充满阳光，充满希望。

　　居里夫人在科学的道路上，坚持不懈，无私奉献。一个人如果想要取得好成绩，是不容易的，要有所成就，更不是轻而易举的，必须刻苦学习。一个人如果不积累知识，一心想着自己，他是不会有太大成就的。

青年是学习智慧的时期，中年是付诸实践的时期。

——卢梭

吃书的张广厚

说到中国数学家，可能很多人都会想到华罗庚和陈景润。的确，华罗庚和陈景润都是十分优秀的数学家，但其实除了他们，中国还有不少同样优秀的数学家，张广厚就是其中之一。

张广厚是河北唐山市人，祖籍山东，是我国著名数学家。1937年1月，张广厚出生在唐山临西一个普通农民家庭。7岁的时候就跟随父兄到矿上当童工，饱受艰辛，从小立下壮志：一定要做个有文化的中国人。

小时候由于家里穷，张广厚不能安心学习，小学毕业考试时，他数学考试不及格，没有考取中学。看着班级中大部分学生都背着书包去上学，张广厚心里很难过，觉得对不起父母，可他并没有灰心，虽然数学基础差，学习反应慢，但他相信，只要刻苦努力，就能赶上去。

从此，张广厚把心静下来，每天都想着学习方面的事。学习困难时，他总是用心思考，把题目读了一遍又一遍，争取独立解答。经过几个月的补习，他的数学成绩进步很快，已经能考到80几分了。

尝到了甜头的张广厚在学习上更加勤奋了。升学考试中，他以100分的数学成绩被中学录取。

张广厚上高中的时候住在学校里，别的同学回家了，但他仍然在学校复习功课；别的同学在周末娱乐时，他却在读数学辅导书，演算数学题。张广厚半年才回一次家，他时刻牢记小学考试不及格的教训。就这样，张广厚以优异的成绩完成了高中学业，成为高中三年唯一一名数学成绩次次满分的"数学尖子"。

高中毕业后，张广厚以优异成绩考入北京大学数学系，是大学同届毕业生中唯一保持六年全优成绩的学生。张广厚的毕业论文也被刊发在一家知名的数学杂志上。

1962年，张广厚考入中国科学院数学研究所，师从著名的数学前辈熊庆来教授做研究生。从此，他在数学学科的道路上又迈上了一个新台阶。

20世纪70年代，张广厚与杨乐合作，首次发现函数值分布论中的两个主要概念"亏值"和"奇异方向"之间的具体联系，被数学界定名为张杨定理。

张广厚之所以能取得如此巨大的成就，和他的勤奋努力和爱读书是分不开的。

有一次，张广厚看到了一篇关于亏值的论文，觉得对自己的研究工作有用处，就一遍又一遍地反复阅读。这篇论文共20多页，他反复地念了半年多。因为经常翻摸，洁白的书页上留下了一道道明显的黑印。他的妻子开玩笑说，这哪是念书啊，简直是吃书。

正是因为有着这样的好学精神，张广厚才能成为著名的数学家，他的这种精神值得所有人学习。

金玉良言

读书是人生的需要。有些人认为读书不必勤奋刻苦，认为就算勤奋刻苦也是读不好书的，这个想法是错误的。我们认真了解了那些学业上、事业上有突出成就的人，他们没有一个不是由勤奋刻苦而来的。

成长哲理

　　事有所成，必是学有所成；学有所成，必是读有所得。读书应当是一项基本功，是一种人生态度，是一种充实更新知识的重要方式。读书应当勤奋。

> 无知是智慧的黑夜，没有月亮、没有星星的黑夜。
>
> ——西塞罗

打不倒的奥多姆

有一个男孩出生在纽约皇后区，六七岁时就有个梦想——到 NBA 打球。虽然这个理想似乎有些遥不可及，可它在男孩稚嫩的思想里一点点成长着，一天天壮大着。

在与母亲相依为命的日子里，男孩过着简朴的生活。可在男孩12岁生日的烛光还没来得及点燃时，母亲就撒手人寰，离他而去，留下他一个人孤零零地在墙角哭泣，独自去面对未来的风风雨雨。后来，是外婆收留了他。可这位76岁的老人连自己的生活起居都无法料理，哪里谈得上照顾他？男孩知道，一切只能靠自己。

男孩重新拾起儿时的梦想，疯狂地在球场打球，不分昼夜。只有在球场，他才能找到自信，找到快乐，才能迸发出与生俱来的力量。男孩把球技发挥得淋漓尽致，如行云流水。在曲曲折折的打拼路上，上帝终于眷顾男孩——他加入了NBA。

可时间还未证明什么，噩耗传来——外婆与世长辞。他伤心欲绝，再一次被推向精神崩溃的边缘。也许上天有意作弄，他在老家附近遭遇歹徒持枪袭击，与死神擦肩而过，之后没几个月，他又遭遇车祸。在紧接着的那个赛季里，队友们如火如荼地训练，而伤痛却让他成了看客。

面对生活中的各种考验，他没有放弃，总是勇敢地去面对，在挫折中磨炼。他虽然没有成为NBA最好的球员，但是他积极乐观的心态感染了每一个人。人们在他身上看到了力量，看到了一种百折不挠的精神以及从容走出阴影的豁达。

他就是湖人队全能前锋拉马尔·奥多姆。在湖人队，奥多姆用他的个性抒写着自己的传奇。当被问及今后的打算，奥多姆自豪地背诵着他们的格言："即使你被所有人众星捧月，寄予厚望，即使你嘴里含着金汤匙，甚至即便已经戴上了总冠军戒指，你也得每分每秒都拼尽全力。"

金玉良言

学习少了，就看不见自己思想上的灰尘；相反，时刻保持学习的状态，就会让一切变得不同。学无止境，我们不能停止学习。用快乐的心态学习，会事半功倍。

成长哲理

当你不顾一切去坚持你的梦想——你挚爱的梦想时，那是一种能撼动一切的感动，也是一种无法阻挡的力量。坚持，会让你离梦想越来越近；坚持，也让你感受到追求的喜悦、激动以及美好。

闲门即是深山，读书随处净土。

——陈继儒

一只不向命运屈服的蝉

1990 年 7 月，她出生在河南南阳一个普通的家庭。像所有的孩子一样，她是父母手心里的宝贝。但是在她两岁那年，一场高烧让她的人生发生了巨变。出院后，她不能再发出声音。

为了给她治病，1993 年，全家人南迁到父亲打工的广东。医生的诊断让人很泄气：听力无法康复。就这样，4 岁时，父母开始教她手语、认字、发音。有些字符妈妈模仿不了，就用手放在她嘴里摆舌位，这样她学会了用拼音识字。

尽管双耳失聪，她的父母并没有将她送进聋哑学校，而是让她在普通学校跟健全孩子一起读书。由于听不到同学说话，她不敢主动跟别人说话。也就是从那时起，她开始了大量的阅读。读的第一本书是《漫画西游记》，她一下子就被吸引住了。她喜欢上了读书，她觉得很神奇，文字竟然可以代替嘴巴，去倾诉你所要表达的心事。

看的书多了，她开始学着写点东西，她的写作文采逐渐显露出来。渐渐地，她开始用电脑写作、用电脑作画、上网与人交流。有了电脑陪伴，她与外界交流也多了。凭着坚韧不拔的毅力，她先后写出了《童言无忌·三国志》《童言无忌·泡泡狗》《童言无忌·小王子》《童言无忌·成吉思汗》等书籍。

初三下学期，她的视力突然急剧下降，变成了近视眼。她在网上查找有关近视的知识，发现90%的近视是由于"光污染"导致的，也就是说，"凶手"是我们日常使用的荧光灯。

她决定利用自己的知识和勤奋，去发明一种既不伤害眼睛又无辐射的健康环保台灯。2006年夏，经过不断试验，数千次的失败，她终于发明了"SEE技术及其绿色环保直流荧光灯装置"，并且获得了国家专利。2007年7月1日，由她发明的"惠视聪明灯"正式进入中国灯具市场销售，而年仅17岁的她也因此拥有该企业价值2亿元的股份，成了中国年纪最小的亿万富豪。

她叫张悉妮，一位阳光少年，一位90后的代表人物。

张悉妮写过一篇文章《读书，我与蝉的联想》，她说："蝉是聋的，所以它会鼓起胸部使劲地唱。其实人类同蝉一样脆弱，也同蝉一样执着。只要你不向命运屈服，命运就会向你屈服。我要像蝉鼓起胸膛鸣叫一样，鼓起理想，一路向前！"

金玉良言

张悉妮通过勤奋学习成功地改变了不幸的命运，是因为有着明确而美好的目标，因而有了克服困难的勇气。她是战胜困难的强者，在困难面前没有后退，而是努力拼搏。她的动力来源于坚定的信念和对未来生活的憧憬。

成长哲理

漫漫人生路，谁都难免遭遇各种失意或厄运，一个强者，是不会低头的。风雨之后见彩虹，命运掌握在我手中！不向命运屈服！让我们努力学习，更加坚强！

只要你不向命运屈服，命运就会向你屈服。

> 读书就是沿着作者的脚印去看沿途的风景。
>
> ——尼采

自学画画的农民艺术家

林肇泽是一个地地道道的农民，可他却在不断创造"神话"：他45岁开始自学绘画，无师自通，短短几年时间，其炭精画作品在国内外"走红"；他到100多所大专院校开办过讲座；如今虽年逾古稀，但壮志不减。

1985年，林肇泽出差路过自贡，看见街边画摊上有人画炭精像，被深深吸引。回到南充后，他买了大量专业书籍，潜心研究。他无师自通，却很快创造出奇迹：1989年，林肇泽带着他的作品《肖像》参加了中国美术家协会、书法家协会、摄影家协会联合举办的首届中国个体劳动者"光彩杯"书画摄影展，并获得了省级三等奖，中央电视台还播放了《肖像》的特写。2000年，四川省民间艺术协会授予他"一级民间艺术家（炭精画）"证书。随后，他在南充市街头摆起了画摊，专为别人画像，这一画就是8年。

2005 年 12 月，他的作品《阳光下的微笑》参加了在法国举办的世界和平国际书画大展，并获得特别纪念奖，他被主办方授予"世界和平文化使者"的荣誉称号。当时，他的画被权威专家认定为每平方尺价值 1 万元。

林肇泽说，他的炭精画大胆借鉴了艺术大师伦勃朗的素描画。他探索创造出炭精画抛光技艺，他的作品经过抛光后，可以用水擦洗，可以在上面泼墨，轻轻擦掉而无污渍。2010 年 4 月，他的炭精画工艺被南充市政府公布为市级非物质文化遗产保护项目。

倒贴资金近 20 万元，"周游"国内大专院校义务讲学。

林肇泽一边探索一边总结，写成了《炭精画和彩粉画速成技法》。从 1993 年 7 月到 2009 年间，他带着妻儿，开始了他的自费巡回讲学和演讲。

这些年，他的足迹遍布大江南北，先后走入国内 100 多所大专院校。他以自身的经历"现身说法"，加上他那炭精画的"速成技法"，每到一处都是听众云集。林肇泽在四川省美术学院的一次演讲后，该学院一位教授当场写下评语："传统、创新、时代感！让师生们开了眼界。"

多读书，可以让你变聪明，变得有智慧去战胜对手。书让你变得更聪明，你就可以勇敢地面对困难。让你用自己的方法来解决这个问题。这样，你又向你自己的人生道路上迈出了一步，也能使你获得快乐。

世界上最聪明的人，是最勤奋的人；世界上最愚蠢的人，是最懒惰的人。勤奋为你开拓，懒惰将你吞没！失败为成功之母，恒心毅力乃成功之父！

比起哈佛大学的毕业证书，读书的好习惯更加重要。

——比尔·盖茨

酷爱学习的法拉第

法拉第的父亲是个铁匠，从小他是听着叮当的锤声长大的。到了上学的年龄，因为贫穷，法拉第没能进入学校，相反，他按照父亲的设想成了一个手工艺工人。就这样，从小法拉第就不知道校园是什么样子。

13岁时，法拉第在一家书店的装订厂成为一名学徒。走进了书的海洋，法拉第猛然间发现自己的世界大了，他从没想到世上竟有这么多奇妙的自己不知道的事物。法拉第欣喜若狂，他将全部热情投入到了读书学习中，尤其是在《大英百科全书》中读到了有关的电学知识后，法拉第发现了自己的兴趣所在，他用自己仅有的一点钱购买来简单的实验仪器，决定为科学奋斗终生。

法拉第读了许多书，从初级到高级，他读哲学书也读科学书，即使那些根本读不懂的书，他也不厌其烦地把它读下去。他最喜欢的是一本有关化学实验的书，尽管要想读懂此书是如此不易。法拉第依照书上的介绍一个挨一个地做实验，那些日子简直是他最快乐的日子。

1810年的一天，法拉第路过一个店铺，店铺的窗户上贴了一个告示：每晚6时将有关于自然哲学方面的演讲，每次的听课费是一先令。钱不算多，但对法拉第来说，他还是被难住了。哥哥发现法拉第遇到了困难，于是拿出钱来，支持弟弟去听讲。1812年，21岁的法拉第有幸听到了著名化学家戴维的4次演讲。他被陶醉了。思索之后，法拉第给戴维写了一封信表达他渴望做科学研究的愿望，并随信附上了他精心整理的听课笔记。戴维被法拉第的诚意打动了，他推荐法拉第到皇家科学院实验室做他的助手。

戴维为法拉第创造了机会，但是法拉第之所以能成功，最主要还是靠他的勤奋学习。他几十年如一日，勤奋工作着，从未停止过他的研究。他失败过，甚至失败得很惨，但他从不服输，跌倒了，再爬起来，一次比一次用心，一次比一次勤奋。

法拉第把自己的全部献给了科学事业，他坚韧、勇于探索、勤奋的品质使他获得了很大成就，但是他却从未因此而骄傲过。1851 年，英国皇家学会一致推选法拉第为会长，英王还授予他爵位，他都坚决地推辞了。

法拉第退休以后一直和妻子过着平民的生活，1867 年 8 月 25 日，法拉第安静地死在他的书房中。为了纪念法拉第为电学方面做出的贡献，人们用他的名字命名了电容的单位。

金玉良言

勤奋总与成功牵手，亲密而不可分。任何成功的前提，都将源于勤奋的推动，在推向成功的过程中，无不侵染着勤奋拼搏的心血和汗滴。

成长哲理

学习是一个漫长的过程，就像走一段崎岖的道路。但在过程中我们可以看到美丽的风景。书，读而孜孜不倦，持之以恒，可育德行，可导人生。就会站得高，看得开，走得远，行得顺；就能更经历伤痛，承受苦难，获得成功，取得成就；就能更加幸福快乐并活出一种独特的绚丽和精彩。

他坚韧、勇于探索、勤奋的品质使他获得了很大成就。

顾恺之画画

顾恺之的"天工神笔"是从小练就的。他三四岁学画画，到八九岁时，已成为小丹青妙手了。他家的院里、院外、墙上，以及他的手背上、脚面上，凡是能画画的地方，都留下过他的"杰作"。他有一次到姨家拜年，没进门，就用炭笔在大门上画了一幅"五谷乐"。还有一次，为了画画，他挨了父亲的一顿打。原来，他暗中端详父亲好多天，想给父亲画幅画像。一天，他正在丝绸上画画，父亲从外面进来，见画得那个难看样儿，狠狠地揍了他一顿。

这天夜里，顾恺之做了一个美梦，他梦见月亮变成了一位迷人的姑娘向他飘来。姑娘的眼睛像纯净的湖水那般光亮、莹洁。姑娘还让他画眼睛。接着他梦见池中的莲花都变成了莲花姑娘，都争着让他画眼睛……顾恺之醒来，遥望碧空明月，星星在眨着眼睛。星星呀，你就是天空的眼睛吗？你有大、有小、有明、有暗；世上人的眼睛也不都如此吗？不同的是多一点善、恶、丑、美。眼睛呀，最能反映一个人的心灵，最能代表人的性格特征。把天下的眼睛都纳于我的笔下吧！

从此，顾恺之看啊，画啊，看各种各样的眼睛，也画各种各样的眼睛。

苦练多年之后，顾恺之画艺大进。后来在他笔下，孩子们的眼睛像西湖水面上的星星；老人们的眼睛好似山林中一汪蓝色的清潭；小伙子们的眼睛像三月的太阳；而姑娘们的眼睛，则温柔得像夏天的露珠儿，在草叶上荡漾……

顾恺之不到20岁就名满京城了，当时有个大师想修建一座辉煌的寺院，向四方募捐，可募集到的很少。正当大师食不甘味之时，顾恺之找上门，要捐一百万钱。他只要了一面空白墙壁，日夜挥笔舞彩，一个多月后，一幅光彩照人的壁画完成了！

金玉良言

通过学习可以告诉你怎样做一个有用的人。时间会告诉你，它公平地属于每一个人，你很努力，就能成就永恒。一个从未停止过攀缘的人，即使滑下去后也会从头再来。

成长哲理

　　如果寂寞，请学习。书会告诉你为什么会寂寞，并教你怎样就不再寂寞。寂寞的人大多是浪费生命的人。为什么有的人感觉时间非常少，而有的人却感觉时间多得无法消磨，读书会让你明白，珍惜时间。

读书三诀：第一步，以古为敌。第二步，以古为友。第三步，以古为徒。

——李宗吾

米志明和他的"甜蜜事业"

米志明在少年时便喜欢上了蜜蜂，一有空就跑到邻居家去看蜂，回来说的都是有关"蜂"的话题，夜里梦话依旧是蜜蜂。可怜天下父母心，看着迷上蜜蜂后无精打采的儿子，母亲的心软了，于是，便从邻居家借来80块钱，买回一箱蜜蜂。从此之后，米志明开始了他的养蜂生涯。

他要准备很多工具：面网、启刮刀、蜂帚、饲喂器、喷雾器、摇蜜机、蜂箱和巢框，还要撬巢框、刮蜂胶、削赘脾。米志明特别忙，并且乐在其中，就连吃饭时，他也是端着碗蹲在蜂巢边观察着。碗里的饭吃完了，他还在那儿蹲着，直到有人提醒，他才恍然一笑，原来手里拿的是一个空碗。人们说米志明成了一个"蜂痴"了。

米志明为了养蜂，经常会被蜇得眼泡脸肿。多日不见的朋友，还以为他胖了呢，事后才得知那是被蜜蜂蜇的。母亲特别心疼他，劝他还是放弃了吧，但他却说："被蜂蜇是怪咱不懂蜜蜂的习性，不是蜜蜂天生爱蜇。"

米志明就这样坚持了下来，一边摸索，一边实践，之后还订购了《蜜蜂杂志》《中国养蜂》等书刊，米志明从中汲取知识的营养。功夫不负有心人，他终于成了一个"养蜂通"。在他的家乡，只有他一个人能够治好蜜蜂传染病——白垩病。

2004 年，米志明刺槐蜜、荆条蜜等五项产品被中国绿色食品发展中心评定为"绿色食品"；2006 年，他在第八届国际蜂产品保健博览会上获金银两项大奖。同时产品也通过了 ISO9001 质量管理体系认证。米志明在 2006 年还承办了山西省"春光学术论坛"蜂业学术交流暨蜂蜜优质高产技术培训会。当地的蜂农经过他的帮助，现在每箱收入可达 400 多元，有的甚至高达 600 多元。单箱收入比过去提高了三倍以上。2007 年他又注册成立了晋北蜂业合作社，共有成员 103 户，成为目前忻州市人数最多的农民专业合作社，并且辐射周边地区，成为晋北地区的蜂业生产技术推广中心，信息传递中心和实体服务中心。

米志明通过观察和实践发现了蜜蜂授粉，还可对农作物起到增产作用。经蜜蜂授过粉的向日葵、荞麦可增产 40%，各种果树增产 50%~200%。五台山蜂业中心所在地周围的大檀村、阳村等 10 年来广种油菜，米志明便组织 200~500 箱蜜蜂为其授粉，为农民增产起到了重要作用。

金玉良言

米志明把兴趣当作事业，肯定会很快乐的。养蜂之路不如说是学习之路。米志明的养蜂过程也不是一帆风顺的，只有不断学习，才能取得成功。

成长哲理

有志不在年高，我们都有自己或小或大的梦想，定一个目标，努力去实现这个目标，只要持之以恒，一定会获得成功。

米志明就这样坚持了下来，一边摸索，一边实践。

在等待的日子里，刻苦读书，谦卑做人，养得深根，日后才能枝叶茂盛。

——释星云

少年郭守敬爱钻研的故事

郭守敬是元代著名的天文学家、水利学家和数学家。他15岁那年，有一天，家里来了一位客人，他是武安天宁寺的和尚，法名子聪。此人深通天文、地理、算数和音律等多种学科，与郭守敬的父亲郭荣交情极深。

这天，两位老朋友坐到一起，认真切磋起学问来。子聪拿出一幅莲花漏的拓片，兴致勃勃地介绍道："这是天圣莲花漏，宋仁宗天圣九年由燕肃创制而成，因其主要器皿都采用莲花、莲蓬和莲叶的形状，故名'莲花漏'。此漏设计精巧，计时甚准。可惜由于战乱，已经失传。我在一截被人打折的石碑上，偶然拓得此图，反复思索，不解其中奥秘。"

子聪的话，郭守敬一字不落地全听到了。他心想，自己虽然早就懂得了利用漏壶滴水计时的道理，也见到过不少精巧的漏壶，但这种别具一格的莲花漏，却是闻所未闻、见所未见啊！

想到这里，他忽然有了一个好主意，便壮着胆子对子聪说："师父，这莲花漏的拓片请借我半月，一饱眼福。"

子聪深知郭守敬是个聪明好学的孩子，便毫不犹豫地应允了。

半个月后，子聪来郭家取莲花漏拓片，一进堂屋，郭守敬就满面春风地迎了上来，嗓门高高地说："师父，我摸到一些门道了。"接着，他头头是道地讲起莲花漏各部分的结构和用途，只说得子聪频频点头，啧啧赞叹："善哉，贤侄真是神童！"

站在一旁的郭荣却直摆手说："哪是什么神童！您走后，他整日厮守这图，又是写，又是画，还弄了些指针摆弄来摆弄去，瞧，才几天光景，他就瘦了一圈啦！"

子聪听了，更是感动，当即表示，愿带郭守敬去武安紫金山学经深造。

金玉良言

爱好的力量是无穷的，使人废寝忘食，使人即使非常辛苦也其乐无穷。有爱好的孩子是幸运的，因为你有了让你时刻开心的事情，也有了奋斗的目标，是有梦想的开始。

成长哲理

环境对于人的影响极大，亲师取友、问道求学是创造环境改进自己最好的方法，我们潜心独研外更要注意这一点，不要只关门读死书。

人之气质，由于天生，本难改变，唯读书则可变化气质。
——曾国藩

8 岁的高斯发现了数学定理

德国著名大科学家高斯出生在一个贫穷的家庭。高斯在还不会讲话的时候就自己学计算，在 3 岁时有一天晚上他看着父亲在算工钱时，还纠正父亲计算的错误。

他 8 岁时进入乡村小学读书学习。教数学的老师是一个从城里来的人，觉得在穷乡僻壤教几个小孩子读书学习，真是大材小用，而他又有些偏见：穷人的孩子天生都是笨蛋，教这些蠢笨的孩子念书不必认真，如果有机会还应该处罚他们，使自己在这枯燥的生活里添一些乐趣。

这一天正是数学教师情绪低落的一天。同学们看到老师那抑郁的面孔，心里畏缩起来，知道老师又会在今天捉这些学生处罚了。

"你们今天替我算从 1 加 2 加 3 一直到 100 的和。谁算不出来就罚他中午不能回家吃饭。"老师讲了这句话后就一言不发地拿起一本小说坐在椅子上看去了。

教室里的小朋友们拿起石板开始计算："1加2等于3，3加3等于6，6加4等于10……"一些小朋友加到几个数后就擦掉石板上的结果，再加下去，数越来越大，很不好算。有些孩子的小脸涨红了，有些孩子手心、额上渗出了汗珠。

还不到半个小时，高斯拿起了他的石板走上前去。"老师，答案是不是这样？"

老师头也不抬，挥着那肥厚的手，说："去，回去再算！错了。"他想不可能这么快就会有答案。

可是高斯却站着不动，把石板伸向老师面前："老师！我想这个答案是对的。"

数学老师本想怒吼，可是一看石板上整整齐齐写了这样的数：5050，他惊奇起来，因为他自己曾经算过，得到的数也是5050，这个8岁的小鬼怎么这样快就得到了这个数值呢？

高斯解释他发现的一个方法，这个方法就是古时希腊人和中国人用来计算级数 $1+2+3+……+n$ 的方法。高斯的发现使老师觉得羞愧，觉得自己以前目空一切和轻视穷人家的孩子的观点是不对的。他以后也认真教起书来，并且还常从城里买些数学书

自己进修并借给高斯看。在他的鼓励下，高斯开始
了真正的数学研究。

金玉良言

　　高斯身上有许多良好的品质。他面对困难不退缩，
做事肯动脑。在我们平时的学习中，我们如果做到多
思考、多了解、多观察，善于从中发现规律，找出解
决问题的捷径，那我们一定也能学到更多的知识。

成长哲理

　　细节在于观察，成功在于积累。我们要做生活中
的有心人，要善于细心发现。高斯能将难题变为简易题，
是他懂得观察，寻求规则，化难为简，是值得我们学
习与效法的。

在他的鼓励下，高斯开始了真正的数学研究。

读书使人充实，思考使人深邃，交谈使人清醒。

——富兰克林

有梦想谁都了不起

她出生于1911年的木县，年轻时，她就喜欢文学，爱好阅读。五六十岁时，又爱上了舞蹈。阅读满足了她精神的需求，独居也成了享受。舞蹈让她有了健康的身体，年龄仅是数字。92岁时，她跳舞扭伤了腰。儿子看她心情特别郁闷，就让她写诗。因为她年轻时就梦想着写诗，儿子的建议给了她很大的鼓励。当她看到自己的诗歌在报刊上发表时，格外高兴，同时也给了她继续写诗的动力。她不停地写，也不停地发。

2009年秋天，98岁的她出版了处女诗集《别灰心》，当年销量就超过150万册，并进入日本2010年度畅销书籍前10名。要知道日本的诗歌书籍印量很小，一般只印几百本，她创造了日本诗歌书籍出版的"神话"。

她的诗歌以情爱、梦想和希望为题材，像阳光一样温暖。她快乐地写诗，连诗歌都充满了激情。《财经新闻》"朝之诗"专栏编辑在《不灰心》序言中说："只要看到柴田婆婆的诗，我就仿佛感受到一丝清爽的风吹拂脸庞。"她的诗歌达到一个高度，生活和生命的高度。

2011年初，她出版了第二本诗集《百岁》，已经售出了几十万册。当记者问她，你没有意识到自己100岁了吗？她开玩笑说："写诗时没有在意自己的年龄。看到写好的书，才知道自己已经100岁了。"

她就是这样乐观。一个人寂寞地生活20多年，耳闻目睹了人间的许多悲喜剧，并眼睁睁看着自己接近死亡，100岁的她依旧充满希望。她就是柴内丰，一位日本的平常老婆婆。因为有写诗的梦想，90岁之前，她默默无闻，90岁之后，一举成名，取得了辉煌的成就。

金玉良言

有梦想什么时候都不晚。人活着就得有意义、活出精彩，就要不断地追求自己的梦想。我们只有一次人生，而学习却可以扩展我们的视野，体验多种人生的经历，这才是最为广阔的世界！

学习可以不断地启蒙自己，更新自己……不论你的生命之舟驶向何方，如果你有时间了，还请你拿起书本来吧，多与书接触，多与书亲近。这样，在追求梦想的道路上会成为一个了不起的人。

若无某种大胆放肆的猜想，一般是不可能有知识的进展的。

——爱因斯坦

无人涉足的地方，才能踩出脚印来

1899 年爱因斯坦在瑞士苏黎世联邦工业大学就读时，他的导师是数学家明可夫斯基。由于爱因斯坦肯动脑、爱思考，深得明可夫斯基的赏识。师徒二人经常在一起探讨科学、哲学和人生。有一次，爱因斯坦突发奇想，问明可夫斯基："一个人，比如我吧，究竟怎样才能在科学领域、在人生道路上，留下自己的闪光足迹、做出自己的杰出贡献呢？"

一向才思敏捷的明可夫斯基被问住了，直到 3 天后，他才兴冲冲地找到爱因斯坦，非常兴奋地说："你那天提的问题，我终于有了答案！"

"什么答案？"爱因斯坦迫不及待地抓住老师的胳膊，"快告诉我呀！"

明可夫斯基手脚并用地比画了一阵，怎么也说不明白，于是，他拉起爱因斯坦就朝一处建筑工地走去，而且径直踏上了建筑工人刚刚铺平的水泥地面。在建筑工人们的呵斥声中，爱因斯坦被弄得一头雾水，非常不解地问明可夫斯基，"老师，您这不是领我误入歧途吗？"

"对、对，歧途！"明可夫斯基顾不得别人的指责，非常专注地说，"看到了吧？只有这样的'歧途'，才能留下足迹！"然后，他又解释说："只有新的领域，只有尚未凝固的地方，才能留下深深的脚印。那些凝固很久的老地面，那些被无数人、无数脚步涉足的地方，别想再踩出脚印来……"

听到这里，爱因斯坦沉思良久，非常感激地对明可夫斯基说："恩师，我明白您的意思了！"

从此，一种非常强烈的创新和开拓意识，主导着爱因斯坦的思维和行动。他曾经说过这样的话："我从来不记忆和思考词典、手册里的东西，我的脑袋只用来记忆和思考那些还没载入书本的东西。"

于是，就在爱因斯坦走出校园，初涉世事的几年里，他作为伯尔尼专利局里默默无闻的小职员，利用业余时间进行科学研究，在物理学三个未知领域里，齐头并进，大胆而果断地挑战并突破了牛顿力学。在他 26 岁的时候，提出并建立了狭义相对论，开创了物理学的新纪元，为人类做出了卓越的贡献，在科学史上留下了闪光的足迹。

那段尚未凝固的水泥路面，启发了爱因斯坦的创新和探索精神。其实，在人类社会和现实生活的各个领域，都有各式各样的"尚未凝固的水泥路面"，等待着人们踩出新的脚印、踏上新的征程。

金玉良言

在人生道路上，要想做出自己的贡献，就不能搬运前人的东西，要敢于创新。爱因斯坦的"歧途"不是错误的道路，而是和先人完全不一样的另一条路。只有未被探索过的领域，才有可能踩出"脚印"。

成长哲理

创造力是人类变通最好的工具，创造机会和创造性问题比比皆是，关键是我们要学会使用这一工具，发现这个机会和问题。

只有新的领域、只有尚未凝固的地方，才能留下深深的脚印。

读万卷书，行万里路。

——刘彝

马尔克斯的阅读时光

马尔克斯的《百年孤独》是拉丁美洲魔幻现实主义文学的代表作，被誉为"再现拉丁美洲历史社会图景的鸿篇巨制。"1982年，瑞典文学院认为，马尔克斯在《百年孤独》中"创造了一个独特的天地，即围绕着马孔多的世界""汇聚了不可思议的奇迹和最纯粹的现实生活"，因此授予他诺贝尔文学奖。

1927年3月6日，加夫列尔·马尔克斯出生于哥伦比亚阿拉卡塔卡，他的童年时代在外祖父家度过。外祖父是个受人尊敬的退役军官，曾当过上校，性格倔强，为人善良，思想激进。外祖母博古通今，有一肚子的神话传说和鬼怪故事。

马尔克斯7岁开始读《一千零一夜》，又从外祖父和外祖母那里接受了民间文学和文化的熏陶。外祖父和外祖母都很会讲故事，他们经常给马尔克斯讲述美丽的神话和朴素的民间故事。

马尔克斯12岁的时候，得到了一笔去希帕基拉学习的奖学金。在马尔克斯的记忆中，初来这个城市的感觉并不那么美好。他记得自己坐的是晚上七点半的火车，沿途经过了许多风景各异的地方，来到希帕基拉的时候已经是第二天凌晨了。

火车在这个马尔克斯描述为"僵硬灰暗"的城市停下，进入眼帘的是成千上万的披着斗篷的人来来往往。听不到自然的声音，看不见家乡美丽的风景，只看到有轨电车鱼贯而过。街上行走的是年轻帅气的绅士，他们穿着考究的黑色礼服，手里拿着尖角的雨伞，头上戴着爵士帽，蓄着漂亮的小胡子。这一切景象在马尔克斯看来是如此的陌生，找不到一丝熟悉的感觉，他觉得自己被抛弃到了一个孤岛上。他越想越难受，不由得哭了起来，一连哭了几个小时，直到学监来接他。

看到哭得满脸是泪的马尔克斯，学监拍了拍他的肩膀说："小伙子，不要哭了，虽然这里可能对你来说很陌生，但来到这里就说明了你的进步。从今往后，你就该好好读书，要知道可不是人人都有你这样的机会呀，你应该懂得珍惜。赶紧擦干眼泪，新的生活快开始了，不要带着眼泪走入新生活啊！"

在学监的安慰下，马尔克斯渐渐平静下来，跟着学监来到了学校。

在学校里，许多孩子沉迷于街头游戏和马戏团的表演中，荒废学业，而马尔克斯却不是这样。他经常把自己的时间安排得满满的，在宿舍里看书，在教室里看书，在图书馆里看书……喜欢文学的马尔克斯几乎把自己能够找到的文学名著和书都读完了。大量的阅读丰富了马尔克斯的内心世界，扩大了他的知识面，同时他也在书中学到了如何摆脱忧伤的方法。

后来，马尔克斯在回顾少年时期时经常这样说："如果没有这些阅读，没有'石头与天空'的诗歌影响，我不知道自己会不会成为一个作家呢？"

金玉良言

书，拉近了时间的距离，缩短了时空的间隔；书，使你畅游千山万水，鸟瞰古今中外；书伴你走向理想的征途，引领我们成长，人生从此充满希望。

成长哲理

书籍是人类进步的阶梯。书籍让我们从野蛮到文明，从庸俗到崇高；书籍唤醒了我们沉睡的大脑，复苏了干涸的心灵。

鸟欲高飞先振翅，人求上进先读书。

——李苦禅

少年年羹尧拜师

年羹尧是清朝的一员大将。少年时代的年羹尧骄横傲慢，不肯读书。他的父亲很是忧虑，无可奈何，只得张榜招聘老师，可一晃几个月过去了，仍不见一人前来应聘。这一天年羹尧的父亲正在堂上发愁，忽有一位年近花甲的老先生来访，表示愿意应聘。父亲说："感谢先生的好意，只是我这不肖的儿子恶习难改呀！"老先生满不在乎地回答："我早就听说了。没关系，就让我试试看吧！"

父亲见老先生态度坚决，大喜过望，当即留他在府上住下，并嘱咐年羹尧好好听先生的话，不得再恣意妄为。

俗话说："江山易改，本性难移。"老先生刚来了两三天，年羹尧便逃开学了。老先生装作不知道，也不去管他。就这样过了三个月。一天，老先生关起门来拉胡琴。忽然，年羹尧推门进来说："先生，我愿意学这个。"可是刚学了一会儿，他又不肯学了。一天，老先生又吹起胡笳来，年羹尧和上次一样，热了一阵子，很快又凉了。

这样又过了很多天，老先生忽然一反常态，在院子里练起拳棒来。这下子可引起了年羹尧的兴趣，看来看去舍不得离开。老先生说："听说你力气大，善搏斗，找几个人比一下怎么样？"年羹尧当然满口答应，随即叫来16个身强力壮的仆人跟老先生比试。只见他棍子一挥，如风似火，16个人全跌倒了。老先生微微一笑说："你敢和我比试吗？"年羹尧犹豫了一会儿，真的与老先生交上了手。谁知还不到一个回合，老先生就不见了。年羹尧好生奇怪，猛回头，发现老先生正站在他身后呢！他自惭形秽，"扑通"一声跪倒在地，一再要求老先生教他拳棒。老先生拿出一卷书交给年羹尧说："你先认真读读这卷书吧！"年羹尧迷惑不解地问："我学的是搏斗，读书有什么用？"老先生回答："学搏斗，不过是打败一两个人；读此书，则能打败千千万万的人啊！"

年羹尧沉思片刻，觉得有理。从此以后，逐渐养成了读书的习惯。

金玉良言

一本书就是一个台阶，在人的一生中将有千万个台阶等着我们去跨越。每跨越一个台阶，将得到不可估量的财富，而下一个台阶，又将带我们步入一个新的境界，获取新的知识。

成长哲理

书籍鼓舞了我们的智慧和心灵，它帮助我们从腐臭的泥潭中脱身出来，如果没有书籍，我们就会溺死在那里面，会被愚笨和鄙陋的东西呛住。读书又何尝不是一门人生的必修课，使得人们在成长的过程中汲取营养。

学搏斗，不过是打败一两个人；读此书，则能打败千千万万的人啊！

如果不想在世界上虚度一生，那就要学习一辈子。

——高尔基

爱读书的陶行知

陶行知小时候十分聪明。他常到邻村叶家玩，看到厅堂里的对联字画，就用竹条在泥地上描摹。他到了读书的年龄，家里却无力给他交学费，幸好有位秀才在附近开馆教书，很喜欢聪明好学的陶行知，愿意免费收他为学生。这样，6岁的陶行知就得到了接受启蒙教育的机会。9岁时，陶行知来到外婆家，外婆见他聪明伶俐，就把他送到吴尔宽先生的学堂伴读，陶行知这才正式入学。在那里，陶行知练出了一手好书法。启蒙教育结束之后，他便进入学堂，读四书五经。

10岁时，因父亲失业，陶行知只得半工半读。他每天砍一担柴，挑到城里卖掉后再去上学，每天往返20里，就这样学完了四书五经。这时的陶行知已深知读书对穷孩子来说是多么不容易，因此学习更为刻苦自觉。他听说距黄潭源村15里的小南海航埠头曹家，有一位满腹经纶的贡生王老先生在主持学馆，便前去求学。王老先生被他的诚意所感动，便免费让他伴读。

少年陶行知迫于生活的压力，不能一心读书，必须经常参加劳动。他有时替父亲挑瓜、挑柴进城去卖，有时帮母亲挑水、洗菜。崇一学堂校长见陶行知勤奋好学，便允许他免费入学。这样，15岁的陶行知进入了崇一学堂。由于基础扎实，他一入学就直接被编入二年级，毕业时，他的成绩名列第一。在崇一学堂读书期间，陶行知既学现代科学知识，又没丢下古典文学。因为家境不好，他向崇一学堂的同学借来唐诗选本，在吟诵之余将一本书工工整整地抄完了。还书时，同学的父亲问陶行知唐朝诗人中最推崇谁。他不假思索地回答："杜甫和白居易。"并说："杜诗沉郁有力，多伤时忧国之作；白诗通俗易懂，道出民生疾苦。"同学的父亲为陶行知有这样的想法而感到惊奇，他认为陶行知一定会有所作为。

后来，陶行知成为我国著名的教育家。

金玉良言

　　学习，就像一位客人，你只有热情地去迎接它，它才会传授给你知识，给予你美好的人生。如果你不欢迎它，直接就把它"推出门外"，那你的人生就没有任何意义了。

成长哲理

　　陶行知在家境十分困难的情况下学完了四书五经，又学习了现代科学和古典文学，终于成为著名的教育家。他的事例告诉我们，环境再恶劣都不能成为不学习的理由。一个对知识充满渴求的人，不会被困难、环境等诸多因素所阻碍，而是把这些不利因素转化为勤奋学习的动力。

上天给人一份困难时，同时也给人一份智慧。

——雨果

做你喜欢做的事

在美国，有一位妇孺皆知的老太太。她的全名叫安娜·玛丽·罗伯逊·摩西，大家尊敬地称她"摩西奶奶"。她生于纽约州格林威治村一个贫穷的农夫家庭，结婚后和丈夫在斯汤顿谢南多厄河谷的一个农场工作。

后来摩西太太重回纽约州，在离出生地格林威治村不远处的伊格布里奇一个农场居家过日子，一晃近 20 年。她整日忙于擦地板、挤牛奶、装蔬菜罐头等琐事，还抽出时间刺绣乡村景色，并以此为乐。丈夫去世后，她在小儿子的帮助下继续操持农场。

摩西太太 76 岁时患上关节炎，双手因疼痛而不得不放弃刺绣。但酷爱艺术的她并没有善罢甘休，开始拿起画笔。摩西太太在当地展览自己的绘画作品，女儿还将她的画带到镇上的杂货铺里寄售。

一天，艺术收藏家路易斯·卡多尔被陈列在杂货店橱窗中的作品吸引，颇感兴趣并买了下来，而且提出想多要几幅。为了帮助才华横溢的摩西太太，卡多尔将她的作品带到纽约画商奥特·卡利尔的画廊。从此，摩西太太在当地美术界的名气越来越大。

摩西太太年过80时，在纽约举办个人画展。此事成为一大新闻，引起轰动。从此以后，她变成了名人，每天收到大量的问候卡。她的作品在艺术市场火爆热销，供不应求。在多次比赛中，摩西太太成为获奖"专业户"。

在公众眼里，摩西太太最使人感动的是她挣脱年龄羁绊和突破教育限制的孜孜追求，最令人羡慕的是她取得的巨大成功和幸福的晚年生活。摩西太太的作品丰富多彩，有对童年时代乡村景色的描绘，有对个人生活的记录，有对过往的伤感怀旧，有对永恒东西的向往……

金玉良言

读书学习对每个孩子来说都是必不可少的。作为学生也应更加刻苦努力地学习，并且沉浸其中，乐享非凡。在自己愿意的情况下学习，会事半功倍。另外，我们还要树立"终生学习"的理念。

成长哲理

你最愿意做的那件事，才是你真正的天赋所在。人到底该在什么时候做什么事，没有明确的规定。如果我们想做，就从现在开始。对一个真正有追求的人来说，生命的每个时期都是年轻的、及时的。摩西奶奶的经历告诉我们，不论年纪多大，追随梦想，努力学习，你就可能成功。

　　摩西太太最使人感动的是她挣脱年龄羁绊和突破教育限制的孜孜追求。

读书之乐何处寻，数点梅花天地心。

——翁森

把篮球看作信仰的林书豪

"说真的，我一点都不感到奇怪，如果你知道书豪在大学时经历过的那些困难遭遇，你也不会奇怪。"当世界都被林书豪震撼时。NR（美国职业橄榄球大联盟）中国公司活动协调员何凯成这样说。他在哈佛大学与林书豪做了3年室友，亲如兄弟，毕业后，依然保持着密切的联系。

林书豪第一次在NBA首发上场时，何凯成特意赶到现场支持好友。"看到书豪现在的表现，我打心里为他高兴，他的信仰支持他走到现在，也让我得到很多启发。"何凯成说。篮球对林书豪来说是一种传播自己对上帝信仰的工具，他希望用自己在球场上的一切、用他的成功来告诉人们信仰的力量有多么重要。

虽然我们是借助运动特长进入哈佛的。但林书豪的学习成绩也很棒。他不是那种死读书的书呆子，不会把那么多的时间用在功课上，我们的共识是，在大学里应当把更多的时间用在建立人际关系上。让自己的朋友圈广泛一些。林书豪喜欢看电影，兴趣很广泛，这些都没有影响到学习。

聪明是一方面，他的专注也起到了重要的作用。在做一件事情的时候，他绝对不会分心，而是把所有注意力都集中在这件事情上，无论学习、打球，他都全身心投入。这样一来，做事情的效率就会很高。

刚来哈佛篮球队时，他非常瘦，跑跳能力也不是球队里最棒的。他的弱点很多，比如左手突破当时很弱，但他会拿出大量的时间来训练改善，让这些弱点不再制约他。一次大学比赛中，他在最后时刻错失罚球绝杀对手的机会，结果那一晚，这个家伙就一直在球馆里不停地投篮。那时候他身体很单薄，于是就不停地练习力量，我亲眼看着他一点点变得强壮。体能训练非常枯燥，他是很有毅力的家伙。

大四时，他的实力已经吸引到很多的 NBA 球探。有很多人都说林书豪在数据上的表现多么好，但他其实最不在意的就是球场上的数据，如果球队能够赢球，哪怕自己不得分，他都不在乎。

金玉良言

林书豪不断坚持打自己喜欢的篮球，不惧外人歧视的目光和刺耳的声音，不断学习，不断进步，收获到的是内心的满足与快乐。

成长哲理

人总是在漫漫的人生道路上苦苦地寻找着自己精神的乐园。如果平时不刻苦训练自己的技术，就不可能抓住机会，机会总是留给有准备的人。通往成功的道路除了努力学习没有捷径。

读书之于头脑，好比运动之于身体。

——爱迪生

齐白石

齐白石是我国最著名的画家之一，他最擅长画小虾小虫等小动物，另外，在篆刻方面他也颇有建树。

齐白石年轻的时候，就特别喜欢篆刻。有一天，他去拜访一位老篆刻家，老篆刻家说："你去挑一担础石回家，等这一担石头都变成了泥浆，你的印就刻好了。"别人都认为老篆刻家在戏弄齐白石，劝他不要理那老家伙，齐白石却真的挑了一担础石来，夜以继日地刻着，一边刻，一边与古代篆刻艺术品对照琢磨。刻了磨平，磨平了又刻，手上磨起了血泡，但他毫不在意，仍旧那么专心致志地刻呀刻呀。日复一日，年复一年，础石越来越少，而地上的淤泥却越来越厚。最后，一担础石统统都化为泥浆，齐白石也练就了一手篆刻艺术，他刻的印雄健、洗练，独树一帜，达到了炉火纯青的境地。

齐白石除了醉心于雕刻以外，对于绘画也没有一丝的松懈。不管多忙，都坚持每天画五幅画，风雨无阻，雷打不动。

有一次，他过生日。由于齐白石是一代宗师，学生、朋友来了很多。从早到晚，客人络绎不绝，老人笑吟吟地迎来送往，等到夜晚送走最后一批客人，老人再也支持不住了，他躺下很快睡着了。

第二天，齐白石老人一早就起床了，他顾不上吃饭，先到画室去作画，家里人都劝他吃饭，他却不肯歇一歇。总算五张画画完了，家人都长长地松了一口气，等着他吃饭。谁知他摊纸挥毫又继续作起画来。家里人怕他累坏了，都说："您不是已画够五张了吗？怎么还画呀？"

老人轻轻抬起头说道："昨天生日，客人多，没作画，今天追画几张，以补昨天的'闲过'。"说完，他低下头继续作起画来。

正是凭着这种勤奋精神，齐白石老人的画越作越精，受到了世界人民的喜爱。

金玉良言

　　学习不应该成为一种负担。要主动学习，在学习中寻找快乐；要坚持不懈，在学习中发现真谛。态度固然重要，但更要付诸行动。

成长哲理

　　一分耕耘一分收获，只要我们肯付出汗水，付出努力，我们就会得到学习中最大的快乐。梁启超曾说过："未尽责任最苦，尽责任最乐。"学习是我们的责任，也是我们为自己的将来而努力。学习虽苦，但能从学习中得来快乐和乐趣。

　　齐白石除了醉心于雕刻以外，对于绘画也没有一丝的松懈。不管再忙，都坚持每天画五幅画，风雨无阻，雷打不动。

书籍是通过心灵观察世界的窗口。住宅里没有书，就如房间没有窗户。

——伍特罗·威尔逊

肖莱马爱化学

化学家卡尔·肖莱马还健在时，伟大的革命导师恩格斯这样称赞他："这位朋友既是一位优秀的共产主义者，又是一位优秀的化学家。"在肖莱马逝世后，恩格斯特意为他写了一篇传记性的悼文，对他的一生做出了全面的评价。

卡尔·肖莱马于1834年9月30日诞生于德国黑森林州达姆斯塔德城的一个手工业工人家庭。父亲约翰是个穷木匠，母亲罗特是个纯朴的家庭妇女。1856年他来到海德堡一家药店当配药助手，在海德堡大学，著名的化学家本生正在主讲化学，肖莱马想方设法去旁听本生的演讲。本生的精湛实验演示和生动的报告使肖莱马更向往化学，这时候他暗下决心，一定要当一名化学家。

1859年，他仅靠自己谋生所积蓄的钱，报考著名化学家李比希主持的吉森大学化学系。这是当时全世界青年化学家所向往的圣地。在他就读的这一学期里，由于他的发奋努力，学完了作为实验基础的分析化学课，通过学习和训练，他基本上掌握了化学实验的技巧。此时恰逢英国曼彻斯特的欧文斯学院化学教授罗斯科招聘一名私人的实验助手，肖莱马闻讯立即赶赴英国，只身远离祖国，来到英国的这一工业城市，经过努力终于成为罗斯科的实验助手。1871年被破格选为英国皇家学会会员，1874年成为欧文斯学院的第一个有机化学教授。

肖莱马在脂肪醇方面的研究取得很大的成就。他发现了将仲醇转变成伯醇的普遍反应，有人称这反应为肖莱马反应。这个反应后来在有机合成中得到广泛的应用。1872年，为了便于教学，他亲自编写了一本具有独创性的《碳化合物的化学教程》。这本书是完全按着有机化学结构理论而写成的优秀教科书，在欧洲很受欢迎。他在1879年用英文发表的著作《有机化学的产生和发展》就是他的一次尝试和一项重要成果。该书1885年被译成法文，1889年作者又出版了此书的德文版。此书的英文增订版是作者逝世后的1894年出版的，由此可见该书深受广大读者的欢迎。

正当革命和科学事业都需要肖莱马做出更多贡献的时候，无情的肺癌夺去了他的生命。1892年6月27日肖莱马与世长辞，终年58岁。恩格斯专程前来参加葬礼，并代表党的执委会在墓前献上花圈。参加葬礼的还有欧文斯学院的全体教师和肖莱马的许多学生。后来为了纪念他，欧文斯学院创建"卡尔·肖莱马化学实验室"以示永久纪念。

金玉良言

学习可明心智，使我们视野开阔、智慧聪明、心情舒畅、内心平静，让我们在生活的各方面提升自己。也许你没有大量的财富，但学习可以使你精神富足；也许你没有很多的友谊，但书本从不会将你抛弃不顾。

成长哲理

一个人的成才与他勤奋钻研科学知识密不可分，渊博的知识来自孜孜不倦的学习。

书籍是青年人不可分离的生活伴侣和导师。

——高尔基

数学界的莎士比亚——欧拉

欧拉从小就对数学很着迷，是一位不折不扣的数学天才。他13岁便成为著名的巴塞尔大学的学生，16岁获硕士学位，23岁就晋升为教授。

1727年，他应邀去俄国圣彼得堡科学院工作。过度的劳累，致使他双目失明。但是，这并没有影响他的工作。欧拉具有惊人的记忆力。据说，1771年圣彼得堡的一场大火，把他的大量藏书和手稿化为灰烬。他凭着惊人的记忆，口授发表了论文400多篇以及多部著作。

欧拉这个18世纪的数学巨星，在微积分、微分方程、几何、数论、变分学等领域都做出了巨大贡献，从而确定了他作为变分法奠基人、复变函数先驱者的地位。同时，他还是一位出色的科普作家，他发表的科普读物，在长达90年内不断重印。

欧拉是古往今来最多产的数学家，据说他留下的宝贵文化遗产够当时圣彼得堡所有的印刷机同时忙上几年。欧拉作为历史上对数学贡献最大的四位数学家之一，被誉为"数学界的莎士比亚"。

金玉良言

读好书，有选择性地读书。一个人的成才与他的读书密不可分。天才出自勤奋，成功的果实需要用辛勤的汗水来浇灌。不读书的人生终将会是枯燥乏味的。

成长哲理

"不经历风雨，怎么见彩虹。"没有人能随随便便成功，因为坚持不懈的努力，安徒生从一个鞋匠变成童话大王；因为坚持不懈的努力，巴尔扎克给人类留下了宝贵的文学遗产《人间喜剧》；因为坚持不懈的努力，欧拉才会实现自己的愿望，成为一个数学家；只有播撒了辛勤的汗水，付出了努力，才能收获成功。

欧拉作为历史上对数学贡献最大的四位数学家之一，被誉为"数学界的莎士比亚"。

书籍是造就灵魂的工具。

——雨果

自行车的发明故事

现在，自行车像潮水一样，遍及世界各地，进入千家万户，但自行车的发明过程却非常曲折。

法国人西夫拉克发明了最早的自行车。他在一个下雨天，在街头散步时被经过的四轮马车溅了一身泥，这一溅使他突发奇想：四轮马车这么宽，应当把马车顺着切掉一半，四个车轮变成前后两个车轮……于是，1791年第一辆代步的"木马轮"小车诞生了。这辆小车有前后两个木质的车轮，中间连着横梁，上面安了一条板凳，像一个玩具。刚刚出现的新东西肯定不是那么完善。这辆"木马轮"既没有传动链条，又无转向装置，自然需要改进。

德莱斯发明了带车把的木制两轮自行车。他原是一个看林人，每天都要从一片林子走到另一片林子，多年走路的辛苦，激起了他想发明一种交通工具的欲望。他想：如果人能坐在轮子上，那不就走得更快了吗！就这样，德莱斯开始设计和制造自行车。他用两个木轮、一个鞍座、一个安在前轮上起控制作用的车把，制成了一辆轮车。人坐在车上，用双脚蹬地驱动木轮运动。就这样，世界上第一辆带把的自行车问世了。

1817 年，德莱斯第一次骑自行车旅游，一路上受尽人们的讥笑……他决心用事实来回答这种讥笑。一次比赛，他骑车 4 小时通过的距离，马拉车却用了 15 个小时。尽管如此，仍然没有一家厂商愿意生产出售这种自行车。

德莱斯还发明了绞肉机、打字机等，都能减轻劳动强度。现在铁路工人在铁轨上利用人力推进的小车，也是德莱斯发明的，所以称它为"德莱斯"。

此后几十年中，涌现出了各种各样的自行车，如风帆自行车、水上踏车、冰上自行车、五轮自行车，自行车逐渐成为大众化的交通工具。以后随着充气轮胎、链条等的出现，自行车的结构越来越完善。

金玉良言

德莱斯通过在生活中的不断钻研和学习，发明了自行车，这就是创造性学习。只有把学到的知识运用到生活实践中，才能体现它的意义和价值。

成长哲理

　　书中装满了希望，刻苦读书学习创造未来。读书学习，读书中的精神，读出一种积极乐观；读书学习，学书中的知识，学出一种别具匠心；读书学习，品书中的人生，品出一种人间百态。

读书没有合宜的时间和地点。一个人有读书的心境时，随便什么地方都可以读书。

——林语堂

火箭发明家戈达德

美国马萨诸塞州的一个果园里，一个小男孩正给樱桃树修剪枯枝。他爬上了一棵高大的樱桃树，眺望着远方的田野。突然，他头脑中冒出一个念头：人要是能飞到星星上该多好啊！怎样才能制造出飞上火星的装置呢？

小男孩从樱桃树上爬下来，坐在树下沉思起来。他想象着有种机器在草地上飞快地旋转着，急速上升，飞向太空，飞向那遥远的未知的世界。

从果园回来后，小男孩似乎变成了另外一个人。父母发现他整天在学习数学和做科学小实验，即使卧病在床的时候，他也不放过一点儿时间。看他瘦弱的样子，父母总是心疼地劝说他休息。

他就是美国物理学家和火箭技术的先驱者——罗伯特·戈达德。

　　童年在果园的美丽梦想成了戈达德所有生活的支柱。在以后的日子里，他不断地攻读数学，坚持做实验，到长大些的时候，他居然攻读起物理学家牛顿的著作。

　　上大学时，戈达德考入伍斯特工学院。1911年，29岁的戈达德在克拉克大学获理学博士学位，并在这所大学开始了火箭研制工作。

　　刚开始时，戈达德做理论研究工作，探讨火箭做高空大气研究的价值和达到月球的可能性。戈达德在理论研究后，决定进行实践操作，想用成功的事实来证明他的理论的正确性和可行性。

　　1922年，戈达德开始了用汽油和液氧做燃料的火箭引擎试验。

　　1927年7月，又一枚火箭在戈达德的家乡飞向天空。它飞得更高，而且载有气压表、温度计，拍摄气压表和温度计的小型照相机。

　　试验刚刚结束，警察居然找到戈达德，命令他以后不许在马萨诸塞州做实验。戈达德只好到新墨西哥州一块荒凉的土地上开始新的实验。

　　在这里，戈达德制作更大型更成功的火箭。他的火箭有燃烧室，因用汽油和超高压的液氧作燃料。1930年到1935年，戈达德发射了数枚火箭，火箭的速度最高达到超音速，飞行高度达到 2.5 公里。

戈达德靠自己的毅力和勤奋发明创造了火箭，是美国第一枚火箭的宇宙时代的开创者。

金玉良言

每一个人都拥有一个自己的梦想，每个人都会朝着自己的梦想而奋斗，但只有不断学习才能进步，才能实现自己的梦想。

成长哲理

想要实现梦想就必须靠真才实学，否则就不会实现自己的梦想，就算实现了也没有意义。

戈达德靠自己的毅力和勤奋发明创造了火箭。

读书使人得到一种优雅和风味，这就是读书的整个目的。

——林语堂

菲尔普斯的游泳之梦

少年时代的菲尔普斯精力旺盛，手总是闲不下来。菲尔普斯的母亲想到了一个办法，就是把儿子推向泳池。因为游泳，他逐渐摆脱了多动症。

1996年，姐姐惠特尼参加了亚特兰大奥运会选拔赛，本来有机会获得参赛资格，但是背伤让她的奥运梦破碎。菲尔普斯看到了姐姐的眼泪，希望自己能够延续姐姐的奥运梦。

走上游泳之路后不久，菲尔普斯就在巴尔的摩游泳学校遇到了教练鲍曼。教练发现了菲尔普斯天赋异禀，开始着力培养。在菲尔普斯10岁那年，他就破了一项该年龄组的全国纪录。悉尼奥运会，15岁的菲尔普斯牛刀小试。他闯进了200米蝶泳的决赛，最终名列第五。

悉尼奥运会后5个月，菲尔普斯就打破了200

米蝶泳的世界纪录，当时他 15 岁零 9 个月，成为打破世界纪录最年轻的游泳选手。从此，菲尔普斯一发而不可收。

菲尔普斯创造了单届奥运会八金的纪录，他的身体也成为媒体、科学界人士关注的焦点。有很多人在分析菲尔普斯的胳膊、腿、脚、手以及水感。菲尔普斯并不认为自己在身体方面有神奇之处，他将成功归功于自己的勤奋。

关于他有游泳天赋一说，菲尔普斯并不避讳："我猜我可能真有游泳的天赋吧，上天给了我这种能力，给了我意志力，我觉得我从父母那里遗传了很多特性。"

除了天赋，菲尔普斯认为自己成功的关键是个性。"我是个很勤奋的人，我很执着，我讨厌失败，为了达到目标我会竭尽全力，正是所有这些加在一起成就了今天的我，有了我的这些成功。"菲尔普斯说。

金玉良言

学习是一种多功能的活动，也是一种潜移默化的滋润。学习最大的成就是在我们的心田种一株快乐的树。你不再是一个空白的人，而是通过学习赋予了自己丰富的色彩。

成长哲理

只有善于勤奋学习的人，才能离成功的距离更近。勤奋是成功的发条，勤奋加快，成功向着你走得越快，你收获成功的概率就会越快。勤奋是一种付出，而付出中难免有艰辛，但只要肯付出，就会有收获与回报。

> 读书之于精神，恰如运动之于身体。
>
> ——爱迪生

古典哲学的创立者——康德

在中外著名的哲学家中，康德可能是一个最为单调刻板的人。他生活中的每一项活动，如：起床、喝咖啡、写作、讲学、进餐、散步，时间几乎从未有过变化，就像机器那么准确。每天下午三点半，工作了一天的康德先生便会踱出家门，开始他那著名的散步。邻居们纷纷以此来校对时间，而教堂的钟声也同时响起。唯一的一次例外，是当他读到法国浪漫主义作家卢梭的名著《爱弥尔》时，深为所动，为了能一口气看完它，不得不放弃每天例行的散步。这使得他的邻居们竟一时搞不清是否该以教堂的钟声来对自己的表了。

康德于 1724 年 4 月 22 日出生在东普鲁士的首府哥尼斯堡。1740 年，康德进了哥尼斯堡大学。人们现在无法考证他当时注册了什么专业，但可以肯定的是他经常听哲学课。1748 年，24 岁的康德大学毕业，因为他的父亲已经去世两年，他衣食无着，前途渺茫。由于大学没有他的位置，他决定到哥尼斯堡附近的小城镇去做家庭教师。

1755 年，康德以《自然通史和天体论》获得硕士学位。3 个月后获得大学私人助教资格，开始教授哲学。1770 年，康德在 46 岁时终于获得了哥尼斯堡大学逻辑学与形而上学教授一职。

德国大诗人海涅说过："康德的生平履历很难描写，因为他既没有生活过，也没有经历什么。"但是，康德是一个没有传奇故事的传奇人物。他一生没有出过远门，思考的范围却横跨宇宙。据说他在每天一成不变的散步中，诞生了一个又一个思想的火花。

金玉良言

思考能帮你开阔视野，你不再局限于小小生活中的一隅。随着学习范围的扩大，你也会练就出广博的心胸与远大的理想和信念。

成长哲理

　　世界上有两件东西能够深深地震撼人们的心灵，一件是我们心中崇高的道德准则，另一件是我们头顶上灿烂的星空。

康德是一个没有传奇故事的传奇人物。

在任何情况下，你都要学习——以更换学习内容作为你的休息。

——安德烈·莫洛亚

巴尔扎克小学时的作文

巴尔扎克是法国著名的文学巨匠。他与一位老夫人之间曾发生过一件趣事。

一天，一位年逾古稀的老夫人拿着一本破旧的作业本问巴尔扎克："大作家，你给我瞧瞧，这小子有没有天分，将来是不是块当作家的料？"

巴尔扎克接过作业本后，认真地看了看，胸有成竹地说："嗯，这小子天赋不高，灵气不多，凭这很难当作家。"

老夫人听后，发自内心地笑道："好小子，我以为你们当作家的什么都懂，没想到，你连自己30多年前的小学作文都看不出来！"

巴尔扎克也禁不住笑了。他做梦也没有想到，这个老夫人竟是自己30多年前的小学老师。

巴尔扎克的判断显然是错了，因为他只看到了孩子的基础，却忽视了孩子将来的努力。

任何人都不可能一出世就名扬天下，誉满全球。巴尔扎克在成名之前，他写的那些文稿不断地被退了回来，他陷入困境，负债累累。最困难的时候，他甚至只能吃干面包，喝白开水。但是他很乐观，每当就餐，便在桌上画上一只只盘子，上面写上"香肠""火腿""奶酪""牛排"等字样，然后在想象的欢乐中狼吞虎咽。

正是在这段最为失意的日子里，巴尔扎克用700法郎买了一根镶着玛瑙的粗大手杖，并在手杖上刻了一行鞭策自己的字："我将粉碎一切障碍。"

正是这句无所畏惧、一往无前的座右铭，支持巴尔扎克渡过了难关。后来，他终于成功了，成为享誉世界的大文豪。

巴尔扎克的作业和手杖，又一次证明了无数成功人士坚信的箴言："勤能补拙是良训，一分辛苦一分才。"

金玉良言

有一座高山叫"书山"，有一条捷径叫"勤奋"，愿你走着捷径勇攀山顶。有一片大海叫"学海"，有一条轮船叫"刻苦",愿你坐着轮船遨游大海。书林里智慧闪光,让我们一起攀登广阔无边的书林,欣赏独一无二的绝美风光。

成长哲理

　　书山有路勤为径,勇攀书山登高楼;学海无涯苦作舟,遨游四海斗激流。懒惰不可有,要想成功就必须不断努力学习。

对我来说，不学习，毋宁死。

——罗蒙诺索夫

数星星的人

张衡字平子，南阳西鄂（今河南省南阳市石桥镇）人。他是我国东汉时期伟大的天文学家。

儿时的张衡天资聪明，态度谦虚，特别喜欢思考问题。他对自然界中的万事万物都充满了好奇。早上带着露珠的花朵，中午高悬天空的太阳，晚上天空中皎洁的月亮、一闪一闪的星星都让他产生了无穷无尽的联想，他总是跟在父母身后问这问那。

有一次，他和母亲一起到田野中挖野菜。出去的时候，太阳刚刚从东方升起，红艳艳的，煞是可爱。他不经意间看见了自己的影子是那么长。他想，我要是长得像影子那样高大多好啊。不知不觉到了中午，母亲挖了满满一篮子野菜。他跟在母亲后面，一蹦一跳地走着。"咦！影子哪里去了呢？"他惊奇地叫道。低头一看，影子缩成了一团，踩在脚底下。张衡赶忙问母亲这是怎么回事，母亲说这是由于中午到了，太阳升得最高，影子就会变短缩成一团，到了傍晚太阳快要落山的时候，影子还会变长的。

回到家里，张衡一直关注着自己影子的长度。他发现真的像母亲说的那样：傍晚时分，自己的影子又变得像早晨时那样长。他感觉自己又学到了一点新知识，高兴极了。

一个夏天的晚上，父母带着张衡一起到打谷场上纳凉。这是人们一天当中最快乐的时光。大人们一边摇着扇子，一边海阔天空地聊天；孩子们则叽叽喳喳地玩得不亦乐乎，一会儿捉迷藏，一会儿过家家，只有张衡一个人不声不响地待在旁边，望着茫茫夜空，嘴里还小声默念着"一个、两个……"母亲以为他白天跟自己出去累着了，就说："衡儿，你要是累了就自己回屋里歇着吧，不要愣在那里，丢了魂似的。"张衡好像没听见，依然站在那里，目不转睛地望着苍穹。

父亲看出他的心思，就说："衡儿，我知道你的想法，但你这样挨个数是不行的。天上的星星分布是有规律的，你要按照这些规律，把它们分成一个个星座。这样才会把它们弄清、记牢。"

小张衡点了点头，按照父亲说的去做，果然又认识了许多新的星星。

金玉良言

在这个世界上每个人都希望成为成功者，但是并不是每个人都可以梦想成真。一个人如果能拥有积极的心态，只要我们自己能坚持不懈地去追求，去学习，勇敢地接受挑战与挫折，那么离成功也就不远了。

成长哲理

张衡小时候就勤学好问，善于思考，长大后又坚持不懈地学习，终于成为当时著名的天文学家，可以说成功只属于那些愿意付出的人。

　　天上的星星分布是有规律的，你要按照这些规律，把它们分成一个个星座。

> 天才出于勤奋。
>
> ——高尔基

爱观察的达尔文

达尔文是英国著名的生物学家，从小就喜欢打猎、采集矿物、制作动植物标本。他的爷爷和爸爸都是当地的名医，家里人希望达尔文将来也能从医，就把他送到医学院学习。可是达尔文整天"不务正业"，父亲非常生气，将他送到剑桥大学学神学。然而，达尔文仍然痴迷于收集甲虫等动植物标本，对神秘的大自然充满了浓厚的兴趣。

达尔文喜欢观察花草树木怎样生长，鸟兽鱼虫怎样生活。有时候，他爬到树上去看小鸟孵蛋；有时候，他到河边去钓鱼，把钓到的鱼带回家养在鱼缸里观察；蝴蝶呀，蜻蜓呀，他都采集回来做标本。

休息的时候，达尔文喜欢在树林里散步。他一边呼吸新鲜空气，一边认真观察树林里的东西。一棵小草的变化，一条小虫的蠕动，都能使他产生极大的兴趣。

　　有一次，达尔文看见树上有几只小鸟，就站住了，仰着头仔细观察。为了不惊动它们，他一动不动地在树下站了很久。

　　结果，一只小松鼠以为他是一根木桩，竟然顺着他的腿，爬上了他的肩膀。

　　1828 年的一天，在伦敦郊外的一片树林里，达尔文正围着一棵老树转悠。突然，他发现快要脱落的树皮下有虫子在蠕动。他急忙剥开树皮，发现两只奇特的甲虫正往外爬。达尔文马上把它们抓在手里，兴奋地观察起来。

　　正在这时，树皮里又跳出一只甲虫，他措手不及，迅速把一只手里的甲虫塞进嘴里，伸手又把第三只甲虫抓了过来。看着奇怪的甲虫，达尔文真有点儿爱不释手，专心地观察手中的甲虫。谁知，他嘴里的那只甲虫憋得受不了了，便放出一股辛辣的毒汁，弄得达尔文的舌头又麻又痛。后来，人们把达尔文首先发现的这种甲虫，命名为"达尔文"。

　　在长期的科学研究工作中，达尔文观察过许多动物和植物，积累了大量的第一手资料，为创立进化论提供了可靠的依据。

　　1831 年，达尔文参加了历时 5 年的环球考察。回来后，达尔文大胆地提出了"物种逐渐变化"的假设，摒弃了物种不变的说教，并在 1859 年出版了具有划时代意义的巨著——《物种起源》。

金玉良言

成功没有捷径。历史上很多的成功人士，他们的成就都是通过坚持不懈、脚踏实地努力换来的。我们要认真对待生活中的每一件事，在实践中学习，并用持之以恒、锲而不舍的态度去完成它。

成长哲理

在通往我们人生的梦想和目的地的道路上，坚定的目标和信念、永远的积极态度、正确的思维方式、强烈的自我期望以及高效能的行为习惯是我们最大的动力来源。

我的心得是读书不在多，而在反复读。喜欢的书总要读它几遍，才算读过，才能读进去。

——陈丹青

发现海王星的故事

1846 年 9 月 23 日，德国天文学家伽勒发现了一颗新的行星——海王星。围绕这颗新的行星的发现，还产生了一个有趣的故事。

从 1781 年英国天文学家赫歇尔发现太阳系第七颗行星（天王星）之后，科学家们便开始研究天王星运行的轨道，在研究过程中，人们发觉天王星和计算出来的轨道不完全一样。于是有人预言：在天王星的外面还有一颗，这颗星在吸引着天王星，这种引力使天王星的运行轨道和计算的不一样。但是，这颗尚未被发现的新星究竟在哪里呢？

在英国剑桥大学，有一个名叫亚当斯的学生，对这个问题很感兴趣，他根据力学原理，运用数学的方法推算这颗新星的位置。经过两年多时间的推算，终于在 1845 年，即他大学毕业后的第二年，解决了这个理论难题。这时，他只有 26 岁。他满怀喜悦地把推算的结果通过母校转达英国皇家天文台，皇家天文台根本不把这个青年人放在眼里，他的研究成果没有受到重视。

无独有偶，几乎在同一时间，法国巴黎工科大学的青年教师勒威耶，也对这个问题有着浓厚的兴趣，他利用工作之余从事天文学研究，同样用数学方法推算出这颗新星的位置。他把推算的结果写信告诉德国柏林天文台的伽勒。1846 年 9 月 23 日，伽勒把望远镜指向勒威耶所说的新星位置，在那里真的有一颗新的行星。当德国天文台发布了发现海王星的消息后，英国的青年科学家亚当斯才为人们所注意。

1847 年，法国的勒威耶由于其杰出的科学成就，被选为英国皇家学会会员。第二年，他在伦敦会见了亚当斯。两个不同国度的天文学家，从此结为朋友，相互支持，各自在天文学上都做出了杰出的贡献。

金玉良言

学习是一种发现，它为我们扩大了精神的空间与容积，学无涯，思无涯，其乐亦无涯。

成长哲理

　　学习如太阳，如烛火，如大海中的灯塔，让我们在黑暗中看清方向、找到道路。学习不但意味着接受新知识，同时还要修正错误乃至错误的认识。

法国的勒威耶由于其杰出的科学成就，被选为英国皇家学会会员。

读书欲精不欲博，用心欲专不欲杂。

——黄庭坚

梅纽因拜师学琴

世界著名小提琴演奏家、指挥家和作曲家梅纽因 1999 年 3 月 12 日在柏林一家医院治疗期间因心脏病突发不幸逝世，享年 82 岁。梅纽因的一生一直对音乐充满着激情，他的音符响彻国际乐坛，他的演出以其优雅、敏锐与丰美令世人陶醉。梅纽因的求学经历至今是世界音乐界的一个传奇。

1926 年，10 岁的梅纽因随父母来到巴黎拜见名师艾涅斯库。

"我想跟您学琴。"梅纽因说。

"大概你拜错了吧，我向来不给私人上课。"艾涅斯库回答。

"但我一定要跟您学琴，我求您听听我拉琴吧。"

"这件事不好办，我正要出远门，明天清晨六点半就要出发。"

"我可以早一个钟点来，趁您在收拾东西时拉给您听，行不行？"孩子恳求道。

梅纽因的直率和天真烂漫，以及他的满脸稚气却意志坚决，使艾涅斯库产生了好感："明天五点半到克里希街26号，我在那里等候。"

次日早上五点半，梅纽因准时到达26号给艾涅斯库演奏。六点钟，艾涅斯库听完梅纽因的演奏满意地走出房间，向等候在门外的孩子的父亲说："这个徒弟我收下了，上课不用付学费，孩子给我带来的欢乐，完全抵得过我给他的好处。"

从此，艾涅斯库成为梅纽因的家庭教师。在以后的人生岁月里，梅纽因每当听到孩子拉琴，就会想起自己的恩师。

学习归根结底是通向知识、通向光明的抉择。只有学习，才能避免陷入无知的困境，才能克服本领不足的问题。

学习是面镜子。对于我们，学习是能够校正人生观的镜子，常照这面镜子，能够看清自己，帮助自己改正。

不要等待运气降临，应该去努力掌握知识。

——弗兰明

三毛的故事

三毛本名陈平，原籍浙江定海，1943 年生于四川重庆。1948 年底，举家迁居台湾。

童年的三毛并未立志当一名作家。三毛小时曾读过一本《三毛流浪记》，对她影响很大，从此便沉迷于书海之中了，疯狂地爱上了文学。长大后开始写作，她不署名陈平，而以"三毛"为笔名，作为纪念。读小学、中学时，三毛的文章写得不错。在小学时，她便开始给报刊投稿了，参加学校讲演的稿子都是她亲笔写的。

三毛早年的人生道路是崎岖坎坷的。 20 岁那年，三毛的好友鼓励她进大学求知。在得到台湾"中国文化学院"院长张其昀的允诺后，三毛进该校深造。最初她学的是哲学，两年后转入新闻系。在大学读书时，她的老师读了三毛写过的一篇 3 万多字的文章后感动得哭了，认为三毛是他的学生中最有才华的一位。

三毛出版过 10 多本著作，大都是散文集，其中有《雨季不再来》《稻草人手记》《撒哈拉的故事》《哭泣的骆驼》《温柔的夜》《梦里花落知多少》《背影》《送你一匹马》《倾城》《我的宝贝》等。三毛还翻译了《兰屿之歌》《娃娃看天下》等书。为翻译这些书，三毛与丈夫荷西曾历时 8 个月，每天晚上不看电视，将门锁上，工作到深夜。

三毛满怀激情地把漫游世界的所见所闻，挥笔成篇。她写的多是真实的事情，自称其作品"几乎全是传记文学式"的。她还说过，"我并不是作家，只是一个生活的记录者。"她的作品自成风格，生活气息浓厚，感情真挚。有人评论她的作品风格是"朴实、自然、坦率、真情"。

20 世纪 70 年代中期，三毛的作品在台湾极为畅销，一度出现过"三毛热"。有人说，三毛在台湾文坛掀起了撒哈拉沙漠的风暴，让喜爱她的读者噙着泪水，带着微笑，注视着她的足迹，从沙漠到海岛拨动了无数读者的心弦。1986 年她还被评为"台湾最畅销书十大作家之一"。

金玉良言

　　读一本好书，就宛如与先贤对话、同哲人细语，与智者交流，与好友谈心。书可谓真诚的良师，诚挚的朋友，最值得信赖。作者所思所想都表达在字里行间，让你去感受、去体会、去辨别。烦恼时为你解闷，困惑时为你释疑，消沉时使你振作。

成长哲理

　　读书能够祛除内心的浮躁，让一颗心沉浸在文字宁静的世界里，给心灵以慰藉和滋润。还能祛除内心的空虚，让一颗心在知识的海洋中渐渐丰盈、充实起来。所以，读书人不会无奈和茫然，因为有书为伴；读书人不会孤独和寂寞，因为有书为伴。

读书好，好读书，读好书。

——冰心

班昭终于成《汉书》

在我国东汉时期，有一位著名的史学家、文学家，由于品德高尚，才华出众，又被人称为"曹大家"，她叫班昭，又名姬，字惠班，扶风安陵（今陕西省咸阳）人。

班昭出身史学世家。她的父亲班彪是东汉时的史学家，撰写了《史记后传》数十篇，但未能完成全书就死了。班昭的长兄班固继承父业，专心致志，前后20余年，修成《汉书》纪、表、志、传100篇。后来，班固遭人陷害，死于狱中。

班昭生长在这样的史书之家，自幼就养成了爱学习的良好习惯和坚毅的性格。她家生活并不富裕，但藏书很多，父兄常鼓励她勤奋读书并常给予指导。班昭专心读书已成习惯，只要她一打开书本，一定要读完，不懂之处即向父兄请教，读起书来常常废寝忘食。

　　班昭的人生道路并不平坦。她刚满6岁时，久病的父亲去世了，父亲为官清廉，家中没有什么积蓄，全靠两位哥哥给人家抄抄写写养家糊口。年幼的班昭一面继续跟随哥哥读书学习，一面帮助母亲干些家务活儿。这使她从小就体会到了生活的艰辛，锻炼了勇于克服困难的性格。

　　由于生活所迫，班昭14岁时嫁给了本地的曹世叔为妻。不幸的是，没过几年丈夫患病而死，年轻的班昭不得不挑起抚育儿子和教育弟妹的重担。

　　班昭是个意志坚毅的女人，生活道路的坎坷和现实生活的压力，使她更加感到时间的宝贵，事业的重要，因而更加激励了她对学术的追求。她充分利用一切闲暇时间，通读了家中的藏书，以坚持不懈的精神研究学习，不断地丰富自己的知识，进而写下了许多文辞华丽的作品，受到了社会诸多的好评和称赞。

　　班昭43岁时，她的长兄班固因卷入统治集团内讧，受到牵连，死于狱中，这使班昭又一次受到沉重的打击。这样一来，班昭父兄两代人毕生从事的事业——《汉书》的编撰工作就有中断的危险。

　　为了继承父兄之志，班昭忍着巨大的悲痛，毅然挑起了续修《汉书》的重任。为了争取在自己有生之年写完《汉书》，班昭拟定了严密的日程，规定了每日必须完成的具体写作任务，哪怕患病在身，仍是一手端药，一手写作。经过 10 年的艰苦努力，终于写完了《汉书》中遗缺的《八表》和《天文志》，最后完成了我国第一部断代史的巨著。这是我国继《史记》后又一部光辉的史书。

《汉书》问世以后，读者多未能通——许多读者感到难读难懂。班昭又以自己的渊博学识和勇敢精神，承担起公开宣讲《汉书》的任务，她精确的诠释和深入浅出的讲解，受到了学术界的好评。

一个非凡的家庭，造就了一个非凡的才女。

金玉良言

故事中的班昭以不屈的斗志和顽强的毅力，克服重重困难，完成了父兄未完的我国第一部断代史的巨著——《汉书》。付出总有回报，在这个世界上只有强者才能掌握自己的命运。

成长哲理

　　聪明过人来源于勤奋，天资聪颖离不开努力。只要我们时刻用进取的决心来激励自己，始终向着更高的目标前进，就一定能够取得成功。

生活道路的坎坷和现实生活的压力，使她更加感到时间的宝贵。

5

成长 不再烦恼

CHENGZHANG BUZAI FANNAO

智慧轩文化◇编

·第二辑·

天津出版传媒集团

天津人民美术出版社

目录

处世让一步为高，退步即进步之张本。待人宽一分是福，利人即利己的根基。

——洪应明

斗鸡的心理战术

周宣王很喜欢观看斗鸡，他的门下有位专门驯养斗鸡的纪浪子。有一天，有人从外地送来一只很强壮的斗鸡给他，周宣王很高兴地将它交给纪浪子。没过几天，周宣王便问道："几天前交给你的斗鸡，你将它训练得怎么样了？可以上场比斗了吗？"纪浪子说："还可以，因为这只鸡血气方刚，斗志昂扬，还不宜上场。"再过几天，性急的周宣王又问同样的问题，纪浪子回答说："还不能上场。因为这只鸡看到其他鸡的影子，就会冲动，所以还不能上场。"又过了几天，周宣王再问。这回，纪浪子说："可以了！因为当它看到其他斗鸡，听到它们的声音时，一动不动，它的心已不受外物所动，就像木鸡一样，现在可以上场了！"

于是，周宣王便用这只鸡去参加斗鸡，它一上场就稳稳站立，岿然不动，即使其他斗鸡在它身边百般挑衅，它仍然无动于衷，以眼睛注视对方，对方竟然被吓得后退，没有一只鸡敢向它挑战。

情绪会在我们的行为和心理上表现出来，要打心理战，我们就要首先学会控制自己的情绪。

我们要以宽容的心去对待每个人，不要动不动就心浮气躁，认为别人都在与我们作对。当别人对我们的建议或言论提出异议时，不要轻易动怒，应心平气和地聆听，有时则应大智若愚，发挥斗鸡的心理战术，以静制动，往往会取得意想不到的效果。

　　有时则应大智若愚，发挥斗鸡的心理战术，以静制动，往往会取得意想不到的效果。

征服自己的一切弱点，正是一个人伟大的起始。

——沈从文

黄豆黑豆

明代大学士徐溥自幼天资聪明，读书刻苦。少年时代的徐溥性格沉稳，举止老成，他在私塾读书时，从来都不苟言笑。

一次塾师发现他常从口袋中掏出一个小本本看，以为是小孩子的玩物，等走近才发现，原来是他自己手抄的一本儒家经典语录，由此对他十分赞赏。

徐溥还效仿古人，不断地检点自己的言行。他在书桌上放了两个瓶子，分别装着黑豆和黄豆。每当心中产生一个善念，或是说出一句善言，做了一件善事，他便往瓶子中投一粒黄豆；相反，若是言行有什么过失，便投一粒黑豆。开始时，黑豆多，黄豆少，他就不断地深刻反省并激励自己；渐渐地，黄豆和黑豆数量持平，他就再接再厉，更加严格地要求自己；久而久之，瓶中黄豆越积越多，相较之下黑豆渐渐显得微不足道。直到他后来为官，一直都还保留着这个习惯。

徐溥对自己行为的高标准约束显示了他强烈的自律意识，即使是在个人独处时，他也自觉地严于律己，谨慎注意自己的一言一行。

凭着这种持久的自我约束和激励，徐溥不断地修炼自我，完善自己的品德，后来成为德高望重的一代名臣。

金玉良言

"慎独"是自律的最高境界，它让一个人在独立工作、无人监督的时候仍然能够不被外物所左右，丝毫不放松自我监督的力度，自觉地按照一贯的道德准则去规范自己的言行，保持道德自觉。

成长哲理

未经一番寒彻骨，焉得梅花扑鼻香。约束自己，修炼自己，不断完善自己，使自己能够成为一个自我约束的人。人生聚散无常，起落不定。很多时候人是毁在自我的放纵上。要学会自我反省，自我监督，"慎独"才是个人风范的最高境界。

我要微笑着面对整个世界，当我微笑的时候全世界都在对我笑。

——乔吉拉德

学会消气

古时候有一个妇人，特别喜欢为一些琐碎的小事生气。她也知道自己这样不好，便去求一位高僧为自己谈禅说道，开阔心胸。高僧听了她的讲述，一言不发地把她领到一座禅房中，落锁而去。

妇人气得跳脚大骂。骂了许久，高僧也不理会。妇人又开始哀求，高僧仍然像没有听到一样。妇人终于沉默了。高僧来到门外，问她："你还生气吗？"妇人说："我只为我自己生气，我怎么会到这地方来受这份罪。""连自己都不原谅的人怎么能心如止水？"高僧拂袖而去。过了一会儿，高僧又问她："还生气吗？""不生气了。"妇人说。"为什么？""气也没有办法呀。""你的气并未消逝，还压在心里，爆发后将会更加剧烈。"高僧又离开了。

高僧第三次来到门前，妇人告诉他："我不生气了，因为不值得气。""还知道值不值得，可见心中还有衡量，还是有气根。"高僧笑道。当高僧的身影迎着夕阳立在门外时，妇人问高僧："大师，什么是气？"高僧将手中的茶水倾倒于地。妇人视之良久，顿悟。叩谢而去。

金玉良言

气是别人吐出而你却接到口里的那物体，你吞下便会反胃，你不看它时，它便会消散了。气是用别人的过错来惩罚自己的蠢行。夕阳如金，皎月如银，人生的幸福和快乐尚且享受不尽，哪里还有时间去气呢？

成长哲理

生气并不能解决任何事情，当你明白生气的危害时，就会发现相对于自己的身体而言，有些气还是吐出去为好。

连自己都不原谅的人怎么能心如止水?

一个人一旦打响了征服自我的战斗，他便是值得称道的人。

——勃朗宁

柳传志的时间观念

时间观念反映着一个人的工作态度和生活态度。柳传志以"自律"在业界享有盛名。他就是以"管理自己"的方式"感召他人"。守信首先表现在他的守时上，柳传志本人在守时方面的表现让人惊叹。在 20 多年无数次的大小会议中，他迟到的次数大概不超过 5 次。

有一次他到中国人民大学去演讲，为了不迟到，他特意早到半个小时，在会场外坐在车里等待，开始前 10 分钟从车里出来，到会场时一分不差。

2007 年上半年，温州商界邀请柳传志前往"交流"。当时，暴雨侵袭温州，柳传志搭乘的飞机迫降在上海，工作人员建议第二天早晨再乘飞机飞往温州，柳传志不同意，担心第二天飞机再延误无法准时参会，叫人找来"公务车"连夜赶路，终于在第二天早6点左右赶到了温州。当柳传志红着眼睛出现在会场时，温州的企业家激动得热泪盈眶。

金玉良言

必须记住我们学习的时间是有限的。时间有限，不只是由于人生短促，更由于人事纷繁。我们应该力求把我们所有的时间都用去做有意义的事情。

成长哲理

有人说："时间是最公平的裁判者"，这要看你怎样去利用它。我们每个人都希望自己将来成为科学家、文学家……但现实并非那么容易，它要靠我们的实际行动，要珍惜每一分每一秒，努力奋斗。在生命旅途中不断跋涉的人，才会将自己的理想变为现实。

轻财足以聚人，律己足以服人，量宽足以得人，身先足以率人。

——曾国藩

吕僧珍：不用三爷

"三爷"者，少爷、姑爷、舅爷之谓也。

在古代的官场上，盛行任人唯亲，"一人得道，鸡犬升天"，就成为常见的现象。

南朝时期，担任左卫将军，加散骑常侍，入直秘书省、总知宿卫的吕僧珍，有一次向梁武帝申请回乡扫墓。梁武帝不但答应了吕僧珍的请求，还特意任命他为他老家南兖州的刺史。应该说，梁武帝这是给吕僧珍荣归故里、衣锦还乡创造条件，给足了面子。吕僧珍完全可以借此机会给家族多谋些好处，更多地显示一下自己顾家的"能耐"。

然而，吕僧珍在南兖刺史任上，却秉公办事、不徇私情。在家因公会客时，连他的兄弟也只能在外堂，不准进入客厅。他的一个侄子先以贩葱为业，在吕僧珍就任刺史后，就放弃了贩葱的旧业，求吕僧珍给自己安排个官做。侄子以为，有个做刺史的叔叔当靠山，自己弄个一官半职的还不是轻而易举的事儿。没想到，吕僧珍却说："我蒙受国家大恩，没有什么可以报效国家的，只能在任上尽职。而你怎么可以胡乱强求不该得到的东西呢？还是赶快回葱肆做你的小生意去吧。"侄子的要求就这样被他拒绝了。

吕僧珍为官，不用"三爷"，一心想到的是报效国家，而不是光耀门庭、为己徇私。

金玉良言

无论一个人的天赋如何优异，外表或内心如何美好，也必须在他德行的光辉照耀到他人身上发生热力，再由感受他的热力的人把那热力反射出来的时候，才能体会到他本身的价值。

成长哲理

管好自己，体现在生活的方方面面，不仅是在自身，还要普及到身边的人，就像吕僧珍那样自律并律人，才能得到人们的尊重。

吕僧珍为官，不用"三爷"，一心想到的是报效国家，而不是光耀门庭、为己徇私。

> 正己然后可以正物，自治然后可以治人。
>
> ——岳飞

品格高于官位

北宋初年，大名府节度使符彦卿被人弹劾有不法行为。太祖赵匡胤闻报，当即命兵部侍郎王佑代理大名府，调查符彦卿的罪状，并以宰相的官位相许——只要能把符彦卿的罪名坐实，王佑就能当宰相。这是因为符彦卿原为后周的一员大将，战功卓著，当年的地位不在赵匡胤之下。太祖功成业就，杯酒释兵权，唯独忌惮符彦卿的影响力，没有轻易动他。现在有了借口，就想把他杀掉。王佑接受使命后，全力破案，案情真相很快便查清了。原来，符彦卿的属下牙校、刘思遇二人，仗着符彦卿的权势，贪赃枉法、借势敛财，而符彦卿并不知情。证据确凿，王佑下令将二人抓捕归案。

这样的结果，太祖当然不会满意。王佑则一再解释，符彦卿并无罪行，并以全家百口的性命做担保。然后话锋一转，劝谏道："五代国君都因猜忌心太重，而杀戮无辜，因此国运不能长久，祈愿陛下引以为戒，国家幸甚！"对这些话，太祖一句也听不进去，王佑当即被贬为华州司马。

在为被贬的王佑送行的宴席上，一位知道内情的朋友不无惋惜地说："倘若王公你不那么耿直，稍微灵活些，那宰相的官位就是你的了。"王佑笑了笑，指着院子里的三棵槐树，说："这是我亲自栽下的树。知道我为什么要栽槐树吗？在周代，槐树象征着渊博的学问和崇高的地位，槐树上的荆棘则代表着正直的品格。只要王家子孙都能像槐树一样，即使我做不到三公的位置，我的儿孙必定能够做到，这三棵槐树就是标示。"

王佑的话果然得到了应验。到了宋真宗年间，他的儿子王旦就登上了宰相的宝座，任相长达十余年，并被誉为"平世之良相。"自此，"三槐堂"便成了山东王家响当当的堂号，袭承达千年之久。当年苏东坡有感于这段历史，写下了著名的《三槐堂铭》，并由衷地赞美道："美哉盛矣，郁郁三槐，唯德之符。"多么美好啊！郁郁葱葱的三棵槐树，象征着王家的仁德。

金玉良言

　　君子把"义"作为做人的根本，用礼仪来实行它，用谦虚的话来表达它，用诚实的态度来完成它，这才是君子。人生重要的不是所站的位置，而是所朝的方向，《三槐堂铭》赞颂的人，因此流芳千古。王佑对自己原则的坚守，不仅证明了自己的人格，也为子孙后代树立了榜样，以实际行动警告后人，无论何时都不要失去自我。这是对自己最好的管理。

成长哲理

　　孔子说："出门做事就像接待贵宾一样认真，凡是自己不愿做的事，也不要强加给别人。无论在邦国里做事，还是在家族里做事，都不要让人怨恨自己。"圣人教育后人做人做事要有原则，也就是要有自己的准则，人不能因为诱惑丧失自己的底线，这样的后果是很可怕的。

正确的决策来自众人的智慧。

——戴伊

况钟拒礼

提到于谦，许多人都知道他是明朝著名的清官，他的《石灰吟》一直被当作为官清廉的代表作。与于谦同时代还有一位著名的清官，名叫况钟，被百姓誉为"况青天"。

在明朝，地方官进京朝见或述职时，一般都要带搜刮来的金银珍宝遍送京城里的仕宦权贵，所以，当时流行的一首民谣说："知县是扫帚，太守是畚斗，布政是叉袋口，都将去京里抖。"

况钟赴京却不带一镏一铢的非分之财，在向前来饯行的苏州人民告别时，他作了一首《拒礼诗》："清风两袖朝天去，不带江南一寸棉。惭愧士民相饯送，马前洒泪注如泉。"

况钟不仅具有分文不取的操行，而且更为可贵的是，还具有"民本位"思想，他说："为民办事是本分，为官清廉也是本分，我并不是百姓的'父母官'，在任上所做的一切，也不是恩惠所施，而是职责所系，所以，对百姓的送行，仍深感惭愧啊。"况钟用一首《拒礼诗》，赢得了百姓的尊敬。

金玉良言

为官者必先为德，从政者必定从民，清官之所以被人们称为清官，受世人爱戴，不在于他们的地位高低，关键是他们有自己的分寸，能恪守做人为官的底线，懂得做好自己的事，知道为民做主。

成长哲理

人生须记五自：自知、自信、自醒、自立、自律。生活须记六戒：戒纵、戒毒、戒懒、戒愁、戒独、戒从。盲从的人没有自己的准则，自然也就不存在自我管理和约束。

　　为民办事是本分，为官清廉也是本分，我所做的一切，都是职责所系。

不奋发，则心日颓靡；不检束，则心日恣肆。

——朱熹

首富的专注

曾经的世界首富比尔·盖茨，出生于美国西雅图市。

比尔·盖茨从小就精力过人，极爱思考，只要迷上某件事便会全身心投入。从外祖母循循善诱的启蒙教育，到父母不辞辛苦地为他寻找适合他天分发展的社团与学校，无不为比尔·盖茨天赋的发展提供了肥沃的土壤。

外祖母特别喜欢和聪明的比尔·盖茨一起做游戏，尤其是智力游戏。她总爱对比尔·盖茨说："使劲想！使劲想！"她也常常为比尔·盖茨下一步好棋、打一张好牌而拍手叫好。外祖母还常常教他读书，给他讲故事，比尔·盖茨从中获益匪浅。

比尔·盖茨的父母也十分关注孩子的成长。他们在质朴的处世方式中，更多地关心孩子的成长与教育，他们在工作之余总是尽可能地与孩子在一起。

一家人不断地玩各种游戏，从棋类到拼图比赛，几乎所有的益智游戏他们都一起玩过。随着比尔·盖茨年龄的增长，家庭环境已无法满足他天赋的进一步发挥。于是，父母把目光投向社会，积极为比尔·盖茨寻找属于他的空间。在一次活动中，比尔·盖茨给班上准备一份报告，叫《为盖茨股份有限公司投资》。这篇报告几乎成了全家人的事，他的外祖母帮着制作封皮，连父亲也插手帮忙，气氛很活跃。

中学毕业后，比尔·盖茨很想到哈佛大学去读书，这也正是父母最大的心愿。但比尔·盖茨的父母并没有像其他父母那样——必须让孩子来完成父母喜欢的事。经过冷静思考后，父母放弃了让儿子当律师的想法，让比尔·盖茨在大学里自由发展。这一点帮了比尔·盖茨的大忙。

但一年后，更大的难题摆在了比尔·盖茨的父母面前：比尔·盖茨要离开哈佛，放弃锦绣前程，与别人一起创办计算机公司！他与父母多次交谈，平静地表达了自己的想法。了解儿子秉性和志向的父母最终妥协了，或许儿子的天赋与计算机事业是契合的吧。比尔·盖茨毅然离开了令亿万学子向往的哈佛大学，开始在计算机软件领域大展宏图。

很显然，比尔·盖茨的成功是个人天赋与家庭教育共同作用的结果。比尔·盖茨的事例告诉我们：首先，我们应不断激活孩子的天赋，注重对孩子天赋的培养与保护；其次，培养孩子的专注能力十分重要。

金玉良言

专注是一个人高度自律的表现，而这自律使人做事能够事半功倍，取得成就自然也就水到渠成。理想并不是没有目的地去空想，而是需要以奋斗为基石，没有理想的奋斗是不明智的，不去奋斗的理想同样也是无用的。用自律来管理好自己，向着理想迈进，成功会属于你。

成长哲理

有自己的目标并且一直为之付出努力，最终达成目标，这样的人我们称之为成功者，而这个过程我们称之为自律。

> 要进行严格的自我克制，因为克制本身就可以作为一
> 种精神寄托。
>
> ——泰戈尔

羊续悬鱼

羊续在河南南阳太守任上，廉洁自律，赴任后数年未回家乡探亲。一次，他的夫人领着儿子从老家千里迢迢到南阳郡看望丈夫，不料被羊续拒之门外。原来，羊续身边只有几件布衾和短衣以及数斛麦，根本无法招待妻儿，遂不得不劝说夫人和儿子返回故里，自食其力。

羊续虽然历任庐江、南阳两郡太守多年，但他从不请托受贿、以权谋私。他到南阳郡上任不久，他属下的一位府丞给羊续送来一条当地有名的特产——白河鲤鱼。羊续拒收，推让再三，这位府丞执意要太守收下。当这位府丞走后，羊续就将这条大鲤鱼挂在屋外的柱子上，风吹日晒，成为鱼干。后来，这位府丞又送来一条更大的白河鲤鱼。羊续把他带到屋外的柱子前，指着柱上悬挂的鱼干说：

"你上次送的鱼还挂着，已成了鱼干，请你一起都拿回去吧。"这位府丞甚感羞愧，悄悄地把鱼取走了。

此事传开后，南阳郡的百姓无不称赞，敬称其为"悬鱼太守"，从此，也再无人敢给羊续送礼了。明朝于谦有感此事曾赋诗曰："剩喜门前无贺客，绝胜厨内有悬鱼。清风一枕南窗下，闲阅床头几卷书。"

金玉良言

为官清正，就像明日青天一般。自律，就是驱散阴霾的阳光。所有的胜利，与征服自己的胜利比起来，都是微不足道。所有的失败，与失去自我的失败比起来，更是微不足道。贪官享受一时，清官留名千古。战胜自我与失去自我的不同结果对比鲜明。

成长哲理

明明一杯水能解渴时却想要喝下整个大海，这叫贪念；口渴时面对大海而只喝下属于自己的一杯水，这叫自律。能划清贪念与自律的界限，就是管理自己的最高境界。

你上次送的鱼还挂着，已成了鱼干，请你一起都拿回去吧。

自我控制是最强者的本能。

——萧伯纳

司马光以身作则

北宋文学家、政治家司马光十分注意对孩子的教育，常常教育他们力戒奢侈，谨身节用。他在《答刘蒙书》中说自己"视地而后敢行，顿足而后敢立"。司马光对财物看得很淡，更是不注重物质上的享受。唯一让他重视的财物就是书籍。

司马光在主编《资治通鉴》这部历史巨著时，不但找来范祖禹、刘恕、刘攽当助手，还让自己的儿子司马康参加了这项工作。当他看到儿子读书用指甲抓书页时，非常生气，严厉批评他后，又认真地传授他爱护书籍的经验与方法：读书前，先要把书桌擦干净，垫上桌布；读书时，要坐得端端正正；翻书页时，要先用右手拇指的侧面把书页的边缘托起，再用食指轻轻盖住以揭开一页。

司马光还严肃地教诫儿子："就像做生意的人要多积蓄一些本钱一样，读书人就应该好好爱护书籍。"

为了实现著书立说治国鉴戒的理想，司马光19年始终不懈，经常抱病工作。他的亲朋好友劝他"宜少节烦劳"，他回答说："先王曰，死生命也。"这种置生死于不顾的工作态度和轻自身的生活作风，使儿子和同僚们深受启迪。

金玉良言

19年始终不懈，抱病工作。司马光以身作则，完成了自己对史书重新编撰的抱负。只因心中有远大的理想，初心不忘，才会对自己严律，也影响着身边的人，最终成就自己。

成长哲理

教导别人时首先要看看自己，不能严于律人而宽以待己，先管好自己才是最根本的。可见以身作则的自律才是真正的自律。

自尊、自知、自制，只有这三者才能把自己引向最尊贵的王国。

——丁尼生

柳公权戒骄成名

柳公权的书法作品在书法史上享有很高的声誉，这是他勤学苦练的结果。柳公权小时候字写得并不好，父亲和老师费了很多心思，来教他写字技巧。慢慢地，柳公权的书法有了进步，父亲和老师都夸赞他，这让柳公权十分自得。

有一次，柳公权和几个小伙伴举行"书会"，他写下"会写飞凤家，敢在人前夸"。这时，一位卖豆腐的老伯挑着豆腐路过，看见了柳公权的字。他认为柳公权小小年纪，就如此心高气傲，很不好，就说柳公权的字写得不好，没有一点美感和骨筋，还不如别人用脚写的字好。柳公权听完老伯的话，十分生气，便让他写一幅作品试试。老伯听后笑着说，自己是一个粗人，写不好字，但在京城有很多书法厉害的人。柳公权听后，就想去京城一探究竟。

第二天，柳公权五更起床，前往京城。到了那里，果然在一处街巷里，看到一位没有双臂的老伯在用脚写字。老伯的字恣意飞扬，赢得阵阵喝彩，柳公权也佩服不已。他立刻跪在地上，请求拜师，但老伯不肯。在柳公权的苦苦哀求之下，他拿出一张纸写下：写尽八缸水，砚染涝池黑，博取百家长，始得龙凤飞。

从此以后，柳公权在书法上，沉着冷静、戒骄戒躁地日复一日练习，最终成为一代书法大家。

金玉良言

理想的路总是为有信心的人准备着，而信心来源于实力，实力来自积累和努力，努力是一个长期的过程，这个过程需要坚持。把握自己，坚持梦想，才是管好自己的最高境界。

成长哲理

一切伟大的行动和思想，都有一个微不足道的开始，开始了就一定要让自己坚持下去。目标的坚定是成功的利器之一，没有它，天才也会在迷径中徒劳无功。

　　柳公权在书法上，沉着冷静、戒骄戒躁地日复一日练习，最终成为一代书法大家。

真正的管理人是去管理人的情绪。

——顾修全

地狱与天堂

古时候的日本，有一个名叫信重的武士，对天堂地狱之说存有疑惑，他向白隐禅师请教："真的有天堂和地狱吗？"白隐禅师问他："你是做什么的？""我是一名武士。"信重回答道，语言很傲慢。"你是一名武士？"白隐禅师叫道，"什么样的主人会要你做他的门客？看你的面孔，犹如乞丐。"信重听了非常愤怒，按住剑柄，作势欲拔。"哦，你有一把剑，但你的武器也太钝了，根本砍不下我的脑袋。"白隐禅师毫不在意地说。信重气得当真拔出剑来。"地狱之门由此打开。"白隐禅师缓缓地说道。信重心中一震，顿有所悟，接着，收起剑向白隐禅师深深鞠了一躬。"天堂之门由此敞开。"白隐禅师欣然道。

愤怒常常使人失去理智。失去了理智，人也就无所谓人，而与地狱之魔无异了。冲动却仍保持理智，虽成不了天堂的神，却总还是个人。不过，天堂与地狱往往只有一线之隔。只有提高自身修养，把握住自己的情绪与性格特征，方能踏上通向天堂之路。

金玉良言

一个人的情绪好坏可以决定他今后的道路，有时候要懂得克制自己的情绪，别让自己的情绪毁了自己。

成长哲理

能控制自己情绪的人，比拿下一座城池的将军更伟大。人人都懂得大道理，却很难控制小情绪。不成功，不是因为懂得少、想不到，而是因为缺乏控制能力。

品行是一个人的内在，名誉是一个人的外貌。

——莎士比亚

曾国藩慎独

慎独是儒家的一个重要概念，说的是人对自身道德的修养，最看重人的品行和操守的培养。慎独的意思是"一个人不管是自己独处，还是处在别人的监督之下，都要严守本心，表里如一"。慎独要求人要有自律精神，不管人前，还是人后，都要不做坏事，不自欺，也不欺人，这是一种坦荡的情怀。曾国藩就非常注重自己慎独的修养。

曾国藩在道光二十一年七月十四日，拜访了唐镜海先生，请教读书、修身的要领。唐先生劝他以《朱子全集》为课程，身体力行；又向他介绍了当时著名理学家倭艮峰先生的用功方法。据他这一天的日记记载，他听了唐先生这一席话之后，"昭然若发蒙也"。但从这一天起，到第二年的十月初一日，一年多的时间，他在日记中的自我批评只有两次，一次是道光二十一年九月初一日发誓戒烟，另一次是第二天，他责备自己："聪明日减，学业无成，可胜慨哉！……自今以始，吾其不得自逸矣！"他的静坐，也是从这一年的十二月十二日才开始，十三日、十六日、十八日、十九日，共5次，其目的也不在于慎独，而是为了治病，"竹如教以静坐法，谓可不药有喜"。

曾国藩真正自觉地做慎独功夫，是在他31岁这一年，即道光二十二年十月初一日。这一天，曾国藩拜访了倭艮峰先生，他日记中这样记载："拜倭艮峰前辈，先生言'研几'功夫最要紧。颜子之有不善，未尝不知，是知几也……失此不察，则心放而难收矣……又教予写日课，当即写，不宜再因循。"所谓"知几"，这是《易经》中的话：几者，动之微也。也就是内心深处每一个念头的活动；每一个念头都自己察知，叫作"知几"，与"慎独"的意思差不多，在倭艮峰先生的督促下，他真的不再因循，就从这一天开始，他每天都学着倭艮峰先生的样子，静坐，读《易经》，写日记，检查自己的心理、行为。本月二十六日，他在给弟弟们的书信中，介绍了这一时期他修慎独功夫的情景："倭艮峰先生则诚意功夫极严，每日有日课册，一日之中，一念之差，一事之失，一言一默，皆笔之于书。书皆楷字，三月则订一本，自乙未起，今三十本矣。盖其慎独之严，虽妄念偶动，必即时克治，而著之于书；故所读之书，句句皆切要之药……"

可见，慎独是一种自强之道，更是对自身管理的修炼，人只要慎独功夫到家，就可以时时处处泰然处之，这才是立身之本。

金玉良言

要教育别人之前，先反省自己有没有犯错，一个懂得慎独的人从不会掩饰自己的过错，相反他们会第一时间反省自己。人生只有三天，迷惑的人活在昨天，侥幸的人活在明天，只有清澈的人活在今天。昨天已经过去，是过了期的支票，明天还没有来到，是不可提取的支票，只有活在今天是最现实的。认真过好当下的生活，慎独、自律，才是成功的人。

成长哲理

自己独处是最考验一个人品格的时候，在这时的你才是最真实的自己。要培养好的品格，慎独是很重要的。独处时与有人监督约束时一样，严格地要求自己，才可以说是一个品格优良的人，而这样的人我们也叫作自律的人。

　　慎独是一种自强之道，更是对自身管理的修炼，慎独才是立身之本。

立志言为本，修身行乃先。

——吴叔达

杨震暮夜却金

东汉时期的名臣杨震，公正廉洁，不谋私利。他任荆州刺史时发现王密才华出众，便向朝廷举荐王密为昌邑县令。后来他调任东莱太守，途经王密任县令的昌邑（今山东省金乡县）时，王密亲赴郊外迎接恩师。

晚上，王密前去拜会杨震，俩人聊得非常高兴，不知不觉已是深夜。王密起身告辞时，突然从怀中捧出黄金，放在桌上，说道："恩师难得光临，我准备了一点小礼，以报栽培之恩。"杨震说："以前正因为我了解你的真才实学，所以才举你为孝廉，希望你做一个廉洁奉公的好官。可你这样做，岂不是违背我的初衷和对你的厚望。你对我最好的回报是为国效力，而不是给我个人送礼物。"可是王密还坚持说："三更半夜，不会有人知道的，请收下吧！"杨震立刻变得非常严肃，声色俱厉地说："你这是什么话，天知，地知，我知，你知！你怎么可以说没有人知道呢？没有别人在，难道你我的良心就不在了吗？"王密顿时满脸通红，赶紧像贼一样溜走了，消失在沉沉的夜幕中。

金玉良言

人只要不失去方向，就不会失去自己，有自己的方向才有前进的目标，才有坚持的动力。

成长哲理

自律是一个人生命中最重要的组成部分。无论是为官还是做人，以诚对己，以诚待人，慎微慎独，绝不可以因别人不知道就宽容和放纵自己，中国有句老话非常有道理：若要人不知，除非己莫为。

我成功，因为我志在要成功，未尝踌躇。

——拿破仑

勤学苦读的鲁迅

我国著名的文学家、思想家鲁迅先生出生于绍兴城内一个破落的士大夫家庭。他自幼聪颖勤奋，好学不倦。不幸的是在鲁迅十几岁时家里大祸临头，他的祖父因科场案被逮捕入狱，父亲长期患病，家里越来越穷，他要经常到当铺当掉家里值钱的东西，才能凑够给父亲买药的钱。生活的重担一下子落在了少年鲁迅的肩上，但他并没有因为家庭的剧变而放弃对生活的向往。

鲁迅仍然坚持读书，不肯落后同学们一步。他暗暗发誓，即使再苦再累，也要将学习放到第一位。他每天天不亮就起床，料理好家里的事情，然后再到当铺和药店，之后又急急忙忙地跑到私塾去上课。

鲁迅18岁那年考入免费的江南水师学堂，后来又公费到日本留学，学习西医。1906年鲁迅痛心于国人的愚昧和麻木，放弃了医学，开始从事文学创作，成为中国新文学运动的倡导者。

鲁迅是中国文坛的一位巨人，他的著作全部收入《鲁迅全集》，被译成50多种文字广泛地在世界上传播。

金玉良言

每个人的一生都不是一帆风顺的，不同的是，有的人在困难面前退缩了，有的人则是迎难而上，奋力搏击，为自己拼出一片天地。鲁迅就是这样敢于拼搏的人，他之所以能取得巨大的成就，都得益于他自律的品性，以及他对自己的规划管理。

成长哲理

自我管理需要很大的自制力，尤其是对于一个才十几岁就面临家境剧变的少年，鲁迅不但没有放弃学习，还由家及国，将振兴国家作为终生目标，并为之奋斗。管理好自己，规划好人生，尽最大的努力去实现目标，让自己变得更加完美更加优秀。

　　鲁迅仍然坚持读书，不肯落后同学们一步。他暗暗发誓，即使再苦再累，也要将学习放到第一位。

> 我的确时时解剖别人，然而更多的是更无情面地解剖我自己。
>
> ——鲁迅

列宁戒烟

列宁上大学时开始吸烟。列宁的母亲是医生的女儿，她懂得吸烟的害处。她对儿子吸烟上瘾感到很伤脑筋，曾多次叫列宁戒掉这个不良嗜好。但列宁面对母亲的劝告总是微笑着说："妈妈，我是健康的，吸这点烟不可能造成多大的危害。"母亲疼爱列宁，她想了许多办法叫儿子戒烟，可都没有效果。后来，她终于想出一个好办法。

有一次，母亲对列宁说："孩子，我们是靠你父亲的抚恤金过日子，抚恤金是不多的，每一样多余的花费都会直接影响到家庭生活。你吸烟虽然花费不多，但天长日久，也是一笔不小的开支，假如你不吸烟，那对家庭生活是有好处的。"那时，俄国的纸烟并不贵，母亲是为了叫列宁不吸烟才这样说的。列宁听了母亲的话，很受触动。他对母亲说：

"您说的这些,过去我没有考虑到。好! 从今天开始,我不吸烟了。"列宁说完,把口袋里的烟掏出来放在桌子上,从此再没有摸过它。

以爱为名,再难的问题都能解决,列宁因为母亲的爱,严格地管好自己,答应母亲的事果断做到,值得我们学习。

金玉良言

在人生路上,自制力是你顺利通过悬崖边的安全屏障。既善于激励自己勇敢地去执行自己的决定,又善于抑制那些不符合既定目标的愿望、行为和情绪,这才能获得成功。

成长哲理

也许当自制力从你的心中崛起时,你就将远离往日放纵的欢乐。但请你相信,自制力是成功的必要条件。所以,要善于倾听别人的建议,加强对自己的管理,做一个自制力强大的人。

> 一个年轻人，心情冷下来时，头脑才会变得健全。
>
> ——巴尔扎克

软糖实验

美国斯坦福大学的心理学家瓦特·米伽尔做了一个著名的"软糖实验"，它说明了自制力对人的成功的意义。这个实验的对象是斯坦福大学附属幼儿园的孩子，该实验一直追踪到这些孩子中学毕业。

实验者将一群4岁的孩子留在一个房间里，发给他们每人一颗糖，然后告诉他们："我有事情要出去一会儿，你们可以马上吃掉糖，但如果谁能坚持到我回来的时候再吃，就能够得到两块糖。"有的孩子迫不及待地吃掉了糖；有的孩子一再犹豫，但还是忍不住塞进了嘴里；另外一部分孩子用尽各种办法让自己坚持下来（有的闭上眼睛，避免看见十分诱人的糖果；有的将脑袋埋入手臂之中，自言自语、玩弄自己的手脚等）。20分钟后，实验者回到房间，坚持到最后的孩子又得到了一块糖。

实验之后，研究者又对孩子们进行了长达14

年的追踪。研究者发现，到中学时，这些孩子表现出了明显的差异：那些等到最后才吃糖的孩子，社会适应能力较强，较为自信，人际关系较好。在压力面前，不易退却、紧张或乱了方寸，能够积极迎接挑战，不轻言放弃。在追求目标时，也能像小时候一样善于压抑眼前的欲望，面对诱惑不冲动。而早早吃掉糖的冲动型的孩子中，约有三分之一缺乏这种特质，反倒表现出一些负面的特征，例如：固执而优柔寡断，容易因挫折而丧失斗志，遇到压力容易退缩或者惊慌失措，容易冲动，难以抵御诱惑等。

人的自我控制能力决定成败，具有高度自制力是一切成功者最突出的意志品质，而缺乏自制力是生活中失败者的一个共同特征。

决定人一生成败的，除了智商、教育背景和勤奋程度，最主要的还有人的理想和在追求理想中所体现出来的自我控制能力。

那些等到最后才吃糖的孩子，社会适应能力较强，较为自信，人际关系较好。

悲观的人虽生犹死，乐观的人永生不老。

——拜伦

爱地巴跑圈

在古老的西藏，有一个叫爱地巴的人，每次生气和人起争执的时候，就以很快的速度跑回家去，绕着自己的房子和土地跑 3 圈，然后坐在田地边喘气。爱地巴工作非常努力，他的房子越来越大，土地也越来越广，但不管房和地有多大，只要与人争论生气，他还是会绕着房子和土地绕 3 圈。爱地巴为何每次生气都绕着房子和土地绕 3 圈？所有认识他的人，心里都起疑惑，但是不管怎么问他，爱地巴都不愿意说明。

直到有一天，爱地巴老了，他的房和地已经很广大。一次他又生气了，拄着拐杖艰难地绕着土地跟房子走，等他好不容易走了 3 圈，太阳都落山了，爱地巴独自坐在田边喘气。他的孙子在身边恳求他："爷爷，你已经年纪大了，这附近的人也没有人的土地比你更多，您不能再像从前，一生气就绕着土地跑啊！您可不可以告诉我这个秘密，为什么您一生气就要绕着土地跑上3圈？"

爱地巴禁不住孙子恳求，终于说出隐藏在心中多年的秘密。他说："年轻时，我若和人吵架、争论、生气，就绕着房地跑3圈，边跑边想，我的房子这么小，土地这么小，我哪有时间、哪有资格去跟人家生气，一想到这里，气就消了，于是就把所有时间用来努力工作。"孙子问道："爷爷，你年纪大了，又变成最富有的人，为什么还要绕着房地走？"爱地巴笑着说："我现在还是会生气，生气时绕着房地走3圈，边走边想，我的房子这么大，土地这么多，我又何必跟人计较？一想到这儿，气就消了。"

金玉良言

劝君遇事莫生气，生气是用别人的过失来惩罚自己。

成长哲理

生气并不能解决问题，换个方式发泄出来，冷静地分析问题值得动气的可能性，再决定要不要生气或者说这件事值不值得生气。

君子有九思：视思明，听思聪，色思温，貌思恭，言思忠，事思敬，疑思问，忿思难，见得思义。

——孔子

诸葛亮的自律

诸葛亮，字孔明，号卧龙，三国时期著名的政治家、军事家、文学家。为巩固蜀汉政权，他六出祁山，最终病死在五丈原。杨仪等人扶诸葛亮灵柩到成都后，"后主引文武官僚，尽皆挂孝，出城20里迎接，后主放声大哭，上至公卿大夫，下及山林百姓，男女老幼，无不痛哭，哀声震地。"如此感天动地的场面，从东汉末年到西晋统一，在董卓、曹操、司马懿等众多握有朝政大权的人死去的时候，均未有过。这是因为诸葛亮的一生既"正身"又"修德"，其廉洁自律的作风，是他高尚品德的象征。

关于诸葛亮的自律，有很多事迹，现举两个例子予以说明：

其一，诸葛亮临终前上表蜀后主："臣家有桑八百株，田十五顷，子孙衣食，自有余饶。至于臣在外任，随身所需，悉仰于官，不别治产。臣死之日，不使内有余帛，外有余财，以负陛下也。"

其二，诸葛亮死后，后主刘禅降旨下令择地厚葬遗体。费祎告诉他："丞相临终，命葬于定军山，不用墙垣砖石，亦不用一切祭物。"

"公生明，廉生威"，诸葛亮的例子，正好说明了这条颠扑不破的真理。

金玉良言

古人管好自己的行为就是自律、修身，以君子为目标。高尚君子的行为，以宁静来提高自身的修养，以节俭来培养自己的品德。不恬静寡欲无法明确志向，不排除外来干扰无法达到远大目标。

成长哲理

人类在道德文化方面最高级的阶段，就是当我们认识到应当用理智控制思想时。一种美德的幼芽蓓蕾，是最宝贵的美德之源，是一切道德之母，有了这种美德我们的人生才会更有意义。

　　诸葛亮的一生既"正身"又"修德",其廉洁自律的作风,是他高尚品德的象征。

勿以恶小而为之，勿以善小而不为。

——刘备

月夜的鲈鱼

詹姆斯·兰费蒂斯是美国一位著名的建筑师。11岁时，詹姆斯和他的家人住在一个小岛上。这里，房前的船坞是个钓鱼的好地方，父亲是个钓鱼高手，詹姆斯从不愿放过任何一次跟父亲一起钓鱼的机会。

那一天正是钓翻车鱼的好时机，而从第二天凌晨起就可以钓鲈鱼了。傍晚，詹姆斯和父亲一起去钓鱼。詹姆斯熟练地将鱼钩甩向落日映照下的平静湖面。

月亮渐渐地爬上天空，银色的水面不断地泛起波纹……突然，詹姆斯的鱼竿猛地被拉弯了，他马上意识到那是个大家伙。他吸了一口气使自己镇静下来。父亲一声不响，只是时不时地扭过脸来看一眼儿子，眼里满是欣赏和赞许。

两个小时过去了，大家伙终于被詹姆斯遛得筋疲力尽了，詹姆斯开始慢慢地收钩。鱼一点点地露出水面。詹姆斯的眼睛都瞪圆了：天哪，足有10公斤！这是他见过的最大的鱼。詹姆斯尽力压抑住紧张和激动的心情，仔细地观看自己的战利品，他发现，这不是翻车鱼，而是一条大鲈鱼！

父子俩对视了一下，又低头看着这条大鱼。在暗绿色的草地上，大鱼用力地翻动着闪闪发亮的身体，鱼鳃不停地上下翕动。父亲划着一根火柴照了一下手表，是晚上10点钟，离允许钓鲈鱼的时间还差两个小时。父亲看了看大鱼，又看了看儿子，说："孩子，你得把它放回水里去。"

"爸爸！"詹姆斯大叫起来。"你还会钓到别的鱼的。"

"可哪儿能钓到这么大的鱼呀！"儿子大声抗议。

詹姆斯向四周望去，月光下，没有一个垂钓者，也没有一条船，当然也就没有一个人会知道这件事。他又一次回头看着父亲。

父亲再没有说话。詹姆斯知道没有商量的余地了，他使劲地闭上眼睛，脑中一片空白。他深深地吸了一口气，睁开眼睛，弯下腰，小心翼翼地把鱼钩从那大鱼的嘴上摘下来，双手捧起这条沉甸甸的、还在不停扭动着的大鱼，吃力地把它放入水中。

那条大鱼的身体在水中嗖的一摆就消失了。詹姆斯的心中十分难过，但同时，也为自己自豪。

这是34年前的事了。今天的詹姆斯已经是纽约市一个成功的建筑设计师了，他父亲的小屋还在那个小岛上，詹姆斯时常带着儿女们去那里钓鱼。

正像詹姆斯的父亲教育他的那样，道德问题虽然只是一个简单的正确或错误的问题，但是做起来却很难，特别是当你还面对很大的诱惑的时候。

金玉良言

在生活中，大家或多或少都会遇到一些诱惑。有些人的定力相对差一些，容易被诱惑所左右，甚至会坠入深渊。也有些人则会意志更加坚定，并不会被诱惑所影响。

成长哲理

在诱惑面前，要多一分清醒，少一分放纵。面对得失，权衡取舍，做到不贪得、不患失；面对成绩，也不要得意忘形。虽然自律很难，但当你经过一番挣扎，战胜了自己，做到了自己以为很难做到的事，是难过多一些，还是骄傲自豪多一些？

不奋发，则心日颓靡；不检束，则心日恣肆。

——朱熹

以身作则

土光敏夫在1965年曾出任东芝电器社长。当时的东芝人才济济，但由于组织太庞大，层次过多，管理不善，员工松散，导致公司绩效低下。

土光敏夫接掌之后，上任第一天就提出了"一般员工要比以前多用三倍的努力，董事则要十倍，我本人则有过之而无不及"的口号，来重建东芝。

土光敏夫的口头禅是"以身作则最具说服力"。他每天提早半小时上班，并在上午七点半至八点半的一小时，与员工一起讨论公司的问题。

有一天，东芝的一位董事提议参观一艘名叫"出光丸"的巨型油轮。那天恰好是假日，大家约好在"樱木町"车站的门口会合。土光敏夫准时到达，董事乘公司的车随后赶到。他以为土光敏夫也是乘公司的专车来的，就对他说："社长先生，抱歉让您久等了。我看我们就搭您的车前往参观吧！"土光敏夫面无表情地说："我并没乘公司的轿车，我们去搭电车吧！"

董事当场愣住了，羞愧得无地自容。土光敏夫为了杜绝浪费，以身作则搭电车，给大家上了一课。这件事立刻传遍了整个公司，大家再不敢随意浪费公司的物品。经过努力，东芝的情况逐渐好转。

金玉良言

20世纪60年代初期，日本经济经历了一段萧条期，东芝更是首当其冲。尽管处于悲惨境地，公司高层却在顺境中养成了懒惰懈怠的经营习惯，组织散漫。在东芝前总经理石坂泰三的力邀下，已退休的土光敏夫重新出山，加盟东芝，而他整顿东芝的第一步就是让管理者管好自己。

成长哲理

要管好别人，首先要管好自己。子曰："其身正，不令而行；其身不正，虽令不从。"严格要求自己，以身作则，才是最佳的管理艺术。

土光敏夫的口头禅是："以身作则最具说服力。"

管好自己的嘴

一天，一个人匆匆忙忙地跑到某位哲人那儿，说："我有个消息要告诉你……"

"等一等！"哲人打断了他的话，"你要告诉我的消息，用三个筛子筛过了吗？"

"三个筛子？哪三个筛子？"那人不解地问。

"第一个筛子叫真实。你要告诉我的消息确实是真的吗？"

"不知道，我是从街上听来的。"

"现在再用第二个筛子审查吧，"哲人接着说，"你要告诉我的消息就算不是真实的，也应该是善意的吧。"

那人踌躇地回答："不，刚好相反……"

哲人再次打断他的话："那么我们再用第三个筛子，请问，使你如此激动的消息很重要吗？"

"并不怎么重要。"那人不好意思地回答。

哲人说："既然你要告诉我的事，既不真实，也非善意，更不重要，那么就请你别说了吧！这样的话，它就不会困扰你和我了。"

有时候我们着急告诉别人的事情，也像这个人要告诉哲人的消息一样，对人对己毫无益处，如果我们先用"真实、善意、重要"这三个筛子筛一下我们要说的话，我们就会发现，很多话其实根本不必说，也不用说。

语言是一把双刃剑，不仅能割伤别人，也可能会割伤自己。所以管好自己的嘴，不要人云亦云，失去自我，要学会分辨事情的真假。

说话，不仅是一种技巧，更是一门艺术。我们要做到，没把握的事情谨慎地说，没发生的事情不要胡说，做不到的事情别乱说。

自制是一种秩序，一种对于快乐与欲望的控制。

——柏拉图

管好自己

小时候，吴牧天很调皮。跟他玩的小朋友，都吃过他的拳头。小学六年级的暑假，妈妈把吴牧天送到了乡下的阿姨家，以为远离城市，吴牧天该会收敛一些。没想到，一个星期后，吴牧天熟悉了新环境，顽劣的本性原形毕露，将同龄孩子打得鼻青脸肿。

"亏你还是一个城里人，还不如一个乡下娃。"邻居阿姨的一句话，深深地触动了吴牧天。从那一刻起，他暗暗下决心：管住自己，做个好孩子。但他还没来得及改过自新，阿姨一个"告状"电话，就将他送回了家。回到家，吴牧天像换了个人似的。为了证实自己真的能管好自己，他向报社投去了一篇文章。这篇文章，他花了两天时间才写好，修改了6遍。半个月后，这篇文章被报纸刊登了，后又被《优秀作文选》选中。这让他在班上红了一把。

管住自己，单靠自己还不行，还需要父母的帮助。有一天，妈妈问吴牧天："牧天，你想不想当将军啊？要当的话，你就要早一点接受训练。有个军事夏令营，我帮你报名好不好？"哪个少年不想当将军？看到儿子喜形于色的样子，妈妈又说："军事夏令营很苦的，坚持一个星期没问题吧？"就这样，吴牧天被妈妈"骗"进了军事夏令营。

军事夏令营活动结束后，吴牧天深深地意识到：妈妈这样做，是不想让我在一个比较优越的环境中长大。身上缺什么，就要补什么，让我逐步走向自我管理。

当吴牧天以全 A 的成绩被保送到麓山国际实验学校的理科实验班后，成绩上突然遭遇了一次倒春寒——直线下降。成绩的突然下降，做妈妈的比儿子还急。"得想办法端正孩子的学习态度。"想到儿子小时候去乡下的一次小小改变，妈妈就设法联系上了一个成绩优秀但家里很贫困的同学，让吴牧天去他们家体验生活，看人家是怎么学习的。在那个同学家里，吴牧天的心又一次受到了极大的震撼：房子破旧，吃不好穿不好，就连睡觉都睡不好。同学不但要学习，还要做农活儿，而学习成绩从没落下。从此，吴牧天变得更加刻苦了。

2012年，吴牧天考上了被誉为"美国航天航空之母"的普渡大学物理系。妈妈激动地说："千般逼万般哄，不如孩子自己懂！最好的教育是自我教育，最好的管理是自我管理！"

管好自己就能飞，吴牧天管好了自己，真的让自己飞了起来。在接受媒体采访时，他说："从痛恨被父母、老师管理，到逐渐学会自我管理，甚至爱上自我管理，在这个过程中我体会到了成长的快乐。"

金玉良言

最好的教育是自我教育，最好的管理是自我管理，成长在自律中更为茁壮。

成长哲理

人生最大的敌人不是别人而是自己，学会控制自己，管理自己，才会成功。

　　从痛恨被父母、老师管理，到逐渐学会自我管理，甚至爱上自我管理，在这个过程中我体会到了成长的快乐。

> 一个知识不全的人可以用道德去弥补，而一个道德不全的人却难以用知识去弥补。
>
> ——但丁

路就是心中的目标

在一座寺中有一个小和尚，每天清晨，他要去担水、洒扫，做过早课后要去寺后很远的市镇，购买寺中一天所需的日用品，晚上还要读经到深夜。

有一天，小和尚发现，虽然别的小和尚偶尔也会被分派下山购物，但他们去的是山前的市镇，路途平坦距离也近，而自己要到寺后很远的市镇。第二天中午，当小和尚扛着一袋小米从后山走来时，方丈把他带到寺的前门。日已偏西，前面山路上出现了几个小和尚的身影，方丈问那几个小和尚："我一大早让你们去买盐，路这么近，又这么平坦，怎么回来得这么晚呢？"

几个小和尚说："方丈，我们说说笑笑，看看风景，就到这个时候了。10年了，每天都是这样的啊！"方丈又问身旁侍立的小和尚："寺后的市镇那么远，你又扛了那么重的东西，为什么回来得还要早些呢？"

小和尚说："我每天在路上都想着早去早回，由于肩上的东西重，我走路会更小心，所以走得稳走得快。10年了，我已养成了习惯，心里只有目标，没有道路了！"方丈闻言大笑，说："道路平坦了，心反而不在目标上了。只有在坎坷的路上行走，才能磨炼一个人的心志啊！"

这个当年的小和尚就是后来著名的玄奘法师。在西去取经的途中，虽艰险重重，他的心却一直闪耀着执着之光。

金玉良言

玄奘法师执着做事，内心没有丝毫松懈，他的身上闪烁着执着的光芒，同时他的自律，也是为什么他能历尽险阻取回真经的缘故。

成长哲理

要想取得成功，就必须坚持到底。关注目标，全力以赴，总会成功的。

不患人之不能，而患己之不勉。

——王安石

伽利略的自律

伽利略 1564 年生于意大利的比萨城，就在著名的比萨斜塔旁边。他的父亲是个破产贵族。当伽利略来到人世时，他的家庭已经很穷了。17 岁那一年，伽利略考进了比萨大学。在大学里，伽利略不仅努力学习，而且喜欢向老师提出问题，哪怕是人们司空见惯、习以为常的一些现象，他也要打破砂锅问到底，弄个一清二楚。他就是这样严格要求自己，对待学习，不肯有丝毫的马虎。

在伽利略之前，古希腊的亚里士多德认为，物体下落的快慢是不一样的。它的下落速度和它的重量成正比，物体越重，下落的速度越快。比如说，10 千克重的物体，下落的速度要比 1 千克重的物体快 10 倍。人们一直把这个违背自然规律的学说当成不可怀疑的真理。年轻的伽利略根据自己的经验推理，大胆地对亚里士多德的学说提出了疑问。经过深思熟虑，他决定亲自动手做一次实验。他选择了比萨斜塔作实验场。这一天，他带了两个大小一样但重量不等的铁球：一个重 100 磅，是实心的；另一个重 1 磅，是空心的。实验开始了，伽利略两手各拿一个铁球，然后把两手同时张开。两个铁球平行下落，几乎同时落到了地面上。伽利略用实验证明了自己是对的。

1608 年 6 月的一天，伽利略找来一段空管子，一头嵌了一片凸面镜，另一头嵌了一片凹面镜，做成了世界上第一个小天文望远镜。实验证明，它可以把原来的物体放大 3 倍。伽利略没有满足，他进一步改进，又做了一个。他带着这个望远镜跑到海边，只见茫茫大海波涛翻滚，看不见一条船。可是，当他拿起望远镜再往远处看时，一条船正从天边驶来。实践证明，它可以放大 8 倍。伽利略不断地改进，最后，他的望远镜可以将原物放大 32 倍。

每天晚上，伽利略都用自己的望远镜观看月亮。他看到了月亮上的高山、深谷，还有火山的裂痕。后来又开始观看太空，探索宇宙的奥秘。

伽利略发现，银河是由许多小星星汇集而成的。他还发现，太阳表面有黑斑，这些黑斑的位置在不断地变化。因此他断定，太阳本身也在自转。伽利略埋头观察，以无可辩驳的事实，证明地球在围着太阳转，而太阳不过是一个普通的恒星，从而证明了哥白尼学说的正确性。

1610年，伽利略出版了著名的《星空使者》。人们佩服地说："哥伦布发现了新大陆，伽利略发现了新宇宙。"

金玉良言

没有自律心，伽利略就不会有优异的成绩，没有优异的成绩，他后来也不会取得一系列成就。伽利略之所以会成功，源于他对自我管理的成功，对科学实事求是的态度。

成长哲理

一个人最大的优点就是管理好自己，对自己的目标、思想、心理和行为等表现进行管理，自己约束自己，自己激励自己，最终会实现奋斗目标的。

　　两个铁球平行下落，几乎同时落到了地面上。伽利略用实验证明了自己是对的。

> 不患位之不尊，而患德之不崇；不耻禄之不伙，而耻智之不博。
>
> ——张衡

曹雪芹泣泪著红楼

《红楼梦》堪称我国古典文学之最。其作者曹雪芹，以丰富的内容、深刻的思想、精湛的构思、独具匠心的语言，把它推向了中国古典小说创作的最高峰。

曹雪芹是曹寅的孙子、曹颙的儿子。曹家历任江宁织造一职，颇有点像《红楼梦》中贾府的情形。曹氏家族虽然富贵豪华，但人丁不旺。所以，曹雪芹一生下来，便受到家人的百般宠爱。他的吃穿用度，都是奢靡非常、豪华精巧的。就此而言，也和《红楼梦》中贾府的宝玉颇为相似。

优越的家庭环境，并没有使曹雪芹荒废学业，相反他对自己要求很严格，更加勤奋好学。因为家中藏书甚多，曹雪芹得以博览群书，使他懂得了琴理、画论，学会了弹琴、画画，还懂得岐黄医药、制作风筝等。尤其在绘画方面，画石头则成了他的拿手绝技。他的好友在《题芹圃画》中称赞说："傲骨如君世已奇，嶙峋更见此支离。醉余奋扫如椽笔，写出胸中块垒石。"后来，曹雪芹之所以为他的著作最初取名为《石头记》，并且用"顽石"铺开文路，也许与此有关。

正当曹雪芹的才华在这座"红楼"似的大家庭中将被埋没的时候，一场泼天大祸落到了曹家。公元1722年，康熙病死，雍正即位。由于曹家受到新帝雍正的打压，从此一蹶不振。曹家败落后，曹雪芹的生活也一落千丈，常常过着饥寒交迫的日子，但他并没有因此向苦难屈服，反而开始专心文学创作，即使生活无以为继，他也不肯放弃，以坚韧不拔的毅力，历经多年艰辛，终于完成了文学巨著《红楼梦》的大部分。

不幸的是，厄运在这时候再次降临，因为饥饿和贫病，爱子不幸夭折，曹雪芹悲伤过度，不久也病逝了。曹雪芹从曹家由盛转衰的噩梦中把荣华富贵和功名利禄看透了，他不为外物所扰，坚持创作的精神，令人钦佩。

后来，曹雪芹的朋友发现了《红楼梦》，一读之下惊叹不已，然后《红楼梦》开始流传开来。因为《红楼梦》的名声越来越大，后来传到了乾隆皇帝的耳中，引得他也千方百计地找来阅读。待他看过之后，也对《红楼梦》赞叹不已。

由于此书的广泛流传，致使京师有"开谈不说《红楼梦》，纵读诗书也枉然"之说，足见此书当时影响之大。曹雪芹也因此留名后世，为世人所铭记。

金玉良言

少时锦衣玉食，曹雪芹仍旧勤奋好学，热爱读书，而生活落魄后，他更是提笔著下《红楼梦》，可见曹雪芹是一个非常善于管理自己的人。因为对于他来说，奢侈的生活和艰难的困境都不过是对自己意志的磨炼。

成长哲理

乐观者在灾祸中看到机会，悲观者在机会中看到灾祸，所以看待问题要懂得辩证思考，不要钻牛角尖。善于管理自己的人，不论是顺境，还是逆境，都会计划好自己的人生，总是看到希望和机遇，为自己争取最大的生存空间。

家有常业，虽饥不饿；国有常法，虽危不乱。

——韩非子

勤奋好学的方苞

方苞，字灵皋，号望溪，安徽桐城人。他是清朝初期的著名学者和散文家。康熙年间中进士，官至礼部侍郎。

方苞的家庭，是世代书香门第。他的父亲方仲舒是著名学者，尤通经史，也是位著名的诗人。他见方苞天资颖悟，智慧过人，所以从两三岁开始，就教他读经书，学诗文。方苞到 4 岁的时候，就会联诗作对了。

有一天，方苞和他的父亲方仲舒清早起来，见门外漫天大雾，什么也看不见，只有公鸡的叫声，透过重重迷雾，一声声传了过来，父亲有感，顺口来了句上联：鸡声隔雾。方苞才思敏捷，立即应声对出了下联：龙气成云。

父亲感到这下联不仅对仗工整，而且很有气势，这对于一个 4 岁的孩子来说，真是太难得了。于是，从5岁开始，父亲便教他读《论语》和《孝经》。

方苞年龄虽小，却酷爱读书，并且注意修身养性。由于他的刻苦努力，对《论语》和《孝经》中的内容，父亲往往只教给他开头，他便能读懂下文，结果不长时间，便把这两本书读完了。之后，他就自己又找来一些经书自学，如《毛诗》《左传》等，他读起来都是津津有味，手不释卷。

在方苞7岁那年的一天，他看到父亲在读一本叫作《史记》的书，常常凑上去看几眼。父亲对这本书很是珍惜，为防止遗失，每次读完之后，便藏在自己的书箱内。方苞早就听说过这本书，它记载了自传说中的黄帝开始，到汉武帝止，共3000余年的历史，保存了古代至汉武帝时最为系统的珍贵资料，而且人物形象鲜明，语言生动，他很想读上一读。于是，他便和也想读这本书的哥哥方舟暗中商定，只要父亲不在家时，哥俩就偷偷地把书箱打开，取出来自学。万一父亲发现后怪罪下来，两人共同承担责任。

不久，父亲就发现了他们偷读《史记》的事。父亲见他们哥俩小小年纪就能读懂《史记》，大为惊喜，不但没有责怪他们，反而索性取出来，让他们专心阅读，并且还取出了自己平时喜欢读的《易》《书》《诗》《礼》以及《左传》等，供他们阅读。不长时间，方苞除《史记》之外，对其他所读经书，都能熟练地背诵下来，并且开始撰写古文。待他8岁那年去私塾读书时，在文学方面已经小有名气，被时人称为神童。

金玉良言

读书需要的是自觉，不是别人的耳提面命，所以要注重自我管理，将自己的兴趣引向读书，时刻自省，让自己也成为像方苞这样知识渊博的学者。

成长哲理

专心致志不被外物分散心神，就像水滴石穿，只有日复一日的专注，微弱的滴水才有可能洞穿坚硬的石头，学习就需要有滴水的精神，严于律己，只有这样的人，才会最终实现自己的梦想。

方苞年龄虽小，却酷爱读书，并且注意修身养性。

我们的真正快乐在于自由地支配自己。

——布封

李颙自学成大儒

清朝初期，北方（今河北省容城县）的孙奇逢，南方（今浙江省余姚市）的黄宗羲和中部（今陕西省周至县）的李颙，三足鼎立，时称"三大儒"，其中只有李颙没有上过学，完全是靠自学成才的。

李颙，字中孚，又字二曲，陕西周至人。他的父亲叫李可从，是郧西（今湖北省境内）巡抚汪乔年属下一名负责管理军火的官员，长年在外征战，只有李颙和彭氏相依为命。由于李颙从小体弱多病，到9岁时，母亲才把他送到学校读书。可是只上了20天学，便又病倒了。病愈后，母亲便让他跟着舅舅读书。可是李颙在跟着舅舅学习期间，仍然经常犯病，一本《中庸》只学了几篇，便又病倒回家了。母亲见他实在不能坚持正常上课，也就没有再送他去读书，而是让他在家自学。

有一次，李颙的父亲李可从又要随军出征，他出征前最挂心的就是经常患病的儿子，他毅然忍痛从口中拔下一颗牙齿，交给妻子彭氏说："我此次出征，凶多吉少，最使我放心不下的是咱们的儿子中孚，他体弱多病，又是李门独苗，你要尽力把他抚养成人、成才。万一我战死沙场，尸骨在外，无处寻找，特先留下这颗牙齿，你先收藏起来，到时候交给他，说我在九泉之下也希望他长大后能学有所成，报效国家。"

后来母亲将父亲的话告诉了李颙，李颙听后，恭恭敬敬地接过父亲的牙齿，悲伤地对母亲说："请母亲放心，孩儿一定牢记父亲的嘱咐，一定会发奋读书，自学成才！"

李颙刻苦自学，勤奋不懈，仅用了两年的时间，便读完了20多部经书，文章写得也很出色。

此后，李颙又读诸子百家，博览群书。几年后，他终于成了一位博学多识的学者，先后应邀到无锡、江阴、清江、宜兴等地讲学。他每到一处，前去听课的人非常多，室内坐不下，就在院子中站着听，一连几个时辰，没有一个中途退出的。

康熙也听说了李颙的大名，曾多次召见他，但李颙拒不应召，只是让他的儿子李慎言把他所著的《四书反身录》《二曲集》呈给康熙。

康熙看后，被他的民族气节所感动，亲自题写了一块"操志高洁"的匾额赐给他，以资表彰。

公元 1705 年，李颙病逝于富平，时年 77 岁。

金玉良言

李颙自学成为一位举世瞩目的大儒，除了母亲的谆谆教导，最主要的是他的刻苦自律。有的人也许航行一生，也没有到达彼岸；有些人也许攀登一世，也没有登上顶峰。但是，即使触礁，也是勇士。不必太注重奋斗的结局如何。奋斗了，也就问心无愧；奋斗了，就是成功的人生。

成长哲理

因害怕失败而不敢放手一搏，永远不会成功。如果你还可以努力、可以付出，就不要轻易停止和轻言放弃。管好自己，坚守理想，如果自己都放弃了，还能期待别人来为你加油吗？

寒梅生傲骨，雪压溢清香。

——徐广荣

顺治苦学汉文化

顺治帝，即清世祖，姓爱新觉罗，名福临，年号顺治。他是清太宗皇太极的第九个儿子，出生于公元 1638 年，卒于 1661 年。

顺治帝是清朝入关后的第一任皇帝，也是一个锐意进取、励精图治的皇帝。至今还流传着许多有关他少年时期勤奋好学的故事。

公元 1643 年，清太宗皇太极因患中风突然死于沈阳，没有来得及指定皇位继承人。他的大儿子豪格和他的弟弟多尔衮都想当皇帝，他们明争暗斗，互不相让。最后，由多尔衮提出了一个折中的办法，即由皇太极最喜欢的第九子福临继承皇位，由自己和另外一位亲王共同辅政，协助福临处理朝政大事。

就这样，年仅 6 岁的福临，便登上了大清皇帝的宝座，改年号为顺治。

福临是个聪慧颖悟的孩子，自幼喜欢读书。在他刚刚学会走路的时候，每当看见父亲读书，他就走过去，把书夺过来自己看。皇太极感到奇怪，就问他："你夺我看的书，干什么呢？"

福临则瞪着一双大眼睛，天真地说："您天天看它，里边一定有好东西，所以，我也要看。"

皇太极听了，十分高兴地对人说："看来我儿子众多，唯有福临能继承我的大业！"

此后，皇太极便常给福临讲些读书做人的道理。他虽然似懂非懂，可也听得很入迷，并常常提出一些问题让父亲回答。皇太极见福临如此好学善问，便在他4岁的时候，为他请了一位汉人学者，专门教他学习中原文化。

皇太极死后，福临当了皇帝，人们称他为顺治皇帝。由于年仅6岁，不能理政，由多尔衮和郑亲王济尔哈朗共同辅政。顺治帝没有事干，也乐得在后宫专门读书。但是多尔衮想当皇帝的野心并没有死，他见顺治帝酷爱读书，生怕其长大后才多识广，有碍他当皇帝的野心，于是，他很快就把教顺治帝学文化的老师赶出宫去，又派几个宦官整天陪着顺治帝玩，特别希望顺治帝是个没有文化的人。

公元1644年初，众大臣联名上书多尔衮，请求让顺治帝读书，学习治理国家的本领。多尔衮则以皇帝年龄太小为由，没有答应；一年后，又有一批大学士给多尔衮上书，请求让皇帝学习文化，多尔衮仍然不予理睬。就这样，顺治帝到14岁的时候，汉语文化程度基本上停留在皇太极去世前的水平上。多尔衮对他的控制十分严密，日夜有人监视，白天哄他去玩，夜间如果发现他读书，就催他赶紧睡觉。后来，顺治帝渐渐明白多尔衮不让他读书的意图，他便自己偷偷地读书。

几年后，顺治帝的汉语水平有了惊人的提高，特别是对《史记》《汉书》和唐朝吴兢撰写的《贞观政要》，以及宋朝司马光撰写的《资治通鉴》，他不但都能融会贯通，且能背诵出大量的章节，还能灵活运用。有了这些知识，使他在批阅奏章的时候，更为深谋远虑，得心应手，运用自如，深为朝中文武百官敬服。

金玉良言

顺治帝作为一个忙碌的皇帝，每天有好多军国大事要处理，只有在夜深人静的时候，才有机会学习典籍。这种辛苦是常人难以做到的，但他竟然能一直坚持下来，尤其是在处境不好的时候，他也没有放弃学习，这种精神很令人敬佩。

成长哲理

即便身处高山，可一旦你停下向上的脚步，总有一天，以前处在山脚的人会赶超你。因此，只有不停止努力的人才会一直处在巅峰。能管好自己，自律且自信的人，才会被成功所青睐。

　　顺治帝喜欢读《史记》《资治通鉴》等，不但能融会贯通，还能灵活运用。

登峰造极的成就源于自律。

——松下幸之助

郑成功勤学成全才

郑成功，是我国明末清初的一位著名民族英雄，也是一位文武双全、不可多得的人才。他的才华，完全是他从小时候开始，用勤学苦练换来的。

郑成功出生于公元1624年，祖籍福建南安，而他的出生地，却是日本长崎县的松浦郡。这是怎么回事呢？

原来，郑成功的父亲叫郑芝龙，他从小不爱读书，长大后无以为业，于1622年到了日本，以卖鞋为生，娶了一个华裔女子翁氏为妻。两年后，生下郑成功，当时取名为郑福松。郑芝龙虽然不喜欢读书，但他的妻子却不忘祖国文化，精通诗书，从郑成功两三岁时，就教他读书写字。郑成功学习进步很快，到五六岁时，便已读完了《诗经》和《论语》；另一方面，他在父亲的影响下，从小又喜欢练武，学习剑术，并且十分刻苦，进步也很快。

公元 1627 年，郑芝龙回国。不久，通过关系，将郑成功接回国内。郑成功回国后，抛弃了在日本时的名字郑福松，改名为森，字明俨，后又取字大木。此时，郑芝龙虽然被明朝封为福建地方军总兵，但由于他在此之前有过当海盗的不光彩历史，仍被人瞧不起。为了改换不光彩的门庭，他便把希望寄托在儿子郑成功身上，用重金为他聘请名师，教他继续读经书，以便将来跻身名门望族。

在名师的教导下，郑成功夜以继日地读书，废寝忘食地练武。他 11 岁时，老师曾以"洒扫应对进退"为命题，让他写一篇文章。郑成功稍加思索，便挥笔疾书，在文章中写道："汤武之征诛，一洒扫也；尧舜之揖让，一进退应对也。"老师看后，感到不仅气势雄伟，而且意境新奇，惊诧不已。到 15 岁时，郑成功便以优异的成绩考入了县学。此后，他为了进一步学习儒家经典，便去拜当时的大儒钱谦益为师；为了进一步学习诗词，他又去拜著名诗人徐孚远为师。所有这些努力，使他的知识水平有了飞跃性的提高。

郑成功所写的《游剑门》《游桃源》两首诗，都达到了出神入化的境界。他的老师钱谦益看后称赞说："声调清越，不染俗气，少年得此，诚天才也。"

可见其功力之深。

应天府丞瞿式耜，对诗文有高深造诣，看了郑成功的诗文，又见到了郑成功本人后，不无感慨地说："此儿瞻瞩极高，他日必成伟器。"

在武艺上，郑成功从 11 岁开始就研究兵书，特别是对《孙子兵法》，读起来更是兴趣无穷，并时时利用业余时间排兵布阵。他从小就没有间断过练习骑射之术，此时因懂了兵法，更是通宵达旦地演练，6 年后，便达到了炉火纯青的地步。

郑成功长大的时候，明朝已经灭亡，清军也已入关。

开始，郑芝龙在福建拥立明唐王为帝。唐王见郑成功文武全才，十分器重，封其为忠孝伯，并赐其姓朱，更名为朱成功。后来，郑芝龙投降清军，郑成功毅然宣布和他断绝父子关系，从此便自行招兵买马，开始了他坚决抗清的斗争，并取得了一次又一次的胜利。

公元 1661 年，郑成功率领 25000 名将士，300 艘战船，由金门越过台湾海峡，开始了收复台湾的斗争。最后迫使荷兰侵略者投降，使台湾回到了祖国的怀抱。郑成功也因此成为彪炳史册的民族英雄，受到后人的颂扬。

金|玉|良|言

懂得自律，便也知道了刻苦，知道了刻苦，功成名就自然水到渠成。郑成功之所以能成功，是因为他能抓住有利的条件，学文习武没有丝毫的懈怠，从不会因为地位的改变而放弃学习，这样的刻苦和自律精神值得我们学习。

成|长|哲|理

明天是世上增值最快的一块土地，因为它充满了希望，当然前提是你得管好自己，有一颗自律的心。管好自己才能经营好自己，让自己的明天更精彩。

知道在适当的时候自动管理自己的人，就是聪明人。

——雨果

苏武牧羊

汉朝时期，匈奴被卫青、霍去病打败以后，表面上说要跟汉朝和好，实际上还是随时想进犯中原。

匈奴单于一次次派使者来求和，但汉朝使者到匈奴去回访，有些却被他们扣留了。

当汉武帝想再次出兵攻打匈奴时，匈奴又派使者来求和，还把扣留的汉朝使者都放回来了。汉武帝为了表示善意，就派中郎将苏武拿着旌节，出使匈奴。

苏武到了匈奴，也送回汉朝扣留的匈奴使者，送上礼物。之后，苏武就等着单于的回复，然后回朝，没想到就在这个时候，出了一件倒霉的事儿。

苏武的副手张胜参与了匈奴的内乱，匈奴单于非常愤怒，想杀了苏武，但被大臣劝服，之后，就逼迫苏武投降匈奴。苏武大义凛然地说："我是汉朝的使者，如果违背了使命，丧失了气节，活下去还有什么脸见人。"说完拔出刀来自刎，被阻止后受了重伤，昏了过去。匈奴单于听说后觉得苏武是个有气节的好汉，十分钦佩他。等苏武伤痊愈了，单于又想逼苏武投降，苏武仍誓死不屈。

匈奴单于便把苏武关在地窖里，不给他吃的喝的，想用长期折磨的办法，逼他屈服。

这时候正是入冬天气，外面下着鹅毛大雪。苏武忍饥挨饿，渴了就以雪止渴，饿了就吃皮带、羊皮片充饥，一直坚强地活着。

单于见折磨对苏武没用，就把他送到北海（今贝加尔湖）边去放羊，还对苏武说："等公羊生了小羊，才放你回去。"公羊怎么会生小羊呢，这不过是说要长期监禁他罢了。

苏武到了北海，什么都没有，唯一和他做伴的就是那根代表朝廷的旌节。匈奴也不给他粮食，他只好以草根充饥。

日复一日，年复一年，终于匈奴的单于死了，匈奴发生内乱，分裂为三个国家。新单于没有力量再跟汉朝打仗，又派使者求和。那时候，汉武帝已经死去，他的儿子汉昭帝派使者到匈奴，要求单于放回苏武，匈奴谎称苏武已经死了。使者信以为真，就没有再提。第二次，汉使者又到匈奴，这次在苏武随从的努力下，苏武终于得以回到汉朝。

苏武出使匈奴的时候，才 40 岁。在匈奴受了
19 年的折磨，胡须、头发全白了。他回到长安的那天，
长安的人民都出来迎接他。他们见白胡须、白头发
的苏武手里拿着光杆子的旌节，没有一个不受感动
的，都说他真是个有气节的大丈夫。

金玉良言

坚持自己的信仰，不放弃自己气节的人，最被人
钦佩。苏武受尽折磨，即使被放逐北海，饥寒交迫的
苦难也没有打垮他，坚决不肯投降匈奴，这就是气节，
值得后人去学习。

成长哲理

放弃自己的坚守也许会过得更好，但却失去了自
我。真正值得钦佩的人，是威武不屈，贫贱不移，坚
持自我，自律自强的人。因为只有能经受住考验的人，
才是人生的强者。

　　苏武出使匈奴的时候，才 40 岁。在匈奴受了 19 年的折磨，回长安时，胡须、头发全白了。

每个人都是自己的命运建筑师。

——沙拉斯特

吴伟伴读成画家

吴伟是明朝人。他出身于平民家庭，虽然家中贫穷，他却喜欢读书。每当他在门前玩耍时，看见有去上学的学生，便眼巴巴地跟在人家身后，一直看着人家进了私塾，他才回来。后来，他的行为被私塾的先生看到了，见他虽然穿得破烂，但两只眼睛十分有神，认为他定然聪明无比；又见他天天跟着上学的学生来回跑，就知道他渴望读书学习。

这一天，先生又碰上吴伟跟着一个上学的孩子来到私塾门口，便叫住他说："孩子，你叫什么名字？喜欢读书吗？"

吴伟见问，眼圈马上红了，低着头回答说："我姓吴名伟，听父亲说是志向宏伟的意思。我特别想上学，但是父亲长年有病，靠母亲一人纺织生活，哪里有钱交学费呢？"

先生笑着说："好一个志向宏伟的伟！既然志

向宏伟，哪能不上学呢？这样吧，我成全你的志向，不收学费，你就来上学吧！"

可是，吴伟只念了一年书，他的父亲便因久病无钱医治而去世了。

吴伟退学了，家中连饭也吃不上，他跟着母亲流落到常州，投奔一位亲戚。但是，这位亲戚家也很贫穷，一下子添了两口人吃饭，也觉承担不起。亲戚的一个邻居，是个官宦人家，见吴伟聪明伶俐，又读过几天书，便收留了他，让他给自己的儿子当伴读。

吴伟得到这个差使，真是求之不得的事，高兴极了。

因为机会来之不易，吴伟更加珍惜。他利用伴读的机会，拼命地读书，比他的少东家刻苦得多。课间休息时，按说他还要陪着少东家玩，每到这时，他便哄着少东家说："今天的学习内容，有些我还没弄明白，回去后怎么教你？要是我也不会，老师就不让我给你当伴读了！"

少东家一听，觉得吴伟说的有道理，便自己玩去了。吴伟则抓紧时间学习。

老师见吴伟聪明有才，却给别人做伴读，很不理解。通过交谈，老师知道了吴伟的身世后，很是同情他，便像教其他孩子一样教他。

吴伟学习兴趣很广泛，尤其喜欢画画。由于那位官员家中藏书很多，所以他每天下学后，给少东家布置完了作业，便找出一些有关画画的书来看，并且一有空闲，就自己练习画画。

有一天，吴伟在学校伴读时，少东家在作业本上写了两个字，感到写得不好，便撕下扔掉了。吴伟捡起来一看，一张纸只写了两个字就扔掉，感到可惜，便拿起笔来，在上边随便画了一幅画。

他在这幅画中画了一位白发老人，牵着毛驴在河边饮驴，画完后觉得很有意思，自己也感到满意，不觉诗兴上来，就在画的旁边题了四句诗。其诗云：

　　　白头一老子，骑驴去饮水。

　　　岸上蹄踏踏，水中嘴对嘴。

吴伟在老师的帮助下，在那位官员的宣传和支持下，成绩越来越显著，名声越来越大，长大后，终于成了一位著名的画家。

金玉良言

家中贫苦并没有使得吴伟消沉堕落，反而让他更加清楚自己的目标，这就是管好自己，为自己树立正确目标的表现。机会难得，吴伟总是拼命抓住机遇，提升自己，一心向着目标前进，终于成就了自己。

成长哲理

一方面，多想想自己的责任；一方面，多想想学习机会的难得。这样就能做到自律。自律就是了解自己，规范自己，最终成就自己。

其身正，不令而行；其身不正，虽令不从。

——孔子

神童杨廷和

杨廷和，字介夫，号石斋，出生于公元 1459 年，新都（今四川省新都）人。初为进士，后任修撰、吏部尚书、华盖殿大学士，官至宰相。

杨廷和小的时候，因 12 岁中举而被称为神童。然而，他之所以取得如此好的成绩，和他的天资条件、家庭环境，都有着密切的关系，但更重要的，还是他后天刻苦学习的结果。

杨廷和出身于官宦家庭。他的父亲杨春，任湖广提学金事。杨廷和自幼天资聪慧，两岁时，母亲教他识字背诗，只一两遍就记住了；到三岁的时候，已经会背上百篇文章和 200 余首诗。就这一点而言，看起来是先天性的，其实与他所受的家庭教育有关。母亲从他两岁时开始教他背诗，每天一两首，后来每天又加一篇短文，日积月累，从未间断过。因此可以这样说，母亲的辛勤汗水，使杨廷和的潜力得到了充分的发挥，其成绩和一般孩子相比，当然是辉煌的。

公元1470年，12岁的杨廷和就以"小才子"的名气被允许参加了乡试，并一举得中，成为远近闻名的小举人。

新都县令听说后，特地在揭榜这一天，专程来到杨府表示祝贺，他为本县出了这样一位少年奇才而感到骄傲，对杨廷和当面进行了勉励，并给了他不少礼品。杨家的亲戚朋友，更是喜笑颜开，前来祝贺。

在一片赞扬声中，杨廷和的父母为了进一步加强对儿子的教育，又为他请来了学识水平更高的老师。杨廷和本人，也更加深刻地认识到，再好的天资，如果没有个人的刻苦努力，也是学不到知识的；他还进一步看到，父母为自己自豪，亲友为自己祝贺，县令亲自上门鼓励，都是因为自己在前几年的刻苦学习中取得了成绩，同时，也对自己寄托了更大的希望。此时此刻，他不禁又想起了宋代大学者王安石写的《伤仲永》，想起了那个泯灭在赞扬声中的"神童"。

为了不使自己成为第二个"仲永"，杨廷和在中举后的第二天，就把自己关在了书房中，拒绝会客，再也不去听那些言过其实的赞扬，而把精力全部投入到新的学习中。

又经过了七八年的刻苦努力，1478 年秋，19 岁的杨廷和进京参加会试，又一次高榜得中，比他的父亲还早一年中进士，并且成为成化年间（即明宪宗时期）最年轻的一位进士。

金玉良言

伤仲永的故事一直在不断上演，唯有自我管理一途可以解脱。如果杨廷和没有管好自己，就会迷失在赞扬声中，成为我们今天的反面教材。所以，不管在什么时候，无论鲜花和掌声多么耀眼，都要守住自己的本心，不要轻易放弃初衷。

成长哲理

杨廷和少年成名，却懂得自制，不因那些言过其实的赞扬而迷失自己，把精力全部投入到新的学习中。这样的自律能力，值得我们学习。

　　在一片赞扬声中,杨廷和想起了王安石的《伤仲永》,并以此为戒,终成大器。

成功源于自律，一个人若没有果断的品质，他就永远不能算是一个独立的人。

——约翰·福斯特

王恂并非无师自通

王恂，字敬甫，出生于公元1235年，中山唐县（今河北省唐县）人，是元朝时著名的数学家、天文学家；并以其学识渊博、才华惊人受到元世祖忽必烈的重用，历任太子赞善、国子祭酒、太史令等职，曾与当时著名的数学家、天文学家郭守敬共创新历，即《授时历》。

王恂小的时候，以一个"无师自通而识字"的故事，被人们称为神童。

在王恂3岁那年的一天，他的父母及家人在书房整理图书，王恂也在那里东翻西翻。家人怕他把书撕坏，顺手拿了一本没有用的书给了他，让他去旁边翻着玩。

王恂拿着这本书，在一边翻来翻去，不一会儿，忽然指着书上的两个字说："这两个字我认识，一个念'凤',一个念'丁'。"

母亲刘氏感到惊奇,过去一看,见王恂所指的两个字,果然是"凤"和"丁"。父亲及其家人无不惊喜异常。

他的父亲王良感到纳闷道:"并没有人教过他,他怎么认识这两个字的呢?"

他的母亲刘氏则顺口道:"无师自通嘛!看来这孩子将来必然和你一样,是个大学问家!"

从此,母亲刘氏便开始教他读《千字文》,希望他能早日成才。

事情传出后,王恂便以"无师自通"被称为神童。

王恂果真是"无师自通"吗?后来,还是王恂自己说出了事情的真相,解开了这个秘密。

原来王恂的父亲王良是个大学问家,诗、书、礼、易无所不通,尤为通晓天文、律历,金朝末年曾在中山府任职。后因民众发生暴乱,王良弃职而去,专攻学问,手不释卷。

就是在这期间,王恂降生了。在他会跑着玩的时候,每当父亲读书吟诗,他都在旁边,学着父亲的样子,又读又吟,摇头晃脑。由于王良专心致志,并未注意到王恂的这些行为,总以为他是在念着玩,没想到时间一久,王恂便识了不少字,这才出现了他"无师自通"的一幕。

因为父亲王良精通数学、历法，所以，王恂也渐渐对数学、历法产生了浓厚的兴趣。每当放学后，便和父亲一道读数学和历法方面的书籍，并时常提出一些问题请父亲回答。王良见他精力充沛，学得认真，对自己所学知识有浓厚的兴趣，很是高兴，便倾自己终生所学，全面地向他传授知识。因此，王恂13岁的时候，不仅精通了《九章算术》，还对天文、历法也有了较深的了解。到他16岁时，在数学、天文和历法方面的学问，就已经远近闻名了。过高的声誉和赞扬没有让王恂迷失，相反，他更加努力地学习各方面的知识，让自己成为一个博学多才的人。

公元1276年，王恂奉命与郭守敬、许衡等人共修历法。经过几人数年的合作奋战，历法终于修成，以365.2425天为一年，29.530593日为一月，从而出现了中国天文史上一部非常精良的历法。历法取名《授时历》，颁行天下。随后不久，王恂便被任为太史令。

公元1281年，王恂的父亲去世了，终年92岁。王恂终因悲伤过度病倒了，就在王良去世后的不几天，王恂也离开了人间，终年47岁。

金玉良言

王恂随口而出的字，在旁人看来像是神童，不教自通，可有多少人看得见背后的努力与刻苦。所有的天才背后都是无数的汗水。王恂对待学问认真端正的态度，善于钻研的精神，使他在中国历史上占据了一席之地。

成长哲理

不要让自己在赞美和诱惑中迷失，要时时刻刻看清自己所处的位置，清晰铭记自己的目标，并为之努力，成功的人生是自我管理的最佳体现。

责任就是对别人和自己负责。

——李增阳

35个紧急电话

一位名叫吉埃丝的美国记者，有一天来到日本东京，她在奥达克余百货公司买了1台唱机，准备送给住在东京的婆婆家作为见面礼。售货员彬彬有礼、笑容可掬地特地挑了1台尚未启封的机子给她。然而回到住处，她拆开包装试用时，才发现机子没装内件，根本无法使用。吉埃丝火冒三丈，准备第二天一早就去百货公司交涉，并迅速写了一篇新闻稿《笑脸背后的真面目》。

第二天一早，一辆汽车赶到她的住处，从车上下来的是奥达克余百货公司的总经理和拎着大皮箱的职员。他俩一走进客厅就俯首鞠躬、连连道歉，吉埃丝搞不清楚百货公司是如何找到她的。那位职员打开记事簿，讲述了大致的经过。

原来，昨日下午清点商品时，工作人员发现将一个空心的货样卖给了一位顾客，此事非同小可，总经理马上召集有关人员商议。当时只有两条线索，即顾客的名字和她留下的一张美国快递公司的名片。据此百货公司展开了一场无异于大海捞针的行动。打了32次紧急电话，向东京的各大宾馆查询，没有结果。于是，打电话到美国快递公司的总部，深夜接到回电，得知顾客在美国父母的电话号码，接着，打电话到美国，得到顾客在东京的婆家的电话号码，终于找到了顾客的落脚地。这期间共打了35个紧急电话。

职员说完，总经理将1台完好的唱机外加唱片1张、蛋糕1盒奉上，并再次表示歉意后离去。吉埃丝的感动之情可想而知，她立即重写了新闻稿，题目就是《35个紧急电话》。

金玉良言

如果没有责任意识，就不会有这样大海捞针的行为，就不会有及时改正错误的机会。今天的市场竞争，从某种意义上讲，就是责任与服务的竞争。

成长哲理

责任心是一个人对自己的所作所为负责，是对他人，对集体、社会、国家及整个人类承担责任和履行义务的自觉态度。如果一个人没有责任心，他即使有再大的能耐也做不出好的成绩来。

一个员工要从事各自的工作，责任是不得不面对的一件事。不同的职业，对工作要负有不同的责任。医生有救死扶伤的责任，教师有教书育人的责任，公务员有勤政为民的责任……因此，责任人人都有，人人都应负，但是有责任的人未必有责任心。

　　如果没有责任意识，就不会有这样大海捞针的行为，就不会有及时改正错误的机会。

别人认为你是哪一种人不要紧，关键是你到底是哪种人。

——贺拉斯

自律要从小做起

李亨，是唐玄宗李隆基的第三子，初封为陕王，后封忠王，公元730年被立为太子。

李亨小的时候就知道节俭，还因此而受到唐玄宗的称赞。

李亨不仅从小勤俭节约，还聪明好学，好读史书，尤其喜欢读孔子的书。到七八岁的时候，已知书达理，为人谦和，深得唐玄宗的喜爱。除了平时上朝理政之外，唐玄宗只要一回宫，不是和李亨一起讨论学问，就是一块外出行猎，总把他带在身边，须臾不离。

有一天，唐玄宗回宫，和儿子们一起吃饭，菜陆陆续续上了桌，大家都吃得很开心。皇子们平时难得和父皇一起用餐，都非常高兴。

这时，御厨又端上来一道菜，名叫红烧羊腿，热气腾腾，香味四溢。唐玄宗正要用筷子去夹，却看见羊腿的肉上有一块骨头尚未剔除干净，就转过头来，用眼扫了一下皇子李亨。李亨一看，心中明白，便挽起袖子，站起身来，拿起放在餐桌上的小刀，把肉一块块切下，将剩下的骨头放在一个空盘里。然后，他见自己两手沾满了肉汁油渍，又顺手拿过一张薄面饼来，把肉汁和油渍全擦在了饼上。

唐玄宗看到李亨的这个动作，脸上露出了不悦的表情。他想：身为皇子，小小年纪就如此浪费，长大了怎么办？如果将来让你治理国家，全国上下都像你这样不知节俭，国家不就毁了吗？

唐玄宗想到这里，正要开口教训李亨一顿，没想到李亨用饼擦完手后，竟把饼卷起送到了嘴里，三口两口就吃掉了。唐玄宗一看，顿时转怒为喜，高兴地对诸皇子说："大家看见了没有？亨儿小小年纪，就知道珍惜粮食，实在是难得啊！这是我希望你们每个人都要具备的节俭美德！"

不久，李亨被立为太子。他做太子后，更感到自己身上责任重大，于是，更加刻苦读书，特别是喜欢收集历史上治理国家的经验教训，从中引以为鉴。同时，在生活上，也更加注意节俭。他给自己规定，每次用餐，都吃和其他皇子一样的饭菜；餐具用一般的瓷碗，杜绝金银玉器；对身边的随从和乐队要求严格，规定他们都要穿着朴素，不穿丝绸及其他华美的衣服。

有一次，大臣韩择木去觐见唐玄宗，看到李亨的生活情况后，高兴地对唐玄宗说："太子如此洁身自好、俭朴好学，实乃大唐臣民的洪福啊！"

唐玄宗则道："作为一国之君，就应该如此，太子这样做，也没什么值得特别称赞的，但愿他能持之以恒。"

金玉良言

持之以恒地做对的事，就是自律，也许这样平凡普通的事没什么值得称赞的，但能够坚持，才是最为珍贵的。

成长哲理

每个人的心中，都会有一个独一无二的主角形象。他会背负起整个故事，坚定担当着叙事核心，最终成为人生赢家，这样的人无一例外都是极会管理自己的人。

水里照出的是自己的脸，内心反映的是自己的为人。

——《圣经·旧约》

赵云拜师

赵云，字子龙，常山真定（今河北省正定）人。他是三国时期蜀汉一位著名将领，因当阳长坂坡救阿斗的忠勇行为而扬名，刘备称他"浑身都是胆"。

赵云自幼丧父，家中贫寒，全靠母亲纺纱织布维持生活。父亲去世前，赵云也读过书，学过字，但他最喜欢的还是舞枪弄棒。每当有艺人来到村中表演，他便去看，看会几招，回家就练。每每听说哪个村中有会武术的，他便登门求教，然后自己苦练。久而久之，到赵云10岁左右的时候，虽然不懂系统的武术套路，但也掌握了不少武功招数。

有一天，赵云正在门口练武，忽有一位鹤发童颜的老道路过这里，便停下观看赵云的一招一式，看到精彩处，也不由得拍手叫起好来。这一叫好，赵云便停了下来，他认为老道是个行家，便上前施礼问道："道长，您会武功吗？能教我两招吗？"

老道见赵云对学武功如饥似渴，便笑着对他道："孩子，很抱歉，我不会武功。不过，我认识一位武学大师，你若经他指点，一定能成为高手！"

赵云一听大喜，急问道："请问道长，这位高人现在何处？我一定前往拜师求教。"

老道说："离这里很远，你这么小，怎么去呢？"

赵云说："不怕，再远也不怕。我一个月走不到，就走两个月，两个月走不到，就走三个月，直至一年，甚至两年，一直走到为止。"

老道见他决心如此之大，就对他说："那好，我告诉你，他就是太行山玄武洞的玄真道长，你去拜他为师吧！"

赵云经过一番辛苦，终于来到太行山。可是，当他来到玄武洞后，只见洞门大开，却不见人影，急得他高声喊道："玄真道长，您在哪里？赵云求您收作徒弟来了！"但是，回答他的只有山间回响。连日奔波，赵云此时又饿又累，便准备休息一会儿再说。不料，他竟在山洞门口睡着了。

赵云也不知睡了多长时间，当他醒来的时候，已经躺在洞中的一个床上了。他发现身旁坐着一个人，正是在自家门口遇到的那位老道，不由得惊喜万分，问道："道长，您怎么在这里？"

老道说："我就是玄真道长。孩子，你经过千难万险，来到这里，我会收你为徒的。你先休息几天吧！"

从此，赵云在玄真道长的精心教导下，勤学苦练，从不懈怠，终于练就一身武艺，成为三国时期的著名大将。

金玉良言

赵云年少立志，坚持学武，勤奋刻苦，目标明确，很早就学会管好自己。他的诚恳、坚持、肯吃苦的品格，使他成了名垂千古的名将。

成长哲理

不懂得自我约束的孩子，永远只是孩子，因为他们总是长不大，在放纵自己的路上越走越远，最终远离成功。希望大家都能管好自己，每天长大一点。

　　赵云在玄真道长的精心教导下，勤学苦练，从不懈怠，终于练就一身武艺，成为三国时期的著名大将。

人最重要的价值就在于克制自己本能的冲动。

——约翰逊

赵绰依法办事

隋文帝统一全国以后，采取了各种巩固统治的措施，像改革官制兵制，建立科举制度，选用能干的官员，严办贪官污吏等。经过一番整顿改革，政局稳定下来，社会经济也出现了繁荣的景象。隋文帝还下令修订刑律，废除残酷的刑罚。但隋文帝有时却不按照刑律办事，往往一时气愤，就不顾刑律规定，随便下令杀人。这种情况，让大理寺的官员很为难。大理寺少卿赵绰觉得维护刑律是他的责任，因此常跟隋文帝顶撞起来。

有一次，官员辛亶被人告发进行不法的迷信活动。隋文帝又下令把辛亶处死。赵绰反对说："辛亶没有死罪，我不能接受这个命令。"

隋文帝非常生气，说："你想救辛亶，你就会没命。"说完就下令把赵绰拉下殿去。赵绰面不改色，说："陛下可以杀我，但是不该杀辛亶。"直到赵绰被剥了官服，摘掉官帽，准备处斩时，隋文帝也想到杀赵绰太没道理，就派人问赵绰："你还有什么话说？"赵绰跪在地上，挺直了腰说："臣一心执法，不怕一死。"

隋文帝并不真想杀赵绰，磨蹭了一阵，气也平了。他想赵绰能忠于执法，是有利于朝廷统治的，就把赵绰放了，过了一天，还派人慰问他。

在大理寺，有一个官员名叫来旷，听说隋文帝对赵绰不满意，想迎合隋文帝，就偷偷给隋文帝上了一道奏章，说大理寺执法太宽。隋文帝看了奏章，认为来旷说得很中肯，就提升了他。

来旷自以为受到皇帝的赏识，就昧着良心，诬告赵绰徇私舞弊，把不该赦免的犯人放了。

隋文帝虽然嫌赵绰办事死板，但是对来旷的上告，却有点怀疑。他派人去调查，发现了真相，勃然大怒，立刻下令处死来旷。

隋文帝认为这回来旷诬告的是赵绰自己，赵绰一定会同意。没想到赵绰还是说："来旷有罪，但是不该判斩。"隋文帝很不高兴，袖子一甩，就退朝往内宫去了。赵绰在后面大声说："来旷的事臣就不说了。不过臣还有别的要紧事，请求面奏。"隋文帝信以为真，就答应让赵绰进内宫。

隋文帝问赵绰有什么事。赵绰说:"我有三大罪,请陛下发落。第一,身为大理寺少卿,没有把下面的官吏管好,使来旷触犯刑律;第二,来旷不该处死,臣不能据理力争;第三,臣请求进宫,本来没什么事,只因为心里着急,就欺骗了陛下。"

隋文帝听了他的话,哑然失笑。旁边独孤皇后见此,很赏识赵绰的正直,还赐给赵绰两杯酒。隋文帝也同意了赦免来旷死刑,改判流放。

金玉良言

宁愿冒着触怒皇帝的危险,赵绰也要坚持原则,做好自己任内的事,刑责方面一切按原则办事,这就是他和那些阿谀媚上的人的区别,是自律和散漫无原则的区别。

成长哲理

不要屈服于权威,在真理面前人人都是平等的,只要还有原则在,就要维护自己的坚持,这样的人才是正直坚毅的人。

忍耐和坚持虽是痛苦的事情，但却能渐渐地为你带来好处。

——奥维德

让孩子自己负起责任

有位妈妈很爱自己7岁的儿子，她每天骑车接送儿子上下学。早晨的时间很紧张，儿子起床后却从来不紧不慢，妈妈总是催促儿子赶紧收拾书包、吃早饭。孩子上学从没迟到过，也没挨过老师的批评，总是妈妈怕他迟到、怕他挨批评。

日子久了，妈妈觉得长时间这样被动地叫儿子上学，让儿子心里有了依赖感，只是自己着急，儿子却不着急，这可不行，这个不迟到的"好学生"是假的。于是一天晚上，妈妈把儿子叫到身边，语重心长地说："儿子，明天早晨你收拾好书包站在门口等我。上学是你自己的事，你应该比我着急，不要总让妈妈每天早晨不停地催你。从明天开始你收拾好了我就送你，收拾不好你就迟到，让老师批评你。每天这样等你，妈妈上班也会迟到的。"儿子以为妈妈吓唬他，并没有理会妈妈的话。

第二天早晨，儿子依然如故，妈妈见状收拾好东西，对儿子说："宝贝，妈妈先走了。"这时儿子才想起妈妈的话，急急忙忙收拾好东西，一路哭喊着追赶上妈妈，妈妈停下来说："儿子，快上！要不然咱俩都迟到了！告诉你啊，明天我还不等你。"第二天早晨、第三天早晨……儿子总是背着早已收拾好的书包，站在家门口等妈妈带他去上学。

金玉良言

孩子不会无师自通，父母没有把责任放到孩子肩上，没有对孩子进行责任心教育，孩子没有责任心的实践和历练，就不可能有责任心。

成长哲理

培养孩子责任心的第一位老师，非父母莫属。如果你想让孩子成为一个有责任、有担当、能自律的人，就需要从一点一滴的小事开始培养孩子的责任意识，目标要清，态度要明，方法要科学。一旦孩子的责任心形成了，孩子的诸多教育难题就会迎刃而解，孩子的成长将会步入一条良性发展的轨道。

　　从一点一滴的小事开始培养孩子的责任意识，目标要清，态度要明，方法要科学。

以细行律身，不可以细行取人。

——魏源

用自己做镜子

爱因斯坦在16岁的时候，父亲给他讲了一个自己亲身经历的故事。

有一次，父亲和同事一起去清扫一个大烟囱。那烟囱只有踩着里边的钢筋踏梯才能上去，于是那个同事在前，父亲在后面，一级一级地爬上去。在工作完成后，下来时，同事依然在前，父亲跟在后面，一级一级地爬了下来。当他们走出烟囱的时候，那个同事的背后、脸上全都被烟囱里的灰尘蹭黑了，而父亲身上则十分干净，一点烟灰都没有。但父亲看见同事的模样，认为自己的脸肯定和他一样脏，于是就到附近的小河里洗了脸。而他的同事则因为看到父亲干干净净的样子，以为自己也是这样，就只是简单地洗了洗手，然后往家走。

他的同事走在路上，不时地看到有人在笑话自己，很是不解，不知道路人在笑什么。就这样，他带着疑问回到了家。他的家人看到他的样子，也忍不住笑了起来，他更加不解地问家人："你们在笑什么？"他的家人把镜子拿了过来，他在镜子里看到自己的样子，也禁不住大笑起来。

第二天，他的同事跟父亲讲了此事后，不解地问道："我出来的时候看到你是干干净净的，为什么就会觉得自己也是干净的，还让人笑话了一路？"父亲说："其实，道理很简单，只有自己才是自己的镜子，如果拿别人做镜子，白痴或许会把自己照成天才的。"

父亲的故事启迪了爱因斯坦的一生，他时时用自己做镜子来审视自己，最终映出了生命的光辉。

了解自己，是一种素质。只有对自己足够了解，才能对自己的人生做好规划，才能管理好自己。时刻反省，能反映出一个人的素质和美德。

一个不了解自己的人，怎能管好自己。反省己身，是一种信仰。不论你多聪明，不了解自己，就是最大的愚蠢。

　　只有自己才是自己的镜子，如果拿别人做镜子，白痴或许会把自己照成天才的。

成长 不再烦恼

CHENGZHANG BUZAI FANNAO

·第二辑·

智慧轩文化◇编

天津出版传媒集团

天津人民美术出版社

目录

播下一种思想，收获一种行为；播下一种行为，收获一种习惯；播下一种习惯，收获一种性格；播下一种性格，收获一种命运。

——威廉·詹姆士

福特的成功

美国有一家公司，它处于全球 500 强前列，其创始人是福特。

福特大学毕业后，去一家汽车公司应聘，和他同时应聘的三个人都比他的学历高。当前面几个人面试之后，他觉得自己没有希望了，他想：既然来了，为何不进去试一试。他还是敲门走进了董事长的办公室，一进办公室，他发现门口地上有一张纸，就弯腰捡了起来，见是一张废纸，便顺便把它扔进了废纸篓里，然后才走到董事长的办公桌前说："我是来应聘的福特。"董事长说："很好！福特先生，你已被我们录用了。"福特惊讶地说："董事长，我觉得前几位都比我好，您怎么把我录用了呢？"董事长说："福特先生，前面三位的学历的确比你高，而且仪表堂堂，但是他们的眼睛只能看见大事，而看不见小事。你的眼睛能看见小事，我认为能看见小事的人，将来自然能成大事。一个只能看见大事的人，他会忽略很多小事。所以我才录用了你。"福特就这样进了这个公司。

这个公司不久就名扬天下，公司改名为"福特公司"。他不但改变了整个美国的国民经济状况，而且使美国的汽车产业在世界占据首位。

金玉良言

好的习惯可以使人不断走向成功。但是习惯的养成是一个很长的过程，不可能一蹴而就。培养孩子良好的习惯，重要的是要从孩子的行为入手，把每一次行动落实到位。

成长哲理

你可以有各种各样的习惯，但是却不能把个人的不良习惯带到学习和工作上。因为那会影响到其他人，你必须放弃自己的习惯，遵从公司制定好的规章制度，这样才能让事情有效有序地进行。

　　你的眼睛能看见小事，我认为能看见小事的人，将来自然能成大事。

心若改变，你的态度跟着改变。

——马斯洛

认真对待每一件事

迈克是纽约一家小报的普通记者。一个周末，他在一家不大的酒店里看见几位身份显赫的企业家从一个房间里走出来，其中一位居然是福特。福特手里拿着一张菜单走向服务生，微笑道："小伙子，你看看是不是有一点儿误差。"服务生很自信地回答："没有啊。"

"你再仔细算一算。"福特宴请的几位企业家已经朝门口走去。他却很有耐心地站在柜台前。看着福特认真的样子，服务生很不以为意地说道："是的，因为零钱准备得很少，我多收了您50美分，但我认为像您这样富有的人是不会在意的。"

"恰恰相反，我非常在意。"福特坚决地纠正道。服务生只得低头花了一番工夫凑够了50美分，递到一脸坦然的福特手中。看着福特快步离去的背影，年轻的服务生低声嘀咕道："真是小气，连50美分也这么看重。"

"不，小伙子，你说错了。他绝对是一个慷慨的人。"目睹了刚才那幕情景的迈克，抑制不住地站起来对他说，"他刚刚向慈善机构一次捐出 5000 万美元的善款。他懂得认真对待属于自己的每一分钱。懂得取回属于自己的 50 美分和慷慨捐出 5000 万美元，是同样值得重视的。"迈克拿出一张两周前的报纸，将上面的一则报道递给服务生看。服务生不明白如此大方的福特，为何还要当着那么多人的面，去计较那区区的 50 美分。

从福特这看似不经意的一件小事中，迈克忽然领悟到了自己渴望已久的成功的经验，那就是——没有理由不认真对待眼前的每一件事，不管它是多么重大还是多么微小。后来，经过多年的艰苦打拼，迈克成为美国报界的著名记者，而那位服务生也成为芝加哥一家五星级酒店的老板。

金玉良言

心若改变，你的态度跟着改变；态度改变，你的习惯跟着改变；习惯改变，你的性格跟着改变；性格改变，你的人生跟着改变。

成长哲理

习惯可以影响人的一生，因此应该努力养成好的习惯。好的习惯如果是在幼年就开始培养，那就是最完美的习惯，这是与家庭和学校的教育密不可分的，教育其实就是一种从小就开始培养好好学习和努力生活的习惯。

美德大多存在于良好的习惯中。

——佩利

"路要拾遗"

我赴丹麦哥本哈根探亲访友，遇到一件事情至今难忘，仿佛就发生在昨天。

那天上午，我独自一人按图索骥，前往国立博物馆参观。快走到博物馆时，忽然听到身后传来匆匆的脚步声，并伴随着一声接一声的叫喊。这时路人都用一种奇怪的眼光看着我，我感到很纳闷，怎么回事？转过身去，一位身材修长的青年男子飞快地朝我奔来。

"先生，你丢了饮料罐！"我一愣，向他耸肩摊手道："我没有丢啊。"可那青年却固执不让："我亲眼看见一个饮料罐从你脚边滚出来的。"见他煞有介事地指责，我更是莫名其妙，也无心同他辩解。立刻转身回去，弯腰拾起那个不知从何方滚到我脚边的空饮料罐。随着"咣当"一声，我将饮料罐扔进了路边的垃圾箱里，息事宁人后，见那男青年还站在那里注视着我，不过，此时他的脸上已露出了笑容。我十分委屈地向他解释："先生，这个饮料罐真的不是我丢的。"可他却说："我知道不是你丢的，你没有过错，但是你有义务来管啊。如果看见地上有垃圾，就应该马上拾起来，把它丢进垃圾箱，这是我们每个人的责任。"我无言以对，只好虚心接受，苦笑了之。

在接下来几天的游览中，我时常看见有市民自觉地捡起路旁的废弃物或纸屑等，然后扔到垃圾箱里。我想，也许正是哥本哈根市民自觉形成的"路要拾遗"的良好习惯，才使得这里的条条街道都非常洁净。

金玉良言

有什么样的思想，就有什么样的行为；有什么样的行为，就有什么样的习惯；有什么样的习惯，就有什么样的性格。习惯和性格会决定命运。

成长哲理

习惯的养成是行为积累的结果。一个人从某种行为中获得了成就感，自然就会重复这种行为，从而变成他的习惯。一个人习惯了某种习惯或是拥有一个良好的习惯，生活就会趋于平和美好。

　　如果看见地上有垃圾，就应该马上拾起来，把它丢进垃圾箱，这是我们每个人的责任。

做一个真正的人，光有一个合乎逻辑的头脑是不够的，还要有一种强烈的气质。

——司汤达

人性的弱点

某个政党有位崭露头角的候选人，被人引荐到一位资深的政界要人那里，希望这位政界要人能告诉他一些政治上获得成功的经验，以及如何获得选票。

但这位政界要人提出了一个条件，他说："你每次打断我的说话，就得付5美元。"候选人说："好的，没问题。""那什么时候开始？"政客问道。"现在，马上就可以开始。""很好。第一条是，当你听到对自己的诋毁或者诬蔑时，一定不要感到愤怒。随时都要注意这一点。"

"噢，我能做到。不管人们说我什么，我都不会生气。我对别人的话毫不在乎。"

"很好，这是我经验的第一条。但是，坦白地说，我是不愿意你这样一个不道德的流氓当选的……"

"先生，你怎么能……"

"请付 5 美元。"

"哦！啊！这只是一个教训，对不对？"

"哦，是的，这是一个教训。但是实际上也是我的看法……"资深政客轻蔑地说。

"你怎么能这么说……"候选人似乎要发怒了。"请付 5 美元。"

"哦！啊！"他气急败坏地说，"这又是一个教训。你的 10 美元也赚得太容易了。"

"没错，10 美元。你是否先付清钱，然后我们再继续谈？因为谁都知道，你有不讲信用和喜欢赖账的'美名'……"

"你这个可恶的家伙！"年轻人发怒了。

"请付 5 美元。"

"啊！又一个教训。噢，我最好试着控制自己的脾气。"

"好，收回前面的话。当然，我的意思并不是这样，我认为你是一个值得尊重的人物，因为考虑到你低贱的家庭出身，又有那样一个声名狼藉的父亲……"

"你才是一个恶棍！""请付 5 美元。"

这是这个年轻人学会自我克制的第一课，他为此付出了高昂的学费。

然后那个政界要人说："现在就不是 5 美元的问题了。你要记住，你每次发火或者对自己所受到的侮辱而生气时，至少会因此而失去一张选票。对你来说，选票可比银行的钞票值钱得多。"

金玉良言

增加自我控制能力可以增加自己获胜的筹码，将自己的性格特点暴露出去会给对手打败自己的武器。

成长哲理

人不可能永远处在好情绪之中，生活中既然有挫折、有烦恼，就会有消极的情绪。一个心理成熟的人，不是没有消极情绪的人，而是善于调节和控制自己情绪的人。在成长的过程中，也要慢慢学会调节和控制自己的情绪。

　　你要记住，你每次发火或者对自己所受到的侮辱而生气时，至少会因此而失去一张选票。对你来说，选票可比银行的钞票值钱得多。

习惯的力量是巨大的。

——西塞罗

鲁迅爱书的故事

鲁迅小的时候，爱买书，爱看书，爱抄书，把书看作宝贝一样。

在进三味书屋学习前，他在自己的启蒙老师——一位远房叔祖父那里看了不带图的书。这位老师曾经告诉他，有一部绘图的《山海经》，画着人面的兽，九头的怪物……可惜一时找不到了。

这么一部有趣的书，可把鲁迅吸引住了。他念念不忘，梦寐以求，把他的保姆长妈妈都感动了。长妈妈不识字，她有一次探亲回来时，却设法给鲁迅买回了这部书。一见面，长妈妈就把一包书递给鲁迅，高兴地说："有画的《山海经》，我给你买来了！"一听到这消息，鲁迅欣喜若狂，赶紧把书接过来，打开纸包看了起来。这是鲁迅最初得到的心爱的书。后来，识字渐渐多起来了，他就自己攒钱买书。过年，鲁迅得到压岁钱后，总是舍不得花，攒起来买书看。

鲁迅小时候，不仅酷爱读书，而且还喜欢抄书，他抄过很多书。显然，抄书使他受益匪浅。他的记忆力那么好，读过的书经久不忘，都与他抄书的爱好密切相关。

鲁迅小时候对书籍特别爱护。他买回书来，一定要仔细检查，发现有污迹，或者装订有问题，一定要到书店去调换。有些线装书，很容易脱线，他就自己动手改换封面，重新装订。

看书的时候，鲁迅总是把桌子擦得干干净净，看看手指脏不脏。桌子上脏是不放书的，脏手是不翻书的。他最恨用中指或食指在书页上一刮，使书角翘起来，再捏住它翻页的习惯。他还特意为自己准备了一个箱子，把各种各样的书整整齐齐地放在里面，箱子里还放了樟脑丸，防止虫蛀。

鲁迅小时候养成的爱书如宝的好习惯，贯穿了他的一生。他读过的书浩如烟海。他购置的书，仅据《鲁迅日记》上的"书账统计"，从1912年至1939年，就有9000多册。他收藏的书，总是捆扎得井井有条。鲁迅一生清贫，最大的财产，就是他这些宝贵的藏书了。

金玉良言

生活、学习如果都能自愿、自发地去做，那么教育的收效定能事半功倍。所以我们要特别注意培养自主学习和自动读书的习惯，使它贯穿于全部的生活学习之中。自动是自觉的行动，自觉的行动，需要适当的培养而后可以实现。

成长哲理

所有的成功都能归结于一种习惯——习惯就是把成功所必需的事情坚持下来。习惯的培养需要长久地坚持，就需要有坚强的毅力和积极乐观的精神，所以我们不能被困难打倒，相信自己一定会改掉坏习惯，养成好习惯，尤其是在成长中学习所养成的习惯，一定会是好习惯。

鲁迅小时候养成的爱书如宝的好习惯，贯穿了他的一生。

习惯是智者的祸患、蠢货的偶像。

——托马斯·富勒

"神童"的秘诀

陈毅五岁半就在一家私塾读书。他学习成绩总是名列前茅，同学们都称他"小神童"。

有一天，私塾老师毛老师去陈毅的家里，看见陈毅正在灶前一边烧火，一边看书。因为他看书入了迷，火烧得太旺了，从锅里透出了煳味儿。妈妈刚从井边洗菜回来，发现米饭烧煳了，气得火冒三丈，抄起刷子就要去打陈毅。

"不要打孩子！"毛老师连忙劝阻，"饭烧煳了可以将就吃，这孩子专心用功，我就喜欢。"说着，毛老师又亲切地对陈毅说："以后做事，要多多留心！"陈毅点点头。老师从陈毅手中拿过书一看，原来是一篇还没教的课文，他已经用笔在上面画了许多圈圈点点。

毛老师惊奇地问："这些符号是什么意思？"

陈毅回答说："打圈的，是懂的；打半圈的，不太明白，等老师讲明白了，再打圈；打黑点的是生字。"

原来陈毅有个习惯，每次听课前，总要把新课文预习一下，把生字和不懂的词句画出来。听课时，他格外留心，再有不懂的地方，便直接向老师提出问题。毛老师十分高兴地称赞道："真是一个很好的学习方法。今天我总算发现了。"

金玉良言

儿童不是用规则可以教得好的，规则总是会被他们忘掉。最好的教育是培养好习惯，因为习惯一旦培养成功之后，便用不着借助外力，很容易就能自然地发生作用。

成长哲理

成功的人之所以成功是因为他们有成功的习惯。因为他们绝对专注，把所有的精力都放到自己的学习当中，而忘掉身边的一切。唯有专心才能把事情做得更加出色，才能缔造完美。

习惯不加以抑制，不久它就会变成你生活上的必需品了。

——奥古斯丁

坚持的汉特

几十年前，在英国牛津市的一所小学校里，有一个学习很差的学生，在班里的成绩排名经常是倒数第一，什么拉丁文、数学、法语总是 3 分。谁也没有想到，几十年后，他会在瑞典斯德哥尔摩领取 2001 年的诺贝尔生理学或医学奖。他曾笑着说："小时候分数差不必自卑，它不能决定一个人的一生。"

蒂姆·汉特，英国生物学家，因为 1982 年发现了在细胞分裂过程中对细胞分裂周期起控制作用的一种蛋白，而荣获 2001 年诺贝尔生理学或医学奖，据说他的研究对人类最终攻克癌症难关将起到很大的作用。

一个小时候成绩很差的学生，为什么最终能成为一名成绩卓著的科学家呢？许多人都想知道其中的奥秘。用汉特博士自己的话来说，就是："我清楚自己喜欢什么，适合什么。"

汉特两岁时，全家搬到了牛津市，他是在牛津大学的校园里长大的。牛津大学的科普环境非常好，各系经常举办科普讲座，谁都可以去听，汉特经常是第一个到场。在纪念达尔文进化论发表 100 周年时，生物系举办了各种讲座，讲物种起源，讲人体的新陈代谢。这些讲座深深地迷住了汉特，他觉得生物体真是太奇妙了。对生物学的浓厚兴趣，使得汉特在学习上出现了明显的偏科，他的生物课成绩是班上最好的，而拉丁语最差，数学呢？更是一团糟。

偏科尽管不好，但汉特还是"因祸得福"，因为他并不是由于讨厌哪门课而不好好学，或者是放弃，他只是自然而然地学，各门功课都没有特别下功夫。这样一来，他反而清楚了自己究竟喜欢什么，适合什么，比如，他在中学时就知道自己不是搞数学、物理的料，他曾开玩笑地说："我几岁就成为了拉丁文极差的生物学家。"

考上了剑桥大学生物化学系之后，汉特就一头扎进了自己所喜欢的专业中，学了个痛快淋漓。而此时，剑桥大学的不少学生还不知道自己适合干什么，能够干什么，因此还在犹豫和选择，而汉特却没怀疑过自己的志向。

汉特很明白，如果一个人不清楚自己适合做什么，别人往往不会给他指出来。即便一个学生的某一门课很差，人们出于好心，也总会鼓励他"加把劲儿，你也能行"。其实人确实是各有所长，有自己最喜欢的最适合的事，只有明白这一点，人才能最大限度地挖掘自己的潜力，才能干出一番成绩。

金玉良言

习惯真是一种顽强而巨大的力量，它可以主宰人的一生，因此，从幼年起就应该培养自己的好习惯。汉特最好的习惯就是从小就认清自己的长处，了解自己的爱好，才会获得成功。

成长哲理

"成功的秘诀在于兴趣。"要养成时刻为自己寻找到学习兴趣的好习惯，因为当我们对某件事情充满兴趣的时候，不用别人鞭策和督促，自己就会想方设法地把事情做好，它让你在做自己喜欢的事情时不知疲倦，甚至废寝忘食。

如果一个人不清楚自己适合做什么，别人往往不会给他指出来。

总以某种固定方式行事，人便能养成习惯。

——亚里士多德

成功的秘诀

中国科学技术大学少年班的学生，他们智力超群，在谈到自己成绩优异的原因时，都强调自己具有良好的学习习惯。

13岁进入科技大学的周峰，认识汉字、记忆英语单词，每天都是10个，即使走亲访友也不间断，就这样在一年内他便分别记住了3000多个汉字和英语单词。周峰学习时一心一意，自觉性强，从不需要别人的提醒，更不需要他人的督促。他学习时全神贯注，从不开小差，精神略有溜号，便立即自我调整。这些都得益于他自动养成一心向学、专心致志的良好习惯。

不仅学生是这样，伟人和世界文学巨匠也是靠好的习惯，成就他们辉煌的一生的。伟大领袖毛泽东青少年求学时常常把书籍拿到闹市上去读，培养锻炼自己专心学习的意志力。

伟大的革命导师列宁连坐在理发店排队等候理发时，都要阅读一会儿报纸。

我们敬爱的习主席讲话时常常是引经据典，妙语连珠，就是因为他在大学读书时，把时间和精力都用在了涉猎群书、广泛阅读上。

托尔斯泰六七岁开始，就养成了写日记的好习惯，把每天有趣的事记下来。9岁的时候，他专门记了一本《外祖父的故事》，里面记满了外祖父打仗时的非凡经历和有趣故事；他还喜欢收集激励自己的名言警句，记了满满一本子，后来收集名言警句也成了他一生的习惯，逐渐发展到把自己关在书屋里，终日与书为伴，专心读书，最终开始自己创作。丰富而深厚的文化积淀，使他的文学作品闻名世界，感动了一代又一代人。

金玉良言

许多成功人士和伟大人物的事迹告诉我们，养成好习惯是非常重要，且非常必要的。成功，从来都不是一步到位的，它属于那些勤于付出、勇于实践、有备而来的人，努力让自己具备这些优点吧，这样成功还会远吗？

成长哲理

"习惯就仿佛是一条缆绳，我们每日为它缠上一股新索，不要多久就会变得牢不可破。"其实，习惯既可以养成，也可以打破，只是绝非一蹴而就，而是需要长期的养成。习惯左右成败，习惯改变人的一生。一句话，成也习惯，败也习惯。

> 习惯真是一种顽强而巨大的力量，它可以主宰人的一生，因此，人从幼年起就应该通过教育培养一种良好的习惯。
>
> ——培根

日本麦当劳传奇前奏

提起麦当劳，可谓家喻户晓。那个金黄色的"M"字遍布世界上的许多城市。

有统计资料表明，2012 年以前，光在日本就有 1.35 万家麦当劳店，一年的营业总额突破 40 亿美元大关。拥有这两个数据的主人是一个叫藤田的日本老人，日本麦当劳株式会社的名誉社长。

藤田 1965 年毕业于日本的早稻田大学经济学系，毕业之后在一家大电器公司打工。1971 年，他开始创立自己的事业，经营麦当劳生意。

麦当劳是闻名全球的连锁速食公司，采用的是特许连锁经营机制，而要取得特许经营资格是需要具备相当财力和特殊资格的。而藤田当时只是一个才出校门几年、毫无家族资本支持的打工一族，根本就无法具备麦当劳总部所要求的 75 万美元现款和一家中等规模以上银行信用支持的苛刻条件。只有不到 5 万美元存款的藤田，看准了美国连锁速食文化在日本的巨大发展潜力，决意要不惜一切代价在日本创立麦当劳事业。于是藤田绞尽脑汁东挪西借起来。事与愿违，5 个月下来，他只借到 4 万美元。面对巨大的资金缺口，要是一般人也许就心灰意冷，前功尽弃了。然而，藤田却有个习惯，喜欢对困难说"不"，更有说"不"的勇气和锐气，他要迎难而上，完成自己的心愿。

在一个风和日丽的春天的早晨，藤田西装革履满怀信心地跨进住友银行总裁办公室的大门。藤田以极其诚恳的态度，向对方说明了他的创业计划和求助心愿。在耐心细致地听完他的表述之后，银行总裁做出了"你先回去吧，让我再考虑考虑"的决定。藤田听后，心里即刻掠过一丝希望，但马上镇定下来，恳切地对总裁说了一句："先生可否让我告诉您，我那 5 万美元存款的来历呢？"回答是"可以"。"那是我 6 年来按月存款的收获。"藤田说道："6 年里，我每月坚持存下三分之一的工资奖金，雷打不动，从未间断。6 年里，无数次面对过度紧张或手痒难耐的尴尬局面，我都咬紧牙关，克制欲望，硬挺了过来。有时候，碰到意外事故需要额外用钱，我也照存不误，甚至不惜厚着脸皮四处告贷，以增加存款。这是没有办法的事，我必须这样做，因为在跨出大学门槛的那一天我就立下宏愿，要以 10 年为期，存够 10 万美元，然后自创事业，出人头地。现在机会来了，我一定要提早开创事业……"

藤田一口气讲了 10 分钟，总裁越听神情越严肃，并向藤田问明了他存钱的那家银行的地址，然后对藤田说："好吧，年轻人，我下午就会给你答复。"

送走藤田后，总裁立即驱车前往那家银行，亲自了解藤田按时存钱的情况。柜台小姐了解了总裁的来意后，说了这样几句话："哦，您是问藤田先生啊，他可是我接触过的最有毅力、最有礼貌的一个年轻人。6 年来，他真正做到了风雨无阻地准时来我这里存钱。老实说，这么严谨的人，我真是佩服得五体投地了！"

听完柜台小姐的介绍后，总裁大为动容，觉得藤田存钱的习惯非常好，这体现出他是一个很有毅力的人。所以他立即打通了藤田家里的电话，告诉他住友银行可以毫无条件地支持他创建麦当劳事业。藤田追问了一句："请问，您为什么要决定支持我呢？"

总裁在电话那头感慨万分地说道："我今年已经58岁了，再有两年就要退休，论年龄，我是你的2倍，论收入，我是你的30倍，可是，直到今天，我的存款却还没有你多……我大手大脚惯了，光说这一点，我就自愧不如，对你敬佩有加了。我敢保证，你会很有出息的。年轻人，好好干吧！"

金玉良言

一个节制而有毅力的人是值得敬佩的。正因为懂得对金钱节制，所以才有可能获得尊重，获得成功，获得美好的生活。能养成雷打不动坚持执行自己计划的好习惯，说明藤田性格坚毅，这样的人才能做成大事，而总裁也是一个能慧眼识人的伯乐。

成长哲理

生活中培养一种习惯很重要，而能几年如一日去坚持这个习惯更重要。从小处见大处，习惯会决定人的性格，也会在无形中决定人的命运。

我立下宏愿：要以 10 年为期，存够 10 万美元，然后自创事业，出人头地。

习惯是社会巨大的飞轮和最可贵的维护者。

——威·詹姆斯

好习惯的魅力

20世纪70年代，在美国加州萨德尔镇有一位名叫法兰克的年轻人，由于家境贫寒上不起学，他只好去芝加哥寻找出路。在繁华的芝加哥城转了好几天，法兰克也没找到一处容身之所。当他看到大街上不少人以擦皮鞋为生时，他也买了一把鞋刷给人擦皮鞋。半年后，法兰克觉得擦皮鞋很辛苦，更重要的是根本不赚钱。

法兰克有个好习惯，就是善于观察，他在给人擦皮鞋的时候，发现热天里，人们总是喜欢买上一个雪糕吃。于是他将擦皮鞋攒下的一点微薄积蓄租了一间小店，边卖雪糕边给别人擦鞋。雪糕生意比擦鞋强多了。欢喜之余，他在小店附近又开了一家小店，同样是卖雪糕，卖雪糕的生意很好。法兰克习惯性地去观察和研究，更好地抓住机遇，适应了雪糕市场，雪糕生意也一天比一天好，后来他干脆不擦鞋了，专门卖雪糕，并将父母接到城里给他看店，还请了两个帮工。从此法兰克开始专门经营雪糕的生意。

如今，法兰克的"天使冰王"雪糕已稳居美国市场的主导地位，拥有全美 70% 以上的市场占有率，在全球 60 多个国家有 4000 多家专卖店。

巧的是，在落基山脉附近的比灵斯也有一位年轻人，他叫斯特福，他跟法兰克几乎是同时到达芝加哥。斯特福的父亲是位富有的农场主，农场主送自己的儿子上了大学，还读了研究生，他希望自己的儿子能成为一位大商人。就在法兰克拿着刷子在大街上给别人擦鞋的时候，斯特福正住在芝加哥最豪华的酒店里进行自己的市场调查。耗资数十万，经过一年多时间的周密调查和精确分析，斯特福得出的结论是：卖雪糕。而法兰克此时已经拥有了数家雪糕专卖店。

当斯特福将自己调查的结果告诉父亲时，农场主气得差点晕倒，他怎么也想不到，他的研究生儿子眼光居然浅薄到了卖雪糕的程度。斯特福经过再次对市场的精确调研后，还是觉得只有卖雪糕才是最好的生意。又过了一年，斯特福终于说服了自己的父亲，准备打造雪糕连锁店。此时法兰克的雪糕店已经遍布全美。最终，斯特福无功而返。

斯特福"劳民伤财"大张旗鼓地调查市场，然后分析报告，最终却抵不过法兰克生活中细心观察的小习惯。

生活中，很多机会就潜藏在随处可见的小事中，只有像法兰克那样能随时观察，善于发现的人，才能获得成功。成功是一步步实践出来的，而空有理论却不去实践的人，再好的创意也只能是创意，而机遇是不等人的，它稍纵即逝，只有细心观察的人，才能抓住。

现在养成好习惯已经成为每个人的追求目标。有了好习惯，即使不能干出一番事业、造福百姓，至少也可以做个人人称赞的好公民。

是否真有幸福并非取决于天性，而是取决于人的习惯。

——爱比克泰德

死神的账单

深夜，重症病房里，癌症患者迎来了他生命中的最后一分钟，死神如期来到他的身边。隔着氧气罩，他含糊地对死神说："给我一分钟，好吗？"

死神问："你要这一分钟干什么？"

他说："我要用这一分钟，最后看看天，看看地，想想我的朋友和敌人，或者听一片树叶从树枝上飞落到地上的那一声叹息，运气好的话，我也许还能看到一朵花儿由封闭到开放……"

死神说："你的想法不坏，但我不能答应你。因为这一切，我都留了时间给你欣赏，你却没有珍惜。在你的生命中，我从来没有见过你像今天珍惜这一分钟一样，珍惜任何一个小时或一天。不信，你看一下我给你列的这一份账单：

"在你60年的生命中，你有一半时间在睡觉，这不怪你，这30年算是我占了你的便宜。

"在余下的30年中，你曾经叹息时间过得太慢的次数一共有 1 万次，平均每天一次，这其中包括你年轻时在课堂上，青年时期在约会的长椅上，中年时期下班前和壮年时期等待升迁的仕途上。在你的生命中，你几乎每天都觉得时间太慢，太难熬，你也因此想出了许许多多排遣无聊消磨时间的办法，其明细账大致可罗列如下：

"打麻将以每天 2 小时计，从 20 岁到 50 岁的 30 年里，你一共用去了 21900 小时，折合成分钟就是 130 多万分钟。还有吃饭，每顿以 1 小时计算，从青年到老年，肯定也不低于打麻将的时间。

"此外，同事之间的应酬，上班之时狂侃足球联赛和国外垃圾电视剧，拿着一张报纸出神，吐烟圈，对着窗外看着漂亮的女同事发呆，对张三说李四的坏话，对李四说张三的坏话，又耗去你不低于打麻将和喝酒的时间……

"除了这些，你还无数次叹息生命的无聊空虚寂寞。为此，你还强拉邻居、同事或下属打麻将、扑克，甚至强抢小孙子的电子游戏。后来，你还赶潮流学年轻人上网，化名为"温柔帅哥"，每天十几小时泡在网吧里。

"你还和人煲电话粥。此外，没事上街闲逛，在马路上看人下象棋，一次就是数小时。

"你还开了无数有较强催眠作用的会，这使

得你的睡眠时间远远超出了 30 年。而且，你又主持了许多类似的会，使更多人的睡眠也和你一样超标……"

死神想继续往下念的时候，发现病人的眼中，生命之火已经熄灭了。于是长叹一口气说："如果你活着时，能想着节约一分钟的话，你就可以听完我给你记下的账单了，真可惜，我辛辛苦苦的工作算白费了，世人怎么都是这样，总等不到我动手，就后悔地死了。"

金玉良言

在我们的生活中，有着数以万计与这位病人一样浪费时间的人。看着死神的这份账单，才会明白，在自己的生活中都经历着什么，有多少好习惯，又有多少坏习惯？给自己列一个清单，写一写自己的好习惯和坏习惯，然后坚持好习惯，改掉坏习惯。

成长哲理

要养成珍惜时间的好习惯，在有限的生命里，创造出无限的价值，这样的人生才算是有意义的！

如果你活着时，能想着节约一分钟的话，你就可以听完我给你记下的账单了。

任何事物都不及习惯那么神通广大。

——奥维德

强项令

东汉初期，光武帝刘秀和他的姐姐湖阳公主感情很深，赏赐她很多财物，对她也特别宽容。

一次，湖阳公主的一个家奴杀了人之后逃到了湖阳公主的府里躲了起来。地方官不敢到湖阳公主家里抓人，此案以至成为悬案。

洛阳令董宣秉性耿直，还有个非常奇怪的习惯，那就是只要他知道的案子，就一定想方设法破案，将罪犯绳之以法。因此他一直想抓住这个罪犯，将他绳之以法。但他也不能闯进湖阳公主家里去抓人，就用了个笨办法，一直守候在湖阳公主的家门口，等待那个杀人的家奴出来。

果然，过了些日子，那个替湖阳公主驾车的家奴，趾高气扬地随公主出来闲逛。董宣立刻上前截住公主的马车，不让前行，并要公主交出杀人的凶犯。湖阳公主大骂董宣，董宣毫不畏惧，拔出佩剑，说："公主藏匿罪犯，按法律应该连坐。"然后，董宣当场挥剑，杀了犯法的恶奴，再向公主谢罪。

公主一怒之下，气冲冲地进入宫中，向刘秀哭诉了一番。刘秀也大怒，立即召董宣入宫，责备他冲撞公主一事，并命左右用木棒击打董宣。董宣向刘秀叩头说："愿陛下容我说一句话，然后死而无怨。"他接着说："陛下圣德，中兴汉朝，却让湖阳公主纵容家奴杀人，公主如此无视法律，陛下将如何治理天下呢？我不用陛下木棒相加，就让我自杀吧！"说毕，便以头撞柱，血流满面。

刘秀觉得董宣说得有道理，便让左右拉住董宣，不让他再撞，然后让他向公主叩头谢罪。但董宣认为自己没有罪过，不肯叩头谢罪。刘秀就命令左右揪住董宣的头强行往下按。但董宣两只手撑在地上，强梗着脖子就是不低头。

湖阳公主见此情景，对刘秀说："你为布衣平民的时候，家里藏了罪犯，官吏都不敢去搜捕。现在当了天子，难道连一个洛阳令都管不了了吗？"

"天子和平民不一样吗？"刘秀笑着回答了姐姐之后，见董宣始终不肯就范，非常佩服他的勇气和对原则的坚持，就对董宣说："你的脖子可真硬啊！你真是一个强项令（不肯低头的官员），出去吧！"

从此，董宣便有了"强项令"的美称。

金玉良言

　　法律面前人人平等，即便是公主，也是不能例外的。所以，我们不仅要遵守法律，也应该有做事情的原则。不能因为害怕别人比自己"权力"大，就畏惧得连原则都不讲了，这样的人，是不会受到别人的敬重的。只有那些不怕权贵，讲原则的人，才能赢得人们的尊敬！

成长哲理

　　对许多成功人士来说，好习惯在人的生活当中是不可缺少的。对我们来说，好习惯是我们迈向成功的阶梯。

人应该支配习惯，而决不能让习惯支配人。

——奥斯特洛夫斯基

哥伦比亚的灾难

美国"哥伦比亚号"航天飞机不幸坠毁了。在经过调查以后，人们对航天飞机坠毁的原因有了初步的结论，原因是航天飞机在起飞时，机翼受到某种物质撞击后，隔热瓦产生了轻微的裂缝。在航天飞机返回时与大气层剧烈摩擦后，因为没有隔热瓦保护，产生的高温使航天飞机在空中解体，7名宇航员全部遇难。

直接导致飞机坠毁的原因是壳体保温材料不过关。这个结论震惊了科学界。不是因为这是一个技术缺陷，而是因为它是普通的常识性问题。关于航天飞机隔热瓦的保护技术问题早就解决了，而在科学技术发展到今天的时候，人类竟然会在这个常识性问题上酿成大错。

揭开这个谜底的人叫詹姆斯·哈洛克，他是事故调查组的成员。在事故调查中，一个偶然的机会，哈洛克看到了航天飞机的工程师向他提供的隔热瓦的说明书，在一份25年前印制的小册子上面印着隔热瓦的设计强度。

哈洛克对设计强度表示怀疑，他进行反复测算，最终得出结论：一支普通的铅笔从大约15.24厘米的高度自由落体时所产生的冲击力就是航天飞机隔热瓦的设计强度。谁都可以想象，这种隔热瓦的设计强度根本不足以保护航天飞机这种庞然大物。谜底就这样被揭开了。

每块隔热瓦的造价是80万美元，用来防护航天飞机在返回大气层机翼不被燃料作用时的超高温熔解的。但对于价值180亿美元的"哥伦比亚号"来说，当它准备去沐浴"枪林弹雨"之际，工程师给它设计的隔热装置虽然能挡住上千摄氏度的高温，却不能防护比一支铅笔大一点的冲击。

当"哥伦比亚号"在空中飞行时，一个豌豆大的物体就能产生相当于质量为180千克物体产生的冲击力，足以给"哥伦比亚号"以致命的打击。"哥伦比亚号"能多次返回地球，已经足够幸运了。

"哥伦比亚号"的故事告诉我们，细节决定成败，因此我们要养成注重细节的好习惯，这更利于我们的成功。

金玉良言

"哥伦比亚号"的悲剧提醒我们，高科技的基础在于细节，只有踏实做好每一个细节工作，才能避免类似的悲剧再发生。在我们的生活中同样是如此，只有做到踏实做好每一件小事情，才能避免一些不必要的麻烦，减少悲剧的发生。

成长哲理

注意细节是一种好习惯，这种习惯是靠日积月累培养出来的。习惯会决定人们的成就，有大成就的人都会有一些好习惯，因为人的行为的95%都是受习惯影响的，所以，我们要培养好习惯，提高自身的素质。

细节决定成败，因此我们要养成注重细节的好习惯。

> 人喜欢习惯，因为造就它的就是自己。
>
> ——萧伯纳

任性的玛拉

从前，一对夫妇有一对聪明可爱的孩子。大孩子是一个小女孩，名字叫玛拉，她已经 10 岁了；小的孩子是个男孩，名字叫伊凡，刚满 3 岁。夫妇俩十分溺爱孩子，对孩子百依百顺，特别是对玛拉，更是宠爱有加。这样，玛拉从小就被娇惯成一个任性、不听话的女孩子。

有一天，这对夫妇有事要进城去，临走前，他们对玛拉说："玛拉，要是你好好在家看弟弟，我们就给你买很多好吃的东西和漂亮的衣服。"玛拉听了不以为意，好吃的东西和漂亮的衣服家里有的是，她才不在乎呢！

爸爸妈妈出门后，小朋友们来找玛拉到草地上去玩。刚开始的时候，玛拉还记着爸爸妈妈的嘱咐，带着弟弟坐在草地上，给他编花冠。后来，因为玩得太开心了，玛拉竟然把照顾弟弟的事给忘记了。

等她想起弟弟赶忙回来找时，却发现弟弟已经不见了，玛拉急得哭起来。

她跑到一座炉子跟前问："你看见我的弟弟伊凡了吗？"炉子说："任性的女孩，你吃点儿我烤的黑面包，我就告诉你。"玛拉说："我吃白面包还要加蜂蜜，谁吃你的黑面包！"

她继续往前找，遇到一只小刺猬。她问小刺猬："看见我弟弟伊凡了吗？"

刺猬说："看见了，小姑娘。有一群黑天鹅把一个穿红衣服的小孩叼到树林里去了！树林里有一个凶恶的老巫婆，是她让黑天鹅们去干的。"

玛拉请求小刺猬带她去找弟弟。

他们一起来到了一座草棚前，玛拉看见老巫婆正躺在床上睡觉，伊凡坐在板凳上玩。玛拉赶紧跑进去拉起弟弟就想跑，但不幸的是被黑天鹅们发现了，黑天鹅们嘎嘎地叫着报告了老巫婆。老巫婆愤怒地跳起来，命令黑天鹅们去把他俩抓回来。

姐弟俩一直向前跑，天黑了，玛拉看不见路，也没处可藏。黑天鹅们追来了。玛拉来到炉子前，求炉子藏起他们。

炉子说："你得吃一点儿我烤的黑面包，以后还要听父母的话。"玛拉没有办法，就和弟弟都拿起黑面包吃了起来。炉子让他们钻进炉膛，关好了炉门。黑天鹅们飞过来，怎么也找不到他们，只好回去了。见黑天鹅们都走远了，玛拉拉着弟弟就往家跑。

这时，爸爸妈妈正到处找他们，可是谁也不知道他们在哪里。

有一个牧羊人说，孩子们曾在树林里玩耍过。爸爸妈妈赶快往树林里跑，在村口遇见了玛拉和伊凡。玛拉向父母承认了错误，任性的玛拉从此变得乖巧懂事了。

金玉良言

在生活中，我们应该站在大人的立场，不能单凭自己的情绪和兴趣，自己想干什么就干什么，管好自己的脾气，改掉身上的坏习惯，做个懂事的好孩子，这样，才能得到别人的信任和喜爱。

成长哲理

我们要从现在开始、从小事做起，改掉娇气任性和粗心大意的坏习惯。否则，即使一个细枝末节，也会让你付出沉重的代价。

> 良好的习惯乃是人在其神经系统中存放的道德资本，这个资本不断地增值，而人在其整个一生中就享受着它的利息。
>
> ——乌申斯基

上岸的鱼

有一天傍晚，旅行家小青蛙来到了小河边。这是一条清澈的小河，河边还有一片茂密的树林。小青蛙想：这里太美了，今天我就在这儿过夜吧！想着，小青蛙就放下背包，跳进小河里洗了个澡。然后，它跳到一片荷叶上，舒舒服服准备睡大觉。

风吹着树叶，发出"唰啦，唰啦"的响声，在美妙的音乐声中，小青蛙睡着了。

突然，小青蛙被很响的唰啦声吵醒了。"叽嘎！叽嘎！"它还听到一声声奇怪的声音。"怎么回事？"小青蛙睁开眼一瞧，哎呀，有一条小鱼在岸上蹦着，可开心了。

"喂，你……你怎么跑到岸上去了？"小青蛙惊讶极了，它去过那么多地方，还是第一次看见鱼到岸上玩的。除非是一些死去的鱼，被河水冲到了岸上。

小鱼停下来喘气："妈妈老说不能上岸，不能上岸，我就是想试试上岸的感觉，我就不相信我在岸上活不了。"

"是的，你离开了水是活不了的，这可是真话。你赶紧回到水里吧。况且，你要是碰上了水鸟，那就更糟糕了！"

"我才不怕呢！"小鱼毫不在乎地说道。

说时迟，那时快，一只早起出来觅食的水鸟正好路过这里，它飞快地俯冲下来，叼起小鱼就走。小鱼大喊救命，但是谁又能救得了它呢？

旅行家青蛙深深地叹了一口气。

奇迹出现了，不知道什么原因，小鱼居然挣脱了水鸟的嘴，"扑通"一声又跌回了河里。青蛙这才松了一口气。

从此以后，这条小鱼再也不任性了，它在河里自由地游来游去，经常给其他的小鱼讲这个惊险的故事。告诫它们：不要当不听话的任性小鱼。

金玉良言

知错能改还是好孩子，就怕因为太任性，连改错的机会都没有了。所以，从小当个听话的好孩子，才能避免受到不必要的伤害。知道一定会受伤害，还想去尝试的人，通常会得不偿失。

成长哲理

"是否真有幸福，并非取决于天性，而是取决于人的习惯。"坦然承认错误，让人在悔改中不断矫正自己，勇敢战胜错误，从而迈向成功的彼岸。

不要当不听话的任性小鱼。

起先是我们造成习惯，后来是习惯造就我们。

——王尔德

守时的康德

德国哲学家康德是一个十分守时的人。他认为无论是对老朋友还是对陌生人，守时都是一种美德，代表着礼貌和信誉。

1779 年，德国哲学家康德计划到一个名叫瑞芬的小镇去拜访朋友威廉·彼特斯。他动身前曾写信给彼特斯，说 3 月 2 日上午 11 点钟前到达他家。

康德是 3 月 1 日到达瑞芬的，第二天早上便租了一辆马车前往彼特斯家。朋友住在离小镇 12 英里远的一个农场，小镇和农场中间隔了一条河。当马车来到河边时，车夫说："先生，不能再往前走了，因为桥坏了。"

康德下了马车，看了看桥，发现中间已经断裂。河虽然不宽，但很深，而且结了冰。

"附近还有别的桥吗？"他焦急地问。

"有，先生，"车夫回答说，"在上游 6 英里远的地方。"

康德看了一眼怀表，已经10点钟了。

"如果走那座桥，我们什么时候可以到达农场？"

"我想应该在12点30分。"

"如果我们经过面前这座桥，最快能在什么时间到？"

"不用40分钟。"

"好！"康德跑到河边的一座农舍里，向主人打听道："请问您的那间破屋要多少钱才肯出售？"

"您要我简陋的破屋，这是为什么？"农夫大吃一惊。

"不要问为什么，您愿意还是不愿意？"

"给200法郎吧。"

康德付了钱，然后说："如果您能马上从破屋上拆下几根长的木头，20分钟内把桥修好，我将把破屋还给您。"

农夫把两个儿子叫来，按时完成了任务。

马车快速地过了桥，在乡间公路上飞奔，10点50分抵达农场。在门口迎接的彼特斯高兴地说："亲爱的朋友，您真准时。"

金玉良言

守时其实不是一件小事，它能够折射出一个人的生活作风与一贯的行事方式。如果你从小就有守时的观念与习惯，一定能够凭着意志与恒心做成生命里许多重要的事情，并且赢得他人的尊重。

成长哲理

放弃其他的想法，瞄准一个目标。把所有的时间和精力都投入到一件事上，努力地实现它。正如康德无桥过河一样，与其去尝试其他途径，错过最佳时机，不如专心探索摆在面前最快捷的一条。

美德大多存在于良好的习惯中。

——佩利

大公鸡和漏嘴巴

一只大公鸡在院子里走来走去，这里啄啄，那里啄啄，找不到虫子吃，急得咕咕直叫。一个叫军军的小朋友捧着饭碗，坐在院子里吃饭。他一边吃，一边瞧着花蝴蝶飞来飞去，饭粒撒了一身，撒了一地。

大公鸡看见了，可高兴啦！它连飞带跑地奔了过去，嘴里嚷着："好运气，好运气！今天碰到一个漏嘴巴的小弟弟。"

大公鸡跑到军军身边，啄起地上的饭粒来，笃、笃、笃、笃，啄得可快呢。真好玩！军军也越看越高兴，连吃饭都忘了。

一会儿，大公鸡把撒在地上的饭粒吃光了。它还是没吃饱。大公鸡抬起头来看了看，发现军军的裤子上也有饭粒，就又来啄他的裤子。

军军说："大公鸡，大公鸡，你怎么啄我呀！"

大公鸡说："小弟弟，小弟弟，我不是啄你，我是啄饭粒呀！"

一会儿，大公鸡把撒在裤子上的饭粒吃光了，它还没吃饱呢。大公鸡抬起头来看了看，好啊，军军的衣服上还有饭粒，就来啄军军的衣服了。

军军着急地喊道："大公鸡，大公鸡，你怎么啄我呀！"

大公鸡说："小弟弟，小弟弟，谁啄你了，我是啄饭粒呀！"

一会儿，大公鸡把撒在衣服上的饭粒吃光了，它还没吃饱呢。大公鸡又抬起头来看了看，哦，军军的嘴巴旁边还粘着一些饭粒呢，大公鸡就来啄军军的嘴巴。

军军害怕地哭了，他端起饭碗就跑："大公鸡，大公鸡，别啄我，别啄我！"

大公鸡说："小弟弟，小弟弟，别跑，别跑。我不啄你，我不啄你，你嘴巴旁边有粒饭，让我吃了它！"

大公鸡张开翅膀，一跳，就跳到军军的肩膀上，朝着他嘴巴上的饭粒，笃地啄了一下。

军军吓得哭了起来。"奶奶快来呀，奶奶快来呀！"

大公鸡可高兴呢，高兴地唱起儿歌来：

小弟弟，

漏嘴巴，

小饭粒，

随便撒。

他没吃饱饭，

我快吃饱啦……

奶奶来了，军军问奶奶："奶奶，奶奶，您快给我瞧瞧，我的嘴巴漏了吗？"

奶奶说："傻孩子，哪有漏嘴巴呀，是你吃饭的时候，东看看，西瞧瞧，把饭都撒了。"

奶奶又给军军盛了半碗饭，"快吃、快吃，可别再撒了。"军军端着饭碗吃饭。大公鸡又来了，它说："我还没吃饱呢。漏嘴巴，漏嘴巴，撒点饭粒让我吃呀！"

大公鸡等呀，等呀，怎么了？一粒饭也没吃到。哦，军军这回吃饭，可不东看看西瞧瞧了！

军军把饭吃得干干净净，拿着空碗让大公鸡瞧了瞧，对它说："我是好孩子，不是漏嘴巴。"大公鸡没办法，耷拉着脑袋，只好去找虫子吃了。

金玉良言

很多孩子存在一边吃饭一边撒饭粒的现象。这个坏习惯是要不得的，因为这不仅浪费粮食，还不利于身体的健康，而且从礼仪上来说，也是非常没有礼貌的。所以，我们要认真对待生活中的小事，事实上，习惯的养成都是从小事开始的。

成长哲理

很多事情，不管是好是坏，只要你养成了习惯，就觉得难以改变。所以在日常生活中，我们要培养好习惯，改掉坏习惯。通过长期积累，自然会形成好习惯，让我们的学习和生活越来越好。

吃饭的时候不要东看看，西看看，要认真吃饭，才是好孩子。

孩子成功教育从好习惯培养开始。

——巴金

睡懒觉的鸟弟弟

森林里住着两只小鸟兄弟。鸟哥哥是一只早起的鸟，每天早晨公鸡一啼叫，它就睁开眼睛，离开温暖的窝去给大树爷爷捉虫子，因为树爷爷年纪大了，身上长满了虫子，所以身上的叶子总是枯黄枯黄的。只要捉净了虫子，树爷爷的病就会好。

而鸟弟弟呢，它可懒惰了，做什么事情都是懒洋洋慢腾腾的，特别是早晨，它最不爱起床了。不管鸟哥哥怎么催促，它都挪不了窝。每天太阳晒到屁股了，它才不紧不慢地挣扎起来，嘴巴里还嘟囔着："臭哥哥，坏哥哥，一大早都不让我安睡，真没意思。捉虫子有什么好玩的，能比我荡秋千好玩吗？"说完，它随便吃了几条哥哥留下的虫子就出去玩了。

你瞧，它一会儿抓着树枝荡秋千，一会儿跟树下的小兔子聊天，一会儿飞到高高的云霄去玩，一整天都很开心。等到天很黑了，它才回到森林里，而这个时候，鸟哥哥早已经入睡了。鸟弟弟觉得自己的生活才有意义，哥哥的生活也实在太枯燥乏味了！

后来，远方的森林里发生了虫害，鸟哥哥作为树医生被邀请去给大树治病。临走之前，鸟哥哥再三嘱咐鸟弟弟："弟弟，我这一次去，需要几个月的时间，你自己一定要早点起床捉虫子，晚了，就捉不到虫子了。"

"知道了，知道了！"鸟弟弟不耐烦地说。

鸟哥哥走了以后，鸟弟弟开心地想：太好了，从此再没有谁能催我早起了，我终于可以痛痛快快一觉睡到天大亮了！

第二天，鸟弟弟果然睡到中午才醒来。它开心地伸了一个懒腰，习惯性地去吃哥哥准备好的虫子。但是，因为鸟哥哥不在，它不能像往常一样吃到已经准备好的食物，鸟弟弟只好自己去捉虫子了。

鸟弟弟在森林里飞了一圈，却不知道该从哪里找食物吃。它这里飞飞，那里看看，最后什么都没找着，也没有心情玩了，就饿着肚子回家去。就这样，鸟弟弟一天比一天饿，一直都找不到虫子吃，最后被饿死了。

金玉良言

在生活中照顾好自己，是我们在成长过程中必须学会的一种能力。我们要积极地锻炼自己，努力做到自己的事情自己做。不懒惰，遇事多思考，积极想出解决问题的办法。不要像鸟弟弟那样，养成懒惰的坏习惯，最终将自己饿死了。

成长哲理

把勤奋变成一种习惯，对一个有决心能坚持的人来说，所有的困难都能迎刃而解。而懒惰的坏习惯只会让人一事无成，最终伤害的还是自己。

勤奋和智慧是双胞胎，懒惰和愚蠢是亲兄弟
——谚语

最勤快与最懒惰

森林里有一只红色的公鸡。每天早晨，当太阳公公刚刚睁开眼睛的时候，大公鸡就扬起脖子大声地叫着："起床了！"森林里的动物们就在公鸡的叫声中醒来了。

有一天，森林里的动物们要举行一次选拔赛，选出最勤劳的动物。早晨，大公鸡的叫声在森林里飘啊飘啊，飘到猪妈妈的耳边，猪妈妈推了推身边的小猪，说："猪宝宝，快起床啦！公鸡都叫了！"猪宝宝翻了个身，又呼呼地睡着了。

大公鸡的叫声在森林中继续飘啊飘，飘到了啄木鸟医生的耳边，啄木鸟医生昨天晚上为树伯伯做了个手术，很晚才睡，听到公鸡的叫声，使劲儿伸了伸腰，起床了。

"起床啦！"大公鸡刚叫第二遍，森林里的小鸟、蝴蝶和小鹿都起来了。

当太阳刚刚升到树梢的时候，小动物们都聚集在大象伯伯的家里参加选拔赛。小鸟说："啄木鸟医生每天早早起来给树伯伯治病，她是最勤劳的。"啄木鸟医生谦虚地说："不不不，大公鸡才是最勤劳的，是他每天早晨叫大家起床的，要是没有大公鸡，我有几次都差点睡过头了！"

这时候，刚刚睁开眼睛的小猪迷迷糊糊地走进来说："才不是呢，我就没听见公鸡的叫声！"小动物们一看，小猪的脸都没洗，脸上一道又一道，是晚上睡觉时抹的吧！

"哈哈……你还说别人，你是最懒惰的，太阳都晒到屁股了，你才起来。大公鸡叫的时候，你还在做梦吧！"小动物们又大笑起来，小猪的脸通红通红的，可不好意思了。

大象伯伯说话了："小猪是个知错就改的好孩子，以后他会改掉懒惰的毛病的，小猪，你说对不对？"小猪说："对，我以后一定要勤快起来！大公鸡帮帮我吧！"大公鸡说："好吧，每天早晨我叫你起来，和同伴们一起锻炼身体。"

从那以后，森林里最勤快的公鸡和最懒惰的小猪成了好朋友。每天在公鸡的叫声中，小猪都会及时睁开眼睛。渐渐地，小猪也变勤快了。

金玉良言

一个人要对自己负责，知错能改，勤奋努力地改掉坏习惯，培养好习惯。想要成为一个有用的人，就必须付出辛勤的汗水。克服懒惰，积极行动，这样我们才会赢得成功的人生。

成长哲理

我未曾见过一个勤奋、谨慎、诚实的人抱怨命运不好；良好的品格，优良的习惯，坚强的意志，是不会被所谓的命运击败的。

　　以前小猪总是爱睡懒觉，后来他改掉了爱睡懒觉的坏习惯，是一个知错能改的好孩子。

> 坚持锻炼是一种人类必需的好习惯。
>
> ——罗斯福

"游回"健康的罗斯福

美国历史上唯一连任四届的总统——罗斯福，少年时期就是一个热爱体育锻炼的人。

1921 年夏天，39 岁的罗斯福在坎波贝洛休假期间，不幸患了小儿麻痹症。疾病使罗斯福瘫痪在床。他一面接受治疗，一面加强体育锻炼，这样的治疗，效果很显著。通过体育运动，罗斯福的肌肉功能得到了恢复。罗斯福非常自信地说："我不相信这个娃娃病能够整倒我一个堂堂男子汉，我要战胜它……"

病情稍有好转，罗斯福就在病床上活动手脚，和儿子角力，做游戏。他每天借助挂在病床边的机械进行各种力量练习，锻炼肌肉活动功能，然后下床挂着拐杖练习走路，每天增加几步。1922 年，罗斯福回百老汇的信托公司去上班时，因拐杖失去控制，他摔了个仰面朝天。但他并没有气馁，而是爬起来继续前进。罗斯福这种坚韧不拔的毅力，让周围的人都敬佩不已。

一位叫洛维特的医生建议他用游泳来治疗疾病。罗斯福听从了大夫的建议，试着用游泳治疗疾病。

罗斯福第一次下水时，他觉得四肢舒缓，感觉十分兴奋，因此天天进行游泳治疗。后来，同事介绍他到亚特兰大附近的温泉治疗。他到了温泉，不用撑木，也能在水中站立，慢慢地走动。

1925年夏天，罗斯福丢开拐杖，开始慢走。当时的报刊用醒目的大字标题"游回健康"来报道他战胜疾病的事迹。

游泳治好了罗斯福的疾病。罗斯福任总统后，仍然坚持游泳，还在炎热的夏天里打高尔夫球，一天至少活动45分钟。

运动使罗斯福身材健硕挺拔，容貌不减当年。耶鲁大学著名教授沃尔特·坎普说："罗斯福体形优美，像一个运动员那样肌肉发达。显然，这跟总统先生的爱运动是分不开的。"

金玉良言

　　运动不仅能战胜疾病，还能让人身心保持年轻，这就是体育锻炼的好处。在日常生活中，我们也应该养成运动的习惯，做一个热爱运动的好孩子。不管生活多么忙碌，学习多么紧张，都不要忘记让自己每天都进行体育锻炼。

成长哲理

　　坚持锻炼需要有坚强的意志，一个意志不坚定的人是很难做到坚持持久锻炼的，所以，如果我们想成为一个坚强的人，就先从坚持锻炼身体开始吧。

好的习惯比法律还正确。

——欧里庇德斯

隐藏的杀手

一根小小的柱子，一截细细的铁链子，拴得住一头千斤重的大象，这不荒谬吗？可这荒谬的场景在印度和秦国随处可见。那些驯象人，在大象还是小象的时候，就用一条铁链将它绑在水泥柱或钢柱上，无论小象怎么挣扎都无法挣脱。小象渐渐地习惯了不挣扎，直到长成了大象，可以轻而易举地挣脱链子时，也不挣扎。

驯虎人本来也像驯象人一样成功，他让小虎从小吃素，直到小虎长大。老虎不知肉味，自然不会伤人。驯虎人的致命错误在于他摔了一跤之后让老虎舔净他流在地上的血，老虎一舔而不可收，终于将驯虎人吃了。

小象是被链子绑住，而大象则是被习惯绑住。

虎曾经被习惯绑住，而驯虎人则死于习惯——他已经习惯于他的老虎不吃人。

当一个人长久地做同一件事情的时候，他就会产生机械感，以后他再做这件事时就不会再有任何思考了。其实坏习惯又何尝不是这样，当我们养成一个坏习惯并习以为常的时候，我们往往都是不假思索地去做，而这个坏习惯可能就是一枚定时炸弹，说不定什么时候就给我们一个惨痛的教训。

坏习惯就像隐藏的天敌，不知道什么时候就会给我们致命一击。这个故事就说明坏习惯对我们所产生的重大影响。但是这并不是不可避免的，我们完全可以在生活中发现坏习惯时，就加以改正，这样就可以做到未雨绸缪。

　　虎曾经被习惯绑住，而驯虎人则死于习惯——他已经习惯于他的老虎不吃人。

少成若天性，习惯如自然。

——孔子

孟母择邻

孟子的母亲十分注重环境对人的思想品德的影响，曾先后迁居三次。

孟母起初带着年幼的孟轲，住在一所公墓附近。孟轲看见人家哭哭啼啼地埋葬死人，他也学着玩。孟母见了，很快把家搬到了一个集市的附近。在新家附近，孟轲看见商人们自吹自夸地卖东西赚钱，觉得很有趣，便又学着玩。孟母看在眼里，很快将家搬到了靠近学堂的地方。孟轲很快就开始跟着学堂的学生学习礼节，还提出上学的请求。孟母这才高兴地说："这里才是适宜我儿居住的地方。"

后来，孟子果然未辜负慈母心，成了战国时期著名的思想家和教育家。

金玉良言

习惯都是在不知不觉中培养出来的，所以外来的影响至关重要。我们需要正视所处的环境，学会选择合适的成长环境，才能培养出良好的生活习惯。

成长哲理

要改掉一个习惯往往并不容易，尤其是一些已经习以为常的坏习惯。因此，我们要从小养成良好的习惯，这将使我们受益终生。当不良习惯露出苗头时，就应该坚决改正，否则将深受其害。

积千累万，不如养个好习惯。

——叶圣陶

习惯的差距

二子剃头

有个孩子叫二子，二子在师傅家学剃头，初学用冬瓜当"脑袋"练习技术。练习时，师娘常唤他买东西、哄孩子。每当这时，二子就得停下刀，去师娘那儿帮忙。可刀又没处放，就只好剁在冬瓜上立着，然后回来接着练。半年来，手艺学好了，可往冬瓜上剁刀的习惯也养成了。

这一天，二子给师傅的邻居剃头，初试身手格外小心，正剃半截儿，师娘又招呼二子去干活儿，结果二子把剃刀往邻居头上一剁……

乔治关门

英国前首相劳合·乔治有一个习惯——随手关上身后的门。

有一天，乔治和朋友在院子里散步，他们每经过一扇门，乔治总是随手把门关上。

"你有必要把这些门关上吗？"朋友很是纳闷。

"哦，当然有这个必要。"乔治微笑着对朋友说，

"我这一生都在关我身后的门。你知道，这是必须做的事。当你关门时，也将过去的一切留在后面，不管是美好的成就，还是让人懊恼的失误，然后，你才可以重新开始。"

金玉良言

如果说良好的习惯是一种道德资本，那么，坏习惯就是道德上无法偿清的债务。改变好习惯比改掉坏习惯总是容易得多，这是人生的一大悲哀。因此，在坏习惯出现苗头的时候，就要坚决果断地去改正，不要以任何理由去放纵它。

成长哲理

坏习惯是我们打不开的心锁，坏习惯是我们转不过的弯，坏习惯是我们看不见的障碍……好习惯要保持，坏习惯要改正，永远别让坏习惯左右我们的未来。

思想引导行为；行为养成习惯；习惯造就性格；性格决定命运。

——约·凯恩斯

贵在坚持

齐白石是我国著名的书画家。他非常珍惜时间，从不浪费时间，他一直用一句警句来勉励自己，这句警句就是："不教一日闲过。"他对自己提出了一个标准，就是每天要挥笔作画，一天至少要画5幅。直到他90多岁，他还一直坚持这么做。

有一次，齐白石的家人和朋友、学生来给他过90岁生日，在喜庆的气氛中，他一直忙到很晚才把最后一批客人送走。这时他想起，当天5幅画还没有完成呢，应该作完画再睡觉，于是他拿起笔作画，由于过度疲劳，难以集中精力，在家人的一再劝阻下，他才去休息。第二天，齐白石早早地起床了，家人怕他累坏身体，都劝他再多休息一会儿，可齐白石却十分认真地说："昨天客人多，我没有作画，今天可要补上昨天的'闲过'呀！"说完他又认真地作画了。

古代苏格兰国王罗伯特·布鲁斯，6次被入侵之敌打败，失去了信心。在一个雨天，他躺在茅屋里，看见一只蜘蛛在织网。蜘蛛想把一根丝缠到对面墙上去，6次都没有成功，但经过第七次努力，终于达到目的。罗伯特兴奋地跳了起来，叫道："我也要来第七次！"他组织部队，反击入侵者，终于把敌人赶出了苏格兰。只要勇敢面对，只要有一点希望，就决不放弃，最终一定能取得成功。

金玉良言

要学会坚持，坚持好习惯，也坚持去努力，习惯去努力。而习惯是日积月累的细节。培养孩子良好的学习习惯和高尚的道德情操，应从大处着眼，小处着手，在一举一动、一言一行中逐渐养成。

成长哲理

做一件事，一旦开始，就要坚持到底，让坚持成为自己最持久的好习惯。成功是从日常的坚持不懈中发展和巩固起来的，正如玉石越磨越亮，黄金越炼越纯一样。

不教一日闲过。

> 当你开始依照习惯行事，你的进取精神就会因此而
> 丧失。
>
> ——乌纳穆诺

勤学好问的好习惯

张衡是东汉时期杰出的科学家，他从小养成了爱想问题的好习惯，对周围的事物，总要寻根究底，弄个水落石出。

在一个夏天的晚上，张衡和爷爷奶奶在院子里乘凉。他坐在一张竹床上，仰着头，呆呆地看着天空，还不时举手指指画画，认真地数星星。

张衡对爷爷说："我数的时间久了，看见有的星星位置移动了，原来在天空正中的，后来偏到西边去了；有的星星出现了，有的星星又不见了。它们不是在动吗？"

爷爷说道："星星确实是会移动的。你要认识星星，先要看北斗星。你看那边比较明亮的七颗星，连在一起就像勺子，很容易找到……"

"噢！我找到了！"张衡很兴奋地问："那么，它是怎样移动的呢？"

爷爷想了想说："大约到半夜，它就移到地平线上，到天快亮的时候，这北斗就翻了一个身，倒挂在天空……"

这天晚上，张衡一直睡不着，多次起来看北斗星。夜深人静，他看到那闪烁而明亮的北斗星果然倒挂着，他感到非常高兴。他想：这北斗星为什么会这样转来转去，是什么原因呢？天一亮，他便赶去问爷爷，谁知爷爷也讲不清楚。

后来，张衡长大了，因为勤学爱问爱思考的习惯，使他获得了更多别人不知道的知识，成为学识渊博的人。皇帝得知他才华出众，就把他召到京城洛阳担任太史，主要掌管天文历法方面的事情。

金玉良言

养成好习惯是人生中非常重要的事情。一个好的习惯能让人更加突出，更加优秀，更能在困境中找到解决问题的方法。倘若张衡没有那些好习惯，那他将注定平庸一生，他的人生价值也不可能像当时那样得到完美的实现，更不会被历史铭记。而好习惯则要从小培养，才更容易养成。

成长哲理

无论好习惯还是坏习惯都是后天养成的，而不是天生的，所以我们在生活中要注重自己的兴趣和行为，养成良好的习惯。从张衡的故事中，我们更能懂得一个好习惯的重要性。

习惯能造就第二天性。

——西塞罗

一双筷子

一天，我与一位朋友吃饭，恰好父亲来看我，我便把父亲接来一起吃。父亲是个寡言之人，吃饭期间，他一直静静地听我们聊天，很少插话。回家的路上，父亲说："你这个朋友，不可深交。"

我愕然，问道："爸，怎么了？"这个朋友，是因生意认识的，我与他合作过几次，对他印象不错。

父亲说："虽然我对他不甚了解，但从吃相看，基本可以看出他是个怎样的人。"

算起来，这是我与朋友第二次在一起吃饭，我对他的吃相没怎么注意。

"我注意到他夹菜的一个习惯性动作，他总是用筷子把盘子底部的菜翻上来，划拉几下，才夹起菜，对喜欢吃的菜，更是反反复复地翻挑，就好像把筷子当成锅铲，把一盘菜在盘子里重新炒了一次。"

我不以为然地说："每个人习惯不同，有的人喜欢细嚼慢咽，有的人喜欢大快朵颐，不可苛求。"

父亲摇摇头说："如果一个生活困窘的人面对一盘盘美味佳肴，吃相不雅可以理解，可你这位朋友本是生意之人，物质生活并不困苦，如此吃相，只能说明他是个自私、狭隘之人。面对一盘菜，他丝毫不顾及别人的感受，用筷子在盘子里翻来覆去地炒，如果面对的是利益的诱惑，他一定会不择手段，占为己有。"

接着，父亲讲起他小时候的故事。父亲5岁时，爷爷就去世了，孤儿寡母的日子过得极为窘迫，常常食不果腹。有时去亲戚家做客，奶奶会提前反复叮嘱父亲："儿啊，吃饭时一定要注意自己的吃相，不能独自霸占自己喜欢吃的菜，那会被人耻笑的。我们家穷，但不能失了礼节。"奶奶的话，父亲铭记于心，即使面对满桌美味佳肴，他也不会失态，总能控制有度。

最后，父亲意味深长地说："不要小瞧一双筷子，一个小小的细节，可以看出拿筷子者的修养和人品。"

后来发生的一件事，印证了父亲的话，为了一点蝇头小利，那位朋友果然弃义而去。

金玉良言

　　一个人的一生，诱惑何其多，但要时刻对欲望加以节制，好的东西，更不能占为己有，要与人分享。人在生活中的小习惯往往会暴露一个人的性格和本质，因此要注意生活中的细节，注意对自己习惯的培养。

成长哲理

　　一双筷子，一件小事，一个人的小习惯就将自己的个性和人品完全展示出来，因此好习惯和坏习惯在生活中非常重要。路是一步一步走的，恶习是一点一点养成的。要培养好习惯，和坏习惯说再见，树立正确的人生观和价值观，是成功所必不可少的。

　　不要小瞧一双筷子，一个小小的细节，可以看出拿筷子者的修养和人品。

> 既然习惯是人生的主宰，人们就应当努力求得好的习惯。习惯如果是在幼年就起始的，那就是最完美的习惯，这是一定的，这个我们叫作教育。教育其实是一种从早年就起始的习惯。
>
> ——培根

来自女儿的信

敬爱的老爸：

"哐当"一声，伴着关门声，您拖着疲惫的身子回到了家。还未坐下，在打火机轻轻的吧嗒声中，一支烟被点燃了，顿时，客厅里烟雾弥漫。您坐在沙发上，享受极了，双眼微微半闭，脸上的倦容一消而散，如腾云驾雾般好不快活。高高上扬的嘴角，时不时发出剧烈的咳嗽声。这一刻，我多么想冲到您面前将您手中的烟夺去啊！爸爸，您可不可以不要吸烟？

爸爸，您想过吗？每当您抽烟时我是多么的难受。您知道我有多讨厌您吸烟吗？您吐出的那一个又一个的烟圈总是在我身边缭绕，呛得我咳嗽，熏得我流泪。爸爸，您手中的香烟可是慢性毒药，它会在您享受的时刻腐蚀您的肺，让生命在烟雾中逐渐消失。而您吐出的尼古丁却是对您身边的人最大的危害。

很多次，我尝试着想让您戒烟，可烟瘾像一根绳子紧紧拉着您，令您无法下定戒烟的决心。爸爸，您甚至为了烟对我大发雷霆。您还记得吗？那是一个寒冷的夜晚，您和我开着车驶在回家的路上。风从车窗吹进来，呼呼地吹在脸上如刀割一样疼。树在风中沙沙地响着，像猛兽的怒吼，让人害怕至极，您的烟瘾犯了，点燃了一支烟。在袅袅的烟雾中，您惬意极了。长时间驾车的疲惫，一扫而光。我却被这烟熏得头晕眼花，胸口发闷。喉咙如针扎般疼痛，眼泪在眼眶里打转转，别提有多难受了。我沙哑着喉咙轻声说："爸爸，可以不吸烟吗？我好难受。"虽是晚上，但我还是清楚地看到了您脸色的变化。原本微微泛红的脸瞬间变成了铁青色，眉毛高高扬起，在额头上拧成了一个大大的结，眼睛愤怒地盯着我。我被您的变化吓了一大跳，心像一只小兔子般怦怦直跳。夜很静，只能听到您"咯吱咯吱"的磨牙声和我心脏怦怦跳的声音，在死一般的寂静后，您开口了，声音是那么的吓人，"我吸一根烟怎么了？会怎么样？"我的脸一下变得煞白，哆嗦着回答道："爸爸，吸烟不好，对肺不好。""什么？我还要你来教育我了？我肚子疼，难道吸根烟分散一下痛有错吗？"您的每一句话，每一个词，每一个字无不是怒火万丈。我吓呆了，耳边一遍又一遍回响着您那"我有错吗"的话语，心里凉了半截。爸爸，为何我叫您别吸烟，您却如此大发雷霆呀！我是在为您好呀。

您看，那一本本关于健康的书刊上都写着吸烟有害健康。爸爸，您瞧，现在的烟民越来越少了，禁止吸烟的地方越来越多了，这一切不都表明了吸烟是对身体不好的吗？

爸爸，女儿请您答应我一个要求，别再吸烟了，好吗？

您的女儿

2017 年 11 月 17 日

金玉良言

父母的一言一行都会影响孩子。一个坏习惯不仅会对自己造成影响，让自己饱受折磨，更会摧残下一代。父母是孩子的第一任老师，只有父母养成好习惯，给孩子做一个正确的榜样，才能更好地引导孩子走上正确的道路。

成长哲理

我们生活在一个国家，一个社会，一个家庭当中，个人的习惯不仅仅会影响你自己，也会对你身边的其他人造成影响，而习惯的好坏直接决定你对他人影响的好坏。要学会自律，让自己的坏习惯收敛起来，用好习惯去改变其他人，让世界更美好。

在克服恶习上，迟做总比不做强。

——利德益特

父亲的规矩

我的爸爸曾经是一名海军，在对我的教育方面，往往比一般的家长要苛刻些。爸爸似乎从来都不过分要求我的学业有多出色，但对于我的行为举止、生活习惯等方面却抓得十分紧。例如，不能说脏话，长辈在说话时要认真听，大人谈话不能插嘴，长辈问话要及时答应；还比如，做事要稳重，不能火急火燎，房间要自己打扫；再有就是坐有坐相站有站相。

记得有一次写作业，我趴在桌子上，下巴也靠在书桌上，爸爸就提醒了我一次，不过一会儿，我便又懒散地趴下了。爸爸就走过来一把把我提起，严厉地斥责了我，还罚我端正地坐在书桌前半个小时。他说："你没有第二次机会，只有一次提醒，所以你必须要做到位。"

还有一件事，也是一直以来我认为是我坚持下来的最艰难的事——就是不管春夏秋冬，早晨只能用冷水洗脸。当初爸爸立这个规矩的时候，爷爷奶奶都不同意，都怕我冻着生病，可是爸爸还是坚持要我做，所以从 7 岁上学起，我每天早上都用冷水洗脸，没有一次破例过。有几次零下十多度，看着妈妈脸盆里冒着热气的水，我既羡慕又无奈，但爸爸坚持的是按条理做事，一件事没做好他就不会让我进行下一项。一日之计在于晨，如果我不用冷水洗漱，拖着不做，我就吃不到早餐，没人送我上学等，我要为我早上的决定负责。

就这样，我在父亲的引导下养成了一些他人觉得过于严苛的习惯。但我现在深深地感受到，这些习惯都是对我有益的。在学校里，当我看到身边的同学一个个都戴着眼镜，有的捶背，有的捏着脖子扭动时，我才知道，父亲一直以来让我坐端正的缘由；当我看到其他同学在寒冬之际得了感冒，我才明白坚持用冷水洗脸的好处；当我听到同学们抱怨学校种种的行为规范时，我才领悟到这些对于他们的约束，都只不过是我平日里的习惯罢了。

我感谢我的父亲，是他在我年幼之时引导着我，帮助我养成了许多好习惯，教会了我如何去坚持。

习惯的养成必定是一个漫长的过程，需要多次重复，形成记忆，再成为自己的无意识行为，这个过程首先会让你有些不适，有些拘谨，但结果一定会让你刻骨铭心，且终生受益。

请记住，如果生命是朵花，那习惯就是花瓣，没有花瓣，花朵怎能绽放。

花的开放需要一片片花瓣，而好习惯的积累能让你的人生之花开得更加美丽。花开还是谢，取决于你自己的习惯。所以，加油吧，向坏习惯说再见，让人生之花常开不败。

　　我感谢我的父亲，是他在我年幼之时引导着我，帮助我养成了许多好习惯，教会了我如何去坚持。

> 做一件好事并不难，难的是养成一种做好事的习惯。
>
> ——亚里士多德

让行善成为一种习惯

无需慷慨激昂之语，不用惊天动地之举，举手之劳助他人，细微之处现善心。让行善成为我们的一种习惯，世界会因你我变得更温暖。

行善贵在坚持。一个人做点好事并不难，难的是一辈子做好事，不做坏事。生活中，有的人因善小而不屑为，有的人因善要常为而不能为，有的人因善要付出而不愿为。殊不知，行善就在我们身边。

最美女教师张丽莉，当她看到客车撞向学生的那一刻，毅然决然地伸出了双手，她推开的是两个鲜活的生命，挽救的是两个家庭的希望，唤醒的是这个社会的良知与善心。我想，那一刻，张丽莉应该什么都没想，什么也都来不及想。都说人生没有彩排，可即便再次面对那一刻，相信这也是她不变的选择。那是一种人性的本能，更是一种让人肃然起敬的习惯。

吴斌，一个普通的客车司机，驾驶客车行驶在高速公路上，意外遭受金属片袭击，在生命垂危的情况下，拼尽全力停车、开门、打双闪、疏散乘客。诚然，生死瞬间的那一刻，他不可能纠结于是先自救还是先救人。那一连串的动作，与其说是选择，不如说是一种本能，更是一种让人为之动容的习惯。

我们都是苍穹下奔波忙碌于浮世的小人物，我们的行善也都是在生活日常中伸一下援助之手，普通而微小。我们都有一颗善心，中学生、律师、清洁工、公交车司机，没有谁的善心更高贵，正如布鲁斯所言"英雄可以是任何人"，行善可以流露于举手投足间。对人以会心的微笑是善，公交车上让座是善，甚至与落单的老人闲聊，也是行善的体现。

当然，一个不可回避的事实是，时下，确有善举被误读，行善惹风波的新闻。江苏南通的三轮小贩反诬救助自己的公交车司机，广东佛山的跌倒老人反诬救助自己的热心狱警……这些，确实让行善者心寒，让欲行善者心冷。

但是，这并不应该成为我们拒绝行善的借口。2011年10月13日，两岁的小悦悦相继被车两次碾轧，7分钟内，18名路人路过，但都视而不见，默然离去。重庆南坪一80岁的老人摔倒在地，手足抽搐，无人敢扶。

难道我们就因为一次噎住就再也不吃饭？难道我们就因为有人在街上被高空坠物砸中就再也不出门？难道我们就因为一朝被蛇咬而十年怕井绳？不，我们不能。公理自在人心，浮云不可能遮住艳阳，当然也不可能更不应该遮住我们的善心。

金玉良言

我们是祖国的未来，是新时代社会主义的接班人，我们应该弘扬中华民族的传统美德，而一切美德的基础就是善，善是生命的最强光，心存行善之心，去做自己力所能及之事。

成长哲理

让行善成为一种习惯，不需要多么惊天动地，只要我们有一颗正能量的心，随时随地去行善。将行善当作我们一生的习惯，坚持下去，让人生更有意义。

一个人的性格决定着他的命运。

——绪儒斯

战胜坏习惯

美国得克萨斯州的石油大亨保罗·盖蒂曾经是个大烟鬼，烟抽得非常凶。

有一次，他度假时开车经过法国，天降滂沱大雨，开了几小时车后，他在一个小城的旅馆过夜。吃过晚饭，疲惫的他很快就进入了梦乡。

凌晨两点钟，盖蒂醒来。他的烟瘾又犯了，很想抽一根烟。打开灯，他自然地伸手去抓睡前放在桌上的烟盒，不料里头却是空的。他下了床，搜寻衣服口袋，毫无所获，他又搜寻行李，希望能发现他无意中留下的一包烟，结果又失望了。

这时候，旅馆的餐厅、酒吧早关门了，他唯一可能得到香烟的办法是穿上衣服，走出去，到几条街外的火车站去买。

越是没有烟，想抽的欲望就越大，有烟瘾的人大概都有这种体验。盖蒂脱下睡衣，穿好了出门的衣服，在伸手去拿雨伞的时候，他突然停住了。他问自己：我这是在干什么？

盖蒂站在那儿寻思，一个所谓的知识分子，而且相当成功的商人，一个自以为有足够理智对别人下命令的人，竟要在三更半夜离开旅馆，冒着大雨走过几条街，仅仅是为了得到一支烟。这是一个什么样的习惯，这个习惯的力量有多么强大啊！

没过多久，盖蒂就下定了决心，把那个空烟盒揉成一团扔进了纸篓，脱下衣服换上睡衣回到了床上，带着一种解脱甚至是胜利的感觉，几分钟后进入了梦乡。

从此以后，保罗·盖蒂再也没有抽过香烟。后来，他的事业也越做越大，成为世界顶尖的富豪之一。

金玉良言

一个小小的习惯有时候能够决定一个人的命运。保罗能够发现自己的坏习惯并加以改正，却成为一个影响他一生的好习惯，而这个好习惯也间接使他的事业得到了飞速发展，甚至让他成为一个在全世界具有影响力的石油大亨。

成长哲理

　　好习惯可以让人立于不败之地，坏习惯则会让人从成功的宝座上跌下来。既然人有可能养成一种习惯，那肯定他也有能力改掉这种习惯。所以，不要给自己找理由，勇敢地改掉自己的坏习惯吧！

这是一个什么样的习惯，这个习惯的力量有多么强大啊！

习惯支配着那些不善于思考的人们，好习惯可以保证他们不成为坏人。

——华兹华斯

特殊的招聘

一个商人需要一个小伙计，他在商店的窗户上贴了一张独特的广告：招聘一个能自我克制的男士。每星期40美元，合适者可以拿60美元。"自我克制"这个术语引起了争论，这引起了小伙子们的思考，也引起了父母们的思考，自然也引来了众多求职者。

每个求职者都要经过一个特别的考试。卡特也来应聘，他忐忑地等待着，终于，该他出场了。

"能阅读吗？"

"能，先生。"

"你能读一读这一段吗？"商人把一张报纸放在卡特的面前。

"可以，先生。"

"你能一刻不停顿地朗读吗？"

"可以，先生。"

"很好，跟我来。"商人把卡特带到他的私人办公室，然后把门关上。他把这张报纸送到卡特手上，上面印着卡特答应要不停顿地读完的那一段文字。

阅读刚一开始，商人就放出6只可爱的小狗，小狗跑到卡特的脚边。这太过分了。许多应聘者都因经受不住诱惑要看看美丽的小狗，视线离开了阅读材料，因此而被淘汰。但是，卡特始终没有忘记自己的角色，在排在他前面的70个人失败之后，他不受诱惑一口气读完了材料。

商人很高兴，他问卡特："你在阅读的时候没有注意到你脚边的小狗吗？"

卡特答道："对，先生。"

"我想你应该知道它们的存在，对吗？"

"对，先生。"

"那么，为什么你不看一看它们？"

"因为你告诉过我要不停顿地读完这一段。"

"你总是遵守你的诺言吗？"

"的确是，我总是努力地去做，先生。"

商人兴奋地在办公室里来回走着，然后高兴地对卡特说道："你就是我想要的人。"

卡特以自己坚定的意志，如愿得到了这份工作。

金玉良言

成功来自你对自己真正热爱和擅长的事业的专注——而非来自对每一件偶然事情的挑战。年轻人只有善于克制自己，把精力投入到学习中去，尽心尽力完成自己的职责，才有成功的希望。

成长哲理

学会拒绝诱惑，远离坏习惯，才能离成功更近，离梦想更近。习惯决定成败，卡特的好习惯让他脱颖而出，被老板所赏识，在人生的道路上走得更远。

习惯是社会的巨大的飞轮和最可贵的维护者。

——威·詹姆斯

这样的抠门儿要不得

朋友 A 的老板十分抠门儿，生日搞了一次聚餐，十多个人才吃了三百多元。订了一个蛋糕，一人分了麻将大的一块拿牙签插着吃了。有次搞活动，老板说预算是每人两百块钱标准的礼物，可是经过不知怎样的努力之后，最后发到手的是每人一瓶价值 19.9 元的洗发水。年底给每人发了个红包，拆开一看——里面只有张人民币大小的纸，写着："继续努力！"

类似的事迹流传了很久，成为很长时间无人能破的极品纪录，直到大家碰到了 X 处长。

X 处长家境殷实，总是随身带着一个奢侈品牌的包，每次出去开会，都要把现场剩下的所有铅笔橡皮湿纸巾装进包里。组织活动赠送相关部门的小礼品，无论是书签还是化妆品小样，如果忘记给她留几份，那就别想混了。在外吃工作餐，她会中气十足地跟服务生说："来二十个馅饼，我先打个包。哦，家里人多，少了不够吃。"谁也不晓得她家到底有多少人，无论什么档次的东西都不嫌弃。

有些习惯并不是一开始就有的，但日子长了，在自我的纵容下就变成了理所当然。给我们兼职做校对的一位退休老大爷，年逾七十，走路都摇摇晃晃，每次来都背着大号双肩包，里面装着两个2.5L的塑料瓶，到单位的饮水机前接满水再背回去——每次他一来，半桶纯净水就没了。起初，他会一边接水一边自言自语为自己辩解："天太热了，好渴啊。"念及他的年纪，谁也没好意思说什么，他老人家以后也就省了解释了。当然，临走前他总不忘借用一下电话。其实，除了几千块的退休金，还有几份兼职的收入，我们想不通他为何风雨无阻背水回家——下雪天他走路还摔折过腿。大家听说之后只有摇头叹息。

当抠门成为习惯，思维方式上都不同于常人。我们的邻居阿姨有一次在超市见到卖黏玉米的，一摸兜发现没带钱，回家打发老公出去买。过了一会儿，那个大叔两手空空回来了，说："没买着——人家超市都是两个一起裹着保鲜膜卖的，根本不卖单个的……"

金 玉 良 言

习惯是很个人的，你可以有各种各样的习惯，但是却不能纵容自己的坏习惯，因为偶尔的小毛病，别人可以原谅你，但日久天长，只会让人疏远你。坏习惯会影响你的一言一行，让你的生活蒙上阴影。

成 长 哲 理

别让抠门成为你的习惯，吃亏是福，学会吃亏，懂得吃亏，才能收获更多。好习惯可以让一个人的人生大放异彩，坏的习惯可以毁了一个人的一生。

　　有些习惯并不是一开始就有的，但日子长了，在自我的纵容下就变成了理所当然。

一个钉子挤掉另一个钉子，习惯要由习惯来取代。

——伊拉斯谟

从幼苗到参天大树

一天，一位睿智的教师与他年轻的学生一起在树林里散步。教师突然停了下来，并仔细看着身边的4株植物。第一株植物是一棵刚刚冒出土的幼苗；第二株植物已经算得上挺拔的小树苗了，它的根牢牢地盘踞到了肥沃的土壤中；第三株植物已然枝叶茂盛，差不多与年轻学生一样高大了；第四株植物是一棵巨大的橡树，年轻学生几乎看不到它的树冠。

老师指着第一株植物对他的年轻学生说："把它拔起来。"年轻学生用手指轻松地拔出了幼苗。

"现在，拔出第二株植物。"

年轻学生听从老师的吩咐，略加力量，便将树苗连根拔起。

"好了，现在，拔出第三株植物。"

年轻学生先用一只手进行了尝试，然后改用双手全力以赴。最后，树木终于倒在了筋疲力尽的年轻学生脚下。

"好的",老教师接着说道,"去试一试那棵橡树吧。"

年轻学生抬头看了看眼前巨大的橡树,想了想自己刚才拔那棵小得多的树木时已然筋疲力尽,所以他拒绝了教师的提议,甚至没有去做任何尝试。

"我的孩子",老师叹了一口气说道,"你的举动恰恰告诉你,习惯对生活的影响是多么巨大啊!"

故事中的植物就好像我们的习惯一样,越根基雄厚,就越难以根除。的确,故事中的橡树是如此巨大,就像根深蒂固的习惯那样令人生畏,让人甚至害怕去尝试改变它。值得一提的是,有些习惯比自我认知更难以改变。这一点,不仅坏习惯如此,好习惯也不例外。也就是说,一旦好习惯养成了,它们也会像故事中的橡树那样,牢固而忠诚。在习惯由幼苗长成参天大树的过程中,习惯被重复的次数越来越多,存在的时间也越来越长,它们也越来越像一个自动装置,越来越难以改变。

金玉良言

对待生活中的各种习惯,要慎重筛选,改掉坏习

　　惯，保留好习惯，即使是已经根深蒂固的坏习惯，也要想办法打破它，因为要想有所作为，一定要改变坏习惯，打破束缚，唯有超越自我，才能从中发现不一样的自己和不一样的天地，才能拥有一个更加广阔的舞台。

成长哲理

　　习惯和一株植物的成长一样，如果不能在它幼小的时候就拔掉，那么等它长成参天大树，我们除了敬畏地仰望它，已经没有办法改变它，甚至除掉它了。所以，要慎重对待自己正在萌芽的各种习惯，好习惯就让它茁壮成长，而坏习惯就要立刻斩草除根，不要让它有长成参天大树的可能。

习惯成自然是个魔术师。它对美丽的东西是残酷的，但是对丑陋的东西却是仁慈的。

——威达

学会适应

一位有成就的钢琴家聊天时说："北大荒的 8 年，我不知是怎么过来的。饥饿、肮脏、寒冷，还有险恶的人际关系。"我笑着说："当年你关闭了意识当中有关整洁、温饱的感知阀门，是靠适应这种基本的生物本能过日子的。"

人在耐受力方面常有奇异的功能。这与其归功于毅力，不如算在适应性的账上。由于适应性在人体内部巨大的张力，无论多么高贵、整洁、敏感的人在最后关头都能够委身于贫贱、龌龊、粗鄙的环境中生存。这时，茹毛饮血的远祖的基因在体内被激活，视脏乱差于不顾，求生成了第一要求与唯一的快乐源。

与适应性同样强大的是人的习惯，实际上，习惯是适应的另一种说法。那位钢琴家说："尽管我像狗一样到处寻找食物，但8年中我从来没有说过一句粗话，没有附和过猥琐下流的笑话，我始终在内心的语言系统里抵制这些低级的东西。"

在恶劣的环境中，人的适应性几乎是不加选择的，但人的高贵也在此刻显露出来——决不习惯自己的丑陋。

一个人之所以在许多年后变得庸俗丑陋，是因为在生活中，美好与丑陋的东西几乎一样多，事实上后者更多一些。而人的适应性无时无刻不在发挥作用——在意识之外大显身手。那么，在岁月的河流中，一个人无形之中变得愚蠢、猥琐、诡异与狡黠，就不令人奇怪了。虽然向他们指出这一点，但对方会奇怪甚至愤怒。就比如在冬季，询问随季节变化转换毛色的狐狸：你的毛何以变黄？狐狸也会大吃一惊。

在习惯的力量面前，守卫高贵的途径——只有高贵。

金玉良言

不同的人，不同的地点，不同的时间，人的生活环境都有所不同，我们要做的就是学会习惯，或者说适应环境，这样我们才能生活得更加舒适，更加美好。在外界环境恶劣的情况下，学会适应就是一种好习惯，需要我们养成并一如既往地坚持下去，只有这样才能生活得更好。但有些坚持还是不能丢，有些坏习惯也是没有必要去随波逐流的。

成长哲理

适应是一种习惯，拒绝与新环境相融合，何尝不是一种坏习惯。在我们的生活中，随着社会的变迁，生活水平的提高，我们将会不断面对新的环境，因此我们也无法避免要去接受并适应它。学会适应新的环境是我们成长阶段不可或缺的一种好习惯，而这个好习惯需要我们花时间去培养。

在习惯的力量面前，守卫高贵的途径——只有高贵。

习惯是一条巨缆——我们每天编结其中一根线，到最后我们却无法弄断它。

——梅茵

迟到与脱鞋

在一个企业里，有这样一个人，各方面的条件都不错，本职级的工作年限也满了，应该考虑晋升了。可是他有个上班迟到的坏习惯，几乎每天都要迟到几分、十几分钟。同事们已经对他有意见了，领导也不满意。有人向他挑明这个问题，他还是强调孩子醒不了，没办法早到。其实，他不需要早到，平时让孩子早睡一点、早起一点，按时到就可以。他还是坚持说，孩子起不来，没办法，固执己见，不肯改掉这迟到的毛病。结果，有个空缺需晋升一人予以填补，就因他这个不好的习惯，落在别人后面，眼巴巴地失去了晋升的机会。区区小事，决定了他不仅没能晋升，而且也不能继续在本岗位工作了，因为他超龄了。

坏习惯使人在不知不觉中走向了失败的入口，

而好习惯使人在不知不觉中获得了成功的机会。

苏联航天英雄、第一个遨游太空的加加林，他在众多的航天员中，为何能脱颖而出争得第一呢？说来也极其简单，是因为他有一个讲卫生的好习惯。在确定首次进入太空人选前一周，主设计师罗廖夫发现，在进入飞船参观时，只有加加林一个人把鞋子脱下来，只穿袜子进入座舱。就是这个细节，一下子赢得了罗廖夫的青睐。他说："我只有把飞船交给对它如此爱惜的人才放心。"结果，在别的条件相近的情况下，加加林就凭这一"脱"而取胜了。其实，加加林也并没有刻意考虑要脱鞋，而是他的文明举止习惯成自然后的随意行动。后来，有人对他开玩笑说："加加林，你的成功是从脱鞋开始的。"

习惯，在一定条件下真能决定一个人的前途、命运、发展和成败。

金玉良言

当机遇来到我们的面前时，我们都知道要努力抓住它，但是如果这个机遇只有一个，而想抓住机遇的人有许多，那么一个人的品质在此时就变得尤为重要。习惯是一个人品质的最直接的外在表现，倘若你养成了许多良好的习惯，那么你将在这些竞争者中脱颖而出，更加容易获得机遇。

成长哲理

我们在平时的生活中就应该注重好习惯的培养，如果等到机会来了，再去临时补救就为时已晚了。所以在我们平常的生活当中，不要不在乎那些小习惯，因为任何习惯都有可能发挥巨大的作用，甚至影响你的一生。

由智慧养成的习惯，能成为第二天性。

——培根

幼儿园学到的知识

1978 年，75 位诺贝尔奖获得者在巴黎聚会。有人问其中一位："你在哪所学校里学到了你认为最重要的东西呢？"出人意料，这位白发苍苍的学者回答说："是在幼儿园。"这人又问："在幼儿园里学到了什么呢？"学者答道："把自己的东西分一半给小伙伴们；不是自己的东西不要拿；东西要放整齐；饭前要洗手，午饭后要休息；做了错事要表示歉意；学习要多思考，要仔细观察大自然。从根本上说，我学到的全部东西就是这些。"这位学者的回答，代表了与会科学家的普遍看法。把科学家们的观点概括起来，就是他们认为终生所学到的最主要的东西，是幼儿园老师给他们培养的良好习惯。

英国唯物主义哲学家、现代实验科学的始祖、科学归纳法的奠基人培根，一生成就斐然。他在谈到习惯时深有感触地说："习惯真是一种顽强而巨大的力量，它可以主宰人的一生，因此，人从幼年起就应该通过教育培养一种良好的习惯。"联系现实生活中的人和事，再仔细分析一下，就会越发感到那些科学家的话、培根的话确实包含着深刻的道理，尤其是在学习问题上，几乎对于每一个人都适用。

如果你渴望获得较好的学习成绩，如果你渴望有效地利用时间，如果你渴望在学业上有所建树，那么，就请你尽早养成良好的学习习惯。

金玉良言

人生来就存在惰性，而后天的培养是对这种惰性的修正。勤奋好学自古以来就是人们所崇尚的美德，更是影响一生的好习惯，后天努力地培养这种好习惯，更需要我们持之以恒地去坚持。

成长哲理

"形成天才的决定因素应该是勤奋，有几分勤学苦练，天资就能发挥几分，天资的充分发挥和个人的勤学苦练是成正比例的。"把这一句话浓缩起来就是6

个字："天才来自于勤奋！"勤学有为，懒惰无知。博学多才来源于勤奋忘我的劳动。只要我们在学习上舍得花力气，下功夫，就必定能够用辛勤的汗水和智慧浇开芳香的理想之花，获得真才实学。

　　如果你渴望获得较好的学习成绩，就请你尽早养成良好的学习习惯。

成长 不再烦恼

CHENGZHANG BUZAI FANNAO

智慧轩文化◇编

·第二辑·

天津出版传媒集团

天津人民美术出版社

目录

立志不坚，终不济事。

——朱熹

音乐梦想家

贝多芬是世界著名的音乐家，也是命运最糟的一个。童年，贝多芬是在泪水浸泡中长大的。家庭贫困、父母失和，造成贝多芬孤僻、倔强和独立的性格，使他心中蕴藏了强烈而深沉的感情。他12岁开始作曲，14岁参加乐团演出并领取工资补贴家用。17岁，母亲病逝，家中只剩下两个弟弟、一个妹妹和已经堕落的父亲。不久，贝多芬得了伤寒和天花，几乎丧命。贝多芬简直成了苦难的象征，他的不幸是一个孩子难以承受的。

尽管如此，贝多芬还是挺过来了。他对音乐酷爱到离不开的程度。他作曲时，常把一根细木棍咬在嘴里，借以感受钢琴的振动，他用自己无法听到的声音，倾诉着自己对大自然的挚爱，对真理的追求，对未来的憧憬。著名的《命运交响曲》就是他在完全失去听觉的状态中创作的。他坚信"音乐可以使人类的精神爆发出火花"。"顽强地战斗，通过斗争去取得胜利。"这种思想伴随了贝多芬的一生。

1827 年 3 月 26 日，音乐巨人与世长辞，那时他才 57 岁。贝多芬的一生是悲惨的，世界不曾给他欢乐，他却为人类创造了欢乐。

金玉良言

没有人的一生可以一帆风顺，生活总是不经意间给你迎头一棒，让你措手不及，但这并不是你倒下的理由，每个人的道路都一样充满坎坷，不同的是，有的人重新站起来继续前行，但有的人却一直停留在原地。拥有一颗强大的内心，你才有可能走到终点。

成长哲理

我们总是追求卓越，羡慕成功人士，殊不知在他们光彩夺目的背后有多少辛酸的经历，只有如他们一样有着坚强的内心，足以承受非常人能及的痛苦，才能向世界证明自己的价值。

他用自己无法听到的声音，倾诉着自己对大自然的挚爱。

灾难本身即是一剂良药。

——考柏

乔治·费多

乔治·费多年轻的时候立志要做一名出色的剧作家，他开始的作品总是得不到剧团的赏识，就连一些不知名的小剧场也不愿意排演他的剧本。面对一次次的失利，乔治·费多始终保持着微笑，拿着自己最得意的作品继续寻找下一个合作剧团。

令乔治·费多兴奋的是在自己的努力下，终于有一家小剧场同意排演他的喜剧。然而，观众面对一个完全陌生的剧作者，并没有表现出太大的兴趣，只是低廉的门票才保证了一半以上的上座率。演出开始了，观众们面对糟糕透顶的剧本，毫无表情的演出，不时发出刺耳的嘘声。演出进行到一半的时候，喝倒彩声此起彼伏，远远盖过了演员的声音。演出结束后，观众摇着头不满地散去，空旷的剧场只留下羞愧难当的乔治·费多。垂头丧气的乔治·费多，瘫软在舞台上，几乎丧失了继续创作的信心。

坚强的乔治·费多并没有因此而放弃，很快调整好自己的心态，继续开始新的创作。

乔治·费多一生中创作了大量的滑稽喜剧，作为法国著名的戏剧家他深受人们的欢迎和热爱，尤其他的代表作《马克西姆家的姑娘》，更是在整个法国引起了强烈轰动，并引发了滑稽喜剧的热潮。然而，就是这样一部伟大的喜剧，试演的时候也曾遭遇了巨大的失败。

《马克西姆家的姑娘》首场演出是在一个很小的剧院里，和乔治·费多以前的很多剧本一样，观众并不认可，观众席里嘘声一片，甚至不时传来一些叫骂声。乔治·费多按捺不住自己内心的愤慨，跑到观众最多、嘘声最高的地方，和观众一起发出强烈的嘘声，偶尔也会随着观众叫骂上几句。朋友目睹了乔治·费多的失态，把他拉到一边说："乔治，你疯了吗？"乔治·费多拍了拍朋友的手微笑着说："我没有疯，只有这样我才能最真实地听到别人的辱骂声，只有这样我才能坚定信心搞好创作，只有这样我才能写出更好的剧本。"

金玉良言

　　想要做好任何一件事情，我们都会遇到困难，不可能事事一帆风顺，就像乔治·费多在戏剧创作中那样，他经历了一次次地失败，但令人敬佩的是他一次次地保持微笑，一次次地继续新的创作，只有像他这样勇敢地面对失败，成功才会向你走来。

成长哲理

　　偶尔的一次失败，对弱者是一种打击，对强者是一种激励。经历过连续的失败，却永远保持乐观的乔治·费多，无疑是强者中的强者。他将别人的批评、别人的辱骂作为自己进步的动力和成功路上的垫脚石。勇于给自己喝倒彩，勇于微笑地面对一次次的失败，才是生活的强者，才能最终取得巨大的成功。

穷且益坚，不坠青云之志。

——王勃

黑羚羊

威尔玛·鲁道夫出生于 1940 年 6 月 23 日，是美国田纳西州一个铁路工人家庭的孩子。小时候因为患肺炎和猩红热，引发高烧造成小儿麻痹，使她的左腿萎缩无法走路，必须靠着铁质矫正鞋才能勉强行走。11 岁之前，她不能走路，穿上铁鞋才能勉强跟着别人走路。

到了 12 岁，她已经完全摆脱铁鞋。脱掉铁鞋之后，她的运动天分逐渐崭露出来。16 岁那年，她入选美国 1956 年墨尔本奥运会短跑代表队，第一次参加奥运会，为美国队夺得了铜牌。因为她的跑步姿态轻盈美妙，步伐协调，被意大利人誉为"黑羚羊"。1962 年她退出田径比赛，开始了教师生涯和教练职业。20 世纪 80 年代成立了以她的名字命名的基金会，用于培养年轻运动员。1983 年，她入选美国奥运名人堂，1993 年被授予美国体育奖。1994

年 11 月 12 日，这位"黑羚羊"因脑癌病逝，享年 54 岁。

2004 年 7 月 14 日，美国邮政为她发行一枚纪念邮票。这枚邮票面值为 0.23 美元，一版 20 枚，发行量为 1 亿枚，这是美国邮政的"杰出美国人物"系列邮票 2004 年版邮票，也是这个系列的第 5 枚邮票。

金玉良言

似乎大部分伟人的人生经历都特别的艰难，就连正常人的生活对他们来说都是一种奢侈。他们或许没有一个健康的体魄，但却有着许多常人没有的坚毅、倔强，以及一颗强大的内心，他们所拥有的，只是坚强拼搏后的收获。

成长哲理

不要只是赞叹伟人的卓越超凡，他们只是经受住生活的磨砺有时甚至是摧残。人不一定要名垂千古，但至少要不辜负这一路的经历与遭遇，在生命的最后一刻回望此生，没有遗憾，没有悔恨。

　　因为她的跑步姿态轻盈美妙，步伐协调，被意大利人誉为"黑羚羊"。

有志者事竟成也。

——刘秀

轮椅上的"超人"英雄

1995 年 5 月的一天，因主演系列电影《超人》而名声远扬的好莱坞著名影星克里斯托弗·里夫在一次骑马中不幸从马背跌落在地，造成脊椎损伤而导致肩膀以下瘫痪。这个电影里的"超人"英雄，生活中只能依靠轮椅了。

人们深深地同情遭受重创的里夫，半年之后，里夫却向全世界宣告了他的生活态度："等着，我将以最快的速度回到银幕上去！"在接下来的日子里，里夫以令人难以置信的毅力坚持着自己的宣言：以自己的切身经历和感悟著书立说，与广大读者一起分享对生命的记录和反省。他的著作《依然是我》名列全美最佳畅销书排行榜前列。他不仅自己担任导演，还重返银幕。1998 年，里夫因主演电影《后窗》而获得了美国影视演员协会的最佳男主角。他还创立了以自己名字命名的瘫痪基金会，将自己个人的悲剧转化成为公共大众服务的力量，给更多的人以关怀和鼓励。"英雄就是遇到无法抵抗的逆境时，仍然能够找到勇气，继续奋斗，坚持到底的人。"这是里夫在瘫痪之后被别人问及他"英雄是什么"时的回答。所以，里夫每次出现在公众面前时，轮椅上的他干净、整洁、自信，脸上依旧是昔日爽朗而明亮的笑容，声音还是那般浑厚而清晰。

2004年10月，在轮椅上乐观、坚强生活了10年的里夫离世，享年52岁。人们怀念和敬佩的不仅是一位出色的演员，更重要的是他那身处逆境仍然笑傲命运的坚强和乐观。永不言弃、自强不息——这就是克里斯托弗·里夫一直坚持的精神。

金玉良言

在轮椅上生活十个年头，这是我们常人无法想象的，而里夫做到了，他不仅做到了，还做得很好。身处逆境依然乐观，这不是随便说说就能做到的，其间经历的磨难唯有亲身经历才能体会到。他的永不言弃，他的内心强大都值得我们学习。

成长哲理

　　克里斯托弗·里夫的事迹足以说明他是一个真正的英雄，并不一定要在战场浴血奋战才可以算得上是英雄，正如里夫所说，"遇到无法抵抗的逆境时，仍然能够找到勇气，继续奋斗，坚持到底的人"也算得上是英雄，也有成功的光环。

人若有志，万事可为。

——斯迈尔斯

曲折人生

邰丽华两岁时，因一次高烧失去了听力。没过多久，她甜美的歌喉也关闭了。从那以后，她陷入了无声世界，自己却茫然不知。直到5岁，幼儿园的小朋友轮流蒙着眼睛，玩辨别声音的游戏，她才意识到自己与别人不一样，她伤心地哭了。为此，父亲带她辗转武汉、上海、北京等地求医问药，只要听说哪里有一线治疗希望就不会放过，但始终不见好转。眼看要满7岁了，父母将她送到市聋哑学校学习。

15岁那年，中国残疾人艺术团的艺术家们挑中了她，让她到该团学习舞蹈。舞蹈使邰丽华品尝到无穷的欢乐，但她知道，在现代化的今天，知识对于一个人的重要。17岁那年，她给自己定下新的目标：上大学。于是她又将自己练舞的倔劲放在学习文化课上。1994年，她如愿以偿地考取了湖北美术学院装潢设计系，成为一名大学生。

她不仅担任残疾人艺术团团长、艺术总监，出任中国特殊艺术协会的副主席，同时她也是中国残疾人艺术团的"形象大使"，先后在40多个国家巡回演出，她的演出剧照总是出现在艺术团宣传材料最醒目的位置。

生活就像海洋，只有意志坚定、内心强大的人，才能到达彼岸。在这一路的远洋航行中，有着数不尽的暴风雨，这一切都需要独自承担。有些人的人生路线比较平坦，只有一些小波折，而有些人的旅途可能经历好几次的生死抉择，最终能到达彼岸的都是人生的大赢家。

宝剑锋从磨砺出，梅花香自苦寒来。邰丽华的成功告诉我们，做任何事情都要有毅力，有恒心，坚持做下去就会成功。

17 岁那年，她给自己定下新的目标：上大学。

一思尚存，此志不懈。

——胡居仁

史家之绝唱

公元前99年（天汉二年），汉武帝派贰师将军李广利带兵三万，攻打匈奴，打了个大败仗，几乎全军覆没，李广利逃了回来。李广的孙子李陵当时担任骑都尉，带着五千名步兵跟匈奴作战。单于亲自率领三万骑兵把李陵的步兵团团围住。李陵的箭法十分好，兵士也十分勇敢，五千步兵杀了五六千名匈奴骑兵。单于调拨更多的兵力，仍然无力与李陵相抗衡。在单于准备退军之时，李陵手下有一名军候叛变，将李陵内部军情告发。他告诉单于李陵后面没救兵，而且教单于部下制作连发连射的弓箭。单于继续与李陵作战。最后李陵因寡不敌众，只剩了四百多汉兵突围出来。李陵被匈奴活捉，投降了。

大臣们都谴责李陵不该贪生怕死，向匈奴投降。汉武帝问太史令司马迁，听听他的意见。司马迁说："李陵带去的步兵不满五千，他深入到敌人的腹地，打击了几万敌人。他虽然打了败仗，可是杀了这么多的敌人，也可以向天下人交代了。李陵不肯马上去死，准有他的主意。他一定还想将功赎罪来报答皇上。"汉武帝听了，认为司马迁这样为李陵辩护，是有意贬低李广利（李广利是汉武帝宠妃的哥哥），勃然大怒，说："你这样替投降敌人的人强辩，不是存心反对朝廷吗？"于是，皇上把司马迁下了监狱，交给廷尉审问。

司马迁被关进监狱以后，案子落到了当时名声很臭的酷吏杜周手中，杜周严刑审讯司马迁，司马迁忍受了各种肉体和精神上的残酷折磨。面对酷吏，他始终不屈服，也不认罪。司马迁在狱中反复不停地问自己"这是我的罪吗？这是我的罪吗？我一个做臣子的，就不能发表自己的意见吗？"不久，有传闻说李陵曾带匈奴兵攻打汉朝。汉武帝信以为真，便草率地处死了李陵的母亲、妻子和儿子。司马迁也因此事被判了宫刑。遭受宫刑是个很大的耻辱，污及先人，见笑亲友。司马迁在狱中，备受凌辱，几乎断送了性命。他本想一死，但想到自己多年来搜集资料，要写一部有关历史书的夙愿，便忍辱负重，活了下来，最终留下了千古著作——《史记》。

金玉良言

　　司马迁是著名的历史学家，其《史记》被鲁迅先生称为"史家之绝唱，无韵之离骚"，这是司马迁一生的心血，更是他在经历困境时不屈的结晶。我们也要以他为榜样，面对困难不屈服，不低头，拥有强大的内心，这样才能将成功握在手中。

成长哲理

　　"天行健，君子以自强不息"是自古就留下的励志古训，是中华民族的优良传统思想，无数人将这句话作为自己生命的箴言，身体力行地践行着这句话，就像司马迁一样，自强不息，获得人生的辉煌。

人若软弱就是自己最大的敌人；人若勇敢就是自己最好的朋友。

——卡度齐

独臂也是上帝的恩赐

出生在美国的爱德华多·加西亚，从小就对烹饪有着浓厚的兴趣。10岁生日那天，他独自为全家做了顿炸薯条，那是他人生的第一道菜，在家人的夸奖中他萌生了一个伟大的梦想——长大后要做世界名厨。

高中毕业后，加西亚毅然决定去纽约的一所烹饪学校学习。每天除了学习理论知识外，他还到一家餐馆一边当杂工一边留心学习大厨的烹饪技巧。天赋加上实践，三年后他成了近千名毕业生中的佼佼者，当地一家知名酒店主动聘请加西亚当主厨。加西亚也十分珍惜这份工作，他勤学苦练、潜心研究，厨艺也声名远扬。

天有不测风云。一天，加西亚在一次意外中失去了左手。一个用双手做菜的厨师，一个正处于事业上升期的厨师，却断了一半的臂膀，加西亚的人生彻底改变了。望着自己装着假肢的左臂，想到自己喜爱的事业，他陷入了极度的痛苦和绝望中，他抱怨着、诅咒着，甚至有了自暴自弃的念头。一个偶然的机会，他在大街上遇到了一个用脚绘画的艺人，那位艺人没有了双臂但绘画水平十分出色，一下子触动了加西亚的神经，梦想的火种再次被点燃了。他不甘心就这么向命运屈服——他要戴着假肢继续从事自己喜爱的工作。

加西亚的决定得到了家人的大力支持。然而，戴着假肢烹饪谈何容易，一切都需要重新开始。练完削皮再练切菜、摆盘、切牛排……由于假肢不听使唤，以前最简单的削皮现在对他来说难如登天——削一根萝卜就得用上几个小时，切菜、切牛排的难度就更大了。天天超负荷的练习使他的左臂肿胀、疼痛难忍，但加西亚咬牙坚持，一个月、一年、三年……加西亚经历了无数次痛苦的煎熬、涅槃后获得了成功，他的"左手"越来越灵活，越来越熟练了。逐渐地，他还发现了这只"左手"的好处——他不再担心切菜的时候会切到手指，再烫的锅盖也能徒手揭开，最妙的是刀钝了还能直接在手上磨……他重新回到了自己的主场，成为了一个独臂厨师，开办了一家属于自己的食品公司。

独臂厨师的故事很快在当地传开了，很多家电视台争先恐后地邀请他去直播现场做烹饪表演。观众望着乐观的加西亚挥舞着自如的左臂，心里暖暖的。2014 年在美国举办的一次世界级别的烹饪大赛上，加西亚凭借自己的拿手菜——普罗旺斯鱼排获得了金奖，他成了当地家喻户晓的明星大厨。

后来，人称"神厨"的加西亚在回忆自己的坎坷经历时，感慨地说："喜欢烹饪犹如基因流淌在我的血液里，为此我失去了一只左手，但这没成为我的负担，相反，这是上帝送给我的一份特殊的礼物——无意中他关了我的一扇门时，却多情地为我开了一扇窗。"

金玉良言

对于很多人来说，命运是那么的不公平，在一次又一次地被摧残之后，便悄无声息地离去，只留下一个无助的身影，在黑暗中呼喊，但永远都不会得到回应。加西亚也曾处于这样的绝境之中，但他却靠自己的坚强，走出困境，找到了属于他自己的光明。

成长哲理

孔子曰："岁寒，然后知松柏之后凋也。"我们只知松的习性，却不知它所拥有的精神。松是那么的挺拔，在冬天来临时，不但没有丝毫屈服，反而昂首挺胸，那傲霜斗雪的形象令人深深叹服。我们也要有这种不屈的精神，不轻易向命运低头。

　　这是上帝送给我的一份特殊的礼物——无意中他关了我的一扇门时，却多情地为我开了一扇窗。

如果你足够坚强，你就是史无前例的。

——司科特·菲茨杰拉德

绚丽的一生

被誉为世界三大男高音之一的帕瓦罗蒂于2007年9月6日因胰腺癌逝世，享年71岁。

帕瓦罗蒂于1935年出生于意大利的一个面包师家庭。他一出娘胎的号哭声，就让医生惊叹不已："我的天啊！多好的男高音！"他的父亲是一个歌剧爱好者，他经常把卡鲁索、吉利、佩尔蒂莱的唱片带回家来听，耳濡目染，帕瓦罗蒂也喜欢上了唱歌。

小时候的帕瓦罗蒂就显示出了唱歌的天赋。

长大后的帕瓦罗蒂依然喜欢唱歌，但是他更喜欢孩子，他梦想自己能够成为一名教师。于是，他考上了一所师范学校。在师范学校学习期间，一位名叫阿利戈·波拉的专业歌手收帕瓦罗蒂为学生。

临近毕业的时候，帕瓦罗蒂问父亲："我应该怎么选择？是当一名教师呢，还是成为一个歌唱家？"他的父亲这样回答："如果你想同时坐两把椅子，你只会掉到两把椅子之间的地上。在生活中，你应该选定一把椅子。"

听了父亲的话，帕瓦罗蒂选择了教师这个他理想的职业。后来，帕瓦罗蒂的父亲介绍他到"罗西尼"合唱团。他开始随合唱团出现在各地的音乐会舞台上。他经常在免费音乐会上演唱，希望能引起某个经纪人的关注。

可是，近7年的时间过去了，他还是无名小辈。失败让他产生了放弃的念头。这时冷静下来的帕瓦罗蒂想起了父亲的话，于是他坚持了下来。1961年，在一个国际音乐剧比赛中，帕瓦罗蒂因在《艺术家生涯》中扮演鲁道夫而一举成名。

这位超级男高音到60岁以后仍然保持旺盛的歌唱实力，2004年3月，69岁的他在纽约大都会歌剧院以《托斯卡》作为他的告别演出，观众起立鼓掌长达12分钟，场面感人。

帕瓦罗蒂生前在接受媒体采访的时候表示："我知道自己一直是一个幸运和快乐的人，但是病魔随之而来。也许这些就是快乐和幸福所要付出的代价吧。"

金玉良言

生活，并不是每天都是晴朗、充满阳光的，有时它也会刮起狂风，下起暴雨，让你失魂落魄。晴天的日子开怀大笑，风雨飘摇的日子我们依然要保持微笑，依然要以一个美好的心情去迎接它的到来，因为不管是阳光还是风雨，它都是我们生命里不可或缺的经历，是我们人生旅途中不容错过的景象。

成长哲理

路漫漫其修远兮，人生之路多么漫长，一路的经历也必定丰富多彩。沿途不是只有鸟语花香，也有荆棘满地，这就需要我们披荆斩棘，为自己开辟一条道路，或许会伤痕累累，但我们不能退缩，只能一路向前，因为在那一片荆棘之后，必定会有繁花似锦的美景。

强者容易坚强，正如弱者容易软弱。

——爱默生

倪萍的成功

还有多少人记得倪萍呢？那个当年中国最红的女主持人，默默淡出了大众的视线。

可是，你知道她是给全家人蒸好包子，熬上稀饭，抹把脸就提着裙子去直播的吗？她没有身前身后跟着助理，也没有保姆车，她难道不知道怎么摆"一姐"的范儿吗？即使当年她最红的时候，也有观众不买账，嫌她太煽情，动不动就掉泪，显得做作。然而这种"做作"的由来，却有着许多故事。

倪萍自幼父母离异，跟姥姥一起生活。姥姥是一个特别淳朴、明事理的老太太。小的时候，生产队把花生种子发到各家，让大家剥好种子后上交，姥姥从来不偷偷用自家的瘪花生换掉好种子。姥姥告诉倪萍："大花生、小花生吃到肚子里都得嚼碎了，种在地里可就不一样了。好种子结好花生，孬种子结小花生。孩子也是这样，你们都在我跟前看着，我要是做那'聪明'事，你们长大了就不聪明了——种下什么种子结什么果。"倪萍从小就抢着帮姥姥干活儿，在北京买了房子后，首先就把姥姥接过来住。怕姥姥闲着没事做会寂寞，她花尽心思给姥姥安排"工作"，给姥姥发"工资"……

这样的成长，注定了她的成功不会是世俗意义上的成功，而是一种踏踏实实、打心坎儿里满足、每天充实乐和的成功，它只扎根在人的内心。因为她从小建立的人生信条就是淳朴、热情、不怕吃亏、不贪图享受、凡事都先为别人着想。

这些成功，别人不会看到，但它们却成为充盈她内心的动力。一个人活到最后，学会的最重要的事还是不要和自己较劲。

金玉良言

想要欣赏美景，就要有毅力，拥有强大的内心，为自己而拼搏。我们要相信天空中的太阳一次又一次地与黑暗抗争，最后会冲破包围，再一次出现在天空。我们的天空不会一直都是乌云，只要我们足够强大，乌云总会消失，让步于温暖的阳光。

成长哲理

不经一番寒彻骨，哪得梅花扑鼻香。我们更应该不屈服于人生的重重困难，更应该有强大的毅力，去抵抗暴风雨的袭击。唯有如此，才能在抵达终点时，不至于依旧含苞未放。

这些成功，别人不会看到，但它们却成为充盈她内心的动力。

> 不害怕痛苦的人是坚强的，不害怕死亡的人更坚强。
>
> ——迪亚纳夫人

穷人的孩子早当家

哈兰·山德士上校生于 1890 年 9 月 9 日。6 岁那年，山德士的父亲去世了，母亲外出谋生。幼小的山德士不得不挑起了照顾三岁的弟弟和襁褓之中的妹妹的担子。7 岁时，山德士就成了会烧 20 个地方菜的能手。

山德士 40 岁时，开始为那些路过他干活儿的加油站而饥肠辘辘的旅行者们做些吃的。那时，山德士还没有自己的餐馆，他只是在居住处的饭桌上为那些人做点吃的。由于饭菜味道好，越来越多的人慕名而来。山德士搬到了马路对面的汽车旅馆。那儿的餐厅可以容纳 142 人。在以后的 9 年中，山德士开发了由 11 种香料和特有烹调技术合成的秘方。那个秘方一直沿用至今。

山德士的名声越来越大。20 世纪 30 年代，肯塔基州的州长授予了他肯德基上校的称号。从此山德士上校的名声越来越大，事业蒸蒸日上。

20世纪50年代初期，一条新的州际公路将穿越科宾镇。于是，65岁的山德士上校拍卖了所有的家当，拿着他的105美元的社会救济金，于1952年重起炉灶，开始全心地投入炸鸡生意。山德士驾车万里，拜访一家又一家餐馆，寻访合作者。如果他的炸鸡受欢迎，上校马上就握手拍板同业主达成协议。协议规定：餐馆每出售一只鸡需支付上校5美分；到1964年，山德士上校已在美国和加拿大拥有了600多家专营肯德基炸鸡的销售店。

到今天，"肯德基家乡鸡"已成为全世界规模最大的零售食品业之一，遍及全球60个国家。尽管山德士上校已于1980年被白血病夺去了生命，但这位快餐业的先驱，山德士上校已成为肯德基快餐连锁店的象征。

金玉良言

如今的肯德基已经是众所周知了，可谁又会想到当初的肯德基只不过是个餐厅，它的发展，全靠山德士上校的坚持。他过早承担起家庭责任，他的双肩在本该好好玩耍的年纪肩负了生活的重担，但他并未抱怨，而是迎难而上，于是肯德基随之产生。正是这样的不屈不挠及强大的内心，才让他取得了事业的成功。

成长哲理

山德士成就了肯德基，肯德基也同样成就了山德士，山德士经历许多的困难，才有了人们看到的肯德基。所以说，所有的成功并不像它表面看得那么光鲜，在成功的背后，往往是无法想象的重重障碍，而这种时候，用坚强战胜它们，才是我们需要做的。

> 强烈的信仰会赢取坚强的人，然后又使他们更坚强。
>
> ——华特·贝基霆

一步一步，奔向你的临界点

生于英国南部港口城市伯恩茅斯的杰克·艾尔斯，是一个不被上帝眷顾的孩子，他的人生被命运调弄成一条弯曲的赛道，把他捉弄得体无完肤。

5岁的时候，年幼的杰克就意识到自己的"与众不同"。从出生开始，他便一直是医院的常客，因为先天近侧股骨缺损，右腿既没有肌肉组织也没有膝盖，他从学走路起就进入一瘸一跛模式。随着年龄的增长，杰克的病情变得越来越严重，大部分时候只得借助轮椅出行。

一天，父亲背着杰克去登山观日出。站在山顶，翻滚的黑色浪涛撼动着杰克。凌晨，父亲指着蓬勃跳出的太阳，对杰克说："看到了吧，太阳就是这样，一步一步，挪到自己的临界点，然后普照大地！"

父亲的一席话，让杰克胸中生起豪情万丈，他决定不再等待，而是勇敢地向生活发起冲锋。他开始尝试打轮椅篮球，苦练轮椅篮球四年，在中学时期成为校队成员，但最终还是没有打出名堂。之后，他又尝试了划船、棒球等运动，但没有一样能玩得好。2006 年，杰克 16 岁，他终于等来了截肢的机会。康复治疗一结束，杰克就装上了义肢穿着短裤到处走，他不在乎别人异样的眼神，因为摆脱了病腿的困扰，杰克感觉到无比自由和轻松。

杰克决定做点什么，刚开始他想当消防员，但他很快就意识到作为一名被截肢者，自己很难胜任这份工作。"不管以后做什么，身体才是最重要的。"父亲搅动着咖啡杯中的一块方糖缓缓地说。于是，杰克决定走进健身房，一边锻炼身体一边考虑将来。一段时间后，看着身上的肌肉一块一块隆起来，杰克觉得非常开心。他想和大家分享他的快乐，希望更多人参与到健身运动中来，便上网发了一张自己上半身的照片。但令人失望的是，没有一个人夸赞他，还有不少人指责他的身材不是很好，杰克的心情简直是糟糕透了。

"不妨发一张你的全身照试试？"父亲再一次点醒了杰克。他随后发了一张全身照到网上，没想到这张照片竟然奇迹般地改写了他的人生轨迹。人们不再对他的身材指指点点，而是不停地给他鼓劲，更有不少人慕名来到他锻炼的健身房，请求他做他们的私人健身教练。

一天，杰克无意间看到多元化模特公司的招聘启事。于是，他就试着寄了一张照片过去。之后，发生的一切就好像滚雪球一般，发展迅速得出乎他的意料。

2011 年，杰克与这家模特公司签约，并很快成为英国健身界的名人；2012 年，杰克作为伦敦奥运会的火炬手，参加了当年的伦敦残奥会开幕式；各种残疾人运动器械的制造商和各种品牌服装蜂拥而至，杰克成为在线零售商 Boohoo、Tango 以及 Barclays 的代言人；并且时时现身健身广告和杂志封面，被《男士健康杂志》评为年度风云人物，甚至还免费兼任一家慈善机构的形象大使；2015 年，美国著名设计师 Antonio Urzi 邀请杰克·艾尔斯参加当年秋冬纽约时装周。纽约时装周是全球四大时装周之一，自 1943 年举办以来，能在这个 T 台上走秀的不是明星就是超模。25 岁的杰克·艾尔斯，是世界上第一个穿义肢走上这个尊贵 T 台的男人。

金玉良言

　　杰克·艾尔斯一路在病魔盘踞、嘲讽当道的崎岖暗夜中坎坷追寻，他最终迎来了人生的光明。病魔、困境都不是最可怕的，最可怕的是你的内心、你的恐惧。当你觉得无法战胜它而退缩时，那就注定不会成功。我们要不断鼓励自己，如同杰克父亲的一席话，你同样也可以勇敢地向生活发起冲锋。

成长哲理

　　每个人在真正迎来曙光之前，都要经历一个临界点，由一种状态变成另一种状态。就像跑马拉松，茫茫天地间，你只能听到自己怦怦的心跳，被惯性带动着前行。若以无畏惧、超脱的生命状态穿越临界点，就等同于被捆缚的泉流突破罅隙岩缝，飞花溅玉、尽情奔泻，成就自我的同时，亦美好了自然与社会。

　　他不在乎别人异样的眼神，因为摆脱了病腿的困扰，杰克感觉
到无比自由和轻松。

生活就像海洋，只有意志坚强的人，才能到达彼岸。

——马克思

微笑，是上天为你投递的光芒

凯娅·丝赛尔出生在泰国，她天生没有双腿，她的父母在一个深夜，将她遗弃在寺庙佛塔的楼梯上。6岁时，一对夫妇无意间邂逅了她并将她收养，她的命运从地球的一端，迁徙到了地球的另一端——美国俄勒冈州波特兰市。

凯娅·丝赛尔的养父是个运动狂人，常常宠溺地把她抱上滑板，拉着她出门玩耍。从此，聪慧的凯娅·丝赛尔学会了多种运动，她能感觉到生命的阳光，热烈地笼罩着自己。她的阳光和自信感染了身边的人，凯娅·丝赛尔因此拥有了很多朋友。

15岁那年，好友薇尼邀请她一起去参加著名的Billaong运动品牌模特招聘会。从走廊经过的监考官看见凯娅·丝赛尔的时候，特意指名让她参加了这次竞聘，那些佳丽做梦也没想到，这个矮了她们几十厘米的女孩，竟然过关斩将一举夺魁。

考官在宣布结果时，说："凯娅·丝赛尔身上有一种特殊的气质，虽然她没有修长的双腿，却可以展示出大家从来都不曾见到过的美。"

可是，当Billaong公司隆重推出凯娅·丝赛尔拍摄的时尚运动系列专题宣传画报时，并没有获得预期的轰动。人们无法接受一个没有双腿的残疾人，去做象征无限活力的运动品牌传播人，一时间毁谤四起。

这时候，凯娅·丝赛尔依旧微笑着从容地和负责人商议，策划一场海滩运动品牌发布会，她将现场为大家展示冲浪表演，力争能为品牌重新树立新的形象。负责人半信半疑地接受了凯娅·丝赛尔的建议。

在夏威夷海滩上，表演如期举行。各大媒体和一些冲浪爱好者前来围观，很多人都轻蔑地等待着一场滑稽闹剧的开演。

凯娅·丝赛尔趴在冲浪板上，娴熟地向海里游去。一波又一波的海浪，缓缓地从她的身旁涌过。凯娅·丝赛尔全神贯注地盯着不远处，为渐渐袭来的海浪做好准备。就在浪潮涌近的一刹那，她趁势一纵，冲上了汹涌的浪尖，整个人被波涛抛向了空中。岸上的人群发出比海浪还要激烈的赞叹尖叫，凯娅·丝赛尔并没有因此受到任何干扰，依旧平衡着身体，轻松地享受着冲浪的快乐。突然，一股漩涡将凯娅·丝赛尔包围起来，她紧紧地抓住冲浪板掌握着平衡，巨大的浪潮在咸涩的海水里打了几个滚，等浪潮渐渐平息后，凯娅·丝赛尔以一个漂亮的姿势，再一次冲上高峰。

一场完美的冲浪表演结束后，凯娅·丝赛尔在时尚界爆红。之后，Nike、RipCurlGirl、Volcom和一些内衣品牌看中了她阳光自信的形象，争先恐后抛出了橄榄枝。

大家发现，几乎凯娅·丝赛尔所有的照片上都带着自信阳光的微笑。在一场内衣品牌发布会上，她说："我只想通过积极的形象，向大家展现出自己微薄的力量，希望能鼓励所有的人，都能正确直观地面对自己、接受自己。"

金玉良言

命运在关上一扇门的同时，也为凯娅·丝赛尔打开了一扇窗。所以在苦难面前，不要轻易放弃，我们要重新站起来，去寻找其他的出口，即使要遇到很多无法想象的困难，也要坚定自己的步伐，这样才有可能去欣赏窗外的美景。

成长哲理

可以想象一下没有双腿是一件多么可怕的事情，可凯娅·丝赛尔似乎并不受其影响，反而用自己的阳光和自信感染了身边的人，也是由于她乐观的微笑让她拥有了美丽的人生。

哪怕是对自己的一点小小的克制，也会使人变得强而有力。

——高尔基

左手的旋律

2002 年 1 月的一个晚上，对日本著名钢琴家馆野泉来讲，是有生以来最痛苦的一天。他正在弹奏钢琴时，突发脑溢血，一头栽倒在地上，从此右半身瘫痪。将近一年的时间，他的右手都无法动弹。对一个钢琴家来讲，失去右手，几乎就意味着从此失去了音乐的演奏能力。一天，他的芬兰妻子玛丽亚悄悄对馆野泉说："何不试试你的左手？"左手？馆野泉愣了一下，就像有的人是左撇子一样，音乐界也有为数不多的一些曲子是专为左手演奏者谱写的。

在妻子不断的劝说下，他答应尝试一下。他拿出英国作曲家弗兰克·布里奇为一位在第一次世界大战中失去右手的朋友谱写的曲子，馆野泉开始弹奏起来，完全沉浸在音乐中，忘记自己是用单手演奏。从此，馆野泉就开始用自己的左手演奏。

2006 年，在他中风四年后的一次演唱会上，完全沉浸在音乐魅力中的他突然用右手碰了一下琴键——他已经忘记了他是一个右半身瘫痪的病人。突然，他的右手真的能敲击琴键，伴随左手把一曲曲子弹完了，虽然有些生涩，但奇迹真的发生了。

馆野泉后来在一场音乐会上说："我用右手弹奏时，有一种春天树叶发芽的感觉。"这时，舞台下坐在观众席上的他的妻子玛丽亚，这位和他相濡以沫 40 年的芬兰女人流下了激动的泪水。就是她告诉馆野泉："上帝都有备份。右手不能动了，还有左手；右半身瘫痪了，左半身还是健康的，只是失去了一半而已。"

金玉良言

不管是生活的挫折还是肢体的残缺，我们失去的并不是全部；这世界没有什么东西能让你完全绝望，只要你能够去找到自己的"备份"，人生的另一扇门就会为你恢复重启。我们不能因为身体的部分残缺，就完全否定了自身存在的价值。

成长哲理

　　内心的强大，是我们活在这个世界的有力支撑，就像人类赖以生存的氧气，我们应该以包容和柔和的眼光去看待内心的强大。这其实是一种自然而然的生活状态。我们时刻生活在一种压力的环境之中，压力有时候也是我们的动力，就看我们用什么样的心态去对待它。

我用右手弹奏时，有一种春天树叶发芽的感觉。

自强为天下健，志刚为大君之道。

——康有为

中国保尔——吴运铎

吴运铎，祖籍湖北武汉，1917 年出生于江西萍乡。早年曾在安源煤矿、湖北大冶源华煤矿做童工、当学徒。抗战爆发后，他和志同道合的三位同伴奔向皖南云岭，参加了新四军。穿上了粗布军装，镜子面前看着自己的模样，年轻的吴运铎充满了自豪感。他暗暗地警示自己：吴运铎，你已经是一名革命军人，从今天起，你肩负着为中华民族的解放而斗争的重大使命！

加入新四军，他被分配在司令部修械所工作。吴运铎当时其实根本不会修枪，兵器工业这一行对他来说太陌生了。但他想，我投身革命队伍，就是要跟党走、听党的话。为了革命，需要我干什么我就干什么，任何困难都是可以克服的，不懂不会的东西是可以学会的。

1939年5月，他加入了中国共产党。从此，他更抱定"把一切献给党"的决心，忘我地投入工作。

一次意外中，吴运铎的眼睛受了伤。新中国成立一个多月后，党组织送吴运铎去苏联治疗眼疾。一段时间后，吴运铎身体状况日渐好转。苏方安排他参加了五一节红场观礼，他参观了向往已久的奥斯特洛夫斯基博物馆，还见到了奥斯特洛夫斯基的夫人达雅。《钢铁是怎样炼成的》这本书，他1943年就反复读过，那种感动和震撼仿佛还在心间。尤其令他佩服的是，保尔无限忠诚地对待党的事业，在战场上是无畏勇敢的战士，在建设中又是一个出色的劳动者。保尔的革命精神激励着吴运铎不断上进，特别是在他负伤的日子里，保尔就是他心中的榜样，千百倍地增强了他斗争的信心和战胜困难的勇气。参观博物馆后他在纪念册上留言："保尔，你给了我们中国人民无穷的勇气和力量，使我们战胜了一切困难和一切敌人，吴运铎就是'中国的保尔'。"

从此，"中国的保尔吴运铎"的名字传遍了神州大地。

金玉良言

只有坚强才会充满希望，吴运铎的坚强坚定了他的信仰，也让他更加无所畏惧。坚强，不但能战胜懦弱，更能战胜自我，它使我们披荆斩棘，蹚过湍流，越过高山，最终到达终点。

成长哲理

坚强，就是把对生命的眷恋，对美好的向往，转化成一种信念、一种执着，督促我们不断向前，战胜前面的一切困难，到达幸福的彼岸。坚强，让我们放弃忧伤，不再彷徨，迎着风浪，向着我们的梦想扬帆远航，在孤独中点亮一盏心灵的灯，指引我们寻找光明。

天行健，君子以自强不息。
——《周易》

"美国小姐"

2013年6月8日，妮可·凯利摘得"美国小姐"艾奥瓦州分赛区桂冠，成为新一届的"爱荷华小姐"。这位选美冠军是一名残疾人，左臂只有半截，但她灿烂的笑容不带一丝忧愁。

"我的确是残疾。我参加选美，就是站出来告诉每个人，也许我们外表不同，说话方式、行为举止也不尽相同，但我们都能做得很棒。"对于身体上的不完美，凯利从小到大一直都不回避。

23年前，小凯利出生时左臂就不健全。尽管如此，父母依然对她宠爱有加，凯利也因此养成了活泼乐观的性格。"我的世界里就没有'不行'两个字，没有什么是我不敢尝试的。"在不断尝试的过程中，凯利发现了自己的兴趣和热情所在——舞台。"在舞台上，我能够抬头挺胸、自信满满地做自己。在这里，我允许别人盯着我看个够。"

2012年5月，凯利从内布拉斯加林肯大学导演和戏剧管理专业毕业。她先是奔赴纽约，在百老汇的曼哈顿剧院实习，后又到芝加哥古德曼剧院实习。她渴望有一天，能在百老汇担任舞台监督。

凯利的努力没有白费。历时三天的比赛中，凯利的阳光、乐观与机智一次次让评委刮目相看。

"美国小姐"赛事已经举办92年。2013年，天生没有左手的女孩妮可·凯利当选"爱荷华小姐"，虽然没有在总决赛夺冠，但她在事业上获得了成功。她曾被授予杰弗逊奖，这个奖项专门奖励那些为社区和公共服务做出贡献的人。

金玉良言

面对困境，也许有些事我们改变不了，但如果不去尝试，我们怎么能确定我们就一定做不到？世上有太多的不可能，只要我们有勇气去尽力一试，只要我们能够坚强地去面对，去承受，一切都可能实现。

成长哲理

每个人都希望永远快乐，都希望在自己呱呱坠地之后，可以迎来快乐，可以告别哭泣。但是，人生就是有欢喜也有忧愁。遭遇厄运时，不必伤心，因为伤心不是解决问题的关键，关键在于找出方法，学会坚强地面对困难。

在舞台上，我能够抬头挺胸、自信满满地做自己。

意志薄弱的人不可能真诚。

——拉罗什富科

第一个飞抵北极的人

1900 年，维金孔亚省温斯特有一个 12 岁的孩子，狂热地崇拜海军大将柏瑞。他在日记上写道："我决定要成为第一个飞抵北极的人。"

他偷偷立下了这个宏愿。但他明白，要到北极必须做好各种冒险的准备，还必须具有百折不挠的吃苦精神。所以，他开始像斯巴达人一样训练自己，即使在严寒的冬天，也只穿一件单薄的衬衣。他需要磨炼在寒带生活的能力，他需要与风雪搏斗。

然而就是这个 12 岁的孩子，经过许多年的准备和奋斗之后，终于完成了他当年日记上所写的宏愿，真的成为第一个飞抵北极的人。他的名字也因此传遍了全球，他就是海军上将李却埃林·拜德。

接着他又飞抵南极。拜德将军说："南极地带的巨大冰块已在逐渐缩小，我相信有一天事实会被证明，这数百万亩被藏在冰块底下的土地是极其宝贵的。"若干年以后，人们果然在北极圈 600 里内发现了丰富的煤矿，证实了拜德将军的预测。地质学界认为，南极附近一定也有丰富的煤矿，而且很可能还有油田。

后来，拜德横穿了大西洋，在北极上空掷下了一面美国国旗，再飞至南极的上空，又掷下了一面国旗。当他回到美国的时候，成千上万的人在机场迎接他，他的行动获得了人们的肯定和支持。

金玉良言

相信自己是一种坚定的信念，而信念能够让我们不畏惧人生道路上的荆棘，能够让我们拥有一颗坚强勇敢的心去面对挫折和挑战。

成长哲理

理想与现实，其实只是一步之遥。成功的彼岸，可望也可即，但它仅属于坚强的拼搏者。我们要努力做一个坚强的拼搏者，用艰辛的努力和苦涩的汗水，去铸造人生的辉煌。

意志坚强的人能把世界放在手中像泥块一样任意揉捏。

——歌德

梦想的翅膀

3岁那年，她的父母离婚了。因为家庭的贫困，加上血统的原因，一家人备受歧视。母亲带着她过着四处漂泊的生活，她们因无法支付租金而寄宿在朋友家的地板上。

即使是这样，她却从未掉过眼泪。因为母亲曾是一名歌剧演唱家，小小年纪的她受母亲影响，4岁时，就迷恋上了音乐，常常跟在母亲身后学唱歌。

13岁，她开始了音乐创作；14岁，她找到了几个录音棚，担任他们的后备试音歌手。高中毕业，她不顾家人的反对，带着梦想去了纽约。

刚到纽约时，她只能在酒吧里做招待，与人合租狭小的房子，自己常常在客厅地板上铺一张床垫过夜。然而她没屈服，18岁时，她终于在一家热门的俱乐部获得了登台表演的机会。她那完美的嗓音和创作才华渐渐为人注意，哥伦比亚唱片公司以 35万美元的合约成功将她揽入旗下。35 万美元，对于她是一个天价，那一刻，她热泪盈眶。

然而，就在她的事业蒸蒸日上的时候，不幸的事情发生了。30 岁时，她与哥伦比亚唱片公司分道扬镳，只得寻找新的公司；两年后，新公司也决定终止她的合约。原因是他们认为她失恋后，精神出现了问题。

那时的她备受争议，然而在人生低谷中的她没有放弃音乐，她坚信，是蝴蝶，就不怕翅膀上的雨水。后来，她与环球唱片公司旗下的 Island 唱片公司签下合约。在新公司，她很受赏识。两年后，她凭借新专辑重新回归到乐坛的巅峰。

蝴蝶有一个特点，它的翅膀上布满了鳞片，鳞片中含有大量的脂肪，仿佛给蝴蝶穿上了一件"防水雨衣"。她一直相信自己是一只美丽的蝴蝶，雨再大都不会打湿为梦想而飞的翅膀。终于，她成功了，迎来了自己绚丽的春天，她就是玛丽亚·凯莉。

金玉良言

盎然的春色是历经严寒洗礼后的英姿，金秋的美景是接受酷暑熔炼后的结晶，而玛丽亚·凯莉这只美丽的蝴蝶则是经历了风雨后的一抹绚丽的色彩。我们每个人都是这样一只美丽的蝴蝶，只要经受得住雨水的冲击，总能在天空中自由翱翔。

成长哲理

一个人可以清贫、困顿、低微，但是不能没有自己的梦想。世界上最快乐的事，莫过于为了自己的理想努力奋斗。

她坚信，是蝴蝶，就不怕翅膀上的雨水。

谁有历经千辛万苦的意志，谁就能达到任何目的。

——米南德

没有翅膀也能飞翔

1983 年的一天，在美国亚利桑那州图森市的一家医院，一个女婴呱呱坠地。令她的父母异常惊愕的是，女婴居然一出生就没有双臂，连经验丰富的医生也无法解释这个奇怪的现象。

在父母的呵护下，女婴一天天地长大，成为一个可爱的小女孩。

在父母的指导帮助下，女孩儿有计划地锻炼自己双脚的柔韧性、灵活度和力量。她用双脚做到了几乎是常人所能做到的一切。为了增强腿部肌肉的力量，保持腿部的灵活性与柔韧性，女孩儿不仅坚持跑步，还成为碧波荡漾的泳池里的一条自由穿梭的"美人鱼"，又成了一家跆拳道馆里小有名气的高手。

女孩儿又走进了汽车驾驶学校。在教练员惊讶的关注中，她很快便掌握了驾车的各项技术，通过了近乎苛刻的各项考试，顺利地拿到了驾照，开始用双脚娴熟地驾车御风而行……

接下来，女孩儿又去学习飞机驾驶。果然，她丝毫不逊色于那些身体健全的飞行员，25 岁的女孩儿如愿地拿到了轻型运动飞机的私人驾照，成为美国历史上第一个只用双脚驾驶飞机的合法飞行员，开创了飞行史的先例。女孩儿的名字叫作杰西卡·考克斯。

如今，杰西卡·考克斯已是美国家喻户晓的英雄，她靠双脚生活和奋斗的感人故事，给世人带来了巨大的心灵震撼和精神鼓舞。

金玉良言

无臂的杰西卡·考克斯靠仅有的双脚，成为了世人都为之赞叹的女孩儿，她是家喻户晓的英雄，但她更是坚强的代言人，即使生活在她的身上留下无数的伤痕，她仍然活出了生命的精彩，因为她有一颗强大的内心。

成长哲理

我们可以没有要成为巨人的雄心壮志，但是不能没有要站在巨人肩膀上超越自己的梦想；我们可以生活的平平淡淡，但是不能让自己生活得平庸。不管前面的路多么艰难，只要我们还有力气走下去，我们就应当毫不犹豫地向前走去。

男儿立身须自强。

——李顺

冠军比脸蛋更令人心动

1983年4月7日，他出生在法国最贫穷的小镇布洛涅，除了跟自家兄妹一起玩球，他连踢球的伙伴也没有，因为他有一张狰狞可怕的脸：一道闪电似的伤疤，侵占了他右脸的三分之一。这是2岁时，一场惨烈的车祸留给他的纪念。

9岁时，爸爸送他去了一家少年足球俱乐部。然而他很快就发现，这里的伙伴们除了给他取绰号的兴趣更胜过跟他踢足球之外，别无所有。他们总是吹着口哨刺耳地叫他："丑脸！"

12岁生日，父亲对他说，"你这样，永远也没长进。"然后，送给他一把萨克斯，"你吹吹这个。"在舒缓的音乐中，他的怒气渐渐平息。很快，他喜欢上了萨克斯，每个周末都会去教会请教老师。从此，萨克斯跟足球，成了他离不开的精神支柱。

2005年，他加盟加拉塔萨雷，一举夺冠土耳其杯，拼得了"刀疤"的侠号。多年的坚守，让一个丑陋的穷小子，登上荣誉的巅峰。当人问到，是否会整容，他大声说："不！拿到世界冠军比拥有一张漂亮的脸蛋更令人心动。"

在法国连续三届世界杯首战不胜，他却并未气馁，依然快乐地生活每一天。2012年足球冠军杯，拜仁慕尼黑战胜皇家马德里，2：1决胜中，他进了至关重要的一球。一个自卑的丑陋少年，最终战胜懦弱，走向一片阳光灿烂，只因为他从未放弃过自己的希望——足球！正如球星齐达内断言：他将会成为一个伟大的球星，他带给了我们一种天然的快乐，不光是在场内还是场外。

他就是里贝里。

金玉良言

有一种极限叫作穿透力，它能超越人类的意志，使你为之震撼；有一种微笑叫作善意的谎言，它能承载病痛的呻吟，使你为之鼓掌；有一种思想叫作坚强，它能抵抗命运的安排，使你为之惊叹。坚强地拼搏，你才可能有收获，才有机会成为人生赢家。

成长哲理

　　没有人能随随便便成功，人生的道路上布满了荆棘，一次又一次的挫折可能会让你锐气全失，但一次又一次的机会又会让你充满希望。在挫折来临时，要冷静地想一想成功的机会就在前面不远处等着我！这样，你才可以战胜挫折，取得成功。

　　一个自卑的丑陋少年，最终战胜懦弱，走向一片阳光灿烂，只因为他从未放弃过自己的希望。

下手处是自强不息，成就处是至诚无息。

——金缨

最美火炬手

她出生在安徽省肥西县一个工人家庭。上学时，她的体育成绩格外突出，每次都能捧回第一名，大伙儿都说她将会成为体育健将，这也是她最初的梦想。

然而，命运总爱开玩笑。9岁那年，她的脚踝长出恶性肿瘤——横纹肌肉瘤，随时有生命危险。为了遏制癌细胞的扩散，只得选择截去右腿。她忍住巨大的疼痛做了手术，而后是近乎摧残的化疗。化疗结束后，她回到了学校，但是坚持不用拐杖，只凭借着单腿跳动来移动身体。

2001年北京申奥成功后，她参加了一场残疾人演讲比赛，引得掌声如雷。而后，她加入了上海轮椅击剑队。那时，击剑馆里没有空调，夏天时，室内温度高达40多度，蒸笼一般，而击剑运动员还得把自己裹得严严实实的。一连几个小时训练下来，她的衣服湿透了，全身的骨头像要碎了一般，浑身无力。但是对于这一切，她都凭自己强大的意志力坚持了下来。

2002年10月，她在韩国釜山"远南运动会"上取得女子个人重剑冠军，在新西兰世界轮椅锦标赛上夺得了铜牌。2007年，她击败众多强劲的竞争对手当选为奥运火炬手，将赴法国巴黎参加火炬传递。2008年4月7日，北京奥运圣火在法国巴黎传递，而她接的就是第三棒。她高擎的火炬，映照着她圣洁的笑容。

她就是被网友誉为"2008年最美丽的女孩"和"最美火炬手"的金晶！有记者惊讶金晶能如此无惧，而金晶的回答是："人最恐惧的敌人是自己，只有内心强大才能战胜自我，无所畏惧地乘势而进，焕发出生命的绚丽光彩！"

金 玉 良 言

命运总是让胜利的鲜花在血汗中绽放，让荣誉的桂冠由荆棘编织，让成功的喜悦在痛苦中浸透。记得苏轼曾经说过，"古之立大事者，不唯有超世之才，亦必有坚忍不拔之志。"我们要用"吾将上下而求索"的意志与命运抗争，用微笑面对挫折，用坚强书写人生，用毅力展望未来。

成长哲理

　　雄鹰因坚强而自由翱翔于天地之间，梅花因高洁而散发幽香于寒风之间。我们不能轻易被打败，要用"敢上九天揽月，敢下五洋捉鳖"的豪情面对人生；要用"长风破浪会有时，直挂云帆济沧海"的勇气挑战困难。即使前路艰险，也要勇往直前。

最可怕的敌人，就是没有坚强的信念。

——罗曼·罗兰

黑暗中的画作

白天，她是个女佣。每当夜晚来临，在她破旧的小屋里，在昏暗的油灯下，她趴在地板上细细地勾画着一幅幅画作——这是她一天中最快乐的时光，让她忘记了劳累和疲惫。她没有画桌和画布，连颜料都是自制的。没有人在意她，人们只知道她是杜佛夫人家的帮佣——萨贺芬。

1914 年的一天，德国知名艺术评论家伍德在杜佛夫人的晚宴上，无意中见到被随手丢在角落的一幅萨贺芬的画，伍德当即买下了这幅画。他找到萨贺芬说，你是一个才华横溢的人，我要资助你学画，将来为你在巴黎举办个人画展。

可此时第一次世界大战爆发了，德国军队打进了法国。伍德被迫逃离法国。13 年后，当伍德再次来到桑里斯小镇，他看到一个画展上写着萨贺芬的名字。他想不到她居然还活着。在伍德的资助下，萨贺芬第一次购来亮晶晶的银器，第一次有了宽大的画室，她为参加巴黎画展开幕给自己定做了一套一生中最昂贵的礼裙。然而就在画展前夕，史无前例的全球经济危机爆发了，萨贺芬的作品突然没有了买家，而伍德的个人财产也被法国政府没收。痛苦失望的萨贺芬又重新回到了破旧的小屋。昏暗的烛光里，她握着画笔，疯狂地涂抹着。

1942 年，萨贺芬在疗养院寂寞离世。1945 年，在伍德的努力下，萨贺芬的作品终于在巴黎和世界各地展出，萨贺芬一举成为法国现代原始画派的著名画家。

金玉良言

坚强是一幅图画，一直描绘着充实和感动，萨贺芬也一直在坚持完成这幅图画，她的作品无疑向世人展示了充实和感动背后的那种决不放弃的坚强。所以只要我们拥有坚强，就一定可以飞上梦想的天空，走向成功的道路。

成长哲理

　　对于任何一个在成功之路上艰难跋涉的人来说，都不可避免地要遇到挫折和失败。就像一个人要生存就必须经历白天和夜晚一样，逆境就是晚上。要学会做事，就必须先学会正确对待挫折打击，必须学会在黑夜中前行，正如顾城所说，黑夜给了我们黑色的眼睛，我们要用它去寻找光明。

这是她一天中最快乐的时光，让她忘记了劳累和疲惫。

> 成功＝艰苦的劳动＋正确的方法－少谈空话。
>
> ——爱因斯坦

打破生活的"不可能"

20世纪50年代，在朝鲜战场上的一场惨烈的阻击战中，20多岁的他永远地失去了双手，下肢从小腿以下也都被截去，他变成了一个"肉骨碌"，住进了荣军院。

他开始近乎自虐地学习生活自理，在常人难以想象的跌跌撞撞中，他学会了照顾自己生活起居的本领。不满足于此的他，又拖着残躯，无数次在山上沟下摔打，直到贫困的山村真正地富裕起来，他这个无手的村支书一当就是30多年，令乡亲们敬佩不已。

从村支书的位子上退下来后，不甘寂寞的他，为给后代留一份精神遗产，又开始艰难地写书。要知道，从未上过学的他，仅仅在荣军院的习字班里学会了几百个字，虽说他后来一直坚持读书看报，但文学素养几乎等于零。可他写作的信念毫不动摇，于是他花了三年多时间，七易其稿，写出了撼人心魄的 30 多万字的小说——《极限人生》。

他就是中国当代的保尔·柯察金——特残军人朱彦夫。

没有双手、双腿残疾、视力仅有 0.25 的朱彦夫，凭着自立、自强的渴望，凭着挑战命运的坚韧与执着，打破了生活中的一个个"不可能"，以无手之臂书写了传奇人生，留下了熠熠闪光的生命篇章。

金玉良言

不尽力尝试，我们永远不知道自己有多大的潜力，永远不知道自身坚强的力量有多么无坚不摧！

成长哲理

战胜对手，需要勇敢和机智。而战胜生活，需要信念和坚强。坚强地面对生活的，那才是路。随便什么事都要敢作敢为，都要有坚强的内心去接受。没有坚强的毅力，没有内心的力量，没有永不言败的魄力，我们又如何去面对生活的大风大浪？

路是脚踏出来的，历史是人写出来的。人的每一步行动都在书写自己的历史。

——吉鸿昌

昂起头来真美

珍妮是个总爱低着头的小女孩，她一直觉得自己长得不够漂亮。有一天，她到饰物店去买了只绿色蝴蝶结，店主不断赞美她戴上蝴蝶结真漂亮，珍妮虽不信，但是也挺高兴，不由得昂起了头，急于让大家看看，出门与人撞了一下都没在意。珍妮走进教室，迎面碰上了她的老师，"珍妮，你昂起头来真美！"老师爱抚地拍拍她的肩膀说。

那一天，她得到了许多人的赞美。她想，一定是蝴蝶结的功劳，可在镜前一照，头上根本就没有蝴蝶结，一定是出饰物店时与人一碰弄掉了。

自信原本就是一种美丽，很多人却因为太在意外表而失去很多快乐。

金玉良言

无论是贫穷还是富有，无论是貌若天仙还是相貌平平，只要你昂起头来，快乐会使你变得可爱——人人都喜欢的那种可爱。

成长哲理

不要太在乎你的外表是否完美。外在之美让人拥有视觉的美感，内在之美则让人拥有内心的和谐。容貌、财富等外在的东西总有消失的一天，不如学会审视和尊重内心，接纳现有的生活。

要记住！情况越严重，越困难，就越需要坚定、积极、果敢，而越无为就越有害。

——列夫·托尔斯泰

鲨鱼无鳔

在硬骨鱼类的腹腔内，大部分有鳔。鱼鳔产生的浮力，使鱼在静止状态时，自由控制身体处在某一水层。此外，鱼鳔还能使鱼的腹腔产生足够的空间，保护其内脏器官，避免水压过大，内脏器官受损。可以说鱼鳔掌握着鱼的生死存亡。

可有一种鱼却是惊世骇俗的异类，它天生就没有鳔！而且分外神奇的是，它早在恐龙出现前三亿年前就已经在地球上存在，至今已超过四亿年，它在近一亿年来几乎没有改变。它就是被誉为"海洋霸主"的鲨鱼！鲨鱼用自己的王者风范、强者之姿，创造了无鳔照样追波逐浪的神话。

究竟是什么让鲨鱼离开了鳔在水中仍然活得游刃有余呢？科学家们经过研究发现：因为鲨鱼没有长鳔，一旦停下来，身子就会下沉，所以它只能依靠肌肉的运动，永不停息地在水中游弋，保持了强健的体魄，练就一身非凡的战斗力。

原来正是鲨鱼的天生缺陷，使它只能不停地奋力游动，这反而造就了它的强大。鲨鱼无鳔，是它的悲，也是它的喜。

金|玉|良|言

生活就像一片辽阔的海洋。虽然海洋是一个五彩缤纷的美丽世界，里面有凶猛的鲨鱼，还有坚硬而冰冷的礁石，但不管怎样，我们总要学会坚强，因为我们知道每天看到从海上升起的一轮红日，便是我们为之奋斗的目标。

成|长|哲|理

面对现实，困难来了，挑战也来了，但是不管结局会怎么样，能够坚强地面对挑战，不断战胜自己，这已经是一种超越。或许不能有多么令人瞩目的事迹，但我们要尽力去做，不能让自己遗憾终生。

　　正是鲨鱼的天生缺陷，使它只能不停地奋力游动，这反而造就了它的强大。

意志是每一个人的精神力量，是要创造或是破坏某种东西的自由的憧憬，是能从无中创造奇迹的创造力。

——莱蒙托夫

易建联的篮球生涯

易建联出生于一个普通的工人家庭，父母的身高都在 1.70 米以上。因为遗传的缘故，他生下来就比同龄人高，这让他处处显得与众不同。

因为朋友越来越少，他找不到玩耍的乐趣，索性玩起了篮球，并迷上了它。父亲担心他的学业，在易建联 12 岁生日那天，父亲带他去游乐园上山去观看一场少年职业篮球赛。但是等观光车的人太多，父亲提出抄近路走，他借助旁边的一棵小树，几下就翻上去了。8 分钟后，他们走到了体育馆的前面，父亲指着来的那条路，意味深长地说："孩子，成功其实就像我们争先恐后地赶到山顶，如果都去坐观光车，不知要等到什么时候，就算坐上了，也被别人远远甩在了后面。既然都只是一个过程，为什么我们不选择其他的方式呢？比如走路，虽然前面有荆棘和陡坡，你也许会跌倒很多次，但只要坚持下去，你总能比别人捷足先登，也只有那样，你才能形成自己的优势啊。"

父亲的这番话，让他铭记在心。

因为有父亲的支持和鼓励，他很快报名参加了深圳的街头篮球赛，虽然第一轮就被淘汰，但他没有泄气。2001年，身高达2.02米的他入选中国国家青年队，在2005年到2006年的比赛中，他以优异的成绩，成为CBA史上最年轻的总决赛最有价值球员。他成了中国篮坛的热门人物，被称为新一代人气王。

2007年8月，易建联签约密尔沃基雄鹿队，成为第四位进军NBA的中国球员，他也是第一位到现场经历选秀过程的中国球员。

他的至理名言就是："荆棘和挫折，在一个人的理想下根本不算什么，鄙视它，爬上去，山顶上的你才是真正掌握自己命运的上帝。"

金玉良言

在人生的旅途中，尽管有过坎坷，有过遗憾，却没有失去青春的美丽。相信自己，坚强面对，希望总是有的。为了这一路的风景，为了不留遗憾，我们也要坚强地走下去。

成长哲理

　　人生就像饺子，岁月是皮，经历是馅。酸甜苦辣皆为滋味，毅力和信心正是饺子皮上的褶皱，人生中难免被狠狠挤一下，被开水煮一下，被人咬一下，但我们始终要有信心，始终要有一颗坚强的内心，因为很多时候打败你的人不是别人，而是你自己。

> 有了坚定的意志，就等于给双脚添了一双翅膀。
>
> ——乔·贝利

尼克·胡哲的强者之路

1982 年的一天，澳大利亚墨尔本，一个新生命呱呱坠地。可他竟无手无脚，只有一个小小的左脚掌及其相连的两个脚趾！童年，小朋友们的嘲笑、自卑和孤独成了他的家常便饭。10 岁的一天，他甚至试图在家里的浴缸自杀。

经过多少次艰难的抉择，他终于拾起了坚强与爱，并开始适应自己的生存环境。他不但学会了生活自理，甚至能像常人一样玩滑板、游泳、踢球、开快艇……而能做到这些，并不是靠练习一两百次就可以成功的，而是需要常人难以想象的坚韧和不停息的努力。

在生活上、事业上，他逐步将自己磨砺成了强人。

如今，这个没有手和脚的年轻人拿到了两个大学学位，获得了澳大利亚"杰出澳洲青年奖"。同时他也是银行家、CEO、演说家。他已在 20 多个国家进行演讲，与数百万人分享了自己的故事、经历。他不但自己成为一位"三尺巨人"，更激励无数身陷困境中的人重新燃起了希望之火！

他的名字像他灿烂的笑容一样深深刻进了人们的心里：尼克·胡哲。

金玉良言

心中有希望，脚下就有路。与其为上天的不公仰天长叹，不如做一条奋力游动的鲨鱼，化短为长，打造属于自己的强者之路，完成自己的人生跨越。

成长哲理

坚强是一种力量，一种引领我们坚持的力量。无论身处顺境，还是逆境，都应该微笑地、平静地面对人生。有了坚强，生活便有了希望，哪怕命运之神一次次把我们捉弄，只要拥有一颗自强不息、积极向上的心，成功是属于你的。

在生活上、事业上，他逐步将自己磨砺成了强人。

没有力量的意志就如同假装士兵的孩子。

——坎宁

逆境中崛起的天才

他出生在美国的波士顿，3岁时就失去了双亲。后来，当地一位做烟草生意的商人收养了他，并送他上学读书。但他的放荡不羁与养父的循规蹈矩形成了鲜明的反差，两人不可避免地发生了激烈的冲突，最终他被赶出家门。

后来，他进了美国西点军校就读，酷爱写诗的他竟然无视校规，不参加操练，被军校开除。从此，他用写诗来打发自己的时光。

在他26岁时，他遇见了生命中最重要的女人——表妹唯琴妮亚。他们不顾世俗的眼光与阻挠，两人相爱并很快结婚。婚后，因为贫困潦倒，很多人嘲笑他、讥讽他，说他是个十足的"穷鬼"，连自己的妻子都保护不了。

在这样艰难的环境中，酷爱写诗的他始终没有放弃手中的笔，每天都在疯狂地写诗，将自己对妻子的爱深深融入文字中。然而，尽管他从未放弃努力，深爱他的妻子还是带着眷恋与不舍离开了他。几近崩溃的他忍着悲伤的泪水，将对妻子所有的爱恋付诸笔端，写出了闻名于世，感人肺腑的经典诗作《爱的称颂》，最终获得了巨大成功。

他就是美国著名的作家和诗人爱伦·坡。

爱伦·坡的经历告诉我们，逆境中不要沉沦，唯有奋起，方能成就辉煌人生。

在哪里摔倒就要在哪里站起来，坚强是伤口的结痂，经历是过去坎坷的成长。成熟在逆境，醒悟在绝境。在逆境中抓住背后的机遇，在绝境中创造奇迹。张扬生命的每次精彩，回味人生的每次困顿，沿着自己喜欢的方向慢慢摸索前行。

没有伟大的意志力，就不可能有雄才大略。

——巴尔扎克

人生中的彩虹

1937 年 3 月 11 日，他出生在广西桂林一个军人家庭。他从小就体弱多病，少年时候还不幸患上了肺结核。在当时，肺结核可算是一个顽疾了。因为是传染病，所以他不能上学。不能上学，这对于自小立志要当一名作家的孩子来说，无疑是十分残酷的！于是，小小年纪的他整日待在家里，神思恍惚，心情也是灰暗到了极点。

一个雨后的傍晚，父亲带着他去散步。路上，他一直低着头，不说话，父亲也不介意。父亲对他说："其实，天上的阳光也是很美丽的，你抬头看看。"这时，他才发现，天空真的很美丽！

可是，他说，那不是阳光，而是彩虹啊！父亲微笑着答道："我们现在看到的的确是阳光，只不过是雨后空中的云层把阳光折射了，从而产生了七彩的光芒啊！"

他不由得轻轻地点了点头。父亲接着说："阳光的折射就像人生的挫折，受了折射的阳光会变成美丽的彩虹，而有了挫折的人生就会更精彩！"父亲的声音不大，但他小小的心灵却感到了一种强大的震撼力。此后，他不仅顽强地与疾病抗争，战胜了疾病，还阅读了大量经典著作。在他的人生旅途上，他笔耕不辍，发表了一系列非常有名的作品，尤其是他的《台北人》名列30本"台湾文学经典"之首，他被世人誉为"当代中国短篇小说家中的奇才"。他就是台湾著名作家白先勇先生。

金玉良言

很多时候，人生需要勇气，为自己的人生画上浓重的一笔，这是一种积极的生活态度。正如歌德所说，卑怯的人叹息、沉吟，而勇者却向着光明抬起他们纯洁的眼睛。要学会坚强地面对一切，要学会自己一个人默默承受所有的痛苦，让自己变得强大起来。

成长哲理

　　波普也说过，并非每一次的挫折都是祸，早临的挫折是福。是的，大凡有作为的人，无论遇到什么挫折，都要有勇气战胜它。这样，人生才会更加精彩。

　　阳光的折射就像人生的挫折，受了折射的阳光会变成美丽的彩虹，

而有了挫折的人生就会更精彩！

三军可夺帅也，匹夫不可夺志也。

——孔丘

莱昂纳多

莱昂纳多·德尔·维奇奥是一个倒霉孩子。因为家里无法同时抚养 5 个孩子，于是很小的时候，他就被送到了孤儿院。为了生活，年纪轻轻的他要在一家加工眼镜零件的工厂打工。

因为比其他人年龄小加上身体瘦弱，他很快成了工人们无聊时捉弄的对象。他们常常毫无顾忌地拿他开玩笑，而对这一切他都逆来顺受，就像什么也没听见一样，只是埋头苦干，把心思都放在了学习本领上。几年过去了。莱昂纳多因为在工作中的勤奋和努力，已经成为工厂里最出色的工人之一。

有了多年的磨炼，二十出头的莱昂纳多已经对眼镜制造行业非常熟悉。不久之后，他就萌生了开一家眼镜制造铺的念头。当身边要好的朋友们得知他的想法后，都不赞成，他却说："我从来就没拥有什么，我也没有什么可以输掉的，所以我能够承担任何风险和后果。"

觉得自己没有什么可以输的东西，他的心里特别放松，没有丝毫的压力和负担，反正大不了一切从头再来。很快，他的眼镜制造铺就开张了。正是因为良好的心态和过硬的技术，他的眼镜制造铺迅速接下不少生意，日子也过得越来越好。

没有压力轻松上阵的莱昂纳多在商场大展拳脚，小小的眼镜制造铺在他的经营下，只用了几十年的时间就成长为世界上最大的眼镜制造商Luxottica集团，而他本人也成为世界级的富豪。在2011年《福布斯》全球富豪榜中，他排名第71位，他是眼镜制造行业里响当当的风云人物。

金玉良言

顽强拼搏的精神并不是生来就有的，也不是轻而易举就能学会的，而是需要经过持久的刻苦磨炼，才能逐步形成。奥斯特洛夫斯基说过："勇敢产生在斗争中，勇气是在每天面对困难的坚强抵抗中养成的。面对困境，不是选择退缩，而是奋力向前，为自己开辟道路。"

成长哲理

　　人生很苦，但即使寒风凛冽、冰雪覆盖，我们也不能倒下。我们要用超乎想象的毅力和艰辛，勤奋探索，奋力拼搏，踏出一条光辉灿烂的希望之路，为自己的未来闯出一片属于自己的新天地，去拥抱那令人向往已久的温暖的阳光。

> 志不可一日坠，心不可一日放。
>
> ——王豫

战胜命运并不难

一位电台主持人在自己的职业生涯中遭遇了 18 次辞退。她的主持风格曾被人贬得一文不值。

最早的时候，她想到美国大陆无线电台工作。但是，电台负责人认为她是一个女性，不能吸引听众，拒绝了她。她来到了波多黎各，希望自己有个好运气。但是她不懂西班牙语，为了熟练当地语言，她花了三年时间学习。1981 年，她来到了纽约一家电台，但是很快被告知，她跟不上这个时代。为此她失业了一年多。

有一次，她向一位国家广播公司的职员推销她的倾谈节目策划，得到了他的首肯，但是那个人后来离开了广播公司。她再向另外一位职员推销她的策划，不久后，这位职员声称对此不感兴趣。她找到第三位职员，此人虽然同意接收她，却不同意搞倾谈节目，而是让她搞一个政治主题节目。她对政治一窍不通，但是她不想失去这份工作，于是她开始"恶补"政治知识。

1982年夏天，她主持的以政治为内容的节目开播了，她凭着娴熟的主持技巧和平易近人的风格，让听众打进电话讨论国家的政治活动，包括总统人选。这在美国的电台史上是史无前例的。她几乎在一夜之间成名，她的节目成为美国最受欢迎的政治节目。

她就是莎莉·拉斐尔。现在她的身份是美国一家自办电视台节目主持人，曾经两度获美国主持人大奖，每天有800万观众收看她主持的节目。

金玉良言

18次的辞退，依然没有让莎莉·拉斐尔却步，她依旧坚持着这项事业，终于把握住了自己人生的方向。因此，想要战胜命运，想要获得自己内心的渴望，无论何时都要坚信只要我们足够坚强，总有一天我们可以取得成功。

成长哲理

在通往成功的道路上，充满着太多崎岖和坎坷，然而面对众多的艰难与困惑，我们始终要选择坚强。选择了坚强，我们就拥有了成功的法宝，不论面对任何挫折，我们都要面带微笑，大步向前。

她不懂西班牙语，为了熟练当地语言，她花了 3 年时间学习。

> 忍耐和坚持虽是痛苦的事情，但却能渐渐地为你带来好处。
>
> ——奥维德

坚持到最后才是胜利

一个青年刚刚大学毕业，凭借着自己的能力，他找到了一份人人羡慕的高薪工作，在一个海上油田钻井队里做技术员。

工作的第一天，领班要求青年在限定的时间内登上几十米高的钻井架，把一个包装好的漂亮盒子拿给在井架顶层的主管。

青年对这第一个任务信心百倍，他拿着盒子，快步登上狭窄的舷梯。登舷梯是十分累人的，当青年气喘吁吁、满头大汗地登上顶层，把盒子交给主管时，主管只在盒子上面签下自己的名字，又让他送回去。于是，青年按照吩咐又快步走下舷梯，把盒子交给领班，而领班也是同样在盒子上面签下自己的名字，让他再次送给主管。

青年此时有些不耐烦了，他觉得这项工作一点意义也没有。可是领导的命令不得不执行，于是青年又转身登上舷梯。当他第二次登上井架的顶层时，已经浑身是汗，两条腿抖得厉害。主管和上次一样，只是在盒子上签下名字，又让他把盒子送下去。年轻人擦了擦脸上的汗水，转身走下舷梯，把盒子送下来，然而，领班还是在签完字以后让他再送上去。

青年有些生气了，他觉得主管和领班是在跟他开玩笑。他长长地叹了一口气，尽力忍着不发作，擦了擦满脸的汗水，抬头看着那已经爬上爬下了数次的舷梯，拿起盒子，步履艰难地往上爬。当他上到顶层时，浑身上下都被汗水浸透了，汗水顺着脸颊往下淌。他第三次把盒子递给主管，主管看着他慢条斯理地说："请你把盒子打开。"

青年于是打开了盒子——里面竟然是两个玻璃罐：一罐是咖啡，另一罐是咖啡伴侣。年轻人终于无法克制心头的怒火，把愤怒的目光射向主管。主管接着对他说："请你把咖啡冲上。"这时，青年将所有的愤怒和不满全部发泄了出来，他"啪"的一声把盒子扔在地上，大声地说："我不干了！"

此时，主管摇了摇头，对青年说："很遗憾，如果你再忍耐一下，你就可以通过这个考验了。刚才我们所做的是一种'承受极限训练'，因为我们在海上作业，随时会遇到危险，这就要求队员们有极强的承受力，承受各种危险的考验，只有这样才能成功地完成海上作业任务。你已经通过了前面三次，只差最后一关，你没有喝到自己冲的胜利的咖啡。因此，对不起，你不能在这里工作了。"

金玉良言

"骐骥一跃，不能十步，驽马十驾，功在不舍。"忍耐，对于每个人来说都是痛苦的，因为忍耐压抑了人性。但是，成功往往就是在忍耐了常人所无法承受的痛苦之后，才出现在你面前的。当困难来临时，请再坚持一下，千万不要只差那么一点点就放弃了。

成长哲理

成功就意味着要坚持。坚持。顾名思义，就是遇到困难不放弃。坚持，说起来容易，做起来可就难了。凡事你能做到坚持，那成功便会属于你。

> 一个有志气的人，他为之奋斗的目标应该是远大的、高尚的，而绝不是被私利障住眼睛的懦夫。
>
> ——段庆功

克利斯蒂·布朗

克利斯蒂·布朗生长在爱尔兰的都柏林，刚出生时四肢健全，但严重瘫痪，让他无法移动。他患上了非常严重的脑性麻痹，发音不准，全身上下只有左脚能动。

布朗渐渐长大了，他一直很勤奋地学习用左脚画画、写字。他的家人坚信他的智力没有障碍，只是无法与人沟通。家人下定决心要让布朗尽可能过正常人的生活，于是把他放在推车里，拉着他到处跑，让他多认识外面的世界。他的左脚练得越来越灵活，他竟然学会了游泳。在家时，布朗总是全神贯注地练习画画，也开始学写作。当他的处女作《我的左脚》经历多次修改也得以发表时，他感觉眼界被打开了。原来，人生充满了无限的可能性，他相信，前方一定会有更美好的日子。

　　布朗的妈妈通过一位医生的协助，将他送到约翰霍普金斯医院，他得到了很好的治疗。他特别尊敬这位了不起的医生，这位医生后来不仅为他和其他脑性麻痹人士创办了一家医院，而且把他引入文坛。几位爱尔兰知名作家鼓励他创作，他受到了很大的鼓舞。27岁时，他花了很多心血完成了小说《那些低潮的日子》的写作。令人兴奋的是，小说一经发表就荣登畅销小说榜第一名，并被改编成电影。

　　只有左脚能动，只能发出几个声音的克利斯蒂·布朗成了知名作家、诗人和画家，很多人知道后非常惊讶。布朗在日记中写道："正像姐姐曾教我的那样，只要功夫深，没有什么事做不到！"

金玉良言

　　在风雨中，要勇敢坚定；在黑暗中，要咬紧牙关前行；面对沙漠，心中要充满绿洲。只要像蝉一样，经历苦痛，决不放弃，一定能一飞冲天！即便是轮椅上的孩子，也不能因为命运的捉弄就放弃了奋斗，放弃了未来的整个人生。

成长哲理

　　不管面对何种困难，我们都要选择坚强，它让我们有足够的信心去挑战所有的困难，让我们拥有充沛的精力去耕耘梦想。所以我们应当无畏地选择坚强，坚信选择坚强定能收获成功。

人生充满了无限的可能性，他相信，前方一定会有更美好的日子。

> 一个有坚强心志的人，财产可以被人掠夺，勇气却不会被人剥夺的。
>
> ——雨果

一棵大白菜的奋斗

她 15 岁考上大学，19 岁成为大学教师，22 岁考入中科院研究生班，24 岁在中科院教研究生。接着，她恋爱、结婚、生子，一切都顺风顺水。可是，在她 29 岁那年，她的视神经发生了病变，她的双目失明了。与光明一同失去的，还有她的丈夫和孩子。

她在父母的帮助下，开始学穿衣、学吃饭、学走路，并开始自学盲文。她摸的第一个英文单词是大白菜，她用手足足摸了一个小时，可是，她到底还是没有弄明白。当父亲告诉她答案的时候，她哭了。她不相信自己就这么被一棵"大白菜"给绊倒了。她开始了自己的奋斗。她把自己一个人锁在房间里，一遍遍地练习，一遍遍地摸字，一遍遍地默记。

一天晚上，她一个人偷偷地跑出了家。父亲四处寻找，最后在她工作过的教室里找到了她。父亲知道，女儿这是准备重返讲台。她很兴奋，说："爸爸，我成功了！"父亲说："你是一棵能够飞翔的大白菜，你一定能够成功的！"

后来她重返讲台。她给学生笑着讲述一棵大白菜的奋斗历程，鼓励同学们珍惜时光。

她的名字叫杨佳。杨佳学会盲文后，利用电脑盲文软件，踏上了事业的快车道。她以盲人的身份考上了美国哈佛大学肯尼迪政府学院公共管理专业，并获得了哈佛MPA学位。

金玉良言

一个人可以看不见，但不能没有见地；一个人可以没有视野，但不能没有眼界；一个人可以看不见道路，但不能停止前进的脚步！即便在黑夜中也要展开笑颜，让别人看到我们灿烂的笑脸，看到苦痛在手中放飞，渐飞渐远。

成长哲理

生活总是在你春风得意的时候给你泼一盆冷水，

可是那又算得了什么？只要我们有勇气抛弃柔弱，让坚强把伤口掩饰在笑颜后面，把自己最美丽的姿态呈现在他人面前。面对困难，我们学会了坚强，就有了与命运对抗的资本，有了提升自己的空间，也有了成功的机会。

如果你足够坚强，你就是史无前例的。

——斯科特·菲茨杰拉德

运动员的梦想

林义杰从小就梦想着成为一名出色的运动员，然而父母并不支持。在他们看来，按部就班地读大学，毕业后从事医生或律师这样的稳定职业才是"正道"。为了让他头脑清醒，家里断了他的经济来源。

那时，林义杰每天只睡4个小时。为了糊口、交学费，在结束一天高强度的训练后，他还要拖着疲惫的身子去开出租车挣钱。精神与物质的双重压力，不断吞噬着他的理想，未来在他的眼前越来越模糊。

一天，他驾车行驶在下着大雨的街头，心里万分痛苦，望着雨中空旷的街头，却不知道自己人生的跑道在哪里。往前，他的视线里出现了一个分割岛。"就这样撞上去吧，再也不会有痛苦和烦恼。"他想。于是他猛踩油门，朝着分隔岛猛冲过去，就在快要撞上的一刹那，他突然下意识地转了一个急转弯停了下来。他不甘心就这样默默无闻地离开这个世界。

回到狭窄的出租屋里，林义杰陷入了沉思，痛定思痛之后，他再一次鼓起勇气，决定放手一搏。此后，不管面对什么样的困境和危险，他再也不曾放弃过信念。苍天不负有心人，凭借着顽强的意志，他终于实现了梦想，成为著名的马拉松运动员，并且首次刷新了徒步穿越撒哈拉大沙漠的世界纪录。

金玉良言

生命的长度是注定的，但是宽度是我们自己所能把握的。林义杰从始至终都在牢牢地把握自己生命的宽度，始终在用坚强默默地支撑着自己。同样，我们也需要坚强，坚强是胜利的前提。

成长哲理

选择坚强是生命在前行中沉默而有力的回答，很多时候人都是坚强不屈的，只是自己还没有意识到而已。如果不是当初的坚持不懈，你永远不知道自己究竟可以走到哪一步，所以不要轻言放弃，顽强地走下去，你总能收获自己想要的。

千磨万击还坚韧，任尔东西南北风。

——郑板桥

没有双腿的舞蹈演员

舞蹈是要用双脚来跳的，一个舞蹈演员演出时是在用肢体动作向观众传达自己的感情，因此，人们都认为没有双腿的人根本无法跳舞。可是有一个脸上总是挂着笑容的弱小的年轻女子却做到了，她是四川绵竹的一位舞蹈教师，叫廖智。

2008年5月12日汶川大地震时，正在家中的廖智和自己10个月大的女儿及婆婆一起被埋在废墟里，被埋26个小时后，廖智被救出，女儿和婆婆却不幸遇难。廖智活了下来，可膝盖以下的小腿及双脚都被截去了，她成了一个在日常生活中离不开轮椅的残疾人，这一年，她24岁。

一个一直在舞台上翩翩起舞的舞蹈演员突然间没有了双腿，这样的打击对她来说比失去生命更为残酷。可是仅仅在截肢后一个月，还躺在病床上的廖智为了安慰邻床养伤的小朋友，就在病床上跳舞给小朋友看。她突然有了想法，没有了双腿也一定要将自己的舞蹈事业继续下去。就是这个信念支撑着廖智一直走到现在，成就了一个没有双腿的舞蹈演员在舞台上的辉煌成就。

我们见过只有一条腿的残疾人演员跳舞，但很少看到失去双腿的人能够在舞台上一展风采。要知道，一个没有双腿的人想要跳舞何其困难，实现这个目标几乎就是在创造奇迹。然而，在众多好心人的支持和鼓励下，廖智终于站在了义演晚会的舞台上。那晚，廖智与搭档表演的是双人舞《走向希望》，她穿一条红色舞裙，男舞伴穿一件白色舞衣，两人在舞台上精彩起舞，谁也看不出这个美丽的女孩被截去了双腿。台下有观众心生疑惑，廖智的腿不是好好的吗？此时，音乐进入高潮，廖智被舞伴猛地举过头顶，她双手抓住右脚，把一只假腿取下来扔在地上，红色的裙褶就像鲜血一样，垂直下搭。顿时，全场鸦雀无声，片刻之后，所有观众均唏嘘不已，泪水直流，他们都被廖智坚强不屈的精神感动了。

不久，廖智的《鼓舞》表演也获得了巨大的成功。在这些成就的背后，廖智为舞蹈所经历的苦难，不是一般人所能想象的。廖智曾说，在经过汶川大地震这场生死劫难后，她开始明白一个词——珍惜。

如果没有那场地震，廖智应该有一个美满的家庭，是一位幸福的年轻妈妈，女儿如今也该长大了，她也依然在舞蹈学校里教学生跳舞。是可怕的地震让她失去了一切，失去了亲人，也失去了自己用来跳舞的双腿。可廖智没有就此沉沦下去，她珍惜生命，笑对生活，坚强地活下来，期待自己的又一个辉煌，这就是她的信念，她成功了。

金玉良言

人的一生要承受很多，有自己承受得起的，当然也有承受不起的。在迷茫中我们不知道自己需要挑起的重担有多少，但就是在这样的情况下，廖智用她的整个身体和她的双手撑起了一生，她勇敢地去面对，去拼搏，终于获得了成功。

成长哲理

坚强，始终如一曲催人奋进的乐章，指引我们在人生道路上勇敢地越过种种坎坷，努力地去向未来冲刺。我们要用坚强来武装自己，当我们不再惧怕困难时，我们便能顺利地走完路途，到达终点。

她珍惜生命，笑对生活，坚强地活下来，期待自己的又一个辉煌。

自强像荣誉一样，是一个无雅的岛屿。

——拿破仑

勇于冒险

有一天，龙虾与寄居蟹在深海中相遇，寄居蟹看见龙虾正把自己的硬壳蜕掉，只露出娇嫩的身躯。寄居蟹非常紧张地说："龙虾，你怎可以把唯一保护自己身躯的硬壳也放弃呢？难道你不怕有大鱼一口把你吃掉吗？以你现在的情况来看，连急流也会把你冲到岩石上去，到时你不死也会受伤。"

龙虾气定神闲地回答："谢谢你的关心，但是你不了解，我们龙虾每次成长，都必须先脱掉旧壳，才能生长出更坚固的外壳。现在面对的危险，只是为了将来发展得更好而做的准备。"

寄居蟹细心思量一下，自己整天只找可以避居的地方，而没有想过如何令自己成长得更强壮，整天只活在别人的庇护之下，难怪限制了自己的发展。

金玉良言

　　每个人都有一定的安全区，你想跨越自己目前的成就，请不要画地自限。勇于接受挑战充实自我，你一定会发展得比想象中更好。

成长哲理

　　有的人一生默默无闻，有的人一生轰轰烈烈，甚至千古流芳，为什么会这样？因为默默无闻的人只是满足于现状，而不去想怎么轰轰烈烈过一生，不要求自己去做，去行动，怎么能够成功呢？

以修身自强，则名配尧禹。

——《荀子·修身》

哥哥的心愿

圣诞节前夕，保罗的哥哥送他一辆新车。圣诞节那天，保罗离开办公室时，一个男孩绕着那辆闪闪发亮的新车十分赞叹地问："先生，这是你的车？"

保罗点点头："这是我哥哥送给我的圣诞节礼物。"男孩满脸惊讶，支支吾吾地说："你是说这是你哥哥送的礼物，没花你半毛钱？我也好希望能……"

当然，保罗以为他是希望能有个送他车的哥哥，但那男孩所谈的却让保罗十分震撼。

"我希望自己能成为送车给弟弟的哥哥。"男孩继续说。

保罗惊愕地看着那男孩，冲口而出地邀请他："你要不要坐我的车去兜风？"

男孩兴高采烈地坐上车，绕了一小段路之后，那孩子眼中充满兴奋地说："先生，你能不能把车开到我家门前？"

保罗微笑，他心想那男孩必定是要向邻居炫耀，让大家知道他坐了一部大车回家。

没想到保罗这次又猜错了。"你能不能把车停在那两个阶梯前？"男孩要求。

男孩跑上了阶梯，过了一会儿，保罗听到他回来的声音，但动作似乎有些缓慢。原来他带着跛脚的弟弟出来，将他安置在台阶上，紧紧地抱着他，指着那辆新车。

只听那男孩告诉弟弟："你看，这就是我刚才在楼上告诉你的那辆新车。这是保罗的哥哥送给他的哦！将来我也会送给你一辆像这样的车，到时候你便能去看看那些挂在窗口的圣诞节的漂亮饰品了。"

保罗走下车，将跛脚男孩抱到车的前座。满眼闪亮的大男孩也爬上车，坐在弟弟的旁边。就这样他们三人开始了一次令人难忘的假日兜风。

那一次的圣诞夜，保罗才真正体会到耶稣所说的"施比受更有福"的道理。

金玉良言

生命的意义在于付出，在于给予，不是接受，也不是争取。

成长哲理

大海无语，却有鱼儿为它编织多彩的图案；大地无语，却有万物为它谱写生命的乐章；天空无语，却有鸟儿为它演唱生活的美好。付出后有对良心的慰藉，接受后有对生活的追求。生活虽无语，却有着付出与接受的轮回，有着付出与接受所谱写的动听、美妙的华丽乐章！请把握好付出与接受！

要知道，能在困境中保持自强是多么令人崇敬啊！

——朗费罗

一把拒绝摔倒的椅子

费尔南多·布兰道小时候是个淘气十足的孩子，在他上小学四年级的时候，他已经是巴西圣保罗第一小学的一个名角了。他喜欢创造世上尚未存在的事物，他曾经设计出一条长满脚的大蛇，从而在学校里赢得了"可恶孩子"的称号。

学校里布置了一项发明任务，要求所有喜欢创造的孩子以椅子为原型，创造一把出类拔萃的特殊椅子。他是个不负众望的孩子，他特立独行的性格总是让大家对他刮目相看，但也有许多同学结成死党，他们的目标是让费尔南多摔倒在地，让他体会失败的痛楚。因此，比赛一开始，就形成了一边倒的场面，一个人的智慧无论如何也超越不了那么多孩子，双方紧张不已，都在为椅子的别具匠心倾注全部的心血。

孩子们设计的椅子为转椅，接通电源后，人坐在上面，可以自由地摇动，永远不会停下来。费尔南多设计的椅子做好后，一直用一张塑料布盖着，他不想让大家过早地知道结果，想给大家一个惊喜。

评委组成员开始检验双方的作品，他们对转椅充满了兴趣，觉得设计独特，费尔南多却嗤之以鼻，认为不可能永远转动，如果停电了呢？还有，一旦椅子的主轴出现问题，卡死怎么办？从小对机械设计感兴趣的他开始评说。

开始检验费尔南多的作品了。塑料布被撤掉后，大家却失望了，那只是一把平淡无奇的椅子。费尔南多解释道："我的椅子是永远拒绝摔倒的椅子。"原来，他的椅子下半身镶了铁，并且打了地脚螺丝，无论怎样转动摇晃，椅子永远不会摔倒。这简直是一个平淡无奇的作品，大家觉得费尔南多太自负了，简直就是一个笑柄。

孩子们笑蒙了，过来摇晃椅子，但确实无法摇动。其中有个孩子恶作剧似的拿了把斧子，用力砍椅子的靠背，整张椅子瞬间轰然倒地了。费尔南多眼见自己的作品成了一堆废品，他失望又心痛地哭起来，最后，他依然斩钉截铁地说道："不，这是一张拒绝摔倒的椅子。"

失败没有打倒他，反而使他更加镇定。他潜心钻研各项设计技术，在高中毕业后考上了巴西利亚大学设计学院。

2010年上海世博会，费尔南多·布兰道成为巴西国家馆的主设计师，他将小时候关于椅子的梦想与坎伯纳兄弟的画作《贫民窟的椅子》相结合，创造性地设计了外表酷似一把椅子的巴西馆。

金玉良言

一把椅子如果拒绝摔倒，只有一种可以解决的方式：将生命的基础夯实，将自身铸炼成至高无上的刚强，唯此方可屹立于天地间。一个人何尝不是如此呢？因此只要我们坚强不屈，又有什么阻碍可以让我们折服呢？又有何种困难可以打倒我们呢？

成长哲理

生命因坚强而屹立不倒，因坚强而充满色彩。生命中有太多的不确定因素，更有太多的坎坷与磨难，只要我们凭着内心的坚强继续向前，一步一步地走完这充满奇妙色彩的路程，就会骄傲地站在成功的终点。

他喜欢创造世上尚未存在的事物。

成长不再烦恼

CHENGZHANG BUZAI FANNAO

·第二辑·

智慧轩文化◇编

天津出版传媒集团

天津人民美术出版社

目录

每个人都有一定的理想，这种理想决定着他的努力和判断的方向。

——爱因斯坦

一位盲人大臣

有个叫布罗迪的英国教师，在整理阁楼上的旧物时，发现了一叠练习册，它们是皮特金幼儿园B(2)班31个孩子的春季作文，题目叫：未来我是……

布罗迪本以为这些东西，在德军空袭伦敦时会被炸飞了，没想到它们竟安然地躺在自己家里，并且一躺就是50年。

布罗迪顺便翻了几本，很快被孩子们千奇百怪的自我设计迷住了。

比如有个叫彼得的小家伙说，未来的他是海军大臣，因为有一次他在海中游泳，喝了3升海水都没被淹死。

还有一个说自己将来必定是法国的总统，因为他能背出25个法国城市的名字，而同班的其他同学最多只能背出7个。

最让人称奇的是一个叫戴维·布伦克特的小盲童，他认为将来他必定是英国的一个内阁大臣。因为在英国还没有一个盲人能进入内阁。

总之31个孩子都在作文中描绘了自己的未来，有当驯狗师的，有当领航员的，有做王妃的，五花八门应有尽有。

布罗迪读着这些作文，突然有一种冲动，何不把这些本子重新发到同学们手中，让他们看看现在的自己是否实现了50年前的梦想。

当地一家报纸得知他这一想法，为他发了一则启事，没几天书信向布罗迪飞来。他们中间有商人、学者及政府官员，更多的是没有身份的人。

他们都表示很想知道儿时的梦想，并且很想得到那本作文本。布罗迪按地址一一给他们寄去。

一年后，布罗迪身边仅剩下一个作文本没人索要，他想这个叫戴维的人也许已经死了，毕竟50年了，50年间是什么事都会发生的。

就在布罗迪准备把这个本子送给一家私人收藏馆时，他收到内阁教育大臣布伦克特的一封信。他在信中说："那个叫戴维·布伦克特的人是我，感谢您还为我们保存着儿时的梦。不过我已经不需要那个本子了，因为从那时起我的梦想一直在我的脑子里，我没有一天放弃过。50年过去了，可以说我已经实现了那个梦想。今天我还想通过这封信告诉我其他的30位同学：只要不让年轻时的梦想随岁月飘逝，成功总有一天会出现在你的面前。"

戴维·布伦克特的这封信被发表在《太阳报》上，因为他作为英国第一位盲人大臣，用自己的行动证明了一个真理：假如谁能把3岁时想当首相的愿望保持50年，那么他现在一定已经是首相了。

人生因为有梦想而精彩，梦想给我们追求的动力，有了梦想，就有了飞翔的翅膀。梦想不是空想，不是海市蜃楼，实现梦想需要实实在在的行动。实现梦想的过程是一个艰苦卓绝的奋斗过程。

梦想对于我们每个人来说，都会发挥很大的作用，可以让我们克服恶劣的环境，奋发向前，拥有梦想就拥有了整个世界。

　　假如谁能把 3 岁时想当首相的愿望保持 50 年，那么他现在一定已经是首相了。

一种理想，就是一种力量。

——罗曼·罗兰

贾平凹：站上梦想的凳子

有一个孩子，都快 8 岁了，10 以内的加减法他还算得一塌糊涂。父亲把墙根下玩打石头的他拽起来，给了他一个书包说，上学去吧。

父母一直希望他以后能有一个正经营生。有一年秋天，他蘸着黑墨水，在自己家的围墙上画了一个四角的亭子，几棵高树，还有一些波光粼粼的水。邻居说，这孩子画得不赖，将来当个画匠吧。他以为，他将来能当走村串户的画匠了，就有意无意地留心看画匠干活儿。那年，有一个人给他大舅家画墙围子，也画了一处山水，还题了"桂林山水贾天下"的字，他明知道那个"贾"字错了，但没敢说出来。

就在他还想着将来当画匠的时候，父母又发现了他的另一个"长处"。有一次他和隔壁邻居家的小子，剪下许多猫猫狗狗的纸样，拿着手电筒钻进鸡窝里"放电影"。在浪费了好几节电池之后，父亲去公社找放映队的人，看能不能给他找一个营生，哪怕打打杂，抱抱片子什么的都可以。后来公社倒是给了他们村一个名额，不过，不是给了他，而是给了村支书的儿子。

眼看当画匠无望，又当不成放电影的，父母盘算着该让他回家种地了，并计划着要为他定下邻村的一个女孩。就在这时候，他竟然稀里糊涂地考上了县里的高中。父亲一下子发了愁。上吧，非但会误了田里的活儿，而且还会误了邻村的女孩，更要紧的是，村里从来没有人考上过大学，于是坚信自己家的祖坟也不会有这根草，父亲说："别上了。"母亲见他支支吾吾的，说："上吧，走一步算一步。"

上完高中，他考上了一所三流的专科学校。他的人生如果就这样下去的话，毕业了，回老家教教书，或许一辈子就这样没有波澜地过完了。然而，大二的时候，他突然冒出一个想法来。那时，学校办着一份自己的报刊，有一个副刊，一个月要出一两期，他常常看到有同学的文章在上面发表。他想，在毕业之前，自己要完成一个小小的愿望，那就是一定要在校报的副刊上发表一篇文章，把自己的名字变成铅字。他开始疯狂地写东西，写完后，就拿去让教写作的老师看，稍有得到赞许的，就投给校报编辑部。到后来，老师也不愿给看了，他就埋下头来自己琢磨。他为此看了许多的书，也浏览了不少的报刊。然而，投给校报的许多稿件，都如泥牛入海杳无音信了。

他不想把这些凝着自己心血的文稿扔了，就抱着试试看的想法，向本市的日报社投去几篇，结果意想不到的事情发生了，他的文字竟然出现在了本市的日报上。再后来，他的名字相继出现在了省内外的报刊上。从那以后，他在文学创作方面更加勤奋了，因为他发现，他还有着一项自己都意想不到的才能。

这个人就是贾平凹。这是他在一次笔会上讲的。讲完后，他颇有感慨地说："这个世界上更多的人，是被别人安排着过完一生的，被安排着学哪门技术，被安排着进哪个学校，被安排着在哪个单位上班……却从来没有自己为自己真正安排一件事情去做。人在这时候，最需要有一个凳子，你站上去，才会发现，你还有着许多没有挖掘出来的才能和智慧。而这个凳子，就是突然闯进你心中的一个想法，一个念头。"

最后，他笑着说："没有这个凳子，你永远看不到梦想，更别说拥有它。"

金玉良言

　　梦想像一只小鸟，可以让你张开翅膀自由飞翔，但难免会受到猎人的攻击；梦想像一棵小草，可以被阳光普照，但难免会被行人踩踏；梦想像一朵朵野花，可以散发无限的清香，但难免会被连根拔起。虽然实现梦想需要很大的勇气以及耐心，但也不要放弃。只要我们能坚持梦想，就有可能实现。

成长哲理

　　我们需要对人生充满梦想，并为梦想坚持奋斗；同时对生活充满好奇心，在好奇中去感知社会，学习知识提高自己；试着从多种途径中寻找出路，实现人生的突破，实现人生的价值；成长的道路上不要轻易屈从别人的安排，要敢于尝试，让自己拥有完美的人生。

理想是人生的太阳。

——德莱塞

拿破仑的"理想之星"

在拿破仑还是一个单纯的孩子时，一次偶然的机会，他的叔叔问拿破仑，将来长大想要做什么？拿破仑在听到这个问题之后，马上滔滔不绝地发表了心中构想已久的伟大抱负。小拿破仑从立志从军开始说起，一直说到想带领法国的雄兵，席卷整个欧洲，建立一个前所未有的超级大帝国，并且让自己成为这个大帝国的皇帝。

不料，叔叔听完小拿破仑的抱负之后，大笑不已，点着小拿破仑的额头，嘲讽道："空想，你所说的一切全都是空想！想当法国皇帝？那是不可能的！依我看，你长大之后，还是去当一个小说家，反倒更容易实现你的迷梦……"小拿破仑被叔叔这一阵抢白，非但没有动怒，反而静静地走到窗前，指着遥远的天边，认真地问道："叔叔，你看得到那颗星星吗？"

　　这时还是正午时分，拿破仑的叔叔诧异地走到窗前，茫然地答道："什么星星？现在是中午，当然看不到啊！孩子，你该不会是疯了吧？"再次面对叔叔的质疑，小拿破仑却是依然镇定而冷静地说道："就是那颗星星啊！我真的看得到，它依然高挂在天边，不分日夜，一直为了我而闪烁着，那是属于我的希望之星；只要它存在一天，我的梦想就永远不会破灭……"

　　事实上，那颗希望之星从未高悬天际，它一直躲藏在拿破仑的内心深处，凭借"希望之星"的引导，拿破仑终于成为真正的法国皇帝。

金玉良言

　　当拿破仑真心在追寻着梦想时，每一天都是缤纷的，因为他知道每一个小时都是实现梦想的一部分。花季雨季的我们，应该珍爱青春，敞开心扉，感受多彩生命，编织斑斓的梦想，实现精神成长。宁愿做一个最渺小的人，心怀梦想以及真诚的愿望，也不要去做一个失去梦想和愿望的最伟大之人。

成长哲理

　　梦想像一粒种子，种在心的土壤里，尽管它很小，却可以生根发芽，开出最美的花。假如没有梦想，就像生活在荒凉的戈壁，冷冷清清，没有活力。

　　有了梦想，也就有了追求，有了奋斗的目标，有了梦想，就有了动力。它会催人前进，也许在实现梦想的道路上，会遇到无数的挫折，但没关系，跌倒了自己爬起来，为自己的梦想而前进，毕竟前途是自己创造出来的。一个实现梦想的人，就是自己人生的成功者。

　　那颗星依然高挂在天边，不分日夜，一直为了我而闪烁着，那是属于我的希望之星。

> 世界上最快乐的事，莫过于为理想而奋斗。
>
> ——苏格拉底

面对 1850 次的拒绝

不经历风雨，怎能见彩虹。的确，人生需要挫折。当挫折向你微笑时，你就会明白：挫折孕育着成功。

有一位穷困潦倒的年轻人，身上全部的钱加起来也不够买一件像样的西服。但他仍全心全意地坚持着自己心中的梦想——他想做演员，当电影明星。

好莱坞当时共有 500 家电影公司，他根据自己的条件仔细划定的路线与排列好的名单顺序，带着为自己量身定做的剧本一一前去拜访。但第一遍拜访下来，500 家电影公司没有一家愿意聘用他。

面对无情的拒绝，他没有灰心，从最后一家电影公司出来之后不久，他就又从第一家开始了他的第二轮拜访与自我推荐。第二轮拜访也以失败告终。第三轮的拜访结果仍与第二轮相同。

但这位年轻人没有放弃，不久后又咬牙开始了他的第四轮拜访。当拜访到第 350 家电影公司时，这里的老板竟破天荒地答应让他留下剧本先看一看。他欣喜若狂。

几天后，他获得通知，请他前去详细商谈。就在这次商谈中，这家公司决定投资开拍这部电影，并请他担任自己所写剧本中的男主角。

不久这部电影问世了，名叫《洛奇》。这个年轻人就是好莱坞著名演员史泰龙。

金玉良言

无论如何都不要放弃梦想，要相信你的梦想是可以实现的，并为之努力奋斗。请相信，你的生命独一无二，你的未来充满奇迹，你的梦想会通过你的不懈努力一一实现。

成长哲理

只有经历过挫折的人生，才能成功实现梦想。来之不易的成功，更显珍贵，可以说它是无数次失败之和。在人生的旅途中，鲜花会与荆棘相伴，成功会与失败并存。相信风雨之后的阳光更加灿烂，拼搏之后的人生更加精彩。梦想的成功并不遥远，只要我们站起来的次数比跌倒的次数多一次，就会有实现梦想的一天。

真正美丽的东西必须一方面跟自然一致，另一方面跟理想一致。

——席勒

五月天：不灭的青春之光

五月天，台湾摇滚乐队，由团长兼吉他手怪兽、主唱阿信、吉他手石头、贝斯手玛莎和鼓手冠佑组成。乐队成立以后，五月天的专辑与演出便接连不断，他们说着年轻人听得懂的话，唱着年轻人想听的歌，用来自灵魂的摇滚乐队支撑起每一场震撼人心的现场表演。

谁会知道如今火爆的乐团，也曾遭遇过听者寥寥无几的尴尬境遇。2004 年，五月天在北京无名高地酒吧的演出现场，台下听者只有二三十人；而他们的演唱会门票也曾卖过 30 元一张。当然，真正的音乐人不会因为听者的人数和金钱的多少而改变自己的方向。他们的心中有音乐梦想在支持着他们，他们爱音乐，愿意真正打造出好的音乐作品，用歌唱出所有人的青春热情，这就是梦想的力量。正如主唱阿信所说，无名高地的演出他唱得开心，听的人很过瘾，就足够了。

2008年的专辑《后青春期的诗》中，有一首歌叫作《我心中尚未崩坏的地方》，歌中唱道：无名却充满了莫名渴望 / 一生等一次发光 / 宁愿重伤也不愿悲伤 / 让伤痕变成了我的徽章……这首歌唱出了五月天成名历程的艰辛，以及五月天时至今日付出的种种努力。正是这些在梦想道路上的艰辛和付出，让五月天成为一代人的青春见证。

五月天做事非常认真，为录制一个吉他音，而不惜全员自费前往加拿大、马来西亚。他们为了使鼓声更加完美，钻研两个月之久。怪兽曾忍着-10℃的低温，在积雪的草地上录《为什么》的吉他伴奏，因为这样才有在街边卖艺的感觉。冠佑追求铃鼓膜声音好听，于是团员就忍着奇怪的气味在空间狭小的厕所里录制铃鼓和所有的和音。为了唱出《叫我第一名》里和音那种印度味道，每个人唱的时候甚至荒谬地边唱边敲着自己的喉咙。这些都是五月天对音乐梦想的尊重与固执。

作为创作型乐团，五月天一直尝试将不同元素融入自己的音乐中。2013年随着古装剧《兰陵王》

的热播，由五月天演唱的《入阵曲》再一次让世人惊艳。这是一个敢于追逐音乐梦想的团队。

金玉良言

梦想帮助人们克服了一个又一个的困难，让人们实现了一个又一个的愿望。人们会为实现自己的梦想而努力，别害怕别顾虑，想到就去做。当你在梦想的面前退缩的时候，梦想就会离你越来越远；当你勇敢地去追梦的时候，全世界都会来帮你。

成长哲理

是理想和梦想，充实了我们的人生。每一天，每一点，每一刻，都不能停止前进的脚步，想要飞翔就要努力奔跑，一直不停地向前行，一直走到生命的终结点，也不要放弃。追寻梦想时，我们就把自己当成天空中自由飞翔的小鸟，俯视大地，山川美景尽收眼底，那该是多么让人自豪的事；现在，我们只是普普通通的人，去认真完成自己没有实现的梦想，而成功就在彼岸，我们会因追逐梦想而变得不平凡。

　　他们唱着年轻人想听的歌，用来自灵魂的摇滚乐队支撑起每一场震撼人心的现场表演。

理想是美好的，但没有意志，理想不过是瞬间即逝的彩虹。

——佚名

焦耳求知

英国著名科学家焦耳从小就很喜爱物理学，他常常自己动手做一些关于电、热之类的实验。有一年放假，焦耳和哥哥一起到郊外旅游。聪明好学的焦耳在玩耍的时候，也没有忘记做他的物理实验。

焦耳找了一匹瘸腿的马，由他哥哥牵着，自己悄悄躲在后面，用伏达电池将电流通到马身上，想试一试动物在受到电流刺激后的反应。结果，他想看到的反应出现了，马受到电击后狂跳起来，差一点把哥哥踢伤。

尽管已经出现了危险，但丝毫没有影响到焦耳爱做实验的热情。他和哥哥又划着船来到群山环绕的湖上，焦耳想在这里试一试回声有多大。他们在火枪里塞满了火药，然后扣动扳机。谁知"砰"的一声，从枪口里喷出一条长长的火苗，烧光了焦耳的眉毛，把哥哥吓得差点儿掉进湖里。

这时，天空浓云密布，电闪雷鸣，刚想上岸躲雨的焦耳发现，每次闪电过后好一会儿才能听见轰隆的雷声，这是怎么回事？焦耳顾不得躲雨，拉着哥哥爬上一个山头，用怀表认真记录下每次闪电到雷鸣之间相隔的时间。

开学后，焦耳迫不及待地把自己做的实验都告诉了老师，并向老师请教。老师望着勤学好问的焦耳笑了，耐心地为他讲解："光和声的传播速度是不一样的，光速快而声速慢，所以人们总是先见到闪电再听到雷声，而实际上闪电雷鸣是同时发生的。"焦耳听了恍然大悟。

从此，他对学习科学知识更加入迷。通过不断的学习和认真地观察计算，他终于发现了焦耳定律，成为一名出色的物理学家。

金玉良言

你想要什么，就要勇敢地去追求，因为这是实现梦想的方式。追梦的路上，必须勇敢地战胜逆境，即使不能实现最初的梦想，也会打开另一扇梦想的大门。梦想是伟大的，有了梦想，生活才有意义。

成长哲理

　　梦想很遥远，寻找它的路途也很艰难。所以，有的人会放弃。人的一生中，有太多牢笼，只有冲破这些牢笼，不贪图牢笼中的诱惑，才能真正踏上寻梦的旅途。有的人愿意为梦想放弃一切，不顾一切地向前。有人会觉得这样很傻，万一梦想没实现，反而还头破血流，不是白闯了吗？他们不懂，至少曾为梦想奋斗过、努力过，就不负人生，也不会后悔！

梦想只要能持久，就能成为现实。我们不就是生活在梦想中的吗？

——丁尼生

齐默尔：弹响人生乐章

有一个男孩儿，家里十分贫穷。他从小就有一个愿望，那就是做一个音乐家。事实上，音乐是富贵而高雅家庭的孩子才能爱好得起的才艺，学习音乐所需要的大笔经费，是他们这种贫困家庭承受不起的，仅仅是那一架昂贵的钢琴，都会让他的爱好和梦想望而却步了。

然而男孩儿并没有退缩，仍然执着地沉迷于音乐。他先是自己动手，用纸板制作了一个模拟的黑白色的钢琴键盘，然后在那个纸板做的黑白键盘上，练习贝多芬的《命运交响曲》。纸键盘当然弹不出任何声音，男孩儿自然也听不到钢琴发出的美妙声音，但他仍然用心地弹着，仿佛那音乐无比悦耳动听。

更让人不可思议的是，男孩儿在这纸做的键盘上勤奋练习到十指都磨破后，居然开始自己作曲。

渐渐地，有人开始喜欢起他创作的曲子，并愿意出钱购买。

一天，男孩儿用自己卖曲子挣来的钱买回了一架钢琴。那是一架二手钢琴，破旧不堪，时常发不出声响，或者跑调，但男孩儿却如获至宝。他学着自己修整、调音，沉醉在自己的音乐世界里。男孩儿在作曲时常常走火入魔，就算是他在睡梦中突然来了灵感，也会打着手电筒把曲子记录下来，父母看在眼里十分不理解。

那一年，男孩儿还不到20岁，可他已经开始在德国和世界的乐坛上腾飞了，并最终成为了好莱坞著名的电影音乐创作人，在第67届奥斯卡颁奖大会上，他以著名动画片《狮子王》的主题曲荣获了最佳音乐奖。他就是汉斯·齐默尔，一位自学成才的音乐大师，曾经依靠自己用纸板做的钢琴练习弹奏，终于练出了属于自己的桂冠。

金玉良言

追求理想并不是从起点的高低或贫富贵贱开始的，我们每一个人，只要有自己真正的爱好和梦想，用自己的双手去创造生活，用辛勤的汗水实现人生的梦想，就是成功的人生。人生最大的遗憾不是有无法实现的梦想，而是没有尝试着去实现它。坚持自己的梦想，因为梦想需要坚持来实现。漫漫人生路，不如意之事十有八九。怨天尤人，无济于事。只有在拼搏的过程中，不断坚持，不断进取，不断超越，才能让我们的人生道路更加宽广，才能让我们的生命更加绚烂。

成长哲理

　　人生不是静止的，而是在追求的旅途中。命运可以决定你奋斗过程的顺利或艰辛，但追求的结果一直握在你自己手中。我们每个人，只要有自己的梦想，就算把命运交给一张纸做的黑白琴键，也会像齐默尔那样，能弹响自己的人生乐章。

　　汉斯·齐默尔，一位自学成才的音乐大师，曾经依靠自己用纸板做的钢琴练习弹奏。

器满则溢，人满则丧。

——林逋

在梦想面前要学会低头

本杰明·富兰克林是美国杰出的政治家、科学家、思想家和散文家，被称为"美国之父"。

有一次，少年富兰克林去拜访一位前辈。那时的他年轻气盛，目空一切，挺胸抬头迈着大步，可是一进门，他的头就狠狠地撞在了门框上，疼得他说不出话来。

这时那位前辈缓缓地走出来，看到富兰克林这副样子，对他说道："很疼吧？可是，这却是你今天来访问我的最大收获，一个人要想平安无事地活在世上，就须时时刻刻记得低头。"

在这之前，富兰克林的确是这样，以为自己是鸿鹄，别人都是燕雀，眼睛总是高高在上，根本不把周围的一切放在眼里。直到有一天被眼前的门框撞了头，才发现门框比自己想象的要矮得多。于是，回到家以后，富兰克林把这次拜访得到的教诲看成最大的收获，并把它列在一生的生活准则之中。

　　没有梦想的人生是不完美的，但是在实现梦想的同时，更应该脚踏实地。人的一生，要历经千门万坎，甚至有时还有人为的障碍，会经常碰壁，或伏地而行。我们若一味地讲"骨气"，到头来，不但会被拒之门外，还会被"门框"撞得头破血流。学会低头，该低头时就低头，巧妙地穿过人生荆棘。这既是人生进步的一种策略和智慧，也是人生立身处世中不可缺少的风度，同时，这也更是一种修养。

　　"要抒写自己梦想的人，反而更应该清醒。"很多年轻的朋友都有着远大的理想和抱负，但往往也因此变得傲慢起来。而事实上，要想进入一扇门，就必须让自己的头比门框更矮，要想登上成功的顶峰，就必须低下头弯着腰做好攀登的准备。

梦是心灵的思想，是我们的秘密真情。

——杜鲁门·卡波特

我的生命不要被保证

有一个小男孩，考试得了第一名，老师奖给他一本世界地图，他很高兴，跑回家就开始看这本世界地图。很不幸，正好轮到他为家人烧洗澡水的时候，他就一边烧水，一边在灶边看地图。当他看到一张埃及地图时，想到埃及很好，埃及有金字塔，有埃及艳后，有尼罗河，有法老王，还有很多神秘的东西，心想长大以后如果有机会一定要去埃及。

他看得正入神的时候，突然他的爸爸从浴室里冲出来，胖胖的身材上围着一条浴巾，用很大的嗓门对他说："你在干什么？"他抬头看了爸爸一眼，然后说："我在看地图！"他爸爸很生气，说："火都熄了，看什么地图！"他说："我在看埃及的地图。"他爸爸跑过来"啪！啪！"给了他两个耳光，然后说："赶快去生火！看什么埃及地图！"说完，一脚把他踢到火炉旁边去，用很严肃的表情跟他说：

"我给你保证，你这辈子都不可能到那么遥远的地方去！赶快生火。"

他当时看着爸爸，呆住了，心想："我爸爸怎么给我这么奇怪的保证。真的吗？难道我这一生真的不可能去埃及吗？"

20年后，这个男孩第一次出国就去了埃及，他的朋友都问他："到埃及干什么？埃及那样贫困落后。"他说："因为我的生命不要被保证。所以，我要证明我能到埃及旅行。"

到了埃及，他在金字塔前面的台阶上，买了张明信片写信给爸爸。他深有感触地写道："亲爱的爸爸，我现在就在埃及的金字塔前面给你写信，记得小时候，你打我两个耳光，踢我一脚，保证我不能到这么远的地方来，但现在我就坐在这里给你写信。"他爸爸收到明信片时跟他妈妈说："哦，这是哪一次打的，怎么那么有效？一巴掌打到埃及去了。"

金玉良言

梦想在生命中是非常重要的。只有梦想可以使我们有希望，只有梦想可以使我们保持充沛的想象力与创造力。因为人生只有存在梦想，才能有前进的动力，才会创造出奇迹。所以，梦想对于孩子的成长是不可或缺的。

成长哲理

人生中，总有一个梦想潜藏心底，总有一种力量使我们不断前行，即使再苦再累，也永不言弃，这就是梦想的力量。梦想不分远近，再远的梦想也要勇敢地迈出最近的那一步！男孩一直坚持着心中的梦想，没有因父母的约束而放弃心底的那份坚持，而我们所需要的就是这份对梦想的坚持。

因为我的生命不要被保证。所以，我要证明我能到埃及旅行。

伟大的理想唯有经过忘我的斗争和牺牲才能实现。

——乔万尼奥里

我行，我一定行

张艺谋导演的原生态电影《一个都不能少》，在国际上一炮打响后，片中的女主角魏敏芝刚一进入人们的视线，就载着盛誉的光环。按照常理，应该星光一片灿烂。然而，就在"魏敏芝热"风头正劲的时候，许多人都预测说这位"谋女郎"在星途上不会像巩俐、章子怡那样走太远，甚至许多导演都给魏敏芝降过温，说她既不漂亮，身材也不好，不适合做演员……22岁的魏敏芝似乎从人们的视线里消失了，她真的就此销声匿迹了吗？

当年，负面的声音如潮水一样压来，这个来自乡村的"小土妞"有点儿蒙了。她照镜子时对自己说："我感觉自己是这块料啊！我行，一定行！"自此，魏敏芝把电影当成了事业，她自信能在电影圈里蹚出一条属于自己的路，她要证明给全世界看。就这样，在一片嘘声中，魏敏芝怀揣梦想，肩负使命，欣然上路了。高三时，她毅然报考了北京电影学院。

然而，这一次她失利了。她在心里痛苦地拷问自己：漂亮的脸蛋和傲人的身材是不是从影的必要条件？我真的没有这个天赋吗？如果不做演员，我可以做导演吗？魏敏芝就像《一个也不能少》中的小老师一样，自省而坚强，即便在最艰难的处境里，也绝不放弃希望。与"北影"失之交臂后，她毅然选择了西安外国语学院影视传播学院，将专业调整为"编导"。强大的目标之前，未来显得魅力十足，诱人亲近。

魏敏芝在校期间，学习非常刻苦，如饥似渴地汲取着专业知识的养分。一个偶然的机会，魏敏芝邂逅了她的一位忠实影迷——美国夏威夷杨百翰大学教授、美籍华人陈尔岗。因为受到影片的感染，这位影迷对魏敏芝非常关注和喜爱，还提议将她推荐到自己任教的学校去深造。有一次，陈尔岗试探性地问魏敏芝，学成后有何打算。魏敏芝的回答铿锵有力："学成回国，专拍山里那些贫苦的孩子，让整个社会关注和帮助他们……"陈尔岗受到了极大的触动，推荐她到国外就学的步伐也加快了许多。

然而，去美国就学前，需要经过严格的考试。魏敏芝的英语基础相当薄弱，许多人都替她捏了一把汗。正式收到陈尔岗邀请的那天，魏敏芝心事重重。她久久地坐在图书馆里盯着面前的笔记本发呆，她问自己：人这一生，关键的机会能有几次？那一天，走出图书馆的时候，魏敏芝的拳头攥得紧紧的。

经过两年的"攻坚战"，刻苦而聪慧的魏敏芝最终在杨百翰大学组织的留学考试中脱颖而出，令人惊叹的是，她还争取到了全额奖学金，可免费入学。成绩颁布的那天，魏敏芝有一种"面朝大海，春暖花开"的感觉，这一场战役的胜利，成了对她继续追求梦想的巨大鼓励。在杨百翰大学里，魏敏芝异常活跃，她对自己说："我要在世界的高等学府证明自己的强悍！"

通过竞争，她获得了校内电视台副导演的职位。同时，还将校内的中国留学生组织到一起，成立了首届中国同学会，并担任学生会主席一职。每隔一周，魏敏芝都要放映一部中国的电影，向全校师生展示中国文化的魅力。此外，她还加入了学校的合唱团，该团规模大、水平高，在美国享有盛誉。魏敏芝当仁不让，打败其他竞争者，当上了合唱团的副导演。在异国的土地上，魏敏芝的才情得到了淋漓尽致的发挥。

不久，崭露头角的魏敏芝受到了美国一家影视公司老板的关注，邀请她执导电影《母亲的心愿》。该影片不仅由她独立执导，还由她担任主演。凭此片，魏敏芝受到了科威特中国电影周的邀请，成为首位在海湾地区亮相的中国演员，还获得了科威特文委最高奖……

自此，魏敏芝不再是那个浑身冒着土气的原生态演员，她已经在历练中变成了一道耀眼的风景，并在异域文化的熏陶下脱胎换骨。如果你在当下最红火的新浪博客网上键入"魏敏芝"三个字，你会发现，她的名字出现在文化圈里……

在这个世界上，几乎每个人都认为自己很出众。但不能一直停留在"认为"上，而是不断调整自己，总在证明自己是"很出众"的人，才会真的"很出众"。魏敏芝做到了。

金玉良言

梦想是对未来的憧憬和设想，是一种虚拟的预期安排。梦想的实现，有待于坚持和努力。实现梦想是一个艰辛的过程。只有坚持下来的人，才会成功。梦想实现的过程会流泪，会流汗，还有可能会流血，但这些都不会让我们退缩。

成长哲理

　　我们有坚定的信念和永不放弃的精神，在机会还没有到来之前，一定要保持一个最佳的状态，等待那个机会的来临。当机会来临的时候就要好好抓住它，紧握它，不要放弃，全力以赴去放大它，我们一定都能够成功实现梦想。

一个人要实现自己的梦想，最重要的是要具备以下两个条件：勇气和行动。

——俞敏洪

勇气让理想走得更远

1988年，一位中国青年男子怀揣200美元和梦想，孤身走出国门，去参加一个由瑞典歌剧院组织的音乐考试。

考试前夕，他经历了常人难以想象的艰辛：打工赚了一些生活费，算算离考试还有好多天，只好躲到一个小酒店，计划着怎么过，每天仅仅以一顿冷水伴着面包果腹。

考试那天，他需要一口气唱14首曲目，因为身体虚弱，他的状态特别不好。当他唱完第一首咏叹调后，不争气的肚子就开始咕噜噜响，饥饿的咕噜声与安静的音乐厅极不协调，台下的评委很纳闷。

当他一筹莫展的时候，钢琴伴奏师站起来主动帮他解释。在场的一位瑞典老教授对此非常感动，马上差遣工作人员买了一杯热巧克力和饼干等充饥物品，他这才顺利完成了这场考试。

等待考试结果需要一段时间，于是他跑到一家中餐馆，希望他们给他一个洗碗的机会。由于没有签证，中餐馆的负责人不让他打工，无奈，他厚着脸皮跑到了警察局。

警察对此莫名其妙："你来这里干吗？"他坦然地回答："因为来参加一个考试，我已身无分文，但我必须吃饭。"他把邀请信给他们看。警察把他带到休息室，然后给他买了一大份盒饭。

为表达谢意，他给警察唱了一首《我的太阳》，因为他们很少有机会聆听这样高雅的音乐，听完之后，大家报以雷鸣般的掌声，然后还让他唱第二首……那段时间，他天天跑到警察局吃饭，天天给他们唱歌。他和警察成了朋友。

功夫不负苦心人，11位评委全部给他打了最高分，他在这次考试中得了第一名。他就是用自己富有感染力的歌声打开了瑞典皇家歌剧院的大门，并最终成为挪威歌剧院终生签约演员的歌唱家——蔡大生。

每当有人问及他成功的经验时，蔡大生总会提及瑞典歌剧院考试的那段经历，并直言不讳地说："我要感谢自己那份对梦想无畏的勇气，是这份可贵的勇气，让我赢得了钢琴伴奏师和警察朋友的帮助，才能顺利渡过难关。"

金玉良言

有了梦想就不要放弃，不遇岛屿与暗礁，难以激起美丽的浪花。保持心中梦想的光芒，成为照亮心灵的月亮，让感动的泪花洗过脸庞。天空不会总是黑夜，人生不会总是雨天。

成长哲理

世界上唯一可以不劳而获的就是贫穷，唯一可以无中生有的就是梦想。没有什么事，不动手就可以实现。世界虽然残酷，但只要你愿意走，总会有路；只有坚持下去，才会看到美好的结局。人生贵在行动，迟疑不决时，不妨先迈出小小的一步。前进不必遗憾，若是美好，叫作精彩；若是糟糕，叫作经历。蔡大生正是凭借着这份对梦想的坚持与执着，实现了人生的价值，展现了他独特的魅力。

　　我要感谢自己那份对梦想无畏的勇气，是这份可贵的勇气，让我顺利渡过难关。

在瞄准遥远目标的同时，不要轻视近处的东西。

——欧里庇德斯

激情燃烧做小事

2011 年 5 月中旬，一段"收碗"视频在网络上被反复点击：一位瘦小的戴着眼镜的大学生站在学校食堂的餐具回放处窗口前，低头不语，两眼专注，一双手来回穿梭，将同学们用过的餐盘、碟子、碗、筷子和汤匙分门别类地摆放在身旁的一个个塑料筐里，动作之快，让人眼花缭乱。

这位大学生名叫陈文原，是福建农林大学食品科学与工程专业的三年级学生。收碗是他在学校食堂打的一份零工，从 2010 年 9 月开始，他每天中午 11 点半至下午 1 点，傍晚 5 点至 6 点，都会站在这个窗口负责回收餐具。他的速度奇快，一双手动起来几乎是重影。不少同学驻足凝视，叹为观止。更有同学敬佩不已，用手机拍下视频，上传到网上。嗬！真想不到，这段视频一夜走红，网友们送给陈文原好几个形象的雅号："犀利收碗哥""无影手""当代卖油翁"。

陈文原的老家在福建省泉州市永春县仙甲镇，家庭条件不好。父亲在家乡的小镇上开摩的，生意好时一天可以挣三四十元，有时下雨天一分钱都挣不到，母亲做一些零工，哥哥在一家鞋厂打工，收入也不高。这样的经济条件，再加上父母的身体也不好，所以上大学后，懂事的陈文原不想再给家里添负担，就靠着国家的助学贷款和勤工俭学，入学3年来他没有向家里伸手要过钱。

陈文原打零工的餐厅是学校最大的餐厅，每天有四五千学生在这里用餐。说到他的"无影手"，他只是淡淡地一笑，说："我无法不快，每个学生至少有一个餐盘，3～6个碗盘，还有一些筷子和勺子，每次要在两小时左右收拾近两万个餐具，在人流高峰期动作稍慢餐具就会在你面前堆积如山，速度最快时，一分钟要收一百几十个餐具。"谈及报酬，他说是一小时6元钱，一月能挣400多元；另外，收碗时的午饭和晚饭都是食堂免费提供，一月还能省下近300元的伙食费开销。

除了收碗，陈文原还兼一份宿舍的保洁工作，月收入100多元。假期，他更是没闲着，在做着几份家教的同时，还跑促销、到服装厂打工等。他特别提到在服装厂的工作，他说厂里都是计件工作的，包装一件衣服是 0.12 元，他一天可以装 1000 件衣服，这样就可以挣到 100 多元。有一次为了赶工，他连续做了三天三夜没睡觉。要说有"无影手"的话，这与他每年的寒暑假在服装厂的锻炼是分不开的。靠着这些零零碎碎的收入，去掉生活和学习上的开支，还有结余，陈文原就用这些钱逐步地还自己的助学贷款。而作为一名贫困生，学校本来每个月为他提供了 250 元的生活补助，但从今年起，他已经把这个名额让给了其他同学，现在完全依靠勤工俭学支撑自己的学业。

当问到陈文原既要完成学业，又要这样赶着勤工俭学，生活累不累时，陈文原坦言，每次洗碗回来全身湿透，腰也很酸，但是觉得用自己的双手去挣钱更快乐。接着他又补充说，父母没办法在经济上给他更多支持，但教给了他很多做人的道理。当他告诉父亲自己在食堂收碗时，父亲只是说，收碗也要认真做。

陈文原有着朴素的价值观，他打零工是为了挣钱，但他又把学校每月给他的生活补助费让给同学。父亲的话只有寥寥几个字，但他忠实践行。当同学告诉他"犀利收碗哥"在网上是如何走红时，陈文原却显得很平静。他说，凡事只要认真对待就会有激情，收碗这样脏、苦的活都能坚持下来并把它做好，以后走到社会，遇到什么样的压力和困难都能应对。他的话质朴又实在。

作为一名大学生，陈文原不是没有自己的梦想，上大学本身就是为了追求梦想。只是在追求梦想的路上，仰望星空的同时，他能够脚踏实地，不浮躁，不抱怨，没有被光怪陆离的世象所迷惑。之所以有这么多"没有"，是因为陈文原有着良好的心态，面对贫穷的家庭和自己学习生活中的困难，他能用积极的心态去克服，自信自强自立。洗碗、保洁、促销、包装衣服等，都是简单的事，但对这些容易做的简单的事，他都带着一股激情去做，做得极其认真，做到了极致。

付出终有回报，现在，有多家福州的企业负责人来到学校，表示可以为陈文原提供待遇更优厚的工作，但都被陈文原拒绝了。在陈文原看来，在这一期的收碗工作没有结束之前，不能因为单纯地追求待遇而改换工作。这些负责人十分感慨，点头称赞，踏实肯干不怕没面子，艰苦奋斗，自立自强有诚信，这样的大学生哪家单位不抢着要？

金玉良言

梦想之所以美妙是因为它远远地高于现实。梦想之所以诱人是因为它吸引我们坚持不懈地去努力追求。通过努力能够实现的梦想，我们称之为理想。梦想若太不切合实际就会流于空想。因此，梦想之花要植根于现实的土壤里，并且悉心培育，才可能结出成功的硕果。

成长哲理

陈文原对待梦想虽如仰望星空，却也脚踏实地，为实现梦想而不懈奋斗。他认真地对待着每一件小事，并且持之以恒地将它们做到最好，这就是梦想的魅力。在实现梦想的时候，愿意付出自己的青春与汗水。有了梦想，就要付诸行动，"临渊羡鱼，不如退而织网"，用自己的努力去实现梦想吧！

> 理想并不是一种空虚的东西，也并不玄奇，它既非幻想，更非野心，而是一种追求真善美的意识。
>
> ——莎菲德拉

梦想是美好生活的开始

雪野茫茫，你知道一棵小草的梦吗？寒冷孤寂中，她怀抱一个信念取暖，等到春归大地时，她就会以两片绿叶问候春天，而那两片绿叶，就是曾经在雪地下轻轻地梦呓。候鸟南飞，征途迢迢。她的梦呢？在远方，在视野里，那是南方湛蓝的大海。她很累很累，但依然往前奋飞，因为梦又赐给她一对翅膀。窗前托腮凝思的少女，你是想做一朵云的诗，还是做一只蝶的画？风中奔跑的翩翩少年，你是想做一只鹰，与天比高？还是做一条壮阔的长河，为大地抒怀？

我喜欢做梦。梦让我看到窗外的阳光，梦让我看到天边的彩霞；梦给我不变的召唤与步伐，梦引领我去追逐一个又一个目标。1952年，一个叫查克·贝瑞的美国青年，做了这样一个梦：超越贝多芬！并把这个消息告诉柴可夫斯基。

多年以后，查克·贝瑞成为摇滚音乐的奠基人之一。梦赋予他豪迈的宣言，梦也引领他走向光明的大道。梦启发了他的初心，他则用成功证明了梦的壮美。有了梦，才有梦想；有了梦想，才有了理想；有了理想，才有为理想而奋斗的人生历程。

没有泪水的人，他的眼睛是干涸的；没有梦的人，他的人生是黑暗的。

20世纪初，中国近代作曲家、钢琴家冼星海出生在一个贫穷的渔民家庭，他从小就非常喜爱音乐，长大后经过努力考入了北京大学的音乐传习所学习，后来又到上海国立音专学习小提琴和钢琴。1929年，他到巴黎去求学，然后以优异的成绩考进巴黎音乐学院，学习作曲，他是当时班上的第一个中国考生。

1931年，九一八事变爆发，中国人民陷入战火的苦难中。为了赶走侵略者，他毅然回到苦难深重的祖国，积极投身到抗日救亡运动中，立志以音乐来救国，以音乐来唤醒麻木沉睡的灵魂，挽救危亡的祖国。他先后创作了《救国军歌》《战歌》等许多抗日救亡的群众歌曲，还为《壮志凌云》《青年进行曲》等进步影片谱曲。

为了宣传抗日，他积极参加抗日文艺宣传队。为此不怕艰险深入到学校、农村、厂矿等民众当中，教唱抗日歌曲，举办抗战歌咏活动，动员民众起来反抗日本的侵略，并创作了《保卫卢沟桥》《游击军歌》《在太行山上》《到敌人后方去》等著名的抗日歌曲。

后来冼星海辗转来到延安，为诗人光未然作词的《黄河大合唱》谱曲，这首歌曲因此成为中华民族的千古绝唱。它展现了抗日战争的壮丽景象，形象地塑造了中华民族的英雄人物，歌颂了中国人民永不屈服的斗争精神，激励着无数热血青年投身到民族解放的斗争中。

人生的意义因理想而闪光；生命的价值因梦想而实现。理想之灯指引着前进的方向，没有梦想就会失去方向，没有方向的生活只是随波逐流。

执着梦想的脚步，把希望追逐；坚定信心，把人生耕耘；挥洒辛勤汗水，把生命浇灌；实现自我价值，把精彩缔造。为自己加油，明天定会变得无限美好！我们要享受追逐梦想的快乐，保持对梦想的激情，梦想不会发光，会发光的是那个正在追梦的我们。

　　冼星海辗转来到延安,为诗人光未然作词的《黄河大合唱》谱曲,这首歌曲因此成为中华民族的千古绝唱。

骐骥一跃，不能十步；驽马十驾，功在不舍；锲而舍之，朽木不折；锲而不舍，金石可镂。

——荀况

什么都不能阻挡梦想

他生在山民之家，那里根本就没有音乐。12岁时，他跟父亲出山，看见一个人在拉小提琴，他的心灵被震撼了。回到家，他自己用木板和铁丝做出了那个东西。当时，他还不知道那是小提琴，但他认定那是人间最好听的声音。15岁时，他终于在山外捡来一把小提琴，那是人家扔了不要的，而且没有弦。他一分钱一分钱地偷偷攒着，一年后，他终于买来三根弦，安上了。弦很贵，他总是攒不够买第四根弦的钱。他天天晚上偷偷练琴，三根弦也能拉！1977年，他就用这把只有三根弦的小提琴，报考了上海音乐学院。之后，他又考进了中央音乐学院。他终于有了四根弦的小提琴。再之后，他成了小提琴顶尖高手。可是，他不满意。1986年，他到纽约哥伦比亚大学攻读博士学位，拥有了最权威的音乐学识。所有人都在大师们的手下学习着，满足着，一生不得超越，但这不得超越的东西实在不是他想要的。于是，他没命地折腾老师。老师教的东西，他全部都要超越，把所有定论都做出全新的诠释或演变。于是，他走上了美国费城交响乐团的指挥台。他成为世界上最优秀的音乐指挥家之一。他，就是中国浏阳河边的谭盾。

从一个山里的孩子成长为一个站在世界音乐巅峰的人，谭盾走的是一条艰难而辉煌的道路。不管多么贫穷，不管多么艰难，他对音乐如痴如醉的热爱始终不渝。正是心中不灭的信念，对梦想的坚持使他敢于超越苦难，超越大师，一步步迈向世界音乐的巅峰。

金玉良言

不是每个人都会去建造一座梦想的水晶大教堂，但是每个人都应该拥有自己的梦想，设计自己的梦想，追求自己的梦想，进而实现自己的梦想。梦想是生命的灵魂，是心灵的灯塔，是引导人走向成功的信仰。有了崇高的梦想，只要矢志不渝地追求，梦想终有一日会成为现实，奋斗就会变成壮举，生命也会因创造奇迹而不再平淡。

成长哲理

做一件事情，不管有多难，会不会有结果，这些都不重要，即使失败了也无可厚非，关键是有没有勇气解脱束缚的手脚，有没有胆量勇敢地面对。很多时候，我们不缺方法，缺的是一往无前的决心和魄力。不要在事情开始的时候畏首畏尾，不要在事情进行的时候瞻前顾后，做事要果决，当机立断，唯有如此，一切才皆有可能。

理想不抛弃苦心追求的人，只要不停止追求，你们就会沐浴在理想的光辉之中。

——巴金

梦想需要坚持的力量

拉里·金，美国著名主持人，他所主持的《拉里·金现场秀》是美国有线新闻网 (CNN) 收视率最高的节目。他曾获得艾美奖，被冠以"电视史上最优秀的脱口秀节目主持人"的美名，而《时代》杂志则称之为"麦克风霸主"。拉里·金的成功首先就在于他对梦想的坚持。

拉里·金从小就梦想跻身广播界，高中毕业后便独自到迈阿密闯天下。抵达迈阿密后，最初只被一家小电台聘为杂工，但他没有放弃，每晚坚持阅读相关书籍，等待机会。1957 年，电台一个播音员不辞而别，24 岁的拉里·金终于有了崭露头角的机会，当上了电台 DJ。1959 年，拉里·金以主持电台脱口秀的身份涉足电视界。1978 年，拉里·金接过"相互电台网"的晚间脱口秀主持人的话筒，听众范围从此扩大到全美。之后《拉里·金现场秀》正式开播，从此拉里·金声名鹊起，一跃成为美国有线电视的"统治者"。

金玉良言

梦想的坚持也许开头很难，但久了就会成为一种习惯。当"坚持"慢慢变成"习惯"，原本需要费力去驱动的事情就成了家常便饭，原本下定决心才能开始的事情也变得理所当然。

成长哲理

拉里·金在完成梦想的道路上始终没有放弃，坚持不懈地走下去，终于获得成功。所以，在我们坚持自己梦想的道路上，要记住，不能轻易地放弃叩击梦想的大门，成功会在你下次叩门时，微笑着迎接你的。

拉里·金的成功首先就在于他对梦想的坚持。

现实是此岸，理想是彼岸，中间隔着湍急的河流，行动则是架在河上的桥梁。

——克雷洛夫

博格斯的梦想

NBA 历史上身材最矮的球员博格斯从小就喜欢篮球，他最初用的篮圈是姐姐挂衣服的衣架制成的，最先的篮球也只不过是个小皮球。8 岁那年，他有了一个真正的篮球，那天晚上，他兴奋得好长时间难以入睡。从此以后，他睡觉抱着球，出门带着球，即使是去倒垃圾，也是左手拎垃圾袋，右手运球，结果把垃圾弄得到处都是，父亲骂他，邻居也笑话他，可这都无济于事，他照样我行我素。

中学时，博格斯对自己的朋友讲，长大要去 NBA 打球，结果他的话引得大家哈哈大笑，"像你这样的一个'小松鼠'，能去打 NBA？"有的人甚至笑得倒在了地上。因为在同伴们看来，2 米的身高都嫌矮的 NBA 里，怎么会容忍一个身高只有 1.60 米的矮子呢？因为 NBA 历史上还没有出现过 1.60

米的球员。

为了实现自己的梦想，博格斯拼命苦练。随着时间的推移，他的球技不断提高。中学毕业后，他进入巴尔的摩的韦克·福雷斯特大学念书，并代表该大学打球。起初，他的球技并未引起别人的注意，倒是那矮小的身材令人瞩目。两年时间过去了，当21岁的博格斯念三年级时，他卓越的组织指挥才能逐渐为人所知，他的知名度大为提高，在美国大学体育协会的篮球联赛中他获得了一个绰号：马格西，意为死死缠住对手、拦截、成功阻挡等。

1986年7月，博格斯入选美国队，参加了在西班牙举行的第10届世界男篮锦标赛。刚开始时，这个个子矮小的后卫并不为观众所注意，但他最终以自己精湛而出色的球技赢得了对手的尊重与观众的喝彩。最后，他帮助美国队战胜了苏联队获得冠军。

世界锦标赛后，博格斯成了篮球明星，世界许多体育报刊纷纷采访他。西班牙记者理查德写道："锦标赛结束后，四处盛传美国队有个小不点，样子很滑稽，许多小孩都争先恐后去看他，结果发现这个篮球选手竟与他们一般高。"由于杰出的球技与"侏儒"般的身材，博格斯成了人们围观的对象，只要他在哪儿出现，哪儿就有疯狂的人群。

博格斯说："我的确太矮，在高水平的职业篮球赛中闯出一番天地不容易，但我相信篮球并不是专让高个子打的，而是让那些有篮球才华的人打的。"而从前那些听说他要进 NBA 而笑倒在地的同伴，现在常常炫耀地对人说："我小时候是和博格斯一起打球的。"

博格斯谈恋爱很早，他与女朋友琼在上大学前就有了一个女儿。他大学四年级那年，琼再次怀孕。有了两个女儿后，博格斯才正式拿了结婚证书。婚后，博格斯又有了一个儿子，夫妻俩给儿子起名"博格斯二世"。

在博格斯的生活中，他注重三件事：家庭、篮球与公益事业。对于学校、团体的邀请，他不管多忙，总是热情接受，他愿意为公益事业做些事情，对教育小孩，他更是觉得义不容辞，希望孩子们远离毒品与犯罪，走正道。

当然他常说的话题还是篮球，他总是对孩子说："身材矮小并不代表一切，只要你付出比大个儿更多的心血，并为实现自己的梦想努力奋斗，你也有可能成为 NBA 选手或是体育明星。"

金玉良言

梦想的切入口很小，但它并不像星星那么遥不可及，自信好像助人攀登的阶梯，只要我们都坚守着自己的信念，有信心，有耐心，脚踏实地朝着梦想努力，一步一个脚印，踏上追求梦想的漫漫征途，总会有一天能够登上成功的峰顶。

成长哲理

我们因梦想而伟大，所有的成功者都是大梦想家：在冬夜的火堆旁，在阴天的雨雾中，梦想着未来。有些人让梦想悄然绝灭，有些人则细心培育、维护，直到它安然渡过困境，迎来光明和希望，而光明和希望总是降临在那些真心相信梦想一定会成真的人身上。

梦想，是坚信自己的信念，完成理想的欲望和永不放弃的坚持，是每个拥有她的人最伟大的财富。

——任初七

被嘲笑的梦想

安徒生很小的时候，当鞋匠的父亲就过世了，留下他和母亲过着贫困的日子。

一天，安徒生和一群小孩被邀请到皇宫里晋见王子，请求赏赐。他满怀希望地唱歌，朗诵剧本，希望他的表现能获得王子的赞赏。

等到表演完后，王子和蔼地问他："你有什么需要帮忙的吗？"

安徒生自信地说："我想写皇家剧本，并在皇家剧院演出。"

王子把眼前这个有着小丑般大鼻子，和一双忧郁眼神的笨拙男孩从头到脚看了一遍，对他说："背诵剧本是一回事，写剧本又是另外一回事，我劝你还是去学一项有用的手艺吧！"

但是怀揣梦想的安徒生回家后不但没有去学糊

口的手艺，还打破了他的存钱罐，向妈妈道别，到哥本哈根去追逐他的梦想。他在哥本哈根流浪，敲过所有哥本哈根贵族家的门，但没有人理会他，而他从未想到退却。他一直写作史诗、爱情小说，都未能引起人们的注意。安徒生伤心极了，但他仍然坚持写作。

1825 年，安徒生随意写的几篇童话故事，出乎意料地引起了儿童的争相阅读，许多读者渴望他的新作品发表，这一年，他 30 岁。

直至今日，《国王的新衣》《丑小鸭》等故事早已家喻户晓，他的作品《安徒生童话》已经被译成 150 多种语言，成千上万册童话书在全球销售和发行。

金玉良言

人生因为有梦想而变得精彩，因为追逐梦想而变得有意义。不管途中遭遇多大的挫折，只要梦想还在，就不会觉得疲惫。人不能失去梦想，梦想是心灵的养料，就像饭菜是身体的给养。每一株小草都有钻出泥土的梦想，每一粒种子都有长成参天大树的梦想，每个人也有对生活充满期待的梦想。梦想只要能持久，就能成为现实。梦想,可以使人充满生机。它是人生的动力,也是人生活的源泉,人为梦想而活。

成长哲理

梦想,是晴朗夜空高高在上的北极星,为迷途的人指明回家的路。没有梦想的人,就像迷失在大森林里的游客,惊慌失措。没有梦想的人,就像是散乱在天空中的蒲公英,不知何去何从。安徒生坚定不移地朝着梦想的方向前进,为许许多多的孩子创造出美好的梦想,让更多人能相信梦想的力量。

他去哥本哈根追逐梦想，但没有人理会他，而他从未想到退却。

> 人类因梦想而伟大，人生因拼搏而精彩。梦想引领人生，拼搏创造传奇！
>
> ——白国伟

用灵魂演奏生命的音符

刘伟，一个双臂截肢的年轻人，可偏偏就是这样的一个人，热爱上了钢琴，为了追求他的钢琴梦，为了实现他的音乐梦，他开始了梦想之旅。没有双手，只好用双脚来弹奏乐曲，那是一般人不能做到的，但是，刘伟却克服了重重困难，练成了这个特殊的本领。

当袖管两空的刘伟走上舞台时，所有人都明白他要表演什么，但没人能想到他究竟要怎样用双脚弹奏钢琴。当他坐到特制的琴凳上之后，优美的旋律从他脚下流出。19岁开始学习用脚弹奏钢琴的刘伟，困难和艰苦可想而知，但这样一个没有双臂的年轻人做到了，而且做得让人们为其动容！

悠扬的钢琴声响起，那是用脚趾弹奏的音乐，那是梦想的声音。灵活的脚趾在琴键上跳跃，琴声却是哀伤的。不是所有人都明白这是什么曲子，却觉得好熟悉，它，在诠释梦想，如怨如诉，却轻快灵巧。把不可能变为可能，这是梦想，用行动来证实想法，这是梦想……

"我的人生只有两条路，要么赶紧死，要么精彩地活着。"用脚弹钢琴的"折翼天使"刘伟是不幸的，但因为不放弃，做最好的自己，才开掘出自身的潜能，才活出了精彩的人生。

金玉良言

梦想无论怎样模糊，总潜伏在我们心底，使我们的心境永远得不到宁静，直到这些梦想得到实现。欲使梦成真，就必须具有圆梦的顽强意志和决心。

成长哲理

如果你想要创造更好的生活，就必须付出许多辛勤的汗水。没有人可以不劳而获，想要成功就必须有所付出，想要实现梦想就应该竭尽全力。梦想因追求而有了价值，而我们也于这追求中收获了满足与无悔，自信与昂扬。

人们似乎每天在接受命运的安排，实际上人们每天在安排着自己的命运。

——佚名

姓氏不应压弯理想的脊梁

当彼得的十指在黑白琴键上翻飞时，你会忘记他是"股神"沃伦·巴菲特的儿子。富豪的孩子更可能在父荫下丧失个性，彼得·巴菲特却为奥斯卡获奖电影《与狼共舞》作曲，写出的《做你自己》被翻译成了18种语言。还有谁比他更有资格告诉人们，姓氏不应压弯理想的脊梁？

7岁的一个晚上，彼得·巴菲特突然感到忧伤，性格内向的他弹了一曲降调的《洋基队之歌》，"我发现，原来钢琴真的能够向家人精准地表达自己的情绪。"彼得的父亲沃伦·巴菲特也很内向，一声不响地抓住契机进入风投行业；而彼得继承了他父亲的前瞻眼光，在音乐电视频道还未兴起时进入了音乐的商业化领域。

彼得幼时戴着黑框眼镜，和父亲十分神似。父子俩的相似之处当然不仅仅是相貌，沃伦曾对彼得说："你和我其实在做同一件事情，音乐是你的画布，伯克希尔·哈撒韦公司是我的画布，我每一天都在上面画几笔。"

彼得从未因姓氏而自负，但实在无心从事金融行业，因为音乐才是他的梦想。高中时，他和好友穿着时髦的喇叭裤，坐在钢琴上拍照；19岁时，他从只读了三个学期的斯坦福大学退学，用祖父留下的9万美元遗产购买了走上音乐之路所需要的设备；MTV的成功拍摄给彼得带来更多的工作机会，从几十秒的小广告到四五分钟的曲子，彼得的创作越来越为人熟知。之后，他为获得奥斯卡最佳配乐奖的电影《与狼共舞》写了一段精彩的"火舞"之乐，给纪录片《五百民族》谱曲，还策划编写了美国原住民主题的音乐剧《魂》。

金玉良言

彼得没有因为姓氏而放弃自己的梦想，梦想犹如一粒种子，散播在他"心灵"的土壤里。因为有了梦想，也就有了追求，有了奋斗的目标；有了梦想，就有了动力。梦想会使人前进，也许实现梦想的道路上，会遇到无数的坎坷，但没关系，在哪里跌倒就在哪里爬起来。

成长哲理

　　每个人都有自己的梦想；而每个人的梦想与现实都会有着距离，究竟有多长有多远，却不尽相同。但有一点是共同的，那就是，不甘于现实的处境，不甘于生活的平凡，希望借助梦想，摆脱自己无奈的困境，幻想自己能够拥有美好而又前途光明的未来，不愿屈就在现实中迷惘和落寞，要在梦想与现实的边缘，寻找心理平衡。

　　彼得从未因姓氏而自负，但实在无心从事金融行业，因为音乐才是他的梦想。

人的活动如果没有理想的鼓舞，就会变得空虚而渺小。

——车尔尼雪夫斯基

比起点更重要的是梦想

他刚上初中的时候，父亲因劳累过度不幸染上肺病，他一边照顾父亲，一边拼命温习功课，然而父亲还是没能熬过去。作为长子，他不得不无奈地结束学业，挑起赡养母亲、抚育弟妹的重担。他的第一份工作是在舅舅的中南钟表公司当泡茶扫地的学徒。他每天总是第一个到达公司，最后一个离开公司。他坚信，建立更好的自己，才能建立更好的未来。后来，他的名字被世人熟知，他就是全球华人首富李嘉诚。

他小时候家里很穷，很长一段时间家里一天只能吃两顿饭，即使是两顿，还都是汤汤水水，根本填不饱肚子。他9岁才上学，念到14岁，因为家境实在太艰难，不得不辍学回家。母亲向生产队申请领养了一头牛，于是他开始了他的第一份工作——当放牛娃，他一天能挣两个工分。他知道唯有知识能改变命运，于是他一边放牛，一边如饥似渴地读他能借到的所有的书。后来，他创办了福耀玻璃集团，成为中国第一、世界第二大汽车玻璃制造商，他叫曹德旺。

他初中毕业以后，为了减轻家庭负担，在舟山马目农场当起了挖盐工，每天的工作就是在海滩上挖盐、晒盐、挑盐。单调的生活让他很失落，他总想着要出人头地，可是现实却给了他狠狠一击，为了排解心中的苦闷，他就四处找些书来看，希望能从书里找到出路。一起挖盐的工友瞧不起他，工作那么辛苦，还装什么清高？工友的挖苦激起了他对成功的强烈渴望。后来，他成为了娃哈哈集团公司的董事长，他叫宗庆后。

金玉良言

人生的道路上，起点固然重要，但比起点更重要的，是梦想以及为梦想付出的努力。贫穷并不可怕，可怕的是你在贫穷的时候没有梦想。假如你没有梦想，那么你将无法在这个社会立足。在这个充满着竞争的社会当中，梦想，起着非常重要的作用，我们要去实现它，要为了它而努力奋斗！

成长哲理

人的成长，靠的不是时间，而是勤奋与努力；那些虚度的光阴，会熄灭我们人生的梦想之火，会令自己的命运变得坎坷，会失去追求，失去目标，最可怕的是失去梦想。让我们都拥有梦想，勇敢地去追逐梦想吧！

> 理想是指路明灯。没有理想，就没有坚定的方向；没有方向，就没有生活。
>
> ——托尔斯泰

拥抱变化，坚定梦想

很少有人明白，前新东方教育科技集团执行总裁陈向东曾经竟然是一名乡镇中学老师。

"要想真正走出农村，务必上大学。"父亲曾给陈向东描绘了一个完美的梦，这个梦成为陈向东最大的动力。但是，在陈向东初中毕业时，由于家庭条件所限，父亲把陈向东读高中的志愿改成了师范学校。读师范那3年，学校里每一天起得最早的是他，睡得最晚的也是他，中午不休息，因为他还做着大学梦。陈向东就读的洛阳市第一师范学校当时也给了他一个梦——学校第一名就能保送上大学。尽管陈向东以第一名的成绩毕业，但是因为种种原因，保送名单里没有他的名字。

17岁那年，陈向东工作了，在一个乡镇中学当老师。但是，陈向东还是坚持着自己的梦想。直到

1991年，他如愿考入河南教育学院，专业是电子技术。在河南教育学院，陈向东又有了考研的梦想，于是他每天都泡在图书馆。他先后考了三次研究生，都没有成功。因此，为了考研他来到了北京，住到了地下室。1998年，他终于考取了中国人民大学国际经济系的研究生。那年，他27岁，在班里是年龄最大的一个学生。在读研的日子里，他看到同学都在忙着准备出国，他也做起了出国梦。于是，他知道了红宝书、新东方。在同学的鼓动下，为了缓解经济压力，陈向东又成了新东方的兼职老师，同时在中国人民大学完成了硕士研究生和博士研究生的学业。

"我发现越来越多有梦想的人会到这个地方来，我想必然有它的神奇之处。"因此，陈向东留在新东方当老师。由于陈向东3个月写出一本500多页的畅销书，被俞敏洪赏识，陈向东成为总裁助理。此后，他在新东方的成长便一发不可收拾。

陈向东说，一条道走到黑的时候，就能发现光明，人必须是要有梦想的。年轻时对自己就应"狠"一些，热爱生命，勇于挑战，拥抱变化，坚定理想，不抛弃，不放下，更坚强。

金玉良言

人的未来需要梦，梦是一个人前进的动力，就像无边黑暗中的一点光明。当你失去了这一点光明，你就会发现，你陷入了无边的黑暗，你就会失去生活意义，因此，有光明时，一定要抓住。

成长哲理

社会是大海，人生是小舟，理想和信念就是引领的灯塔和推进的风帆。我们在学习的时候，不仅仅要提高知识水平，更要坚定科学崇高的理想信念。然而理想不等于现实，理想到现实往往要走过一条充满艰难险阻的曲折之路，有赖于脚踏实地，持之以恒的奋斗。在成长的道路上要不断地累积自我的经验，一步步构筑未来的梦想。

　　热爱生命，勇于挑战，拥抱变化，坚定理想，不抛弃，不放下，更坚强。

先相信你自己，然后别人才会相信你。

——屠格涅夫

把儿时的梦想坚持百年

恐怕很多人都已经记不清自己儿时的梦想了吧？但有个女孩却一直坚持着自己儿时要做世界冠军的梦。为此，她每天都早早起床跑步，课余时间除了帮父母做家务就是参加各种体育活动。

把儿时的梦想坚持百年。后来，她不得不忙于学业；再后来，她又结婚、生子；然后要照看孩子。孩子长大后，婆婆又瘫痪了，她又要照顾婆婆。接下来，她又要照看孙子……转眼间，她已经60多岁了。总算没有什么让她分心的事情了，她又开始锻炼身体，想实现童年的梦想。她的丈夫开始总是笑她，说他没见过一个60多岁的人还能当冠军的。后来他却被她的执着所感动，开始全力支持她，并陪她一起锻炼。3年后，她参加了一项老年组的长跑比赛。本来就要实现她的冠军梦了，谁知就在她即将到达终点的时候，不小心摔了一跤，她的手臂和脚踝都受伤了。与冠军失之交臂的她痛惜不已。

等伤好了，医生却警告她，以后不适合再参加长跑比赛了。她沮丧极了，多年的心血白费了，难道冠军梦就永远也实现不了了吗？这时，丈夫鼓励她说："冠军有很多种，你做不了长跑比赛的冠军，可以做其他项目的冠军啊。"从此，她开始练习推铅球。

允许老年人参加的比赛并不多。7年后，她才等到了机会，报名参加了国外一场按年龄分组的铅球比赛。但就在出国前夕，她的丈夫突然病倒了。一边是等待了多年的得冠军的机会，一边是陪伴了自己大半生的丈夫，她最终放弃了比赛的机会。

多年后，她终于等到了世界大师锦标赛。这场大赛不仅包括铅球比赛，而且参赛选手的年龄不限，并按年龄分组比赛。不过，这项比赛却是在加拿大举办，离她的国家太远了。她的儿孙都不让她去，因为当时的她已经快80岁了。虽然不能去，但她依然坚持锻炼。她坚信，自己有一天一定能当上冠军。

转眼，又20多年过去了。2009年10月份，世界大师锦标赛终于在她的家乡举办了。来自全世界95个国家和地区的28292名"运动健将"参加了本届全球规模最大的体育赛事。虽然当时的她已经年过百岁，但没有人能再阻止她的冠军梦了。

那一天是 10 月 10 日，阳光明媚。她走上赛场后，举重若轻地捡起 8 斤多重的铅球放在肩头、深呼吸，然后用力一推，铅球飞出 4 米多远。这一整套流畅的动作让现场的观众们惊呼不已，都纷纷站起来给她鼓掌。她也凭此一举夺得了世界大师锦标赛女子 100—104 岁年龄组的铅球冠军。

记者问她："您这么大年纪还能举得起这么重的铅球，真是令人惊叹。您是怎么锻炼的？"她骄傲地回答说："我每周 5 天定期进行推举杠铃训练，我推举的杠铃足有 80 磅（约 36.29 公斤）。虽然我知道，只要我参赛就一定能获得冠军（在这个年龄段，能举得起这个重量，还能来这里参赛的人只有她一人），但那样对我来说太没意义了。我要向所有人证明，我不是靠幸运，而是靠实力夺取冠军的。"她的话赢来了大家热烈的鼓掌。

她就是澳大利亚的百岁老太——鲁思·弗里思。

金玉良言

跨越将近一个世纪的期盼与守候，把儿时的梦想坚持百年，光是这一份对梦想的坚持就已足够感动人们。最初的梦想，时时紧握手上，最想要去的地方，没到怎能返航！此时，再多的苦痛与泪水，都被胜利的微笑掩盖，只剩成功的喜悦。

成长哲理

生命的意义在于对梦想的追求，因为有了梦想，我们可以谈笑风生，永无衰老的感觉。也因为有了梦想，我们才会永远充满活力，人生也因此而变得更加精彩。

> 梦想一旦被付诸行动，就会变得神圣。
>
> ——阿·安·普罗克特

梦想源于内心的冲动

江文山出生时就缺失左前臂，10 岁时随父母去深圳生活，由于"与众不同"，他几乎没有玩伴，每天就对着家里墙上的中国地图和世界地图发呆，渐渐地，他萌发出一个梦想：长大后，一定要周游世界，踏遍祖国的大好河山，亲自走过两张地图上的每个角落。

梦想源于内心的冲动，随着年龄的增长，他以快乐坚强的生活态度，逐渐融入社会。而当年的梦想，却始终萦绕心头。

2005 年，江文山深圳大学毕业后，开始从事助残志愿服务。期间，他发现，有不少残疾人有"走出去"的愿望，却因身体条件不允许而放弃。直到有了微博，江文山就对他们说："我代替你去，你看我的微博直播，我带你走遍祖国。"既然把话说出去了，他便开始筹划骑自行车环游中国的计划，并拉来了赞助。就在他即将出发时，父亲却突遭车祸，并因此失去工作。弟弟妹妹还在读书，江文山只好暂时搁浅梦想，挑起了照顾全家的重担。

当最小的妹妹大学毕业后，江文山决定重拾梦想，并将之深化为一次使社会更加关注残障人士，让残疾人更好地融入社会的公益行动：用9个月时间，走过中国的每个省份，到达包括所有省会城市在内的88座城市。其间，要行走31686千米和31686个市民握手。经过精心筹划，他特意将出发日定在2012年3月5日——"中国青年志愿者服务日"和"深圳义工节"，由此开启了他的"梦想实践之旅"——环中国握手行动。在出发仪式上，江文山说："梦想不能等，我已经等了7年，现在该是实现的时候了。虽然很多事情不是一朝一夕就能改变的，但行动吧，行动就会有改变。"

和江文山一起行走的还有一位听障朋友叫宁豪，每到达一座城市，江文山就会在繁华地带，用自己的假肢和路人握手，并将自己当天的行程在微博上和博客上公布，征集网友前去握手。到达梦想之旅第一站东莞市后，江文山顾不得休息，就举着"环游中国，求握手"的牌子，来到最繁华的市中心广场，引来不少市民驻足。当一位中年男子走上前来时，江文山微笑着说："握个手吧。"中年人稍微犹豫了一下，随后热情地伸出双手，紧紧握住了江文山的左臂。这一感人的场景，博得了众人的热烈掌声。一位过路的母亲怀里抱着3岁大的儿子，当她看见江文山的左臂和那个"求你握手"的牌子后，被深深打动，先是自己紧握了一下江文山的左臂，随后又让儿子伸出小手给江文山，说："我们全家希望你以及所有的残疾朋友都能坚强生活。"感动得江文山情不自禁地用左臂抱住小男孩亲了一下。

一个小时的"求握手"活动很快结束，江文山也与近百名路人成功握手，这让他格外高兴，他激动地说："首站的成功，更坚定了将'梦想实践之旅'进行到底的决心和信心，让我感受到了从未有过的手与手传递的爱心和力量！"

7月2日，江文山来到第33座城市北京。上午10时，他准时出现在王府井书店门前，举起一直跟随他的那块招牌。路人走过只要稍微驻足，江文山就会面带微笑问道："能握个手吗？左手！"当路人握住他缺少了一半的左臂时，无一例外地被深深震撼。而他依然微笑着侧身、倾斜、握手、点头，并连声说谢谢，一切非常熟练。

哈尔滨市是江文山到达的第38座城市，在冰城他受到了格外关注。当他于 7 月 19 日下午 4 点钟刚出现在中央商城门前时，顿时被热情的市民所包围，人们纷纷抢着与他握手。华东理工大学的 6 位老师来冰城旅游，在与江文山一一握手后，又为他送上了寄语："一定要实现梦想！"一位叫景睿的小伙子在与江文山紧紧握手时，还亲切地拍了拍他的肩膀，竖起拇指赞扬道："大哥的精神可嘉，可为年轻人励志。冰城兄弟支持你！"

这些都让江文山感触颇深，他说："这是经历过的所有城市中，握手率最高的。早听说冰城人热情、文明、豪放与包容，果然名不虚传。"

为了实现梦想，江文山把自己的梦想放在淘宝上出售，31686 千米，每千米售价 10 元，有 12 种购买方式，最低可购买 1 千米，最高则可购买 10000 千米。"你的每一千米购买梦想，我将向梦想前进一千米"。截至当时，他已卖出了 3000 多千米的"梦想里程"，筹集到 3 万多元。他有一个打工的残疾朋友，20 岁时因为生病导致腰部以下瘫痪，虽然月工资只有 2000 元，却毫不犹豫地拿出 1000 元买了 100 千米"梦想里程"。当时江文山坚决不收，但朋友说出"文山，带着我的梦想一起上路。"这句话时，他收下了："请你放心，我一定带着你的梦想一起走，帮你实现环游中国的梦想。"

为了回馈购买梦想的朋友，每到一座城市，江文山都会购买明信片，或购买一些残疾人的手工艺品，寄给购买梦想里程的朋友。

也有人提出质疑："如果购买梦想的资金够你走完全程，还有多出来的怎么办？"江文山说："如果多出来，我会帮助实现其他人的梦想。我沿途会做一些公益活动，去一些高校和助残的公益机构，收集一些其他人的梦想。这些，我现在就已经在做。有一个叫'向东'的残疾人朋友，他20岁的时候生了一场病，现在不能走路。他想继续行走就要做手术，但手术费太高。我就帮他在淘宝上出售'行走的梦想'。"针对有人提出担心资金不够走不下去的问题，江文山轻松地说："这个总有办法的。别忘了，和我一起行走的还有一位听障朋友叫宁豪，他是一位艺术工作者，可以做一些雕刻，画一些画，我们俩可以合作去卖。不行的话，我还可以边走边打工。总之，梦想不能等，实现梦想才是硬道理！"

那时，江文山已经走过了47座城市，行程16000多千米，跟近两万人握了手。他每到一座城市，一般只停留三四天，就又带着梦想上路了。江文山对媒体说："跟人握手让我认识了更多的朋友，也更坚定了我以后投身公益，去帮助更多的残疾人的信念。基于此，无论困难多大，我都会坚持下去。我想告诉人们，我们残疾人不只会乞讨，我们有能力实现梦想。我还要告诉同龄人，梦想源于内心的冲动，作为年轻人更应该有梦想，并去实践梦想。不要害怕在实践梦想的路上摔倒，因为它会让你的人生更精彩。"

金玉良言

江文山的梦想是伟大的，他不仅实现了自己的梦想，而且带着更多的人实现了梦想。他用行动为我们证明，拼搏进取，一切皆有可能。梦想是自由的，因为热爱让我们选择为它上路。

成长哲理

理想是光，发出丝丝温暖；理想是露，滋润枯萎心灵；理想是云，化作及时的雨；理想是雨，滋润久旱的树；理想是树，为你撑起绿荫；理想是石，敲出星星之火；理想是火，点燃熄灭的灯；理想是灯，照亮夜行的路；理想是路，引你走到黎明。

一个人可以非常清贫、困顿、低微，但是不可以没有梦想。只要梦想存在一天，就可以改变自己的处境。
——奥普拉·温弗瑞

时刻铭记你的梦想

1978年，我国台湾有个青年准备报考美国伊利诺伊大学的戏剧电影系，却遭到父亲强烈的反对，父亲的理由是，在美国百老汇，每年只有200个角色。但却有5000人要一起争夺这少得可怜的角色。父亲的反对没有令青年止步，他一意孤行登上了去美国的班机。青年从电影学院毕业后，终于明白父亲当初的良苦用心。因为在美国电影界，一个没有任何背景的华人想要混出名堂来，简直比登天还难！可青年为了自己的梦想，还是耐着性子，帮剧组看管器材，做剪辑助理，剧务之类的杂事，且一干就是6年。青年30岁了，他梦想的事业连一点影子也没有，更谈不上"而立"，甚至连自己的生活都没有着落。面对残酷的现实，青年脑中开始反思自己是否太好高骛远了。甚至，他也一度曾想过放弃梦想。

一个成大事的男人背后必定站着一个坚毅的女人，青年的妻子在他踟蹰不前之际燃起了他梦想的激情。从此，他又过上了一段妻子主外，他主内的生活。他每天在家包揽一切家务，负责买菜做饭带孩子。稍有空闲便夜以继日地读书、看电影、写剧本。

闷在家里的日子，青年再次迷惘起来，一个男人靠女人养着，毕竟是很伤自尊心的事。

终于有一天，男人感到了沮丧，无奈地自言一句，还是面对现实吧！

后来，他背着妻子，心酸地报了一门计算机课，准备靠一技之长养家，从而做一个平庸的男人。

然而细心的妻子还是发现了他的心思，经过几次的相视无语后，终于一天早晨，妻子在上班登车的一刹那，铿锵有力地扔下一句话："你要永远铭记自己的梦想！"

蓦然，他的心像被揪了一下，梦想的灯盏再次在他眼前闪烁。没过几年，他的剧本得到了基金会的赞助，开始自己拿起了摄像机；再后来，一些电影开始在国际上获奖……他就是《推手》《喜宴》《饮食男女》《卧虎藏龙》《绿巨人》等影片的导演李安。

2006 年的《断背山》获得奥斯卡最佳导演奖。当李安捧着奥斯卡的小金人，面对闪闪的镁光灯时，他泪光闪烁，内心止不住激动，默念着妻子曾说过的一句话："我一直就相信，人只要有一项长处就足够了，你的长处就是拍电影。学计算机的人那么多，又不差你李安一个！你要捧起奥斯卡的小金人，就要时刻铭记你的梦想！"

生活中，每个人都有自己的梦想，不同的是，有的人时刻铭记，直至成功；有的人率性而为，紧跟着被世俗、平庸吞噬。铭记自己的梦想才能在通往成功的路上越走越远，这就是梦想能否成真的关键所在！

世界上最快乐的事，莫过于为梦想而奋斗。时刻铭记自己的梦想，成就了李安电影事业的辉煌——幸福地捧起奥斯卡小金人！倘若，李安当初真学了计算机，放弃了电影梦，那么，今天他会和众人一样被平庸的生活所淹没。时刻铭记梦想，就是掌好驶向成功的方向舵，不要被外界的诱惑、无奈、沮丧、困苦所左右，一心一意直视梦想的灯盏，勇往直前！

　　我一直就相信，人只要有一项长处就足够了，你要时刻铭记你的梦想。

最初所拥有的只是梦想，以及毫无根据的自信而已。但是，所有的一切就从这里出发。

——孙正义

总有一个梦想能在现实中开花

他出生在意大利的一个农民家庭，父亲每天冒险骑马登上高高的雪山，采下大块冰，运到城里卖给富家大户，挣得几个小钱，维持一家人的生活。在他上小学，甚至是中学时，他常被同学恶意嘲谑为"窝囊废"，这些中伤的话，严重地刺伤了一颗少年的心，所以，他从小就体会到贫穷带来的艰难与屈辱。

总有一个梦想能在现实中开花。在中学阶段的后期，他曾参加过校内戏剧演出，从那时起，他就对舞台产生了兴趣。他梦想自己将来能成为一名出色的舞蹈演员，在舞台上尽情展示舞姿。为此，16岁那年，他毅然做出了一个大胆的决定——退学，一个人独自跑到当时的大都市巴黎，希望自己能在这个时尚大舞台上用脚尖旋转出精彩人生。

可是，这座高傲的城市根本不屑瞧这个穷小子一眼，别说学习舞蹈的高昂学费了，就连满足生活的基本需求都成了问题。他没有别的特长，只有从小跟着父母学到的一点裁缝技术。凭着这点手艺，他在一家裁缝店找到了一份每天要做 10 多个小时的工作。

就这样做了几个月，他的心情越来越低落、颓废。他不知道自己在这个裁缝店要干多久，不知道自己什么时候才能登上梦中的舞台。他苦闷自己的理想无法实现，他认为与其这样痛苦地活着，还不如早早结束自己的生命。

就在他准备自杀的当晚，他突然想起了自己从小就崇拜的有着"芭蕾音乐之父"美誉的布德里，他决定给布德里写一封信，讲述自己的梦想遭现实阻挠无法实现的困惑。在信的最后，他写道：如果布德里不肯收他这个学生，他便只好为艺术献身跳河自尽了。很快，他便收到了布德里的回信。谁知，布德里并没提收他做学生的事，而是讲了他自己的人生经历。布德里说他小时候很想当科学家，也想当飞行员，还想成为一名牧师，但因为家境贫穷，父母无法送他上学，他只得跟一个街头艺人过起了卖唱的生活……最后，他说，人生在世，现实与梦想总是有一定的距离，在梦想与现实生活中，人首先要选择生存，一个连自己的生命都不珍惜的人，是不配谈艺术的……

布德里的回信让他幡然省悟，后来，他努力学习缝纫技术，并应聘于一家名叫"帕坎"的时装店。凭着勤奋和聪慧，他的服装设计技术提高得很快。为了进一步开阔视野，他又投奔由著名时装设计大师迪奥尔开设的"新貌"时装店。在这里，他增长了见识，积累了领导时装潮流的设计心得和体会，他的设计水平也得到了提高。这一年，著名艺术家让·科托克拍摄先锋影片《美女与野兽》，邀请他设计服装。他为法国著名演员让·马雷设计了12套服装，影片公映后，他设计的服装惊动了巴黎，美誉如潮。

那年，他23岁，在巴黎开始了自己的时装事业，建立了自己的公司和服装品牌。他追求独特的个性，大胆突破，设计了时代感非常强烈的"P"字牌服装，赢得了挑剔的巴黎顾客的青睐。演艺界名流、社会上层人士、达官贵人等争相慕名前来订制服装。就这样，他凭借独特的创造力，不断创新的设计，终于在时尚繁华的巴黎，站稳了脚跟。

他就是皮尔·卡丹。

如今，皮尔·卡丹不但成了令人瞩目的亿万富翁，而且以他的名字命名的产品也遍及世界，皮尔·卡丹成了服装界成功的典范。

金玉良言

坚持梦想，迎接超越自己、创造新我的挑战，只有超越自我，才能发掘自己。坚持梦想，说的并不是死心眼儿地"撞南墙"，此路不通，还有彼路。人只能活一回，但梦想却有无数个，放手去搏，才能知道机会属不属于自己。

成长哲理

人的一生中可能有很多梦想，当一个梦想因现实的阻挠而无法实现时，就应该勇敢地调整梦想的方向。世界是一个大舞台，生旦净末丑都是重要的角色，只要你脚踏实地把握准梦想的方向，那么，总有一个梦想能在现实中开花，让你获得华美的人生！

> 路是脚踏出来的，历史是人写出来的。人的每一步行动都在书写自己的历史。
>
> ——吉鸿昌

展开梦想的翅膀

15岁上大学，22岁硕士毕业，26岁被聘为美国凯斯西储大学副研究员，28岁成为南京信息工程大学历史上最年轻的教授，刘清惓的彪悍青春，让无数年轻人惊呼、羡慕、膜拜。

刘清惓出生于江苏省淮安市，5岁那年就缠着父母学习负数。由于从幼儿园毕业的时候，刘清惓就已经学完小学三年级之前的全部课程，于是通过跳级考试，最终直接迈进四年级。

从读到爱迪生的故事起，刘清惓就希望自己以后能成为科学家、发明家。对发明创造有着浓厚的兴趣，让他舍不得拿零用钱买东西吃，他的钱几乎都用来买科技书籍和杂志了，口渴或者饥饿的时候，就喝自来水。

刘清惓从小就清楚，如果不把课程学好，高中毕业考不上大学，就很难有机会实现自己当发明家的梦想。因此，为了梦想而努力，无论如何吃苦，他也心甘情愿。

升入高中后，知道美国武器的先进关键在于微电子技术，刘清恽下定决心以后要从事微电子领域的研究，并且要去美国读博士。只要到寒暑假，他就找来大学微电子专业的资料埋头学习，期间还两次获得江苏省青少年发明奖。

高二暑假，刘清恽在家里背托福单词，以为自己这样努力，肯定会比其他同学优秀。让刘清恽没有想到的是，开学后他的英语成绩竟然是全班最差的。发现自己落后的时刻，沉重的压力让他从小到大的优越感瞬间荡然无存。

可贵的是，刘清恽并没有自暴自弃，反而提醒自己，遇到困难的时候，不能怨天尤人，需要杜绝失败者心态，朝着目标继续努力，才会取得胜利。接下来的日子，刘清恽咬紧牙关、耐住寂寞刻苦学习，两个月之后，他的成绩终于取得进步。

从清江中学毕业，刘清恽考入东南大学强化班。从进入大学开始，差不多每天晚上熄灯以后，刘清恽就和班上很多同学从教室搬着板凳，来到楼梯间的路灯下学习。他们不仅学习 GRE、背俞敏洪的红宝书，还背词典。

刘清惓不擅长考试，天生记忆力比较差，获得同样的考分，他可能要比天资好的同学多付出两三倍的努力。为了学好英语口语，刘清惓开始练习英文 Rap，即使搓洗衣服的时候，他也在唱 Rap。

在看美剧时，只要听完一句英语，刘清惓就马上暂停，自己先读一遍，然后和原声进行比较，从中寻找差别，随即纠正自己的发音。有时他还要把自己的读音录下来，以便以后进行对比，力争做到每个发音都听不出和原声的差别。

经过两年锲而不舍的坚持，刘清惓不知不觉中就超越了自己当初的目标，尤其是他的英语口语，竟然能够以假乱真，很多外国人都认为，他肯定在美国生活过。

大二的时候，面对来强化班宣传吸引优秀学生的东南大学无线电系教授，刘清惓好奇地问道："你们研究的这些微波、通信系统，里面的芯片是从哪里得来的？"

教授回答："是进口的。"这个回答深深地刺痛刘清惓，在中国电子信息领域实力最强的院系里，居然最优秀的教授都要依赖进口芯片来搭建系统！他决定选择学习电子工程系的微电子专业，希望将来研制出给中国人争气的芯片。

在读硕士期间，刘清惓设计出了好几种芯片，并发表10多篇论文，其中部分论文被几家世界500强企业的专利引用。从东南大学硕士毕业后，刘清惓获得全额奖学金赴加州大学戴维斯分校攻读博士学位。刚到美国留学时，刘清惓感到压力很大。与出类拔萃的师兄师姐相比，他才知道自己的动手能力相当差。美国同学超强的动手能力，让刘清惓既羡慕不已，也产生了强烈的危机感。

刘清惓只得加倍学习，准备赶上甚至超过同学。两年之后，他不仅在科研上的动手能力逐步追上了美国同学，而且掌握了许多汽车维修、改装和用特殊技术驾驶的技巧，还利用课余时间，把自己的车进行了改装。

尽管在传感器大家族里，气象传感器微乎其微，但是对气象监测来说非常重要。不过，中国的高端气象传感器，大部分依赖进口，亟待打破国外技术的封锁和垄断。

因而，当南京信息工程大学电子与信息工程学院抛来橄榄枝时，从事气象传感器研发的刘清惓毫不犹豫地接过，并踏上回国的路，到南京的大学担任教授。他的奋斗目标，就是要填补中国气象传感器研发的空白。

　　学校的优越条件，让刘清惓如鱼得水。他每天带着研究团队，在200多平方米的实验室里奋战，经常工作到深夜。他们研发的气象传感器芯片，性能达到甚至超过国外的最高端产品。

　　从刘清惓奋发图强的经历中，我们可以轻易看出，人不但要有梦想，而且要展开梦想的翅膀，风雨无阻地尽力腾飞，才能快速取得成功。执着梦想的脚步，把希望追逐；坚定乐观信心，把人生耕耘；挥洒辛勤汗水，把生命浇灌；实现自我价值，把精彩缔造。为自己加油，明天定会无限美好！

　　相信梦想的力量，相信眼光决定未来的一切，相信成功的信念比成功本身更重要，相信人生有挫折也会有成功，相信生命的质量来自决不妥协的信念。

　　遇到困难的时候，不能怨天尤人，需要杜绝失败者心态，朝着目标继续努力，才会取得胜利。

一个人的理想越崇高，生活越纯洁。

——伏尼契

梦想，登上另一种高度

攀登珠穆朗玛峰是人类的一大壮举，多少探险家都梦想着自己有一天能够站在峰顶，站在世界的最高处。1953年5月，一位攀登者和他的向导历经千辛万苦来到了世界之巅的珠穆朗玛峰，在此之前，世界上还没有人到过这样的高度。

遥不可及的世界之巅与他们只有短短的两米，其中一个人只要向前跨几步就可以成为这个世界的第一，而这几步，对于谁来说都是至关重要的，因为这意味着他将成为攀登珠峰的第一人。而这时这位从新西兰来的攀登者对向导说："这是你的家乡，你先上去吧。"

老实的夏尔巴人当时并不知道这将意味着什么，他顺从地向前走了几步，登上了世界之巅，他在那里留下了人类的第一个脚印——他是人类有史以来第一个登上珠穆朗玛峰的人。攀登者随后跟上，他们在世界之巅紧紧拥抱，然后高呼着："我们成功了。"

这个晚了几秒钟登上珠峰的攀登者就是闻名世界的埃德蒙·希拉里，他的向导名叫丹增。身居都市的希拉里明明知道这几步对于自己的意义，而他从小到大最大的理想，甚至是活着的最大希望就是能够第一个登上顶峰。然而在巅峰前的几步，希拉里却战胜了自己的欲望，把这个机会让给了身居此地的夏尔巴人，他认为只有和珠峰朝夕相处的夏尔巴人才有资格第一个登上珠峰。

然而，世人并没有在意这晚了的几秒钟，依然为他的成功高呼，更被他的气度所折服。人最难战胜的是自己的欲望，欲望的高度要比珠峰高得多。但希拉里那一刻，让我们看到了人性中最为善良、最为灿烂的光辉。

金玉良言

埃德蒙·希拉里终其一生的心愿就是成为攀登珠峰的第一人，而这也将成为人类历史上最为辉煌的一笔，但在梦想即将实现的那一刻，他居然战胜了自己。这种气度远比珠峰要高得多，这种胸襟也只有精深的修养才能达到，希拉里以他的谦虚、宽和以及对他人和自然的体贴，而更显伟大。

成长哲理

　　将梦想紧紧地藏在心中，坚持不懈地去完成，保持对梦想的真诚，战胜自己的欲望，梦想的实现就离我们不会太远。在实现梦想的过程中，更为重要的是自我的修养，不会因梦想而失去自己的人格。梦想充斥我们的精神世界，指引着我们人生的道路。

我宁可做人类中有梦想和有完成梦想的愿望的、最渺小的人，而不愿做一个最伟大的、无梦想、无愿望的人。

——纪伯伦

一个粗布衣的梦想

以斯克劳斯与戴维斯为品牌的牛仔衣是被大多年轻人所熟知的，然而他的创始人斯克劳斯的故事却鲜为人知，那是一段非常传奇的故事。少年时期的斯克劳斯受母亲的影响从小就喜欢时装，他的母亲是个裁缝。斯克劳斯家境贫寒，没有多余的布料来训练他的手艺，于是小斯克劳斯就常常将母亲裁剪后的边角料偷来，东拼西凑地做成各种各样的小人衣服。

一次，小斯克劳斯将父亲从自家凉棚上撤下的一块废旧的棚布，制成了一件衣服，这种粗布在当时是专门用于盖棚用的，从没有人拿它来做衣服。而小斯克劳斯竟穿着自己做的衣服走在大街上，路过的人还以为他是疯子呢。

当时，戴维斯是著名的时装大师。斯克劳斯的母亲便建议他向大师请教，她希望自己的儿子能成为像戴维斯一样成功的时装设计师。那一年斯克劳斯只有 18 岁，他带着自己设计的粗布衣来到了戴维斯的时装设计公司。粗布衣服自然没有得到设计公司其他人的好评，但戴维斯却十分欣赏，并将斯克劳斯留了下来。

从此，在戴维斯的鼓励与帮助下，斯克劳斯开始设计粗布衣，由于没有人对这样的衣服感兴趣，它们因此而大量积压在仓库里，就连戴维斯都对自己收留斯克劳斯的决定产生了怀疑。然而斯克劳斯依然坚信自己的衣服会受到人们的欢迎，他从未放弃过设计和改良这种衣服。一个偶然的灵感，斯克劳斯试着将那些粗布衣服运往非洲，销给那里的劳工们。由于那种粗布衣价格低廉、耐磨，居然很受劳工们的欢迎，很快便销售一空，斯克劳斯取得了成功的第一步。

此后，斯克劳斯又根据布料的特质，将它们做成了适合旅行者穿的款式，竟然又受到了旅行爱好者的欢迎。随着粗布衣一点一点地发展，人们惊奇地发现，这种衣服穿在身上不但随意，还有一种很特别的风味，而且不分季节，任何年龄的人都可以穿。一时间，大家都争着穿起了斯克劳斯设计的粗布衣，后来人们将这种粗布衣称为牛仔衣，风靡全世界。

金玉良言

坚定是一个人能否获得成功的重要因素之一，如果斯克劳斯当初在众人的嘲笑下放弃了自己的理想，那么就不会有今天人们所喜爱的牛仔衣了。因此，只要认为自己所做的事是正确的，那就大胆地去做，哪怕你的梦想只是一件粗布衣，只要坚持下去，粗布衣也可以成为漂亮的时装！

成长哲理

穷人并不单指身无分文的人，也指没有梦想的人。梦想是不分大小的，只要你心怀梦想，现在所做的一切都是为将来的梦想编织翅膀，让梦想在现实中展翅高飞。

　　大家都争着穿起了斯克劳斯设计的粗布衣，后来人们将这种粗布衣称为牛仔衣，风靡全世界。

生活的理想，就是为了理想的生活。

——张闻天

追逐梦想

一个农家孩子，偶尔看到一个人吹口琴，觉得那声音真是好听极了，于是他也想买一个学着吹。

那时候一个口琴要 3 元多。这笔钱，在当时的农村人看来，算得上一笔巨款。他是不可能找父母要到这笔巨款的。他要实现拥有一个口琴的梦想，只有靠自己去把那笔巨款挣回来。

他出生在湖北通山。通山山多，柴也多。虽然还在读小学，但打 100 斤柴去卖，可以换回 8 角钱的行情，他是知道的。一个口琴，等于 500 斤柴，这个账，他也是算得过来的。

他那时候一次只能挑五六十斤柴，但积少成多，在打够 500 斤柴之后，他把口琴买回来了。

几年之后，他又有了想买一个收音机的梦想。但最便宜的收音机，也要 27 元钱。那时候，100 斤柴，已经能卖 1 元钱了。这个账好算，打 2700 斤柴，就能把收音机买回来。

有了收音机，他的视野，他的知识面，就连许多大人，都没法跟他比了。

几年之后，他又产生了买一把小提琴的梦想。他因此特意到县城的商店里去看过，一把小提琴的价钱，是80元。那时100斤柴，已经可以卖到1.3元了。

他打了6000多斤柴，买小提琴的梦想也实现了。

他没有成为一个口琴演奏家，也没有成为一个小提琴演奏家，当然，听收音机，也不可能让他成为一个听收音机的学者。

但通过打柴买回口琴、收音机、小提琴的经历，让他得出这样一个结论：再大的梦想，都可以用现实里的努力来获得。反过来说，现实里的努力，都是可以拿来实现梦想的。

他没有成为口琴演奏家，小提琴演奏家，但他却成了通山县颇有名气的作家、硬笔书法家、摄影艺术家，他就是雪雁鸣。

金玉良言

不用说，雪雁鸣所实现的作家、书法家、摄影家的梦想，也都是他用现实里的种种努力换回的。青春是用来奋斗的，理想是用来实现的。在生命的道路上，理想是最璀璨的花，用拼搏的汗水去浇灌吧！用青春的斗志来实现理想，用所有的力量去成就梦想！成功就等在前方。

成长哲理

世间最难的道理和智慧往往总是最简单的——付出努力，然后获得。努力才能收获，每一个人都明白所有梦想的实现都需要努力，然而，很多人之所以没有实现心中的梦想，就在于多了空想、犹豫，少了努力、坚持和行动。

只有全力以赴，梦想才能起飞。

——陈安之

梦想的力量

菲利帕奇小时候生活在前南斯拉夫的一个农民家庭，因为贫困，酷爱读书的菲利帕奇只能早早地退学在家，帮着父母打理农活，尽管如此，他依旧没有放弃学习。

18岁的时候，菲利帕奇报名参加了贝尔格莱德法学院的自修班，这个自修班不要求进学校听课，只需要考试到场就行。菲利帕奇就开始了半工半读的生活，每次考试，他都要坐8个小时的火车前往学校应考，然后返回家当帮手。尽管菲利帕奇学习很用功，但那些年里，前南斯拉夫的战火实在太频繁了，再加上农村的劳动繁重，菲利帕奇总是无法完成学业。

为了追求梦想，1992年，菲利帕奇拿出所有的积蓄，辞别父母和兄弟，离开被战争蹂躏的家园来到美国。刚到美国时，菲利帕奇几乎不懂英语，就在一个小学里找了一份不太需要语言交流的扫地工作。有一次，一位老师建议他到哥伦比亚大学找工作，这样就可以免费选修课程，因为哥伦比亚大学虽然是一所仅次于哈佛、普林斯顿和耶鲁的常青藤大学，学费昂贵，但它却有一项政策非常好，就是允许学校所有员工免费听课。

菲利帕奇听到这个消息后，兴奋地跑到哥伦比亚大学想找一份工作，可当时大学里并没有任何工作岗位空缺，为了给自己创造机会，菲利帕奇就去买了一把扫帚，天天在学校门外打扫卫生，这样一来，他很快就给大家留下了印象。一个月之后，菲利帕奇居然真的得到了大学人事部的约谈，从而被正式聘请为哥伦比亚大学的全职清洁工。

要听课就要先学会英语，菲利帕奇用自己的薪水购买了大量书籍和影音资料，利用闲暇时间开始自学英语，通过7年的努力学习，菲利帕奇终于打下了不错的英语基础。2000年，菲利帕奇又入读了美国通识教育学院巩固基础知识，并在3年后顺利毕业，至此，菲利帕奇的英语已经相当熟练，于是便开始了长期的"蹭课"生活。

在课程上，菲利帕奇选择了算得上是最难的"古典文学专业"。要选修这个课程，还必须先完成一些核心课程的学习，无论是时间还是精力，菲利帕奇与年轻同学们的差距都相当明显。每天，菲利帕奇上午上课，下午 2 时 30 分到晚上 11 时负责打扫卫生并倒垃圾，下班后返回住所继续温习，时间非常紧张。菲利帕奇不急于求成，而是每个学期只修一两门课程，勤勤恳恳地修完所有学分。

清洁工的收入是非常有限的，随着在美国的时日增多，菲利帕奇也曾遇到过好几次薪水较高的工作机会，但因为不想放弃免费学习的机会，他一直没有考虑另外找工作。菲利帕奇觉得，虽然自己在哥伦比亚大学只是一个天天拿着扫帚的清洁工，然而同时拥有的这个学习机会却弥足珍贵。正因为如此，菲利帕奇的学习成绩一直非常不错。虽然所有教授和同学都知道他是学校的清洁工，但看见他拿着扫帚的时候，同学们还是会感到很惊讶。然而菲利帕奇自己却总是毫不在意地呵呵一笑，完全不会因为手中的这把扫帚而感到自卑。

就这样，经过 19 年的努力，菲利帕奇终于在 2012 年 5 月 13 日以良好的成绩通过了考试。为了参加学校的毕业典礼，菲利帕奇还特意请了两天假，毕业典礼结束后便又接着回去工作。哥伦比亚大学也因为有这样一名学生而感到自豪，所以把菲利帕奇作为一个正面典型鼓舞别人，但菲利帕奇却说自己的梦想只实现了一半，因为接下来他还要继续攻读硕士和博士学位。

毕业典礼结束后，有美国媒体问菲利帕奇今后会不会另外找一份更好的工作时，他回答说："如果能有更好的工作，当然不错，但我不会刻意去找，因为对于一个心怀梦想的人来说，一把扫帚也足以舞动出精彩的人生！"

金玉良言

梦想并不是幼稚的想象，而是真心的愿望。梦想是伟大的，有了梦想，生活才会精彩，人生才更有意义。菲利帕奇对未来充满了信心，因为他以心怀梦想作为前行道路上的指明灯，披荆斩棘，不畏艰险。

成长哲理

只要我们勇敢去追求，所有的梦想都会实现。一个人应尽自己最大的努力，挖掘自己所有的潜力来实现自己的梦想。努力可能会失败，但放弃则意味着你根本不可能成功。梦想每个人都可以有，但实现梦想只是对少数人开放。

对于一个心怀梦想的人来说，一把扫帚也足以舞动出精彩的人生！

一个人追求的目标越高，他的能力就发展得越快，对社会就越有益。

——高尔基

梦想让人类飞上蓝天

在美国俄亥俄州一个木匠家庭，先后出生了两兄弟，他们就是大名鼎鼎的莱特兄弟。威尔伯·莱特出生于 1867 年，他的弟弟奥维尔·莱特出生于 1871 年。受家学渊源的影响，莱特兄弟从小就喜欢机械装配，尤其对飞行情有独钟。

莱特兄弟的父亲米尔顿·莱特发现了兄弟俩的兴趣，不仅没有阻止他们，还经常鼓励他们，引导他们，从不因为他们将所有的零用钱花在买工具和材料上而指责他们。也是因此，莱特兄弟在机械方面的兴趣更加浓厚起来。

因为对机械的爱好，莱特兄弟总是喜欢拆装各种东西，像旧时钟、玩具等。他们还经常将街道上的破铜烂铁搬回家做"研究"，甚至兄弟俩还为这些"宝贝"设了小仓库。后来莱特兄弟谈起自己的童年时，几乎全是与机械有关的故事。

有一年的圣诞节，爸爸米尔顿·莱特给兄弟俩带回一个奇怪的玩具——飞螺旋，能在空中高高地飞。兄弟俩对于玩具能飞很怀疑，因为他们一直都觉得只有鸟才能飞。爸爸就给他们表演了一下。爸爸先把上面的橡皮筋扭好，然后一松手，飞螺旋就发出呜呜的声音，向空中飞去。世界在莱特兄弟的面前又打开了一扇新奇的大门，原来除了鸟之外，人们也能制造出飞上天的东西。从此，关于飞翔的梦想就在他们幼小的心灵里萌芽，他们决定制造出一种能让人类飞上天空的东西。于是，兄弟俩开始为了这个梦想而努力。

莱特兄弟一边努力求学，一边孜孜不倦地研究各种有关机械的书籍。大学毕业后，两兄弟各自成家立业了。但他们并没有放弃从前的梦想，相反更加努力地阅读书籍，尤其是百科全书中的科技文章，兄弟俩简直如痴如醉。父亲对于兄弟俩这样的"不务正业"不仅没有责怪，还热情地鼓励他们去探索和追求。为了生活，莱特兄弟也不能一直专注于自己的兴趣，他们曾经办过报纸，奥维尔还曾自制了一台高速印刷机，甚至受到业内人士的称赞。但他们一直热衷的仍是机械。后来，他们把报纸典当给一家通讯社，开起自行车行，又开始了他们梦想的事业。

1896 年，德国航空先驱奥托·李林达尔在滑翔飞行中不幸遇难。莱特兄弟听说了这个消息，不但没有受到打击，还更坚定了飞行的梦想。因为兄弟俩熟悉机械装置，不但从事故中得到了教训，也得出了经验。他们对李林达尔的失败进行总结后，又满怀激情地投入到对动力飞行的钻研中。

莱特兄弟除了接受掌握前人的研究成果外，还注意观察生活，尤其是对鸟类的观察更是仔细。他们经常到大自然中去观察老鹰等鸟类，总是一看就是几个小时都不动，仔细地琢磨研究老鹰在空中的飞行，还探索它们起飞、升降和盘旋的机理。因为有了生活的实践，让他们常常提出许多新颖的观点，而这些想法也在后来的航空工业中得到了应用。

有了前人的经验教训，又有自己的观察实践，莱特兄弟飞行器的研制，进行得很顺利。但美中不足的是，莱特兄弟资金拮据，也无法得到别人的资助，仅仅是自行车生意赚来的钱让他们的飞机研制事业进行得很缓慢。好在兄弟俩配合默契。哥哥威尔伯细致、谨慎，弟弟奥维尔则富有着天马行空的想象力，敢于创新。两人合作起来配合密切相得益彰，就像威尔伯说的那样："奥维尔和我一起生活，共同工作，思维同步，就跟一个人一样。"

经过不断的实验，两兄弟认为飞机是否能顺利飞行，关键就在于如何设计和控制它在飞行过程中各种受力间的平衡。为此兄弟俩开始设想演示和试验，发现如果想让飞机自由落下，就需要在理想的平静空气中，但现实是，天空中总是存在风，这样飞机平稳飞行就很难得到实现，所以两人就如何调节飞机前后左右各个方向的受力平衡，特别是飞机的重心和升力受力点之间的关系开始大量地实验。开始时因为担心机翼太大，不好操纵，所以机翼的面积都设计得小一些。但这样就使得飞机所能够获得的升力减少，驾驶员的重量就占了升力的很大部分，如此，驾驶员的位置变化就会影响到飞机的重心，所以正常的设计思路就会让驾驶员改变身体位置来控制飞机的飞行姿态。这就会限制飞机操纵性能的提升，但莱特兄弟改变了这一思路，他们居然一改前人的设计想法，设计出最佳的机翼剖面形状和角度，来获得最大的升力，将一般大小的机翼增大一倍。还设计出通过直接控制机翼来操纵飞机飞行姿态的机构，这样对于驾驶员自身位置的变化也就不重要了。兄弟俩废寝忘食地研究、设计，又不断修改，一连四个夏天，他们都去北卡罗来纳州风力较大的岬角去做实验。终于，他们制作了出第一架无人驾驶双翼滑翔机，并成功飞上了天。然后，他们又试验载人飞机，威尔伯·莱特趴在滑翔机骨架上，成功借着海风飞上了天。虽然飞行时间只是几秒钟，飞行高度也只有1米多高，但莱特兄弟的成就已经超过了前人。在此基础上，兄弟俩又经过多次改进，再次试飞成功，这次的飞行高度居然达到180米，兄弟俩激动万分。

经过不断的研究和实验，莱特兄弟设计出了较大升力的机翼截面形状，滑翔机的飞行高度也已经超过1000米。后来莱特兄弟制造出著名的"飞行者一号"双翼机。

1903年12月17日的清晨，在美国北卡罗来纳州的空旷沙滩上开始了具有里程碑意义的飞行实验，人类历史上第一架飞机——"飞行者一号"载着弟弟奥维尔飞上了天空。人类动力航空史从此拉开了帷幕。现在，"飞行者一号"的复制品还被珍藏在华盛顿国家航空航天博物馆内。

金玉良言

因为有了梦想，人类才会有进步，才会一步步发展到今天的高科技时代。敢想，敢做，才能品尝到成功的喜悦。莱特兄弟的成功并不是偶然，而是经过不懈的努力得来的，他们几十年如一日坚持不辍，在枯燥的研究中寻找乐趣，在不断的失败中寻找经验，终于将人类飞翔的梦想变成了现实，让人类也能像鸟儿一样翱翔天际。我们要学习他们这种坚韧和钻研的精神，相信我们的梦想也会实现的。

成长哲理

梦想，每个人都有，但是有多少人的梦想实现了呢？怎样才能实现我们的梦想呢？不是每天给自己找借口偷懒，也不是每天只会空想而不去做，而是要像莱特兄弟那样，时刻将自己的梦想印在心上。所有的努力和付出都是为了靠近梦想，不论有多少艰难险阻，依然铭记我心永恒，这样，梦想还会远吗？

> 如果你真的相信自己，并且深信自己一定能达到梦想，你就真的能够步入坦途，而别人也会更需要你。
>
> ——戴尔

迪士尼的梦想

大家都知道米老鼠这个可爱的卡通形象，米老鼠是如何在商业上大获成功的呢？在20世纪30年代美国大萧条时代，米老鼠之父沃尔特·迪士尼当年只有23岁，人很贫穷。当时的美国沉浸在一片消极悲观的气氛中，迪士尼就想，我要创造一个能把美国人逗笑的卡通人物。于是米老鼠诞生了。米老鼠的第一部电影只有8分钟，但把所有人都笑翻了，从此，米老鼠开始在美国疯狂流行。那些找不到工作却不想回家挨骂的人都躲进了电影院。

1935年，《纽约时报》毫不吝啬地赞誉一位"经济学家"，说："他是一个世界公民，不可思议地在商人领地取得了一系列的胜利。他是世界上的超级推销员，为失业者找到工作，将公司从破产境地中救出。无论他在何处，希望的曙光都会突破云层。

这个人就是米老鼠！"后来迪士尼在加州建造了第一座迪士尼乐园，去过的人们都惊叹，那就是传说中的"American Dream(美国梦)"。从此，一个靠贩卖梦想为业的迪士尼帝国诞生了。

金玉良言

　　一个人想要成功，想要改变命运，有梦想是最重要的。我们每个人都应该心中有梦，有胸怀祖国的大志向。同时，我们不仅仅要自己有梦想，还应该用自己的梦想去感染和影响别人，因为成功者一定是用自己的梦想去点燃别人的梦想，是时刻播种梦想的人。

成长哲理

　　一个人只有有了理想，才会为之去奋斗，才可能成功。米老鼠之父沃尔特·迪士尼不仅实现了自己的梦想，同时给他人带去了快乐，也实现了许许多多小朋友的梦想。

DISNEY

　　迪士尼在加州建造了第一座迪士尼乐园，从此，靠着贩卖梦想为业的迪士尼帝国诞生了。

成长 不再烦恼

CHENGZHANG BUZAI FANNAO

智慧轩文化◇编

·第二辑·

天津出版传媒集团

天津人民美术出版社

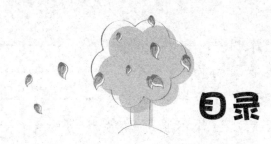

目录

先相信自己，然后别人才会相信你。

——罗曼·罗兰

卖石头

有一个小男孩儿想要获得自信，于是便去向一位很有威望的高僧请教。高僧听完他的话之后，指着块陋石说："你把这块石头拿到集市上去卖，但无论谁要买这块石头你都不要卖。"随后小男孩儿带着这块石头来到了集市，找了一块空地准备卖他的石头。第一天的时候，虽然集市上很多人路过，但是没有一个人愿意停下来看看这块丑陋的石头。第二天仍然如此，人山人海也不见有人驻足观赏此石头。等到第三天的时候，终于有人来问小男孩儿石头如何卖，但是无论别人说什么，男孩儿都说不卖，于是就有人说这块石头绝对不是块普通的石头，不然小男孩儿怎么会一口咬定不卖呢？到了第四天，这块石头在人们心中已然变成了宝贝，已经能卖到一个很好的价钱了。

等到这个时候，高僧又说："你把石头拿到石器交易市场去卖。"如同前面在集市上一样，第一天、第二天的时候人们都视而不见，好像完全没有看到小男孩儿的摊位。第三天，有几个人围过来询问石头的价格，男孩儿照先前一样只说不卖。以后的几天，石头的价格早已被抬得高出了石器的价格。高僧又说："你再把石头拿到珠宝市场去卖……"

你可以想象得到，又出现了那种情况，甚至于到了最后，石头的价格已经比珠宝的价格还要高了。

金玉良言

高僧其实就是在挖掘小男孩的信心和潜力。其实世上人与物皆如此。如果你认定自己是一个不起眼的陋石，那么你可能永远只是一块陋石；如果你坚信自己是一块无价的宝石，那么你有可能变成一块宝石。

成长哲理

自信，就是一个人对自己能够达到某种目标的乐观充分的估计。自信对一个人确实很重要。拥有充分自信心的人往往不屈不挠、奋发向上，因而比一般人更易获得各方面的成功。可以说，自信意味着已成功了一半。

　　有一个小男孩儿想要获得自信，于是便去向一位很有威望的高僧请教。

我们对自己抱有的信心，将使别人对我们萌生信心的绿芽。

——拉劳士福古

相信自己

美国加利福尼亚州库珀蒂诺市蒙塔维斯塔中学的华裔女中学生安吉拉·张，通过无数次的实验，最终夺得了2011年“西门子数学和科技竞赛”个人奖桂冠，成为世界上最年轻的“癌症研究专家”，并赢得了10万美元的高额奖学金。

6岁时，安吉拉就表现出了极强的求知欲，遇事好问为什么。一天，下雨了，安吉拉问外公：“天为什么会下雨？”外公说：“等你长大了，你就会明白的。”安吉拉噘着嘴说道：“什么事都说等我长大了就知道了，我还问你干吗？”外公让她问住了。

12岁时，疼爱她的外公因胃癌去世。14时，外婆也因肺癌离开了人世。两位亲人去世时痛苦不堪的样子，安吉拉至今记忆犹新。从那时起，安吉拉就下定了攻克癌症的决心。只要是关于癌症方面的书籍，安吉拉就十分感兴趣。星期天，安吉拉几乎谢绝了所有活动，来到图书馆借阅图书。看不懂图书，安吉拉就在网上请网友帮忙。有网友建议她，单凭看书是解决不了问题的，要学会做实验。

上哪里去做实验呢？15岁的安吉拉考取了高中，她的同桌戴维丝的父亲是斯坦福大学医学院的一名医生。戴维丝的父亲很支持安吉拉的想法，并答应安吉拉有时间可以来学院里做实验。

一个中学生想做癌症实验，安吉拉的"特殊"行为招来一些人的不解和怀疑。安吉拉的父亲也十分不理解，他说："胡闹，简直不知天高地厚。癌症是世界性的难题，是你能拿得下的吗？"母亲也说："你还是死了这条心吧！踏踏实实地把心放在学习上。"不光是父母不相信安吉拉，身边的同学都嘲笑她："省省吧！和我们一起去溜溜冰、上上网吧，还实在些。"连姐姐也认为安吉拉是异想天开，也远离了她。

但安吉拉相信自己，认为自己能行，至于别人是怎么看待她的，她已经管不了那么多了。在实验室里，安吉拉一待就是一整天。

时间一天天过去，安吉拉的研究毫无进展。忽然有一天，安吉拉在拿小白鼠做实验时发现：将肿瘤细胞注入小白鼠体内，再注射承载了治疗药物的金铁氧化物"纳米粒子"，然后通过红外激光跟踪"纳米粒子"。这种"纳米粒子"能将抗癌药物直接导向癌细胞，而不伤害健康细胞，该粒子并能通过激光来激活"开关"，释放携带的抗癌药物，有效地直接杀死致癌干细胞。这是一个重大发现，安吉拉把她的实验写成论文并发表，得到了权威医药专家的认可，轰动了美国医学界。

《华尔街日报》和美国全国广播公司对安吉拉进行了采访。记者问道："你一个高中学生，哪来时间去搞研究呢？"

"我牺牲了看电视和周末休息时间。两年多来，我在实验室中度过了 1000 个小时。"安吉拉很平静地回答。

对于安吉拉的这个回答，记者很不满意，接着问："你做癌症实验时，听说招来了很多非议，你是如何坚持下来的？"

"相信自己！"安吉拉很自信地回答。

这就是一个中学生的自信宣言！

金玉良言

"相信自己!"这是安吉拉成功的法宝。自信是我们行为的内在动力,其作用是其他任何东西都无法替代的。坚持自己的信念,有信心依照计划行事的人比一遇到挫折就放弃的人更具优势。

成长哲理

命运永远掌握在强者手中,也许你曾经失去过,但失去后,你学会了珍惜。也许你曾失败过,但失败后,你学会了坚强。你也许相貌平平,也许一无所长,但你始终都应该信心满满。也许在某方面你存在着惊人的潜力,只是你并没有发觉罢了。正视自己,更深层地挖掘潜力,相信天生我材必有用,是金子就一定会发光!

> 信心是命运的主宰。
>
> ——海伦·凯勒

变成自己想成为的那种人

保罗·特斯在 36 岁之前，是一个长相平常、因为结巴常常被人欺负的手机销售员。他曾经参加过歌唱比赛赢得 8000 英镑，但为了学习歌剧，他花去了 2 万英镑，并负债累累；因为盲肠破裂，住院开刀；刚开刀结束，被发现肾上腺长了一个 10 厘米的肿瘤，再次开刀；两次手术几近痊愈，从脚踏车上掉下来，锁骨骨折；他甚至放弃过歌剧的梦想，只想当好手机业务员。这就是倒霉的手机业务员——保罗，曾被人称为"身材矮胖、长着一口烂牙的土豆"的保罗·帕茨。

最终他坚持下来，站在《英国达人》的舞台上，当时包括评委在内，都对他不以为然。然而，当他开口唱出普契尼的《图兰朵》歌剧选段《今夜无人入睡》的第一个音符时，歌声征服了评委和观众，他获得了冠军，生活从此发生了巨大的变化——他成为 2007 年《英国达人》的冠军,发售了首张大碟,第一周就在英国热卖 13 万张,荣登本周英国大榜排行宝座,成为英国乐坛首张专辑就拿到第一的平民歌手。

从手机销售员变成歌剧表演家,保罗·帕茨的人生发生了翻天覆地的变化,而最让他开心的是他终于变成自己想成为的那种人。

金玉良言

没有自信,便没有成功。保罗·帕茨一位普通的手机销售员,因为不放过一次演唱比赛的机会,从此有了不平凡的人生。自信的人依靠自己的力量去实现目标,自卑的人则只有依赖侥幸去达到目的。自信者的失败是一种人生的悲壮,虽败犹荣。

成长哲理

自信,使不可能成为可能,使可能成为现实。不自信却使可能变成不可能。一分自信,一分成功;十分自信,十分成功。

最让他开心的是他终于变成自己想成为的那种人。

信心是人的征服者；它战胜了人，又存在于人的心中。
——马·法·塔伯

自信与命运

红马家族祖祖辈辈居住在东域草原。东域草原气候干旱，水草稀缺，它们生活得十分艰苦。有的动物告诉红马家族，西域草原水草丰盛，美景如画。红马家族有一个梦想，就是到西域草原过崭新的生活。可是，去西域草原的路途遥远，需要通过许多关隘，可谓困难重重，险象环生。所以，没有一只红马能够成功地到达西域草原。

山神知道了这件事，决定帮助它们实现理想。一天，山神找到一只健壮的年轻红马。山神说："我帮你到达西域草原如何？"年轻红马当然十分高兴。它问："难道你随同我一块去西域草原？"山神说："我给你一个锦囊，当你遇到困难的时候就打开它。我就会立刻出现在你身边。"年轻红马听了十分高兴。于是，它带着山神的锦囊，高高兴兴地上路了。

第一个难关是一座大山。年轻红马一看，山实在是太高了，一眼望不到顶。它从未攀登过这样高的山。它心里有些害怕，但是，一想到有山神的锦囊在手中，心中就充满了信心。于是，它顽强地向山顶攀登。几天过去了，年轻的红马累得筋疲力尽。此时，它向山上望了望，仍然望不到顶，好像连一半还没有爬到。它有些失望。当它准备打开山神的锦囊时，忽然有一股凉丝丝的风刮来，令年轻的红马感到十分舒服。它想，原来山越高，天气越凉爽。既然这样，就索性向上攀登好了。它越爬越高，山上渐渐变冷了，它有些吃不消了。坐在一块巨石上，它想，如果再向上爬，会不会被冻死呢？它决定打开山神的锦囊。这时，一只小鸟从它的头顶飞过。它的目光跟随着小鸟眺望远处。忽然，它看到了另外一番景象：绵延起伏的山峦低下了头，远处是一片茫茫无际的绿色风景。天哪，自己已经到达了山顶。

年轻的红马兴奋极了。下一步，它将下山，进入第二关：闯森林。经过一番努力，它下了山并顺利地进入了一片森林。它早就听说森林中有很多猛兽，所以心里不免有些紧张。它刚进入森林，就遇到了一只黑熊。黑熊张牙舞爪地向它冲了过来。它本想拿出锦囊看一看，可是，已经来不及了。它只得撒开四蹄，狂奔起来。当它停下来的时候，已不见黑熊的踪影。此后，它又遇到了灰狼、狮子、巨蟒等，它都轻而易举地逃脱了。这时它才明白，自己的奔跑速度是非常快的，其他动物很难追得上。这样，它很快就走出了森林。

此后，它又穿越了大河、沼泽地等，都化险为夷。

这一天，它来到了梦寐以求的西域草原。这里青草无边，河水清澈，鸟语花香，如同进入天堂一般。此时，它忽然想起了山神的锦囊。它想打开它，看一看山神是否能够出现。可是，当它打开锦囊之后，等了半天也没有见到山神的影子。它很纳闷。为了弄清事情的真相，它返回了东域草原，找到了山神。它质问山神为什么不讲信用。

山神说："你们完全有能力到达西域草原，可是，你们缺乏的是自信，并不需要我的保护。那个锦囊就是我给你的自信，所以，你成功了。"

年轻的红马听了这番话之后，豁然开朗。

金玉良言

自信是一种伟大的力量，它会帮助你把潜能发挥到极致，实现梦想并不是遥不可及的事情，你的命运也会由此而改变。年轻的红马正是由于因为怀揣这份自信，才跨过重重艰难，成功抵达了目的地。

成长哲理

人生是一条单行线，我们或许不能左右自己的命运，但却可以留出心灵独舞的空间。我们的双脚可以在泥泞的路上行走，但我们的灵魂却要在天空中翱翔。再卑微的生命也要绽放，也要穿越苦难的风雨，抵达生命的壮丽和辉煌。

只有满怀自信的人，才能在任何地方都怀有自信，沉浸在生活中，并认识自己的意志。

——高尔基

成败只在一念之间

英格丽·褒曼18岁的时候，梦想在戏剧界成名，可是她的监护人——奥图叔叔却要她当一个售货员或者什么人的秘书。但他知道褒曼非常固执，于是答应给她一次机会，去参加皇家戏剧学院的考试，考不上就必须服从他的安排。

考试的前几个星期，她给皇家剧院寄去一个棕色的信封，如果失败了，棕色的信封就退回来；如果通过了，就给她寄来一个白色信封，告诉她下次考试的日期。

英格丽·褒曼精心准备了一个小品，她表演一个快乐的农家少女，去戏弄一个农村小伙子的情节。她比他还大胆，她跳过小溪向他走去，手叉着腰，朝着他哈哈大笑。

考试那天，英格丽·褒曼出场了，她跑两步往空中一跳就到了舞台的正中，欢乐地大笑，紧跟着说出了第一句台词。这时，褒曼很快地瞥了评判员一眼，使她惊奇的是评判员正在聊天，他们大声谈论着，并且比画着。英格丽·褒曼见此情景，非常绝望，连台词也忘掉了。她听到评判团主席说："停止吧！谢谢你……小姐，下一个，下一个请开始。"

英格丽·褒曼仅在舞台上待了30秒钟就下台了，她什么人也看不见，什么也听不见，她只知道她能做的只有一件事：投河自杀。

她来到河边，看着河面，水是暗黑色的，发着油光，肮脏得很。她想，等她死了别人把她拖出来的时候，身上会沾满脏东西，还得吞下那些脏水。"唔！这不行。"她打消了自杀的念头。

第二天，有人告诉她到办公室去取白信封。白信封？她有了白信封！她真的拿到了白信封。她考取了皇家剧院！

若干年以后，英格丽·褒曼遇到了那个评判员，便问他："请告诉我，为什么在初试时你们对我那么不好？就因为你们那么不喜欢我，我曾失望得想要自杀。"

评判员瞪大眼睛望着她："不喜欢你？亲爱的姑娘，你真是疯了！就在你从舞台侧翼跳出来，来到舞台上的那瞬间，而且站在那儿向着我们笑，我们就转身彼此互相谈着：'好了，她被选中了，看看她是多么自信！看看她的台风！我们不需要再浪费一秒钟了，还有十几个人要测试呢！叫下一个吧！'"

英格丽·褒曼差点让一时的消极念头毁了自己的前程！

金玉良言

自信是成功的首要秘诀。仅仅由于一时的消极念头，英格丽·褒曼几乎将自己的大好前程毁于一旦。我们要清楚地认识自己，认识自己真实的高度，不要因为自己的错误判断就觉得自己能力不足，觉得别人不认可自己，一直如此只会让自己变得越来越糟糕。

成长哲理

当你总是在问自己：我能成功吗？这时，你还难以撷取成功的果实。当你满怀信心地对自己说："我一定能够成功。"这时，人生收获的季节离你已不太遥远了。所以，请在任何时候，都要相信自己，相信自己可以做到，而且能够做好。

英格丽·褒曼差点让一时的消极念头毁了自己的前程！

自立自重，不可跟人脚迹，学人言语。

——陆九渊

乒乓球女将张怡宁

张怡宁四五岁的时候，正赶上播放电视连续剧《排球女将》，爱上排球的她就在家里挂了个气球苦练"晴空霹雳"。妈妈见女儿如此好动，就让她参加了业余体校乒乓球班。

从此，张怡宁最盼望的就是每天放学的时候。一下课，她就飞奔到体校训练，直到晚上六七点钟才回家，乐此不疲。

在2000年的世界乒乓球锦标赛团体赛中，中国队先是以2∶0领先对手。张怡宁是第三个出场，她一心想打些漂亮的球，赢得更精彩，结果反而不断失利，一场本没有多大悬念的比赛，却被张怡宁给打砸了。接着是奥运会预选赛，她也打得不好，结果被取消了已经获得的悉尼奥运会参赛资格。

一下子从世界亚军的位置上跌到谷底，张怡宁感觉天都变成阴沉沉的了。苦闷彷徨之后，张怡宁静下心来，认真回想自己打球走过的路：从小打球都很顺，只凭感觉和兴趣，过于注重形式，因此忽视了许多基本的东西。张怡宁下定决心从头开始，把自己当作一个新人，从正手、反手这样的基本动作开始练起。那年年底去欧洲比赛，张怡宁一改过去的作风，对每场球都准备得细致充分，哪怕对手只是一个欧洲青年赛的冠军，她也严阵以待，利用一切机会去了解对手的情况。张怡宁一路过关斩将，直到杀入决赛和欧洲强手鲍罗斯相遇。苦战五局，最后张怡宁赢得了冠军。国外的媒体也用"cool"来评价这个面无表情的乒乓女将。

　　酷，不是装出来的；酷，更需要的是实力。

金玉良言

　　成功了不要骄傲，失败了也不要沮丧，要保持一个平和的心，才能更自信。它是火热的太阳，使我们享受了它的温暖，也不要忘了太阳的灼热。这样自信才会引领我们走向希望的未来。自信是征途的导航灯，是夜晚的灯光，让我们甩掉黑暗的恐惧。

成长哲理

　　自信能让我们拥有灿烂的笑容和永不言弃的精神。自信的人，能正确地对待自己，能以积极的态度对待生活，坚信自己能取得成功，感到"自信"的"香甜"。在生活中，自信伴我成长，自信的孩子更加活泼开朗，自信的孩子在学业上更容易取得好成绩。

> 一百个满怀信心和决心的人，要比一万个谨小慎微的和可敬的可尊重的人强得多。
>
> ——辛克莱

出身只是一种符号

一位叫亨利的青年，在他30岁生日那天站在河边发呆，他不知道自己是否还有活下去的必要。因为亨利从小在收容院里长大，身材矮小，长得也不漂亮，说话又带着浓厚的法国乡下口音，所以他一直很瞧不起自己，认为自己是一个又丑又笨的乡巴佬，连最普通的工作都不敢去应聘。

就在亨利徘徊于生死之间的时候，与他一起在收容院长大的好朋友约翰兴冲冲地跑来对他说："亨利，告诉你一个好消息！我刚刚从收音机里听到一则消息，拿破仑曾经丢失一个孙子。播音员描述的相貌特征，与你丝毫不差！"

"真的吗？我竟然是拿破仑的孙子？"亨利一下子精神大振。联想到爷爷曾经以矮小的身材指挥着千军万马，用带着泥土芳香的法语发出威严的命令，他顿感自己矮小的身材同样充满力量，讲话时的法国乡下口音也带着几分高贵和威严。

第二天一大早，亨利便满怀自信地来到一家大公司应聘。

几十年后，已成为这家大公司总裁的亨利，查证出自己并非拿破仑的孙子，但这早已不重要了。

在一次知名企业家的讲座上，曾有人向亨利提出一个问题："作为一名成功人士，您认为，在成功的诸多前提中，最重要的是什么？"

亨利没有直接回答他的问题，而是讲了这个故事。最后，他说："接纳自己，欣赏自己，将所有的自卑全都抛到九霄云外。我认为，这就是成功最重要的前提！"

金玉良言

你也许如同亨利一样，也曾埋怨过自己不是名门出身，也曾苦恼过自己命运中的波折，也曾叹惋过自己人生中的坎坷。可是扪心自问，你到底有没有真正正视过自己？其实，对于一个生活的强者而言，出身只是一种符号，而非成功的必然前提。

成长哲理

　　信心是人的征服者，它战胜了人，又存在于人的心中，每个人都渴望成功，为成功而拼搏，就像前往一个遥远的圣地，道路艰难且漫长，你用什么去战胜胆怯从而达到光明的未来？自信就是自己相信自己，就是对自己应该做的事情有必胜的决心和意志，就是对自己未来永远充满希望的心理体验，自信，是成功的基石！

接纳自己，欣赏自己，将所有的自卑全都抛到九霄云外。

深窥自己的心，而后发觉一切的奇迹在你自己。

——培根

当当网联合总裁俞渝

1965 年 5 月，俞渝出生在重庆。在经过长达 6 年的学习后，1986 年毕业于北京外国语学院英语专业，获得学士学位。随后进入美国巴布科克威尔科克斯公司工作并赴美继续深造。1992 年，获得纽约大学工商管理学院金融及国际商务 MBA 学位，并代表毕业生在毕业典礼上致辞。1992 年到 1997 年间在美国纽约创办 TRIPOD 国际公司（企业兼并财务顾问公司）。

后来，俞渝开办当当网上书店，她是因为爱书才做的。书在她的调度下当当作响，组合成一曲美妙动听的交响乐。她也跨越时空进行了一场书香革命。

这位中国最大的网上书店的女 CEO 个子不高，声音柔和，笑起来很漂亮。她性格沉稳，谈吐机敏，偶露锋芒，睿智与成熟中散发着一种书墨的香气。当互联网这个行业许多时候在浮躁和残酷的迷雾中徘徊的时候，她的理性平和恰如洗净浮尘的细雨。

俞渝从小就知道过日子不容易。"钱从哪里来，能花多久？"这是她持家的座右铭，也是她办企业的座右铭。俞渝给了这个问题一个很好的答案，一直让当当书店维持着很好的毛利率。当当是一个很健康的企业，所以俞渝的股东非常信任她，每次扩资都接着投入。

此外，俞渝具有丰富的企业兼并和金融领域的经验。

她熟识并擅长在企业并购中为买方提供定价、融资、收购形式、收购后业务整合等方面的服务；也代表收购方与卖方进行谈判。还能选择买方的律师、会计师、精算师事务所等第三方，界定并监督其工作。这些，皆为今日管理和保证"当当"的迅速和稳步发展提供了难能可贵的经验。她所接触的服务领域涉及高新材料、钢铁企业、工程机械、石油、汽车、银行等。通过收购以及兼并整合后出售企业，俞渝女士为客户创造的利润已累计超过一亿美元。

金玉良言

　　俞渝女士谈吐机敏，偶露锋芒，睿智与成熟中散发着一种书墨的香气。她开办当当网上书店，与她的自信和深厚的文化底蕴分不开。只有自信才能让我们的人生扬帆起航。

成长哲理

　　漫漫人生，翻开历史的长卷，有哪一篇诗歌不是用自信谱写，有哪一幅图不是用自信绘出，又有哪些歌儿不是自信的音符在跃动。充满自信的"我能"是人生中的一盏明灯，它照耀着我们成长，它照耀我们走向成熟的人生。

要有自信，然后全力以赴——假如具有这种观念，任何事情十之八九都能成功。

——威尔逊

困境鼓起自信人生

到达新泽西州后，吴鹰身上只剩下 27 美元了，他决定先从最苦最累的搬运工干起。

做搬运工时，吴鹰和一些难民、偷渡客在一起，每天都承受着繁重的体力劳动。高强度的劳动让他精疲力竭，他有点支持不住了。一天，大家都休息了，老板却指名道姓让吴鹰进仓库把粘在老鼠胶上的死耗子抠下来。原来，为了防止老鼠在仓库里肆意横行，管理员就放了许多老鼠胶在角落里，老鼠一旦粘上就无法脱身。但老鼠的尸体不及时清理，就会发臭。

"为什么别人都可以休息，却让我一个人去干？"吴鹰心里很不平衡，但他却没有理由不去做。当捏着一只只软绵绵的老鼠尸体时，吴鹰的胃里一阵又一阵地翻腾，差点把吃的东西全吐出来。

　　吴鹰心里很不是滋味，想想在国内自己是受人尊敬的大学老师，虽不十分富裕，但起码还有社会地位，他千辛万苦地跑到美国，难道就是为了干这样的活儿？

　　望着一堆老鼠尸体，吴鹰咬牙在心里发誓：不在美国干出点名堂决不回国。半年后，一则招聘广告引起了吴鹰的注意，当地一位著名的教授要招一名助教。这可是一个难得的机会，收入丰厚，又不影响学习，还能接触到最先进的科技资讯。但当吴鹰赶去报名时，那里已经挤满了人。

　　经过筛选，取得报考资格的各国学者有30多人，成功的希望实在渺茫。考试前几天，几位中国留学生使尽浑身解数，打探起主考官的情况来。几经周折，他们终于弄清了内幕——主持这次考试的教授曾在朝鲜战场上当过中国人的俘虏！

　　中国留学生们一下傻眼了："看来，中国人肯定没戏。只有最愚蠢的人才把时间花在不可能的事情上！"他们纷纷宣告退出。吴鹰的一位好友也劝他："算了吧，别自讨没趣了！多洗几个盘子，好歹也能挣点儿学费！"但吴鹰还是如期参加了考试。他当时也没抱太大的希望，他想，自己连老鼠的尸体都抠过，还怕这个考官？吴鹰的自信使他很放得开，完全融入助教的角色中。

"OK！就是你了！"当教授给吴鹰一个肯定的答复后，微笑着说，"你知道我为什么录用你吗？"吴鹰诚实地摇摇头。"在所有的应试者中，你并不是最好的，但你的自信心却远远地超过了他们，他们看起来好像很聪明，其实不然。我需要的是一个很好的助教，没必要扯上几十年前的事。我很欣赏你的勇气，这就是我录用你的原因！"

金玉良言

自信原本就是一种勇气，吴鹰的自信让教授看到了他的勇气，同时也完成了他的求职路程。所以无论是贫穷还是富有，无论是貌若天仙还是相貌平平，只要你昂起头、挺起胸，怀揣一颗自信的心，成功自会随你而来。

成长哲理

自信是最重要的精神力量，它可以让你变得充满活力，正如你需要阳光，需要空气，你也需要发挥自己的潜能。而自信正是挖掘内在潜力的最佳法宝。只要你坚定地相信自己，生命便会因自信而更加美丽。

你并不是最好的，但你的自信心却远远地超过了他们。

对我们帮助最大的，并不是朋友们的实际帮助，而是我们坚信得到他们的帮助的信念。

——伊壁鸠鲁

自信的李远哲

李远哲是台湾著名的科学家，他曾获得诺贝尔化学奖，被誉为"物理化学界的贝多芬"。李远哲出生在中国台湾，良好的家庭环境，使他从小有更多的机会接触各方面的知识。在各种思想的冲击下，李远哲养成了什么都靠自己思考得出结论的习惯，并且尽力寻找解决问题的方法。

初中的时候，李远哲除了把老师课堂上讲的知识牢牢掌握外，还自学了不少更高深的课程。一次考试，他每道题目都至少用了三种解题方法进行计算，卷子所有空白的地方都写满了答题。老师批改试卷的时候吓了一跳，他知道李远哲成绩好，可是这张试卷上运用的解题方法，好多都是大学才学的知识。想了想，老师故意给了李远哲零分。果然，李远哲拿着试卷跑到办公室来了，不服气地对老师说："老师，我明明做对了，为什么给我零分？应该给我一百分啊。"老师看着自信的李远哲，说："你这几道题的确做对了，可是我考试是为了检验大家有没有听懂课堂上的知识。你这样答题，我怎么知道你是不是掌握了呢？"李远哲说："那些知识我都懂，就是因为懂了我才不用，希望用新的方法来解题。"老师说："那你准备一下，下节课由你来给大家讲讲你的解题思路。如果大家都赞成，我就给你打一百分。"

上课了，同学们端端正正地坐着，李远哲大步走上讲台说："同学们好，今天由我来给大家讲几种新的解题思路。"然后开始边写板书边解题。同学们大开眼界，对李远哲十分佩服："哎呀，这种方法真简便！""我怎么就没想到呢？""我也要向他学习，多学点知识，多想几种解题方法！"看着这一幕，老师满意地笑了，提起笔在李远哲的卷子上写了一百分。

金玉良言

自信是培养习惯性格的需要；自信是铺垫成功之路的需要。有了自信，我们便又多了一份得到他人赞赏目光的可能。自信能让我们拥有灿烂的笑容和不轻言放弃的精神。自信就是拥有一份坦荡的胸怀，不要只看见自己的缺点，其实更应该看见的是自己的优点，坚信自己是美丽的、是优秀的。

成长哲理

　　我们又如同海洋中的船只，大海或是惊涛骇浪或是风平浪静。我漂流在大海中，顺流而东行。经历过波折后，才会明白人生路也如此，不可能一帆风顺。这时，自信就像是船只上的帆，总能带我乘风破浪，到达理想的彼岸。

人有了坚定的信念，才是不可战胜的。

——贝蒂

长得慢的树更能成材

他叫阿尔伯特。因为母亲生他的时候难产，所以他从小就被认为是不祥之兆。

阿尔伯特3岁多了还不会说话，父母担心他是哑巴，还曾带他去医院检查过。后来，阿尔伯特总算开口说话了，但是说得很不流利，而且他讲的每一句话都像是经过吃力的思考之后才说出来的。

后来，阿尔伯特上学了。同学们都不愿意跟他交往，老师甚至毫不客气地对他父亲说："你儿子智商迟钝，不守纪律，他将来不会有什么出息的！"阿尔伯特因此极度自卑，在学校里几乎抬不起头，整天只想着逃学。

一天，父亲带他到郊外散心。父亲指着两棵树说："你知道那是两棵什么树吗？"

阿尔伯特迟疑地摇摇头："不知道。"父亲说："高的叫沙巴，矮的叫冷杉。你觉得哪棵树更珍贵？"

阿尔伯特想了想说："应该是沙巴吧，您瞧，它长得那么高大。"

"错！"父亲说，"长得快，木质一定疏松。长得慢，木质坚硬，才珍贵。而且，贪长的树很难成材，你别看沙巴树现在长得快，3年之后就不长了，很少有沙巴树能长得超过10米。冷杉却不同，别看它长得慢，但它始终如一地坚持生长。而且，它的寿命极长，活上万年都不成问题。"

说着，父亲把他领到冷杉面前，这棵直插云霄的千年古树至今仍然生机勃勃。阿尔伯特仰着头，若有所思地说："爸爸，你是想让我做一棵树，做一棵虽然长得慢但是永不放弃的冷杉树，对不对？"父亲满意地点了点头。

从此，阿尔伯特不再逃学了。有一天，在手工课上，阿尔伯特费了很大的劲做出了一只难看的小板凳，结果遭到了全班同学的嘲笑。但是，父亲没有嘲笑他，因为通过这只制作粗糙的小板凳，父亲看到儿子身上已经具备了一种难能可贵的韧性。

阿尔伯特经过不懈的努力，终于成为了20世纪最伟大的物理学家、思想家和哲学家，他的全名是阿尔伯特·爱因斯坦。

金玉良言

如果你也是一个生性迟钝的孩子，读了阿尔伯特的故事，你还会为自己的不同寻常而自卑吗？记住，你是一棵长得慢的树，之所以长得慢，是因为你有足够的耐心和信心，去长成一棵参天大树。

成长哲理

相信自己的能力，相信自己能够做成事情，这就是自信。我们要时刻拥有这种能力，时刻保持这种自信，更要相信是金子在哪里都能发光，它的力量是巨大的，有了它，我们才有更大的概率获得成功。

　　爸爸，你是想让我做一棵树，做一棵虽然长得慢但是永不放弃的冷杉树，对不对？

有信心的人，可以化渺小为伟大，化平庸为神奇。

——萧伯纳

CEO 韦尔奇

被人们称为"全球第一CEO"的美国通用电气公司前首席执行官杰克·韦尔奇曾有句名言："所有的管理都是围绕'自信'展开的。"凭着这种自信，在担任通用电气公司首席执行官的20年中，韦尔奇显示了非凡的领导才能。

韦尔奇的自信，与他所受家庭教育是分不开的。韦尔奇的母亲对儿子的关心主要体现在培养他的自信心。因为她懂得，有自信，然后才能有一切。韦尔奇从小就患有口吃症。说话口齿不清，因此经常闹笑话。韦尔奇的母亲想方设法将儿子这个缺陷转变为一种激励。她常对韦尔奇说："这是因为你太聪明，没有任何一个人的舌头可以跟得上你这样聪明的脑袋。"于是从小到大，韦尔奇从未对自己的口吃有过丝毫的忧虑。因为他从心底相信母亲的话：他的大脑比别人的舌头转得快。

所有亲戚、朋友和邻居几乎都听过一个韦尔奇母亲告诉他们关于她儿子的故事，而且在每一个故事的结尾，她都会说，她为自己的儿子感到骄傲。在培养儿子自信心的同时，她还告诉韦尔奇，人生是一次没有终点的奋斗历程，你要充满自信，但无须对成败过于在意。

金玉良言

只有相信自己，才能在克服学习和生活中的困难时，爆发出无穷的勇气，才能有战胜困难的力量。有这样一句话："自信的人不一定会成功，但不自信的人绝对不会成功。"

成长哲理

奥里森·马登也说过这样一段耐人寻味的话："如果我们分析一下那些卓越人物的人格物质，就会看到他们有一个共同的特点：他们在开始做事前，总是充分相信自己的能力，排除一切艰难险阻，直到胜利！"

人有了坚定的信念才是不可战胜的。

——贝蒂

抬起头来

有个女孩，清华大学建筑学院毕业后，顺利拿到美国哈佛大学研究生院的录取通知书。可是，没想到一切都准备好了，却在美国大使馆签证时连续两次被拒，女孩很伤心，躲在宿舍里哭。

一个要好的同学劝她，为什么不找个咨询公司帮忙？听说有个师姐，四年前被拒签过三次，四年后再去签，还没有过，后来找了一家咨询公司，在那里泡了半个月，很顺利就通过了。

女孩动心了，找到一家叫"信心"的咨询公司。公司只有三个人，老板加两个助手。老板把女孩拿来的签证材料看了一遍说，你的材料没问题。又让女孩详细介绍了两次被拒绝的经过。女孩细声细语地讲着，眼睛低垂，头也低着，不敢与老板对视，老板听着听着，打断女孩的话说："不要说了，你的毛病就在这。"

原来，女孩性格内向，不善与生人交往，一说话就脸红，还老爱低眼垂眉的，给人一种没有自信的感觉。老板很有经验地对女孩说："你在我们公司主要就训练三项内容：抬起头来，眼睛平视，大声说话。"于是，两个星期里，那两个助手什么也不干，就想方设法让女孩养成抬起头来与人平视的习惯，并训练她大声说话。

第三次签证，半是习惯，半是刻意，女孩始终高昂着头，眼睛直盯着那个签证官，侃侃而谈，应对如流，从容不迫。那个签证官狐疑地看着前两次的拒签记录，嘴里嘟嘟囔囔地说："不自信，吞吞吐吐，不敢抬头，好像完全不是说的这个女孩儿。"最后，他微微一笑："你很优秀，看不出有拒绝你的理由，美国欢迎你。"整个过程只有5分钟。

金玉良言

抬起头来，眼睛平视，大声说话！这是培养自信的最直接的方法！人生中也会遇到很多次"拒签"，当你变得自信的时候，请问，有什么理由再"拒签"你呢？所以我们时时刻刻都要让自己以自信的态度去面对生活。

成长哲理

　　自信的确在很大程度上促进了一个人的成功，从不少人的创业史上我们都可见一斑。自信可以从困境中把人解救出来，可以使人在黑暗中看到成功的光芒，可以赋予人奋斗的动力。拥有自信，就拥有了成功的一半。

抬起头来，眼睛平视，大声说话。

被克服的困难就是胜利的契机。

——贺拉斯

小虎鲨的遭遇

小虎鲨一出生就在大海里，很习惯大海中的生存之道。肚子饿了，小虎鲨就努力寻找大海中的其他鱼类吃，虽然要费力气，却也不觉得困难。

有时候，小虎鲨必须追逐良久，才能猎食到口。这种困难，随着小虎鲨经验的长进，越来越不是问题了，猎食的挫折并不能对小虎鲨造成困惑。

很不幸，小虎鲨在一次悠游追逐时，被人类捕捉到了。离开大海的小虎鲨还算幸运，一个研究虎鲨的单位把它买了去。关在人工鱼池中的小虎鲨虽然不自由，却不愁猎食。研究人员会定时把食物送到池中，都是些大大小小的鱼食。

有一天，研究人员将一大片玻璃放到池中，把水池隔成两半，小虎鲨看不出来。这一天，研究人员把活鱼放到玻璃的另一边，小虎鲨等研究人员将鱼放下之后就冲了过去，它撞到了玻璃上，痛得头眼昏花，结果什么也没吃到。

小虎鲨不信邪，等了几分钟，看准了一条鱼，又冲过去，这次撞得更痛，差点没昏倒，鱼还是吃不到。

休息十分钟之后，小虎鲨饿坏了，这次看得更准，盯住一条更大的鱼，又冲过去，情况没改变，小虎鲨被撞得嘴角流血。想不通到底是怎么回事，小虎鲨瘫在了池子里。

最后，小虎鲨拼了最后一口气，再冲，仍然被玻璃挡住，撞了个全身翻转，鱼就是吃不到。小虎鲨终于放弃了。

研究人员又来了，把玻璃拿走，又放进小鱼，在池中游来游去。小虎鲨眼看着到口的鱼食，却是不敢去吃，可是又饿得头眼昏花，不知道该怎么办。

金玉良言

永远不要放弃坚持，尽管过程很痛苦，但正是一次次失败的痛苦让你离成功越来越近。

成长哲理

人很容易被过去的经验所限制，小虎鲨为了猎食，被玻璃撞得头昏眼花，但是当玻璃取走后，到口的鱼食也不敢去吃，只好饿肚子。面临挫折的时候，我们是不是像小虎鲨一样怯懦呢？当我们面对问题时，不妨想想小虎鲨的遭遇。问题就像池中的大片玻璃，撞击时会感到疼痛。但是玻璃取走后，小虎鲨猎食是不是轻而易举？所以不要被拒绝和问题所击倒，到口的猎物清脆可口，正等着你！

　　永远不要放弃坚持，尽管过程很痛苦，但正是一次次失败的痛苦让你离成功越来越近。

不要失去信心，只要坚持不懈，就终会有成果的。

——钱学森

李四光与石油

在 20 世纪 20 年代之前，国际地质和地理学界长期流行一种观点，认为中国内地没有第四纪冰川。李四光想：外国地质学家并没有做过认真调查，凭什么说中国没有第四纪冰川？他不信外国专家的话，1921 年，李四光亲自到河北太行山东麓进行地质考察，1933—1934 年又到长江中下游的庐山、九华山、天目山、黄山进行考察，然后写出论文，论证华北和长江流域普遍存在第四纪冰川。1939 年，他又在世界地质学会发表《中国震旦纪冰川》一文，用大量实证肯定中国冰川遗迹的存在，为地质学、地理学和人类学做了一大贡献。

20 世纪初，美国美孚石油公司，曾在我国西部打井找油，结果毫无所获。于是以美国布莱克威尔教授为首的一批西方学者，就断言中国地下无油，中国是一个"贫油的国家"。

李四光偏偏不信这个邪：美孚的失败不能断定

中国地下无油。他说："我就不信，油，难道只生在西方的地下？"于是他开始了30年的找油生涯。他运用地质沉降理论，相继发现了大庆油田、大港油田、胜利油田、华北油田和江汉油田。他当时还预见西北也有石油。今天正在开发的新疆大油田，也完全证实了他的预言。

李四光靠自信、自强有力地回击了"中国贫油论"。

金玉良言

成就事业就要有自信，有了自信才能有勇气和毅力。具备了这些素质，困难才有可能被战胜，目标才可能达到。

成长哲理

成功靠自信，勇气靠磨炼。别再红着脸，腼腆地说："我不行。"因为成功不会等待停滞不前的人。世界上没有任何力量能像自信这样，有如此巨大的影响。自信让你在挫折来临时选择微笑，选择面对，选择冷静。

李四光靠自信、自强有力地回击了"中国贫油论"。

不可能这个字，只有在愚人的字典中找得到。

——拿破仑

销售大王

乔诺·吉拉德，美国有史以来最著名的销售大王。他出生在美国的一个贫民窟，比人们想象中的还要贫困，在很小的时候他上街去擦皮鞋补贴家用，最后连高中都没有念完就辍学了。他的父亲总是说他根本不可能成才。父亲的打击一度让他失去自信，甚至有一段时间，他连说话都会变得结结巴巴。幸运的是，他有一个伟大的母亲。她常常告诉乔诺·吉拉德："乔，你应该去证明给你爸爸看，你应该向所有人证明，你能够成为一个了不起的人。你要相信这一点：人都是一样的，机会在每个人面前。你不能消沉、不能气馁。"母亲的鼓励重新坚定了他的信心，燃起了他想要获得成功的欲望，他变成一个自信的人！

从此，一个不被看好，而且背了一身债务几乎走投无路的人，竟然在短短3年内被吉尼斯世界纪录称为"世界上最伟大的推销员"，而且至今还保持着销售昂贵商品的空前纪录——平均每天卖6辆汽车！一直被欧美商界当成"能向任何人推销出任何产品"的传奇式人物。

从被誉为日本推销之神的原一平的成长生涯中，我们也一样能够看到人生需要自信。原一平长得身材矮小，25岁当实习推销员时，身高仅1.45米，又小又瘦。然而，这一切并没有打垮原一平，相反愈挫愈勇的他，内心时刻燃着一把"永不服输"的火焰，凭着"我不服输，永远不服输！""原一平是举世无双，独一无二的！"的超自信心态，成功地用泪水和汗水造就了一个又一个的推销神话，最终成为日本保险推销第一人。

金玉良言

在现实生活中，我们渴望一展才华的机会，早日找到人生的梦想舞台，然而，当机会来临的时候，我们常常会顾及这样或那样的问题，犹豫不决，踌躇不前，以至于错失了一个又一个实现梦想的机会，最终落得一连串的遗憾。有时候，我们缺少"永不服输"的勇气！

成长哲理

　　自信不仅仅造就英雄，也成为平常人人生的必需，缺乏自信的人生，必是不完整的人生。一个人在事业上要取得成功，就必须要有坚定的信心，坚韧不拔的意志。

除了人格以外，人生最大的损失，莫过于失掉自信心了。

——培尔辛

圆舞曲之王

奥地利著名作曲家约翰·施特劳斯所作圆舞曲400首，世称"圆舞曲之王"。他的一生对音乐做出了巨大的贡献。

1872年，施特劳斯为了丰富创作素材，四处旅行。一天，他来到了美国，当地有关团体立即登门拜访，想请他在波士顿登台指挥音乐会。施特劳斯当即应诺。可在谈到演出计划时，他的随从却被这个不可思议的演出规模惊呆了。

美国人一向是以异想天开而著称于世的。他们想借施特劳斯这位音乐大师之手，创造一次音乐界的世界之最，由施特劳斯指挥一次由两万人（包括声乐演员）参加演出的音乐会。稍懂一点音乐指挥知识的人都知道，一般能指挥几百人乐队的指挥家已属不容易了，何况要指挥两万人，这是绝对办不到的。为此施特劳斯的随从很为他担心，不管他指挥艺术再高超，如此大的规模也是无法胜任的。

施特劳斯仔细地听完对方的介绍，居然很轻松地说："这个计划确实太激动人心了。本人愿意让它早日变成现实。"当即与对方订立了演出合同。

消息传开，舆论大哗，人们都想一睹规模如此宏大的演出。

那一天终于到来了，大厦里黑压压一片坐满了观众。施特劳斯居然指挥得十分出色。近两万件乐器发出了协调优美动听的音乐，数万名观众听得神迷如痴，惊叹万分。

金玉良言

施特劳斯的自信让人们一睹规模宏大的视觉与听觉盛宴，可以说他的成功源于自信，源于对自己的肯定，人生需要自信，拥有自信，方能成功。

成长哲理

　　我们要敞开自信的心扉，用我们的双手去创造美好的明天，让自信之心充满世界，让自信之声响起来，让自信之手挥动起来，让自信的风帆扬起来，让我们在困境中，听到心灵的呼唤，听到响亮的声音，看到挥舞的千万只手，看到扬起的船帆，提高我们的信心。

那一天终于到来了，大厦里黑压压一片坐满了观众。

如果没有自信心的话，你永远也不会有快乐。

——拉罗什夫科

你就是一座金矿

有这样一个青年，大学毕业已经工作两三年了。他在听了一次成功心理课之后，颇受启发和鼓舞，心情为之振奋。他在课上的当众讲话练习中说："所有的成功者，尽管他们的出身、学历、境遇、职业和个性等各不相同，但有一点是共同的，就是自信。自信，是成功的第一要诀。今后，我一定要自信！"大家对他的发言报以热烈的掌声。

可是，过了没多久，他又变得情绪低落了。他不明白为什么自己上课的时候信心十足，可一回到单位就变得不自信了。原来，他所在的研究室，所有的工作人员都比他学历高，不是博士就是硕士，只有他一个人是本科。所以，不论他在家里事先想得有多么好，只要一上班就"前功尽弃"，只感到自卑而无法自信。

由此看来，自信的道理不难领会，但要真正拥有自信意识，就不那么简单了。自信还是自卑，是和别人比较出来的吗？是由学历、职务和业绩的高低所决定的吗？说来这位大本毕业的年轻人本该很自信了，因为就整个社会而言，他已经是天之骄子了。然而他又很"不幸"，在本单位里他的学历却最低，因而他无法树立起自信心。那么，他若成为硕士、博士就能拥有自信了吗？如果真的这样比下去的话，恐怕他即使当上了国家总统也难以自信，因为一个穷国的总统见到富国的总统便又会不自信了……显然，一个人要真正拥有自信，首先要突破这种"狭隘比较"的心理障碍。

金玉良言

自信可以让我们冲破对自身学历、职务、业绩的心理障碍，可以让我们重新获得对自身能力的认可。它会在我们无助的时候，给我们最需要的帮助；在我们摔倒时，让我们重新爬起来；把不安变成兴奋，把忧愁转化为快乐，让笑容替换愁眉苦脸。它可以为人们带来一切不可实现的事情，带来快乐、幸福。

成长哲理

　　有人说，自信的人才是最美丽的。自信是对自己的肯定，不管别人怎样看你，自信的对待自己绝不可以吝啬。自信能解开心中的包袱，像小鸟一样自由的飞翔。多点自信，生活才会更美丽。

缺乏一种自信的精神，这往往导致一些本来是萌芽了的天才走向自我扼杀。

——舒卓

失望的是我，对不起的却是你

古希腊的大哲学家苏格拉底在临终前有一个不小的遗憾——他多年的得力助手，居然在半年多的时间里没能给他寻找到一个最优秀的关门弟子。

那位忠诚而勤奋的助手，不辞辛劳地通过各种渠道一直在四处寻找。可他领来一位又一位，都被苏格拉底婉言谢绝了。

半年之后，苏格拉底眼看就要告别人世，可最优秀的人选还是没有眉目。助手非常惭愧，泪流满面地坐在病床前，语气沉重地说："我真对不起您，令您失望了！"

"失望的是我，对不起的却是你自己。"苏格拉底说到这里，很失意地闭上眼睛，停顿了许久，才又无哀怨地说："本来，最优秀的就是你自己，只是你不敢相信自己，才把自己给忽略、给耽误、给丢失了……其实，每个人都是最优秀的，差别就在于如何认识自己，如何发掘和重用自己……"话没说完，一代哲人就永远离开了他曾经深切关注着的这个世界。

那位助手非常后悔，甚至自责了整个后半生。

金玉良言

助手的不自信，让他不敢相信自己的能力，从而丢失了自己。如同苏格拉底说的，他对不起自己，他并没有真正认识到自己，没有发掘出自己的潜力，而人只有信任自己，才能在漫漫的人生长路实现自己的价值。

成长哲理

自信是成功的秘诀。领悟了自信的真谛，就算是已定的事实也有翻身的希望。自信是一种力量。一种潜在的、可贵的、强大的力量，有了它，就可以做出一番惊天动地的事业。

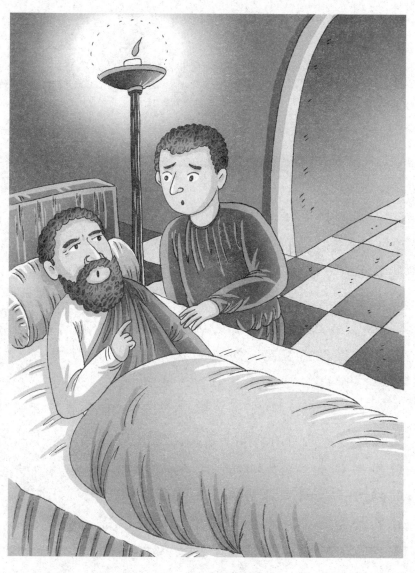

　　每个人都是最优秀的，差别就在于如何认识自己，如何发掘和重用自己……

坚决的信心，能使平凡的人们，做出惊人的事业。

——马尔顿

篮球明星——博格斯

博格斯是美国著名的 NBA 篮球明星。他身高仅 1.60 米，是他所在的夏洛特黄蜂队最矮的球员，也是 NBA 中最矮的球员。他从小就喜欢篮球，可因个子不高，进不了球队。有一天他伤心地问妈妈："妈妈，我还能长高吗？"他妈妈鼓励他说："孩子，你会长得很高很高，会成为人人都知道的大球星。"从此，博格斯心里做着长高的美梦。

"业余球员"的生活即将结束，他面临着严峻的考验：只有 1.60 米的身高，能打好职业球赛吗？博格斯非常自信地说："别人说我矮，反而成了我的动力。我偏要证明矮个子也能做大事情。"于是，在各个赛场上，人们看到博格斯灵活得就像个"地滚虎"，从下方来的球百分之九十都被他抢断。他靠个子矮能够飞速地运球过人。后来，他被破格吸收到了职业球队。博格斯始终牢记当年母亲鼓励他的话，虽然他没有长得很高很高，但是，他已经成为世人皆知的大球星了。

金玉良言

自信是成功的奠基，因为自信，博格斯手中的篮球得以在他手中飞速运转，得以在世人的注视之下完美地进入那个承载着梦想的篮球筐。

成长哲理

自信，给我们以勇气与力量，有了它，失败不再追随我们，胜利不再躲避我们；有了它，生活更充实有趣，学习更富有生机。自信，是一颗火热的太阳，使我们享受了它的温暖；自信，是心底的一颗宝珠，什么时候用它，什么时候就会发光；自信，是征途的导航灯，指引我们跨过一道道艰险的门槛。

地位越高，自我评价就越高，自信心多强，能力就有多强。我们总能表现出与环境的和谐平等。

——赫兹里特

企业家的 50 万美金

一个企业的经理陷入了债务危机之中，并且已经没有了挽救的余地。债主不停地逼他还债。供应商正费力地还钱。他坐在公园的长凳上，把头埋在双手之中，考虑着所有能挽回他公司即将破产局面的方法。

突然一个老人出现在经理的面前，说道："我能看出来你遇到了一些麻烦。"他无奈地向老人诉苦，老人听后说道："我相信我能帮你。"老人问了男人的名字，写了一张支票，放在男人的手上，"拿着这张支票。明年的这个时候，再把钱还我。"然后老人转身，像来时一样快速地消失在男人面前。

这个企业经理看着手上 50 万美金的支票，署名正是世界上最富有的人之一约翰·D·洛克菲勒。"我立刻就能解除我的债务危机了！"他意识到。但是很快，经理决定将这个没有兑现的支票存到他的保险柜中。他想，也许知道有这张支票的存在能给我力量，让我找到解决公司困难的方法！

带着重新燃起的希望，他拟定了更好的交易，并且扩展了支出的费用。他取消了一些大型的花销。几个月之内，他就把自己的债务危机解除，并重新开始盈利。并且在与老人见面的一年之后，他按时来到那个公园，带着那张没有兑现的支票。老人在两人约定的时间出现了。但是正当经理想把支票还给老人，分享自己成功的故事的时候，一个护士出现了，抓住了老人。

"很抱歉我抓住了他！"护士哭泣地说，"真心希望他没有打扰到您，他总是从疗养院里跑出来并告诉人们他是约翰·D·洛克菲勒。"说完，护士用胳膊驾着老人离开了。惊讶的经理站在那里，他完全惊呆了。整整一年，他想方设法地买卖产品，并且坚信自己身后有 50 万美金的后盾。

突然，他意识到，不管这些钱是真是假，他的生活确实因此被改变了。自信心可以给我们带来力量并且让我们得到任何自己所追求的东西，这就是他对自信心的新发现。

金玉良言

丢掉自信的人，很难获得成功，让我们"拾起自信"，踏上成功之路吧！世上没有不可能，不可能只是不敢做，而不是不能做。相信自己，去做那些"不敢做"的事情，我们会看到成功在向我们招手。

成长哲理

在漫天雪花中，数梅花最自信；在茫茫天穹中，数老鹰最自信；在平原君门下，数毛遂最自信；在众多科学家中，数爱迪生最自信……从古到今，从远到近，所有事物都充满自信。微微一笑，铸就不屈的灵魂，为生活点亮明灯。

　　自信心可以给我们带来力量并且让我们得到任何自己所追求的东西。

只有满怀自信的人，才能在任何地方都怀有自信沉浸在生活中，并实现自己的意志。

——高尔基

不放弃最后一丝希望

那一年，他到一家汽车销售公司应聘做汽车推销员，老板给了他一个月的试用期，一个月内如果他能推销出去汽车，就留用，如果不能，就被辞退。此后他便辛苦奔波，但一个月过去了，却一辆汽车也没有推销出去。第30天的晚上，老板打算收回他的车钥匙，并告诉他明天不用再来了。但他说："还没有到晚上12点，所以今天还没有结束，我还有机会！"

于是，他就把汽车停在路边，坐在汽车里，等待着奇迹的发生。快到午夜的时候，有人轻叩车门，是一位卖锅的人，身上挂满了锅，向他推销锅。他就请这位卖锅人上车来取暖，并递上了一杯热咖啡，两个人开始聊了起来。他问："如果我买了你的锅，接下来你会怎么做呢？"卖锅者说："继续赶路，卖

下一个。"他又问："全部卖完了以后呢？"卖锅者说，
"回家再背几十口锅出来卖。"他继续问："如果你
想使自己的锅越卖越多，越卖越远，你怎么办？"
卖锅者说："那我就得考虑买部车，不过现在我买
不起。"他们就这样聊着，越聊越开心，快到午夜
12 点的时候，卖锅者在他这订下了一部汽车，提货
时间是 5 个月以后，留下的订金是一口锅的钱。因
为有了这份订单，老板留下了他，从那以后，他继
续努力推销，业绩不断增长，15 年间，他就卖出了
1 万多部汽车，创造了推销史上的奇迹，他就是被
誉为世界上最伟大的推销员——吉拉德。

金玉良言

　　有的人之所以成功，就是因为即使面对的是极其
渺茫的希望，不到最后一刻，他也不会放手，而是死
死抓住这点希望不放，在最后的坚持中赢来奇迹的出
现。机遇青睐执着的人，这类人即使是在最黑暗的夜晚，
也会坚定信念信心满满地向前走，勇敢地穿越漫漫长
夜，最终迎来阳光灿烂的日子。

成长哲理

　　自信是成功的一半，有自信不一定会成功，但是没有自信就一定会失败。自信是成功的源泉，在做任何事之前，你一定需要有足够的信心，不可轻言放弃。

人必须有自信，这是成功的秘密。

——卓别林

迈克尔·戴尔坚守信念

在美国一个普通的家庭中有一个男孩子，他的父母希望自己的儿子能成为一位体面的医生。可是男孩读到高中便被计算机迷住了，整天捣鼓着一台已经十分落后的计算机，他把计算机的主板拆下又装上。

男孩的父母很伤心，告诉他，他应该用功念书，否则根本无法立足社会。但是，男孩却说："有朝一日我会开一家公司。"父母根本不相信，还是千方百计按自己的意愿培养男孩，希望他能成为一位医生。

不久，男孩终于按照父母的意愿考入了一所医科大学，可是他只对电脑感兴趣。在第一学期，他从零售商处买来降价处理的 IBM 电脑，在宿舍改装升级后卖给同学。他组装的电脑性能优良，而且价格便宜。不久，他装的电脑不但在学校里走俏，而且连附近的律师事务所和许多小企业也纷纷来购买。

第一个学期快要结束的时候，男孩告诉父母，他要退学。父母坚决不同意。他利用假期推销电脑，他向父母承诺，如果这个夏季销售不好，那么，他将放弃电脑。可是，男孩的电脑生意就在这个夏季突飞猛进，仅用了一个月的时间，他就完成了18万美元的销售额。

他成功了，父母很遗憾地同意他退学。

他组建了自己的公司，打出了自己的品牌。他在如此短的时间内创造出良好的业绩引起投资家的关注。第二年，公司顺利地发行了股票，他拥有了1800万美元的资金。那年他才23岁。

10年后，他创下了类似于比尔·盖茨般的神话，拥有资产达43亿美元。他就是美国戴尔公司总裁迈克尔·戴尔。

比尔·盖茨曾经亲自飞赴戴尔的住所向他祝贺，并对他说："我们都坚守自己的信念，并且对这一行业富有激情。"

迈克尔·戴尔创造了奇迹。他没有让自己的信念停留在想象阶段，而是一步一步去实现，最终使梦想变成了现实。

金玉良言

迈克尔·戴尔没有因为自己的渺小而放弃信念，年龄小不能阻止信念的实现。当然，他更确定了适合自身实际的行动方案，并照此去做，所以他取得了成功。

成长哲理

人生是一段很长的路，这段路上我们要做的事情很多很多，有的只是工作中的小事，而有的却是从小的梦想。但是不管事情大小，做事都要有信念，并且必须采取正确高效的执行方法，这是决定一个人成败与否的关键。

我们都坚守自己的信念，并且对这一行业富有激情。

有必胜信念的人才能成为战场上的胜利者。

——希金森

中国阿甘——只要思想不残！

郑心意出生在湖北省罗田县匡河乡。他两岁时，不幸患上一种奇怪的脑病——"扭转性痉挛"，病魔导致他的上肢痉挛并向身体一侧扭转，双手成爪形不能弯曲，不能握笔、拿书。嘴巴肌肉歪向一边，连吃饭都要人喂。到4岁时，他还只能扶着墙走路，说话困难。为了给心意治病，家里欠了很多债，在他8岁那年，母亲流着泪对他说："孩子，咱们认命吧！"

病魔不仅使郑心意失去了自理的能力，也剥夺了他读书写字的梦想。他没上过一天学，在他19岁那年，在广州打工的姐姐手受伤了，郑心意很想安慰姐姐，但他发音含混不清，不能跟姐姐说话；他想给姐姐写信，却大字不识一个。正是这个强烈的想表达亲情的愿望，使郑心意开始了与命运的抗争。之后，他跟着电视机，学说普通话。随后，他试着用脚在盆子里装满沙子，用脚指头夹着树枝在沙上画，慢慢找到了写字的感觉。"画"了三年后，他给姐姐写出了第一封信。如今，他说起话来虽然吐字不是很清晰，而且说完几句话，就会累得满头大汗，但他的普通话几乎不带地方口音。

25岁后，郑心意决定自立，他靠着坚强的意志离开了父母。这看似简单的一件事，对他来说却困难重重。他只能用嘴直接吃放在桌上的饭菜，吃的时候还会撒出一些，而且每次吃完饭后都满头是汗，短袖衬衣也基本湿透了。之后他学会了用脚使用手机，还能熟练地拆卸手机电池，给手机插上充电器，或是按手机免提键接听电话，甚至是发短信。2009年5月，广东的爱心网友给郑心意寄来一台电脑。刚开始，他连开机都不会，键盘上的英文字母一个都不认识。在老乡帮助下，他终于学会了用脚趾操作电脑上网。他扭曲身体坐在椅子里，右脚趾夹起一支铅笔在电脑键盘上打字，左脚踩着鼠标。现在郑心意能自如地用电脑和网友交谈了。

除了生活自理外，郑心意还在事业上自强。2006年，郑心意在老乡的帮助下开了个小卖部。一次偶然机会，一位老乡告诉他，说自己的儿子在武汉开公司。随后，郑心意通过短信，认识了这位后来资助自己在网上开店的同乡——多米国际营销咨询集团中国区 CEO 傅博。2010 年 8 月 30 日，在傅博公司多名员工的帮助下，郑心意的淘宝网店终于开张了，目前也有了一定客源。

"只要有信心，我相信一定会成功！"郑心意艰难地说出这句话，但一字一句中，都渗透出了他的决心。

金玉良言

美国电影《阿甘正传》中，智力低下的阿甘，拥有一双好腿，他最终跑出了一个传奇而感人的人生。中国的郑心意，身体条件比阿甘还差，可他以永不放弃的"阿甘精神"，诠释了自己的别样人生，同样活出了自己的精彩人生。

成长哲理

郑心意身残志坚，虽然痛苦着，却抱着乐观的心态；他面对残酷的现实，始终不愿放弃希望。这是一种品质，一种精神！从他身上我们可以学到很多有价值的东西，他坚强的毅力他不轻言放弃的信心，正是我们需要学习的地方。

如果没有自信的话，你永远也不会有快乐。
——拉罗什夫科

左手之家

不知你有没有这样的经历，小时候活得像异类，吃饭时刚想伸出左手夹菜，大人的筷子便毫不犹豫地戳来；在学校里被老师捆着左手，用右手写字……

他是"左罗"，当然不是电影里的侠盗"佐罗"，而是"左撇子罗阳"的昵称。年少的"左罗"曾被这个问题深深地困扰着，别人用右手做的事情，只有他是特立独行地用左手做着这一切，大家都叫他左撇子。虽然随着年龄的增长，"左罗"早已能自如运用双手，然而儿时的记忆却深深刻在了他的脑海中。

和很多年轻人一样，"左罗"大学毕业后没有留在家乡，而是选择去深圳。他当过翻译，也在投资公司从事过市场拓展，还利用自己的计算机专长为公司设计制作网页，但这些并不是罗阳真正想做的，最终，他选择了辞职。

　　辞职后他有了大把的时间看书，他惊奇地发现，在这个80%以上是右撇子，而不足20%是左撇子的世界，却有很多左撇子成了右撇子的统治者，例如，恺撒大帝和亚历山大大帝。更值得一提的是，美国包括老布什和克林顿在内的三分之一总统都是左撇子。翻开世界史，很多享誉世界的名人也是左撇子，像达·芬奇和比尔·盖茨……

　　他伸出自己的左手，若有所思。一个计划在他的脑海里逐渐成形，他要在自己的左手上做文章。在国外，左撇子用品店早已有之，比如，英国伦敦的左手用品店已有40多年历史。在国内，左撇子这个群体，却还没有达到一个文化和产业的高度。要做就做国内第一个吃螃蟹的人，他暗下决心。

　　当你走进"左罗"的"左手之家"，你会发现，在"左手之家"，从玩具到日用品，完全按左手使用设计，市民每天下午4：30以后都可以来这里免费体验。

　　在"左手之家"，招聘的员工全是"左撇子"。他们的名片清一色地右边长出三分之一，折起来时上面显示了"左手"的字样。打开这三分之一页面，里面却写着"右脑"，寓意"利用左手开发右脑"——典型的创意思维。

每一次，"左罗"的设计创意都会给人带来无尽的惊喜，但所有的惊喜都浓缩成了一句话："左手开启右脑，挖掘右脑潜力，达到左右平衡"。当然"左罗"所有的想法不会止于梦想。他注册了"我是左撇子"商标，开通了"我是左撇子"网站。"左手文化"的产业链已见雏形。

金玉良言

"左罗"对这个"用右手的世界"表示质疑，他专门开了一家"左撇子公司"，可见自信的力量是无法想象的。让我们踏着他们的足迹，带上自信上路，用实力踏平坎坷走向光明！梦想成功的青年，面对险象环生的生活海洋，只有带上自信，满怀希望，才能扬帆破浪。

成长哲理

当你面对死神的追逐时，你是否有过布鲁诺在火中的自信；当你面对生活和我们开的玩笑时，你是否有过贝多芬在聋哑时的自信；当你面对人生中艰难的历程时，你是否有过张海迪在瘫痪时流露出的自信。要相信自己，你一定行。

左手开启右脑，挖掘右脑潜力，达到左右平衡。

能够使我飘浮于人生的泥沼中而不致陷污的，是我的
信心。

——但丁

小雕塑家

一天，在西格诺·法里罗的府邸，主人邀请了
一大批客人，举行一个盛大的宴会。就在宴会开始
的前夕，负责餐桌布置的点心制作人员派人来说，
那件他设计的大型甜点饰品，在摆放在桌子上时不
小心弄坏了，管家急得团团转。

"我想我能做另外一件来顶替，如果您能让我
试一试的话。"这时一个孩子走到管家的面前怯生
生地说道。这个小孩是一个仆人，在西格诺府邸厨
房里干粗活儿。

"你？"管家惊讶地喊道，"你竟敢说这样的大
话？你是什么人？"

"我是雕塑家皮萨诺的孙子，叫安东尼奥·卡
诺瓦。"这个脸色苍白的孩子回答道。

"你真的能做吗？"管家将信将疑地问道。

　　"如果您允许我试一试的话，我能做出来。"小孩子镇定地说。这时仆人们都已经慌得手足无措了。于是，管家就答应让安东尼奥去试试，他则在一旁紧张地注视着孩子的一举一动，盯着这个孩子，看他到底会怎么做。

　　这个厨房的小帮工不慌不忙地要人端来了一些黄油。不一会儿工夫，黄油在他的手中变成了一只蹲着的狮子。管家惊讶地张大了嘴巴，喜出望外，连忙派人把这个黄油塑成的狮子摆到了桌子上。

　　晚宴开始了。客人们陆陆续续地被引领到餐厅里来。这些客人当中，有威尼斯最著名的实业家，有傲慢的王公贵族，有眼光挑剔的专业艺术评论家，还有高贵的王子。但当客人们一眼望见餐桌上卧着的黄油狮子时，都认为这是一件天才的作品，纷纷交口称赞起来。

　　当这些尊贵的客人得知，就是这个小孩在仓促间做成了这只精美绝伦的黄油狮子时，不禁大为惊讶，整个宴会立刻变成了对这个小孩的赞美会。主人当即宣布，将由他出资给小孩请最好的老师，让他的天赋充分地发挥出来。

　　西格诺·法里罗果然没有食言，但安东尼奥没有被幸运之神冲昏头脑，他依旧是一个淳朴、诚实的孩子，孜孜不倦地刻苦努力着，希望把自己培养为皮萨诺门下一名优秀的雕塑家。安东尼奥是如何充分利用第一次机会展示自己才华的，也许很多人并不知道，然而，却没有人不知道后来著名雕塑家卡诺瓦的大名，没有人不知道他是世界上最伟大的雕塑家之一。

金玉良言

人生并没有人们所期待的一帆风顺，面对成功，人们总是欣喜万分，因为它是我们努力的认可；面对失败，人们总是黯然神伤。挫折是难免会有的，但自信却是我们不可遗弃的。

成长哲理

自信的人成竹在胸，正因为如此，他们才敢做，敢想。虽然不能保证每件事都是成功的，但能迈出别人踟蹰不前的一步是值得大家去鼓励和赞扬的。久而久之，做的事情成功率增加，想法也一一被实现，这就是自信的魅力。

在真实的生命里，每桩伟业都由信心开始，并由信心跨出第一步。

——奥格斯特·冯史勒格

数学家祖冲之

祖冲之的祖父名叫祖昌，在南北朝时期的刘宋做了一个管理朝廷建筑的长官。祖冲之生长在这样的家庭里，从小就读了不少书，人家都称赞他是个博学的青年。他特别爱好研究数学，也喜欢研究天文历法，经常观测太阳和星球运行的情况，并且做了详细记录。

宋孝武帝听到他的名气，派他到一个专门研究学术的官署"华林学省"工作。他对做官并没有兴趣，但是在那里，可以更加专心研究数学、天文了。

我国历代都有研究天文的官，并且根据研究天文的结果来制定历法。到了南北朝刘宋的时候，历法已经有很大进步，但是祖冲之认为还不够精确。根据他长期观察的结果，创制出一部新的历法，叫作"大明历"（"大明"是宋孝武帝的年号）。这种历法测定的每一回归年（也就是两年冬至点之间的时间）的天数，跟现代科学测定的相差只有50秒；测定月亮环行一周的天数，跟现代科学测定的相差不到1秒，可见它的精确程度了。

公元462年，祖冲之请求宋孝武帝颁布新历，孝武帝召集大臣商议。那时候，有一个叫戴法兴的大臣极力反对，他认为祖冲之擅自改变古历，是离经叛道的行为。祖冲之当场用他研究的数据回驳了戴法兴。

尽管当时社会十分动乱不安，祖冲之还是孜孜不倦地研究科学。他更大的成就是在数学方面。他曾经对古代数学著作《九章算术》作了注释，又编写一本《缀术》。他的最杰出贡献是求得相当精确的圆周率。经过长期的艰苦研究，他计算出圆周率在3.1415926和3.1415927之间，成为世界上最早把圆周率数值推算到七位数字以上的科学家。

金玉良言

一个人因为自信，才能变得更加开朗更加乐观。自信是人生中必不可少的一部分！因为自信，奥巴马成为美国首位黑人总统；因为自信，司马迁完成著名的《史记》;因为自信,贝多芬创造了不朽的音乐。事实告诉我们,有自信就会成功。

成长哲理

因为有了自信,所以在困难面前我迎难而上,从不轻言放弃;因为拥有自信,所以我在挫折中变得坚强,在竞争中变得勇敢。因为经历过,所以我明白,自信也要有限度,否则,会适得其反。

尽管当时社会十分动乱不安，祖冲之还是孜孜不倦地研究科学。

自信与骄傲有异；自信者常沉着，而骄傲者常浮扬。

——梁启超

国君终身学习

晋平公作为一位国君，政绩不平凡学问也不错。在他70岁的时候，他依然还希望多读点书，多长点知识，总觉得自己所掌握的知识实在太有限了。可是70岁的人再去学习，会遇到很多困难。晋平公对自己的想法总是自信心不足，于是他便询问他的一位贤明的臣子师旷。

师旷是一位双目失明的老人，他博学多识，虽然眼睛看不见，但心里亮堂着呢。晋平公问师旷说："你看，我已经70岁了，年纪老了，可是我还很希望再读些书，长些学问，又总是没有信心，总觉得是否太晚了？"

师旷回答说："您说太晚了，那为什么不把蜡烛点起来呢？"

晋平公不明白师旷在说什么，便说："我在跟你说正经话，你跟我瞎扯什么？哪有做臣子的随便戏弄国君的呢？"

师旷一听，乐了，连忙说："大王，您误会了，我这个双目失明的臣子，怎么敢戏弄大王呢？我也是在认真地跟您谈学习的事呢。"

晋平公说："此话怎么讲？"

师旷回答说："我听说，人在少年时代好学，就如同获得了早晨温暖的阳光，那太阳越照越亮，时间也久长；人在壮年的时候好学，就好比获得了中午明亮的阳光，虽然中午的太阳已走了一半了，可它的力量很强、时间也还有许多；人到老年的时候好学，虽然已经日暮，没有了阳光，可他还可以借助蜡烛啊，蜡烛的光亮虽然不怎么明亮，可是只要获得了这点烛光，尽管有限，也总比在黑暗中摸索要好多了吧？"

晋平公恍然大悟，高兴地说："你说得太好了，的确如此！我有信心了。"

金玉良言

俗话说：活到老，学到老。人们常说书中有无穷的智慧和力量。终身学习对于提升自我价值也是很重要的。不要再为自己的困难而担心，你将获得的是享受、是信心、是勇气、是成功。

成长哲理

　　有了自信，人才会冷静地面对挫折和困难；有了自信，人才有足够的勇气克服障碍；有了自信，人才会虚心讨教，诚恳学习，扬长避短；有了自信，人才会从失败走向成功。

> 谁中途动摇信心，谁就是意志薄弱者；谁下定决心后，缺少灵活性，谁就是傻瓜。
>
> ——诺尔斯

一个人的决定

厦门大学新闻传播学院成立时，邀请了一位中央电视台原著名主持人给厦门大学的学生开了一场精彩的讲座。当有人问她为什么会选择在事业的顶峰毅然去外国读书时，她讲了她所经历的一件事。

一年春节晚会，共有6名主持人，多遍彩排之后，导演组突然决定不用其中一个主持人，但又没人去通知她。第二天，当那位主持人兴冲冲地拿着礼服来到化妆间时，化妆师告诉她名单上没有她的名字，结果那位大姐黯然神伤地走了。当时她就坐在一旁，这件事对她的触动很大。她通过这个主持大姐所遭遇的"命运"似乎看到了自己的未来。

从那以后，那位主持大姐沮丧地离开春晚会场的那一幕深深地印在了她的脑海里，她同情那位大姐。她想，现在我正红时，人人都争着要我上栏目；

如果有一天我走到才枯气竭的时候，我不是也会任人挑来挑去难逃这样的命运吗？于是她开始为自己躲避遭受那位大姐那样的伤害而积极地准备着一条退路。

她三年留学回来后，加盟某卫视中文台，开创名人访谈类节目，并担任制片人和主持人。2000年，她创办了大中华区第一个以历史文化为主题的卫星频道，出任投资控股有限公司主席。2001年，她应邀出任北京申办2008年奥运会的形象大使；同年7月，在莫斯科国际奥委会会议上代表北京作申奥的文化主题陈述，她的精彩表现赢得了与会专家的高度评价，为我国赢得2008年的奥运主办权立下了汗马功劳。

从她的发展来看，她选择在当红的时候离开是因为她勇敢地选择了放弃，她为了有更大的发展空间去苦练内功，提高自己的素养，才取得了今天骄人的成绩。其实放弃并不是简单地扔掉，而是为下一次出发积蓄更大的能量，为新的目标找准方向。

金玉良言

　　请扬起自信的风帆，不要因山高路远而感叹，不要灰心，因为它是软弱的化身；不要死心，因为它是失败的化身；要学会拥有自信，因为它是成功的关键。朋友们，走出自卑的峡谷，点亮自信的明灯吧！

成长哲理

　　面对人生的进取，要迎难直上，才会拥有成功，才会拥有辉煌灿烂的人生，才会拥有辉煌灿烂的未来！让我们扬起自信的风帆，顺利驶向成功的彼岸！你、我、他，我们大家都应成为学习的强者、生活的强者，我们的生活将因此而闪烁瑰丽光彩！

人多不足以依赖，要生存只有靠自己。

——拿破仑

丛林英雄——切·格瓦拉

在古巴独立战争中，一支游击队正在丛林中与政府军英勇作战。政府军因为得到美国政府的资助，物资充足，而游击队却缺衣少药，许多战士没有死在敌人的枪口下，却因冻饿、伤口感染而死。这一天，又有几名游击队员受了伤，不把他们身体内的子弹取出来，他们很快会因流血过多而死，但是，游击队里连用来开刀的手术刀片都用光了。

这时，一位受伤较轻的游击队员抬起身来，吃力地请别的战友拿出他洗漱用的包，然后，他从包里翻出了刮胡子用的刀片，笑着说："看，这就是我们的手术刀。"战友们惊讶地说："不行，这是用来刮胡子的。"年轻战士说："没关系，我以前当过医生，你们不相信的话，我就先用这把刀在我自己身上动手术。"这位勇敢的战士用刮胡刀成功地取出了自己身上的子弹。别的战士听说了这件事后，都把自

己的刮胡刀交给了他。那位勇敢的用刮胡刀给自己
动手术的游击战士，就是最富传奇色彩的丛林英雄
切·格瓦拉。

金玉良言

切·格瓦拉是一位非常勇敢的人，其实我更佩服
他的是临危不乱的气魄。如果他自己都乱了，那他也
救不了自己，更救不了大家。所以对自己有信心是一
种非常重要的品格，在关键的时候能使自己处于不败
之地。

成长哲理

漫漫人生路，让人间最绚丽的自信之花永远陪伴
我们前行！固然，你我只是一个平凡的过客，当面临
绝望、失意时，一定要点亮心烛，找回自信。它必定
能照射出生命力的本色。

　　那位勇敢的用刮胡刀给自己动手术的游击战士，就是最富传奇色彩的丛林英雄切·格瓦拉。

人多不足以依赖，要生存只有靠自己。

——拿破仑

林肯智胜埃弗雷特

在美国南北战争期间，华盛顿附近的葛底斯堡发生了一次历时三天的战斗，虽然北方部队获得了胜利，但是也牺牲了无数将士。几个北部州联合起来，在葛底斯堡建立了国家烈士公墓，用来安葬那些阵亡的将士。

公墓落成的那天，举行了一个盛大的典礼，他们邀请了前国务卿埃弗雷特到会演讲。埃弗雷特是一位非常擅长长时间演讲的口才专家，他的最长演讲曾达到210分钟，而且还能保证大家都爱听。恰巧那天，林肯总统就在附近的城市从事政治活动，于是埃弗雷特提示典礼的主办者把林肯请来"随便讲几句"。

谁都知道，埃弗雷特和林肯是政敌，在林肯竞选的时候，埃弗雷特就大力阻挠过，所以这一次埃弗雷特打定主意，要让林肯在毫无准备的情况下当众出丑。于是他多角度多方面下手，进行了一次长达两个小时的演讲，那场演讲简直是声情并茂，让在场的所有观众都鼓起了掌。对于埃弗雷特的用意，林肯心中自然有数，听了埃弗雷特的演讲之后，林肯心中立刻反应过来这次只能以巧取胜了，因为无论是说阵亡将士的精神还是烈士公墓的意义，那些埃弗雷特都已经做了非常出色和成功的演讲，接着再讲只能是拾人牙慧。该怎么样讲才能和听众建立良好的交融关系，并最终赢得他们的喝彩呢？

林肯决定以简洁取胜。他不慌不忙地走上演讲台，说："我今天要告诉大家的是，通往烈士公墓的马路将在下个月铺成沥青马路，并开通专线班车。"

林肯的演讲前前后后只有两个全句，他前一句先揪住埃弗雷特的长处，用"长达两个小时的演讲无疑是在浪费大家的生命"这样的潜台词，不仅把埃弗雷特给否定了，而且还为自己的超短演讲做了巧妙的定位，力挽狂澜，一下子就把自己的劣势反变为优势了。

最重要的，尽管埃弗雷特滔滔不绝地讲了许多，但却丝毫没有提及现实生活中的事情，而林肯在之前就已经注意到通往公墓的马路还是颠簸不堪的石子路，林肯意识到这一定让所有参加典礼的人都觉得不方便，于是他把解决这个问题的方法和期限作为演讲的内容，结果不仅得到了在场近万人持续10

分钟的掌声，甚至轰动了全国。

当时的报纸这样评价："这是一次史无前例的超级简洁的演讲，他的演讲是有生命的，因为他站在了听众的立场上考虑最现实的事情！"就连埃弗雷特本人也忍不住在几天后给林肯写了一封表示敬佩的信："你的智慧决定着你是一位无比优秀的总统！"

金玉良言

如果林肯面对埃弗雷特两小时的演讲有一点胆怯，那么他也将会有一场失败的演讲。可他没有，他反而用清晰的头脑，找出对手的不足。这一切，都是自信赋予的。

成长哲理

古今中外的无数事实说明：失败乃成功之母，而自信是成功之基。有了自信，我们才会看到成功的曙光。

坚决的信心，能使平凡的人们，做出惊人的事业。

——马尔顿

阿根廷著名医学家豪塞

豪塞是阿根廷著名的医学家，他曾在 1947 年获得了诺贝尔医学奖。小时候，豪塞的家在阿根廷首都的海边，放学后，他和小伙伴们常常到海边玩耍。一次，海滩上围了好多人。"发生什么事了？"一个小伙伴一边说，一边向那边张望。"我们过去看看吧。"另一个小伙伴提议。于是大家跑过去，发现了悲惨的一幕：一个人在海难上病发，因为抢救无效，死在了那里。他的家人正在旁边痛哭，围观的人也感叹不已。这一幕深深地震撼了小豪塞的心灵。他想要是医学再发达一点儿，那个叔叔就不会死了，他的家人也就不会伤心了。小豪塞暗暗地发誓：一定要学好医术，治病救人，决不要这样的惨事再发生。

豪塞很聪明，在他 9 岁那年，著名的英吉利学院愿意免试招收他做学生。可是豪塞想起了自己的志愿，要学医，而按照当时阿根廷的规定，学医必须参加统一考试。轮到豪塞考试了，考官们翻开他的成绩单，全是优。这么优秀的人啊！考官们感叹说，可是抬起头，眼前只是一个小孩子，脸上充满了稚气。"你就是豪塞？"一个考官不敢相信地问。"是的，我就是豪塞，我要考医学院。"豪塞自信地大声回答。考官们你看看我，我看看你，大家都觉得这事太悬了，要知道医生的一举一动可是关系着病人的生命。才9岁的孩子念完医学院也不过13岁，能放心他做大夫吗？有个考官问："你为什么非要考医学院呢？"于是豪塞讲述了他亲眼看见的一幕，然后说："我要学好本事，我要救人。"

9岁的孩子有这样的志向，考官们都非常感动。他们又问了豪塞许多专业问题，豪塞都对答如流。随后的笔试，豪塞更是以优异的成绩高居榜首，被录取成了医学院的学生。

金玉良言

9岁的孩子并不只是懂得玩，他们之中也有人像豪塞一样，小小年纪便比大人还要优秀。所以每个人的潜能都是不可估量的，一个人的成就与年龄其实没有太大的关系。有些人即使年过四十依然毫无建树，而有人年龄不足20岁便能全网皆知。自信从某种意义上来说决定了一个人的高度。

成长哲理

　　我们要有自信，拥有自信，才能获得更加美好的人生，才能达到一定的高度和广度。不自信只能碌碌无为，而自信的人是人群中耀眼的一颗星。不仅能发光发亮，还能指引别人，照亮身边人前进的方向。

　　小豪塞暗暗地发誓：一定要学好医术，治病救人，决不要这样的惨事再发生。

恢弘志士之气，不宜妄自菲薄。

——诸葛亮

伟大的安妮

"我相信，只有百分之一的生活，才是最有价值的生活。"11月9日晚，90后著名网络漫画家"伟大的安妮"——陈安妮做客南开大学主楼小礼堂，为观众们讲述了她的"百分之一人生"，并与观众亲密互动。

陈安妮作为拥有600万粉丝的微博博主和著名90后美女漫画家，人们心中对她的印象往往停留在漫画里那个和普通女生一样粗心大意又善良可爱的女主角——"安妮"。而陈安妮开场的演讲，却给观众们展现了一个过着"百分之一"人生的，漫画之外不平凡的"伟大的安妮"。

"我经历过很多个看起来只有百分之一几率实现的事情，但是我都实现了。"

陈安妮从小爱好画画，但是生在普通家庭的她，并没有得到父母的支持。在读大学二年级的时候，偶然的一次漫画家讲座，让她重拾起以前做画家的梦想，坚定了零基础画漫画的决心。

"那时候，很多人觉得我成为漫画家的几率只有百分之一。但是我就是立志要成为一个画家，我背着他们买了很多漫画书，买了手写板，并尝试在微博连载。慢慢地，看我的漫画的人越来越多。我成功地实现了那百分之一的可能性。"

"创业一开始，我并不被看好，大家都认为，漫画作者很难成为一个创业者。"然而陈安妮又一次勇敢地向百分之一的几率迈步。

孤身一人来到北京，一个人撑起一个工作室团队，巨大的压力和花销让陈安妮体会到了异常的艰辛。"很多人都觉得我这样太冒险了，但是我觉得做任何事都是要交'学费'的。决定了，就要无所顾虑的付出，哪怕最后一无所有，也绝对会是你今后人生路上的大财富。"

现在陈安妮的工作室发展顺利，开始和一些知名品牌合作。她说，工作室的目标是要让设计的形象风靡全国，成为整个90后的代表。

工作室业务步入正轨之后，陈安妮在好友的推荐下，开始尝试互联网产品的开发，最后成功让那些不看好她的投资商刮目相看。

"我做成了三件只有百分之一可能的事，我相信，只有过百分之一的生活，你才能真正领先在别人前面。"

金玉良言

我们每做一件事都应该既小心谨慎，又充满信心。陈安妮的故事告诉我们：以你的自信、开朗，和你的毅力，你一定能够驶向理想的彼岸。如果说雄鹰想要冲破苍穹，自信便是它的翅膀；如果说你想要到达成功的彼岸，自信就一定是你手中的船桨。

成长哲理

请把握现在，享受当下！生活若剥去了理想、自信，那生命便只是一堆空架子。一颗流星想要在夜空中熠熠生辉，自信便是它在瞬间绽放美丽的符号。

一个人面对正当之事物，从正当的时机，而且在这种相应条件下感到自信，他就是一个勇敢的人。

——亚里士多德

机器迷詹天佑

詹天佑8岁那年进私塾读书，他天资聪慧，求知欲强，可是在这里，塾师所讲的都是四书五经和八股文，老是"之乎者也""天地君亲师"一类东西，枯燥无味，束缚儿童的身心发展。詹天佑对这一套腻烦透了。

他最感兴趣的是工程、机械等新知识，他用泥巴捏火车，做机器。身上老是装着小齿轮、发条、螺丝刀、镊子等，一有空就摆弄着玩。小伙伴们都称他是"机器迷"。

一天，小天佑对他家的闹钟突然发生了兴趣，他想，这个方方的东西为什么能滴答滴答走个不停？为什么它能按时响铃？为什么它能始终这么均匀地走？家里的大人都有事出去了，小天佑决定要打开这个宝贝匣子，看看其中的奥秘。他把闹钟拿到隐蔽的地方，把零件一个一个拆开。他自己开始开动脑筋：这一个零件是干什么用的？这一个零件和那一个零件为什么咬合在一起？那一个零件是什么力量使它摆动起来的呢？拆着，思考着，一直到把整个闹钟拆到不能拆为止。一大堆散碎的零件怎么按原样装起来呢？詹天佑凭着他那良好的记忆力，居然一件一件装好了，他也弄清了闹钟的构造与原理。

1871 年，清政府派我国第一位毕业于美国耶鲁大学的容闳负责筹办幼童留学预备班。11 岁的詹天佑听到后恳求父母让他参加考试。因为家贫，正在为詹天佑前途而忧愁的父母一听说是公费，便欣然答应了，但是他们又担心詹天佑年纪太小考不取，可詹天佑满有信心地说："保证马到成功。"考试结果一公布，詹天佑成绩优异，名列前茅，被录取为第一批出国留学的预备生。

1872 年，第一批留洋学生共 30 人登上征程了，詹天佑第一次乘轮船、坐火车，对这些洋玩艺儿非常着迷。中国人为什么不能制造火车、轮船？他心中顿时有一种羞辱感，他下定决心，一定要发奋求学，用科学来振兴祖国。

在美国，为了学好英语，詹天佑住到美国市民家里。第二年他考进了西海文小学，仅用 3 年就小学毕业了，2 年中学毕业。他考取耶鲁大学土木工程系，专攻铁路工程专业。他发誓一定要让中国也有自己的火车、轮船。在这里，他少年的兴趣得到了充分发挥，加上他刻苦钻研，各门成绩一直名列前茅。

1881 年，詹天佑回到了祖国的怀抱。1905—1909 年主持修建我国自建的第一条铁路——京张铁路。在修建的过程中，詹天佑因地制宜运用"人字形"线路，解决坡度大机车牵引力不足的问题，并采用"竖井施工法"开挖隧道，缩短了工期，在中国铁路史上写下了光辉的一章。

金玉良言

自信，是走向成功的伴侣，是战胜困难的利剑，是达向理想彼岸的舟楫。有了它，就迈出了成功的第一步。詹天佑带着为祖国富强而发奋学习的信念，刻苦学习。他怀着坚定的信念刻苦钻研，回国后建成了我国自主研发的第一条铁路。

成长哲理

　　自信，虽不是一支悦耳的歌，那般动听，令人陶醉，也不是一首飘逸的诗，令人回味无穷，可它却有着一股冲天的力量，如一团熊熊燃烧的烈火。如果说自卑是红灯，阻挡我们前进的目标，那么自信就是绿灯，为我们前进之路保障绿色畅通！

1905—1909 年主持修建我国自建的第一条铁路——京张铁路。

我们必须有恒心，尤其要有自信力！

——居里夫人

新加坡企业家李光前先生

李光前先生是颇具经营才干的新加坡企业家。但是，在他独立创业的初期，他的经营理念并不被别人所认同。然而，李光前先生没有轻易放弃自己的见解，终以他超人的胆识赢取了财富的青睐。

在李光前先生独立创业的早期，曾发生过这样一件事。

一次，他想购买橡胶园，恰巧有一个准备回国的商人想把麻坡 1000 英亩的橡胶园以 10 万元的价格出售。可是，他的岳父陈嘉庚先生极力反对，理由是那个橡胶园时常有猛虎伤人的事情发生，这样工人不敢去割胶，胶园再便宜也会赔的。

陈嘉庚先生是商界经验丰富的老前辈，他的话几乎是真理，许多人都佩服他的远见，纷纷劝阻李光前不要轻易买下那块橡胶园。然而对于李光前来说，自己从一个苦孩子成为名门成员，当然和陈老先生的指点与帮助是离不开的。这一点，李光前永远心存感激。但是，他更不想让老先生失望，他要青出于蓝而胜于蓝。

于是，李光前开始围绕那块橡胶园进行大量的信息收集和市场调查，之后他得出了一个大胆的见解：政府已经准备在麻坡修建公路，在修建公路的过程中，原来空旷的公路上施工人员和车辆都会增多。修好公路后，来往的行人车辆会更多。这么热闹的公路老虎会因为害怕而另择他处，那时橡胶园的价格也会成倍地增长。再说，正是因为现在有老虎侵扰，那位商人才急于出手，售价才这么低。如此大好的机会怎能错过？

虽然他的理由很充分，但是毕竟是独立创业，陈嘉庚老先生对他还是不放心。他担心一旦买下来，事情不会像李光前想象的那么好，不但赔钱还会打击他创业的积极性，因此，并没有马上答应他借款的请求。

因为李光前是初次独立创业，资金还是要依靠老先生的，所以他暂时等了两天。

几天后，他见老先生丝毫没有同意的意思，想到机不可失，他做出了大胆的决定，擅自预付了橡胶园的定金，最终还是按照自己的意愿把橡胶园买了下来。

没过多久，李光前的预言实现了，政府在麻坡修建公路，使他的橡胶园价格暴涨了 3 倍。1928 年，李光前把买下仅一年的胶园以 40 万元的高价出售。前后不到一年，李光前净赚了 30 万元。1928 年 8 月，李光前用这笔钱创立了自己的公司——南益树胶公司。后来李光前的生意越做越大，发展成为东南亚橡胶大王。

金玉良言

自信让你不拘泥于常规，要敢于创新，做自己的主人，做一个新兴行业的领导者。创业离不开自信，继续发展事业离不开自信，有了自信，才会拥有自我，才会拥有成功，才会拥有辉煌灿烂的人生。

成长哲理

生命之舟面对险滩，面对激流，弱者会选择逃避和放弃，而强者则会选择面对和挑战。人生中的乐趣都在于对人生的挑战之中迸出不衰的光芒。自信是一种力量。一种潜在的、可贵的、强大的力量。有了它，就可以干出一番惊天动地的大事业。

信念是心灵的良知。

——汉·沃德

旧衣堆中淘人生

他是黑人，出生于纽约布鲁克林贫民区。他从小就在贫穷与歧视中度过，对于未来，他看不到什么希望。

13岁那一年，有一天，父亲突然递给他一件旧衣服："这件衣服能值多少钱？"

"大概一美元。"他回答。

"你能将它卖到两美元吗？"父亲用探询的目光看着他。

"傻子才会买！"他赌气地说。

父亲的目光真诚又透着渴求："你为什么不试一试呢？要是你把它卖掉了，也算帮了我和你的妈妈。"

他这才点了点头："我可以试一试，但是不一定能卖掉。"

他很小心地把衣服洗干净，第二天就带着这件衣服来到一个人流密集的地铁站。经过6个多小时的叫卖，他终于卖出了这件衣服。他紧紧攥着两美元，奔回了家。

此后，每天他都热衷于从垃圾堆里淘出旧衣服，打理好后，去闹市里卖。

如此过了10多天，父亲突然又递给他一件旧衣服："你想想，这件衣服怎样才能卖到20美元？"

"怎么可能？这么一件旧衣服怎么能卖到20美元，它至多只值两美元。"

"你为什么不试一试呢？"父亲启发他，"好好想想，总会有办法的。"

终于，他想到了一个好办法。他请学画画的表哥在衣服上画了一只可爱的唐老鸭与一只顽皮的米老鼠。他选择在一个贵族子弟学校的门口叫卖。不一会儿，一个开车接少爷放学的管家为他的小少爷买下了这件衣服。那个10来岁的孩子十分喜爱衣服上的图案，一高兴，还给了他5美元的小费。

回到家后，父亲又递给他一件旧衣服："你能把它卖200美元吗？"这一回，他没有犹豫，接过衣服，开始思索起来。两个月后，机会终于来了。当红电影《霹雳娇娃》的女主演拉佛西来到了纽约。记者招待会结束后，他猛地推开身边的保安，扑到了拉佛西身边，举着旧衣服请她签名。拉佛西先是一愣，但是马上就笑了。

拉佛西流畅地签完名。他笑着说："拉佛西女士，我能把这件衣服卖掉吗？"

"当然，这是你的衣服，怎么处理完全是你的自由！"

他"哈"的一声欢呼起来："拉佛西小姐亲笔签名的运动衫，售价200美元！"经过现场竞价，一名石油商人以1200美元的高价买下了这件运动衫。回到家里，一家人陷入了狂欢。父亲感动得泪水横流，不断地亲吻着他的额头："孩子，从卖这3件衣服中，你明白什么了吗？"

"我明白了，只要开动脑筋，办法总是会有的。"他说道。父亲点了点头，又摇了摇头："你说得不错，但这不是我的初衷。我只是想告诉你，一件只值一美元的旧衣服都有办法高贵起来，何况我们这些活生生的人呢？我们有什么理由对生活丧失信心呢？我们只不过黑一点儿、穷一点儿，可这又有什么关系？"

从此，他开始努力学习，刻苦锻炼！20年后，他的名字传遍了世界的每一个角落，他就是——迈克尔·乔丹！

金玉良言

　　自信是自己给的，即使是一件旧衣服也能卖出远高于它一般的售价，所以我们不能轻易看轻自己，正如乔丹父亲所说一样，我们没有理由对生活丧失信心，要时刻有着一个自信的心态，才能拥抱成功。

成长哲理

　　自信的人，犹如生命之中的一棵枝繁叶茂、昂首入云的巨树，不管是风雨的冲击，还是烈日的暴晒，都有信心也有能力去抵抗，在逆境中生长，活出其气势，活出其风采，展现给世人以自信顽强的姿态。

我明白了，只要开动脑筋，办法总是会有的。

成长

CHENGZHANG BUZAI FANNAO

·第二辑·

智慧轩文化◇编

天津出版传媒集团

天津人民美术出版社

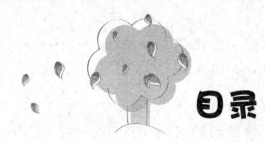

目录

我学习了一生，现在我还在学习，而将来，只要我还有精力，我还要学习下去。

——别林斯基

爱迪生读书的妙诀

美国的爱迪生，是一个世界闻名的发明大王。终其一生，发明的东西有白炽电灯、留声机、活动电影、自动电报机、速写机等 1328 种，平均每 11 天就有一项发明（当然，这里也包括他助手的功劳）。1882 年，是他发明最盛之年，平均每 3 天就发明一种东西。人们不禁要问：这位发明大王，是怎样走上成功之路的呢？

刚上小学时，爱迪生的老师很讨厌他，因为他不像别的孩子那样听话，而是爱提一些怪问题"为难"老师。有一天，老师被爱迪生惹火了，找到他的妈妈说："你的孩子真怪，老问我为什么二加二等于四。这么一来，搞得课堂教学难以进行，如果再传染给别的孩子，就更糟了。我教不了他，你另想办法吧。"

爱迪生的妈妈暗暗发誓："要给儿子尝试绝不输给其他孩子的教育"。从此开始了对爱迪生的家庭教育。这个学校是妈妈和儿子两个人的学校，母亲教他学习数学、英语、文学、社会……什么都在一起学。但母亲从不拘泥于教科书，而是注意身边发生的事。因此，爱迪生掌握了比在学校读书的孩子还要多的知识。

后来为了谋生，也为了挣点钱做实验，爱迪生开始卖报。早上六点出发，晚上九点半回家。稍有空暇，他就去图书馆看书，思考问题。这个图书馆坐落在底特律，是爱迪生乘火车卖报的终点站。

一天，爱迪生在专心致志地看书，有位绅士向他走来："我时常在这里遇到你，请问你读了多少书了？"

"唔，我已经读了 15 英尺高的书了。"爱迪生看了看这位有点古怪的绅士，认真地回答道。

"哈哈"，绅士大笑起来，这让爱迪生感到惊讶。过了一会儿，绅士又认真起来："噢，15 英尺，值得佩服，请问你读书时，有什么确定的目的吗？据我观察，你以往读的书与今天读的书，性质就不一样，你是不是随便乱读的呢？"

爱迪生认真地说："不！我是按照次序读的，我下了决心，要读完这个图书馆里所有的藏书。"说完这番信心十足的话，爱迪生直盯着那位绅士，盼望他说出一句评判性——不，表彰性的话。

不料，那位绅士却说："啊！你要读完这图书馆所有的书，精神可嘉！但是，你这种读法是浪费精力的。经济有效的读书方法是：先有一定的目的，之后再去选书读。从今以后，你要定一个方针、计划，有了方针、计划，就可以循序渐进地读书了！"

绅士的一番话，犹如一道阳光透过心扉，射入了爱迪生求知欲强盛的心田。他牢牢地记住了那位绅士的指点，开始更加自觉、更加有计划地读书学习。

爱迪生功成名就之后仍然手不释卷，就是在繁忙的发明研究中，还是不忘读书，而且更有针对性地去读。在研制改进打字机的一个部件时，他就把有关打字机的书全部借来，系统阅读，并且很快解决了问题。在发明电灯的日子里，他常常钻进图书馆，把各种杂志书报上的有关文章阅读一遍，而后根据需要摘抄一些段落。有人统计说，为了研究发明电灯，爱迪生在图书馆使用的笔记本达200本，共计4万多页。这种带着一定目的，有计划积累知识的学习、读书方法，给爱迪生带来莫大的好处。

要说"读书的妙诀",有目标、有计划地读书应该算作重要的一条吧。

读书的方法有很多,如果不掌握方法只会事倍功半。有些人认为读课外书耽误学习,这个观点是错误的,因为读书本就是一种学习,读书能把书里的知识学到自己的脑子里,用正确的方法读有益的书可以丰富自己,我们每个人都应该养成爱读书的习惯。

成长哲理

书籍是人类的朋友,而读书则是与朋友交流的过程。读书能培养我们的文化修养。如果经常去读书,去思考,去研究,便能不断地找到新的知识点,正所谓"温故而知新",不仅可以把知识点牢牢地记住,就像刻在脑海里一样,还能举一反三,学到新知识。

"书中自有黄金屋,书中自有颜如玉",只有多读健康有益的书,努力地学习,才能为自己幸福的将来奠定良好的基础。

　　要说"读书的妙诀"，有目标、有计划地读书应该算作重要的一条吧。

书是人类进步的阶梯，终生的伴侣，最诚挚的朋友。

——高尔基

兴趣读书

季美林读书的故事激励了很多爱读书的人。季美林出生在一个普通的农民家庭，这很难为他提供良好的教育环境，家里仅仅能把他送到学校，并没有能力让他买课外书。直到叔叔将季美林接走，目的是让季美林在叔叔那里接受很好的教育，但年幼的他一时却很难改掉贪玩的习惯。

在叔叔这里上学，季美林有机会看各种小说。因此占用了他很多的学习时间。因为他不认真学习，没少挨老师的打，但他依然没改掉顽皮本性。不过季美林虽然没考过班上的第一名，但班上的第一名却比不上季美林知识广博。因为兴趣的原因，季美林读了很多名著，而且还能举一反三，可见季美林是一个头脑灵活，能活学活用的学生，正因为这样，他在日后的研究中有了更多的想法。

金玉良言

　　子曰："知之者不如好之者，好之者不如乐之者。"意思就是说：懂得学习的人比不上喜爱学习的人，喜爱学习的人比不上以学习为乐的人。所以兴趣对于读书是非常重要的。

成长哲理

　　要培养自己读书的兴趣爱好，俗话说："兴趣是最好的老师"。对知识感兴趣，就会变被动为主动，以学习为乐事，在快乐中学习，既能提高学习的效率，还能够加深对知识的理解，才能够做到灵活地运用所学知识，做出一番事业。

我一生的嗜好，除了革命之外，就是读书。我一天不读书，就不能够生活。

——孙中山

数学天才征服哈佛

1991年3月，郭萌出生于辽宁省沈阳市。从小，她就对数学产生了浓厚的兴趣。遨游在数学王国里，她感到十分快乐和幸福。从学习中她仿佛看到了天堂的模样：美丽又芬芳。

上学后，郭萌从不参加奥数学习班，以及其他的课外班，一切按照自己的学习兴趣进行。她对习题肯钻研，有一种锲而不舍的精神。一道题目，常常用不同的方法解题，学习方法灵活多变，在题目理解上肯下功夫。

郭萌在学习上刻苦、钻研，在文体上，也有十分突出的表现。多次在学校表演小提琴独奏，那行云流水般的琴音，婉转悠扬，给大家留下了十分难忘的印象。她喜欢书法，并具有很高的造诣，作品多次获奖。她的英语口语非常流利、纯正，每当有外国人到学校参观时，她总是全程陪同翻译。她还是学校的主持人，学校大会上，常常出现她青春、活泼的主持身影。

2004 年，郭萌获得辽宁省中学"希望之星"数学竞赛第一名；2005 年，又获得全国高中数学竞赛二等奖。这一系列优异成绩的取得，给了郭萌无穷的学习兴趣和快乐，她又向着更高的目标迈进。

2007 年，郭萌参加了美国大学的入学考试；2008 年，她被好几所美国高校录取。她最终选择了伊利诺伊大学香槟分校数学系，这里是我国著名数学家华罗庚曾经工作过的地方。

2012 年 1 月，正在美国伊利诺伊大学香槟分校数学系读书的 20 岁沈阳女孩郭萌，被评为"全美数学最优秀女生"。这一奖项，在美国每年评选一次，每次只有三四个名额。作为最优秀学生，郭萌的名字被镌刻在香槟分校主图书馆的墙上永久保留，这是中国学生首次在美国获得此项殊荣。

与此同时，哈佛大学、麻省理工学院、斯坦福大学、哥伦比亚大学、芝加哥大学、耶鲁大学等十几所美国著名高校都向她发出了博士研究生录取通知书。哈佛大学还向她承诺，学费全免，每年还将提供 3 万美金的生活费。

郭萌，一个阳光、美丽的90后中国女孩，凭着优异的学习成绩，引起了美国各界的广泛关注，成为美国青少年学习的榜样。

当她被评为"全美数学最优秀女生"，并即将跨入美丽的哈佛大学时，有记者采访她，请她谈谈学习的体会。郭萌说道："我学习的动力，就是来自对学习本身的乐趣，兴趣就是我最好的老师。我相信无论谁，无论学什么，只要有兴趣，就能学好！"

金玉良言

任何一种兴趣都会激发人们学习的热情，这种热情会让人忽略学习的枯燥乏味，只会感受到学习的乐趣。

成长哲理

兴趣引导人们的求知欲，古往今来，人们开始探索，都起源于人们对自然万物的好奇。学到的知识越多，好奇的海岸线越长，探索学习的兴趣也越大。因此学习必须先有兴趣，才能做到自觉、自律，坚持得更持久。

　　我学习的动力，就是来自对学习本身的乐趣，兴趣就是我最好的老师。

读书之法无他，唯是笃志虚心，反复详玩，为有功耳。

——朱熹

三余读书的故事

董遇，字季直，是东汉末年的著名学者，对《左传》《老子》等经典都很有研究，因此被当时的读书人奉为"一代儒宗"。

董遇年轻时家庭境况并不好，他除了读书，还常常和家人一起去田里耕作，有时也出门做些小买卖。但无论是下田耕作，还是做小买卖，他总是随身带着一些书籍，一有空闲，就拿出来诵读。他的哥哥董季中常常笑他是个书呆子，街坊邻居见了也跟着笑话他。可他不管别人怎样讥笑，依旧认真读书。

汉献帝兴平年间，董卓擅权，挟持了汉献帝，威逼群臣，阴谋篡位，一时天下大乱。董遇为避战乱，与哥哥董季中投靠了将军王煨。

建安初年，曹操将汉献帝接到了许昌，朝廷纲纪稍有恢复。董遇学识渊博，被征召为黄门侍郎，不久又被选为汉献帝的侍讲官，专门负责向汉献帝传授各种经典。汉献帝很钦佩他的才识，对他十分信任。

当时，有不少儒生也想拜董遇为师，跟他研究学问，董遇都婉言拒绝，对他们说："你们若要拜我为师，就一定要把各种经典诵读一百遍。"

"为什么要读一百遍呢？"有人问。

董遇笑笑说："读书百遍，其义自见。你读了一百遍书，书中的意思难道还会不明白吗？"

有人说："可是我们没有那么多时间来读书，怎么办呢？"

董遇说："可利用三余来读呀！"

"那什么是三余呢？"又有人问。

"冬天，是一年中最空余的时间；晚上，是一天中最空余的时间；阴雨天，是平时最空余的时间。你们只要好好利用这三余时间来读书，怎么会没有时间读书呢？"

那些想拜董遇为师的儒生听了，都感到受益匪浅，一个个都很满意，告辞离去。

董遇的治学态度非常严谨，收的学生也很少。然而，他"三余读书"的刻苦精神一直流传下来，受到历代文人的肯定和赞赏。

后来，"三余读书"这一典故，就用来勉励读书人要珍惜光阴，抓紧时间学习。

正确的读书方法应该是：在思想上重视读书，要在有选择的前提下读好书，时间上对读书要给予保证，但我们也要勇敢地走出书本，勇于在实践中去探索、去发现、去解决实际的问题，只有这样，读书的价值才能得到真正的体现，我们的读书行为才能真正变得有意义。

真正的爱读书源自内心的热爱，这份爱纯粹天然，就像向阳花总是追寻太阳，不为名利，听从的是心的召唤，正是这份爱让人无论何时、何地、何种境遇都能嗅到书的馨香，都能在孤独中以温情的手指在书的页面上摩挲不止。在主动碰撞的激情中，书中的人与事，作者的理念智慧与我们的经历体会、思想情感互动沟通，相鸣相和。时间久了，我们便获得了对生命、对人生最深切的认知与感悟。

古之立大事者，不唯有超世之才，亦必有坚忍不拔之志。

——苏轼

读书面前，人人平等

中国台湾著名舞台剧导演赖声川 1978 年到美国加州伯克利大学读戏剧艺术时，导师告诉他和其他同学，要做艺术，就应该讲创意。但"创意"是什么？赖声川始终没明白，直到有一天他看见了一张行走的床。

那是赖声川刚到伯克利大学不久后的一天，赖声川上完一节课后，走出教室准备去另一个教室上第二节课。走廊上的人很多，赖声川随意瞄了一眼，竟然看到一张"床"在走廊上缓缓移动。这到底是怎么一回事？好奇的赖声川忍不住多看了两眼。

那张"床"其实是一个没有四肢的残疾人的轮椅。轮椅上有几个开关，还有一个后视镜。此刻，那个残疾人正躺在轮椅上，一边观察后视镜，一边用嘴巴操控几个开关，让轮椅行走。他的身边没有助理，周围也没有一个同学帮他一把。

赖声川不禁感叹：一个没了四肢的人竟然也能在这里得到教育，伯克利大学真是一个富有爱心又伟大的学校！他正想上前搭一把手，却被同寝室的一个同学拦住了："你要是去帮他，他会生气的。"

"为什么？"赖声川大为不解。

同学问："如果他问你'你为什么要帮我'，你会怎么回答？"

赖声川说："我当然会说'因为你是残障人士啊'。"

"错！"同学否定道。之后，他向赖声川讲了伯克利的一个特殊风格，"这个城市明文规定：1.每条街道的人行道和建筑大门的台阶旁必须修建斜坡，以方便残障人士的轮椅出入；2.不能歧视残疾人员，否则将面临很重的罚款。其实，政府做这些规定的目的只有一个，不管残疾人缺失了什么，他们都享有同样的权利和义务。好比刚才那位同学，他虽然没了四肢，但他照样是一个人，同样享有平等读书学习的机会。"

赖声川这才意识到，自己从看到那张行走的"床"的第一眼开始，头脑里始终只印着"残疾"两个字，而忽视了躺在床上的首先是一个人。他也终于明白，伯克利大学真正的伟大之处在于给了所有人平等学习的机会，而不是施舍机会给残疾人。同样，对于老师说的"创意"这个词，赖声川一直只知道在心里想着这个概念，却没去挖掘它真正的含义。

认识到这些之后，赖声川更加珍惜在伯克利大学的学习机会。1983年，29岁的赖声川回到中国台湾。此时他面临的最大问题就是：要教学生什么？莎士比亚吗？"不，我不要走别人走过的路，我要开拓一条我完全不明白的路，那就是自己的戏剧创作。"赖声川这样对自己说。

于是，他和学生们开始做实验，打造出第一个作品——《我们就是这样长大的》。在这个作品里，赖声川让学生们自己演自己，讲解成长经历中一些经验。1984年1月10日，台北的一个礼堂里临时搭建了个剧场，上演了这个刚从国外回来的老师的作品。但就是这个无关紧要的小作品，吸引了杨德昌、侯孝贤等著名导演的观看。看到学生们表演得那么自然，导演们惊讶于赖声川平淡而又不俗的创意。之后的事情可想而知，大腕导演们纷纷向赖声川抛去了橄榄枝。

就这样，赖声川和大导演们开始了合作，而这些合作，让他的创意得以无限喷发。时至今日，赖声川仍说："我的成功得益于那张行走的'床'，就是那张'床'，让我明白创意就是要去掉固有的概念。当初，我正是一面做好一切研究，一面又放掉所有的概念，才迎来了真正的创意。"

从平凡到不平凡，有时候区别就在细节上，懂得尊重，再加上创意思维，才有可能在心灵上潇洒；具有自信和实力的人，才有可能在外表上潇洒。

人总是存在惯性思维，无论做什么事情总喜欢先入为主，就像读书，大家总以为只有健康的孩子才会去读书，却忽视了"读书面前，人人平等"。有些事情，你可以做，别人也可以做，放开思维，用心体会每一段心路历程，你的精神世界才会生机勃勃。成功的快乐，收获的满足，不在奋斗的终点，而在拼搏的过程，请用心体会。

　　我正是一面做好一切研究，一面又放掉所有的概念，才迎来了真正的创意。

艺术的大道上，荆棘丛生，这也是好事，常人望而却步，只有意志坚强的人例外。

——雨果

贾逵隔篱偷学

东汉时期，有一位著名的经学家和天文学家，名叫贾逵，15岁时就成了名闻乡里的小先生，向他求教的人络绎不绝。

贾逵从小就聪颖过人。他父亲早逝，母亲既要操持家务，又要为别人缝补浆洗来维持一家的生活，没有时间照料他。照顾他的任务就落在姐姐身上，姐姐经常给他讲古人勤奋好学的故事。那时贾逵才4岁，他津津有味地听姐姐讲故事，听完一个故事，又缠着姐姐再讲一个。可是，姐姐哪有那么多的故事给他讲呢！

有一天，贾逵正在院子里玩耍，忽然听到对面学堂里的老先生正在给学生们讲课，正好讲的是上次姐姐没讲完的那个故事。贾逵悄悄来到学堂旁边，仔细地听老先生讲故事。学堂外边有道篱笆墙，正好挡住贾逵的身影。从此以后，每到上课时间，贾逵就会站在篱笆墙外，悄悄地听老先生讲课，不管刮风下雨从不间断。夏天，烈日炎炎，他顶着酷暑听讲，热得汗水直流；冬天，大雪纷飞，他冒着严寒学习，冻得手脚麻木。姐姐心疼他，几次要拉他回家，他却说什么也不肯，坚持把课听完才肯罢休。

就这样，经过几年坚持不懈的听课学习，贾逵到十几岁时，已经学到了很多知识，加上他平时刻苦阅读，广泛涉猎许多名篇名著，比如《左传》等，已经达到了熟练背诵的程度。

金玉良言

即便生活很艰难，读书对贾逵来说仍是快乐的事情，所以当所有的希望都离你远去时，只要手中还有书在，那希望就仍在心中，快乐也就没有离去。

成长哲理

执着的攀登者不必去与别人比较自己的形象是否高大，重要的是要多多思考自己前进的脚步是否扎实。所以要勤奋学习，扎实踏出每一步，成功就在不远处。

天才就是无止境刻苦勤奋的能力。

——卡莱尔

李四光读书的故事

著名地质学家李四光为国家做出了杰出的贡献。他小时候艰苦读书的故事如今还激励着我们。

李四光出生在湖北黄冈（今湖北省黄冈市团风县回龙山镇）的一户贫穷人家，家里很穷，他是家里的次子。村里有个老秀才叫陈二爹，李四光经常去他家玩，就跟着陈二爹读书识字。

李四光聪明好学，受到陈二爹的夸奖，就免除了李四光的学费。李四光更是珍惜来之不易的读书机会。

那个时候农村里已经有煤油灯了，不过不是带灯罩的，只有一根灯芯儿。这种灯，冒出来的火苗红红的，还带着一股又黑又难闻的煤烟味；它的火花，是一闪一闪的，飘忽不定。时间稍微长一点儿，就会熏得人的鼻孔里和牙齿上都留下一层黑，脑袋也疼，眼睛也累。李四光的父亲怕把儿子熏坏了，所以特地关照要给孩子点清油灯。

清油灯比煤油灯要强多了，灯光清亮，没有怪味。

晚上，李四光坐在一张桌子跟前，打开自己的书包，却先看了看油盏里的灯芯。妈妈在里面放了两根灯芯，李四光轻轻地拨去一根，只剩下一根。

"就点两根灯芯吧，孩子。"妈妈疼爱地说，"这是你爸爸关照过的。"

"不是这个意思，妈妈。点一根灯芯，我可以多学一倍的时间。"李四光说。

妈妈也就不再勉强。李四光就这样默默地读呀，写呀，一直坚持到灯盏里的油点完。

妈妈坐在他的桌子旁边，就着这一根灯芯所发出来的亮光，摇着她的纺车。晚上纺点纱线，还能换得几个零钱，好买点火柴、油盐，也给孩子们买点读书用的笔墨纸张。

金玉良言

"书山有路勤为径，学海无涯苦作舟"，意思是说：学习就像一座藏满宝藏的大山，但是需要勤奋才能开辟通向山顶的道路；学习也是茫茫的汪洋大海，只有辛苦的努力才能泛舟其上。勤奋是我们中华民族的优良传统。

成长哲理

爱迪生说得好："天才 =99% 的汗水 +1% 的灵感。"只要我们勤奋读书，再笨拙的人也会做出成绩。也可以说："不勤之人，一无所有。"所以，一定要勤奋起来，否则就会一无所有。

妈妈，点一根灯芯，我可以多学一倍的时间。

读书是学习，摘抄是整理，写作是创造。

——吴晗

高凤流麦的典故

东汉时，有个读书人名叫高凤。他的父母都是种田的，因为家里十分贫穷，他小时候没钱进私塾读书，只能到邻近的富家去借书读。富裕的邻居一开始不肯借给他，后来看到他确实十分喜爱读书，才答应借书给他。

高凤借到书后，非常用功地读，没多长时间，学业就很有长进了。到了青年时代，高凤的学识已经很渊博，在他的家乡南阳一带小有名气。

高凤读书的时候十分专心刻苦，他不但白天读，晚上读，而且经常因为读书读得入迷，而忘记自己所应该做的事。

有一次，他一面看书，一面放牛，牛跑走了也不知道；少年时，他带着书本下地锄草，他一面背书，一面锄草，结果草没锄掉，庄稼倒锄掉不少。

他结婚后，有一次，他的妻子在下田之前，把收割后打下来的麦子晒在庭院里，拿了根长竹竿给丈夫，对他说："麦子晒在院子的场地上，你坐在门口看着，别让鸡来糟蹋麦子。"

妻子走后，高凤专心致志地读起书来。不一会儿，刚才被他赶走的几只鸡又来啄食麦子了，可高凤沉浸在书中，根本忘记了赶鸡的事。

当时时值初夏，天气多变。高凤的妻子下地的时候还是大晴天，不过一个时辰，天空中突然乌云飘过，刹那间天昏地暗，一场暴雨倾盆而下。晒在场地上的麦子随着雨水流进了场边的沟渠。可是，高凤却完全忘记了看管麦子的事，他一手拿着竹竿，一手拿着书，口中念念有词地读着，麦子被雨水冲走了，他也不知道。

没过多久，风停雨歇，太阳又露出了笑脸，已经到了中午。高凤的妻子从田里回来，看到场院里一片狼藉，而丈夫却仍端坐在矮凳上诵读，生气地大声责问："让你看麦子，刚才下大雨，为什么不收进去？你看，现在这么多麦子被雨水冲得只剩一点点了！"

"刚才下过大雨吗？我怎么一点也不知道？"高凤如梦初醒地说。

"你呀！真是个书呆子！"妻子抱怨地说。

不久，这件暴雨流麦的奇闻很快传了开来，成为人们茶余饭后的笑谈。但高凤不以为意，仍我行我素，努力读书。10多年后，他终于成了东汉时期著名的大儒。

后来，"高凤流麦"这一典故，常被人们用来称美读书专心致志，有时也被用来嘲谑书呆子。

金玉良言

书是最佳的精神食粮。因而书可以充实我们的思想，可以丰富我们的情感，可以教给我们本领，可以纠正我们的过失，在书籍中，可以真切地感受到生活是如此的美好！

成长哲理

书籍可以引导人们奋力前进，更进一步。多读好书，会使人们脱离庸俗，脱离无知，走到哪里仿佛都有一种属于书的清香伴随着我们，书香弥漫。有文化底蕴的人，都会给人一种清新的感觉，一种高贵的气质。书籍，它会教导我们怎样迈向成功。

看书不能信仰而无思考，要大胆地提出问题，勤于摘录资料，分析资料，找出其中的相互关系，是做学问的一种方法。

——顾颉刚

黑发就知勤学早

夏道行5岁就进了学校，因为个子长得小，妈妈给他缝的书包背到身上，会一直垂到膝盖。在上学的第一天，父亲教给夏道行一首唐诗："三更灯火五更鸡，正是男儿读书时。黑发不知勤学早，白发方悔读书迟。"夏道行很快就背下了这首诗，父亲又问夏道行是否明白了书中讲的意思，夏道行点了点头。从此，夏道行开始了读书生涯。

夏道行热爱学习，从小学到初中，他成绩一直在班里排前几名，从没有让大人操过心。到了初二，不知受什么影响，夏道行突然迷恋起武侠小说。他把全部精力转移到看小说上。下课看，上课看，有时候为了看小说晚上不睡觉，白天昏沉沉的，根本听不好课。他还向武侠小说上写的人物学习，不是拿弹弓打坏别人的东西，就是掏鸟蛋被摔得不能动弹。他的成绩直线下降，几乎接近了不及格的水平。父母苦口婆心的教育他又听不进去，父母都很着急。

有一天几何课上，不知为什么教几何的冯老师突然很激动，他举起自己的右臂让同学们看。他嘴唇颤抖，一字一顿地问学生："同学们，你们知道我这手臂是怎么变成这样的吗？"同学们都坐直了身体，目光全射向老师，冯老师接下去说道："这是被日本人炸断的。"说着，两行热泪静静地从冯老师的眼中流下。"日本人为什么要侵略我们？"冯老师顿了顿，"因为我们贫穷，因为我们落后，落后了就要挨打！同学们，你们一定要刻苦学习，将来更好地建设我们的祖国。"

夏道行仔细地听着，每一个字都刻进了他的心里，他悄悄地把小说塞进了书包，从此他再也不调皮捣蛋，上课开小差了。

每一节课，夏道行总是那么认真地跟着老师教学走，老师像一个导游，把他带进了一座座科学的宫殿，在这里，他呼吸着知识的空气，一次次地心神荡漾。

夏道行最喜欢的科目是数学，每天的数学作业他总是做得认认真真，一道不错。他喜欢做数学题，那一道道难题总是引起他极大的兴趣。一下做不出的题，他从不去麻烦别人，总是自己想了又想，终于自己解决了困难，他心里比吃了蜜还甜。他在数学海洋里畅游着，越游越远。

金|玉|良|言

学习不是嘴上说说而已，而是以实际的行动，学习应该持之以恒，永不退却。"业精于勤，荒于嬉；行成于思，毁于随。"

成|长|哲|理

只要努力去思考，用勤奋的手去耕耘，用勤奋的心去对待学习，坚韧不拔，那么，生命就会绽放火花，人生的时光会更加闪亮而精彩。

　　三更灯火五更鸡，正是男儿读书时。黑发不知勤学早，白发方悔读书迟。

书犹药也，善读者可以医愚。

——刘向

莫言读书的故事

莫言只是小学毕业，没有上初中，可是，在小学三年级的时候，他的作文曾被拿到中学生的课堂里宣读，作为学习的范文。

莫言的作文很棒，记得第一次引起老师注意的作文，写的是五一国际劳动节的一场学校篮球比赛。每逢五一，小学里就举行体育盛会，有乒乓球、标枪、跳高、赛跑。写作文的时候，同学大部分都是走马观花，流水账一样把各种运动项目都写一遍，而莫言则另辟蹊径，别的比赛一笔带过，而绝大部分笔墨专门写篮球比赛，写如何去抢球，如何运球，如何投篮，受到了老师赞扬，当作范文在全班宣读。

莫言受了表扬，一下子兴趣就上来了，天天盼着上语文课，因为那是他出风头的时候。他经常在作文中虚构故事，作文成绩一路拔高。他后来回忆说，自己文学的开窍比别人多了一份觉悟，那就是对"虚构"的重视。

莫言酷爱读书，小时候冒着被家长惩罚的风险读书，甚至出力推磨换书看，推10圈磨才能获准看1页书。在访谈时，中央电视台主持人问："您不能推1圈磨就看1页书吗？"莫言幽默地说："我愿意人家不愿意啊！"

莫言仍然记得读《青春之歌》的那次，朋友只把书借给他一天，不管看不看完，第二天必须还书。怎么办？他跑到一个草垛上躲了起来，把放羊这个"本职"工作放到了一边，羊饿得咩咩叫，他读得忘乎一切，气得母亲要打他。一天之内读完了《青春之歌》，他至今记忆犹新，清晰记得书中的一些段落。

回想以前，已经获得诺贝尔文学奖的莫言先生感慨："那些回忆都变成了我宝贵的资源。"

金 玉 良 言

如果读书也能算是一个爱好的话，爱读书的人的爱好就是读书。人必须读书，才能继承和发扬前人的智慧。人类之所以进步的一个原因就是能读书又能写书的本领，因为书是人类文明的延续。

成长哲理

书是精神食粮，读书是补充营养，读好书是做人的行动指南。读书应该是让人快乐的事情，可以不断地汲取知识，不断地获取财富，不断地完善自我，并且在读书的过程中我们会慢慢长大。

形成天才的决定因素应该是勤奋。

——郭沫若

王守仁"笨鸟先飞"

王守仁是我国明代中叶著名的哲学家、文学家和政治家。

王守仁出生在一个封建贵族家庭。他父亲官至兵部尚书，但是，王守仁似乎一点儿也没有遗传到父亲的聪明。

他5岁还不能说话，当时大家都以为他是个哑巴，有的人还以为他根本就是一个白痴。但是他父亲不这样看，他觉得王守仁只是生病了，他四处寻访名医，只要听说哪里有名医，他就派人去请。到王守仁6岁的时候终于把病医治好了。

王守仁病好之后，智力却显得一般。因为小时候不会说话，也没有读过书，因此，比起别的小孩子，他显得笨拙一些。有人风言风语："他这么大了才开始学说话，当然笨啦！也别指望他以后会有大出息。"

　　王守仁本来就觉得自己比别人笨，现在又听到别人这样嘲笑自己，心理更加难受。他跑到父亲怀里哭诉："父亲，别人都说我笨，我真的很笨吗？"

　　父亲听了他的话说："孩子，你不笨。为父一定好好教你，你会有出息的。不用在乎别人的嘲笑，你自己发奋努力，争口气让那些人瞧瞧，好吗？"

　　有了父亲的鼓励，王守仁又有了信心。他始终记得父亲曾经给他讲过的"笨鸟先飞"的故事，并时时提醒自己要努力学习。平时读书，别人读一遍，他就读两遍、三遍，甚至十遍。他抓紧时间，把别人玩耍的时间都花在了学习上。白天他认真听先生的课，放学后，趁着还没有吃饭或者吃饭后的时间，他一个人跑进父亲的书房，认真读书，直到家人催他吃饭、睡觉。年年如此，从不间断。

　　父亲看见王守仁竟如此争气，心里很是高兴。他也耐心帮王守仁辅导功课，有时还请一些大学者给他辅导。家里来了客人，谈论天下大事的时候，也让王守仁站在一边，向别人学习。母亲见了也非常欣慰，更加细心地照顾他。母亲不仅给他收拾出一间书房，还不许别人去打扰他读书。

　　就这样，在父母的鼓励支持和他自己的努力下，王守仁的学习成绩提高很快，先生的提问，他也回答得很有见解，最后竟成了先生的得意弟子。

王守仁凭借笨鸟先飞、刻苦勤奋的精神，长大后，成了著名的哲学家和文学家。

金玉良言

匡衡爱读书，但因为家里没钱买灯油，就在与邻居家之间的墙上，凿了一个洞，透过洞里的光看书。苏秦为读书更是头悬梁。董仲舒在家刻苦读书，后花园三年仅去过一次。在没有天分的情况下，王守仁靠自己坚忍的意志和锲而不舍的精神，终于取得了成功。

成长哲理

勤奋靠的是毅力。文学家说，勤奋是打开文学殿堂之门的一把钥匙；科学家说，勤奋能使人聪明；而政治家说，勤奋是实现理想的基石；平凡的人则说，勤奋是一种传统的美德。可见，勤奋具有多么巨大的底蕴与魅力，人类要一直继承和发扬它。

　　王守仁凭借笨鸟先飞、刻苦勤奋的精神，长大后，成了著名的哲学家和文学家。

天才不是别的，而是辛劳和勤奋。

——比丰

热爱学习的阿基米德

阿基米德出生在叙拉古的贵族家庭，父亲是位天文学家。在父亲的影响下，阿基米德从小热爱学习，善于思考，喜欢辩论。

11岁那年，阿基米德离开了父母，来到了亚历山大里亚求学。当时的亚历山大里亚是世界闻名的贸易和文化交流中心，图书馆里丰富的藏书，深深地吸引着如饥似渴的阿基米德。

当时的书是由一张张的羊皮组成的，也有用莎草茎剖成薄片压平后当作纸的，订成以后粘成一大张再卷在圆木棍上。那时没有印刷术，书是一个字一个字抄成的，十分宝贵。阿基米德没有纸笔，就把书本上学到的定理和公式，一点点地牢记在脑子里。

阿基米德攻读的是数学专业，需要画图形、推导公式、进行演算。没有笔和纸，他就用小树枝当笔，大地当纸。因为地面太硬，写上去的字迹总是看不清楚。阿基米德苦想了几天，又发明了一种"纸"。他把炉灰扒出来，均匀地铺在地面上，然后在上面演算。可是有时天公不作美，风一刮，这种"纸"就飞了。

一天，阿基米德来到海滨散步，他一边走一边思考着数学问题。无边无垠的沙滩上细密而柔软的沙粒平平整整地铺展在脚下，又伸向远方。他习惯性地蹲下来，顺手捡起一个贝壳，便在沙滩上演算起来。

回到住地，阿基米德十分兴奋地告诉朋友们："沙滩，我发现沙滩是最好的学习场地，它是那么广阔，又是那么安静，你的思想可以飞翔到很远的地方，就像是飞翔在海面上的海鸥一样。"神奇的沙滩、博大的海洋，给了他智慧，给了他力量。从那以后，阿基米德喜欢在海滩上徜徉徘徊，进行思考和学习。

公元前212年，罗马军队攻占了阿基米德的家乡叙拉古城。当时，已75岁高龄的阿基米德正在沙滩上聚精会神地演算数学题，对于敌军的入侵竟丝毫没有察觉。当罗马士兵拔出剑来要杀他的时候，阿基米德安静地说："给我留下一些时间，让我把这道还没有解答完的题做完，免得将来给世界留下一道尚未论证的难题。"

最终，阿基米德成了古希腊伟大的数学家、物理学家、天文学家和发明家。他被后世的数学家尊称为"数学之神"。

金玉良言

读书要有毅力有恒心，还要善于创造读书的条件，就像阿基米德那样，即使没有纸和笔，也能利用身边一切能利用的东西，来完成自己的学习。只有这样坚韧不拔的坚持，成功才会降临。

成长哲理

知识是有用的，它能够让我们在精神上成为坚强、忠诚和有理智的人，成为能够真正爱他人、尊重他人劳动、衷心地欣赏他人的伟大劳动所产生的美好果实的人。

举一纲而万目张，解一卷而众篇明。

——郑玄

林纾苦读成大器

林纾是我国近代著名的文学家、翻译家。他是福州人，清末举人。

林纾小时候家里很穷，却爱书如命，买不起书，就只好向别人借来自己抄，按约定的时间归还。他曾在墙上画了一具棺材，旁边写着"读书则生，不则入棺"，把这八个字作为座右铭来鼓励、鞭策自己。这句名言的意思是：人活着就要读书，如果不读书，还不如死去。林纾常常是五更起摘抄、苦读。他每天晚上坐在母亲做针线的清油灯前苦读，一定要读完一卷才肯睡。由于家穷，加上读书的劳累，林纾18岁时患了肺病，连续10年经常咯血，但他卧在病床上还坚持刻苦攻读。到22岁时，他已读了古书2000多卷；30岁时，他读的书已达1万多卷了。

林纾曾经说："用功学习虽是苦事，但如同四更起早，冒着黑夜向前走，会越走越光明；好游玩虽是乐事，却如同傍晚出门，趁黄昏走，会越走越黑暗。"

林纾不懂外文，但由于他的文学功底深厚，竟采用世人很少见的翻译方式：先后由10多个懂外文的人口述，他作笔译，将英、美、法、俄、日等十几个国家的1700余部名著翻译成中文，开创了中国翻译外国文学著作的先例，影响很大。法国小仲马的《茶花女》，就是他与别人合作翻译的第一部外国长篇小说。康有为把林纾与严复并列为当时最杰出的翻译家，称赞说"译才并世数严林"。

金玉良言

莎士比亚说过："如果生活里没有书籍，就好像没有阳光；智慧里没有书籍，就好像鸟儿没有翅膀。"书籍可以丰富枯燥的生活，书籍可以让我们忘记不开心的事情，沉醉在书籍中会让我们享受到现实中没有的快乐。

成长哲理

学习兴趣是学生学习的最主要动力，或者说几乎是唯一动力。

人作为一种生物，所有的行为都是直接或者间接按照自己意志去行动的，而这一切都必须要有足够的动机——可能外界的压迫或者一时的发愤可以暂时充当这种动机，但是任何纯被动的行为是无法持续太久的；只有有了内在的动力——兴趣，学习的行为才能够高效地持久下去。

　　用功学习虽是苦事，但如同四更起早，冒着黑夜向前走，会越走越光明。

知识，主要是靠主动"抓"出来的，不是靠"教"出来的。

——钱三强

瓦特爱读书的故事

瓦特出生在英国一个平民家庭。小的时候，他身体非常虚弱。到了上学的年龄，只能看着小朋友们一个个背着书包走进学校，瓦特羡慕极了，因为经常生病，瓦特失去了上学的机会。幸运的是，瓦特有一位聪慧善良的母亲，她利用空余时间教儿子读书写字，观察自然，还鼓励儿子动手做手工，培养孩子观察思考和动手实践的能力。

瓦特对学习有着浓厚的兴趣，家里的地板上、壁炉上处处可以看到他验算的习题。瓦特有很强的动手能力，任何玩具到了他手上，他总要把零件一个个拆下来，弄个明白，再按照原来的模样依次安装好。时间一长，他成了修理玩具的小专家，邻居小伙伴的玩具坏了都来找他，经瓦特那么一鼓捣，玩具马上就修好了。

瓦特 11 岁时，在他的强烈要求下，父母将他送入学校读书。瓦特进入格林诺克的文法学校学习，他的成绩在班上一直名列前茅，可是他的身体实在太差，没有坚持到毕业，不得不退学了。

重新回到家里，躺在病床上，瓦特不肯让光阴虚度，他在养病期间阅读了有关天文、物理、化学的许多书籍，还自学了好几门外语，为以后的研究打下了良好的基础。

瓦特虚弱的身体阻碍了他迈进学校的大门，而经济贫困迫使 18 岁的瓦特打工求生。在以后的日子里，瓦特碰到了无数困难，遇到了无数人生的坎坷，永不磨灭的却是他好学的精神。无论走到哪里，瓦特永远不忘的就是学习。勤奋努力终于换来了丰硕的成果，瓦特成为科学史上划时代的人才。

金玉良言

兴趣是学习的开始，当你对一种事物抱有兴趣地去看待，你就会全心投入地去研究它、解决它，那么成功离你又近了一步。除此之外，勤奋也是成功的必要因素之一，两者缺一不可。

成长哲理

　　不经一番彻骨寒，怎得梅花扑鼻香。艰苦的条件造就人才。成功人士并不都是天才。聪明的人也并不都是天才，因为天才是靠努力、勤奋得来的，这也验证了那句：天才出于勤奋。每个成功的人，都是努力勤奋的天才。他们的头脑并非比别人聪明，甚至要比别人差，但他们的成功是因为他们懂得勤能补拙，只有勤奋努力，刻苦不懈地坚持，才能获得成功。

学而不厌，诲人不倦。

——孔丘

勤奋努力的孔子

孔子，名丘，字仲尼，是我国春秋时期著名的思想家、教育家、政治家，也是我国儒家学说的创始人。他之所以能成为弟子三千、名扬四海的圣人，是和他小时候的刻苦勤奋分不开的，因为努力学习才成就了他的一生。

史书上说，孔子的母亲在他刚刚 3 岁的时候，就开始教他读书识字，到 4 岁的时候，孔子已会念百余字了。

有一天，孔子的母亲问："昨天我教你的字会写了吗？"

孔子说："都记住了。"

母亲说："那好，明天一早我考考你。"

孔子睡觉是和哥哥在一起。这天晚上，他钻入被窝后对哥哥说："哥哥，母亲教给你的字都记住了吗？"哥哥道："都记住了。你呢？"

孔子说："我已经练了多遍，也许都记住了，可又没有把握，明天一早母亲要考我，若有不会的，母亲一定非常伤心和难过。不行，我一定要起来再多练几遍。"

哥哥被他这种刻苦学习、孝顺母亲的精神所感动，心疼地说："天气凉了，别起来练了，就在我的身上写吧。我能感觉出对错，也好对你写的字做个检查!"

于是，孔子就在哥哥的胸口上写了起来。每写一字，就念出声来。可这声音越来越轻，当他写完最后一个字的时候，声音也听不到了。哥哥验完他的最后一个字，听着他那均匀的呼吸，望着他甜笑的睡容，既心疼又爱怜地笑了。

第二天一早，在母亲考核时，孔子一次通过。母亲惊喜道："这孩子真神了，前天教了他那么多字，只过了一天，就如此滚瓜烂熟，将来准能干大事啊!"

孔子望着母亲欣喜的面容，高兴地笑了。然而在这微笑中，却伴着两行泪水。

站在旁边的哥哥最理解他，知道在他超人的天资背后，更多的则是孔子那锲而不舍的精神和刻苦勤奋的汗水。

金玉良言

明白自己想要的，才能坚定信心勇往直前，而这需要的不仅是坚持，还有努力和刻苦。对一件事物的爱好是由知识产生，知识愈准确，爱好也就愈强烈。要达到掌握熟练，就须对所爱好的事物有透彻、准确的认识。

成长哲理

一个人只有在早晨开始就努力学习，这一天才不会被浪费掉。我们每一个人都应该抓住每分每秒，不让它们偷跑掉。成功，属于珍惜时间的人，珍惜时间，最终才能做成大事。

　　在他超人的天资背后，更多的则是孔子那锲而不舍的精神和刻苦勤奋的汗水。

光阴给我们经验，读书给我们知识。

——奥斯特洛夫斯基

洛阳纸贵

晋代文学家左思，小时候是个非常顽皮、不爱读书的孩子。父亲经常为这事发脾气，可是小左思仍然淘气得很，不肯好好学习。

有一天，左思的父亲与朋友们聊天，朋友们羡慕他有个聪明可爱的儿子。左思的父亲叹口气说："快别提他了，小儿左思的学习，还不如我小时候，看来没有多大的出息了。"说着，脸上流露出失望的神色。这一切都被小左思看到听到了，他非常难过，觉得自己不好好念书确实很没出息。于是，暗暗下定决心，一定要刻苦学习。

日复一日，年复一年，左思渐渐长大了，由于他坚持不懈地发奋读书，终于成为一位学识渊博的人，文章也写得非常好。他用一年的时间写成了《齐都赋》，显示出他在文学方面的才华，为他成为杰出的文学家奠定了基础。此后他又计划以三国时魏、蜀、吴国都的风土、人情、物产为内容，撰写《三都赋》。为了在内容、结构、语言等方面都达到一定水平，他潜心研究，精心撰写，废寝忘食，用了整整十年，文学巨著《三都赋》终于完成了。

《三都赋》受到人们的很高评价，人们把它和汉代文学杰作《两都赋》相比。由于当时还没有发明印刷术，喜爱《三都赋》的人只能争相抄阅，因为抄写的人太多，京城洛阳的纸张供不应求，一时间全城纸价大幅度上涨。

金玉良言

俗话说："宝剑锋从磨砺出，梅花香自苦寒来。"我们渴望的是获得知识，付出点代价算得了什么。当然求知是艰苦的，要想掌握真知识、真本领，不吃"苦中苦"是不行的。

成长哲理

这个故事告诉我们，只有知识才能改变命运，只要从小好好学习，以后不管你在哪一行都是佼佼者。

　　左思潜心研究，精心撰写，废寝忘食，用了整整十年，文学巨著《三都赋》终于完成了。

学而时习之，不亦乐乎！

——孔丘

从短处进攻，未必不会成功

在中国，有这样一位科学家，他90多岁的高龄，依然担任上海大学的校长。他在板壳问题、广义变分原理、环壳解析和汉字宏观字形编码等方面，有着举世瞩目的突出贡献。他就是钱伟长。

1935年，钱伟长毕业于清华大学物理系。当初，他选择物理专业，不是因为专长，而是出于一个年轻学子的爱国之情。考大学时，钱伟长的国文和历史特别出色，每门都是100分，而数学、物理、化学、外语极差，4门课的成绩加起来只有25分，其中，外语是0分，物理是5分。基于这种情况，钱伟长顺理成章地选择清华大学中文系。

填好志愿的第二天，"九一八"事变爆发了。钱伟长认为，只有科学才能救国，于是，他主动要求改学物理，找到理学院的院长叶企荪教授和物理系主任吴有训教授，结果，他们都建议钱伟长读中文系。

为此，钱伟长缠了吴有训教授一个星期。吴有训教授每天8时上课，钱伟长6时30分就等在他的办公室。由于不堪纠缠，吴有训教授只得答应了。不过，他与钱伟长签订了一个君子协定：如果在一年内，钱伟长的数学微积分和物理成绩在70分以下，就将他退回中文系。

钱伟长是一个非常用功的人，除了吃饭、睡觉，他将所有的时间都用到学业上。吴有训教授也有心栽培他，经常教他一些学习方法，钱伟长的成绩迅速提高。第一学期结束时，他的物理及格了；学年结束，数学、物理、化学、外语都达到80多分。清华大学本科毕业后，他考取本校物理系研究生。后来出国留学，1942年，钱伟长获得加拿大多伦多大学博士学位。

扬长避短是一般的"通则"，可并不意味着从短处进攻，就一定不会成功。钱伟长的故事就是一个证明。

金玉良言

　　勤奋和刻苦能创造奇迹，钱伟长在短处面前不退缩，用自己的努力创造出人生的奇迹，也证明了短处是可以战胜的，只要我们想，成功就在不远处。

成长哲理

　　只有不畏攀登的采药者，只有不畏巨流的弄潮儿，才能登上高峰采得仙药，深入水底觅到骊珠。成功从来都不像想象中那么简单，流过汗坚持下来的人，才能品尝到胜利的果实。

　　扬长避短是一般的"通则"，可并不意味着从短处进攻，就一定不会成功。

尚能生存，我当然仍要学习。

——鲁迅

余秋雨读书的故事

1946 年，余秋雨出生在余姚一个普通家庭。他的父亲是一位本分的基层公务员，而母亲则是一位没落大家族的小姐。他出生那天，天上一直下着小雨，因此得名叫秋雨。

余秋雨的童年是在余姚县桥头镇（今属慈溪市）度过的，乡村的生活简单而又快乐。从上海来的母亲几乎是村里唯一的文化人，在村子里开办了一个免费的识字班。儿时的余秋雨跟在母亲身边玩，竟然也认识了不少字。

4 岁那年，余秋雨背上书包走进了乡村小学。小学有一个图书馆，有几十本童话和民间故事，十分诱人。但几十本书怎么能满足得了几百名学生呢？老师想出了一个办法，写 100 个毛笔小楷字才可借得一本书。余秋雨的毛笔字，就是在那时打下的根基。后来，他在回忆那段日子时曾说："我正是用晨昏的笔墨，换取了享受《安徒生童话》《格林童话》《伊索寓言》的权利。直到今天，我读任何一本书都非常恭敬，那是从小养成的习惯。"

在余秋雨11岁的时候，为了能让他有更好的前途，他们全家借住到上海市区。余秋雨在上海报考了中学。

中学的图书馆不小，但每天借书都要排长队，而且想借的书十次有九次都被借出去了。后来，余秋雨到处打听，终于知道有一个叫"上海青年宫图书馆"的地方借书比较方便，就立即去申办了一张借书证。青年宫在江西中路200号，快到外滩了。当时正值困难时期，人们每天都吃不饱。余秋雨在晚饭后要步行一个多小时才能到达青年宫，走到一半就又饿了。当他走到图书馆时，离图书馆关门已经不到一个小时了。从青年宫图书馆把书借出来也不容易，所以余秋雨只能在那里看。不到一个小时的时间，等找到书，就只剩下半个多小时了，能读几页？但是，就为了这几页，一个十三四岁的男孩，每天忍着饥饿走一个多小时的路，看完书再走一个多小时回家。这种如饥似渴的阅读精神怎能不让人为之感动？

正是少年时那段艰辛的阅读时光，为余秋雨以后的文化之旅打下了坚实的基础。在余秋雨的《长者》一文中，我们还看到了余秋雨在年轻时发奋读书的情景。1975 年世事纷扰，29 岁的余秋雨因肝炎回乡下养病，在恩师盛钟健先生的帮助下，被安排到了奉化山间的一个蒋经国的图书室，专心阅读了当时很难找到的《古今图书集成》《二十四史》《四部丛刊》等书。这简直是上天一个有意的成全，也使得余秋雨像金庸笔下的人物一样，仅有高人指点还不够，还让他在某山某洞中获得某种"武功秘籍"。这次阅读对余秋雨无疑是重要的，因为这正好和他在上海戏剧学院的老师张可的指导互为补充，形成双翼：张可指导他接触西方文化，这次他却走进了浩瀚的中国历史。

关于读书的方法，余秋雨有一个著名的"畏友"论："应该着力寻找高于自己的'畏友'，使阅读成为一种既亲切又需花费不少脑力的进取性活动。尽量减少与自己已有水平基本相同的阅读层面，乐于接受好书对自己的塑造。我们的书架里可能有各种不同等级的书，适于选作精读对象的，不应是那些我们可以俯视、平视的书，而应该是我们需要仰视的书。"

金玉良言

读书，要讲究细节，不能走马观花式地读，只求形式。读书的过程，是审美的过程，应当全身心地投入，不受环境的影响。死读书，会越读越死；只有活读书，才会越读越活。

成长哲理

读书的益处很多，不仅能扩大人的知识面、陶冶人的情操、让人明真理、辨是非，还能提高写作水平和语言表达能力，养成爱读书的好习惯，可以使人受益终生，正所谓书中自有千钟粟，书中自有黄金屋。所以我们应从小养成良好的读书习惯。

有几分勤学苦练，天资就能发挥几分。天资的充分发挥和个人的勤学苦练是成正比的。

——海涅

王冕：偷得佛前一点光

王冕是元朝杰出的诗人和画家。王冕幼年丧父，家境十分贫寒，因此只读了三年私塾，就不得不去给人家放牛来维持生活。在如此艰难的环境下，王冕仍然刻苦读书。

每天放牛的时候，王冕都要把家中仅有的几本旧书带在身边，以便随时翻阅，可是这几本书很快就被他读得滚瓜烂熟了。于是，他在微薄的工钱中拿出一点点，来跟伙伴们换几本旧书读。但钱实在是少得可怜，根本换不了几本书。

王冕又开始四处借书读，这些借来的书中，有些书常常使他百读不厌。但是，借来的书总是要还的。于是，他想出了一个办法。他将喜欢的书逐字逐句地抄写下来，这样就可以反复地阅读了。不论是炎热的夏天，还是寒冷的冬天，他都一如既往地坚持抄写。

　　王冕读书勤奋，白天放牛的时候读，晚上休息的时候就更不想放弃了。可是，家里太穷了，没钱买油灯。没有光亮怎么读书呢？他想到了村里的一座庙，那里有一盏长明灯，整夜都是亮着的，可以到那里读书。不过，这事不能让母亲知道，母亲若是知道了，少不了要打他一顿的，因为那盏灯是专门点给菩萨的，怎么会容他一个小小的放牛娃去亵渎呢？

　　一天晚上，等母亲睡着了，王冕轻手轻脚地走出家门，来到庙里。

　　庙里有些昏暗，只有那盏长明灯把菩萨照得十分明亮。王冕心里有点儿害怕，但为了读书，他还是大着胆子走到菩萨像下，再爬到菩萨的膝盖上，借着长明灯的光亮读起书来。从此，王冕每天晚上都到庙里去读书，而且常常一读就读到天亮，直到村子里的鸡叫才想起回家。

　　如此勤奋苦读，使没上几年学堂的王冕积累了丰富的知识，对天文、地理、诗歌等无不精通。

金玉良言

读书是一种充实人生的艺术。没有书的人生就像空心的竹子一样，空洞无物。书本是人生最大的财富。犹太人有个习俗：让孩子们亲吻涂有蜂蜜的书本。这是为了让他们记住：书本是甜的，要让甜蜜充满人生就要读书。读书是一本人生最难得的存折，一点一滴地积累，你会发现自己是世界上最富有的人。

成长哲理

学习是最不要成本的"充电"的方式，如果没有好的读书条件，就自己创造条件，可能过程有点辛苦，但是，梅花香自苦寒来，风雨之后终见彩虹！

　　王冕每天晚上都到庙里去读书，而且常常一读就读到天亮，直到村子里的鸡叫才想起回家。

读书而不能运用，则所读书等于废纸。

——华盛顿

侯德榜读书忘神

侯德榜是我国著名的科学家。他的祖父、父亲都是农民。小时候，由于家里生活艰苦，6岁的时候侯德榜就常常下地干活儿。虽然白天的劳动很辛苦，但侯德榜抓住一切可以利用的时间，努力学习。

一天，父亲下地干活儿，侯德榜在不远的地方放牛。傍晚收工后，父亲没有看到他的人影，十分焦急。最后在闽江岸边一丛荔枝林里，传来熟悉的读书声。父亲循声走过去，发现儿子坐在一棵树下，而牛在不远的草地上已经吃饱休息了。侯德榜正在聚精会神地读书，忘了时间，也忘了周围的一切，更没觉察到身后的父亲。

还有一次，祖父找侯德榜有事，走到村外，远远看见侯德榜伏在水车上车水。"德榜——德榜——"祖父高声喊着，侯德榜却没有反应。这下祖父有些生气了，他想：这孩子，怎么会这么不懂事呢？以前不是这样的呀！他很想过去申斥孙子几句，却忽然听到孙子在忘情地读着古诗。老人听了很是吃惊，也很高兴，他这才知道，原来侯德榜正一边车水，一边在学习呢。于是，祖父没有再打搅他读书，并且悄悄地离开了那里。

乡间的书太少了，侯德榜如饥似渴地找书读。一年夏天，他到姑妈的家里去玩儿，姑妈叫他到小阁楼里去找一件东西。他上去了好久都没有下来，原来，他在那里发现了几箱书，侯德榜非常兴奋。从此以后，他经常找借口到姑妈家去，到阁楼上看书，一待就是半天。后来，姑妈也发现了侯德榜每次来的意图，于是每次看到他去，都会笑着说："哎哟，书耗子又来了，快去阁楼上啃书吧。"就这样，在姑妈的家里，侯德榜看了很多的书，懂得了许多的知识。他对读书的兴致更大了。

在祖父的鼓励和姑妈的资助下，侯德榜考进了当时美国人在福州开办的一所教会中学英华书院学习，当时他才13岁。这所书院教学设备、图书都是福州学校里最好的。侯德榜努力学习，成绩一直都是名列前茅。

就这样，侯德榜通过继续刻苦攻读，又考入了当时北京的清华留美预备学堂，并且很快他就以十门功课一千分的优异成绩，成为学校里最出名的人。两年后，侯德榜又远渡重洋，到美国著名的麻省理工学院化学系攻读。经过若干年的努力，他终于用所学的知识报效亲爱的祖国，为振兴祖国、富强祖国做出了很大的贡献。

金玉良言

"一日无书，百日荒芜。"古代史学家陈寿说的这句话精辟地说出了书对于人类生活的重要性。而在生活中，也的确如此。"书"是人类知识的源泉，如果没有书，人类文明将无法延续下去。

成长哲理

读书，是一种升华自我的方式。五柳先生说："好读书，不求甚解，每有会意，便欣然忘食"。枯燥烦闷时，读书能使人心情愉悦；迷茫惆怅时，读书能让人心情平静，看清前路；心情愉快时，读书能使人发现身边更多美好的事物，更加享受生活。读书是一种最美丽的享受。

一分耕耘，一分收获；要收获得好，必须耕耘得好。

——徐特立

高士其认真读书

高士其从小就用功读书，他的学习成绩年年都是班级里最好的，全校老师和同学都夸他是个好学生。

每天，他上课用心听讲，放学回家就认真做功课，他跟全班的同学都要好，跟同桌的一个小朋友更要好，下课以后，两个人一起游戏。

可是有一天，这个小朋友嘟着嘴，冲着高士其说："你到底认识我吗？"

高士其觉得很奇怪，说："咱俩是好朋友呀，怎么会不认识你呢？"

这个小朋友气呼呼地说："那你刚才上课的时候，为什么不理睬我呢？"

高士其一听，笑了起来。原来，刚才上课的时候，这个小朋友拿出纸来，折成一只只小青蛙，悄悄地玩了一阵子，玩着玩着，他觉得一个人玩没有劲，就凑到高士其的耳朵边，轻轻地说："我们来玩斗青蛙吧！"

高士其坐得端端正正，正用心听老师讲课，这个小朋友的话，他根本没有听见。这个小朋友又轻轻地碰了碰高士其，高士其还是坐得好好地在听课。这个小朋友心里挺不高兴，使劲拉了拉高士其的衣服，这一来，高士其回过头来了。那个小朋友指指膝盖上两只纸折的青蛙。高士其明白了，是叫他一起玩斗青蛙呀，他瞪了那个小朋友一眼，又用心地听老师讲课了。

高士其想到这里，笑起来了，他对那个小朋友说："下课的时候，咱俩一起玩，是好朋友。可是上课的时候，我就不认识你了。"

高士其的话，说得这个小朋友也笑了。

金玉良言

目标既定，在学习和实践过程中无论遇到什么困难、曲折都不灰心丧气，不轻易改变自己决定的目标，而坚持不懈地去学习和奋斗，如此才会有所成就，最终达到自己的目的。

成长哲理

　　著名画家达·芬奇说过："一个人的成功，专心是必不可少的。"高士其在读书的时候专心致志，所以最后成了著名的科学家。是啊，专心致志才能做得更好，只要我们全心全意地去做事，成功的脚步就会离我们近一点、再近一点……

　　认真、努力是对自己负责，也是对人生负责，人们常说：态度决定一切，往往成功与失败之间就是差一点认真的态度。认真可以使我们少走弯路，少犯错误。"认真"这个词我们应时刻铭记于心。

　　下课的时候，咱俩一起玩，是好朋友。可是上课的时候，我就不认识你了。

生活在我们这个世界里，不读书就完全不可能了解人。

——高尔基

好学守约的宋濂

明朝著名的学者宋濂，少年时特别喜欢读书。但那时由于家里穷，买不起书，所以每一次都是从别人家里借书来读。而每次借书，他都按时还书，从不违约，因此，人们都乐意把书借给他。

有一次，他从别人那里借来了一本好书，越读越爱读，便决定把书抄下来。可是还书的期限快到了，他便连夜抄书。

当时正是寒冬腊月，滴水成冰。夜深了，母亲见他仍伏案抄书，便心疼地劝道："孩子，都深更半夜了，天又这么冷，天亮再抄吧。别人又不是急等这本书看。"

宋濂说："不管别人等不等书看，到期限就要还，我不能说话不算数。如果我失信于人，就是对别人的不尊重，那么，我又怎么能得到别人的尊重呢？"

又有一次，宋濂要去远方向一位著名学者请教，并约好了见面日期。谁知出发那天下起了鹅毛大雪，漫山遍野一片白色，西北风还猛烈地刮个不停。

当宋濂挑起行李准备上路时，母亲拉住他问："儿啊！你这是要去哪里啊？"

宋濂回答说："我去向老师求学啊，这不是早就约好的吗？"

"可是这样的天气怎么能出远门呀？再说，老师那里也早已大雪封山了。你这样一件旧棉袄，根本抵挡不住深山的严寒啊！"母亲心疼地劝宋濂。

宋濂说："妈妈，今天不出发就会错过跟老师约定的日期，这就是失约了；失约就是对老师不尊重啊！风雪再大，我都得上路。"说完，宋濂就冒着风雪上路了。

当宋濂赶到老师家里时，老师不住地称赞道："年轻人，守信好学，将来必有出息！"

后来，诚信求学的宋濂终于成为一代学者。

金玉良言

没有永远的博学，只有永远的学习；没有永远的聪明，只有永远的勤奋；没有永远的智者，只有永远的学者。因而对于学习，我们要持之以恒。对待学习还要有严谨的态度，不能因为一些意外因素而给自己找借口，须知学习需要的是端正的态度，不是放纵的借口。

成长哲理

　　学习是一件实实在在的事，需要脚踏实地，一步一个脚印，诚信求学，不要急于求成。学习的道路并不是一帆风顺的，会受到生活环境的限制，可能需要你越过重重困难和险阻，需要不远万里，艰苦求学，求得真知；在学习的过程中遇到难解的题目，则要耐心思考，不断查找资料，或是不耻下问，虚心求教。学习是没有捷径可走的，我们的知识储备是一点一点丰富的，有了量的积累，才会有质的飞跃。

读书是我唯一的娱乐。我不把时间浪费于酒店、赌博或任何一种恶劣的游戏。

——富兰克林

王充书铺读书

王充是我国东汉初年具有唯物主义思想和批判精神的杰出的思想家。

王充少年时代，父亲就去世了。他竭尽全力奉养母亲，生活非常困苦，但他仍然坚持读书。

王充读书非常专心，理解能力和记忆能力又很强，所以只要读上一遍，就能记住书的主要内容，甚至能够背诵某些精彩的章节。但是，因为穷困，他买不起书，后来，王充想出了一个好办法。当时的洛阳街上有不少书铺，王充便决定把书铺当作他的"图书馆"，每天吃过早饭后，他就带上干粮，到书铺里去阅读书籍。就这样，他终于读遍了诸子百家的重要著作，掌握了书中的知识。

王充在读遍了诸子百家的主要著作之后，对于一些学说很不满，就决定着手写书。为了不耽误时间、不打断思路，他在住宅的门上、窗上、炉子上、柱子上，甚至茅厕里，都安放了笔、纸，想一点，写一点，走到哪里，写到哪里。经过长时期的努力，他终于写成了《论衡》。

金玉良言

　　学习如果想有成效，就必须专心。学习本身是一件艰苦的事，只有付出艰苦的劳动，才会有相应的收获。所以古来一切有成就的人，都很严肃地对待自己的生命，当他活着一天，总要尽量多劳动、多工作、多学习，不肯虚度年华，不让时间白白地浪费掉。

成长哲理

　　"天将降大任于斯人也，必先苦其心志，劳其筋骨，饿其体肤，空乏其身。"经受过艰苦的磨炼，才会成为一个具备成功素质的人，机遇自然会垂青于你，成功也就近在咫尺了。不错的，只要把握机会，饱经风雨，战胜风雨，下一个成功的人就是你。

王充将书铺当作他的"图书馆"，每天都到书铺阅读各种书籍。

谁都不会死读一本书。每个人都从书中研究自己，要不是发现自己就是控制自己。

——罗曼·罗兰

虚心求学

《四库全书》的纂修官戴震是清代著名学者，他自幼读书就喜欢刨根问底。

戴震小时候，私塾老师给他讲授朱熹的《大学章句》，讲完"大学之道"一段以后，照本宣科地说："这章叫《经》，是孔子的话，由曾子记述的；以下十章叫《传》，是曾子的见解，由曾子的学生执笔写出来的。"

戴震问道："老师，你这样讲，有什么根据呢？""这是朱熹说的呀！"老师理直气壮地回答，满以为抬出"朱夫子"来，就可以解决问题了。

"朱熹是哪朝人？"戴震歪着小脑袋问。

"宋朝人。"

"孔子、曾子呢？"

"周朝人。"

"那么，周朝与宋朝相隔多少年呢？"

"一千多年。"

"既然如此，那么朱熹又是怎么知道的呢？"

戴震稚嫩的小脸上充满了疑惑，老师一下子被问住了，一时竟想不出用什么适当的话来回答。然后，塾师笑着摸摸戴震的头说："你真是个爱动脑筋的孩子！"

后来，戴震因为家里贫困，请不起老师，离开私塾以后，只能靠自学。自学的道路坎坷不平，戴震非常期望拜一位知识渊博的人为师。

一次，一个意想不到的机会，让戴震遇到了偶然来歙县拜友的大学者江永。江永已年逾花甲，白发斑斑，治学数十年，精通三礼，兼及音韵、算学、地理等。他为人和蔼，好学深思，极喜读书，往往把讲学的收入全部用于购书。戴震一见非常敬佩，把自己平日的疑问一一向江永请教。

江永见戴震年少好学，心中十分喜爱，当即收他为弟子，悉心教导和培养他。戴震也努力向老师学习。在江永的熏陶下，戴震的思想、性格与学业，开始逐渐成熟起来。

有一天，江永列举算学中的一些问题试问戴震，并告诉他："这些题目已存疑十多年了，一直未能解决，你能试试看吗？"

戴震仔细看了看，便将这些题目一一剖析比较，并说出来龙去脉。

江永看后不胜惊喜，高兴得像个孩子似的手舞足蹈，连连说："你解了我十年来不能解决的难题，实在聪明过人，聪明过人。"

从此以后，戴震跟从在江永左右，随时质疑问难，研究学问，最终成为著名考据学家。

金玉良言

看书不能照本宣科而无思考，要大胆地提出问题。虚心好问、刨根问底，是做学问的方法。只有自己真正理解了，掌握到知识要点，并且能熟练运用，才是真正的学有所成。

成长哲理

书籍是人生路上的精神驱动力。每有空闲，不仅手不释卷，而且也要温故知新，不断充实自己的闲暇时光。因为读书，可以使人思维活跃，聪颖智慧；读书，可以使人豁然贯通，柳暗花明；读书，可以使人博学多识，学富五车；读书，可以使人无忧无虑，回味无穷；读书，还可以使人思想插上翅膀，感情绽放花朵。

一本新书像一艘船，带领着我们从狭隘的地方，驶向无限广阔的生活海洋。

——海伦·凯勒

杨辉学算学

在南宋度宗年间，古城钱塘（今浙江省杭州市）有一位少年，聪明好学，尤其喜爱算学。但由于当时算学书籍很少，这个少年只能零碎地收集一些民间流传着的算题，并反复研究，从中增长知识。

一天，这个少年无意中听说100多里远的郊外有位老秀才，不仅精通算学，而且还珍藏了许多《九章算术》《孙子算经》等古代数学名著，他非常高兴，急忙赶去。

老秀才问明来意后，看了看这位少年，不屑地说：“你不去读圣贤书，要学什么算学？”

但少年仍苦苦哀求，不肯走。老秀才无奈，于是说：“好吧，听着！‘直田积八百六十四步，只云阔不及长十二步，问长阔共几何？’（用现在的话来说就是：长方形面积等于864平方步，已知它的宽比长少 12 步。问长和宽的和是多少步？）你回去慢慢算吧，什么时候算出来，什么时候再来。"说完便往椅子上一靠，闭目养起神来，心里却暗暗发笑：他一定犯难了，这道题老朽才刚刚理出点头绪（此题的解法一般要用到二次方程），即使他懂得算学，那一年半载也是算不出来的。

谁料，正当老秀才闭目思量时，少年说话了："老先生，学生算出来了，长阔共 60 步。""什么？"老秀才一听，惊奇地从椅子上跳起来，一把夺过少年演算出来的草稿纸瞪大眼睛看起来，看着演算纸上的式子，他不禁想：啊，这小子是从哪里学来的？居然用这么简单的方法就算出来了。妙哉！老朽不如。老秀才转过脸来，对少年夸奖道："神算，神算，怠慢了，请问高姓大名？"

"学生杨辉，字谦光。"少年恭敬地回答。

后来的事，大家都能想象出来了，在老秀才的指导下，杨辉通读了许多古典数学文献，数学知识得到全面、系统的发展。经过不懈努力，杨辉最后成了我国古代杰出的数学家，并享有数学"宋元第三杰"之称。

成功根本没有秘诀可言，如果有的话，只有两个：第一个就是坚持到底，永不言弃；第二个就是当你想放弃的时候，回过头来看看第一个秘诀，坚持到底，永不言弃。只有永不放弃地坚持钻研，才能最终取得成功。而坚持却少不了兴趣的引导，因为只有对事物产生兴趣，才会产生坚持的动力。

兴趣是一项事业的开端，只有始终对这项事业充满兴趣，才会取得成功。牛顿看到苹果落地，瓦特看到壶水沸腾，他们都对眼前这司空见惯的事产生了兴趣，最终的结果是：他们成功了。牛顿创立了"万有引力"学说，开拓了物理学的新境界；瓦特发明了蒸汽机，推动了人类社会的进步，带动了资本主义生产力的飞速发展。牛顿和瓦特的成就证明了兴趣对于成功的重要性。

　　经过不懈努力，杨辉最后成了我国古代杰出的数学家，并享有数学"宋元第三杰"之称。

书籍是屹立在时间的汪洋大海中的灯塔。

——惠普尔

克雷洛夫要书不要钱

俄罗斯作家克雷洛夫少年时代酷爱写喜剧。

有一次，他写了一部喜剧性歌剧，自认为挺不错，便去找一个名叫布列伊特科普佛的老板，请他看看是否能够出版。布列伊特科普佛是个德国人，矮矮的，胖胖的，显得有些笨拙，但他肚子里的学问可不少，对戏剧尤其内行。他接过克雷洛夫的剧本，刚看了个开头，就惊喜不已，马上与克雷洛夫攀谈起来。一老一少，越谈越投机。

过了些日子，克雷洛夫又来找布列伊特科普佛，问他读完了剧本没有。

布列伊特科普佛笑容可掬地说："这出戏太逗笑了，你对生活观察得很仔细啊！"说罢，就掏出60卢布，打算作为稿酬付给克雷洛夫。60卢布，这在当时是一笔不小的数目。

14岁的克雷洛夫心花怒放，暗想，有了这些钱，就可以接济一下家庭拮据的生活了。他刚要伸手接钱，立刻又改变了主意，要求布列伊特科普佛把这笔现金换成拉辛、莫里哀、布瓦洛等名作家的作品。

布列伊特科普佛答应了。克雷洛夫抱着一大捆书，兴高采烈地回到了家中。

金玉良言

在这个世界上，对于很多人来说，钱是非常重要的，但对于克雷洛夫而言，书是最重要的。面对拮据的生活，能忍住对金钱的欲望而选择书，可见克雷洛夫能成为大作家并不是偶然。

成长哲理

读书是快乐的，因为你通过读书学习许多知识，当你学到了他人不知道的知识，当你考试取得了优异成绩的时候……你会感到无比的快乐，因为这些都是通过你的努力所取得的。

和书籍生活在一起，永远不会叹气。

——罗曼·罗兰

林肯：为书驻足

林肯是美国的第16任总统。小时候，家里没钱送林肯上学，他只能想方设法借书读。

有一次，妈妈让他去邻居家送木柴。与邻居告别的时候，林肯突然见到一本渴望已久的书，便再也挪不动步了。他站在邻居的书架前，入迷地读了起来。邻居见他这么喜欢这本书，就大方地借给他，让他拿回家去读，叮嘱他不要把书弄脏了。林肯感激地说："我一定会好好保管。"

林肯回到家，就迫不及待地打开书看起来，连晚饭都顾不上吃。一直到妈妈催促他上床睡觉，还舍不得把书放下。临睡前，他小心地把书放在柜子上，上面还盖了一张旧报纸，这才安心地躺下睡觉。

半夜的时候，突然下起大雨。林肯一醒来就赶紧跳起来，扑向那本书。可是书已经被从屋顶漏下来的雨水淋湿了。他捧着书，伤心地流下眼泪。

　　第二天，林肯拿着书到了邻居家，不安地说："真对不起，我把您的书弄脏了。可是，我没有钱赔给您，就让我给您干三天活儿吧。"

　　邻居见到林肯诚恳的样子，就亲切地对他说："算了，这本书就送给你了。"林肯高兴极了，连声道谢。

金玉良言

　　书是认识世界的一个窗口，人们通过这许许多多的窗口去了解这多彩的世界。书是一艘船，它载着人们在知识的海洋中航行。正因为如此，书籍对于人们而言是必不可少的。

成长哲理

　　学习，要有灵魂，有精神和有热情，它们支持着你的全部。灵魂，让我们认识到自我存在，认识到我们该做的是什么；精神，让我们不倒下，让我们坚强，让我们不畏困难强敌；热情，时刻提醒我们，终点就在不远处，只要努力便会成功，它是灵魂与精神的养料，它是力量的源泉。

　　林肯突然见到一本渴望已久的书，便再也挪不动步了。邻居就大方地将书借给了他。

先生不应该专教书，他的责任是教人做人；学生不应该专读书，他的责任是学习人生之道。

——陶行知

高尔基刻苦读书

"我扑在书籍上，像饥饿的人扑在面包上一样。"这是苏联著名作家高尔基的一句名言，也是他酷爱书籍、勤奋学习的真实写照。

高尔基出生在一个工人家庭里，从小失去了父母，年仅11岁就被抛进黑暗的"人间"社会。他在善良号轮船上做洗碗工的时候，遇上了一位好心的穷苦厨师斯穆勒，斯穆勒像兄长一样地爱护他，还常常把自己收藏的一些旧书塞到他手里，说："你念书吧，书里面什么重要的知识都有。"

"一个人没有学问，就跟一头牛没有区别，不是戴上了套，便是被人宰了吃肉，它还尽摇着尾巴。"当斯穆勒和高尔基分别的时候，他的最后赠言还是类似的那句话，"念书吧，这是最好的事情。"厨师那纯朴而热情的话语，深深铭刻在高尔基的心上，他渴望读书。但是，他这样一个穷孩子要读到书，谈何容易！他根本进不了学校的门槛，只能靠自学。没有钱买书，高尔基就向裁缝太太借，再搜集一些破旧了的杂志和图片，甚至"像叫花子似的到处去要"。

有一回，高尔基一边干活儿，一边偷偷地看书，不料看入了神，结果把茶壶烧坏了，主人恶狠狠地用木棒将高尔基毒打了一顿。在医院里，医生从他背上夹出了42枚刺。这种残忍的暴行把医生激怒了，医生说这是私刑，支持高尔基去法院控告。可是高尔基却说，控告不控告倒无所谓，我唯一的要求就是只要允许我看书就行了。

为了能看书，高尔基简直绞尽了脑汁。没有地方看，他就躲到杂物间或是爬到屋顶阁楼上去看；没有油点灯，他就把烛台上的蜡油刮下来，装在旧罐头盒子里，再找一些棉线作灯芯，自制一盏简易灯，尽管光线昏暗而且烟雾腾腾，他却在灯下看得津津有味，双眼被熏得通红，差点都熬瞎了，他也不在意。

高尔基和书结下了不解之缘，他无论在什么情况下也不能和书分开。后来，他到了一家面包房工作，每天要干16个小时的重活儿，可他仍然坚持看书。他拣几根零碎的木柴搭成一个书架，将书摊开摆在上面，然后一面揉面，一面看书。

高尔基勤奋好学，15 岁时就已经博览群书了。大仲马、雨果、巴尔扎克、海涅、狄更斯、萧伯纳、普希金、莱蒙托夫、果戈理、屠格涅夫、托尔斯泰等艺术大师的名著，他都读过。他虽是穷苦的孤儿，却成了博学多识的少年。

成功之花，人们往往羡慕它出现时的明艳，然而当初，它的芽儿却浸透了奋斗的汗水，洒满了牺牲的血雨。当然，一个博学多识的人，背后必然付出了比他人更多的努力。

如果说，一本书就是一个台阶，那么在人的一生中将有千万个台阶等着你们去跨越。每跨越一个台阶，将得到不可估量的财富，而下一个台阶，又将带你们步入一个新的境界，获取新的知识。

鸟欲高飞先振翅，人求上进先读书。

——李苦禅

随军图书馆

法国伟大的军事家拿破仑是一个非常爱好读书的人，他的好学努力使他终于成为一个帝国的缔造者。

10岁时，拿破仑到了巴黎的布里恩诺少年军校读书。但由于家庭困难，16岁的他不得已中途辍学，当了一名炮兵少尉，从而开始了艰苦的自学生活。

拿破仑住在瓦朗斯城一座咖啡馆内的小屋里。咖啡馆附近正好有一家出租书籍的铺子，这为他广泛阅读提供了极大的方便。他在租书的铺子里一坐就是一整天，完全不顾老板的白眼。

1798年，拿破仑调任法国远征埃及军总司令，在"东方号"旗舰上，他设立了一所小小的图书馆，所藏书籍全都是他亲手挑选的。40多天的海上航行，由于晕船，拿破仑无法读书，他就躺在床上，让人为他大声朗读。拿破仑曾因在前线无书可读而大发雷霆，他写信质问巴黎有关人员，命令他们把所有新出版的书籍和新书预告迅速送来。拿破仑一生指挥了近60次战役，几乎每次都带着一个随军图书馆参战。

金玉良言

读书和学习是一个人一辈子的事情，带着乐趣去学习读书，一生将会变得丰盈而充实；而倘若把读书和学习当成一种负担，那只会成为你一生的缺憾。学习是一件无比快乐的事，同时也是一种享受。

成长哲理

书可以让我们的人生路途唱出春花秋月，落英缤纷；书可以让我们在浩瀚海洋中尽情畅游；书可以点燃希望，让我们在无穷无尽的漫漫人生路上永远不会迷失方向，一直像帆一样将我们人生这只小船送到路的终点。

　　拿破仑一生指挥了近 60 次战役，几乎每次都带着一个随军图书馆参战。

读书是在别人思想的帮助下，建立起自己的思想。

——鲁巴金

徐特立：太老师和小先生

1919 年下半年的一天，又一批中国赴法勤工俭学的学生踏上了法国的土地。在这批学生中有两个人格外引人注目，一个长胡子长者，已有 40 多岁，而另一个则稚气未脱，顶多也不过十二三岁。小的叫老的"太老师"，老的却称小的为"小先生"。这到底是怎么回事呢？

原来，那位年长的就是徐特立同志，年幼的名叫熊信吾，是徐老的学生的儿子。现在这一长一少竟成了同学。当国家发起组织赴法勤工俭学运动时，徐老已是一个有 20 多年教龄，并在湖南教育界享有声望的老先生了，但他毅然决定参加留法，当一名老学生。许多亲戚朋友纷纷前来劝阻："你这么大的年纪了，何苦还要跑到外国去当学生呢？"

徐老答道："你们都说年纪大的人不用再求学，这不对。要懂得，年纪大的人大多数在社会上有些权柄，倘若不求学，不增加新的学识，那么，在社会上就会受害匪浅。"

亲友们感到奇怪了："你现在不是已经很有学问了吗？"

徐老谦和地一笑，然后说道："我现在有的学识，还大大不够用。今年我 43 岁，不觉就到 44、45，一混 60 岁就到了。到了 60 岁，还同 43 岁时一样的学识，这 17 年的时间，不是白过了吗？到了 60 岁再懊悔，那就迟了。"

徐老登上了赴法的征程，途中，他抓紧学法文，积极为勤工俭学做好准备。13 岁的熊信吾学过一年法语，徐老就请他当"小先生"。

到法国以后，徐老在圣侠门钢厂一边做工，一边学法语。他年岁大，记忆力差，同伴们都担心他不易学好。可是徐老自己却满怀信心，总是乐呵呵地说："我今年 43 岁，一天学一个词，一年学 365 个词，7 年可学 2500 多个词，到了 50 岁时，岂不就是一个通法文的人了吗？若一天学两个词，到了 46 岁半，就可以通一国文字。我尽管笨，断没有一天一两个词也学不会的。"

徐老学习外文比其他人要困难得多，因为他缺了两颗门牙，发音特别吃力。他就问老师，问同学，反复苦练，还经常向法国的小朋友请教："小朋友，我读一个音给你听听，如果读得不对，请你来纠正，好吗？"他一遍又一遍地念呀念呀，直念到法国小朋友点头表示满意为止。

徐老刻苦顽强的学习精神，博得了法国教师的好评："我教了二三十年的书，还没有见过这样发奋学习的学生。"一年多以后，徐老就闯过了法文关，考上巴黎大学，开始学习数学等专业课程了。

金玉良言

学习的敌人是自满，要认真学习一点东西，必须从不自满开始。对自己，"学而不厌"，对人家，"诲人不倦"，我们应采取这种态度。

成长哲理

因为有大米的果腹，我们不会感到饥饿！而学习则是我们的精神食粮，因为有了它的充实，我们的人生变得更加完美！人的一生都是在学习中成长，因为这些知识的积累也使得我们的生活发生着巨大的变化！

读书是易事，思索是难事，但两者缺一，便全无用处。

——富兰克林

"读书迷"——车尔尼雪夫斯基

1828 年 7 月 24 日，车尔尼雪夫斯基出生在伏尔加河边美丽的萨拉托夫城。他的父亲是一个平民出身的牧师，很有学问。家里有一个藏书丰富的图书室，车尔尼雪夫斯基一有空就到这里来。

7 岁的车尔尼雪夫斯基，读书简直入了迷，他经常一面吃饭，一面看书。有一天早晨，妈妈看到孩子好长时间没从厨房里出来，心想这孩子到底吃了些什么？于是，她悄悄地走到厨房门前，只看到小车尔尼雪夫斯基正在那里为一篇小说中的人物而哭泣流泪。妈妈喊来了他的父亲，又拿了很多他平时喜欢读的书哄他，他才擦擦眼泪继续吃饭。

车尔尼雪夫斯基最喜欢俄国大诗人普希金和莱蒙托夫的诗，喜欢英国作家狄更斯和法国女作家乔治·桑的小说，还读了许多社会科学方面的书籍。由于他坚持不懈地努力，10 岁时，就已赶上了 15

岁中学生的水平。

车尔尼雪夫斯基14岁的时候，以优异的成绩考取了萨拉托夫的教会中学。那里的教师多是一些平庸的人，除了讲些老掉牙的教材外，不能给学生提供任何新鲜有用的知识。车尔尼雪夫斯基对此十分不满。

有一次，老师布置写作文，车尔尼雪夫斯基不听老师的限制，很快写出了一篇关于读书学习方法的文章。他说："知识就像一座有无数宝藏的大山，越往深处发掘，越能得到更多的东西。尤其是青少年，更应该在知识的园地里不屈不挠地耕耘。"文章写成之后，学生们争相传阅，这在他的心灵里，点燃了更旺盛的求知之火。

16岁时，车尔尼雪夫斯基已经通晓7种外国语言，阅读了大量俄国民主主义者别林斯基和赫尔岑的文章。第二年，他中学毕业后，又考入彼得堡大学文史系。

在大学读书的几年中，车尔尼雪夫斯基更加勤奋，读书常常是通宵达旦，被老师和同学戏谑地称为"伏尔加河边的读书迷"。

"读书迷"，名不虚传，这也是车尔尼雪夫斯基最终能成为著名文学家的根本原因。

金玉良言

孙中山先生曾说:"我一生的嗜好,除了革命之外,就是读书。我一天不读书,就不能够生活。"学习也需要自由的环境,要抛掉一些条条框框,让思维之泉跳跃起来,尽情嬉戏!

成长哲理

学得越多,懂得越多,想得越多,领悟得就越多,就像滴水一样,一滴水或许很快就会被太阳蒸发,但如果水不停地滴,就会变成一个水沟,越来越多……

　　知识就像一座有无数宝藏的大山，越往深处发掘，越能得到更多的东西。

伟大的成绩和辛勤劳动是成正比例的，有一分劳动就有一分收获，日积月累，从少到多，奇迹就可以创造出来。

——鲁迅

苦读、好学、精益求精的欧阳修

欧阳修是北宋中叶的文坛领袖，宋朝的散文大家如苏洵、苏轼、苏辙、曾巩、王安石等，都出自他的门下。在文学上，他是如何成功的呢？

年幼苦读

欧阳修4岁时父亲就去世了，家中贫穷，母亲就用芦苇秆儿当笔，在沙地上写出字来，教他认字、写字。他幼年就读了许多古人的文章，并学习写诗。稍微长大了，就到乡里的读书人家去借书，边读边抄录，有时一段书还没有抄完，就已经能背诵了。他抄书、背书，达到了夜以继日、废寝忘食的程度。由于他致力苦读，积累深厚，所以从年幼时就能吟诗作赋，写文章，闻名乡里。

好学上进

镇守洛阳的钱惟演，官署中任用的官吏，都是当地才智过人的文人学士。钱惟演为适应需要，修建了一座大型的馆舍，取名"临辕"。建成后，邀请谢希深、尹师鲁、欧阳修三人，各写一篇文章，记述这件事。谢希深的文章约700字，欧阳修的500多字，而尹师鲁只用了380多字，且语言简练，叙事完备，结构严谨，条理清楚。事后，欧阳修提着酒去拜访尹师鲁，通宵达旦地观摩他的文章，和他讨论写作问题。尹师鲁指出，品格高的人写文章，忌格调低沉，语言啰唆。欧阳修通过学习、研究、修改，写出了比尹师鲁还精练的文章。尹师鲁夸奖说："欧九（指欧阳修）进步真快，简直是一日千里啊！"

精益求精

欧阳修一生"读书破万卷"，所以下笔如有神。晚年时，他集中修改过去所写的文章，态度认真，用心极其劳苦。夫人劝他说："何必这样自找苦吃呢，还怕先生批评吗？"欧阳修笑着说："我已经不怕先生批评了，但是，却害怕年轻人耻笑我！"

年幼时日夜苦读，年轻时好学上进，年老时精益求精，这就是欧阳修成功的诀窍。

金玉良言

要攀登学习的高峰，就要像登山者攀登险峰一样，克服无数困难，懦夫和懒汉是不可能享受到胜利的喜悦的，俗话说："没有苦中苦，哪有甜上甜。"对于学习来说，苦中有乐，乐中有苦，苦与乐是对立的统一，理解了这一点，我们就能够正确对待学习中的苦，不被暂时的困难打倒，从而信心百倍，持之以恒，为获得学习中的"甜上甜"而艰苦奋斗。只有这样苦中寻乐，以苦求乐，才能在知识的海洋里乘风破浪，奋斗拼搏，才能品尝到胜利者无限的欢乐。

成长哲理

在生活中最让人感动的总是那些一心一意为了一个目标而努力奋斗的日子，哪怕是为了一个小的目标而奋斗也是值得我们骄傲的，因为无数小的目标累积起来可能就是一个伟大的成就。金字塔也是由每一块石头累积而成的，每一块石头都是很简单的，而金字塔却是宏伟而永恒的。

书籍鼓舞了我的智慧和心灵，它帮助我从腐臭的泥潭中脱身出来，如果没有它，我就会溺死在那里面，会被愚笨和鄙陋的东西呛住。

——高尔基

坚持学习，无所畏惧

张海迪，1955 年秋天在济南出生。5 岁患脊髓病，胸以下全部瘫痪。从那时起，张海迪开始了她独特的人生。她无法上学，便在家自学完中学课程。15 岁时，海迪跟随父母，下放聊城（位于山东省西部）农村，给孩子当起教书先生。她还自学针灸医术，为乡亲们无偿治疗。后来，张海迪自学多门外语，还当过无线电修理工。

在残酷的命运挑战面前，张海迪没有沮丧和沉沦，她以顽强的毅力和恒心与疾病做斗争，经受了严峻的考验，对人生充满了信心。她虽然没有机会走进校门，却发奋学习，学完了小学、中学全部课程，自学了大学英语、日语、德语和世界语，并攻读了大学和硕士研究生的课程。1983 年，张海迪开始从事文学创作，先后翻译了《海边诊所》等数十万字的英文小说，编著了《向天空敞开的窗口》《生命的追问》《轮椅上的梦》等书籍。其中《轮椅上的梦》还在日本和韩国出版，而《生命的追问》出版不到半年，就重印多次，获得全国"五个一工程"图书奖。在《生命的追问》之前，这个奖项还从没颁发给散文作品。从 1983 年开始，张海迪创作和翻译的作品超过了 100 万字。

为了对社会做出更大的贡献，张海迪先后自学了十几种医学专著，同时向有经验的医生请教，学会了针灸等医术，无数次为群众无偿治疗。

张海迪凭着顽强的毅力，一直努力地充实自己，让自己做一个有用的人。后来，《中国青年报》发表了《是颗流星，就要把光留给人间》，张海迪名噪中华，获得两个美誉，一个是"八十年代新雷锋"；一个是"当代保尔"。

张海迪怀着"活着就要做个对社会有益的人"的信念，以保尔为榜样，勇于把自己的光和热献给人民。她以自己的言行，回答了亿万青年非常关心的人生观、价值观问题。邓小平同志曾亲笔题词：学习张海迪，做有理想、有道德、有文化、守纪律的共产主义新人！

金玉良言

　　永不放弃是人生成功的一大因素，只要能够坚持，锲而不舍，终会到达成功的彼岸。我们学习中虽然会遇到许多困难，有许许多多的挫折等着我们，但我们还是要勇敢地去面对，去挑战困难，永不言败，那么成功离我们就不远了。成功是要付出努力,付出汗水的，没有人能随随便便就成功，所以我们应该付出不懈的努力，还要学会坚持。

成长哲理

　　"不甘平庸，崇尚学习"，生命的价值是需要用努力奋斗来实现的。"自强不息，厚德载物"，我们应崇尚这种宏广的精神境界。

学习张海迪，做有理想、有道德、有文化、守纪律的共产主义新人！

立身以立学为先，立学以读书为本。

——欧阳修

陈景润认真读书

陈景润小时候经常和哥哥姐姐一起玩捉迷藏。不过，陈景润捉迷藏时有点特别。他常拿着一本书，藏在一个别人不容易发现的角落或桌子底下，一边津津有味地看书，一边等着别人来"捉"他。看着看着，他就忘记了别人，而别人也忘记了他。

上学期间，陈景润酷爱数学。当老师讲解数学题时，他总是集中精神认真听讲。课后布置的习题他也认真去做。陈景润在解题的过程中得到了无限乐趣。数学是心智的比试和较量。陈景润对于解题，向来不吝惜时间和精力。陈景润不懂就问，别看他平时沉默寡言，但向老师请教时却毫不羞涩和胆怯。他的求教方式很特殊：看到老师外出或者老师从高中部到初中部去，他就紧追上去，和老师一起走一段路，并且一边走，一边问问题。

　　陈景润在福州英华中学读书时，有幸聆听了清华大学沈元教授的课。沈元教授给同学们讲了世界上一道数学难题："大约在200年前，一位叫哥德巴赫的德国数学家提出'任何一个偶数均可表示成两个素数之和'，简称'1+1'的理论。但他一生也没有证明出来，哥德巴赫带着一生的遗憾离开了人世，却留下了这道数学难题。长久以来，'哥德巴赫猜想'之谜吸引了众多的数学家，但始终没有结果，并成为世界数学界一大悬案。"沈元教授把"哥德巴赫猜想"作了个形象的比喻，他把数学比喻成自然科学的皇后，把"哥德巴赫猜想"比喻成皇后皇冠上的明珠。沈元教授讲解的"哥德巴赫猜想"像磁石一般吸引着陈景润。

　　许多年之后，陈景润终于如愿以偿地进入了中国科学院数学研究所。1966年，他发表了《大偶数表为一个素数及一个不超过二个素数的乘积之和》（简称"1+2"），这在"哥德巴赫猜想"研究史上具有里程碑式的意义。他所证明出的那条定理震惊了国际数学界，后来这条定理被命名为"陈氏定理"。

一个人的成功并不是偶然，只是别人的努力你不曾看到，很多比我们知识渊博的人还在用功学习，所以我们没有理由不好好学习。

做学问要有陈景润那样刻苦钻研的精神，只有这样，才能攻克一个又一个的难关，取得巨大的成就。青少年在学习中，会遇到一些困难，那么应该怎样去做呢？为自己确定一个奋斗的目标，然后为这个目标去奋斗。并且可以在醒目的地方贴上自己的目标，时刻提醒自己。

韬略终须建新国，奋发还得读良书。

——郭沫若

有志者，事竟成

生物学家童第周出生在浙江省鄞县的一个小山村。他家境贫寒，上不起学堂，只能一面跟父亲念古书，一面帮助家里干活儿。

17岁那年，童第周想报考宁波的诚实中学。这所中学是浙江省的名牌学校，入学成绩特别高，而且年内只招收三年级插班生。家里人都劝他不要异想天开，然而，童第周却胸有成竹。

经过一个暑假的拼搏，童第周果真被录取了。他成为诚实中学有史以来第一个没有上过中学而考取三年级的插班生。

第一学期，童第周的平均成绩只有45分，英语成绩更是糟糕。学校动员他退学或降级，他含着眼泪，一再向校长请求再跟班试读一学期。学校勉强同意了，童第周开始以惊人的毅力去攻克学习难关。每天早晨天不亮，他就悄悄起床，在路灯下读外语；夜里同学们都睡了，他仍然站在路灯下自修功课。就这样，第二学期他终于赶上来了，平均成绩70分，几何考了100分。

直到晚年，童第周还对此记忆犹新，他回忆说："这使我知道，我并不比别人笨。别人能办到的事，我经过努力也能办到。"天才，是用付出换来的。

金玉良言

比别人多一点努力，多一点决心，多一点学习，就能多一点奇迹！坚持不懈地付出，自然是"苦"事，但它们是成功的必由之路。高尔基说过："天才就是劳动，人的天赋就像火花，它既可以熄灭，也可以旺盛地燃烧起来，而使它们成为熊熊烈火的方法，那就是劳动。"

成长哲理

坚持和努力是实现理想的奠基石，是补拙益智的催化剂，是通向成功彼岸的桥梁，是自学课堂里的老师，更是人生航道上的灯塔。选择了勤奋和努力，也就选择了希望与收获，选择了勤奋和拼搏，也就选择了成功与辉煌！

　　"这使我知道，我并不比别人笨。别人能办到的事，我经过努力也能办到。"天才，是用付出换来的。

书籍是最有耐心、最能忍耐和最令人愉快的伙伴。在任何艰难困苦的时刻，它都不会抛弃你。

——赫尔岑

奇迹是怎样创造的

海伦·凯勒刚生下来时，是个耳聪目明、活泼好动的女孩，她6个月大时就可以很清楚地说些简单的词。不幸的是，一场重病让她持续高烧，引起并发症，最终导致眼睛失明耳朵失聪。从此她便陷入一片黑暗、没有声音的混沌世界之中。

然而就是这样一个女孩却通过了哈佛大学德文、法文、拉丁文、英国文学、希腊语、罗马史等各科考试。这在大学教育尚未普及、入学考试极严、正常人上大学尚属不易的时代，无疑是个伟大的奇迹！那么这个奇迹是如何创造的呢？

这首先应归功于海伦·凯勒的父母和周围许许多多热心帮助她的人，是他们给她创造了良好教育环境，使海伦·凯勒得以用自己独特的方式认知世界。自从海伦·凯勒大病之后，母亲就想尽办法帮助她了解各种事物，并经常给她以鼓励，父亲也经常引导她到庭院中触摸各种植物。在他们的引导下，凭着自身的聪慧，海伦已能摸索着帮助妈妈干家务，并用手势或身体语言表达自己的意思。

1887年，在发明电话机的贝尔博士的帮助下，一位博学而热心的家庭教师沙莉文来到海伦身边。她给了海伦无私的爱和帮助，她用手指在海伦的手心里拼写各种事物的单词，并带她触摸身边的各种物品，使她慢慢认识自己所处的世界。经过一段时间的努力，海伦掌握了指语的要领，开始与别人交流思想。与此同时，在沙莉文老师的培养下，海伦还形成了积极向上、开朗乐观的性格。

在各个阶段的学习中，海伦一直非常勤奋。特别是在剑桥女子学校上学时，她更是付出了比普通人多得多的汗水。因为剑桥女子学校是普通学校，没有具有教育盲哑学生经验的老师。因此，海伦上课时，必须由沙莉文老师在课堂上用指语转达给她。她要学的很多学科都没有点字课本，她必须自己将其改成点字才能学习。另外她也无法在教室里做笔记或写练习，作文和翻译都必须带回家去，用打字机来打。在上数学、物理、天文等自然科学时，正常的学生能一看就明白的东西，海伦由于生理障碍则需要更多的解说才能了解。这些困难的存在并没有将海伦击倒，反而使她更加坚强、向上。

海伦进入渴望已久的大学之后，开始了紧张而艰苦的学习。沙莉文老师一直陪在她的身旁，将教授的话一字一句转成指语传达给她，并且转述没有盲文点字课本的讲义。她必须花数倍于普通人的时间，才能学到讲义的内容，但是她从不叫苦，而且她还利用业余时间进行写作。1903 年，她出版了自传《我的生涯》《乐天主义》。大学毕业后，海伦与沙莉文在连杉的一间古老农舍里以卖稿为生。同时，她终其一生积极致力于盲人福利事业。

金 玉 良 言

"没有什么苦难熬不过，你永远比想象中的自己强大！"海伦的人生很好地诠释了这句话，即便在最苦难的岁月里，海伦还是选择了前进，选择坚持自己的梦想，最终走向成功。

成长哲理

　　"强大的内心不是隐忍，而是在经历了许多苦难后依然坚定地站着。"生活里可能会存在许多磨难，即使被剥夺了看见世界、听见声音的权利，但在海伦看来，这些都不重要，重要的是她还有一颗鲜活跳动的心和最真实的触觉，这是打开世界的另一扇窗。

　　遇到困难时，要勇敢地披荆斩棘，开拓出一条属于自己的特色之路，时刻保持向上的朝气。有不断进取的毅力，任何困难都不能成为阻挡我们前进的理由。不要抱怨生活的不公平，困难是无法逃避的，只能选择更加珍惜眼前的生活。

　　读书、学习的过程虽然很辛苦，然而辛苦的另一端是收获的甘甜。用最大的努力，去体味读书的过程，让知识充实人生，改变生活。要相信，有耕耘就会有收获，只要努力拼搏过，就一定会有成果。

　　海伦必须花费数倍于普通人的时间，才能学到大学的知识，但她从不叫苦，还利用业余时间来写作。